JOHN FRANCIS

LA GRANDA KALDRONO

John Islay Francis naskiĝis la 15-an de februaro 1924 kaj lernis Esperanton kiel junulo, instigate de sia lerneja amiko William Auld. Liaj unuaj verkoj en Esperanto estis poemoj, kiujn li aperigis en diversaj gazetoj. En libro li aperis la unuan fojon kiel unu el la kvar aŭtoroj de la grava poemaro *Kvaropo* (1952). Poste li konatiĝis ankaŭ kiel aŭtoro de prozo en Esperanto.

Dum la dua mondmilito li servis en la flug-armeo. Poste li daŭrigis siajn studojn kaj iĝis mezlerneja instruisto de la angla, unue en Glasgovo, kaj poste dum multaj jaroj en Orkadoj, la insularo tuj norde de la ĉeftero de Skotlando. Post la emeritiĝo kaj la morto de lia edzino li revenis al Glasgovo, kie li vivis ĝis la fino de sia vivo, la 20-an de marto 2012.

JOHN FRANCIS

LA GRANDA KALDRONO

ROMANO ORIGINALE VERKITA
EN ESPERANTO

ESPERANTO-ASOCIO DE BRITIO

2024

John Francis
La granda kaldrono
Romano originale verkita en Esperanto

Esperanto-Asocio de Britio
Londono, 2024
esperanto.org.uk

ISBN: 978-0-902756-73-1

Esperanto-Asocio de Britio dankas al Hju Rid de Esperanto-Asocio de Skotlando pro lia traktado kun heredinto de John Francis por ricevi permeson reeldoni la libron, kaj pro la disponebligado de la dosieroj de la elektronika versio, kiun eldonis Esperanto-Asocio de Skotlando en 2017.

PRELUDO

«*Ĉio estas dank' al vi*», deklaris la faraono Ahn-aton himnante la Centron de la Universo, kaj Dunkan Maclean, rigardante la parcelon de sia patro, kie la greno ore maturiĝis, emus konfirmi la aserton se li konus ĝin.

«*Vi estas patro kaj patrin' de l' kreitaro tuta.*» Sekve de ĉiu Filo-de-la-knabo-Jano, aŭ Maĥ-gil-jian aŭ Maclean, kaj ĉiu ano de ĉiu klanido apartenanta al Klano Giljan.

«*L' okuloj, se leviĝas vi, turniĝas al vi ĉie.*» Jano Gill etendis la brakon kaj malfermetis la trian kaj kvaran fingrojn por kontroli ĉu la nubeto ja fornaĝis; la lumego kiu traradiis la fendeton blindigis lin, kaj li rekuŝe faligis la malseketan dorson sur la razenon.

«*La tuta tero gajas. Kant', muziko, ĝoj' jubilas.*» Donald Maclean envie rigardis la junulojn vestitajn en malpezaj ĉemizoj inter la gajaj amasoj rigardantaj, kaj kuntirante la ŝultrojn malkomforte sub la humida plejdo, blovis en la buŝtubon de sia sakflutaro prelude al konkurso.

«*Palaco via estas la ĉielo malproksima.*» Tro malproksima por Ĝon Maclean, kiu ŝvitante bedaŭris ke la gepatroj iam forlasis la mar-duŝitan insulon de ruĝa granito kie li naskiĝis, por veni Glasgovon.

«*Estiĝas ĝerme el la ter' herbetoj, floroj ĉiaj.*» Jes, kaj velkas des pli rapide sub la glora ardo, kiel sentis Ina Maclean dum ŝi rigardis la paliĝantajn kolorojn de la restantaj ses-sep dalioj en la bedo sub la fenestro.

LA SUNO BRILAS

En la varmego, laca kaj laciga, post longa trankvilo, plumba tono ombrumas la horizonton, aŭgurante konfuzon de la rekteco, ju pli prokrastitan, des pli drastan kaj neeviteblan.

Dunkan Maclean, turnante sin de la patra parcelo, sentis tiklan maltrankvilon kiam li rigardis tra aero vibranta pro varmo la malebenan vojon kondukantan al la vilaĝo sur la marbordo, kaj ankaŭ kiam li rigardis la vilaĝon mem, kiu aspektis eĉ pli strikte malgranda de lia relative alta kaj vidon-helpa pozicio. Li turnis la okulojn al la erikejo, inter kies ondaj konturoj la vojo sinuis en fadenan mallarĝon konduke al la ĉef-haveno de la insulo, pro kio ĝi nomiĝis ironie «Glasgova Vojo», estante efektive la unua stadio de la vojaĝo al Glasgovo.

Al Glasgovo li iros. Li povos resti kun Alek Robb kaj lia edzino ĝis li trovos laboron. Li estis en Glasgovo antaŭe; ŝatis ĝin. Nu, ĝi ne estas bela, sed la teatroj kun siaj dramoj, komedioj kaj vodevilo prezentas distron kiun la insulo neniam povos aspiri. Kvankam, rilate la dancadon, li entute preferis la malnovajn kamparajn rilojn al la modaj valso valeta kaj bostona dupaŝo kaj simile, tamen la nova muziko estas iel ekscita, kaj ekscitaj ankaŭ estas la glasgovaj knabinoj; ili certe pli belas ol – almenaŭ ili estas pli freŝaj – jes, pli freŝaj, ĉar pli novaj – ol la knabinoj de la vilaĝo, eĉ de la tuta insulo. Ĉiam vidadi la samajn vizaĝojn;

Ĝin Murdoch, Mari Campbell, Morag Caskie, Ĝin Maclellan, Beti Cameron, Ĝin Maclean, Morag Macleod kaj Mojra Macdonald reprezentas la tutan fraŭlinaron havantan pli ol dek ses jarojn kaj malpli ol – nu-u-u dudek kvin, vivantan en la du vilaĝoj de la kabo. Mojra Macdonald estas sendispute la loka belulino, sed kial li konkuru kun dek ses aliaj, penegante faradi spritaĵojn por tiri ŝian atenton? Tio estas humiliga. Mari Campbell estas ŝia sola konkuranto; sed kiu diable deziras edzinigi iun el la klano Campbell … nu, oni ne povas ne ignori finfine edziĝon en tia konekso. Ta, sed estas stulte atenti la antikvajn, mortajn feŭdojn. Tamen la proverbo ja diras «Dum restos trunko en arbaro, estos trompo en la Campbell'oj». Aliflanke, propra avino estis Campbell – el la bona branĉo komprenebla; ĉiu klano ŝajnas posedi du flankojn, kaj neniu konfesas sin el la nigra.

Sed tiu ĉi monotono, tiu ĉi strikteco; li ne povas toleri ĝin. Tio estas la vera ĝeno. Ironte al la urbego, li certe sentos nostalgion por sia insula hejmo, sed jam ne temas pri nura dungiĝo en uzino pro la salajro pli alta ol li povus enspezi restante hejme; nek pri aliĝo al la Glasgova polico; nek pri vivo de maristo; ĉar, kvankam li amegas la maron, grandaj ŝipoj – precipe vaporŝipoj – ne allogas lin. Ne; temas pri la epoko. Nova epoko naskiĝas: ekscita epoko, kiun li deziras partopreni, kaj ne povas tie ĉi; epoko en kiu la homaro levas sin sur novan etapon kun mirindaj inventoj por siaj bonestado kaj distro: la motora aŭtomobilo, kiu fariĝas ĉiutagaĵo anstataŭ mirakla «senĉevala kaleŝo»; la kinematografo, per kiu oni montras movantajn bildojn en la teatroj; radiofonio, per kiu oni povas sendi signalojn al lokoj distancaj je centoj da mejloj; la flugmaŝino, kiu silentigis siajn kritikantojn jam antaŭ tri-kvar jaroj fluginte trans la Angla Ŝanelo …

★ ★ ★

La pigre peza zumado de la aeroplano, kiu aldonis plezuran dormemon al la posttagmezo de tempo al tempo, nun fariĝas pli laŭta, tiel laŭta, ke Jano Gill ekapogis sin per unu kubuto sur la razeno por rigardi ĝian descendon. Hm, Sunderland, kompreneble! Sed kia amplekso! Fluganta ŝipo kompreneble! La kurba kilego preskaŭ tranĉis la tegmentojn al lia dekstro antaŭ ol la kvarmotora giganto malaperis preter ili descende al la riverego.

Fu, varmego tre konvenas al li, sed nun lia kapo iom doloretas, kaj liaj okuloj reagas malagrable al longa submeto nur palpebre ŝirmitaj al la suna forto, tiel ke li komence kredis ke la malhela aspekto de la ĉielo aŭguras ŝtormon. Pli bone eniri la domon.

«Panjo, kie vi? Mi volas ŝanĝi la ĉemizon. Ĉu mi havas puran? Kie mi trovos?» li demandis enirinte la ombran malvarmeton.

Lia patrino elvenis la kuirejon. «Do, kial ne rigardi …? Hej, vidu vian vizaĝon! Kiel tomato ĝi aspektas. Vere, vi malsanigos vin.»

«Ta, sensencaĵo», Jano respondis, provante kaŝi la doloron, kiun lia grimaco kaŭzis al li. «Iom da suno ne mortigos min. Cetere, mi devas iom ripozi post mia ekzameno.»

«Vi jam ripozadis dum tri monatoj, kara.»

«Nu, du kaj duono, kaj mi konis la rezulton nur antaŭ dek tagoj. Ni estu justaj. Mi supozas, ke nenion de la Aero-Ministerio?»

«Vi bone scias, ke la poŝtisto ne povus veni sen ke vi vidu lin de la razeno.»

«Vere, vere! Tamen, mi scivolis. Cetere, eble mi dormetis

iom. Ĉu io ĉe la radio?» Li ŝaltis la radioaparaton.

«Kara,» lia patrino admonis, «vi simple ne scias, kion fari por distri vin. Kial ne serĉi laboron ...»

«Panjo!»

«Almenaŭ ĝis vi aŭdos ion de la Aero-Ministerio.»

«Nu, mi supozas, ke mi povus serĉi ... espereble la Aer-armeo savos min de la plenumiĝo. Ho, diable!» Li malŝaltis la radion kun senpacienca gesto.

«Jano!»

«Kio? Mi nur diris ‹diable› ... Tiuj eternaj krizoj ĝenegas min.»

«Jes, jes, sed mi deziras aŭdi.» Ŝi reŝaltis la aparaton, kaj aŭskultis dum kelkaj minutoj antaŭ ol malŝalti denove.

«Pa, nun kriketo denove! Oni devus lasi tion ĝis la sport-programo.»

«Ho, Panjo! Ne blasfemu.»

«Kriketo, kriketo, kriketo! Kiel oni povas pensi pri tia sen-sencaĵo, kiam okazadas krizo post krizo?»

«Nu, krizo kaj katastrofo ne malhelpu, ke la angloj plen-umu la ritojn, observadu la decaĵojn.»

«Ne ŝercu. Mi timas, ke estos milito.»

«Tute ne. Vi tro atentas tiujn parolojn pri krizo. Antaŭ unu jaro: Ĉeĥoslovakio; antaŭ du: Aŭstrio. Kio finfine okazis? Nenio. Nun Pollando, kaj kio okazos nun? Nenio. Parolo kaj pufo, blago kaj blufo: jen ĉio.»

«Kion vi scias, kara? Ĝi ne povas daŭri. Estos milito, kaj vi estos en la Aerarmeo.»

«Mi nur deziras lerni flugi. Se mi ne ŝatas la reĝimon, mi povos poste fariĝi civila piloto.»

«Se venos milito, vi ne povos elekti.»

«Ne venos milito. Mi jam klarigis.»

«Klarigis? Se vi nur havus iom da sperto!»

«Sperto? Pa! Bona sinonimo por mensa konstipiĝo? Ĉu la tagmanĝo baldaŭ pretos?»

★ ★ ★

«Ej, tagmanĝo jam!» diris al si Ina Maclean ĉe la sonora ekvibro de la gongo, «kaj nenio farita! Jen la rezulto de revoj! ‹Dalioj, ĉu? Ha, ĉu floroj nun?› diros la Betts-virino kiam mi provos klarigi. ‹Nu, domaĝe, ke ni atendas de vi laboron. Prefere vi iru flaradi la florojn. Kiu estas mi, kiuj estas viaj dungintoj, ke ni forrabas vian valoran tempon?›»

Ŝi rapidis laŭ la longaj koridoroj blue tapiŝumitaj: energia figureto vestita de kapo ĝis piedoj je amelumita blanko kaj bluo, susurigante la rigidajn jupon kaj antaŭtukon pro la urĝeco de siaj senpaciencaj paŝoj. Kvinfoje, je ĉiu kvina paŝo, ŝi tramarŝas kolonon de arĝentaj polveroj naĝantaj en la sunradiaro kiu tra-ŝutiĝas tra la longegaj fenestroj: fingroj de la vivofonto penetrantaj la malluman koridoron de la civilizo; kvin dividoj de la sama unuo lumigantaj la eterne ekzistantajn, sed ordinare ne-videblajn, eretojn de ĝia interno, kaj Ina, riproĉante sian revemon scivolis, ĉu ŝi perdos denove liberan vesperon dum tiu ĉi glora vetero.

«Bla!» ŝi grimacis elpuŝante la langon je imaga defio al s-ino Betts. Kiel oni fariĝas tia drakino? Ges-roj Gascoigne estante mem tute ĉarmaj, evidente ne scias ĝuste kiel ilia dommastrino kondutas, terurante la subulojn je la gemastra nomo.

«Mi defios ŝin», Ina decidis, trairante la pordon, kiu dividis la sferojn de mastroj kaj servistoj, kaj malsupreniris la sentapiŝan ŝtuparon. «Mi klarigos tute ĝentile, ke mi iom malfruiĝis, kaj se ŝi ne povos akcepti tion sen galeksplodo, mi apelacios s-inon Gascoigne. Mi enuas ĉi tiun vulgaran kokinon.»

Ŝi atingis la ŝtuparofinon, kaj per firma paŝo ekiris la ŝtone pavimitan koridoron, kiu kondukis al la servista halo: tre malsimila jam al la timema knabino kiu, forlasinte sian hejman insulon, eltenadis senproteste la tiranajn kapricojn de la glasgova maljunulino, kiu dungis ŝin. Du jaroj pasis ekde kiam ŝi venis Londonon en la jaro de la granda ekspozicio ĉe Wembley; jaroj en kiuj ŝi ekkutimiĝis al la bruo, la aŭtomobiloj kaj elektraj tramoj, kaj ekŝatis la teatraĵojn, vodevilon kaj danc-adon, krom konstati la malavantaĝojn de la patrina konsilo ĉiam obei senreplike, tiel ke nun, jam havante dek ok jarojn, ŝi marŝas kuraĝe al sia unua turniro kontraŭ aŭtoritato.

★ ★ ★

«Ĉi tiuj turniraĉoj devus okazi dumvintre», grumblis Donald Maclean kunmetante la klavartubon, blovilon kaj la plej grandan el la tri harmoni-tubegoj de sia sakflutaro por opor-tuna transporto, zorgante ke la moveblaj partoj de la lasta ne moviĝu, ĉar la trupo ĵus faris la finan praktikon kaj harmoni-igon antaŭ ol konkursi, kaj nun, obee al la ordono de la ĉefo, enviciĝas kaj ekmarŝas laŭ la herba deklivo al la konkursejo.

«Tiam vi grumblus, ĉar tro frostas», respondis la alta junulo je lia dekstro, kaj Donald ekridetis pensante pri sia unua publika apero, kiel flutaristo. Li tiam havis dek kvar jarojn, kaj lernadis la sakflutaron dum malpli ol tri jaroj, sed pro manko de anoj, lia taĉmento de la Knaba Brigado decidis, ke li ludu ĉe dimanĉmatena parado. Tio ne tre perturbis lin, ĉar li jam ludis

14

bone, kaj oni mutigis du el la tubegoj el lia flutaro, turnante la anĉojn ŝtope por ke lia spirpovo ne forvaporiĝu dum la relative longa marŝo. Li jam kutimis ludi kun du tubegoj sonantaj kaj eĉ, dum mallongaj periodoj, kun ĉiuj tri; do, li ne atendis grandan malfacilon. Tamen, la matenon de la parado frostegis la unuan fojon de la vintro, kaj alveninte la rendevuan halon, li trovis ke ne nur liaj fingroj, sed eĉ liaj vangoj rigidiĝas, tiel ke ĉu pro frosto, ĉu pro nervozo, li ne povas blovi en la buŝtubon. Kun mizeraj koroj li kaj aliaj du novicoj vane klopodis plenigi la sakojn, envie gvatante la spertulojn, kiuj aplombe harmoniigas la proprajn tubarojn en diversaj anguloj malantaŭ la halo, dum la senpacienca ĉefo instigas siajn tri tremantajn aspirantojn al blovo, por ke li harmoniigu iliajn instrumentojn. La taĉmento atendis jam envice sur la strato antaŭ la halo, la spertuloj staris pretaj, rigardante kun amuzo la furioziĝon de la ĉefo, sed la spiregoj de la tri malfeliĉuloj ankoraŭ forsiblis en senutilon flanke de la blovilo, anstataŭ en ĝin. Fine per superhoma, aŭ superknaba peno, Donald sukcesis, pugnante la duonplenan sakon, sonigi sian solan tubegon; sed la anĉo, nur duone malfermiĝinte, eligis tian senesperan ĝemon, ke la du kun-kulpuloj eksplodis en histerian ridon, kaj la furioza ĉefo ekprenis la flutaron kaj mem harmoniigis ĝin, poste farante same ĉe la aliaj du, kaj informinte la tri knabojn, ke ili nun parados antaŭ la publiko kaj sekve *devos* ludi, li kondukis ilin al la strato. Ĉu pro tiu drasta ultimato, ĉu pro la rikanema publiko, Donald iel ŝanceliĝis en ludon, kaj la afero iris finfine glate, sed Donald ne longe restis konkorda ero de la trupo: kiam konkordo fariĝis facila, tiam li aspiris al individua variado, kaj oni fine sugestis ke li eksiĝu. Tion li faris, je la ioma surprizo de la proponintoj, kaj trovis pli da libero en la trupo de la Klano Macrae. Tamen la ĵusa aserto de lia kunulo enhavis pravon: frosto povas esti konsterne nekonvena.

Sed tiu ĉi varmego! La peza jako kaj plejdo ne nur ŝvitigas, sed ankaŭ malpermesas forvaporiĝon, rezulte ke lia torso suferas efektivan vaporbanon, kaj la kolumo kaj manikoj de lia tuniko malsekiĝinte gratfrotas la haŭton je ĉiu moviĝeto.

«Mi portis puran ĉemizon en mia flutarujo», li sciigis al sia kunulo, Bob Stewart. «Post la konkurso mi forĵetos tiun ĉi ŝvitilaron.»

«Kial mi ne pensis pri tio?» grumblis Bob. «Mi eĉ ne portas ĉemizon sub la jako, provante esti kiel eble plej malpeze vestita.»

«Kreteno, tiu jaka feltaĉo forgratas de vi la haŭton.»

«Dankon,» respondis Bob seke, «mi jam scias.»

Tiu Bob! Ĉiam provante certigi komforton; ĉiam fiaskante.

«Ĉu vi memoras, kiel vi portis marŝbotojn ĉe Bellahouston por gardi vin kontraŭ ‹ekspoziciaj piedoj›?»

«Do, kio do?» diris Bob embarasite. «La ideo estis praktika; nur bedaŭre, ke la botoj estis novaj.»

«Hej!» diris voĉo de la vico malantaŭa, «nur rigardu.»

La parolinto estis Dave Smith, kaj ne necesis demandi, kion ili devas rigardi. Oni ne nomis Dave ‹Robert Taylor› ĉar li ludas sakflutaron.

«Jes, tre bela», konsentis Bob.

«Bela? Ŝi estas pompega», asertis Dave entuziasme. «Ŝi memorigas pri kiel-ŝi-nomiĝas? – tiu knabino en Gone With The Wind.»

«Vivien Leigh.»

«Jes, precize, Bob. Vidu, ŝi rigardas min. Ho, nur restu tie ĝis post nia vico, kokinjo. Dave venos al vi.»

«Kia ĝojego! sed ĉu ŝi povos elteni tian longon?» demandis Bob.

«Cetere, eble ŝi atendos Clark Gable», aldonis Donald.

«Kaj desapontiĝos je nura Robert Taylor», konkludis Bob inspirite.

«Se ŝi aŭdos vin du, ŝi opinios, ke ŝi renkontas Wheeler kaj Woolsey», replikis Dave sarkasme, ĉar lia kromnomo ne plaĉis al li. Li preferis kredigi, ke lia senduba beleco pli-malpli hazardas, kontraste al tiu de la populara idolo, kies ŝminkita perfekteco perfidas senhontan aplikadon de ĉiuspeca artefarita helpilo.

La belulino subite faligis sian burseton, kaj ek-kalkansidis por kolekti ĝian enhavon, tiel puŝante la genuan nudon de sub la mallonga jupo.

Dave englutis. «Diable,» li diris raŭke, «tiu ĉi varmo sufokos min.»

★ ★ ★

«Damnu tiun ĉi varmon! Ĝi jam tedas min», kolere plendis al si Ĝon Maclean dum li lasis la lernejan pordegon kaj ekpromenis laŭ la brulanta trotuaro, sed li neniel bremsis la paŝojn konvene al la temperaturo. La fortika nuko estis ŝvitkovrita, kaj la senabsorba rezistemo de lia celuloida kolumo certe ne paliativis lian malkomforton. Liaj rapidaj, impetemaj paŝoj portis lin preter la svarmantaj grupoj da infanoj, kiuj iris laŭ sama direkto, turnante de tempo al tempo ridetantajn vizaĝojn al la instruisto, la knabinoj kun mienoj kokete retiremaj kaj «'nan-vesperon, s-ro Maclean», aŭ similaj salutoj, ĝenerale neaŭdeblaj en la bruo de krioj kaj ridoj, la knaboj kun abrupta levo de la duon-pugnita mano al la frunto. Kelkfoje iuj el la pli bruemaj knaboj, konsciante lian alproksimiĝon faris aparte heroan luktoĵeton je kunulo aŭ kriis aparte laŭtan spritaĵon, poste turnante la vizaĝojn duone atendemajn kaj farante la kutiman fruntotuŝon. Je ĉiu komplimento rekta kaj oblikva la sulkigita frunto de la viro heliĝis, kaj per afabla vorto kaj kapklino li agnoskis la saluton.

«Se vi nur estus la Edukaŭtoritato!» li pensis.

Se ili nur estus la Edukaŭtoritato ja! Tre, tre ŝajnas, ke li denove karambolos kun tiu. Tiun ĉi strikon de instruistoj ĉe Neilston li nepre subtenos, kaj tion certe ne ŝatos la sinjoroj de la Edukkomitato; eble ili denove penos maldungi lin. Bone, ili provu! Lia taktiko? Same, kiel ĉe la lasta provo antaŭ pluraj jaroj: publika atako kontraŭ ĉiu membro kiu voĉdonos por lia eksigo. Tion la estimataj sinjoroj ne povas elteni; duonveroj kaj kaŝaludoj estas iliaj bataliloj; do ne komplezu al ili uzante la samajn.

Li rondiris stratangulon. Nu, la somero estis sufiĉe postulema: la ŝarĝlinio-afero, la postuloj al la Glasgova Urbkomitato pri la biblioteko por Pollokshaws, la Coalburn Kooperativa skandalo, k.t.p.. Des pli bone: necesas aktiveco en la somero por plenumi la ligilan rolon de la vintraj klasoj. Dio kaj damno, la ekonomioklasoj komenciĝos post ses aŭ ok semajnoj. Necesos pretigi tion kaj tion. Tamen, ĉu? Li povos grandparte utiligi malnovajn notojn.

Jes, jen la esenco: en vintro teorio; en somero praktiko. Kompreneble, oni ne povas tiel nete dividi la sezonojn: Praktika laboro necesas ankaŭ dumvintre, instruado dumsomere: la nedividebleco de marksista agado – jen devizo ripetinda, ripetinda ĝis gurda monotono se necese. La kamaradoj devas kompreni ke teoriado sen radikoj en la aktualo estas floro sensuka pro nutro-manko, forblovota de la unua ventatako; marasmo; efemero. Aktivo senteoria aliflanke estas nura blinda agado, disipo de fortoj. La divido de teorio kaj praktiko rezultigos ambaŭ malsanojn; necesas konstanta interrilato, pura fandiĝo de la du: tio estas la vera marksismo. La celo? Laboristaro tiele instruita: grandioza, nerezistebla forto, kies potencego ebligos preni la regopovon sen sangelverŝo, sen revolucia milito, preskaŭ sen lukto.

Li transiris la vojon konstatante, ke li akcelis sian marŝadon spite la varmegon, kiun li fakte forgesis.

Jes jen la celo, sed celo ideala! Kapitalo ne cedos la bridon sen sanga reago, la laboristaro ne estos tute preta, kiam la krizo venos; ekestos iu lukto, kaj estas prudente konstati, ke oni povas maksimume certigi ke la laboristoj estos kiel eble plej pretaj kaj kiom eble plej varbitaj al socialismo anticipe al la revolucio, por ke eĉ la reformistoj sciu, kiun flankon subteni, kiam spite al iliaj prognozoj kaj admonoj pri gradeco, la momento venos. Kaj veni ĝi devos! Jes, malgraŭ ĉio, aferoj progresas. Lastan jaron miliono da ministoj strikis postulante minimuman salajron, kaj gajnis agnoskon pri la principo. La plenumon ili kompreneble ne gajnis; ĉar oni kontraktas finfine kun estaĵoj sen konscienco aŭ honoro. Sed la bestoj ektimis! Kaj la striko mem estis gajno. Kiu povus antaŭvidi ĉe la komenco de la jarcento, ke post dek du jaroj tia triumfo de organizo eblos? Miliono da homoj! Jes, la lukto maturiĝas. Tiu ĉi juna jarcento vidos la atingon de la celo. Necesos nur kuraĝo, lojalo kaj fido.

Li turnis en la hejman straton antaŭsentante la plezuron de sia akcepto je la familio. Kara kaj lojala Anna! Kiel feliĉa, kiel bonŝanca li estas, havante tian edzinon kompreneman kaj instigan, kontraste al multaj el la kamaradoj, kies kuraĝon insidas edzinaj riproĉoj mutaj kaj malkaŝaj. Kaj eta Johana, kiu jam balbutas dekduon da vortoj per sia pepa voĉo, kaj kiu stumble kuros renkonti lin kun apertitaj brakoj, rukulante netradukeblajn esprimojn pri ĝojo kaj amo al sia paĉjo. Kaj tiu alia friponeto, Anjo! Ĉu nur antaŭ ses monatoj ŝi envenis la mondon por distri kaj kaperi liajn hejmajn horojn? Nu, ili ambaŭ vidos pli belan mondon, tian mondon, kian ili meritas.

Sed, fu, varmegas!

GLASGOVO

Dunkan alvenis Glasgovon meze de oktobro, kaj trovis afablan akcepton ĉe Alek Robb kaj lia edzino, Manjo, kiujn li ja konis bone, ĉar ili venis «hejmen», t.e. al la insulo, ĉiun someron, tute ne pensante pri alispeca ferio. Manjo, kiel la vera indiĝeno, iniciatis la kutimon, sed Alek enamiĝinte kun la insulo, fariĝis eĉ pli fervora ol ŝi, kaj konstante minacis lasi sian postenon por ke li povu restadi eterne en sia paradizo.

Tiu ĉi propono ekamuzis Manjon, sed nur post kiam ŝi konstatis, ke ĝi ŝajne ne efektiviĝos, ĉar Alek, kvankam li devenis de la nordo de Skotlando, venis al Glasgovo kiel infano, kaj estas vera Glasgovano. Li konis Ejle sole en ĝia idilia somera aspekto, kaj tute ne povis akcepti la priskribojn de Manjo pri la vintro tie, kiam la krepusko, veninte ĉirkaŭ la kvara posttagmeze, faras la senlumajn strataĉojn tiel danĝeraj, ke oni emas retiri sin en domojn je tiu horo, kaj pasadi la longajn vesperojn aŭskultante la muĝadon de la fokoj, kaj la bruon de la ŝajne senĉesaj ŝtormoj. Foje oni ja kunvenis por kanti kaj babili, «sed vi eĉ ne scipovas la gaelan, stulta», ŝi atentigis, mokante liajn protestojn, ke li «baldaŭ lernus».

Eble Manjo iom troigis la faktojn por bremsi la impetemon de sia edzo; sed ŝi pravis pri tio, ke la insulo perdas multon de sia ĉarmo post la fino de somero, kaj Dunkan malpli suferis de nostalgio ol li supozis. Li certe sentis ioman korpremon post alveno, konstatante ke tiun ĉi fojon la grizaj stratoj ne estos provizoraj libertempaj vojoj al la plezuroj de la urbo, sed la limoj de lia ĉiutaga vivo. Li ankaŭ trovis deprime elrigardi la fenestron matene kaj vidi la pejzaĝon de gabloj kaj tegmentoj, kiuj anstataŭas la kampojn, rokojn kaj eternan maron al kiuj li kutimiĝis; sed finfine la somera brilo de la insulo jam paliĝis antaŭ ol li lasis ĝin, kaj la varmiga aspekto de la lumigitaj stratoj kaj butikoj stimulas komfortan kontenton, kiun li ne imagis, starante en la parcelo de sia patro sub la brilo de la somera suno. Cetere, la afablo de liaj gastigantoj, ilia deziro, ke li sentu sin sin hejme en la fremda urbo donis al la eta etaĝdomo efektivan spiron de hejmo por li. Li perdis iom la streĉan malkontenton, kiu komence stimulis al li lasi Ejle, kaj li eĉ ekŝatis la plendeman «a-a-a-aŭ, bub, bub» de la elektraj tramoj, kiuj pasante en la nokto, atentigis pri deviga viglo ie ekstere dum li kuŝis des pli kontente en la varma lito atendante dormon.

Trovi laboron tamen li ne povis, malgraŭ konscienca respondado al ĵurnalaj reklamoj, kaj lacigaj ĉiutagaj migradoj en la urbego; sed lia malsukceso komence ne tre ĝenis lin, ĉar li ŝparis sufiĉe grandan sumon por vivi en relativa komforto dum almenaŭ du-tri semajnoj. Cetere, liaj promenoj en la urbego ne estis senutilaj, ĉar li ekspluatis ilin por iom ekkoni la ĉefajn trajtojn de Glasgovo kaj perdadi la naivan gapemon de la kamparano, kiun li suspektis en si.

La domo de Alek estis en la norda parto de la urbego, proksima al la elektra tramvojo, kiu iris rekte en la urban centron. Dunkan komence veturis ĝis Glasgova Kruco, far-ante la returnvojon perpiede por ke li povu viziti iujn oficejojn kaj fabrikojn, kiuj promesis laboron, sed li estis sensukcesa, kvankam li ne estis postulema pri kondiĉoj kaj salajro, ĉar li celis komence akiri ian ajn postenon, volante nur vivteni sin dum li pesados la eblojn pri apartaj karieroj bezonantaj studadon, kiun li povus fari vespere, se li nur povus enspezi garantiitan salajron. Li ankaŭ eniris ĉiun varkorton kie li vidis ĉevalojn por proponi sian dungiĝon, ĉar li komprenis kaj amegis ĉevalojn kun iliaj fortegaj muskoloj kaj mildaj temperamentoj, kaj sciis, ke li povus konduti kun aplombo en tia sfero kaj gajni la respekton de siaj kolegoj; sed la respondo estis ĉiam sama:

«B'daŭras, Ĝok! Jam plena.»

Iujn fojojn ili tamen sendis lin al la ĉefo, rigardante lin kun miksaĵo de admiro pro la plezurigaj kadencoj de lia gaela voĉo, kaj amuzo pro la ĝentilaj formulaĵoj, kiuj en Glasgovo fremdas; sed la ĉefoj nur povis konfirmi la bedaŭrojn de siaj subuloj.

Estis strange vidi ĉevalojn en tia medio. Ili ja apartenas al la kamparo kune kun bovoj, porkoj kaj aliaj farmbestoj; sed kvankam la lastaj aperis en la urbego nur kiel vendaĵoj en la buĉistaj butikoj, jen la ĉevaloj faras sian laboron kun tiu karakteriza pacienco, same kiel sur la insulo. Ŝajnis al Dunkan nenature, kruele, ke ili devas labori trenante siajn ŝarĝojn sur la dura pavimo de la stratoj dum la tuta tago, sen rekompenca ripoza paŝtado, kaj li ĝojis rimarki, ke iuj firmoj utiligas motorajn ŝarĝveturilojn. Li menciis sian senton al Alek.

«Aĥ, nu, mi ne scias, Dunkan», respondis tiu. «Ili tiom kutimiĝas al la vivo, ke supozeble ili ne sentas mankojn. Oni certe troŝarĝas ilin, kvankam nun ili devas zorgi pri tio, ĉar la publika konscienco ekvekiĝas pri tio, kiel pri aliaj ...»

«Pa, sufiĉe!» interrompis Manjo. «Dunkan ne volas aŭskulti viajn frenezaĵojn. Li hontigas min, Dunkan, kun sia socialista sensencaĵo. Mi vere timas fari vizitojn kun li. Li aŭskultas tiujn vagabondojn ĉe la stratangulo – kion ili scias pri io? – kaj ili plenigas lian kapon per fantaziaj ideoj. Ne atentu lin.»

«Jen, Dunkan, kion vi pensas pri tio? Mi mencias la publikan konsciencon, kaj la edzinjo megeras min.»

«Mi konas vin, Alek Robb», Manjo skoldis. «Vi preferas aŭdi, ke vi tro laboras, ol labori. Ĉiam legante, kaj diskutante aferojn, kiujn vi ne komprenas. Vi kaj viaj libroj! Same, kiel mia avo! Vi memoras lin, Dunkan? Ĉiam legante, kaj diskutante religion. Li estis misiisto en Mull, kaj elspezadis sian monon aĉetante librojn, dum mia kompatinda avino ne sciis de kie la venonta manĝo venos.»

«Manjo, Manjo, mi ne estas misiisto.»

«Ne, vi estas pura ateisto ...»

Alek eligis sian tusan rideton.

«Tre sagaca franco pasigis la vivon serĉante la veron pri la ekzisto aŭ neekzisto de Dio, Manjo, kaj fine decidis, ke li ne scias. Do, kial mi ...»

«Jes, li ne povis nei, ke Dio ekzistas.»

«Nek konfirmi. Do, kial mi, simpla laboristo, aroge pretendu, ke mi konas la veron. Mi lasas tion al la pastroj.»

«Ĉu vi scias, Dunkan, ke li ne eniris preĝejon dum tri jaroj?»

«Ĉe mia lasta vizito, Dunkan, mi iom rigardis la kompanion kaj mi diris al mi, ‹Aĉjo, vi estas en malbona kongregacio. Ĉiu speco de fripono ĉeestis: komercistoj memkontente tenante la ventregojn; tiu Jack Hill de la Balgray ...›»

«Vi povus lerni ĝentilecon de s-ro Hill, Alek Robb.»

«Tre verŝajne, Manjo, kaj pli ol tion. Tamen, Manjo, vi eraras dirante, ke mi ne eniris preĝejon dum tri jaroj. Mi eniris la katolikan antaŭ malpli ol tri semajnoj.»

«Alek Robb, vi ne!»

«Jes, ĉu mi ne diris?»

«Sed por kio? Ĉu vi frenezas? Ĉu vi deziras kaŭzi skandalon?»

«Mi deziris vidi, kio okazas. Estis tre interese, Dunkan; tiu ĉi pastro vestita en longa robo ĝis la piedoj ...»

«Kial vi faras tiajn frenezaĵojn? Ĉu ne venis al vi en la kapo, ke eble iu vidos vin?»

«Do, ili kredu, ke mi konvertiĝis en romkatolikon. Mi ankaŭ faris konfeson iam, Dunkan. Oni eniras tiun ĉi budon, kaj sidas kontraŭ krado. La pastro sidas malantaŭ ĝi, sed mi ne povis vidi lian vizaĝon; li tenis la manon antaŭ ĝi. Eble li ne deziris, ke mi vidu ...»

«Vi iris al konfeso! Kion vi provas fari? Ĉu vi deziras ridindigi min? Kion oni dirus se ili vidus vin?»

«Mi ne scias, Manjo. Ĉu gravas?»

«Ĉu gravas?? Kompreneble gravas, stulta. Se ne ĝenas vin akiri reputacion, kiel frenezulo, almenaŭ pensu iom pri mi.»

«Tion mi faras, kara. Mi ja pensas multe pri vi.»

«Ho, tre sprite! Li ankaŭ estas komediano, Dunkan. Ĉu vi sciis? Ĉu vi rimarkis lian talenton? Idioto, vi embarasas Dunkan per viaj fetiĉaj ideoj. Ligu la langon. Ne atentu lin Dunkan.»

Dunkan ridetis, ĉar li tre ĝuis la vortskermojn de la paro. «Nu,» li diris, «kulpas mi pri la disputo. Ĉu mi ne provokis ĝin starigante demandon pri la utiligo de ĉevaloj en urbegoj?»

«Tute ne, Dunkan. Oni ne povas mencii ion ajn, kion Alek ne volas tordi en politikon.»

«Ne, ne, Dunkan. Oni ne povas eviti disputon, kiam militisto, kiel Manjo, ĉeestas atendante okazon ataki. Ĉu ne, Manjo? Vi tre ŝatas persekuti vian kompatindan pacamantan edzon.»

Manjo eligis ambiguan «Ha!» kaj komencis poluri la jam brilegan fornorandon.

«Ni devos iri aŭskulti James MacDougall aŭ Ĝon Maclean iam. Tiajn parolantojn vi ne aŭdos en Ejle, Dunkan, ĉu?» Alek daŭrigis.

«Ne, oni kredas tie, ke ili estas sovaĝuloj.»

«Mi scias, mi scias. ‹La sorto de la patro sufiĉos ja por mi›, ĉu ne, Dunkan?» ridetis Alek mimikante la gaelan parolmanieron ĉe la cito.

«Nu, eble ni estas iom malprogresemaj, Alek, sed ni ĝenerale atingas la celon.»

«Kiun celon? Kiam gaelo iam atingis iun ajn indan celon? Ne, ne, Dunkan, vi devas veni aŭskulti iujn el la ‹sovaĝuloj›. Poste vi povos almenaŭ diri, ke vi aŭdis ilin – tion povas fari malmultegaj el iliaj kritikantoj.»

«Ho, mi ne kritikas ilin, Alek; sed ververe la politiko ne tre interesas min.»

«Jen la domaĝo! Tro malmultajn homojn interesas la politiko. Sed surprizos vin konstati, kiom ĝi povas interesi, kiam klera eksponanto ...»

Manjo jam ne povis silenti.

«Ho, diable lasu la kompatindan. Kial vi ne proponas iri al futbalo, kiel normala viro?»

«Al futbalo? Ĉu futbalo interesas vin, Dunkan?»

«Jes, jes, la futbalo estas bona ludo. Mi iom ludis mem, sed kompreneble ni ne havas stadiumojn, kiajn vi.»

«Mi ne ĉeestis ludon ekde la Hampden tumulto antaŭ kvar jaroj. Tio estis timiga travivo! La profitmotivo provokis ĝin – jes, eĉ tie ĝi ludis rolon: oni deziris ludi ankoraŭ novan ludon anstataŭ longigon de tempo, kvankam tiu estis jam la dua ludo de la pokalfinalo. La amaso tumultis, bruligis parton, frakasis parton, de la stadiumo. Estis timiga vidaĵo.»

«Jes, sed tio estis unu fojo el mil. Cetere, estis Rangers kaj Celtic, kaj la kanajlaro, kiu sekvas tiujn du, kapablas ion ajn», diris Manjo.

«Do, bone. Mi nur menciis, ke mi estis tie. Do, ni vidos.»

«Vi ne vidos. Vi iros. Ne provu forblagadi la ideon.»

«Hu, la edzinjo estas ja en gala farto ĉivespere, Dunkan! Do, vi kaj mi nun diskrete retiros nin por ioma refreŝigo de korpo kaj spirito.»

«Ho, ĉu? Do, ne revenu ebriaj; alie – nu, vi scias, kio okazos. Ne lasu vin ebriiĝi pro lia insistemo, Dunkan.»

«Ne, ne, Manjo, ni estos diskretaj. Nur glaseton, ĉu ne, Alek?»

«Glaseton, jes. Eble du», tiu respondis.

La du viroj eliris, kaj malsupreninte la tri-etaĝan ŝtuparon faris la mallongan promenon al la trinkejo ĉe la stratangulo. Kiel paro ili estis interesa kombino de similoj kaj kontrastoj: ambaŭ tenis la harojn kombitaj de centra divido kurbantaj sur la frunto, kvankam Alek nun kovras siajn per ĉapo. Ambaŭ portas lipharojn, sed tiuj de Alek estis densaj kaj kurbaj kontraste al la silkeca lanugo, kiu manifestas la nematuron de Dunkan; dum je koloro ili montras la saman varieton kiu distingas la hararojn, tiuj de Alek estante preskaŭ nigraj kontraste kun pala bruno ĉe Dunkan.

La kompletoj el blua serĝo estis similaj. Tiu de Dunkan estis lia dimanĉa, sed estante la sola, kiun li portis de la insulo, ĝi nun fariĝis la ĉiutaga. Tiu de Alek ankaŭ estis la dimanĉa dum multaj jaroj, sed jam cedis tiun distingon al nova el la samaj ŝtofo kaj koloro, kaj nun rolas kiel ĉiuvespera vestaĵo, mezvoje al la fino de sia kariero sur la humiliga sceno de la fabriko, kie Alek laboras.

La plej trafa kontrasto inter la du viroj estis la respektivaj altoj: Alek estis tradicia urbega pasero havante malpli ol kvin kaj duonon futojn da alto, dum Dunkan atingas preskaŭ ses futojn.

«Jes, ni estas geedzoj de naŭ jaroj, kaj neniam starigis seriozan kverelon dum tiu tempo», diris Alek, konkludante panegiron pri Manjo dum li malfermas la trinkejan pordon. «Edziĝu, Dunkan. Nur zorge elektu la knabinon.»

«Tion mi ja esperas fari iam, Alek, sed ankoraŭ ne urĝas.»

«Ta, mi estis jam edzo je via aĝo. Mi faris mian nupton havante nur dek naŭ jarojn, kaj neniam bedaŭris la decidon.»

«Eble ne, sed diversaj homoj ... vi komprenas, Alek. Nu, ni vidos.»

«Jes, sed – hej, Ĝok! du glasetojn kaj du litrojn ĉi tie! Jes, sed ne lasu ĝin tro malfrua, Dunkan.»

La kelnero alportis la trinkojn, kaj levinte la glasetojn da viskio je reciproka «sanon», la viroj englutis la enhavojn, kaj poste, meditante kun anticipa plezuro siajn pindojn da biero, staris silentaj dum kelkaj minutoj, volupte ĝuante la postgustan kareson de la likvoro sur siaj langoj. «Jes,» Dunkan pensis, «Alek rajtis esti kontenta kun sia grizokula, birde aktiva Manjo.» Ŝi estis por li perfekta parulo: laborema, praktika, senpacienca, kontraŭpeze al la iom sencela, filozofia scivolemo kaj foja diskretomanko de la edzo. Tial iliaj oftaj disputoj neniam fariĝis kverelaĉoj, neniam kaŭzis rankoron: ambaŭ kontentis skermi de la propra tereno, konante la limojn kaj limigojn de la alia, kaj ne trudante sin preter tiuj. Manjo skoldis kaj insultis, dum Alek prezentis siajn rimarkojn en la formo de argumento, certigante tamen, ke ili ĝenerale spegulas la nelogikon de sia atakanto, kaj en la fino ili ambaŭ ne multe atentinte la alian, kontentis pri siaj propraj trafoj, anstataŭ meditadi eblajn ofendojn ricevitajn.

«Do, trinku, Dunkan», urĝis Alek, kaj Dunkan obee levis sian glason.

Tamen, alispeca edzino necesus por li, ĉar interalie li dubis ĉu li tenadus la paciencon de Alek. Cetere, estas facile forlogiĝi en nesteton kun beleta parulo, sed la juno postulas iom pli ol tion. Li deziras iom koni la mondon, iom venki ĝin. Poste, renkontinte la unusolan, li povos provizi decajn hejmon kaj vivstaton, tiel ke ŝi sentu edziniĝon al li kiel leviĝon, ne kiel ŝarĝon; tion li ne povas elteni, ke oni – precipe la amata – domaĝu lin.

Grupo da laboristoj elirontaj la trinkejon rimarkis al Alek, «He, Anĉjo», vokis unu. «Kiel?»

«Andi, kiel vi, homo? Kiel vi, knaboj? Kion vi trinkos?» Alek demandis.

«Ho, ne dankon, ni ankoraŭ ne estis hejme – devos rapidi», respondis Andi.

«Diable, vi lasis tion iom tro, knaboj. Ne gravos nun se vi restos ankoraŭ. Nur unu. Vi bezonos ĝin.»

«Ne, ne! Ne povas, Anĉjo. Ĉu, knaboj?»

«Kristo, ne! Ĉu vi provas pendumigi nin, Robb?» subtenis alia.

«Ta, ta, unu ankoraŭ faros neniun diferencon», Alek urĝis signante al la kelnero.

«Jen, Alek, estas mia vico.» Dunkan interŝovis sin pro-ponante oran duonfunton al la kelnero.

«Ne, ne, mi aĉetos por la knaboj, Dunkan. Vi havos vicon poste.»

«Mi insistas», Dunkan silabis ruĝiĝante.

«Do, bone. Knaboj, tiu ĉi estas mia kuzo – almenaŭ la kuzo de Manjo, Dunkan Maclean. Dunkan, jen Andi Carmichael, Ĝimi Barr, Allan Wright, Ĝo Black.»

Dunkan manpreme salutis al ĉiuj laŭvice. «Sed, Dunkan,» protestis Black, «vi metas la finan najlon en ĉiujn niajn ĉerkojn, dank' al la sugesto de tiu Robb.»

«Ĉu mi jam menciis al vi, ke Dunkan venos?» demandis Alek. «Li nun serĉas laboron, sed sensukcese. Ĉu iuj el vi scias pri postenoj iuspecaj?»

«Nu, kian laboron vi celas, Dunkan?» demandis Barr. «Mi scias pri provizora deĵoro, kiel helpanto ĉe karbvendisto, sed eble tio ne taŭgos.»

«Tute ne!» konfirmis Alek decide.

«Jes», diris Dunkan, kiu sciis, ke la monujo nepre malplenos post semajno aŭ dek tagoj.

«Kio? Vi ne povas fari tian laboron, selante vin per karbo.»

«Kial ne? Kio estas speciala pri mi, Alek? Mi devas labori, vidu. Cetere, nur provizoros.»

«Estas ĉe la Petrie fratoj, Alek», klarigis Barr. «Donĉjo malsanas, do Gavin devas resti en la oficejo, kaj mankas homo en la korto kaj ĉe liveroj.»

«Se vi donos la adreson, mi iros morgaŭ», diris Dunkan.

«Bone, Dunkan, vi estas jam viro», cedis Alek, «sed Manjo bone regalos min, ke mi enkondukis vin en tian rondon de ĉifonuloj.»

«He, aŭskultu la socialiston», bruis Carmichael. «Notu la arogan malestimon al siaj amikoj, simple ĉar ili portas siajn laborvestojn.»

«Temas pri la opinioj de mia edzino, kaj ŝi estas

konservativulino. Cetere, vi nur portas la laborvestojn por ŝirmi la bonajn de la bruligoj de tiu vitriolo, kiun oni nomas tie ĉi viskio. Gardu vin, Alĉjo.»

Wright viŝis sian surtuton per la maniko, kaj ŝanceliĝante glutis la restaĵojn de la likvoro.

«La patro draŝos al vi la haŭton, kiam vi eniros, knabo», admonis Carmichael.

«La patro fikiĝu!» gruntis Wright, kiu ne ŝatis la aludon pri sia juno.

Estis evidente, ke la grupo jam multe drinkis, kaj kiam la glasoj estis malplenaj, Andi insistis replenigi ilin je sia kosto malgraŭ la antaŭa bezono foriri. Poste, ĉiu laŭvice devis kompreneble fari samon, kaj la voĉoj fariĝis ĉiam pli laŭtaj, kvankam ili grade dividiĝis en pli intimajn grupetojn, nur de tempo al tempo kriante ion al alia grupo, aŭ por la ĝenerala regalo.

Dunkan sentis la kapon agrable varmiĝi, kaj sian antaŭan retiremon for de la tro kamaradeca sinteno de la ebriuloj solviĝi en koran amikemon. Ŝajnis, ke ili ĉiuj iros al la granda futbala ludo la venontan sabaton, kaj Dunkan aranĝis renkonti ilin, je la granda senŝarĝiĝo de Alek.

Fine, tamen, ili devis iri, ride subtenante la nun ebriegan Wright, kiu persiste proklamadis sian defion al la patro.

«Ne, nju, nje, mi nje ŝerĉas, knaboj. Mi nje ŝerĉas, Alek», li aldonis, falante antaŭen kontraŭ la brakojn de siaj amikoj, kaj provante fokusigi glazuraspektajn okulojn en tiujn de Alek, kun kiu li je tiu momento staris naz-al-naze. «Ĉu – ĉu vi eble penŝaŝ, ke mi timaŝ la patraĉon, Alek? Nje, nje ridu, Alek; nur diru. Vi penŝaŝ, ke jeŝ, ĉu ne? Ŝed ne, a'ŝlute ne. Li kredaŝ, ke li eŝtaŝ la granda ŝinjoro, ŝed mi enuaŝ tion; mi montroŝ lin, kiu

mi eŝtaŝ. Nje, vere, knaboj, mi enuaŝ tion. Mi ne ŝerĉas, knaboj»,
li persistis, dum ili duonportis lin tra la pordon, kun ridaj ĝisoj
al Alek kaj Dunkan.

«Diable, la patro murdos la kompatindan», diris Alek, «kaj
tio memorigas min: ni devos iri ankaŭ; alie Manjo murdos nin.
Nur unu ankoraŭ, Dunkan?»

«Ne por mi, Alek.»

«Jes, jes, jen la fina.»

«Nu.»

Alek mendis la trinkojn, kaj eltusis sian rideton: «Ha,
tiu Wright! ‹Mi montros lin!› Ha! Ĉu vi aŭdis lin, Dunkan? La
kompatinda montros al neniu! Li ne nur timegas la patron, sed
li ankaŭ estas la plej kuniklokora homo, kiun mi iam konis. Li
ne mortbatus muŝon. Vere, la drinko semas kuraĝon en la plej
sterila grundo.»

«Kaj feliĉon, sed bedaŭrinde ambaŭ provizoras nur.»

La mieno de Alek serioziĝis. «Vi pravas, Dunkan. Drinko
estas la surogato, kiu ĉe la laboristo anstataŭas la vivon veran.
Li narkotas sian mizeron ...»

«Ĉu vi estas mizera, Alek?» Dunkan ŝercis; sed Alek restis
serioza.

«Ne,» li respondis, «mi ne estas mizera. Provizore mi estas
feliĉa pli-malpli, sed mi scias, kia mi estos, se la mallaboro
retrafos min – kaj ĝi konstante minacas.» Li levis sian glason
kaj glutadis. «Mi estu sincera, Dunkan. Mi ne ŝatas vidi knabon,
kiel Wright ebriiĝi.» Li levis la manon. «Ne, mi ne predikas.
Mi ekgustis la viskion, kiam mi havis nur dek kvar jarojn; la
viroj en la fabriko amuzis sin donante viskion al ni knaboj; kaj,
mi konfesas, mi baldaŭ ekŝatis ĝin. Sed tio estis malbona. Mi
nun drinkas tro. Ne tiom, kiom multaj homoj, sed tro. Mi scias

tion, sed kion mi faras por eviti ĝin? Nenion. Devus esti pli bela mondo, Dunkan: socio, kiu ne sapeas la konvinkojn.»

La koro de Dunkan elradiis simpation je tiuj vortoj malgraŭ la politika tendenco.

«Jes, tion mi komprenas, kaj mi konsentas ĝis certa grado; sed mi opinias, ke la mondo ja pliboniĝos; mi ne povas pensi alie; mi sentas vekiĝemon. Mizero kaj maljusto ĉiam ekzistis, kaj ŝajne ĉiam ekzistos; sed homoj grade kleriĝos, lernos la lecionojn de la pasinteco, kaj certigos por justo kaj bono pli grandan lokon, ĉiam pli grandan lokon. Ni fidu al la homaro nur. Trinku, Alek.»

«Ej, kio? Nun vi persvadas min; sed ni jam konsentis ...»

«Jes, jes, mi scias, sed via vico estis unua, do la lasta estu mia. Cetere, mi sentas min – bonega.»

«Jes», Alek murmuris rigardante lin per sperta okulo. «Do, nur bieron, ke vi restu bonega.»

Dunkan obee mendis du pindojn, kaj dum ili trinkadis, li klarigis sian optimismon, precipe rilate al sia persona futuro. La deĵoro, kiun li trovis, li sentis, estas la komenco. Certe ĝi ne estas tre bona, sed ĝi rompos la spitan negativon, kiu ekdeprimis lin, kaj li povos ankoraŭ serĉi novan laboron dum li deĵoros tie en la karbejo. Eĉ se li ne trovos, li povos ŝpari iom da mono por ke li vivtenu sin post sia maldungo. Entute, li certigis siajn enspezojn ĝis post la Novjara Festo. Tio mem estas kuraĝiga. Poste ... la planoj kaj aspiroj, kiuj kreskis en lia menso ekde antaŭ lia forlaso de la insulo nun flusis, kaj inundis Alek dum ili trinkis siajn finajn pindojn, kaj poste dum ili promenis reen al la domo.

Alveninte Dunkan, kiu daŭre paroladis en voĉo iom pli alta ol la normala dum la lastaj dek minutoj, permesante al Alek nur interpunkciajn «Aha», «Jes» kaj «Bone», silentis, kaj lasis la parolon al sia kunulo. Manjo rigardis ilin suspekteme, kaj Dunkan zorge gardadis la langon, dum Alek aplombe menciis ĝeneralaĵojn. Malgraŭ lia singardemo la bluaj okuloj de Dunkan briladis per pli ol natura brilo; la duo estis for sufiĉe longe por trinki barelon, kaj eligas viskiodoran haladzon je ĉiu elspiro, sed finfine ili kondutas orde kaj senbrue, kaj Manjo estis kontenta – ĝis Alek menciis la sukceson de Dunkan rilate ties novan deĵoron. Ĉe tio la prognozita tempesto eksplodis. Dum kvin minutoj Manjo seninterrompe furiozadis, ŝarĝante la tutan pezon de sia indigno sur la mallarĝajn ŝultrojn de sia edzo. Ĉu li frenezas? Ĉu ŝi ne povas permesi al li lasi ŝian ĉeeston dum du horoj sen ke li faru sensencaĵojn? Kial li devas prezenti Dunkan al siaj vagabondaj amikoj?, k.t.p., k.t.p. Ŝi evitis demandi, kion pensos la najbaroj vidante nigrulon enveni ŝian domon, ĉar ŝi ne deziris embarasi Dunkan, sed ŝi kontentigis sian laborist-edzinan snobetismon demandante anstataŭe, kion la parencoj en Ejle diros, kiam ili aŭdos, kiel Dunkan humiliĝis, dank' al sia kunesto kun tiu rabia socialisto, Alek Robb.

Malgraŭ ŝia sinreteno, Dunkan ja embarasiĝis. Li deziris senkulpigi Alek, sed li konstatis, ke la ĵusa flueco de la lango jam forlasis lin, kaj timis, ke provante rapide enmeti vorton dum paŭzeto en la Manja vorttorento, li fuŝos langostumble, tiel supozigante, ke ebrio estas la vera kulpanto pri la nova posteno. Li elprovadis mense iujn proteste klarigajn frazojn por utiligo, kiam Manjo ĉesos, elektante por facila diro kaj sobra prudento; sed ili ne necesis, ĉar Alek, tute ne malkaŝante la persistemon de Dunkan en la drinkejo, tamen utiligis ties argumentojn, kaj samtempe komprenigis, ke li nepre deziras entrepreni la laboron sen ia persvado de iu ajn, kaj Manjo iom post iom akceptis la definitivon de la aranĝo.

La sekvontan matenon Dunkan, perdinte iom da siaj entuziasmo kaj bonsento, tamen eliris je frua horo kaj sukcesis akiri la postenon. La laboro ne estis multe pli laciga ol tiu de lia hejma bieneto, sed la ĉirkaŭo igis ĝin multe pli malagrabla, kaj li preskaŭ kontraŭvole antaŭvidis kun plezuro la tempon de sia maldungo, eĉ se li ne havos alternativan laboron. Fakte, li nun konstatis, ke li preskaŭ certe ne povos trovi alian laboron dum li deĵoros en la karbejo, ĉar li simple ne disponis la tempon serĉadi ĝin. Li tamen certigis sin, ke li pli sukcesos post la maldungo, kaj notis kun plezuro, ke lia eta monprovizo kreskadas kuraĝige.

La novjara Festo venis, iris, kaj forsolvis iom la ŝparojn de Dunkan; sed sufiĉo restis por ebligi eventuale plursemajnan senlaborecon kiam Donĉjo Petrie fine revenis al la oficejo kaj la firmo Petrie Fratoj ekhavis unu preter la komplemento. Gavin Petrie, kiu estis raŭka, blasfemema, sed sincera homo, tre ŝatis Dunkan, kaj persvadis sian fraton dungadi lin je malaltigita salajro ĝis la printempa malpliiĝo de vendoj, sed Dunkan rifuzis kun danko, ĉar li aŭdis, ke nova fabriko konstruota en la norda parto de la urbo proponas laboron al oficistoj kaj mekanikistoj, kaj li esperis akiri iun metian laboron tie, kvankam li jam tro aĝas por fariĝi regula metilernanto. Cetere, li jam atendadis kun kreskanta sopiremo la deciditan finon de la laborperiodo, kaj nun sentis, ke li ne povus suferi pluan deĵoradon ĉe la karbejo, precipe por la pli malgranda salajro. Se li povus migri kun ĉevalo, aŭ eĉ prizorgi ĝin, anstataŭ labori en la karbokorto, li eble restus, sed Ĝordi Fyffe, la malalta, kurbŝultra veturilisto certe rezistus tion. Do, kun granda senŝarĝiĝo de la koro, Dunkan lasis la karbejon de la Petrie Fratoj.

Baldaŭ evidentiĝis, ke la famo pri nova fabriko estis pura

fantazio; sed Dunkan, jam pli memfida en la urbego, ne sole ĉar li perdis iom sian kamparecon, sed ankaŭ pro la akirita rondo de konatuloj, kiu evitigas ke li eterne ŝarĝadu la komplezemon de Alek, ne dubis, ke li baldaŭ trovos ian laboron. Re-komenciĝis la leter-skribado, kaj la migroj en la urbegon, nun komplementitaj de enketoj inter la amikoj de Alek kaj la ekkonitoj de siaj karbejaj tagoj. La rezultato estis nulo, kaj Dunkan ekkonstatis, ke la senlaboruloj de Glasgovo ne estas nur ciferoj: ili ekzistas, kaj konkurencas kun li, serĉinte en la plej multaj kazoj multe pli longe ol li, ofte dum jaroj, ofte por vivteni grandajn familiojn. Sekve, ili svarmas al ĉiu posteno proponata, pretaj entrepreni ion ajn, kaj la aspirojn de Dunkan kaj liajn konvinkojn pri la futuro ekfrontas maltrankviligaj duboj. Li ĉesis reveni al la domo por la tagmanĝo, ĉar liaj ŝparaĵoj degeladis tiom, ke li ne povis doni al Manjo la etan sumon posemajne, kiel kutime; do sciante ke ŝia buĝeto permesas nur subtilegan marĝenon inter elspezoj kaj enspezoj, li ŝajnigis tagmanĝi ekstere por ŝpari al ŝi iometan sumon. Sed eĉ tio ne malhelpis ke li fine trovu sin sen eĉ monero.

«Dunkan,» Manjo diris al li, kiam li revenis hejmen iun vesperon iom pli frue ol kutime, «vi estas bankrota, ĉu ne?»

«Nu, efektive,» Dunkan respondis ruĝiĝante, «por esti sincera ...»

«Vi havas eĉ ne ŝilingon.»

«Nu, ne multajn, Manjo, por esti sincera. Nur kelkajn efektive.»

«Mi sciis. Estas pli malfacile ĉe vi, ĉar vi ne bezonas tabakon. Tamen, mi sciis. Do ne ofendiĝu.» Ŝi metis duonpundon sur la tablon je lia kubuto, levante la manon kontraŭ liaj protestoj. «Kaj se vi ne venos hejmen por la tagmanĝo estonte, mi opinios ke vi ne ŝatas mian kuirpovon.»

«Manjo, bonvolu repreni ĝin», petis Dunkan leviĝinte kaj sekvante ŝin kun la mono. «Mi tute ne povas akcepti ĝin, vi scias. Tio ĉi estas terura. Kia situacio!»

«Sensencaĵo! Vi devos forgesi tiun gaelan ofendiĝemon nun en la urbego. Vidu, Dunkan, vi malhelpas min fari la manĝon. Prenu ĝin, mi petas. Vi povos repagi.»

Je tio Alek envenis, kaj rimarkinte la perturbiĝon, demandis kio okazas.

«Ho, mi donas prunteton al Dunkan, kaj li ofendiĝas», Manjo sciigis.

«Ĉu vi bankrotas, Dunkan? Mi estas blinda. Vi devis nur diri.»

«Ne, Alek, mi ne povas akcepti tion ĉi.»

«Certe vi povas. Estas nenio.»

«Kaj cetere, vi ne povas vivi sen mono, Dunkan», aldonis Manjo. «Do, silenton.»

«Jes, silenton, Dunkan. Forgesu ĝin. Kio por la temanĝo, Manjo?»

Dunkan silentis. Li sciis, ke monon li devas ja havi, kaj ekzistas la alternativo peti ĝin dehejme, aŭ akcepti ĝin de la ge-Robb'oj. Nek lia duon-patro, nek lia patrino disponas pri sufiĉe da mono, kaj pruntedono iliaparte estus granda ofero. Cetere, li certigis ilin, ke li sukcesos en Glasgovo, malgraŭ iliaj avertoj pri kreskanta senlaboreco. Sentante, ke pluaj protestoj estos des pli malsinceraj se li devos finfine akcepti prunton, li tial obee silentis, sed forgesi li ne povis, kaj subbrulante de honto, li faris al si firman decidon.

La sekvan tagon li iris al la karbejo, kaj serĉinte Gavin Petrie, li demandis tiun, ĉu ankoraŭ estus eble akcepti la proponitan postenon.

Petrie gratis la verton. «'daŭras, Dunkan. Vendoj falegas, je Kristo. Estas tiom da senlaboreco, ke oni ne disponas la monon por karbo; sed aliflanke la senlaboruloj ja disponas la tempon por kolekti lignon kaj por kribri la skoriamasojn. Tre 'daŭras, diable.»

Tiun tagon Dunkan ja revenis al la Robb-domo por la tagmanĝo, envenante tuj post Alek mem.

«Ha, Dunkan, mi ĝojas, ke vi decidis tamen veni», salutis Manjo, ĉar en la mateno li respondis al ŝia demando, ke li ne scias, ĉu li povos tagmanĝi hejme aŭ ne, kaj ŝi timis, ke li ankoraŭ sentas ofendiĝon. «Ĉu ian bonŝancon?» ŝi aldonis.

«Nu,» respondis Dunkan ŝerce-honteme, «dependas de tio, kion oni nomas bonŝanco.»

La geedzoj ekrigardis lin kun subita scivolemo.

«Kion tio signifas, Dunkan?» demandis Alek.

Dunkan respondis kun la imponema digno de kelto, kiu sentas embarasiĝon:

«Mi akceptis la reĝan ŝilingon.»

«Dunkan, kion vi diras?»

«Ĝuste tion.»

«Sed la armeon, Dunkan, vi ne povas ŝati.»

«Ne temas pri ŝato. Temas pri neceso. Oni pagas kaj manĝigas en la armeo. Mi ne povas estadi parazito.»

«Dunkan, se mi diris ion por peli vin al tio ĉi …»

«Vi ne, Manjo, tute ne. Male vi estis tre afabla, tro afabla; sed mi simple devas subteni min mem, kaj eble, post miaj kvin jaroj, aferoj pliboniĝos, kaj laboro estos pli abunda.»

«Sed soldatiĝi. Kaj eble estos milito!»

«Ŝi pravas, Dunkan. Se Germanujo kolizios kun Francujo aŭ Rusujo, nia lando plenumos siajn pakto-devojn por protekti siajn merkatojn …»

«Lasu la politikon, Alek. Ne estos milito. La konferenca tablo estas la areno de la dudeka jarcento. Malgraŭ ĉiu minacado kaj ĉiu blufo oni tro civiliziĝis por fari la finan paŝon.»

«Vi parolas pri kapitalistoj, Dunkan.»

«Ne ŝercu, Alek», petis Manjo. «Tio ĉi estas terura. Kion oni diros? Kion ni povos fari?»

«Ni povos fari nenion nun, Manjo – krom manĝi. Nu, do, Dunkan, vi iom surprizis nin. Kiun regimenton?»

«La skotan Gvardion.»

«Ĉu? Kaj kiam vi iros?»

«Nu, mi ne scios ĝis oni finakceptos min.»

«Ho, ili finakceptos vin», konfirmis Manjo, revenante kun la manĝo. «Kaj se estos milito …»

«Ne estos milito», ripetis Dunkan legonta post tri monatoj, ke la Ĉefduko de Aŭstrio vizitis Sarajevon.

★ ★ ★

«Ne estos milito», protestis Donald Maclean. «Almenaŭ ne granda: tia stultegaĵo ne povas reokazi post la Mondmilito.»

«Oni kredus, ke ne, se ne evidentus, ke armeoj ankoraŭ ekzistas, ke ŝtatistoj parolas pri mobilizo, ke ni nun havas ses-monatan armeinstruadon por junuloj», respondis lia amiko, Bob Stewart.

«Tio estas arogantaĵo,» konsentis Donald, «vere nepardonebla trudo, sed pri efektiva milito mi ne povas kredi.»

«Se iu komencos, ĉiuj sekvos. Se iu atakos, alia devos defendi.»

«Ĝuste tion mi ne povas kredi, Bob. Mi scias, ke militoj okazas malgraŭ ĉies volo, ke paniko kaj patriotismo nuligas ĵurojn reteni la pacon, sed ne forgesu ke milionoj da homoj ankoraŭ memoras la Mondmiliton, kaj simple ne permesos, ne povos permesi, alian.»

«La politikistoj decidos tion.»

«Ne! Necesos partoprenantoj. De kie tiuj venos? Milionoj rezistos ĉifoje. Ili devos. Mi ne povas kredi, ke ili ne.»

«Kiom rezistis la armeinstruadon?»

«Ne sama afero. La efektivan militon mi ne povas kredi. Cetere, la pli maturaj homoj, kiuj memoras la Militon, estos la kerno de rezistado.»

La du amikoj staris ĉe la enirejo de la Glasgova Centra Stacidomo, rigardante la ĵurnalon, kiun Donald ĵus aĉetis. Ili jam adiaŭis la ceteron de la trupo ĵus reveninta de Cowal, kie ili, la Klano Macrae Sakflutaroj kaj Tamburoj, denove gajnis unuan lokon.

«Ni vidos, sed mi dubas. Se Germanujo atakos, ili ne povos elekti ...»

«Ili devos elekti! Ankaŭ en Germanujo ekzistas homoj, kiuj memoras la Mondmiliton. Ni devas fidi al ilia prudento. Nia devo estas spiti niajn proprajn frenezulojn.»

«En Germanujo oni kredas, ke la armeo neniam venkiĝis. Kiuj nun oponas militadon, tiuj kuŝas en karceroj. Estu prudenta mem, Donald.»

«Estu prudenta! Ha! Aŭskultu: mi estas sufiĉe prudenta por scii, ke milito utilas nek al mi, nek al vi, nek al iu ajn deca, ordinara homo.»

«Mi scias, mi scias, Donald. Sed estu realisma. Ni ne povas ignori tion, kio okazas. Se malamiko invadas, oni devas protekti la hejmon ...»

«Ba! ‹Protekti la hejmon›. Jen la plej malnova, kliŝa senkulpigo por amasbuĉado ...»

«Jes, eble, sed ĝi efikas. Vidu, Donald, mi scias, ke vi estas pacisto; sed viaj homaranismaj idealoj ne efikos kontraŭ tankoj. Eĉ George Bernard Shaw, kvankam socialisto, konsentis ke, kiam la ŝipo sinkas ...»

«Jes, kaj George Bernard Shaw estas maljunulo, nia generacio, ne lia, suferos. Ĉu vi estas preta fariĝi parto de la dua ‹perdita generacio›? Ĉu?»

«Mi esperas ke ne.»

«Vi esperas ke ne; sed kion vi intencas fari por evitigi ĝin?»

«Kion vi?»

«Almenaŭ mi ne drivos en la armeon blekante pro ‹protekto de la hejmo›.»

«Ne, vi lasos tion al aliaj.»

«Mi lasos ĝin al neniu. Se ĉiuj sekvos mian konsilon, milito ne eblos.»

«Se? Sed ĉiuj ne. Fakte, multaj homoj, kiuj kiel vi kontraŭas la faŝismon, volonte batalos kontraŭ ĝi. Kio estas la diferenco inter la homoj, kiuj batalis en Hispanujo – kun la forta aprobo de vi socialistoj – kaj tiuj, kiuj nun pretas defendi la propran landon kontraŭ tiu sama faŝismo?»

«Iru al la komunistoj por harfendaj distingoj inter justaj kaj maljustaj militoj, Bob. Mia kredo estas senkompromisa: milito iaspeca estas krimego, abomenaĵo. Mi ne komprenas, kiel iu civilizita homo povas havi alian koncepton.»

«Ne? Do vi nepre rifuzus militservon?»

«Jes.»

Bob rigardis lin.

«Bone. Se milito efektive okazos, oni baldaŭ alvokos nian aĝogrupon, kaj vi tiam havos la alternativon servi aŭ iri al la karcero. Ĉu vi tamen rifuzos?»

«Jes.»

«Ĉu? Ni vidos. Sed mi konsilas al vi, Donald, iom pripensu vian familion: vi alportos suferon al ili, ne sole al vi mem, per tia sinteno. Kiel mia patro diras, homoj kun grandaj idealoj ne domaĝas, ke partoprenu iliajn suferojn tiuj, kiuj ne partoprenas iliajn idealojn.»

«Diru al via patro, ke mi ne ambicias suferojn, kaj miaj idealoj ŝparus suferojn al milionoj, kiujn lia prudento terenbatus kun mizerego.»

«Sufiĉe! Ne necesas ataki mian patron.»

«Mi replikas citon lian.»

«Li tamen pravas. Oni foje pripensu aliajn.»

«Mi pripensas milionojn.»

«Ho, bela blago! La familio tenu unuan lokon. Sango pli …!»

«Kial? Kial la familio ĉefe gravas? Tio estas nura egoismo.»

«Pa, sensencaĵo! Ĉiu normala homo pripensas unue la familion. Tiuj altsonaj vaporaĵoj pri milionoj da homfratoj ne ŝanĝas la naturon, dank’ al!»

«Estas nature pripensi unue la memon; sed ni jam levas nin super tio per la intelekto; la dua paŝo estas konstati objektive la relativan malgravon de la familio kompare kun la socio, kaj – jes, kompreni, ke ĉiuj homoj sur la terglobo estas efektive fratoj. Tiu viro, kiu ensaltis la kanalon por savi infanon, ne unue demandis sin, al kies familio ŝi apartenas.»

«Tĉa! Blago, blago, blago! La sama homo ne kompromitus la propran familion por tiu sama infano – Jen la ruĝa tramo.»

Ili faris mallongan kuron al la tramhaltejo apud la stacidomo, kaj enirinte la tramon sidis dum iom da tempo spiregante iom pli ol necesis. «Fu!» spiris Bob; «Fu!» Donald konsentis subpremante la tenton mencii, ke la heroo en la ĵurnalo ne pensis pri la sorto de sia familio, kiam li riskis la vivon ensaltante kanalon. «Fu!» li ripetis anstataŭe, kaj Bob tuj lin eĥis.

«Jen mi havas», Donald protestis, reŝovante la manon de Bob tenantan la monerojn. «Du du, mi petas», li daŭrigis, proponante kvar pencojn al la biletisto.

«Nu», diris Bob. «Nu, ni tamen trafis.»

«Jes, ni ja. Ni preskaŭ mistrafis, starante babilante.»

«Jes, jes, mi pensis dum momento, ke ni mistrafos.» Bob eligis mallongan rideton je la ideo, kaj Donald eĥis ĝin.

Li ĉirkaŭrigardis inspironserĉe. «Strange, kiel ni ankoraŭ parolas pri la ruĝa tramo, kvankam tiuj novaj tramoj ne distingiĝas laŭkolore. Tamen ili estas belaj», li atentigis.

«Jes, ŝikaj», konsentis Bob admire, ĉirkaŭrigardante traminternon konatan jam dum du jaroj. «Pli bonaj ol la malnovaj.»

«Ho, jes. Jam tempo, ke oni forigis tiujn.»

«Jes. Ili tre pezas – la novaj.»

«Jes.»

«Dek kvin tunojn.»

«Ĉu? Hui-i-i-i!» Donald fajfis imponite. «Kia pezo!»

«Jes. Kun du boĝioj.»

«Mi petas?»

«Ili havas du boĝiojn anstataŭ unu. Pli glataj.»

«Ho jes. Multe pli glataj.» La rigardo de Donald vagadis supren ĝis kie kurbaj superfenestroj montris la ĉielon.

«Mi ŝatas tiujn kurbajn vitrojn.»

«Jes, tre modernaj.»

«Jes, supermodaj.»

La konversacio paŭzis. La pensoj de Donald flirtis diletante ĉirkaŭ la konstato, ke vitro kaj moderno ne-disigeble paras. H. G. Wells: tiuj liftoj en vitraj – almenaŭ travideblaj – tubegoj. Kial? Ĉu tiom avantaĝas elvidi el liftoj? Tamen, ĝi plaĉis. Kial? Puro kaj klaro kontraste kun la mallumo kaj mizero de kataklisme tragedia milito kaj ĝiaj sekvoj. La aeroplanoj, kiuj komencis ĝin havis grandajn vitrajn kupolojn: supermodernaj aeroplanoj, aeroplanoj de la futuro. Kiam oni faris la filmon? 1936? aŭ '35? Kaj la futuro estis Kristnasko 1940. Tio baldaŭ ne estos futuro, sed nuno: post jaro kaj kvarono; post dek kvin monatoj. Ĉu la milito komenciĝos tiam, aŭ ĉu jam? *La* milito! Kvazaŭ ĝi nepre okazos, ĉu nun, ĉu post dek kvin monatoj.

«Bob!»

«Jes, kio?»

«Eh! A-a-a-a kion vi diris, kiun pezon vi menciis?»

«Pezon? Ho jes, de la tramoj? Dek kvin tunojn.»

«Ho jes. Vera pezo!»

«Jes. Do, jen mia! Ĝis! Mi vidos vin ĉe la praktiko mardon, do? – aŭ ĉu morgaŭ?» Bob jam staris en la inter-seĝara irejo tenante seĝdorson per unu mano kaj, per la alia sian longan lignan flutarvalizon, kiu pro la mallarĝo de la irejo teniĝis antaŭen kiel kanono, apogate je unu fino sur la genuo de Bob, kiu batetis ĝin kun afektita senĝeno, dum li atendis respondon.

«Eh? Ho jes; do morgaŭ kompreneble, kiel kutime, Bob. Nu, ĝis.»

Lasite en solo, Donald ruĝiĝis. Damne! Li intencis iel re-enkonduki la militotemon, konklude demandonte ŝerceme, kial ili disputas, ĉar la milito finfine ne okazas. Kial li anstataŭe ekbabilaĉas pri la pezo de tramoj? Li ne konstatis, ke ili jam atingas la halton de Bob. Estos nun embarase morgaŭ. Kial? Kion li diris? Li kaj Bob neniam antaŭe disputis pri tia temo, pri la politiko, malgraŭ supozita diferenco de opinioj – supozita, ĉar ili ne multe diskutis tiajn temojn. Li repensis siajn dirojn, hontante pri tiuj, kiuj certe estis ofendaj al lia amiko, kaj subite konstatis, ke li deklaris tion, kion li ĝis tiam ne povis deklari al si mem, ĉar liaj intimaj pensoj ĉiam ĉirkaŭiris la kernan demandon, kion fari en la okazo de ekmilito, ĉiam prokrastis la decidon ĝis la okazo postulos tion, neniam kredante pri la veno de tiu okazo. Malkomforte li kutimis subpremi la konstaton, ke cedi siajn idealojn pretendatajn signifos perfidon, ke obstini pri ili alportos malagrablaĵojn eble ne elteneblajn. Kiu estas li, ke li spitu la ŝtaton; ne, la nacion? Ĉiam solvo ŝajnis ŝvebi, vidota nur kiam la evento mem montros ĝin; sed nun li deklaris sin senkompromise. Aŭ ĉu? Nur al Bob li diris tion, kaj Bob estus tro danka, se li ŝanĝus tiun decidon, por riproĉi lin, kvankam eble li dume mencius ĝin al aliaj. Li penis prognozi futuron en kiu Britujo militas, kaj en kiu li klarigas al Bob, kial li decidis finfine batali pro tiu kaj tiu kaŭzo. La bildo rifuzis formiĝi, kaj li konstatis kun miro, ke la scio de Bob pri tiu deklaro neniel gravas; sed nur la deklaro mem, la deklaro al si: li simple ne kapablas malkonfesi ĝin al si en terminoj konvinkaj, terminoj kredeblaj.

«Do, mi faris mian decidon», li miris al si duonlaŭte. «Tio almenaŭ devus esti senŝarĝiĝo. Do ĉu?»

Li ne sciis. Li konstatis nur sian nunan deprimon tre kontrasta al sia humoro en la pli frua parto de la tago, kiam li ŝercadis senzorge kun la knaboj kaj forlogis tiun pompan knabinon for de la bela Dave. Jes, tio estis bonega. La facileco de la afero surprizis ĉiun, eĉ lin: li nur komencis la aferon por inciti Dave, sed la trudeto fariĝis venko, kaj per flanka aludo ŝia li eĉ eksciis, kial Dave ŝajne fiaskis ĉe ŝi: «Tiu alta lipharulo kun la pintaj genuoj», ŝi menciis private, «iom memorigas pri Robert Taylor.» Kiel kare! Tute senmalice ŝi frakasis la prestiĝon de Dave en diro celanta flaton, ĉar ŝi opinias lin la amiko de Donald. Kompreneble, li kaj la aliaj tiel kutimiĝis al Dave, kiel princo de la dancejoj, ke ili neniam rimarkis liajn mankojn en la kilto. Nur fremdulo, ne – pli signife – fremdulino, rimarkus tion. Ha, ŝi estas ĉarma, kaj de Glasgovo cetere, nur feriante ĉe Dunoon. Venontan semajnfinon ŝi revenos; li devos vidi ŝin. Sed *kiel*? Li eksaltis, memorante ke li faris nenian ajn aranĝon tian. Tial ŝi aŭskultis liajn stultajn ŝercojn tiel distre kiam li adiaŭis ŝin; ŝi eĉ menciis kvazaŭ flanke, sian ferian adreson; jes, kio ĝi estis: ĉu «Belvue»? kaj kiu strato? Li ne memoras. Ŝi nomiĝas Konstanca, Konstanca kio? Ankaŭ tion li forgesas. Ho, damnon, kompreneble ŝi atendis ke li faros noton. Pesto! Se ŝi estus doninta al li krajonon kaj paperon li ne estus kompreninta. Kiel homo povas esti tiel stulta?

Li elrigardis la vitran kurbon super sia kapo. Kvankam estis ĉirkaŭ la naŭa, kaj la suno jam subiris, la plumba aspekto de la ĉielo ŝajne ne devenis nur de la vespera ekkrepusko. «Ŝtormos», Donald gruntis moroze. «Bone, ĝi estu tempestego!»

★ ★ ★

Kiel uragano, Ĝon Maclean trafis Glasgovon revene de sia ferio en Tarbert, restinte tie post aŭdo de la novaĵo nur sufiĉe longe por literumi «Grey estas mensogulo» en grandaj blankaj literoj sur murego frontanta la lagon.

Li baldaŭ trovis, ke la milito, kiu dividis la socialistojn, tamen alportis solidaron al la nesocialista laboristaro kaj la publiko ĝenerala, kaj kie li antaŭe trovis indiferenton, li tie nun trovis koleran reziston de patriotaj grupoj.

46

Patriotismo estis evidenta ĉie: en la strotoj kaj stacidomoj homoj salutis soldatojn irontajn al Francujo kun kuraĝigaj krioj kaj amikecaj mansvingoj; en Parlamento John Redmond, reprezentanto de la Irlandaj Naciistoj, ribelontaj post du jaroj, faris patosan oracion en kiu li garantiis ke la nuna konjunkturo forviŝis la amaran malamegon de liaj reprezentatoj tiel, ke jam ne estos necese reteni britajn soldatojn en Irlando; en tagĵurnaloj la militraportoj estis entuziasmaj, kaj abundis artikoloj klarigaj pri la altruisma rolo de Britujo, kaj la bonaj kvalitoj de la belgoj, francoj, serboj kaj rusoj kontraste al la sovaĝaj kaj perfidemaj germanoj kaj aŭstroj. Gajaj leteroj de soldatoj en Francujo ankaŭ presiĝis por kontentigi la publikan apetiton kaj harmoniis kun la karnavala etoso ĉehejma, sugestante ke iu saniga sporta konkurso okazas tie: «Oni bele regalis nin», skribis unu fervora serĝento, «sed niaj knaboj estis gajaj kiel griloj sub la bombardo ... tiel flegmaj kiel oni povus deziri.» Alia minacis belan regalon al la germanoj, ĉar tiuj arogis ĵeti obuson kiu mortigis lian oficiron, «sinjoron kaj soldaton». Al tiu kortuŝa ekzemplo de amo kaj lojaleco li aldonis la fatalan averton: «Tio kolerigis niajn homojn, kredu min.»

Estis evidente, ke ekde nun la fendo inter la opinioj de Ĝon Maclean kaj oficialaj instancoj estos eĉ pli larĝa, kiel atestis la kontrastoj inter la Maclean'aj kaj oficialaj, kaj multe pli popularaj, reagoj al la eventoj kurantaj. «Eĉ se Germanujo kulpas, la motivilo ne estas la ambicioj de la Kaiser, nek la brutfilozofio de la prusaj militistoj, sed la profitoj de la rabista klaso en Germanujo», deklaris Ĝon, dum Ĉefministro Asquith asertis: «Tiu ĉi ne estas nur materia, sed ankaŭ spirita konflikto. De ĝia rezultato finfine dependas ĉio, kio enhavas promeson kaj esperon, kiuj kondukas al elservutiĝo kaj pli vasta libero por la milionoj, kiuj konsistigas la plejmulton de la homaro.»

Maclean: «Rabistoj kontraŭ rabistoj, kun la laboristoj kiel peonoj plenumantaj la murdadon kun entuziasmo.»

Lord Rosebury: «Se ni degenerus en triaklasan landon, mi persone preferus kore kaj spirite, ke ĉiuj niaj popoloj, kiel ili nun ekzistas, pasu en ekziliĝon kaj morton, kaj lasu tiun ĉi insulon vakua por iu supera raso.»

Maclean: «Estas absurde, ke britaj socialistoj murdu germanajn socialistojn cele al elimino de germana militismo. La sola malamiko de germana militismo estas germana soci-demokratio. La posedanta klaso, junuloj kaj maljunuloj, iru por protekti siajn sanktajn posedaĵojn.»

Lord Rosebury: «Ni venkos, ĉar nacio kaj imperio, kia la niaj ne povas estingiĝi pro iu militado, kia la nuna.

Ni venkos, ĉar ni havas popolon unuigitan, kiel neniam antaŭe.»

Maclean: «... la laboristaro instigita de la aserto, ke tiu ĉi estos la fina milito. Krom se socia revolucio eksplodos en Eŭropo ĉe la fino de la nuna murdado, ni eble havos novan militon.»

Lord Rosebury: «... ni venkos antaŭ ĉio pro tio, ke ni havas altan, puran, kaj justan celon, kaj rajtas apelacii kun humila, sed miaopinie sincera, fido al Tiu, Kiu laŭ la vortoj de nia bela, malnova parafrazo, montriĝos al ni, kiel

Dio de Betel, kies man'
Eterne gvidas nin.»

LA ŜTONO RULIĜAS

Ekstere fariĝis eĉ pli malhele kaj la pluvo intensiĝis ĝis ĝia torentado vualis la stratojn per sennombraj fontetoj el frakasitaj gutaroj. Jano ĵetis sian ĵurnalon sur la manĝotablon, kaj irinte al la fenestro, moroze rigardis la arĝentajn akvokurtenojn; sed preskaŭ tuj poste forturnis sin reen en la ĉambron kaj ŝaltis la radion, samtempe esplorante permane kaj okule tra ĝia aperta dorso la komplikaĵojn de la interno.

«Ho, lasu tion, Jano», lia fratino ekdiris kun kolereta ekfaldo de la propra ĵurnalo. «Vi nervozigas min. Panjo, li rompos ion.»

«Jes, lasu ĝin, kara. Vi ne povas ripari ĝin.»

Jano malŝaltis la aparaton kun senpacienca gesto, kaj reiris al sia sidloko. «Kial la diabla aferaĉo devas panei ĝuste hodiaŭ?» li grumblis. «Ĉu ni devas esti la sola familio en Britujo, kiu ne scias, ĉu ni estas en stato de paco aŭ milito?»

«Mi scias, kara, sed ni ne povas fari ion pri tio nun. Laŭra pravas: vi nur rompos ĝin se vi daŭrigos.»

«Kion Laŭra scias pri radio? Mi ne estas tiel stultega, kiel ŝi ŝajne opinias. Eĉ se mi ne povos ripari ĝin, mi diable ne rompos ĝin. Kion ŝi scias?»

«Mi scias, ja, kion vi mem diris», replikis Laŭra. «Valvo paneis, kaj mi scias, ke eĉ via lertega moŝto ne povas ripari tion. Do, kial palpaĉi la internon? Cetere, ne necesas sakri.»

«Mi ne sakris.»

«Vi ja! Vi diris ‹diable›, kaj tio estas sakro, kvankam milda. Kaj mi bone scias», aldonis Laŭra kun triumfa kapklino al sia frato, «ke viaj sakroj ne ĉiam estas tiel mildaj.»

«Pa, sensencaĵo! Fermu la faŭkon.»

«Jano!»

«Nu, mi ne faris ion, kaj jen ŝi megeras min tute senmotive.»

«Hu! Ĉar mi menciis vian obscenan langon?»

«Sufiĉe, karaj!»

«Estas vere, Panjo. Joyce Cooperwhite sciigis min. Mari Hamilton la fratino de lia amiko, Riĉjo, aŭdis kelkajn el ili, kaj ŝi diris, ke la lingvaĵo estas ŝoka, kaj ke li estas la plej ŝoka el ĉiuj. Estas konate ...»

«Mari Hamilton!» interrompis Jano malestimege. «Ĉu ŝi sciigas vin pri sia – ĉu ŝi sciis ja, ĉu ŝi rigardis – ĉu ŝi sciis, kiun ŝi rigardis? Tiu strabokula strigo ne kapablus identigi la Ejfel Turon.»

«Ŝi ne estas straba; ŝi havas etan devion de la pupilo, Panjo, iom simile al Norma Shearer. Tre alloga, kiel vi komprenus se vi ne estus ankoraŭ infano», ŝi konkludis grimacante al Jano, kiu respondis per minaca manlevo kaj malestima liptordo.

«Sufiĉe jam!» ilia patrino admonis. «Estas dimanĉo, kaj cetere ni preskaŭ certe jam estas en milito.»

«Do, bone, sed tiu bezonas bonan dresadon», respondis Laŭra, kaj levinte sian ĵurnalon plene etenditan kontraŭ eventualaj frataj insultoj, ŝi ekstudis kun intensa intereso la paĝojn dediĉitajn al gravaj demandoj rilate virinajn vestaron kaj ŝminkojn, kaj ĝustajn metodojn frenezigi LIN.

Jano ekmalfermis la buŝon por repliko, sed anstataŭe eligis malestiman «Ĉa!» kaj ignorante sian propran ĵurnalon pro la forta allogo de fremda, eklegis la ĉefpaĝon, kiun Laŭra nun, kvankam aliacele, prezentis al li. Sub ĉefrubrikaj grandaj literoj «Germanujo daŭre invadas Pollandon. Ĉefministro parolos je la dekunua» li denove legis la faktojn jam bone konatajn, kaj denove malbenis la meĥanikan kapricon, kiu difektas por li la dramon de gravega momento en la historio. Estas jam pli ol la dekunua.

«Aŭskultu!» lia patrino subite diris.

Jano aŭskultis. Ankaŭ li aŭdis la sonon de kantado.

«Ĉu ies radio?» demandis Laŭra.

«Ne, ni ne povas aŭdi ies ĉi tie», respondis Jano.

«Mi ne parolis al vi.»

«Ĉit!» ilia patrino ordonis.

Ili streĉe aŭskultis dum kelkaj sekundoj, ĝis fulmo momentis kontraŭ la fenestrovitroj.

«Fulmo. Mi sciis ...» komencis Laŭra, sed la cetero de ŝiaj vortoj perdiĝis sub la tondroknalo.

«Tio estas apuda», atentigis Jano. «Tri mejloj por ĉiu sekundo inter la fulmo kaj la tondro. Aŭ ĉu unu mejlo por ĉiuj tri sekundoj?»

«Ne gravas, kara. Aŭdu, ĉu vi povas ...»

«Marŝadon!» Jano ekdiris. «Kompreneble! Estas la volontuloj.»

La tri iris al la ĉefa pordo, kaj eliris en la antaŭpordon, kie ili staris ŝirmite de la pluvego, sed kun klara vido al la ĉefstrato de la urbo, laŭ kiu la taĉmento de la Terenarmeo evidente marŝos.

«Jen estas Riĉjo», ekdiris Jano. «Hej Riĉjo!» li vokis al knabo samaĝa, kiu pasis la ĝardenan pordegon, kun ŝultroj ĝibigitaj kaj kolumo levita kontraŭ la pluvego. La vokito ekturnis sin, prenis la manon el la paltopoŝo por agnoski la vokon per salutgesteto, kaj malferminte la pordegon, alproksimiĝis al la grupeto.

«Riĉjo, Riĉjo, vin trafos pneŭmonio. Eniru, kaj demetu la palton.»

«Ne, dankon, Sinjorino Gill; mi iras al la stacidomo por vidi mian fraton entrajniĝi.»

«Ĉu Erik estas kun ili?»

«Jes, ĉiuj volontuloj foriras.»

«Ho, jes, kompreneble.»

«Riĉjo, nia radio paneis hieraŭ vespere. Ĉu nepre estas oficiale nun?» demandis Jano.

«Jes, s-ro Chamberlain anoncis ĝin, kiam li parolis je la dekunua.»

«Ho, terure!» eligis s-ino Gill. «Terure!»

«Jen ili nun», atentigis Riĉjo. «Mi devas iri por atingi la stacidomon antaŭ ili. Mi deziras, ke Erik vidos min. Eble estos amaso. Ĝis la!»

«Ĝis», eĥis Jano, kaj skuiĝis je subita tremo je ekvido de la marŝanta taĉmento, kiu jam ne kantadis, kvankam individuaj vizaĝoj ridetis, kun la hontema fiero de homoj, kiuj paradas siajn talentojn antaŭ konatuloj, kaj efektive pluraj el ili estis en la pasinta prezento de la loka amatora opereta grupo, Jano rimarkis.

Lin konsternis forte la kombino inter mondoj de imago kaj realo, ĉar sub la pluvtorentoj ŝtalaj kaskoj vekis bildojn ne akordajn kun impresoj de la vizaĝoj subaj. Plurajn li rekonis: Morton, Ritchie, Rogers, Brown, Macrindle, Smith, ĉiuj lasta-tempe ĉe la gimnazio, kune aliĝinte al la terenarmeo. Sed ĉi tiuj ŝtalaj kaskoj kaj la pluvmanteloj ne agordis kun ideo de klubrondo; ne somerferiojn ili sugestias, sed pri rekta franca vojo sub mortiga hajlo. Fakto kaj fikcio fandiĝis en afekton animperturban, mistordinte ordon kaj kontinuon.

Fulmis. La preskaŭ tuj sekvanta tondro superbruis la sonon de la marŝado, kaj la fino de la taĉmento jam preteris la heĝon ĉe la dekstro de la grupo.

«Ni devas vidi ilin ĝis la stacidomo», sugestis Laŭra ekirante por mantelo.

«Ĉu vi estas freneza?» ŝia patrino demandis. «Vi dronos.»

«Sensencaĵo, Panjo. Mi iros nur al la pordego. Ĉu mi prenu vian mantelon?»

«Nu, mi supozas, ke jes.»

Jano sekvis sian fratinon, sed preterpasis la paltojn pendantajn en la halo, kaj reeniris la ĉambron, kie li lasis sian ĵurnalon.

«Ĉu vi ne venos, Jano?» lia patrino vokis de la antaŭpordo surmetante la mantelon, kiun Laŭra alportis.

«Ne.»

«Ĉu vi ne deziras vidi ilin foriri?»

«Mi jam vidis ilin.»

Li eklevis ĵurnalon, kaj senvide alrigardis ĝin. Do, fine ĝi okazis. Milito. Stato de milito. Kiel oni sentas sin en stato de milito? Tie, sur la franca landlimo, ili konstatos la diferencon: la kanonoj komencos tondri, kaj tondros senĉese dum jaroj – kiom da jaroj? – ĉiu eksplodo signifanta la morton de eble unu, eble multaj, viroj, formuelante milionojn dum la militodaŭro. Kial li ne sentas teruriĝon? Antaŭ jaroj, ludante ĉe la kanonoj, kiuj ornamas la parkon, amiketo esprimis esperon, ke estos denove milito, kaj alia subtenis. Li, Jano, instruite de plej juna aĝo pri la teruraĵoj de milito, pri la kontrasto inter la buntaj revoj de aspiremaj herooj kaj la bruna vero, konsterniĝis antaŭ tiu senpensa espero, kiel antaŭ blasfemego, kaj pasie protestinte kontraŭ tiu stultaĵo, trovis aliancon neatenditan. Viro leviĝis de apuda benko kaj severvizaĝe admonis la knabojn, ke ili herezas kontraŭ prudento, vivo kaj sia lando, klariganta la danĝeron de konfuzo inter la nuna ludo kaj la milito vera per pluraj priskriboj kaj anekdotoj similaj al tiuj jam bone konataj de Jano. Imponite de aludoj al la mortintoj, la knaboj silente aŭskultis la prediketon, kiu iel solenigis por ĉiuj la ideojn, kiujn Jano antaŭe prezentis sen definitiva konvinko. Jano, havis tiam sep, eble ok, jarojn, kaj dum la sekvontaj dek lia preskaŭ religia milittimo modifiĝis nur je kreskanta komprenemo. La Mondmilito estis katastrofo, kies kaŭzojn oni nur poste konstatis, kiun neniu deziris, kies teruregon neniu povas priskribi, kiun neniu volas ripeti, kaj ne ripetos, sciante pro kiaj eraroj oni origine enfalis ĝin: ĝi ekstermis generacion; sed tiu nepriskribebla tragedio havis finfine bonan rezultaton: ĝi certigis, ke la Mondmilito fariĝis la Milito, kiu ĉesigos militadon, kaj ĉiun jaron oni honoris la mortintojn ne kun pesimismo, sed kun optimismo: «Ili mortis, ke ni vivadu.» Ĉiun 11-an de novembro ĉio fariĝis silenta dum du minutoj je la dekunua horo, kaj dum tiu religie impona silentego la ombroj kvazaŭ leviĝis kaj regis mortintan mondon; la ombroj de tiuj sanktigitaj milionoj kvazaŭ leviĝis, kaj bremsis la okupitan mondon, kiu provis pluhasti for de ili. Kaj ĉirkaŭ tiu parto de la jaro ĉiam abundis artikoloj provantaj konkretigi la ciferojn, penante konstatigi la nekonstateblan: kiom da viroj mortis en tiu longa, longa tombejo sternita laŭlonge de la franca landlimo. Jano memoris unu, kiu klarigis kiom da tagoj (?), monatoj (?), jaroj (?), la mortintoj laŭvice pretermarŝus unu lokon. Li memoris, ke li legis ĝin, aŭ iu laŭtlegis ĝin, en tiu ĉi sama ĉambro, kaj li tiam imagis la mortintojn preterpasantaj la ĝardenan pordegon. Sed ĉio ĉi estis inkubo de pasinta generacio, inkubo kiu, kiel la gilotino de la franca revolucio kaj la Granda

Plago de Londono hororige allogas, sed ne povas tuŝi la nunan generacion, la realon – almenaŭ ne ĝis li vidis la taĉmenton de freŝvizaĝaj konatuloj marŝantaj laŭ la vojo, kie iam paradis en lia imago la grizaj, senfinaj vicoj de la ombroj. Nun oni kvazaŭ krude deŝiris la bandaĝon de zorge flegita heroo.

Jano skuiĝis je nova ektremo. La nova milito ŝokis lin, kiel sakrilegio, kvankam li ankoraŭ ne sentis personan timon. Li eĉ sentis senŝarĝiĝon je la konstato, ke ne plu estos krizoj: milito devis veni, malgraŭ liaj skeptikaj neoj. Jes, li konstatis tion nun. Kiel li sentas sin rilate sian akceptiĝon en la aerarmeo? Kontenta: la futuro estas decidita por li. Ĉu li timos, li ne scias, kaj ne necesos ankoraŭ ĝeni sin pri tio; sed la konstato, ke li post-ne-tre-longe ja ekscios tiel ekscitis lin, ke li forĵetis la ĵurnalon kaj manoj-en-poŝe iris al la fenestro. Fulmo salutis lin. Jes, morgaŭ inter la knaboj estos alie, estos simpatie. Pluraj el ili envias lin; Riĉjo fakte atendas konfirmiĝon de akcepto en la Aerarmeo; kaj Wili kun sia ĉio-estas-en-ordo-temperamento certe iom gajigos la aferon. Jano sentis leviĝon de la koro: li estas finfine tre bonŝanca, ĉar li povos dum la venontaj semajnoj paradi inter konatuloj, kiel virtuala heroo – sen iu ajn danĝero. Poste, nu, longaj monatoj de instruado, de flugado, kaj fine eble batalado: aerbatalado en kiu li rolos, kiel liaj herooj: Ball, McCudden, Mannock kaj – jes, kial ne? – Immelmann. Ĉu la plenumo de tia revo estas vere ebla? Nu, eble li devos flugi en bomba skvadrono, aŭ eĉ en la Mara Sekcio. Tio estas ja ebla.

Nu, pri tio ja ne tuj temos. Dume, li estos en uniformo, kaj for de la influo de la hejmo. Knabinoj abundos; fremdaj knabinoj, kiujn li ne jam vidis, kiel infanojn; kiujn li povos taksi kiel viro virinojn. Por ili li ne estos iama lernej-kunulo, sed aviadisto, kaj kiel tia li kondutos al ili. Lia koro ekzaltiĝis je la penso. La patrino kaj Laŭra daŭre okupu sin pri la skandaloj de la urbeto; li estos ekster tiu sfero, en la senlima mondo, kie li povos elekti siajn kunulinojn ne devante scii pri iliaj hejmaj situacioj; kie iliajn rilatojn ne limigos lokaj influoj. Antaŭ liaj okuloj paradis konfuzo da kurboj mamaj, suraj, genuaj, kaj libido agrable ondetis en li dum li duongenuis sur la apudfenestra sofo, kun sia kubuto sur ĝia dorso, reveme mordetante la polekson. Fulmo blublankis kontraŭ lia vizaĝo kaj li instinkte retiris sin de ĝia blindiga puro prenante la polekson el la buŝo, dum la ĉiela volbo ŝajnis krevegi sub la frakasa tondroeksplodo, kiu post la unua knalo forrulis sin, ŝirante dure super la nigra nubtegmento; kaj en la fantazion de Jano venis nova knabinfiguro: knabino kun brilaj okuloj en radianta vizaĝo, longa hararo kaj formo sentrude neta; la ondoj leviĝis ĝis lia koro kaj gorĝo kaj tie pulsis ekscite. Antaŭ ŝi li faros heroaĵojn, certcerte maltimos la morton por meriti ŝin; kompreneble morton kaj danĝeron ŝi ne volos; des pli indas do; kaj nun li havos la okazon; ja havos la okazon; rajtas peti ŝin, ne nur gape admiri. Ŝi konsentos, ĉar ŝi ne povos nei tian heroecon, tian suferadon en tia juno – li preskaŭ ploris pro la patosa penso. Li povos tuŝi la efektivan vivantan varmon de ŝia mano, tremante levos ĝin, kistuŝos la fingropintojn. Jes, li tremos, tion li scias, ĉar li nun tremas eĉ pensante pri tia intimo; li kisos ilin tiel delikate por ne profani la subtilajn konstatojn de siaj sensoj, ebriiĝante sub la aŭdaca sublimo de la situacio, kaj poste ... poste sin etendos en la nesondeblan futuron vivo alia ol la nuna, vivo sur tute alia nivelo. Jes, oni parolu pri seniluziiĝo, juna folo kaj tiel plu! Kion ili scias, kun siaj dikaj mezaĝaj pensoj? Ili venas al la kutima aĝo por edzeco, kaj tiam edziĝas kun monotona certeco, konvinkante sin pri amo rilate la elektitan parulinon, simple ĉar ili deziras ami je edziĝo. Do, se iliaj pensoj ne povas flugi pli alten, kion ili povas scii pri vera amo, pri senrezerva adoro al la amata? Ili opinias ĝin sensencaĵo; sed ĝi preferindas al ilia ŝtipa ortodokso. Li blindigos ilin. Nur necesas rompi la unuajn barilojn, iom konatiĝi, kaj li sukcesos konvinki ŝin; ŝi kutimiĝos al li, kaj konstatos, kiom lia amo superas tiun de la rutina admiranta – kaj certe ekzistos tia; ho jes, devos esti; superecaj sinjoroj kun haroj pomade kungluitaj, kiuj havos nemeritan sukceson kun ŝi pro kliŝaj senprofundaj frazoj, kaj kiuj tangos kun danda aplombo. Senmerita bestaro, kies celo estas cinika perforto de ino, kiu ne devus esti en la sama mondaĉo kun ili. Oni devus kastri tiajn kanajlojn, kaj igi ilin manĝi la pilolojn frititajn! Sed ili malsukcesos, kaj ŝi des pli pretos kompreni lian meriton; kaj poste? – la skeptikuloj moku laŭplaĉe; li scias, ke li simple ne povus esti alia ol feliĉega, eĉ pro ŝia nura kunesto, se ĉiuj zorgoj kaj mizeroj de la universo falus sur lian kapon. Sed ĉu li ja renkontos ŝin? Jes, li nun sentas, ke efektive jes. Hieraŭ – nu, antaŭ kelkaj semajnoj – li estis gimnaziano kun revoj realigeblaj nur dum sia plej optimisma humoro: hodiaŭ li estas embria aviadisto enironta militegon, kiu skuos la mondon. Jes, li trovos ŝin. Li mense brakumis sin je ekzaltiĝo, kaj preskaŭ benis la cirkonstancon, ke ekestas milito.

Jes, li ne estas tiel naiva, kiel la tiel nomataj vivspertuloj opinias lin. Ili klarigadas la memevidentajn faktojn, opiniante, ke li ne povas vidi kaj kompreni tiujn sen avertoj iliaj, kredante ke ne estas eble akcepti la vivozorgojn kaj tamen levi sin super tiuj, simple ĉar ili mem ne povas fari tion, kaj ĉar ili ŝajne surpriziĝis antaŭ la malagrablaĵoj de la vivo. Ili ne implicu propran stulton al li do. Ili ne opiniu, cetere, ke la amo ideala neeblas, simple ĉar ili mem ne trovis ĝin, kvazaŭ ĝi fintis ilin laŭfatale, anstataŭ pro ilia propra bova inerto. En ili ŝajne mankis la sopiro kaj stimulo, kiuj ebligos al li sori en la eternon; ili certe ne sentas la elektran travibron, kiu senĉese atentigas lin pri siaj fortoj kaj latentoj. Somnambuloj aspiras gvidi viglanton! Jano ridetis pri sia lerto kaj klinis sin en sian antaŭan pozicion ĉe la fenestro, flarante avide la printempon de la vivo, palpante la eternon per nevideblaj esploriloj serĉe, serĉante simpation je la respondaj dissendoj de sia parulino.

«Ha! Vidu la kuraĝulon ankoraŭ ŝirmantan sin de la pluvo, kiam aliaj iras militen», diris Laŭra, jam pendiginte la mantelon kaj enirante la ĉambron, skuante la harojn, de kiuj ŝi ĵus deprenis la skarpon.

«Nu, Laŭra, vi revenis», Jano respondis distre.

«Jes, kara», lia patrino konfirmis, sekvante Laŭran en la ĉambron, dum tiu sidiĝis por demeti la malsekegajn ŝuojn kun sarkasma «Brila rimarko!» «Jes ni revenis, kaj ni estis frenezaj elirinte. Hju, kiu pluvego! Kia ŝtormo!»

«Tre konvena!» diris Jano. «La elementoj simpatias kun la homaro.»

«Simpatias? Ho, Jano, Dio estas kolera hodiaŭ. Sciu, la fulmo faris krucon sur la turo de nia preĝejo, ĉu ne, Laŭra?»

«Jes, ĝi estis tute klara. Ĝi kvazaŭ restis sur la pinto dum momento. Blua.»

«Jes, jes, bluega.»

«Ĉu ĝi trafis ĝin, do?»

«Nu, mi ĵus diris, ke ĝi restis sur ĝi, stulta!»

«Mi scias; sed se ĝi trafis ĝin, ĝi devis fari damaĝon. Ĉu iu damaĝo?»

«Mi ne vidis ion tian. Mi ne scias.»

«Sed se ĝi restis sur ĝi, tio signifas, ke ĝi trafis ĝin, kaj se ĝi trafis ĝin, ĝi devus fari damaĝon, kaj tion vi preskaŭ certe vidus: ardezoj falus, ŝtonoj, eble la turo. Cetere, mi ne komprenas pri tiu ĉi kruco. Kiel fulmo faras krucon? La brako de la kruco devus apartiĝi de la cetero, sen rekta ligo al tero kaj ĉielo. Neeblo. Vi trompiĝis. Eble du forkoj ekbranĉis de la sama loko, kaj dum momento donis aspekton de kruco – kun iom pendaj brakoj, ĉar ...»

«Bone, bone, sufiĉe! Ne estu tiel konsciencega. Mi iras por ŝanĝi la ŝtrumpojn», kaj Laŭra eliras portante la malsekegajn ŝuojn.

«Mi nur provis klarigi ...»

«Ne necesas klarigi, Jano», lia patrino interrompis. «Estas evidente, ke Dio estas kolera, kaj liaj agoj ne bezonas klarigojn. Estis kruco tute klara kaj evidenta.»

«Kial mirakli nun?» Jano grumblis. «Estas iom malfrue, kiam oni jam ekmilitis.»

«Ne parolu tiel malrespekte. Ne temas pri mirakloj. Temas pri tute ordinara fulmo, kiu hazarde krucumiĝis ĉe la preĝeja turo, indikante la koleron de la Eternulo.»

«Ordinara? Hazarda? Nu ...»

«Sufiĉe! Mi ne deziras aŭdi plu pri ĝi. Estas tre domaĝe, kiam juna knabo, kiu ricevis la benon de kristana instruado ekde sia junaĝo, hereze mokemas la Eternan Dion je tago, kia la nuna.»

«Sed vi diris, ke ...»

«Jano, mi ne devu peti vin denove. Estas granda domaĝo ja, ke mi ne povas mencii okazaĵon tian al mia propra filo, mia sola filo, sen dolorigaj respondoj tiaj. Vi devus preĝe peti pardonon.»

Jano sufokis la deziron demandi «Pri kio?», ĉar li sciis, ke tio simple ardigus la karbojn. Li do tusetis sian malkontenton, kaj irinte al la brakseĝo, kie kuŝis unu el la ĵurnaloj, levis tion kaj ŝajnigis legadon. Li tamen sentis, ke lia ago ne sukcese sugestis la neŭtralan sintenon, kiun li celis, sed pli iritiĝon, ĉar la silento ŝajnis iom streĉa, kvazaŭ la patrino ofendiĝis pro imagita abrupto en lia gesto. Li estis preta konsentegi iun eventualan eldiron de ŝi kun reamikiga entuziasmo, kaj atendis la okazon kun senpacienco.

La patrino tamen diris nenion, kaj Jano ekpreparis mencion propran, lakonan sed bonhumoran, sufiĉe bonhumoran por atentigi, ke ĉio estas en ordo; sufiĉe lakonan por sugesti, ke cetere ĝi neniam estis alia ol en ordo – certe ne laŭ lia scio – sed li ĵus preparis sin por ekparolo, kiam lia patrino iris de la ĉambro palpante la ŝultron kaj nukon, kiuj evidente ne evitis malsekiĝon, malgraŭ la surtuto.

Fulmis, kaj la tondro sekvis jam pli tardante. Jano ŝovis la manojn en la poŝojn, forĵetinte la ĵurnalon kun senpacienca gesto, kaj denove iris al la fenestro. Plumba deprimo pezis sur lin, stringante la koron kaj tiel malhelpante la spiradon, ke la spiro segis lian gorĝon ĝis doloro. Li sentis sin soleca, ege soleca. Lia hejmo subite ŝajnis tre kara, kaj li deziris vere aparteni al ĝi, konveni al ĝi dece, kiel viro; sentigi al Laŭra, ke tamen avantaĝas havi fraton; montri al sia patrino, ke li vere amas kaj honoras ŝin, ke la sprita impertinento, la kamaradeca egalrajto, de ilia interrilato ne sole estas ja nura tavolo, sed ankaŭ tavolo tre maldika, diafana. Ĉion ĉi li deziris, kaj kio okazis? Li sukcesis kolerigi ambaŭ.

La detaloj de la ĉambro nun fariĝis nenature klaraj, kaj li avide rigardis ilin sciante – eĉ sen konfirmo de la logiko – sciante ke li baldaŭ lasos ilin, rebildigos ilin mense, kiel atributojn de jam nekredeble idilia vivo. Jes, lia vivo ĝis nun, tiom ordinara, estis tamen idilia: kion pli bonan li ja povus atendi? Ĉiuj liaj nebulaj aspiroj estis – nur nebuloj! Li elektis la aviadon kiel vivon plej aventurplenan, sed eĉ la devon elekti li prokrastis, kiom eble plej longe, ĉar la definitivon mem li volis finti; liaj aspiroj flugis tro alten por definitivo. Estis tiel komforte, kiam lernejaj jaroj kaj ekzamenoj ankoraŭ dividis lian vivon de la vivo vera, senpacienci pri tiu lerneja vivo, kaj, volvate en ĝia sekuro, plani kaj projekti, kaj elrevi fragmentajn epizodojn okazantajn en iu vivo sur tute alia nivelo: epizodoj en kiuj li rolis heroe, ĝenerale por la regalo, kaj ofte ankaŭ por la glorigo, de iu mirinda Ino, kiu malmulte havas komunan kun liaj lernejaj amikinoj.

Laŭra reeniris la ĉambron kun la kapo klinita flanken kaj la longaj kaŝtankoloraj haroj pendantaj antaŭ ŝia ŝultro, oportune por la sekiga mantuko per kiu ŝi energie frotis ilin. Vere, ŝi ne estas malbela, malgraŭ ŝia malagrabla temperamento, pensis Jano; iom pezeta je la koksoj kaj maleoloj, sed ne tiom, ke iu viro vidante ŝin freŝimprese, ne kutimiĝinte al ŝi dum jaroj da hejmaj ĉifo kaj intimo, ne povante identigi la nunajn fraŭlinajn trajtojn kun la bubinaj el kiuj ili evoluis, sed vidante ŝin ja freŝimprese, ne volonte pretervidus la etajn mankojn. Fakte, pluraj jam faris: ĉiuj estis kretenoj efektive, precipe tiu nuna galantulo, Petro: sed eĉ tute prudenta kaj akceptebla viro povus, sub certaj kondiĉoj ... Kial ŝi ne elektas pli saĝe? Iam eble, kiam ŝi renkontos la ununuran, kiel tiuj klapelkapaj junulinoj diras, ĉiam revante pri la neatingebla; kaj se ŝi bonŝancos, eble tiu edzinigos ŝin. La penso iel ne plaĉis al Jano: tio signifos rompon en la familia vivo, kaj li deziras reveni al la familio, kiel ĝi nun statas. Jes, edziniĝo povus okazi tre baldaŭ; ŝi jam havas dudek jarojn. Kaj kiam li povos reveni de la aerfloto?

Nu, almenaŭ ĝi ne estu kun Petro!

«Ĉu Petro baldaŭ eniros la armeon?» li demandis.

«Mi ne scias», respondis Laŭra indiferente (bone!).

«Cetere mi opinias, ke li havas iun konekson kun la floto, se la floto havas volontulan organizon», ŝi aldonis.

«La floto?» Jano eĥis ĝentile. «Jes, ĝi havas volontulan organizon», kaj Petro ja estos en ĝi; ho jes, kromokupa oficiro, kompreneble.

«De kiam vi ekinteresiĝis pri Petro?» demandis Laŭra suspekteme.

«Nu, mi nur scivolis, ĉu ne? La floto? Tre interese.» Venketo jam por la armeo, je Dio! «Ĉu li havas uniformon?» li demandis ree al Laŭra.

«Mi ne scias. Supozeble jes.»

Supozeble jes? Certe jes. Tre impone paradi en uniformo de flota oficiro, precipe kiam multaj ne povas distingi ĝin de la regula. Diable, vetindas, ke li laksas nun. Tiu afekta memadoranto en batalo? Ho, ho, bonege! «Ĉu vi vidos lin ĉi vespere?» Jano faris la demandon ŝajnigante nur flankan interesiĝon.

«Jes, kial?»

«Mi nur scivolas, ĉu li portos la uniformon.»

«Mi estas provanta kredi, ke nur tion.» Laŭra ĉesis la frotadon, kaj rigardis Janon kun levita brovo.

«Nu, ĉu ne?» Jano faris senkulpigan gesteton.

S-ino Gill eniris la ĉambron. «Fu!» ŝi elspiris. «Kia ŝtormo; mi devis ŝanĝi ankaŭ la robon; sed ĝi ŝajne forpasas nun», ŝi aldonis, ĉar ĝuste tiam la tondro grumblis ie sub la horizonto. «Laŭra, helpu min kun la tagmanĝo.»

«Nu, bone, panjo. Mi tamen sekigu la harojn unue.»

Laŭra daŭrigis la frotadon de siaj haroj dum ankoraŭ kelkaj minutoj, kaj poste sekvis sian patrinon en la kuirejon, lasante Janon sola denove. Li ne povis tute forskui la deprimon, kiu regis lin, kvankam li celis kuraĝigi sin kun atentigoj, ke la ĉielo iom pli helas; kaj provis elvoki la mensoimagojn, kiuj tiel stimulis lin antaŭnelonge. Li ankoraŭ sentis sin treege soleca, kaj kvankam li ne povis difini al si ĝuste kion li atendas de siaj patrino kaj fratino, li tamen sentis, ke io mankas; ke ili devus respondi al lia soifo por konfidenco, intimiĝo; sed male ili kondutas – kiel ja? – nu, normale; jes simple normale. Sed ĉu ili devus agi alie? Li iel sentis, ke ne, sed li kontraŭluktis tiun ideon kun argumento, ke almenaŭ bedaŭro pri lia foriro devus influi ilian sintenon.

La horoj pasis kun sufoka malrapidego, kaj Jano vane klopodis konvinki sin, ke li nun sentas sin pli gaja. Li bonvenigis la tagmanĝon kun avida ĝuo, konvinkite ke li estas malsata, sed ekmanĝinte li konstatis, ke nur la interrompo de la monotono vere allogis lin. Poste, rimarkinte ke la pluvo ĉesis, li projektis eliri, sed ne sciis kien, ĉar ja estas dimanĉe. Li promenos do.

«Laŭra, ĉu vi deziras promeni?» li demandis.

«Kun vi?» Laŭra demandis konsternite.

«Kial ne? Ni iam iris ĉiun dimanĉon.»

«Jes, antaŭ kiom da jaroj?»

«Ĉu grave?»

«Demandas vi, ĉu grave! Vi! Jes, mia kara frateto, gravas. Mi deziras scii, kiom da jaroj de kiam vi laste muke protestis kontraŭ eliro kun viaj embarasigaj parencoj.»

Ŝi pravas, damne. Kiel ŝi scias, ke li hontis renkonti siajn amikojn promenante kun la parencoj? Tian klarigon li ne donis. Nejuste! Cetere, ŝi misinterpretas la aferon. Ne temis pri honto rilate ilin, nur honto, ke li estas kun ili.

«Panjo, ĉu vi aŭdis? Ne? Ĉu vi do povas diveni ...»

Ho, strangoli ŝin. Kial li malkaŝis sin antaŭ ŝi, permesante humiliĝon?

«... kian proponon mi ĵus ricevis, kaj de kiu? Ne? Nu, de mia kara frato, kaj li deziras, ke mi -a-a-a-a- promenu kun li», kaj Laŭra riverencis kokete gvatante antaŭ la ridetanta patrino, kiu venis al la ĉambro.

«Do, do, bone; mi pardonpetas la impertinenton», Jano replikis, provante redoni ŝian sarkasmon, sed subpalpebre larmoj de embarasita kolero pikis liajn okulojn. Kial li faris tian demandon? Nu, ĝuste kiel li iam hontis eliri kun la parencoj, tiel nun li ne deziras eliri sola. Estus alie se li elirus por renkonti la knabojn, aŭ la knabinojn; sed se li renkontus ilin irante nenien ...! Kien vi iras, Jano? Nenien. Tio estus embarasa. Aliflanke, se li estus kun Laŭra, li promenus kun la fratino pro devosento, kaj li – jam embria aviadisto – ne devus honti pri tio. Ne. Fakte, tiu «devosento» plaĉas al li; estas kvazaŭ li jam ne devas ĝeni sin pri fremdaj opinioj, la opinioj de infanoj cetere, sed jam povas mature ignori tiujn. Sed li ne atendis la sarkasman reagon de Laŭra. Kaj kial li ne? Kial ŝi ekstazu, ĉar li subite bonvolas peti ŝin promeni, precipe kiam ŝi divenis lian motivon por antaŭa rifuzo? Subite Jano povis kunsenti, tute klare, la reagon de Laŭra al sia neatendita bonvolemo, konstatis kiel sendefende li prezentis sin al sarkasmo kaj ridindigo. Ne mirinde, ke ŝi tiel replikis. Ŝi pravis, la diablo formanĝu ŝin.

«Mia alia estas ankoraŭ malseka», li aŭdis Laŭran diri al la patrino kaj ekrigardante, li rimarkis ke ŝi envenas la ĉambron butonumante sian mantelon. «Do, ĉu vi deziras iri aŭ ne?» ŝi aldonis al Jano, fleksante la krurojn laŭvice malantaŭen por kontroli la rektecon de siaj kunkudraĵoj.

Jano stariĝis, kaj ŝultroleve indikis indiferenton, poste irante al la halo por la palto dum Laŭra antaŭis lin al la pordo, kaj staris ekstere atendante. Post momento ŝi ekkriis «Jen Riĉjo», kaj returne venis al la halo.

Jano sentis preskaŭ ĉagreniĝon, kvankam antaŭ nur kvin minutoj la alveno de Riĉjo estus ĝojegiginta lin. Li ekdemetis la palton, kaj ekmurmuris iun konfuzan pardonpeton: «Nu, mi supozas, ke tiuokaze ...»

«Negrave», Laŭra interrompis, kaj kiam ŝi forturnis sin por re-pendigi la palton ŝajnis al Jano, ke li perceptis rideton. Damne, ŝi ne estas malbona finfine, kaj nun Riĉjo iom gajigos lian humoron.

Sed baldaŭ evidentis, ke Riĉjo venis aliacele. La senrespondeca optimismo per kiu li emis dronigi la seriozajn dubojn kaj avertojn de Jano hieraŭ ĉe la futballudo jam forvaporiĝis, ne tiom pro la nuna definitiveco de la milito, Jano sentis, kiom pro la fakto, ke la foriro de lia frato sukcesis konstatigi al li la faktojn de la situacio. Jano provis akomodi sin al la nekutima seriozeco de sia amiko; sed Riĉjo, distre respondante al liaj kuraĝigaj ĝeneraloj, pli emis apelacii la naturan simpation de la virinoj, avide sorbante la konsolojn, kiun ili proponis sub preteksto taksi la efikon sur la gepatrojn de la foriro de ilia plej aĝa filo. Jes, oni permesis al li iri sur la peronon; jes, la patro ankaŭ iris al la stacidomo; ne, la patrino ne povis iri, ŝi estas en tre nervoza stato; jes, estas la patrinoj, kiuj suferas en milito, k.t.p., k.t.p.

Fine temis pri Erik, kaj konsentante, ke la foriro de lia frato estos doloriga ankaŭ al li, Riĉjo subite singultis, tuj poste tusante por kaŝi la delikton, sed ne povante dum ioma tempo daŭrigi tion, kion li diris. «Merdo, li ploraĉos», pensis Jano embarasite, kaj jukis piedbati la postaĵon de sia amiko; sed s-ino Gill leviĝis por anonci, ke ŝi boligos akvon por iom da teo, kvazaŭ ŝi nur atendis la okazon por interrompi, dum Laŭra diskrete klinis sin por studadi la pinton de sia ŝuo, palpetante ĝin per la etendita fingro por lokigi iun ne-ekzistantan malglataĵon, dum ŝi daŭrigis la konversacion kun ŝajna distro, lerte ŝanĝante supozojn pri la foriro de Erik en supozojn pri la aspekto de la trajno ĝenerale.

La fiero, je kiu Jano rimarkis la nekritikeblan konduton de siaj patrino kaj fratino rilate al Riĉjo komence plene kompensis la ĉagreniĝon kaŭzitan de tio, ke ili kaperas ties atenton; sed nun lin malpli ĝenis la perdo de la Riĉja societo ol la tenero, kiun Laŭra kaj lia patrino montras al tiu: tenero, kiun ili domaĝis al li, kiu estas ja la frato, la filo, ne nur la amiko de la frato, filo; jes, kaj kiu ne nur malĝojas pri la foriro de frato, sed kiu mem devos iri, eble ne revenonte. Ĉu ili ne komprenas, ke aviadistoj ne longe vivas dum milito? Farinte la kutimajn stultajn admonojn, kiam li petis eniron en la Aerarmeon, ili nun akceptas la fakton, kaj ŝajne opinias, ke per tio ĉio enfalas la ordinaron. Ili kutimiĝis al la situacio, kaj nun stulte eksurdas pri la danĝero; kaj kiel li povos komprenigi ĝin al ili? Jen ili dorlotas tiun ploreman stultulon, kiu nur hieraŭ rifuzis eĉ pensi pri la malagrablaj eventualoj de milito. Ne estas juste; ili sciu, ke li, Jano, centoble pli meritas dorloton ol tiu senpensa ŝtipo; ili konstatu ke ilia frato, filo, almenaŭ kondutis kun ioma seriozo, kiam evidentis, ke milito neeviteblas, dum tiu rikanema, sensimpatia infano cerbodance ŝercis, kaj superbruante ĉiujn protestojn, asertis bravvoĉe, ke «la poloj finos ĝin eĉ antaŭ ol ni povos helpi»! Kial do li tiel ĝenas sin nun? Ili demandu tion, anstataŭ diable rukuli al li. Estas damne maljuste! Denove la okuloj de Jano pikiĝis de fontontaj larmoj, tiel ke li palpebrumis kolere. Li jam ne sidis klinite antaŭen sugestie pri interesiĝo kaj konsolemo, sed kuŝe ripozis en la fundoj de la fotelo, kun unu kruro pendanta super ĝia brako kun senzorga indiferento. Oni ne atentis; anstataŭe la rondo pli intime malgrandiĝis, kaj la patrino, asidue proponinte teon kaj biskvitojn al la vizitanto, kaj poste al Laŭra, preskaŭ ekmemore ŝovis tason al Jano kun distra «Jen, Jano».

Kun senpacienca gesto li ekprenis ĝin kaj metis ĝin sur la fotelan brakon kun tia brusko, ke ĝi preskaŭ renversiĝis. La patrino returnis sin kun ekzorga esprimo, sed rimarkinte, ke ĉio estas en ordo, reeniris la grupon kaj ekbabilis denove. Do? Domaĝe, ke ĝi ne renversiĝis! Ĉu li frakase faligu ĝin? Levante ĝin al la buŝo, li malstreĉis la fingrojn sur la tenilo ĝis la taso balanciĝis: se ĝi nun falos hazarde, bone; sed li ne faligos ĝin. Iom da teo verŝiĝis sur la pantalonon, kaj kun mallaŭta sakro li tutcedis sian embrian projekton. Verŝajne ili eĉ ne rimarkus. Do, tiel estu; eble estos alie kiam ili ricevos telegramon de la Ministerio de Aero: «La Aer-ministerio bedaŭras informi vin, ke via filo ...» Tiam ili konstatos. Bedaŭrinde, ke li ne povos vidi tion!

«La trajno plenplenis de soldatoj?» Kion vi atendis, stulta bastardo? Ke ĝi plenplenu de skoltoj? Aŭ ke la soldataro iru en pasaĝera trajno aĉetinte siajn biletojn – unuaklasajn por la oficiroj?

Jesuo Kristo! Li konsterniĝos, kiam li ekscios, ke oni pafas realajn kuglojn en milito! Kion li ja atendis? Ĉu li neniam pensis pri milito? Pri la longaj milittrajnoj portontaj siajn homokargojn al la Murdanto Fronto; starantaj ĉe la peronoj plenplenaj de adiaŭantaj parencoj dum la peze ŝarĝitaj soldatoj paroladas kun afekta gajo, ĉiu al sia propra grupeto, aŭ amasigite ĉe la kupefenestroj, mansvingas adiaŭe dum ili glite elportiĝas el la sombra stacidoma lumo en la nigron de la nokto? Tiaj bildoj hantas lin; do kial ne Riĉjon? Trajnoj plenaj de soldatoj revenantaj de forpermeso; trajnoj irantaj preskaŭ ĝis la fronto mem, malrapidege, timante bombadon; municiotrajnoj mortgravedaj; ambulancaj trajnoj plenaj de sufero, blazonitaj de la ruĝa kruco; ĉiuspecaj trajnoj, distingitaj inter si dum milito, kaj ĉiuj ŝajne distingaj de la ordinaraj amikecaj trajnoj de pacotempo, kvankam ili ja konsistas el samaj lokomotivoj kaj vagonaroj. Nu, temas nun pri milito, kaj neceso kutimiĝi al la manifestaĵoj de milito.

★ ★ ★

La tri okupantoj de la kupeo kapjesis al la «Ĉu libera?» de Dunkan, kaj la viro plej apuda al la pordo duon-leviĝis por helpi lin enporti la tornistron kaj fusilon kiujn li metis sur la breton antaŭ ol sidiĝi kun kontenta elspiro sur la sole restanta angula sidloko. Fu, bonege komforte! Vere lukse!

Li etendis la krurojn tiel skrapante la piedon de sia ĵusa helpinto per peza boto. «Ho, pardonon mi petas. Mi ...» li ekdiris, sed la alia tuj interrompis kun levita mano kaj «Ne, ne. Miakulpe!» kaj retiris la piedon. Li rigardis Dunkan ridetante, kaj ŝajne dironte ankoraŭ ion, sed rezignis, kaj elrigardis la fenestron, retenante sian komplezeman rideton, kvazaŭ por montradi la daŭran senkulpecon de la pardon-petinto.

Dunkan konsciis, ke liaj aliaj du kun-vojaĝontoj rigardadas lin; sed, kiam li turnis la kapon, la maljunulino en la oblikve kontraŭa sidloko tuj elrigardis la fenestron, kaj la graseta viro sur la sama benko kiel Dunkan, levis la manon kvazaŭ por ordigi la okulvitrojn antaŭ ol intense studi sian ĵurnalon; sed, kiam

Dunkan jam ne rigardis ilin, li povis percepti per la okulangulo, ke ambaŭ gvatis lin per serio de palpebrumaj rigardetoj.

«Malvarme!» sugestis la sociema gaelo, tiel kaŭzante etan perturbiĝon. Ĉiuj, kvazaŭ surprizite, ekrigardis lin, kaj post momenta hezito, la ĵurnalleganto kapklinis jeson, kaj re-ekstudis sian ĵurnalon; la maljunulino streĉetis la lipojn ridete kaj elspiris ion neaŭdeblan tra la mallarĝa aperturo, lasante la rigardon vagi denove al la kalke-makulitaj marŝbotoj; la viro sidanta kontraŭ Dunkan levis la palpebrojn kaj kapon emfaze al sia konsenta «Jes, jes, tre!» kaj, doninte novan komplezan rideton, denove elrigardis la fenestron. Ekregis silento, kaj Dunkan bedaŭris ke li forgesis aĉeti ĵurnalon.

La pordo malfermiĝis, kaj du viroj eniris la kupeon. Estis evidente, ke ili ne estas kunuloj: la unua, alta mezaĝulo sombre vestita, klinite interpasis la du virojn sidantajn apud la pordo, murmurante pardonpeton, kaj zorge metinte valizon kaj sian ĉapelon sur la breton, sidiĝis inter Dunkan kaj la grasulo, kaj malrapide ekmalfermis nete falditan ĵurnalon, tute ignorante la aliajn pasaĝerojn; la dua faris pli bruskan eniron, kaj eksidinte en la kontraŭa benko, tuj ĉirkaŭrigardis la kupeon kun larĝa rideto kaj ĉion-ampleksanta «Do, do!» dume kun-frotante la manojn, kvazaŭ anticipe pri ĝuinda societo.

Lia rigardo haltis ĉe Dunkan, kiun li esploris kap-ĝispiede kun nekaŝita scivolemo ĝis, turninte la iom elstarajn okulojn de la blanke makulitaj marŝbotoj, li rigardis rekte en la vizaĝon. «Ej, Ĝok, de la fronto?» li demandis per abrupta londona prononco.

«Jes», konfirmis Dunkan.

«Hm! Iom varme tie nun, ĉu?»

«Jes, efektive – krom por la piedoj.»

La londonano salutis la ŝerceton per abrupta kapklino kaj rido deveninta tiom de bonhumoro kiom de rekta amuzo. «Mi supozas ke ne licas demandi de kiu parto vi venis – almenaŭ ne licas respondi al tia demando», li diris.

«Nu, ne,» konsentis Dunkan, «sed fakte ĉiuj partoj estas samaj.»

«Mi ja kredas. Multe da akvo en la tranĉeoj, ĉu?»

«Jes, ĝenerale.»

La aliaj pasaĝeroj nun malkaŝe ekmontris intereson, kaj ĉiuj viroj, krom la mezaĝulo ekfaris demandojn. La maljunulino ankaŭ mienis, kvazaŭ ŝi deziris diri ion, sed dum longa tempo sukcesis sufoki sian parolemon. Tamen fine, aŭ decidinte, ke la diversaj frazoj donitaj al ĝeneralo jam ampleksas ŝin en la societon kvazaŭprezente, aŭ timante, ke neniu el la aliaj petos la informon deziritan de ŝi, ŝi ekdemandis:

«Ĉu vi estis ĉe Mons?»

Surprizite Dunkan kapjesis, atendante iujn demandojn pri parenco ŝia, sed la maljunulino celis ion alian.

«Ĉu vi vidis la anĝelon?» ŝi demandis.

«Mi petas?»

«La anĝelon; la Anĝelon ĉe Mons. Ĉu vi vidis ĝin?»

«Anĝelon? Ne.» Anĝelon? Pri kio ŝi babilaĉas? Sed efektive, unu el la knaboj laŭtlegis iun stultaĵon tian el malnova ĵurnalo. «Ne», li konfirmis, skuante la kapon.

La maljunulino ĉagreniĝis.

«Sed ĝi estis tie. Miloj vidis ĝin. Eble vi estis en la malĝusta loko. Ĝi venis ĝuste tie, kie la germanoj haltis, kaj ili forturnis sin.»

«Mi estis tie, kie la germanoj turnis sin, sed mi vidis neniun anĝelon, nek miaj kamaradoj. Tio estas verŝajne ĵurnaloblago, sinjorino.»

La maljunulino ekscitiĝis: «Ne, estas vere. Miloj vidis ĝin. La germanoj avancis, kaj niaj soldatoj ekkredis, ke ĉio estas perdita; sed subite la Anĝelo de la Sinjoro aperis antaŭ la okuloj de ambaŭ armeoj, kaj la Gloro de la Eternulo radiis el ĝi, kaj blindigis la okulojn de la germanoj, kiuj retiris sin timigite, kaj forkuris.»

«Mi ne vidis ion tian», diris Dunkan seke.

La maljunulino kunpremis siajn lipojn; la viro frontanta Dunkan tusetis embarasite: la londonano gratis la kapon, kaj elpuŝis la lipojn, poste retirante kaj streĉante ilin en kvazaŭ-rideton, kaj Dunkan ek-scivolis, ĉu li krevpikis ŝatatan tradicion.

«Cetere,» li aldonis inspirite, «se mi estus vidinta tion, ankaŭ mi estus forkurinta.»

La viroj konsenteme ridetis kaj kapjesis je la solvo, sed la maljunulino sible enspiris kaj silente elrigardis la fenestron ŝajne ofendita.

La diablo forprenu ŝin do. Kion li diru? Ke li vidis ŝian anĝelon? Simple por komplezi al ŝi? Anĝelon? Diablon eble; ne temis pri anĝeloj. La vagonaro ekmoviĝis, kaj la aliaj pli komforte aranĝis sin sur la seĝoj. Ankaŭ Dunkan faris, apog-ante la kapon kontraŭ la kusena benkodorso. Ja pli komforte ol tiu trajno inter Havre kaj Nouvion, kaj certe pli komforte ol la marŝado.

La kamparo ekaperis ekster la fenestro. Grizverda kamparo, kun tie kaj tie plugita bruno kaj senfoliaj arboj. La angla kamparo, tiel malsimila nun ol kiam li lastfoje vidis ĝin en somera verdo. Kiam la bataliono forlasis Farnborough? Aŭguston, kaj la dektrian. Jes, la dektrian; oni ŝercis pri tio. Tiel longe ŝajnis inter la 4-a kaj la 13-a! Li bone memoris la anoncon pri la mobilizordono: ĝi venis je la 4-a horo posttagmeze de la

4-a tago de la monato, kaj iuj el la knaboj kredis, ke temas pri tuja foriro; sed kompreneble ne. La sekvan tagon ili ankoraŭ restis, kaj la postsekvan, kvankam ĉiuj rezervuloj jam venis, kaj tiun tagon la bataliono estis kompleta ĝis milita nombro. Oni atendis, atendis, ĝis la 13-a.

Poste, ĉio okazis tiel rapide: la frua foriro de Farnborough – iom post la sesa – la alveno ĉe Southampton post du horoj, kaj jam je tagmezo ili ekvelis en tiu Dunvegan Castle. Jen bela velado: restante en la samaj lokoj por ne renversi la kuvaĉon! Prefere remi al Le Havre en la patra boato! Sed tamen la alveno estis ja ekscita; alveno al la kontinento, kvazaŭ por enpaŝi la historion, kaj renovigi la Malnovan Aliancon. Kiel heroe marŝi tra Le Havre, inter la scivolemaj kaj entuziasmaj amasoj, precipe post tiu ŝipvojaĝo; post tiu, eĉ la sesmejla marŝado al la tendaro estis bonvena. Kaj la postan tagon tiu sama marŝo reen al Le Havre estis la plej agrabla parto de la tuta tago, ĉar sekvis la vagonaro: tiu tuttaga veturado, kunpremite kvazaŭ sardinoj, ĝis Le Nouvion, tra duono de Francujo ŝajnis: Rouen, Amiens, Arras, Cambrai. Strange, ke tiuj nomoj signifis malmulton tiam, kvankam nun pluraj el ili estas sufiĉe signifoplenaj.

Ili kvartiris tiun nokton en Le Nouvion sufiĉe komforte, sed la plej multaj forte esperis, ke ili ne devos trasuferi alian vagonarvojaĝon dum sufiĉe longe, kaj Jim Hendry asertis, ke li havas kalojn sur la postaĵo, kaj ke tio estas honto por infanteriano. La aliaj konsilis al li dankemon pro tio, ke li havis sidlokon, sed ĉiuj estis sufiĉe kontentaj la venontan tagon, kiam ili devis nur marŝi al Boué, distancon de kvar mejloj.

Jes, bone marŝi kvar mejlojn, sed poste! Postan tagon ili marŝis dek, ĝis Cartignies, kaj pluen dum la nokto preter la reduto ĉe Maubeuge ĝis Grand Reng.

«Paciencon, kamaradoj,» diris Jim, «vi baldaŭ estos en la milito nun. Ni jam pasis la belgan limon.»

«Do?» demandis la giganto kun blondaj lipharoj, kiu marŝis inter la parolinto kaj Dunkan.

«Do, Belgujo estas malgranda lando. Se la germanoj avancas, kaj ni avancas, ni baldaŭ devos renkontiĝi.»

«Kiel vi scias, ke la germanoj ne retretas? Ili jam renkontis la francajn armeojn dum ni farsadis ĉe Farnborough.»

«Pa, ne estu tiel optimisma. Ili ne tiel facile retretos.»

«Estas vi, kara, kiu estas optimisma. Eble la germanoj jam reatingis la kontraŭan landlimon, kaj ĉu vi scias, kion signifus tio?»

«Baldaŭan finiĝon de milito.»

«Tio signifus, ke ni devus kurmarŝi tra la tuta Belgujo por trafi ilin, ĉar la kolonelo ja ne povus permesi, ke la milito atingu finon antaŭ ol ni la malamikon. La honoro de la regimento kaj tiel plu! Vi komprenas?»

«Mat, mi havas la penson, ke vi blagas min.»

«Mi havas la penson, ke al vi du mankas klapo en la kapo», asertis la kvara viro en la vico. «Ĉu vi neniam lacas?»

«Iliaj langoj certe ne», Dunkan diris kun kontraŭvola acidemo, ĉar li estis ege laca, kaj la senĉesa babilado de la cetere aminda paro ekagacis liajn nervojn, des pli ĉar li ne komprenis ilian vivecon.

Tamen, ekŝajnis, ke Jim pruviĝos prava, ĉar atinginte Grand Reng ĉirkaŭ la 4-a posttagmeze, kaj tie kvartirinte, ili ekaŭdis kanonadon el la direkto de Charleroi.

«Aŭskultu», ekdiris Mat. «Ĉu vi aŭdas?»

Ili ĉiuj aŭdis. Ne povis esti dubo pri tiu peze minaca grumblado, kaj ekscitiĝo regis dum ioma tempo, ĉar ĉiuj scivolis, ĉu la germanoj avancos al Grand Reng, aŭ ĉu ordono venos, ke la bataliono mem avancu al la batalo, kiu sendube okazas.

«Ĉu povus esti iuj el niaj?» demandis Dunkan.

«Ne», respondis Georgo Gill, kiu marŝis samvice kun Dunkan, Mat kaj Jim dum la ĵusa marŝado. «Ne, ne povas esti. Ni estas sur la ekstrema alo, laŭ onidiro.»

«Ni eksciios de Sneddon, kiam li revenos de la oficirkvartiro», diris Mat. «Tiu estus bonega spiono.»

La aliaj pipfumis, kartludis kaj babiladis de tempo al tempo, sed Dunkan parolis nur por respondi dirojn faritajn rekte al li. La kanonado jam ĉesis, sed li ankoraŭ pensis pri ĝi: ie tie estas la malamikoj, kaj baldaŭ li devos konduti soldate. Kiel li povos garantii tion? Kiel oni fariĝas poltrono? Kiel oni scias, ĉu oni havas kuraĝon antaŭ la morto? Supozeble plej konsilinde pensi pri si nur kiel ero de la bataliono, kiu mem estas ero de la Gvardia Brigado. La Gvardia Brigado ne enhavas poltronojn. Punkto! Simple ne permesate! Jes, plej bone pensi pri la afero tiel. Timu la honton pli ol la morton.

Sneddon revenis kun la novaĵo, ke la franca 5-a armeo retretas de Charleroi, kaj ke ŝajne estis ĝi, kiu suferis la kanonadon, kiun ili aŭdis.

«La bataliono ŝajne devos kontakti ĝin,» li daŭrigis, «ĉar ni estas ĉe la dekstra alo de la 1-a brigado, kaj la brigado estas ĉe la dekstro de la 1-a korpuso.»

«Dankon, Napoleono, kaj ĉu vi eble povus ankaŭ informi nin, kien ni iros morgaŭ?» Mat demandis.

«Ne, la situacio ne estas klara.»

«Domaĝe! Dankon!»

Dum la venonta tago la bataliono fakte ripozis, sed dum la vespero Sneddon sciiĝis, ke la germanoj jam atakis la 2-an Korpuson de la brita armeo, kiu postenas okcidente de la 1-a.

«Ĉu vi aŭdas, knaboj?» Jim demandis. «Vere, la milito pli proksimiĝas.»

«Proksimiĝas?!» protestis Mat. «La germanoj ne povus ataki pli malproksime de ni. Eĉ ne la ĝustan korpuson! Ili evitas nin.»

«Ili ne longe evitos nin, knabo. Eble morgaŭ; eble ĉinokte. Ho, tiam vi saltos!»

«Salti? Se vi vidus miajn plandojn ...»

«Dankon, dankon, mi jam vidis – ankaŭ flaris.»

La venontan tagon la bataliono marŝis norden, responde al ordono teni linion laŭ la vojo Rouverai-Erquebris, kaj ĉiuj supozis, ke tie la milito vere komenciĝos por ili, sed nova ordono retrosendis ilin preter Maubeuge al pozicio okcidente de Villers Sire Nicole, kie ili devis fosi tranĉeojn.

«Do, dank' al, ke la marŝado finiĝis», diris Georgo, svingante pioĉon kontraŭ la dure bakitan grundon. «Ĉi tie ni sidu komforte, kaj lasu al ili veni.»

«Ĝuste», Jim konsentis. «Ĉu mi ne diris, ke ni baldaŭ renkontos ilin? Tiu bulkapa pesimisto kun sia kurmarŝado tra Belgujo! Fu, estas varmege», li aldonis ekdemetante la subĉemizon.

«Lasu la vestojn, Jim», Dunkan konsilis. «Alie vi bruligos al vi la haŭton.»

«Ta, mi ne bruliĝas tiel facile. La pesimisto pli emas sekvi vian konsilon, Dunkan», kaj Jim fingromontris al Mat, kiu ekdemetinte la subĉemizon, nun resurmetas ĝin.

«Li pravas tamen. Mi avertas vin: vi devus lasi eĉ ne la brakojn nudaj dum longa tempo sub tia suno. Estus eble alie se vi jam kutimiĝe bruniĝis.»

«Kiel mi povas bruniĝi, se mi portas la vestojn? Unu

pesimisto sufiĉas ĉi tie. Tio ĉi estas bonega – kvazaŭ ĉe la plaĝo.»

«Bone. Mi esperas, ke vi povos porti la vestojn morgaŭ.»

La morgaŭan tagon Jim efektive portis la vestojn nur ĉar li devis, sed ion alian krom la pafilo li ne povis, kaj Dunkan, Mat kaj Georgo devis porti liajn ekipaĵojn, ĉar oni denove ekmarŝis, ĉifoje suden.

La tago fariĝis terure varma, kaj polvo preskaŭ sufokis la marŝantojn, sed Mat estis en bonega humoro, kaj volonte akceptis la ŝarĝon, kiun trudis al li la ekipaĵo de lia suferanta amiko, farante senĉesajn ŝercojn pri vartado kaj dorlotado de senrespondecaj infanoj, kvankam Jim ja ne estis la sola sunadoranto, kiu suferas de troa entuziasmo.

La varmego fariĝis preskaŭ netolerebla, kaj oni bonvenigis la ordonon halti kaj stari pretaj dum la posttagmezo. Ili restis dum iom da tempo atendante atakon pro proksima fusilpafado, sed nenio okazis, kaj ili ekmarŝis pluen al Taisnières, kie troviĝis, ke ili disiĝis de la cetero de la brigado dum la dekkvin-mejla marŝado.

Dum la nokto oni povis aŭdi la sonojn de batalo, kaj en la mateno ili atendis novan marŝadon aŭ en la direkton de la batalo, aŭ retreton, ĉar nun evidentis, ke retreton ili ja faras, kvankam, kiel asertis Jim, «Neniu povos pretendi, ke ni venkiĝis, ĉar ni ankoraŭ ne batalis». Tamen neniu ordono pri marŝado venis, kaj fine ilia taĉmenta serĝento sciigis ilin, ke ili povos ripozi dume, ĉar oni staras por permesi la preterpason de du francaj regimentoj.

Jim suspiris sian dankemon, kaj Dunkan pruntis paperon por skribi al siaj gepatroj kaj eble al Alek Robb, sed postnelonge oni devis enviciĝi, kaj realiĝinte kun la cetero de la brigado, preparis teni linion por permesi senĝenan retreton parte de la 3-a Brigado. Du el la kompanioj, inkluzive tiu de Dunkan, denove fosis tranĉeojn; sed meze de la posttagmezo oni ricevis ordonon ekmarŝi, kiel postgvardio, kun unu kompanio kiel dekstra gvardio de la divizio.

Denove estis varmege, kaj post la unua horo de marŝado Dunkan estis jam laca, precipe ĉar Jim ankoraŭ ne povis porti propran ekipaĵon, kvankam la kompatinda ĝemante provis. Post du-tri horoj la sporada kantado de la soldatoj ĉesis, ĉar la sekaj gorĝoj aldonis sian malkomforton al tiu de la lacego, sed la bataliono devis marŝi plu. Ŝvito ŝajnis kunglui la vestojn de Dunkan al la haŭto, la botojn al la piedoj; la karno ĉe liaj ŝultroj senrisorte cedis sian rezistemon al la tranĉantaj rimenoj de lia tornistro; ŝvito duonblindigis lin, kaj li imagis, ke la ŝvitoperloj sur lia vaporanta frunto tuŝas la bekon de lia gvardia ĉapo; liaj membroj ŝajnis senelaste malfortaj, sed iel la pezaj botoj daŭrigis sian ritman levo-svingo-treton, kaj li marŝadis pluen, marŝadis pluen. Eĉ la intermita ŝercado de Jim kaj Mat ĉesis, kaj post ioma tempo Jim stumblis, donante kurtan «Jes» al la demandoj de Dunkan kaj Mat, ĉu li povos daŭrigi. Preskaŭ samtempe soldato en antaŭa vico falis, kaj baldaŭ poste alia. Dunkan ektimis, ke li faros same: tio kio ŝajnis neebla dum la aŭtomata ritmo de la taĉmento daŭris seninterrompe, nun ŝajnis tuj okazonta, hipnote alloga. Viro en la kvaro tuj antaŭ la lia falis, kaj li devis lukti kontraŭ la inklino seninterrompe marŝadi, anstataŭ rearanĝi sian paŝadon por eviti karambolon. Tiu eta peno mem lacigis lin, kaj eĉ retrovinte la ĝustan ritmon de la marŝado, li ne povis agordi sin kun ĝi; ne povis senti la muskololulan impeton de la maŝino, kiu antaŭe helpis porti lin pluen. Viroj nun falis kelkope, foje faligante siajn kunulojn per karamboloj, kiujn tiuj povis nek eviti, nek rezisti. La ceteraj marŝadis pluen.

Je la deka kaj duono p.t.m. oni fine atingis siajn kvartirojn ĉe Rejet de Beaulieu, kaj satiginte sian manĝemon, kaj pli avide sian soifegon, ĵetis sin dankeme en dormon.

Je la matena parado la serĝento anoncis, ke necesos fosi tranĉeojn denove, kaj ili fosis de la oka matene ĝis la tagmezo, kiam subita pluvego malsekigis ilin. Ili reiris al la kvartiroj post manĝo, esperante ke eblos iom ripozi, sed venis la ordono paradi, kaj je la 2-a posttagmeze ili ekmarŝis denove.

«Ĉio ĉi memorigas min pri teĉja somera ekzerco, kiam oni fuŝas la aranĝojn», diris Georgo, fortika virego kun granda kaŝtankolora liphararo. Li jam estis en la regula armeo dum pluraj jaroj, kaj antaŭ tio estis en la loka sekcio de la volontula terenarmeo al kiu li nun aludis. «Ĝenerale io tia okazas. Oni marŝas al la malĝusta kampo por loki la tendaron, aŭ dum la provmarŝoj mislegas la mapojn, rezulte ke oni devas marŝi duoblan distancon por retrovi la tendojn. Mi ofte scivolis, ĉu regularmeaj oficiroj estas same dikkapaj, kiel la teĉjaj. Nun mi scias, ke jes.»

«Se vi ne trovis tion ĝis nun, vi ŝajne ne estas tre vigla mem en la cerbo», sugestis Mat.

«Aĥ, ne kulpigu niajn oficirojn», protestis Dunkan. «Ili nur obeas instrukciojn, konforme kun la ĝenerala plano.»

«Ĝenerala ĥaoso!» replikis Mat post gargara elblovo de malestimo.

«Nu, ili havas pli grandajn rimedojn por konfuzo ol la teĉjoj», atentigis Jim, kiu hodiaŭ sentis sin iom pli bone.

«Kio okazas nun?» li aldonis, ĉar ioma perturbiĝo okazis antaŭ ili; haltordonoj eksonis, kaj ilia leŭtenanto kuris antaŭen ĝis kie grupo da oficiroj kolektiĝis. Post ioma interkonsiliĝo li revenis kaj parolis kun la alkurintaj suboficiroj gestante al la oriento, dum tra la vicoj kuris vorto, kiu vibrigis la nervojn de la aŭskultantoj.

«Germanoj!»

«Germanoj?» demandis Georgo. «Kie?»

Ilia rota serĝento revenis: «Atenton, kompanio», li postulis iom nenecese. «Germana kavalerio vidiĝis malantaŭ ni. Ni ne scias, kianombre, sed tiu ĉi kompanio dume gardos la ŝoseon por permesi la pason de la ariergardo. Kiam mi devicigos vin trovu kiom eble da ŝirmo, kaj restu tie ĝis mi ordonos alie. Ne pafu sen ordono.»

Ekscitite ili obeis. Dunkan trovis sin malantaŭ la trunko de apudvoja poplo, kun Georgo en foseto ĉe unu lia flanko, kaj, ĉe la alia, viro kuŝanta malantaŭ tufkronita terondo.

«Ĉu vi vidas ilin?» demandis tiu al Dunkan.

«Ne, ĉu vi, Georgo?»

«Ne – jes! Jes, jen ili!» kriis Georgo duonlevante sin kun etendita brako, ĝis kolera muĝo de la alia flanko de la ŝoseo faligis lin, kiel ŝtonon.

«Ĉu vi vidas ilin, Dunkan?» li flustris de la ŝirmo de la foseto, kvazaŭ timante, ke la serĝento aŭdos lin.

«Jes», spiris Dunkan hipnote rigardante la malgrandajn figurojn de viroj kaj ĉevaloj, kiuj trotis malsupren de malproksima deklivo. «Lancistoj!»

«Ĉu ulanoj?» demandis la viro ĉe lia dekstro.

«Tre verŝajne.»

Do, li fine rigardas la malamikojn. Kiel strange pensi, ke tiuj ŝajne silentaj rajdantoj reprezentas la minacantan morton, kiun li jam aŭdis antaŭ du noktoj. Kiom el ili? Ses, ok, naŭ, dek.

Atinginte la malsupron de la deklivo, la lancistoj turnis sin, trotante laŭlonge de ĝi, ĝis ili malaperis malantaŭ monteto. La kompanio atendis, sed ili ne reaperis, kaj ne vidante iujn aliajn, oni supozis ilin nur esplortaĉmento kaj postnelonge la kompanio denove marŝis.

Ili trairis vilaĝon, kaj poste devis daŭrigi laŭ artileria formacio sur ambaŭ flankoj de la vojo por permesi la preterpason de britaj baterioj. Postnelonge ili aŭdis la kanonadon de tiuj, kiu daŭris ĉirkaŭ kvaronhoron.

«Vidu, amikoj,» diris Georgo, «ni estas preskaŭ en la milito. Se aferoj daŭros tiel, mi povos eĉ pafi mian fusilon.»

«Kial pafi vian fusilon, la kompatindan?» demandis Mat. «Ĉu vi neniam aŭdis, ke la pafilo estas la plej bona amiko de la soldato?» Ĉiuj aŭdintoj ĝemis.

«Jes,» replikis Georgo serene, «kaj ĝenerale tiuj, kiuj diras tion certe ne povus havi alian.»

«Li estas kolera pri la serĝento,» Dunkan klarigis, «ĉar la serĝento ne permesis al li prezenti la kapon al la germanoj.»

Dum la posttagmezo pluvis de tempo al tempo, kaj la viroj eksentis sin mizeraj pro la pezo de la malsekaj vestoj, sed baldaŭ pli drasta aflikto turmentis ilin. Transonte rivereton ili subite aŭdis serion da eksplodoj, kaj je la krio «Haŭbizoj», ĵetis sin sur teren; sed, eĉ antaŭ ol la fajfado de la alvenontaj obusoj aŭdeblis, ili trovis sin ankaŭ sub fusila kuglado. Post la alveno de la unua haŭbiza salvo la kaŭrantaj viroj kaptis la okazon kuri al pli konvenaj ŝirmoj, spitante la daŭran pafadon de la fusiloj; sed, kvankam ili nun estis en sufiĉe forta pozicio, ili ne povis movi sin, kaj devis kuŝi ĝis krepusko, nur levante la kapojn de tempo al tempo por pafi se ili imagis, ke ili povas vidi malamikon.

Kiam evidentis, ke la malamikoj jam retiris sin, la marŝado daŭris ĝis vilaĝo survoje al St. Quentin, kie elĉerpite kaj malsekegaj ili bivakis.

«Nu,» Georgo diris, «mi esperas, ke tiu kontakto signifas, ke ni povas nun batali, kaj dece venki aŭ venkiĝi. Tiu ĉi eterna marŝado estas sensenca.»

«Fike teda!» Mat konsentis. «En la malnovaj tagoj la armeoj marŝis al renkonto, kaj tie decidis la disputon. Nun ŝajnas, ke oni retretas antaŭ ol venkiĝi, kaj sekve ne konfesas iun malvenkon.»

«Jes,» Dunkan diris, «sed dum nia armeo restas sendifekta ni ne povas venkiĝi.»

«Cetere,» aldonis Sneddon, «ni devas reteni kontakton kun la francoj. La klasika germana plano estas ‹ĉirkaŭi kaj dispremi›. Ili ne povas preterpasi niajn flankojn se ni retiras tiujn.»

Mat tusege ridis: «Alivorte, ni kuras pli rapide ol la germanoj.»

«Se vi volas; sed en milito oni spitas la deziron de la malamikoj; ne kompleze uzas iliajn batalilojn. Do ni igas la germanojn avanci kun pli kaj pli etenditaj komunikaĵoj, precize ĉar la germanoj volas la malon.»

«Ta, ni venis por protekti la belgojn,» replikis Mat, «kaj ni jam ne eĉ estas en Belgujo.»

«Vi pravas», konsentis Jim kun deprimita esprimo. «Se oni vere planis tiun ĉi fiaskon, estis fike perfideme al la belgoj.»

«Mi volonte vidus britan ĵurnalon», diris Dunkan, «por trovi, kiel oni prezentas la aferon. Eble oni hontas pri ni.»

«Jes, kaj kial ne?» demandis Mat. «Ni retretis Kristo scias kiom da mejloj, kaj perdis eĉ ne unu viron. Ĉokoladaj soldatoj, je Dio.»

«Via kompanio eble ne, sed la bataliono perdis du», sciigis Sneddon.

«Ĉu?» «Ĉe la rivero?» «Ĉu mortaj?»

«Jes, ĉe la rivero. Nur vunditaj. Mi ne scias, ĉu grave.»

«Ĉu vi konas ilin?»

«Nu, mi ne vidis ilin, sed laŭ la parolo de iuj de la knaboj mi opinias, ke mi memoras ilin. Hodge kaj Jeffrey; ĉu vi ...»

«Do, jen niaj unuaj falintoj, homoj», spiris Mat. «Estas strange finfine, ĉu ne? Ni ja estas en milito. Eble morgaŭ ...»

Morgaŭ ili paradis sentante sin ankoraŭ lacaj post nokto malkomforta pro malsekeco, kaj dum la tago marŝis tridek unu mejlojn sen ekvido de la germanoj, ĝis ili atingis St. Gobain, kie ili kvartiris. Ili estis do ege dankemaj, kiam oni anoncis la postan tagon, ke ili ripozos.

«Vere», Mat anoncis, «mi ne atendis militon tian.»

Dunkan penseme frotis la lipharojn: «Mi supozas, ke tio ĉi estas fakte unu sola batalego. Bataloj ja daŭris pli ol unu tagon antaŭ ol nun; do, kial ne semajnon, kaj eĉ pli. La francoj kaj, laŭ onidiro, la Unua Korpuso konstante bataladas dum la retreto.»

«Sed kiam ĝi finiĝos, se ni konstante retretos?» demandis Jim.

«Kiam ni atingos la maron», Mat sciigis lin, «aŭ kiam la germanoj kaptos nin.»

«Ni ripozas nur ĉar iuj korpusoj rezistadas ilin. Estas batalo, Mat. La sola vera diferenco de la malnovaj estas, ke oni konstante moviĝas dum la luktado.»

«Se tio estas la nova metodo por militoj, mi bedaŭras, ke mi ne aliĝis al la kavalerio», diris Mat.

Dunkan sopiris: «Ankaŭ mi.»

«Vi ŝatas la ĉevalojn, Dunkan?» demandis Georgo.

«Jes ege. Mi memoras, ke mia patro iam bategis min min preskaŭ ĝismorte. Mi mankis ĉe la lernejo, kaj kiam miaj gefratoj revenis hejmen kaj raportis tion, estis granda tumulto, ĉar oni timis, ke mi dronis. Fine duono de la vilaĝaro serĉis min; mia patrino histeriis; la maljunuloj ekmemoris la historiojn de antaŭaj dronoj, kaj oni eklulis sin en humoron konvenan por funebrado, ĝis ili trovis min starantan sur la dorso de ies ĉevalo dum ĝi galopis tra la kampo. Mi ofte rajdis ilin senselajn. Tiel fortaj kaj bonvolemaj ili estas!»

Georgo rigardis lin ridetante: «Pli bone ke vi ne estu en la kavalerio, Dunkan. Vi tro amas ĉevalojn.»

«Nu, mi supozas ke jes.»

Mat frotis sian nudan piedon. «Dume, mi tro amas miajn piedaĉojn por esti en la infanterio. Mi supozas, ke morgaŭ ni marŝos denove.»

Li pravis. Ili ekmarŝis je la noktomezo ĝis la oka horo, kaj poste bivakis ĝis la kvina posttagmeze gardante la stabejon de la Unua Korpuso, antaŭ ol plumarŝi ĝis kvartiroj en Allemant, kaj en la mateno daŭrigis la retreton preter Soissons, haltante nur por permesi du rotojn detrui du pontojn super la rivero Aisne. Poste ili daŭrigis al Vauxbaum, kie ili tranoktis.

La unuan de septembro la retreto daŭris tra la arbaro de Villers Cotterets ĝis la urbo, kie ili manĝis antaŭ ol rekomenci la marŝadon, nun pli komforte ĉar ŝarĝveturiloj povis porti ilian ekipaĵon, ĝis ordonoj venis por helpi al gvardia brigado, kiu batalegas en la arbaro; sed je alveno troviĝis, ke la germanoj jam retiris sin. Remarŝo komenciĝis ĝis Marolles, kie oni ordonis tranĉeojn.

La viroj lace ekfosis, sed kiam ili ankoraŭ nur forskrapis kelkajn colojn da grundo la serĝento ordonis ĉeson.

«Ĉu ni remarŝos, serĝento?» Jim demandis senespere.

«Vi obeos ordonojn, Hendry», la alparolito respondis. «Dume ripozu.»

«Volonte», Jim gruntis subvoĉe. «Hej,» li diris al la aliaj, kiuj jam preparis sin por dormo, «mi vetas, ke la K.O. scias, ke ni simple devus lasi la tranĉeojn eĉ se ni fosus ilin. Do, simple komplezas al la stabo per tiuj gratetoj.»

«Eble,» iu diris, «sed mi aŭdis konversacion inter la leŭtenanto kaj Sharkey, kaj ŝajnas, ke oni atendas noktomezan atakon.»

«Do restas tridek minutoj», atentigis Mat. «Ni dume dormu.»

La dormo ne daŭris multe pli longe ol tridek minutojn, ne pro atako, sed ĉar je la unua kaj duono la marŝado rekomenciĝis, kaj daŭris ĝis la aŭroro, ĝis tagmezo, kaj nur je la kvara posttagmeze la somnambulantaj vicoj rajtis kolapsi en dormon.

Je la tria matene ili iris al pozicioj apud la rivero Marne por gardadi la transiron de la 1-a divizio, kaj je la sepa rekomencis la marŝadon al la sudoriento ĝis, post multaj prokrastoj, ili trovis sin post dek du horoj en benedikta monaĥejo apud Jouarre.

«Bela kvartiro», rimarkis Jim. «Se la monaĥoj restus, mi aliĝus. Mi ja sufiĉe fastis, aŭ iel alie perdis la karnon», kaj kun grimaco li ektiris sian kolumon, kiu ja malstrikte konvenas al la kolo.

«Ne mirinde», grumblis Mat. «Kiom longe tiu ĉi punado povos daŭri?»

Neniu sciis, kaj neniu emis diskuti. Dormon ili sopiregis, kaj ne volis perdi unu permesitan momenton de ĝi.

Je la tria matene la marŝado rekomenciĝis, kaj daŭris ĝis la oka, kiam ili atingis Coulommiers. Baldaŭ evidentiĝis, ke ili ne evitas la germanojn, malgraŭ la rapido de la dektaga retreto, ĉar la bataliono devis ekspedi mitraltaĉmenton subtene al iliaj kunbrigadanoj, la Nigra Gvardio, kiuj aktive kontaktis kun la malamikoj, kaj la cetero de la bataliono plurfoje vidis germanajn kavaleritaĉmentojn sufiĉe apudaj, kvankam ili ne batalis. Pro la kontakto kun la alia regimento ili eksciis, ke malgraŭ ĉio ili estis ege bonŝancaj dum la retreto de Mons, kompare kun la aliaj regimentoj de la korpuso, kaj kun tiuj de la dua korpuso, kiuj multe suferis dum furiozaj bataloj.

Tiu estis la antaŭlasta tago de la Batalo ĉe Mons, ĉar marŝinte dek du mejlojn al Nesles la postan tagon, la 5-an de septembro, la bataliono ekde la 6-a partoprenis novan fazon de la milito, kvankam la diferenco ne estis tuj perceptebla, ĉar mitraltaĉmento, kiun oni sendis por subteni la najbaran Coldstream Gvardion, devis retreti sub intensa artileria atako. Tamen finfine la bataliono avancis naŭ mejlojn norden ĝis Le Plessis, trovante survoje forlasitan germanan materialon por memorigi, ke la malamikoj nun troviĝas antaŭ ili. Tiel komenciĝis por la bataliono la Batalo ĉe la Marne.

La 7-an de septembro la bataliono atingis La Frenais sen opozicio de la malamikoj, sed la 8-an ili renkontis fusilpafadon kaj kanonadon, kaj la mitraltaĉmento sendita por subteni apudajn regimentojn mortigis dek kvin malamikojn, kaj vundis kaj kaptis kelkajn. La bataliono vidis la unuan fojon germanajn vunditojn kaj mortintojn, kaj mem perdis unu vunditan antaŭ ol ili bivakis apud la rivero Marne. Tiun nokton alvenis aldono de preskaŭ cent soldatoj al la bataliona mil.

En la mateno ili transiris la riveron Marne sen rezisto de la malamikoj kaj marŝis ĝis La Marette. Dum la marŝado ili vidis germanan Taube aeroplanon, kiu kaŭzis ioman ekscitiĝon, ĉar ĝi estis la unua aviadilo, kiun la plej multaj iam vidis. Jim sugestis, ke estos neeble kaŝi manovrojn de la malamikoj se oni abunde uzos aviadilojn, sed la prudentuloj en la taĉmento sarkasmis pri militilo, kiu timigas la ĉevalojn, kaj kompreneble povas perturbi la propran kavalerion same, kiel la malamikan.

La marŝo rekomenciĝis sub pluvo, kiu daŭris dum trairo de Le Thiolet, Torcy kaj Courschamps ĝis Sommelars, kie oni provizore haltis, ĉar dekstre ili povis vidi la 3-an Brigadon batalantan; sed poste ili rekomencis la avancon ĝis Latilly, kie ili eksciis, ke la germanoj forretretis antaŭ ses horoj.

Pluvo anstataŭ varmego nun faris la marŝadon ĝene malkomforta, ĉar la postan tagon, ŝanĝinte la marŝdirekton de nordo al nordoriento, ili plene malsekiĝis dum posttagmeza pluvego, kiu des pli afliktis ĉar ili ankoraŭ ne rericevis siajn paltojn de la vagonoj, kiuj antaŭ dek du tagoj ekportis tiujn. Ili fine haltis ĉe Bruyères sur la Meaux-Fismes fervojo, sentante sin mizeraj; sed pli granda mizero ja atendis ilin ĉe ilia venonta stadio ĉe Bazoches, kie ili kvartiris en horto; ĉar ekzistis ŝirmo por nur duono de la pli ol mil viroj en la bataliono, kaj la aliaj devis kuŝi ekstere sub la pluvo.

La 13-an de septembro la milito ekflagris por la bataliono. Ili sukcese transiris la Aisne kanalon, kaj poste sekvis la 2-an brigadon trans la riveron mem. Sekvis iom malkomforta transiro de la Aisne et Oise pere de akvedukto, kiu jam montris du grandajn truojn de obuseksplodoj. Turninte sin orienten ili trafis sub kanonado, kaj Dunkan estis dankema kiam, post avanco, oni fine trovis ioman ŝirmon flanke de monteto, kun ordonoj eventuale subteni proksiman artilerion. La malica bruo de la eksplodantaj obusoj estis timiga, kaj li scivolis, ĉu la infanterianoj iam povos sufiĉe proksimiĝi al la malamikoj por efike ataki tiujn, anstataŭ prezenti sin senreziste al tiuj mortigaj krevegoj el ŝtalo kaj flamoj, kiuj ŝajnas veni de nenie.

Je la 5-a matene oni ordonis avancon, kaj la bataliOnoj ekmarŝis laŭ artileria formacio tra la mallumo. Baldaŭ evidentiĝis, ke ili estas miksitaj kun francaj zuavaj taĉmentoj, kaj tio subite gajigis Dunkan, eĉ se liaj fuŝfrancaj salutoj ne sukcesis komprenigi tiun kontentiĝon al la fremduloj, kvankam ili kapjesis ridete, kaj respondis propralingve.

«Nu, ne gravas», li diris al siaj ridantaj amikoj. «Mi vere ĝojas vidi ilin. Estas kuraĝige konstati, ke tamen ni ne estas solaj. Kaj pli kaj pli venos, ankaŭ de niaj dominionoj. Espereble ni daŭrigos tiun ĉi avancon rekte en Germanujon, kaj finos tiun ĉi konflikton, kiel eble plej frue.»

«Prave,» Jim konsentis, «kaj, Dunkan, ne tro ĝenu vin pri la malsukceso de via franca parolo, ĉar ververe vi parolas pli klare ol ili. Mi duonkomprenas vin, sed mi diable ne komprenas ilian babilaĉon.»

«Eble ĉar ili ne parolas la francan», sugestis Mat. «Ili ja estas araboj, aŭ simile. Cetere, kiel vi rekonus la francan, Hendry? Vi preskaŭ ne komprenas bonan anglan.»

Ĉe Paissy la bataliono trovis kvartirojn, kaj kontrolis la nombron, je kio troviĝis, ke ili ja iom suferis, havante dek ses mortintojn. Ili ankoraŭ estis ĉe la dekstro de la unua brigado kaj, laŭ Sneddon, la 17-a franca korpuso nun flankis ilin dum teno de linio Moulins-Oeuilly-Bourg.

Dunkan, malgraŭ granda laco, malmulte dormis, ĉar li ankoraŭ sentis sin ekscitita post la kanonado de la posttagmezo. Li provis konvinki sin, ke li kutimiĝos, ke li devos kutimiĝi, al tiaj kondiĉoj, kaj revokis antaŭajn sopiregojn pri dormo, kiam tio neeblis, sed la memoro de tiuj aerfendaj obuseksplodoj daŭre vigligis: la ruĝenigraj fontanoj, kiuj lasis siajn fumantajn brunajn kraterojn kiel vundojn, en la malsekaj, verdaj kampoj, kaj la eĉ pli timigaj aereksplodoj de nenie aperantaj, kvazaŭ la aero mem mistere eksplodas, eknaskas florojn de morto, kolere ŝutante la murdan ŝrapnelon sur la senprotektajn homojn sube. Sendube tiuj mortigis la plej multajn el la hodiaŭaj perditoj: dek ses homoj el la bataliono; dek ses el mil – en unu tago; se tio ĉi daŭros, se la germanoj daŭre rezistos ... Kaj tamen, estas mirinde, ke ne pli mortis; je unu periodo la ĉielo estis plenplena de la nigraj fumnubetoj, unue krakege aperantaj kun ekbrilo de la ruĝa kerno, poste drivante serene sur la ĉielo indiferente – aŭ ĉu kontentaj pri la fia laboro plenumita?

Stulte tiel pensi! Temas pri milito, kaj li devos kutimiĝi, sed li kontraŭvole tremis, kiam li memoris la malican sibladon de la ardantaj ŝrapneleroj, kiuj tro proksime tranĉis la herbon ĉirkaŭ li sur la monteto. Se nur unu el tiuj trafos la kapon, tio sufiĉos. Se nur temus pri batalado kun viroj ...! Nu, oni ne povas elekti.

Je la tria matene la bataliono avancis. Estis mizere: la pluvo daŭre falis, kaj nun estis ankaŭ nebulo, kiu kaŭzis grandan konfuzon, ĉar diversaj regimentoj karambolis sur la fremda tereno, provante trovi la asignitajn poziciojn. La bataliono serĉis pozicion sur firsto inter du skotaj regimentoj, sed baldaŭ evidentis, ke ĝi ne facile atingos tion, ĉar komenciĝis terura kanonado kaj densa kuglado, kaj teninte la pozicion ĝis krepusko, la tri regimentoj fine retiris sin al alia firsto apud Chemin des Dames, kvankam ili ankoraŭ ne atingis la cellokojn por la antaŭa tago. Fakte, nun evidentis, ke la germanoj ne intencas plu retreti, kaj eĉ ŝajnis, ke ili havas ordonojn avanci, kaj la aliancanoj nun trovis sin kontentaj teni la altojn super Vendresse, rezistante la provojn reĵeti ilin preter la Aisne.

Reveninte al la firsto Dunkan, skuita de la bruego kaj
memoro pri viroj malaperintaj en tondrantaj eruptoj, aŭ
kuŝantaj groteske en la ĉifonaj restaĵoj de uniformoj, ekfosis
trancêon laŭordone. La ŝpata klingo tratrancîs la herbon kaj
radikojn, kiel ĝi ofte faris hejme prelude al semado. La kanonado
jam ĉesis, sed brankardistoj ankoraŭ preterpasis, iuj rampantaj
super la firsto kun malplenaj brankardoj, aliaj revenantaj kun
ĝemantaj ŝarĝoj. La viroj sur ambaŭ flankoj de Dunkan estis
nekonataj al li, kaj li scivolis pri la cetero de la roto. Li jam
preteris la herbotavolon, kaj nun pli rapide fosis tra la malseka
grundo sube, ĝis fine la trancêo estis kontentige profunda, kaj
li scivolis, ĉu li serĉu la amikojn, sed timis mistrafi eventualan
kontrolon pri perditoj, ĉar li ne deziris ke la gepatroj ricevu
telegramon pri lia morto.

Subite li aŭdis voĉon parolantan al unu el la revenantaj
brankardaj trupoj: «Hej, Ĝok, kiu estas tiu? Ĉu vi scias ion
pri Jim Hendry aŭ Dunkan Maclean? Do, kontrolu liajn fikajn
diskojn, damne.»

«Mat», Dunkan kriis, kaj kun responda «Dunkan?» ombra
figuro kaŭre alkuris kaj ensaltis la trancêon apud li.

«Dunkan, dank' al! Ĉu Jim estas kun vi?»

«Ne. Neniu el niaj.»

«Kie perdiĝis tiu stultulo? Ĉu vi vidis lin?»

«Mi vidis lin sur la alia firsto, kaj li estis tiam sana, sed dum
la reveno mi ja ne havis okazon kontroli pri iu ajn.»

«Fik', mi scias. Estas infere, ĉu ne? Vere, mi atendis la
vokon. Macintyre estas morta. Mi vidis lin. La vizaĝo havis
truon pugnograndan. Fi!» Mat kracîs. «Georgo perdis la ĉakon.
Kuglo forbatis ĝin kaj sternis lin, sed li ne vundiĝis. Damne
bonŝanca. Sed kie estas tiu Jim?»

Kaporalo aperis, parolis al la viro ĉe la dekstro de Dunkan, kaj venis al la du kamaradoj.

«Nomoj?» li demandis, kaj ili citis ciferojn, nomojn kaj roton.

«Via roto estas tie», li diris mansvingante. «Vi devos resti en la tranĉeo ĉinokte, se vi ne gardos. Ili eble atakos.»

«Laŭordone, kaporalo. Kun permeso, kaporalo, ĉu vi scias ion pri Hendry de nia roto?» Mat demandis.

«Hendry estas provizore perdita. Li ne estas kun via roto.»

«Mi scias, kaporalo. Mi scivolis, ĉu io definitiva.»

«Ne. Cetere, ni perdis pli ol cent hodiaŭ, kaj mi atendas pli,» diris la kaporalo, kiu ŝajnis eksterordinare parolema, eble pro reago al la timigaj okazaĵoj de la tago, «sed eble iuj el ili miksiĝis kun aliaj regimentoj, kaj revenos.»

«Pli ol cent? Fu!»

«Jes, kaj la majoro estas morta; sed ni estis bonŝancaj: la Cameron'oj kaj Nigra Gvardio vere mueliĝis. Do, al via roto!»

La du amikoj laŭiris la serion da tranĉeoj ĝis ili venis al la propra roto, kie ili trovis Georgon, kiu entuziasme salutis Dunkan, sed poste atentigis, ke Jim estas morta.

«Ne povas esti dubo», li respondis al la skeptika Mat. «Iuj el la knaboj vidis lin sur brankardo, kaj la brankardistoj sciigis ilin, ke li jam estas preskaŭ finita.»

«Sensencaĵo», elĵetis Mat. «Kial ili reportis lin se estis tiel?»

«Tamen, estas vere, Mat», diris unu el la aliaj viroj. «Mi vidis lin. Li perdis kruron, kaj la kokso estis tiel frakasita, ke ili ne povis ĉesigi la sangadon. Li jam estis senkonscia, kiam ni vidis lin.»

Mat tuj demandis, kie oni prenis lin, kaj la aliaj kun

malfacilo persvadis lin resti en la trancêo, atentigante ke forlaso de la posteno ne estus senkulpigebla per klarigo, ke li iris serĉi ambulancon por kontroli pri la kamarado.

Tiun nokton ili dormis kiel eble plej bone en la malseka trancêo, sed ili ne domaĝis la aŭroron, ĉar pluvo seninterrompe faladis, kaj ili bonvenigis la okazon movi la rigidajn membrojn, des pli pro tio, ke la paltoj ankoraŭ mankis, kaj ili nun sciis, ke tiuj estas fakte perditaj, ĉar oni forĵetis ilin de la vagonoj por porti vunditojn dum la retreto. Ili duonatendis, ke ili devos denove avanci, sed anstataŭe ricevis ordonojn plibonigi la ankoraŭ krudajn trancêojn kontraŭ eventuala atako. La atako ne venis, kvankam la germanoj estis lokitaj nur mil metrojn de la firsto, sed postnelonge kanonado komenciĝis, kaj daŭris dum la tuta tago, dum ili kaŭris en la trancêo provante ne scivoli, kio okazos se obuso trafos ĝin. Neeblis distri sin per kartludo, lego aŭ eĉ konversacio, ĉar la daŭra bruegado de eksplodoj apenaŭ permesis pensadon, des malpli interparolon. Ĉiu speco de kuglego siblis kaj ĝemis super iliaj kapoj, eĉ, kiel ili poste konstatis, de la sieĝaj kanonegoj, kiujn la germanoj alportis por la sieĝo de Parizo. Kiam nokto venis, ili estis elĉerpitaj nerve kaj fizike, sed la roto de Dunkan ankoraŭ ne rajtis ripozi. Post manĝo ili krablis al la antaŭa deklivo de la firsto kun fosiloj kaj komencis konstrui novajn trancêojn tie por gardi la aliajn pli efike kontraŭ surprizatako.

La laboro estis nur duonfinita, kiam iu kriis «Atako», kaj ĉiuj ĵetis sin teren serĉante ŝirmon en la duonfinita trancêo, kaj forĵetinte la fosilojn, ekkaptis la fusilojn kaj pafadis malsupren. Estis malfacile elekti definitivan celon, sed Dunkan pafis en la senkonturan ombromovadon sube, kaj supozis, ke la aliaj faras same.

La atakantoj, je konstato ke sekretemo jam ne necesas, ekalkuris kun akraj krioj, samtempe pafante kontraŭ la trançeo. La ekbrilo de la pafiloj helpis la celadon, sed la malamikoj daŭre grimpalkuris, kaj Dunkan scivolis, ĉu oni jam donis la ordonon fiksi la bajonetojn, aŭ ĉu li devis aŭtomate fari tion antaŭ ol veni en la avangardan pozicion. Eble nun fari? Ĉu ĉesi pafadon por fari tion? Kuglo ŝprucigis la nove elfositan grundon nur kelkajn colojn for de lia kubuto, kaj li aŭtomate retiris la kapon malantaŭ la kruda remparo. Nun estas okazo fiksi la bajoneton, sed li jam havis aliajn ĝenojn, ĉar retirinte la kapon, ĉesinte pafadon, li timis reprezenti sin al la malamika pafado, kiun li nun povis konstati intensa. Cetere, ĉu la aliaj portas la bajonetojn fiksitaj? Malgrave; ne blagu! Li domaĝis, ke li ial retiris la kapon, ke li donis al si okazon pensi. Se li ne baldaŭ levos sin, oni rimarkos lian malkuraĝon. Li faris abortan ekprovon levi la kapon. Denove. Ne, ambaŭ fojojn li estis certa je la lasta momento, ke li metos la vizaĝon rekte kontraŭ alsiblanta kuglo. Li grincis la dentojn kaj ekkalkulis ĝis tri promesante sin, ke li tuj poste levos sin. Li ĉirkaŭrigardis por kontroli, ĉu oni atentas lin, kaj rimarkis, ke pafado nun venas subtene de la firsta supro. «Bone», li pensis, «Diablen je tri», kaj tuj levis sin super la nivelo de la kruda remparo.

La linio de pafilaj ekbriloj malmulte avancis de la pozicio en kiu li laste vidis ilin, kaj ŝajnis, ke la malamikoj jam kontentis kuŝi sinŝirme sur la tero, kaj fari kiom eble plej da damaĝo per fusilado. Pro tio Dunkan sentis dankemon, ĉar malgraŭ lia antaŭa deziro kontaktiĝi kun homoj anstataŭ obusoj, batalado kun bajonetoj subite trafis lin, kiel naŭzan kaj timigan, kiam ĝi ŝajnis tuj okazonta.

La kombinita pafado de la antaŭa kaj pli supra linioj de

defendantoj ŝajne fariĝis tro intensa por la atakantoj, precipe pro la pluraj mitraloj, kiuj ŝprucpafis de la firstosupro, kaj baldaŭ estis evidente, ke la malamikoj retiras sin. Iu entuziasmulo fakte kriis «Sekvu ilin! Finu la bastardojn jam nun!» sed ordona krio silentigis lin, kaj bremsis eventualan impeton per ordono teni la poziciojn.

Oni finis la fosadon de la tranĉeoj, kaj poste restis gardante ĝis preskaŭ aŭroro, kiam ili retiris sin al la ĉefaj tranĉeoj, ĉar la plano estis teni la avangardajn poziciojn nur dumnokte.

«Do, dank' al Dio, estos la vico de iuj el la aliaj ĉinokte», ĝemis Georgo, kiam ili sidis manĝante post la reveno.

«Jes», konsentis Dunkan, sed pluan diron ne povis elpensi, ĉar li sentis sin svenema pro lacego post la dumnokta viglado, kiu mem sekvis la nervoŝiran bombardon de la pasinta tago. Mat sidis kun ili, sed diris nenion, ĉu pro lacego, ĉu pro paŭtado, ili ne sciis, ĉar li ŝajnis kulpigi ilin pro tio, ke ili ne malkredas kun li la morton de Jim, pri kio ili efektive aŭdis nenion plu definitivan.

Se ili esperis dormi, ili baldaŭ konstatis sian eraron, ĉar ili ankoraŭ ne finis la manĝadon, kiam la kanonado rekomenciĝis. Denove la tero tremis sub la senĉesa eksplodado, la aero siblis kaj ĝemis kaj krakegis, kaj la koto ekster la fosaĵo elvomis brunajn gejserojn, dum la viroj kaŭris en la tranĉea fundo kun la manoj super la oreloj, ĝishaŭte malsekigitaj de la senĉesa pluvado, preskaŭ senkonsciaj pro laco, timo kaj mizerego.

Kiam la krepusko fine venis kaj la bombardo ĉesis, Dunkan svenis en dormon eĉ ne manĝinte, apenaŭ konstatante, ke li, Mat kaj Georgo ankoraŭ vivas, kaj pri la cetero tute ne ĝenante sin; sed ŝajnis, ke li apenaŭ fermis la okulojn, kiam boto vekis lin, kaj li nebule konstatis, ke nokta atako denove okazas, kaj, ke oni devas subteni la avangardon.

Tiel ĝi daŭris tage kaj nokte dum – nu, malpli ol semajno, kiel li poste eksciis: kvin aŭ ses tagojn fakte – ĝis la novaĵo venis, ke la 6-a divizio anstataŭos ilin, ke ili eliros el la batalo por tritaga ripozo. Preskaŭ ne kredante, ke ili ankoraŭ vivas, la restaĵo de la bataliono elstumblis la tranĉeon, preter la anstataŭantoj, kiuj ridis kaj ŝercis pri ilia aspekto. Bone, ili ridu. Se ili ankoraŭ ridos post noktotago sur tiu firsto, tio estos ĉar ili tute perdis la racion. Sed ridi pri la aspekto de gvardia bataliono? La aŭdaco, la konsterna impertinento, iel retiris ilin al la realo; memorigis kiel dum la retreto la oficiroj devis razi sin ĉiutage laŭordone, kaj la viroj faris same laŭvole, spite ĉiujn malfacilon kaj ĝenon; memorigis same, ke ili eĉ ne pensis pri la razado dum la semajno sur tiu infera firsto. Razi? Kio estas la realo? La antaŭa vivo, aŭ la animpista inkubo de la pasinta semajno?

Ili preskaŭ kuris al la kvartiroj en Oeuilly avide flarante la vivon, ĉar kvankam ilia ĉefa sopiro estis al dormo, ili tamen sentis kvazaŭ ili revigliĝas el la morto, kaj ili deziras gusti la vivon, plene gusti ĝin, antaŭ ol ... Sed tri tagoj da paco?! Eterno! Kial pensi pri postsekvoj? Eble la germanoj retretos, eble la milito estos finita; almenaŭ la batalo ŝajne estos finita, ĉar tiu infero ne povos daŭri: la homa korpo kaj animo simple ne eltenos. Iuj devos retreti, kaj eĉ la marŝado preferindos.

Estis nenio tre distra aŭ ekscita en Oeuilly tiam, kaj ili ankoraŭ ne estis tute sekuraj de kanonado, sed ne multe gravis, ĉar ili apenaŭ havis okazon dece ripozi kaj kutimiĝi al relativa normalo, kiam ili eksciis, ke la promesitaj tri tagoj estas nun nuligitaj, kaj tridek horojn post forlaso de la firsto, ili trovis sin en tranĉeoj apud Moussy, mejlon kaj duonon sudoriente de Vendresse.

Montriĝis tamen, ke la aranĝo estas nur provizora, kaj la postan nokton la Coldstream Gvardio anstataŭis ilin, kaj ili denove trovis kvartirojn en apuda vilaĝo.

Oni ne longe lasis ilin trankvilaj: post unu nokto de ripozo ili ekmarŝis el la vilaĝo por bivaki apud la ŝoseo al Vendresse, kie ili trafiĝis sub pli-malpli daŭra kanonado dum la tuttaga restado. Tri viroj simple malaperis tute dispeciĝinte post rekta trafo de obuso en la taĉmento. Post tagonokto en Oeuilly ili reiris al la tranĉeoj sur la firsto, atinginte malmulton dum la sopirita liberiĝo, kaj nun sen la komforto de eĉ tabako, cigaredoj kaj leteroj por paliativi la inferon, kiun ili devis denove travivi, kvankam ili almenaŭ aŭdis iun novaĵon de la ekstera mondo kiam nova taĉmento alvenis por anstataŭi iujn la perditajn. Du tagojn poste ili marŝis al kvartiroj en Blanzy, kaj kun granda dankemo aŭdis, ke ili, kun ĉiuj britaj taĉmentoj, lasos tiun fronton, ironte al la okcidento por rezisti eventualan germanan provon ĉirkaŭflanki, aŭ por provi tian manovron mem.

La celo ne gravis. La translokigo estis ĉiel dezirinda: vagonarvojaĝo, iom da marŝado, kaj eble iom da skermado por decidi, ĉu provo avanci valoras, eble iom da manovrado por trompi la malamikojn; sed ĉiuokaze ili estos for de la centro kaj koncentrigejo de la milito, kie la malamikoj ĵetas kontraŭ unu la alian tiom da homaj korpoj, kiom da obusoj, je malespera strebado iel trafrakasi. La tagon post la forlaso de la tranĉeoj apud Vendresse ili entrajniĝis ĉe Fismes kun iom da espero en la koroj.

Dunkan ridetis al si. La vagonaro certe ne estis tiel komforta, kiel la nuna, kaj ili ne tre domaĝis la forlason ĉe Hazelbrouck la postan tagon; sed dum la semajnoj, kiuj sekvis, ili rememoris ĝin, kiel duonparadizon; semajnoj, kiuj fariĝis monatoj, monotone samaj: sama timo, sama koto, sama mizero, kaj eterne tiu sama tereno apud Ypres. Kvieto? Flankaj manovroj? Ili lasis la Aisne perdinte 200 virojn, sed poste – nu, ĝis marto ili perdis 3.000. Tri mil el mil: kiel oni klarigas tion? Ĝi klariĝas ĉar bonŝanculoj, kiel Mat kaj Georgo kaj li iel vivadas, dum aliaj venas freŝe por anstataŭi la perditojn, kaj mem perdiĝas, kaj iliaj anstataŭantoj perdiĝas, kaj tiel plu. Kaj dume la nombro de tiuj, kiuj venis en la Dunvegan Castle daŭre ŝrumpas; nur la plej bonŝancaj ankoraŭ restas, kaj li estas la plej bonŝanca el ĉiuj, ricevinte tiun vundon ne tre gravan, nur sufiĉe gravan por provizore kripligi la kruron, kaj kaŭzi kolapson, kiam oni tro frue resendis lin al la fronton. La ĥirurgo estis tre kompleza, kaj parolis la gaelan, kaj ĉu pro tiu framasoneco de gaelan-parolantoj, aŭ ĉu pro bedaŭro pri la antaŭa eraro, li decidis ke Dunkan nepre bezonas kvintagan forpermeson antaŭ ol reiri la fronton.

Denove li elrigardis la fenestron en la fruprintempan anglan pejzaĝon. Kiomfoje li scivolis, ĉu li iam revidos ĝin? Kiomfoje decidis, ke ne? Aliflanke, kiomfoje li kaj liaj kamaradoj decidis, ke ili ĉiuj estos hejme antaŭ kristnasko? Kristnasko, kiu estas jam tri monatojn for en la pasinteco: tian kristnaskon, malgraŭ la mallonga neoficiala paco, li ne volas travivi denove!

Dume li streĉis la piedojn komforte, zorge evitante la poluritajn ŝuojn de la komplezema sinjoro sur la kontraŭa benko – dume, eble la milito baldaŭ finiĝos.

★ ★ ★

«Bolardoj!» eksiblis Ina incitite, kaj metis manon sur la plankon por apogi sin sen neceso genui sur la novan nigran jupon dum ŝi esploros sub la komodo por kontroli, ĉu tien ruliĝis la korna tratruo de ŝia bluzo. Ĝi kuŝis spiteme for de la antaŭo, sed per helpo de ligna vestopendigilo ŝi sukcesis elbalai ĝin, kaj restariĝis por fiksi ĝin tra la konvenaj truoj en la blanka bluzo. Tiuj ŝercoj pri koleraj viroj, kiuj perdas la kolumajn tratruojn, kaj batas la kapon kontraŭ la tualettablojn dum serĉado evidente baziĝas sur la realo. Vere, kia modo!

Kaj tamen, tamen, ĉu? Ŝi rigardis sin en la spegulo permane forgladante imagitajn ĉifetojn de la bluza blanko ĝis ŝiaj manoj atingis la strikte laĉitan talion, kaj preterglitinte tion, restis sur la koksoj.

Jes, sendube ŝika! Fiere ŝi notis la neton de la purega blanko kaj la kontrastan senluman nigron (vere bona ŝtofo!), kiujn dividis tiu vespe etega talio. Ŝi turnis sin por studi la silueton, batetante la ventron per la manplato kun kontenta konstato, ke la gesto estas pli konfirma ol utila. La rigardo reiris laŭ la bluzaj konturoj ĝis la kapo, kaj ŝi klinis sin al la spegulo lekante la fingron, kaj per ĝi regluis fasketon da brunaj haroj en la kurbe kombitan perfekton super la orelo. Jen!

Ŝi movis la spegulon antaŭen sur ĝia pivoto, kaj forpromenis kelkajn paŝojn por studi la juporandon kaj piedojn, disigante tiujn por aperte streĉi la sescolan jupodividon super la maleolo. V-areeto da silka ŝtrumpo vidiĝis. Hm, vere aŭdace! La duonpatro fulmus se li vidus tion, kaj la patrino ...! Zorgu, ke ili ne. Ĉu vulgara? Ŝi kunmetis la piedojn. Jen, ĝi malaperas! Disigu la piedojn, kaj ĝi reaperas. Promenu, kaj ĝi nur momente aperas je ĉiu paŝo; flustras sian ekziston. Ta, lasu! Tiu jupo kostis, kaj ŝi rajtas iun novaĵon; ion pensindan eĉ ĉubindan; iun ekzorgon, iun timemon. Jes, kaj ĉion ĉi sen ĝenaj kritikoj kaj pikoj parte de la ĵaluzaj, ĉar tiu ĉi jupo venis el bona modejo; ĝia aŭdaco estas tamen bongusta, preter kritikeblo; plej kritikemaj virinoj ne povas ne percepti la kvaliton. Kaj la viroj? Ili ne kritikos.

Iu frapis la pordon, kaj responde al la «venu» de Ina, malalta junulino kun vivecaj brilbrunaj okuloj envenis, portante mantelon sur la brako, kaj ĉapelon en la mano.

«Ina, mi estas ... fu, tre ŝika!» ŝi interrompis sin.

«Ĉu ĝi vere plaĉas?» demandis Ina, sufokante memkontenton sub milda surprizo.

«Plaĉas? Jes, ja! Ĉu mi rajtas?»

«Certe. Kial ne?» Ina permesis, kaj la alia formetinte la portaĵojn imponite fingrumis la jupon. Kial ne, ja? Ŝi ne trovos mankojn tie. Dio benu ĝin.

«Kia ŝtofo, Ina! Vi elspezis por tio.»

«Pli ol mi rajtis, fakte.»

«Tamen, ĝi valoras. Vi ne povas surogati kvaliton, kara.»

«Mi scias, sed ankaŭ ne monon. Mi ne scias, kiam mi povos denove aĉeti ion novan.»

«Vere; sed vi povos porti tiun ĉi dum jaroj kaj ĝi eĉ ne glaceiĝos.»

Kontento varmigis la koron de Ina por la evidente sincera entuziasmo de Elsa, la modkonscia. Facile por ŝi, komprenenble: ŝi ne devas sendi monon hejmen, kaj havas la unuan elekton el la preskaŭ novaj forĵetaĵoj de sia prodiga mastrino, sed tamen ...

«Kiu deziras porti la saman jupon dum jaroj?» ŝi protestis ne tro fervore.

«Nu, jes, sed nigro tiel daŭras, ĉu ne? Cetere, kvalito eĉ monotona, pli konvenas al vi ol multaj strasoj, kaj finfine ĝuu la aĉeton dum ĝi estas nova. Vi ja rajtas, kaj faros vere bonan impreson ĉivespere, kiam vi eliros – ha, pri tio mi ja venis: vi ricevis permeson, ĉu?»

«Jes, mi iros post la temanĝo.»

«Bone, do tiu ĉi estas mia libera vespero, kaj mi venis por demandi, ĉu mi rajtas iri kun vi.»

«Nu, se vi volas. Ĉu vi ne iros kun via amikino?»

«Ne, ŝi vizitos siajn onklinojn. Ŝi petis min akompani ŝin, sed mi jam renkontis ilin – klukantajn kokinojn, kiel vi povas imagi.»

«Kaj ĉu neniujn soldatojn nun?»

«Nu, mi renkontos unu, eble pli, ĉu ne? Sed la unu sufiĉos se li similos la fotografon.»

«Ha, tiel, ĉu? Sed li ne, kara: ĉar la foto ne montras liajn ruĝajn vangojn. Tre rustikajn trajtojn; certe ne por vi, londonanino.»

«Ĉu ne? Ne estu tiel certa. La urbegaj viroj povas tedi, kaj mi opinias, ke mi povus dece ŝati fortikulon el la kamparo. Ja vere; tre freŝige, tre virece! Mmmm!»

«Ta, Elsa, sufiĉe! Nu, venu se vi volas. Mi ja preferas ne iri sola.»

«Bone do. Ej, ĉu pluvas?»

«Ho, kavaj kuvoj, ne! Sed jes! Ta, ĉu ne incite?» Kun konsterno Ina rigardis la pluvperletojn sur la fenestrovitroj.

«Simple ĉar mi portos ... sed negrave, mi tamen portos.»

«Jes, kial ne? Estas nura drezelo ŝajne. Cetere, vi devus porti surtuton, eĉ se ne pluvus.»

«Jes, jes, sed tamen.»

«Tamen estas jam la tehoro. Venu. Vi pretas ja, ĉu?»

«Pretas», konfirmis Ina kun fina rigardo en la spegulo, turnante la vizaĝon de flanko al flanko, de supro ĝis subo por prezenti dekstran kaj maldekstran vangojn, frunton kaj mentonon laŭvice al kritikema esploro, dume notante kun aparta ŝato, kiel alloge la okuloj rerigardis de la duonturnita vizaĝo.

«Ina, venu. Mi aŭdas Betts jam sur la ŝtuparo.»

«Bone, ni iru.»

Ŝi ekprenis sian surtuton kaj ĉapelon, kiuj kuŝis pretaj sur la lito, kaj ili laŭiris la mallarĝan koridoron kondukantan de la servistaj dormĉambroj al la kvadrate spirala ŝtuparo meze kovrita de bruna linoleumo kun grekvaza bordera desegno, kaj ĉe la randoj pentritan blanke. Ili povis aŭdi la sonoŝanĝiĝon, kiam s-ino Betts lasis ĝin kaj ekmarŝis sur la ŝtone pavimita koridoro kvar etaĝojn sube.

«Betts estos en bela humoro, ĉar vi ricevis permeson», diris Elsa. «Bedaŭrinde, ke vi antaŭe sciigis ŝin, ke vi petos. Estus belege simple anonci la fakton, ke vi iros – kun permeso. Ŝi krevus.»

«Jes, sed mi preferas taksi ŝin kiel decas, ne kiel ŝi meritas», atentigis Ina.

«La diferenco estas ja granda.»

Kiam ili eniris la manĝoĉambron, s-ino Betts jam sidis kun prezidanta impono ĉe la tablofino, dum Maria, la kvara, kaj Liza, la kvina, sidis silente manĝante.

Maria ekrigardis je ilia enveno, kaj vigliĝis vidante la novan kompleton de Ina.

«Ho, Ina, belega!» ŝi ekdiris. «Ĉu ne, s-ino Betts?»

S-ino Betts ekmalfermis la buŝon kaj levis la brovojn; tuj subpremis la surprizon, kaj, kuntirinte la lipojn, demandis:

«Ĉu vi havas permeson aperi ĉe manĝo kun la stratvestoj, Ina?»

«Jes, s-ino Betts.»

«Ho? Kaj de kiu, se mi rajtas?»

«De s-ino Gascoigne.»

«Ho? Vi petis s-inon Gascoigne, ĉu en ordo aperi ĉe la manĝo en tiuj vestoj?»

«Ne, mi petis, kaj ricevis, permeson preni du horojn por ...»

«Jes, vi ricevis permeson eliri, kaj anstataŭ dankemi pro tio, vi kaptas la okazon rompi regulon bone konatan.»

«... iri al stacidomo por renkonti la sesan kaj duonon, kio signifas permeson ŝanĝi la vestojn antaŭ la manĝo, ĉar alie mi certe ne havus sufiĉe da tempo», daŭrigis Ina senĝene, eksidante ĉe sia loko kaj ekmanĝante.

«Ĉu? Ĉu tiel? Mi, Ina, mi decidos, kion signifas kio, kaj mi donas aŭ retenas permeson pri la porto de stratvestoj ĉe la manĝotablo.»

«Se vi volas plendi, s-ino Betts, bonvolu plendi al s-ino Gascoigne ...»

«Impertinente!»

«... ĉar se vi ne, mi ja plendos, ke vi kontraŭas ŝiajn ordonojn.»

«Impertinenta knabino! Mi avertas vin: vi fariĝas multe tro aplomba. Ho, se ni vespermanĝus en la halo, vi scius. Vi scius, kiu decidas la demandojn. Vi ne impertinentus tiel kontraŭ s-ro Travers, knabino. Ho ne ...»

S-ro Travers: tiu hundvizaĝa lakeo! Ankaŭ li povus fari nenion, kaj Betts bone scias tion. Lasu al la drakino flagri; ŝi povas fari nenion alian ja, kaj timas provi ekde tiu tago antaŭ du-tri jaroj, kiam Ina plendis pri ŝi. Lasu al ŝi babilaĉi, vipi sin en galemon. Tio estas tre malsaniga; eble ŝi rajpos, kiel dirus Johnston. Li tre ŝatas uzi tiujn terminojn, de kiam oni aĉetis aŭtomobilon, kaj li lernis gvidi ĝin anstataŭ la kaleŝon. Ina preferas la ĉevalojn. Li faras tion por montri, ke li scias pri aŭtomobiloj, kvazaŭ li ne povas ne uzi la ĵargonon. Kiom ĵargonoj influas lingvon? Ĉu ili naskas slangon, aŭ ĉu slango ilin? Ĉu estas konekso? Ankaŭ la aviadistoj enportos sian slangon. Tiu Maria pretendas, ke ŝi konas aviadiston, kaj uzadas terminojn, kiujn ŝi trovas en libroj kaj gazetoj, por ŝajnigi, ke ŝi trovas ilin en liaj leteroj.

Pri kiu la maljunulino gurdadas nun? Ĉu tiu iam estis edzino? Fakte, Elsa diris, ke ne, ke oni donas la «sinjorinon», kiel honortitolon por elvoki pli da respekto de la subuloj. Respekton ŝi stimulas en neniu; maksimume ŝi povas aspiri timon, kaj tion ne ĉe Ina. Nun ŝi havas tiun kompatindan Lizan por turmenti. Kompatinda infano! Ŝi neniam edziniĝos; kondamniĝas eterne al tiu ĉi vivo. Nu, almenaŭ ŝi manĝas bone ĉi tie. Vidu, kiel la palpebroj leviĝas je ĉiu gluto. Kompatinda! Ŝia familio certe ne estas pli senmona ol tiu de Ina, sed estas pli terure por urbeganoj. Almenaŭ Ina manĝis, eĉ se ne tre lukse. Kiam la familio estis en Oban ili sufiĉe prosperis; mem havis servistinon, kvankam tio estas ja nebula en la memoro. Kia domaĝo, ke paĉjo devis lasi ĝin por prizorgi la geavojn. Se tiu Betts havus koron ŝi taksus la infanon kun aparta afableco. Anstataŭe ŝi ĝojas, ke la infano timegas ŝin, timegas perdi la postenon. Kompatinda! Kiel ŝi prokrastis demeti la vestojn la unuan nokton por ke Maria kaj Ina ne vidu tiujn terurajn subvestaĉojn! Tio estis vere kompat-inda. Kiam Elsa aŭdis pri tio, ŝi donis al ŝi iujn, pretekstante elĵeton pro nekonvena amplekso. Aliflanke Maria ridis. Hundino! Kiu estas ŝi? Tiu Elsa ne estas malbona; iom supereca ja, sed ne al Liza, ĉar ŝi estas kompatema, bonkora, finfine. Kiam Ina far-iĝos dua, ankaŭ ŝi eble havos propran ĉambron, sed tio ja estas malofta; cetere, ŝi nun aspiras ion pli ambician ol fariĝi dua. Elsa certe ne timas Betts. Tamen tiun impertinentan tonon Ina ne aprobas. Certe Betts meritas, sed tamen. Kaj ŝia flirtemo estas iom vulgara. Maria iam akuzis ŝin pri stratulinaj inklinoj. Tio estis krude vulgara akuzo tamen. Sed kompreneble Maria estis ĵaluza pri Johnston. Elsa ne interesiĝas pri Johnston, sed ne povas ne flirtemi. Ŝi estas sufiĉe bela, kaj certe scias vesti sin kun gusto. Ŝi sincere ŝatis tiun ĉi jupon. Maria aliflanke ĉiam devas porti tro da ornamoj. Tiu kompatinda infano neniam aspektas beleta. Eĉ la vespera livreo ne helpas. Vidu ŝin. Ŝi ankoraŭ havas matenan aspekton. Oni ĉiam atendas vidi fulgon sur la mopsa nazo, eĉ kiam ĝi ne estas tie.

Sonorilo de la koridora indikilaro subite interrompis la ankoraŭ daŭrantan, eĉ se ne aŭskultatan, monologon de s-ino Betts. «Maria,» tiu ordonis, «kontrolu.»

Maria obee lasis la ĉambron, revenante post kelkaj momentoj por anonci:

«Ĉambro de f-ino Filisa, s-ino Betts.»

«Ha, certe por la dua, kaj ĉar la tria ne disponiĝas ĉi tiun vesperon por anstataŭi Elsan, tio signifas ke vi mem devos iri, Maria.»

Maria denove lasis la ĉambron, kaj Ina daŭre manĝadis kun serena silento, demandante al si, kial ŝi incitiĝu antaŭ la piko. Estas la maljunulino, kiu incitiĝas, do lasu al ŝi, kaj ĝuu ĉi pruvojn pri ŝia ĉagreniĝo. Cetere, kiam ŝi vidos, ke tiuj pikoj ne efikas, eble ŝi fariĝos sendiskreta; diros ion pli drastan. Tiam ...

Denove sonorilo eksonis, sed ĉifoje pli laŭttone, malpli tinte.

«Nia pordo!» ekdiris Elsa.

«Liza ...» ekdiris s-ino Betts.

«Mi iros», interrompis Elsa, lasante la tablon dum Liza ankoraŭ palpebrumis.

«Ne necesas, ke vi iru, Elsa. Ha, se estas unu el viaj amikoj, memoru, ke junaj viroj ...»

«Kiel povus esti unu el miaj amikoj, kaj kiel mi povus scii tion, se mi eliros kun Ina?» demandis Elsa senpacience, kaj eliris murmurante subvoĉe.

«Nu, efektive!» eligis s-ino Betts, sed ne daŭrigis, ŝajne opiniante, ke estas absurde atendi simpation de Ina, kaj nedigne apelacii Lizan.

Voĉoj aŭdiĝis en la koridoro, kaj Elsa reeniris la ĉambron kun junulino, kiu iom hezite envenis klinante la kapon al s-ino Betts kun nervoza rideto.

«Kanja!» ekdiris Ina.

«Vi jam prezentiĝis al fraŭlino Robb?» Elsa demandis al s-ino Betts.

«Jes», tiu respondis, kaj al la aludito kun vintra rideto: «Bonan vesperon.»

«Bonan vesperon, s-ino Betts. Pardonpete, se mi interrompas la manĝon.»

«Kanja,» ripetis Ina, «mi ne atendis vin.»

«Ne. Elsa diris, ke vi iros al la stacidomo, Ina?»

«Jes, preskaŭ tuj.»

«Mi scivolis, ĉu mi sukcesos trafi vin. Vi forgesis mencii la horon de la alveno, sed mi ricevis permeson ŝanĝi mian liberan vesperon por veni.»

«Nu, bone. Mi devis sciigi vin ja, sed mi ne atendis ke vi venos. Sidiĝu dum kelkaj sekundoj. Demetu la mantelon.»

Maria envenis la ĉambron.

«S-ino Betts,» ŝi komencis kun timema vizaĝo, «estas por vi.»

«Kio? Kiel mi? Pri kio vi parolas, knabino.»

«F-ino Filisa deziras vidi vin. Unu el ŝiaj roboj estas disŝirita, kaj paro da balŝuoj detruitaj, ŝajne de Kitchener ...»

«Kitchener?»

«Ŝia hundo.»

«Mi scias, mi scias; sed kiel Kitchener eniris la ĉambron? Cetere, li jam ne estas hundido.»

«Nu, tion ŝi volas eltrovi. Ŝi diras, ke ĉiam estis ordonoj, ke li neniam ...»

«Mi scias, mi scias. Ĉu mi estas hundgardanto? Cetere, ŝiaj roboj kaj ŝuoj koncernas la duan, ne min.»

«Estas io alia.»

«Do?»

«Li levis sian kruron kontraŭ la liton.»

«Ĉu li difektis ion?»

«Ne, ne temas ... Sur la tapiŝon apud la lito li faris – li metis sian akvon.»

«Skandale! Mi ne komprenas, kiel bone dresita hundo povas subite tiel konduti.»

«Estas tute klare», Ina diris. «Li faras ĝin spiteme, kiel hundoj ofte faras, kiam oni ignoras ilin. Se ŝi devas havi hundon, ŝi prizorgu kaj ekzercu ĝin.»

«Ne konvenas al ni decidi pri tio, Ina. Do, mi supozas, ke mi devas iri. Ĉiam dum la manĝo!» kaj kun senpacienca langoklako s-ino Betts eliris.

«Ho, bonege», ekridis Elsa preskaŭ antaŭ ol la pordo fermiĝis. «Iru kontroli, Maria. Tio estos por la dua, kaj la tria ne disponiĝas! Ho, ho!»

Ina kunridis kun ŝi, sed poste aldonis: «Tamen estas hontinde, ke la maljunulino devas kuri de la manĝo por kontentigi la kapricojn de tiu frivolulino.»

«Kial, se la patro de la frivolulino pagas ŝin?» Elsa demandis.

«Ho, mi esperis, ke ŝi ne estos ĉi tie, kiam mi venos», diris Katrina. «Mi ĉiam sentas, ke mi nepardoneble trudas min, kiam ŝi ĉeestas.»

«Ignoru ŝin», Ina konsilis. «Kiel plaĉus al vi devi labori kun ŝi?»

Katrina turnis la pupilojn supren, kvazaŭ abortiginte la sugeston per silentiga mano.

«Aĥ, ni ne ĝenu nin pri ŝi», diris Elsa. «Ŝia manko estas tute simpla: ŝi malamas ĉiujn.»

Ina eligis longan «Hmmm!» poste aldonante: «Ŝi malamas ĉiujn, ĉar ĉiuj malamas ŝin, kaj ĉiuj malamas ŝin ĉar ... nu, kie finiĝas la serio?»

«Ne amo mankas al ŝi, sed amoro», sugestis Maria.

«Kio? Betts kaj amoro?»

«Ridu, se vi volas, Elsa; sed eĉ Betts estis iam juna, kaj ŝia plej grava bezono estas injekto – kun karna injektilo. ‹Sinjorino›, je Dio! Ĉu vi povas imagi tion?»

«Ne», konfesis Elsa.

«Do.»

«Do kio? Ĉu ni devas trovi viron por ŝi?»

«Nu, pri tio mi ja ne pensis. Brave, Elsa!»

«Ho, estu prudenta, Maria; mi nur ŝercis.»

«Sed kial ne?»

«Kial ne?? Kiu viro volus spili tiun grasbarelon?»

«Ta, ne estu naiva. La plej multaj viroj trempos tiujn siajn fostojn kien ajn.»

«Do, do, sufiĉe jam pri Betts», interrompis Ina, rimarkante la ruĝiĝon de Katrina.

«Ho, sufiĉe jam, ĉu? Eble la nivelo de la konversacio ne

placâs al via sinjorina moŝto, ĉu? Mi ripetas: la plej multaj viroj volas trempi siajn fostojn, kien ajn. Do jen!»

«Do, bone, se vi insistas, mi cedas al supera sperto.»

«He?» gapis Maria, dum Elsa ridis, kaj Liza palpebrumis.

«Kaj vi ja havas unikan materialon», aldonis Ina, decidinte plifortigi sian pozicion je konstato, ke retreto neeblas.

La vizaĝo de Maria ŝajnis ŝveli pro elkrevonta kolero: «Vi-i-i-i – kotmensa hundino», ŝi kraĉis. «Kial vi ne reiras por snufi en via hejma ŝlimo, skota porkino?»

«Hej, sufiĉe», protestis Elsa. «Katrina estas ja gasto.»

«Ho, lasu ŝin babili, Elsa», Ina petis. «Ŝi daŭre parolas pri tio, kion ŝi sperte konas. Nun ŝlimo.»

«Pa, ne provu forturni la temon, skotino. Ne mirinde ja, ke ‹skoto› similas al ‹koto›. Vi opinias vin la perfekta sinjorino, ĉu ne? Volas instrui al mi, kiel konduti? Kial vi ne reiras hejmen por instrui al viaj samlandanoj en Glasgovo, kiel konduti? Gangsteroj, ŝtatperfidaj poltronoj kiuj sabotas niajn soldatojn! Reiru kaj instruu al tiuj batalemaj kanajloj, kiel batali por sia lando anstataŭ inter si. Sed tio estos danĝera, ĉu ne? Dek kontraŭ unu – bone, precipe se la dek portas botelojn. Sed ne petu ilin porti fusilojn. Ja tio ne tiel plaĉas al ili, ĉu?»

«Se mi proponus al vi similan konsilon, vi ja havus taskon, kara», Ina replikis.

«Pa, ne babilaĉu. Londono havas siajn mankojn, sed ĝi ne plenplenas de ŝtatperfiduloj, kiel via Glasgovo.»

«Ĉu vi iam estis en Glasgovo?»

«Ne, sed mi povas legi.»

«Gratulon! En Glasgovo tio povus esti sarkasmo, sed ĉi tie vera atingo. Cetere, mi ne estas glasgovano.»

«Indiferente. Vi estas skota. Sama afero.»

«Vi devus iom vojaĝi, kara. Vi eĉ trovus, ke ekzistas angloj, kiuj ne opinias sin londonanoj.»

«Domaĝe por ili! Mi vere ne komprenas, kiel vi povas aplombe veni ĉi tien ne hontante, ke vi devenas de tiu urbaĉo ... bone, bone, sed vi ja loĝis tie, havas parencojn ... kie tiuj sovaĝuloj – socialistoj celadas ponardi niajn soldatojn perfide ...»

«Ekzistas nesocialistoj ankaŭ.»

«Eble, sed oni ne nomas ĝin la Ruĝa Clyde pro la nesocialistoj. Kaj tiu Ĝon Maclean – vidu: eĉ la sama nomo; eble li estas parenco via.»

«Mi povas certigi: li ne estas parenco mia», anoncis Ina, kies praavoj devenis de la insulo Mull. «Mi scias, ke vi opinias ke ekzistas nur manpleno da homoj en Skotlando, sed se vi rigardas la Honorliston en la ĵurnaloj, vi vidos la nomon de Maclean sufiĉe ofte. Kial ne sugesti, ke ĉiuj tiuj estas parencoj miaj?»

«Mi ne supozas, ke vi konfesus lin parenco, eĉ se li estus via patro. Mi certe ĝojas, ke mi ne loĝas inter tiuj barbaroj, kie oni timus eĉ havi infanojn, timante ke ili aŭ renkontos tiujn bandaĉojn, aŭ fariĝos poltronoj, timante protekti la patrujon.»

«Mi certigas vin, ke neniu infano mia timos batali por sia patrujo.»

«Bone, bone,» Elsa interrompis, «sed ne estos militoj, kiam viaj infanoj plenkreskos. Do, lasu ĉi tiun disputaĉon.»

«Mi esperas ke ne», diris Ina.

«Ĉiam estos militoj,» Maria kontraŭstaris, «kaj mi ne scias kiel ŝi povos garantii la kuraĝon de sia eventuala familio.»

«Nu, mi supozas, ke mia aktuala familio supozigas ĝin. Tri fratojn mi havas, Maria: du en la floto; unu en la armeo.»

Maria ruĝiĝis: «Vi scias tute bone, ke Arturo estas en grava posteno ĉe la ministerio, kaj ne povas lasi ĝin.»

«Mi ne menciis Arturon.»

«Ne necesis, ke vi menciu lin – katino!»

«Do, do, daŭrigu poste», petis Elsa. «Vidu la horon, Ina. Ni devas iri tuj.»

«Ej, ja!» ekkriis Ina, kaj rapide surmetinte la mantelon ekkubutumis kun Elsa antaŭ la sola spegulo en la salono, kie ili klopodis kontentige surpingli la grandajn potformajn ĉapelojn.

Fine ĉio estis en ordo, kaj kun ĝeneralaj ĝisoj, Ina, Elsa kaj Katrina rapidis laŭ la mallonga koridoro, kiu kondukis al la suba stratpordo, kie ili trovis ke pluvetaj eroj ankoraŭ fajreras en la lumstrioj de la ŝirmitaj gaslanternoj. Kun senpacienca atentigo, ke «ĉiam pluvas» Ina sekvis Elsan laŭ la ŝtuparo al la stratnivelo, kaj ili duonkuris al la bushaltejo, tamen interkonsentante ke la peno vanas, ĉar tie ili simple devos atendi, kaj ne estas ŝirmo. Dume Katrina eligis serion da blovaj demandoj pri la renkonto, al kiuj Ina respondis inter amaraj komentoj pri la brita klimato.

«Jes, estos bele revidi lin. Ne, ne necesos, ĉar ges-roj Gascoigne insistis, ke li loĝu tie, kaj aranĝis, ke li havu ĉambron en la vira sekcio. Ne, mi ne aŭdis dehejme dum iom da tempo, sed aliflanke mi ne skribis. Jes, mi intencas fari tuj. Nu, jen la haltejo, sed kie la malbenita buso?»

Kiam la aŭtobuso fine venis, ili tamen ĝojis rimarki, ke ĝi estas nur duonplena, ĉar la prokrasto, se ili devus atendi alian, certe garantius malakuratan alvenon al la stacidomo. Ili cetere ne devis grimpi al la senŝirma supra etaĝo, sed facile trovis sidlokojn internajn dum la mallonga vojaĝo al Victoria Stacidomo, kiun ili atingis du-tri minutojn antaŭ la reklamata alvenhoro de la trajno. Kontrolinte pri la ĝusta perono ili iris al pozicio sufiĉe apuda al la krado, tra kiu la alvenontoj devos pasi, por certigi klaran vidon de la vizaĝoj, sed sufiĉe fora por permesi zorgan rigardadon. La malhela, fulge oranĝa lumo donis malgajan aspekton al la grupoj da soldatoj kaj amikoj, kiuj dise staris parolante, foje serioze, foje kun afekta gajo, prelude al adiaŭo: sed Ina sentis ekscitan leviĝon de la spirito, kvazaŭ ŝi ĵus konstatis pri la nun baldaŭa renkonto, kiu ja alvenis kun ŝajna subito pro la distraj taskoj kaj babilado de la lastaj horoj.

Elsa interrompis ŝian pensofluon, tamen harmoniante kun ĝi: «Vere,» ŝi diris, «mi eksentas min sufiĉe ekscitita, kvankam mi ne havas grandan kaŭzon. Do, des pli vi, ĉu ne, Ina? Kiel vi sentas vin?»

«Nu, kiel vi, kara. Eble pli», Ina ridetis.

«La trajno malfruas, ĉu ne? Ho, jen estas skotĉjo, Ina. Bela! Ĉu tia li aspektas?» Elsa mienosignis al neakompanata soldato el unu el la gaelaj regimentoj, kiu preterpasis, ŝarĝita de plena tranĉea ekipaĵo. «Kio li estas?» ŝi demandis.

«Mi ne scias. Gordon aŭ Cameron, mi supozas», respondis Ina distre.

«Mmm, bela. La kilto konvenas al li, kaj tion mi ne povas diri pri ili ĉiuj», Elsa atentigis sincere. «Kion ili portas sub la kilto, Ina?»

«Demandu lin», sugestis Ina, rimarkante kun amuzo ke la soldato evidente aŭdis la lastan demandon de Elsa, ĉar li ekridetis, kaj dumpretere demandis kun palpebrotiko:

«Jes, kial ne, kokinjo?»

Elsa konfuzite ruĝiĝis, elspirante pleonasme: «Ho, li aŭdis», sed tuj poste ridis bonhumore, kaj kiam ŝi estas certa, ke la soldato jam ne povis aŭdi, diris:

«Mi fakte volonte demandus lin. Se mi ne estus kun vi du, kaj se ne estus vulgare, mi ne kontraŭus inviton iri kun li.»

«Kio, al la fronto?» demandis Ina.

«Ĉu li iras al la fronto?» demandis Elsa.

«Nu, kien, se ne – kun tiuj fosiloj kaj pakaĵoj?»

«Vere! Nu, tio estas damninda malŝparo.»

«Ha, ni ne havus militojn se politikistoj pensus kiel vi, Elsa.»

«Kredu ke ja ne», konfirmis Elsa fervore.

«Do kiam virinoj rajtos voĉdoni, mi subtenos vin», Ina babilis por kaŝi sian kreskantan nervozon.

«Jes, faru tion. Mi garantios al ĉiu virino ...»

«Ho, jen la trajno», Katrina atentigis.

«Jes, ĝi ja», diris Elsa ekscitite. «Ho, Ina, mi sentas min vere nervoza».

Ina, malgraŭ propra nervozo, ne povis ne ridi: «Mi scias, kial vi estas nervoza. Lasu la romantikon, kara. Al vi li fakte aspektos nenio alia ol honesta, naiva rurano; bubego kun pomfreŝa, ruĝa vizaĝo. Ne teksu revojn pri kavaliroj. Mi deziras, ke vi estu ĝentila al li.»

La pasaĝeroj jam eklasis la trajnon, kaj svarmis al la krado. Ne estis tiom da soldatoj, kiom ofte en tiuj tagoj, sed ja sufiĉe por stimuli ektimon en Ina, ke okazos fiasko.

«Katrina, ĉu vi rekonos? Se jes, kontrolu», ŝi petis.

Kelkaj el la alvenintaj soldatoj salutis la tri virinojn kun ĉirpoj kaj krioj, kaj estis evidente, ke iuj faris konjektojn pri ili, kiuj ruĝigis la vangojn de la viktimoj.

«Jen skoto», Elsa flustris al Ina. «Ĉu ...»

«Ne», Ina respondis.

«Li venas al ni.»

«Ignoru lin.»

La aludita soldato ja alvenis ilin, kaj Ina ĉirkaŭrigardis

esperante vidi policanon, sed neniu videblis. Ŝi movis sin pli apuden al Elsa kaj Katrina, kaj timindigne rigardis la altrudanton, kiu ŝovis sin tra la amaso rekte al ilia grupeto. Li estis alta, malgrasa viro en uniformo, kiu estas evidente tro granda por li; la ĉapo havis blankan kubetdesegnon sur la ruĝa rubando, kaj la beko maskis la frunton ĝis la okuloj laŭ la gvardia stilo. Sube la vangostoj elstaris el la flavgriza haŭto, emfazante la kavecon de la vangoj. Sed nun, kiam li estis apuda, Ina povis vidi, ke alte sur la vizaĝo du punktetoj de ruĝo ankoraŭ febrete bruletis. Subite la lipoj kvazaŭ konfirme retiris sin de la antaŭdentoj en tiun maloftan, bone konatan rideton, kaj Ina palpebrumante retropaŝis.

«D-D-Dunkan!» ŝi balbutis konsternite.

«Kien vi iras, Donald?»

«Elen.»

«Do? Se vi ne volas diri, ne diru. Mi nur scivolas, ĉu vi estos hejme frue – por ripari tiun breton.»

«Mi ne scias. Dependas. Se ne, mi riparos ĝin dum la semajnfino.»

«Do faru, mi petas. Estas tre neoportune por mi ...»

«Jes, jes, mi faros morgaŭ. Ĝis!»

«Ĝis, do.»

Donald eliris kaj kalkanklake malsuprenkuris la ŝtuparon al la komuna elirejo, kie li preskaŭ koliziis kun la frontanta nova ŝildmuro, al kiu li ankoraŭ ne kutimiĝis. Ĝi ŝokete memorigis lin pri la milito, kaj ties sekvoj, kvankam li ja neniam tute forgesis tiujn; estas konstante perturbita de pensoj, kiuj ĉiuj fontas el tiu ĉi damnita situacio. Tamen ĝuste nun lin perturbis alia penso, ne tute malgajiga, eĉ esperiga: absolute kaj nepraktike kaj bagatele esperiga, sed almenaŭ distra. Nome, Donald serĉos Dave Smith, la dandon de la dancejoj, kun la celo informiĝi pri la adreso de la belulino de Cowal, ĉar li estis preskaŭ certa, ke Dave ne perdis la okazon ekscii tion dum la mallonga tempo de lia sukceso kun ŝi.

Estos nur necese konversacii kun li, kaj mencii la renkonton kvazaŭ parenteze, cerbumante nur pro intereso pri la adreso, kaj komprenteble Dave ne hezitos montri sian superan memoron.

Donald trafis tramon de vojo 25, la tiel nomatan «ruĝan tramon», kiu portos lin preskaŭ rekte en la regionon de la pli

grandaj urbegaj dancejoj, kie li esperas trafi sian kolegon. Tiu
ne estis ĉe la flutara ekzerco dum la semajno, sed la foresto
signifas invaloron pli ŝajne ol invalidon, kaj cetere Donald
preferas renkonti lin, kie la aliaj knaboj de la trupo ne ĉeestas
por malfaciligi la taskon per nebonvenaj ŝercoj pri tiuj herezaj
aludoj al la maldiko de la Dave'aj kruroj. Donald nur esperis,
ke li ne estos inter amaso da personaj amikoj, kiuj ĝeneral-
igos la konversacion tiel, ke estos malfacile enkonduki temon
komunan sole al li mem kaj Dave.

Donald provis gajigi sin je anticipa plezuro de la dancado,
sed ne povis. La inkubo de lia venonta konduto premadis
lin. La decido estis ja farita, sed sole Bob sciis pri ĝi, kaj li ne
estis certa, ĉu Bob vere kredas: li certe ne menciis ĝin, kiam
ili renkontiĝis ĉe la ekzerco, kvankam lia malvarma ĝentilo
pruvis, ke li ne forgesis la disputon, kiu okazis kiam ili revenis
de Cowal. Kiel aliaj kondutos, kiam ili scios? Tio estas la ĝeno
– paroli kun homoj amike, sciante ke li baldaŭ faros tion, kio
ŝajnos al ili kvazaŭ speco de ŝtatperfido; ĉar jam estis evidente,
ke lia konvinko pri ĝenerala rezistado al nova milito estis tute
erara: ili entuziasmegas, kaj tute ne emas toleri kontraŭajn
opiniojn. Eble ne estos tiel turmente, kiam ili jam scios; ĉar
tiam li almenaŭ povos spiti ilin martire; sed ĝuste nun estas
netolereble: ili vidas lin, kiel unu el la venontaj herooj, kaj
kvankam li provetis glatigi la vojon per aludoj pri siaj konvinkoj,
li ankoraŭ ne trovis la kuraĝon seniluziigi iun el ili. La patrino
scias, kaj ŝi aprobas, sed ĝis kia grado tio rezultas nur de ŝia
natura malemo perdi la unusolan filon? Nun ŝi ĝenas sin pro
breto falonta! Kompreneble, ŝi pravas: la vivo devas daŭri; oni
estu praktika, kaj tiel plu. Sed tamen ...!

Per tiaj kaj similaj nefestaj pensoj Donald okupis sin dum

la tramo vervis kaj skuiĝis laŭ Springburn kaj Parliamentary Vojoj. Ĉe la supro de Renfield Strato li lasis ĝin por promeni la ne tre longan distancon ĝis «La Locarno», kiu estis la danc-salono favorata de Dave. Estis nur iom post la oka kiam li eniris, kaj relative malmultaj dancantoj ĝis tiam ĉeestis, precipe viraj, ĉar la trinkejoj ne elĵetos siajn klientojn, konforme kun la trinkleĝoj, ĝis la naŭa kaj duono.

La dolĉe langvoraj tonoj de fokstroto malrapida traplendis la salonon, kaj rozkolora lumo banis la dancantojn, ŝanĝiĝante en nuancojn de flavo, verdo, bluo, dum Donald serĉadis la glit-antajn figurojn. Jes, jen Dave! Donald ne povis ne rideti vidante la brile nigran kapon ondantan konforme kun la subtilaj levoj-mallevoj de la dancanto, kaj la delikate kurbigitaj fingroj de la gvida mano turnita rektangule al la dorso de la kunulino, kvazaŭ li tenus tason da teo en troĝentila societo. Jes, Dave nepre ŝategas sian dancteknikon.

Kiam la muziko ĉesis, Donald rapidis laŭ la dancarena rando renkonte al Dave, dume notante ĉagrenite, ke tiu sekvas la ĵusan parulinon reen al ŝia tablo. Se li estadas kun ŝi, tio komplikos la aferon.

«Dave», li flustregis, fine kaptante ties brakon de mal-antaŭe.

«Donald! Ĝuste la homo – ĉu vi estas sola? – bonege! Vidu, mi havas du gazelinojn – vi devas apogi», li urĝis flustre. «Neniu ofero – ili bonege dancas. Mia estas en la verda robo», kaj li tiris la senprotestan Donaldon al la tablo, kie lia kunulino jam sidiĝis kun alia junulino.

«Jen amiko mia», li prezentis entuziasme: «Donald Maclean. Donald, jen Maja kaj Evelina. Mi ne konas viajn familiajn nomojn, ĉu?»

«Dewar; Sorley», Maja indikis per tiktaka movo de la montra fingro. «Kiel?»

«Kiel?» Donald eĥis, kapklinante al ili laŭvice kaj sidiĝante apud Evelina, dum li cerbumadis, kiel li povos enkonduki la projektitan temon en la nuna konjunkturo.

«La knabinoj havas antaŭjuĝojn pri la nivelo de la dancado ĉi tie», Dave klarigis, ridetante kun konscio pri propra merito. «Mi povas konvinki ilin, ke ili eraras.»

«Do, ni sidados dum la venonta danco, kaj vi povos montri al mi la spertulojn», Maja pikis.

«Ho, ho! Vi povos trankvile studadi ilin dumdance, ĉar miaj simplaj variaĵoj ne forpostulas vian atenton.»

«Vere, sed mi estos okupata gardante la piedojn.»

«Trankviliĝu; mi ne portas la botegojn ĉivespere.»

«Ne; sed nek mi.»

Tiun ĉi amikan skermadon interrompis preluda fanfaro de la orkestro, kaj Dave eksaltinte kondukis la kritikinton al la areno.

«Danconta?» Donald demandis laŭformule.

Evelina leviĝis kun senvorta kapjeso, kaj kondukinte ŝin en la fluon de dancantoj, Donald cedis sin aŭtomate al la ritmo de la paŝrapido, dume cerbumante, kiel li povos nun elprofiti la renkontiĝon kun Dave.

«Ĉu vi venas ofte tien ĉi?» Evelina faris la neeviteblan demandon.

«He? Ne, ne tre.»

«Ne tro svarma.»

«Ne; ankoraŭ ne.»

Ili dancis silente dum kelkaj minutoj. Poste:

«Vi tre kredas je la fundamentoj», Evelina komentis kun la

sincera kritikemo de glasgova dancsalona zelotino.

«Mm? Ho jes.» Donald zigzagis kompleze, konsciante ke li devos indulgi al Dave se li intencas prosperigi la propran aferon.

«Mia unua danco», li klarigis senkulpige. «Mi bezonas iom da tempo por varmiĝi.»

«Ha jes, same ĉe mi», la moligita Evelina konfesis intimeme. «Strange, ĉu ne?»

«Jes, estas strange, fakte», Donald konsentis, pensante ke estas tute nature. «Ĉu vi multe dancis antaŭ ol mi alvenis?»

«Valson kun Dave nur. Ni mem venis nur antaŭ dudek minutoj, aŭ simile.»

«Ho jes? Dave estas bona dancanto.»

«Ne tro malbona. Maja estas bonega. Ŝi jam gajnis sian arĝentan.»

«Ĉu?» Donald demandis interesite. «Se estas tiel, eble ŝi admiras Dave malpli ol li ŝin. Tiuokaze ...»

Sed reveninte al la tablo post la fino de la danco kaj realiĝinte kun Dave kaj Maja, Donald devis konstati abortiĝon de sia ĵusnaskita espero. Estis evidente pro la daŭra skermado, ke Maja estis tre kontenta kun la socio de Dave, kaj Donald rezignacie akceptis la neceson flegi siajn rilatojn kun ĉiuj, esperante ke iam dum la vespero okazos momento oportuna por aludo al tio, kio ĉefe interesas lin.

Tiu momento aspirita ne venis ĝis ili pretis hejmeniri, kaj la knabinoj provizore lasis Dave kaj lin por ŝanĝi la ŝuojn. Tiam:

«Ne malbonaj, ĉu?» sugestis Dave. «Evelina kaj vi certe bone paras.»

Donald sciis la rolon asignotan al li: akompani Evelinan hejmen por lasi Dave libera kun Maja; kaj li estis preta plenumi ĝin, kondiĉe ke li povos eltiri iun profiton el la bonfaro. Li do abortigis iun konkludon, ke estos por li natura plezuro, per indiko, ke li estas preta fari komplezon.

«Se vi volas petoliri kun Maja, Dave, mi eskortos Evelinan», li proponis.

Dave tuj kaptis lin je la brako: «Bonege, Donald, kaj sufiĉe oportune: ŝi vivas en Millerston; do viadirekten, pli-malpli.»

Donald kurte indikis asimilon de la informo, ĉar li domaĝis ĉiun minuton ne uzitan por tuŝo de la temo diskutenda, kaj nun etendis delikatan palpilon:

«Mi ne vidis vin ekde la konkurso ĉe Cowal», li kvazaŭ hazarde memoris.

«Ne, mi ne povis iri al la ekzerco marde, ĉar ... nu, kun tiu ĉi milito, ĉu ne, mi baldaŭ devos iri, kaj tiel plu.»

«Jes, jes, negrave. Nenio signifa okazis. Supozeble tio estis nia lasta konkurso ĉe Cowal ĝis post la milito.»

«Jes, domaĝe. Ĉu vi revidis tiun etan kokinjon, kiel-ŝi-nomiĝas?»

«Ho, ŝin?» Donald eligis, ĝojante pro la hazarde subita sukceso. «Ne. Fakte, mi forgesis noti ŝian glasgovan adreson, kaj ne tre emis reiri al Dunoon, ĉu ne?»

«Ne», Dave rid-konsentis. Kiel li povas tiel indiferenti, dume entuziasmante pri tiu seka tigeto, Maja?

«Mi opinias, ke ŝi vivas ie sude de la rivero», Donald hazardis, esperante elfrapi informan kontraŭdiron de Dave.

«Povus esti», respondis tiu. «Ŝi iras al la ‹Plaza›».

«He? Ĉu vi estas certa?»

«Mi opinias, ke ŝi diris tion. Ĉu vi intencas iri tien?»

«Nu, eble. Mi ne scias. Mi vidos.»

«Estas pli bone ĉi tie», Dave sciigis. «Ha, jen la knabinoj!»

Dumvoje hejmen kun Evelina, Donald cerbumadis la ricevitan informon, kaj dum lia kunulino babiladis pri la meritoj kaj lertoj de sia amikino, Maja, li denove miris pri la karapaca sensento de Dave. Evidente dum la periodo de lia provizora sukceso kun tiu Konstanca, li celis rendevui kun ŝi en Glasgovo, kaj ekfaris enketojn tiucele, eble prelude al pli konkretaj demandoj pri adreso kaj simile. Kiam liaj aspiroj krevis sen iu definitiva aranĝo, li simple akceptis la situacion kun ŝultrolevo, kaj forgesis ŝin. Donald estis certa, ke lia transdono de intereso estas sincera. Sed kiel li povas, estante la sama viro, aspiri tiun Konstancan dum unu semajno, kaj entuziasmi pri tiu ĉi Maja la postan? Certe, li havas du rilatojn al virinoj: tiun de la amanto, kaj tiun de la dancanto; sed li ja salivas pri tiu virino. Kia degenero de gusto: estas io obscena pri tia viro.

La nova espero pri venonta renkonto kun Konstanca traportis Donaldon pli-malpli feliĉe tra la semajnfino, dum kiu li cetere plenumis la promeson ripari la ĝenantan breton; kaj mardon vespere li trankvilkonscience rompis antaŭajn aranĝojn por esplori la «Plaza». Tiu salono estas ja sur la suda bordo de la rivero, sed feliĉe tramo de Springburn preterpasas ĝin, kaj Donald atingis ĝin ĉirkaŭ la oka. Li tamen trovis ĝin jam sufiĉe plena, kaj devis ŝovi sin tra amaso da homoj, kiuj staris ĉirkaŭ la dancareno atendante komenciĝon de nova danco, ĉar ĉiuj sidlokoj estis jam okupitaj. Li baldaŭ rezignis pri plua movo, decidinte ke estos pli facile serĉi, kiam dancantoj estos sur la plankego, kaj li do staris atendante kiel eble plej pacience.

Kaj nun nova kaj maltrankviliga penso trafis lin: kion li faros se la serĉato aperos kun amikoj, aŭ – eĉ pli perturbe – kun amiko? Pensinte pri la eblo li tuj konstatis la verŝajnon. Kompreneble ŝi ne venos sola, kaj ĉu knabino tia devas venadi kun amikinoj? Nu, jes; eble. Sed ne; neeble. Ho, damne!

La orkestro fanfaris, kaj la amasoj da homoj ĉirkaŭ Donald degelis, dum la areno ekplenis de glitantaj paroj. Donald ekstudis la invizaĝojn de tiuj dum preterpaso kun streĉa scivolemo, kaj de tempo al tempo ĉirkaŭrigardis la ankoraŭ sidantajn inojn, kiuj nun estas pli individue percepteblaj. Poste li ekiris malrapide ĉirkaŭ la halo ankoraŭ serĉante, kaj preskaŭ reatingis sian deirpunkton kiam la danco finiĝis. Estis evidente, ke Konstanca ne estas en la halo.

«Nu, estas ankoraŭ frue», li konsolis sin, kaj turnis la atenton al la enirejo. Grupetoj kaj individuoj ankoraŭ envenadis en preskaŭ seninterrompa fluo, kaj dum iom da tempo Donald kovadis esperojn, sed danco post danco okazis, la envenoj fariĝis sporadaj, la sporadoj fariĝis maloftaj, kaj Donald ekmalbenis la indiferenton de Dave kaj la rezulte malpravan informon.

Li dancis unu dancon por pasigi la tempon, kaj poste denove atendadis, ĝis fariĝis evidente, ke plua espero estus vana. Tiam li dancis pro nura plezuro por persvadi sin, ke li ne tute perdis la vesperon, kaj iom post la deka ekhejmeniris en malbona humoro, akre kulpigante sin pro tio, ke li malŝparis duan vesperon je naiva projekto.

Dum la sekvinta semajno Donald debatis kun si, ĉu li iru denove al la dancejo serĉe pri Konstanca, ĉiam decidante, ke ne, kaj ĉiam poste restarigante la demandon. Unuflanke, li sciis, ke ŝia neĉeesto dum tiu unu vespero ne signifas, ke Dave certe malpravis; sed aliflanke li volis konvinki sin, ke li estas sufiĉe matura por ne tro serioze taksi hazardan ferian renkontiĝon, kaj cetere li ja domaĝis siajn liberajn horojn, ĉar li planis por si vintran studprogramon kies plenumo jam streĉos lin. Tiuj programoj originis de lia deziro esti informita socialisto en la tagoj, kiam li ankoraŭ sentis la entuziasmegon de nova konvertito, kaj projektis labori por unu el la malgrandaj revoluciaj partioj, kies kunvenojn li kutimis ĉeesti; sed liaj esploroj en la filozofiojn kontraŭajn malfermis al li novajn horizontojn, kaj sekvante tiun aŭ alian fadenon, li konstatis ke la karaktero de lia legado grade ŝanĝiĝas. Li ĉeestis eksterulajn kursojn ĉe la universitato pri la filozofio, kaj poste tre nature drivis en la anglan literaturon. Preskaŭ nepercepteble la ideo kreskis en li, ke liaj studoj iel helpos lin eskapi el la muela monotono de la ĉiutaga laboro en asekura oficejo, kaj kvankam li ankoraŭ ne permesis al tiu embrio kreski en definitivan formon de ambicio, li tamen jam komencis lerni la stenografion.

Donald sekve tre zorge porciumis siajn liberajn horojn. Li jam ne ĉeestas klasojn, sed aliflanke li devas ĉeesti ekzercojn de la flutara trupo, trinkas kun la knaboj ĉiun sabaton, kaj iras kun Bob al kino, teatro aŭ dancado almenaŭ unu vesperon posemajne. Maksimume li povas disponi pri kvar liberaj vesperoj, sed vizitoj, fojaj koncertoj, hazardaj amikinoj kaj diversaj neatendaĵoj faris tiun maksimumon pli-malpli ideala. La du malŝparitaj vesperoj signifis perdon de tri horoj super la stenografio kaj kvin super la legado, kaj li bone sciis, kiel malfacile estos repeli sin al la stenografio post ioma forlaso, ĉar ĝi ja ne ravas lin.

Cetere, li sentis honton je la konstato, ke li vagadas Glasgovon serĉante efemeron; ĉar kio finfine estas tiu ĉi knabino krom tikla memoro pereonta? Bela jes, sed Glasgovo plenplenas de belaj knabinoj, kiuj ravas ĝis oni kutimiĝas al ili. Bedaŭrinde ja, ke li ne konis ŝin pli longe por elreviĝi, kaj ektaksi ŝin kun sobra prudento. Li eĉ ne povis klare prezenti ŝian vizaĝon al sia memoro.

«Cetere,» li pensis, «se mi sukcesus, ŝi tiam fariĝus mia ‹Ada›; kaj mi ne povas tiel ŝarĝi min nun; aŭ, aliflanke, se ŝi ne meritas tion, kial mi diable ĝenas min?»

Malgraŭ tiu prudenta rezonado la ĥimero logadis, kaj li sciis, eĉ post semajno de prokrastado, ke li eble reiros al la dancejo; tial, dum la temanĝo la postan mardon li ankoraŭ mense jesis kaj neis al si, ĉiam kun ŝajna konvinkiĝo kaj definitivo. Poste li eksidis kun sia «Metodo de Gregg», sed dum la tuta horo kaj duono, kiun li asignas al ĝi, li gvatadis la horloĝon kalkulante je kioma horo li povus atingi la salonon se li decidus iri. Ankaŭ la paĝoj de Huxley, al kiuj li poste turnis sin, ne sukcesis forlogi lian atenton, ĉar li alterne domaĝis ke li ne decidis iri kiam restis tempo, kaj kalkulis ke li ja eĉ nun povus atingi la halon antaŭ la naŭa; antaŭ la naŭa kaj kvarono, antaŭ la naŭa kaj duono, kaj tiel plu ĝis jam ne estis praktike konjekti la eblojn, kaj li povis dediĉi ioman atenton al la legaĵo.

Tiu rezisto sukcese rompis la tenton disipi pluajn vesperojn je malprudenta serĉado kvankam, dum la sekvintaj semajnoj, pensoj pri Konstanca daŭre pikis lian memoron, kaj li ne povis ne esperi, ke la knaboj iam decidos iri al la «Plaza» anstataŭ al sia kutima halo. Fakte, li tiucele eĉ faris proponojn, sed sensukcese. La knaboj nur iris al dancejo, kiam estis tro malfrue drinkadi plu, kaj ne emis iri pli distance ol la salono plej oportuna. Donald ne povis tro urĝi la aferon de sub ŝildo de relativa indiferento. La internaj bedaŭroj grade mildiĝis, kaj entute li estis kontenta ke li bridis la emon serĉadi blinde por revo kiu povus ja transformiĝi je atingo al vero neatendita.

Kaj baldaŭ aliaj zorgoj ĝenis lin: la armeo jam komencis alvoki konatulojn liajn, ne nur el lia persona amika rondo kaj la flutara grupo, sed ankaŭ el lia kolegaro en la oficejo. Rezulto de tio estis multa diskutado pri la kondiĉoj de redungiĝo por volontuloj kaj alvokitoj, ĉar la firmo patriote kredis, ke viro, kiu batalos por siaj lando kaj vivmaniero rajtas poste ricevi la postenon ĝuste kvazaŭ li neniam lasis ĝin, eĉ se tia aranĝo postulos ioman oferadon parte de la firmo, kaj la loka oficejestro lojale emfazis tiun principon al la pli junaj viroj, sincere kredante, ke timoj pri maldungo ne devus sufoki la naturajn aspirojn de tiuj servi sian patrujon en la horo de neceso.

Donald silentis embarasate dum liaj kolegoj taksis tiun kaj aliajn punktojn rilatantajn al la militservo, ĉar li ankoraŭ ne kuraĝis deklari sian sintenon, kaj konstante ŝvebis inter la intenco fari tion kaj la impulso kaŝi ĝin. Dume, li sukcesis ne kompromiti sin, sed la provizora sukceso de liaj ambiguaj diroj ne ĝojigis lin, ĉar tia blago sugestas honton, kaj li sciis, ke se lia decido estas hontinda, li neniam povos elteni ĝiajn sekvojn.

Li koleris pri si, kaj anticipe kulpigis la ŝafan nekomprenon de siaj kolegoj, konstante instigante sin al malkaŝa kaj fiera spito pri ideoj malsuperaj al la propraj, sed daŭre klinante la kapon al la ŝirmo de sia pupitro por eviti entiron en la diskutojn. Li ĉiam havis la ŝaton kaj respekton de preskaŭ ĉiu homo en la oficejo, kaj la emo reteni tiun popularecon, kiom eble plej longe estis natura kaj komprenebla; sed ju pli longe li fintas kaj prokrastas, des pli li malestimas sin, des pli lia konduto ŝajnas intence trompema, kaj des pli malfacila fariĝas la malkaŝo.

Li sciis, ke estas necese, ke li anoncu sian intencon propravole, ne atendante ĝis la cirkonstancoj puŝos lin. Nur necesas levi la kapon, fronti ilin, kaj diri kuraĝe: «Vidu, amikoj, mi scias, ke vi opinias tiun ĉi militon justa kaj necesa, sed mi ne konsentas vian opinion kaj sekve mi ne povas partopreni la buĉadon.» Bedaŭrinde, ke li ne jam en la komenco priridis la patriotan blagon, ĉar tiam ili kutimiĝus facile kaj nature al la ideo, kaj li povus kun pura konscienco ridindigi iliajn kontraŭdirojn, anstataŭ kvazaŭ honteme pardonpeti kaj klar-

igi kaj esti la embarasito anstataŭ la embarasanto. Sed nun – li
sentas ke li ŝuldas al ili ioman pardonpeton.

Tamen la semajnoj pasis sen iu ŝanĝiĝo de la situacio, ĉar
la diskutoj grade poluris la diversajn facetojn de la temo en
glaton, kaj intereso velkis, kiam disputoj jam ne necesis. Okazoj
por prezento de lia vidpunkto nun mankis, ĝuste kiel ili antaŭe
tro abundis, kaj Donald konstatis, ke la afero fariĝas pli kaj
pli malfacila, ĉar post tiom da prokrasto li ne povos nun tute
subite proklami sian malkonsenton kun ĉio diskutita. Li ĵuris al
si, ke tuj kiam okazo prezentos sin, li ekkaptos.

Okazo ja prezentis sin: li devis iri al la oficejo de la
brançestro por ties konfirma subskribo al dokumento. Post
formala trarigardo de la kontrakto la ĉefo aldonis la zorge
kulturitan senzorgon de sia parafo, kaj kun afabla «Jen» redonis
la paperojn al Donald, tuj aldonante tamen:

«Ha, Maclean, vi sendube scias pri la firmaj kondiĉoj de
militservo?»

Subpremante la deziron diri «Mi ne sciis, ke la firmo
militservos», Donald respondis per seka «Jes».

«Jes; mi supozas, ke s-ro Hunter jam sciigis al vi ĉiuj – kaj
ke vi ĉiuj havis bonan okazon diskuti ilin, ĉu?»

«Ho, jes.»

«Jes. Nu, bone. Ili estas senavaraj, kaj tamen la firmo sentas,
ke ĝi ne povus fari malpli.» La ĉefo ridetis kuraĝige. «Kaj kion
oni ... kio estas la ĝenerala opinio?»

«Nu, iuj sentas, ke la registaro devigos al ĉiu firmo fari ion
tian», respondis Donald malice.

«He? Ne, ne: la registaro devigos redungi eble, sed ni
kalkulos militservon, kiel servon al la firmo, por promocio; kaj
cetere, ni ne atendis registaran dekreton, sed male, tuj en la

komenco – oni devus memori tion.»

«Jes, sed ili opinias, ke ne estos granda diferenco finfine.»

«Absurde. Kiel? Kiel?»

«Nu, ekzemple, ili gajnos poentojn por promocio al oficoj, kiujn jam kaperis tiuj, kiuj restis.»

«Sensencaĵo! Kaj cetere, ili memoru la salajron. Ili revenos al salajroj kreskintaj pojare ĝuste kvazaŭ ili estus servintaj ĉe la firmo: la firmo atribuos al ili teorian sperton, kiun ili praktike tute ne povos havi. Vere, Maclean, mi estas surprizita; mi estas tre surprizita.»

«Mi nur menciis kelkajn fremdajn opiniojn», atentigis Donald.

«Kompreneble, kompreneble. Mi komprenas. Nu, ni ne incitiĝu pri iuj malkontentaj animoj. Hm?» S-ro Mangan demetis la pezajn okulvitrojn kaj poluris ilin per silka poŝtuko, dume ridetante al Donald kun vizaĝo, kiu iel perdis la definitivon de ĝiaj konturoj. Vidante, ke la esperata respondo ne venas, li daŭrigis:

«Nu, en la nuna grava konjunkturo estas aferoj pli gravaj ol salajro kaj promocio kaj tiel plu, kaj bonŝance ne mankas pli noblaj spiritoj, kiuj komprenas tion. Jes, la oficejo ne faris malbone: kelkaj iris, tute ne prokrastante por trovi kiel tio efikos ilin en la estonteco – en estonteco ja tre duba», aldonis s-ro Mangan sulkafrunte. Li rigardis la okulvitrojn.

«Mi estis en la lasta,» li diris, «en la kavalerio. Kompreneble, ni ne tiom enmiksiĝis en la batalado, kiom la infanterio, pro la tereno, speco de militado, kaj tiel plu. Tamen, mi povas diri, ke ni faris nian kontribuon, kaj vidis vidaĵojn, kiuj ...» kaj skuante la kapon s-ro Mangan surmetis la okulvitrojn kaj rigardis Donaldon.

«Sed ni ne finis ĝin», li asertis kun emfaza movo de la fingro. «Ni soldatoj ĉiam sciis, ke okazos nova milito ĉar ni ne finis la lastan. Ni devis ĉesi ĝuste kiam ni estis pretaj antaŭen bataladi ĝis Berlino. Ni devis ĉesi por kontentigi al la politikistoj. Nun ... nu, estas por vi knaboj fini ĝin.»

Donald sentis la sangon leviĝi en la kapon kun preskaŭ dolora premo, kaj li luktis kontraŭ la kolero, kiu tremigis liajn membrojn je la stultego de la viro sidanta antaŭ li. Nun, nun estas la okazo! Nun krevigi la komfortan karapacon de tiu senpensa idioto! Sed lia kolero strangolis lin; li konstatis ke la homo rigardas lin scivoleme. Kiel lia vizaĝo aspektas? Ruĝa? Blankega? Eble ĝi supozigas ke lin embarasas la aludoj al militservo ĉar li prihontas propran timon. Eble per ĝia malamika esprimo ĝi sugestas krudan repuŝon de la nekutime kompleza konfidencemo per kiu li honoriĝas. Donald konsternite silentis.

«Nu, nu, estas por la individuo decidi mem», s-ro Mangan diris. «Finfine neniu rajtas tro influi homojn en aferoj pri kiuj povas decidi sole la individua konscienco.» La koro de Donald saltis. «Certe, iuj havas ankaŭ hejmajn respondecojn, kaj mi ne kulpigas homon ĉar li estas prudenta, kvankam la firmo kompensos la saldon por tiel diri; sed, aliflanke, ĉu mi eraras pensante, ke iujn aferojn oni ne povas pesi kontraŭ mono kaj promocio?»

«Ne», Donald konsentis sincere.

«Cetere – kaj eble iuj el vi ne pensis pri tio ĉi – la fruaj volontuloj havos pli grandajn esperojn pri elekto de regimento aŭ sekcio ol la postaj alvokitoj – por ne paroli pri ŝancoj de promocio en la armeo. Ne pensu ke mi trudemas, Maclean, sed mi scias, ke junuloj ofte tro impetas en tiun aŭ alian direkton dum iliaj inter-konsiliĝoj, kaj finfine ne domaĝas pli maturan opinion.» La vangaj sulkoj de s-ro Mangan kurbiĝis cede al patreca rideto. «Alivorte, mi nur volas, ke vi junaj viroj decidu mem, kion vi faros, sed mi ankaŭ volas, ke vi rigardu ĉiujn facetojn de la problemo. Ĉu vi komprenas?»

«Jes», Donald konfirmis.

«Jes, bone. Ha, se mi estus dudek jarojn pli juna mem», kaj s-ro Mangan ridetis, skuante la kapon rezigne pri la stato efektiva. «Nu, bone, Maclean. Vi pripensos tion, pri kio ni parolis.»

«Kompreneble, s-ro Mangan.»

Donald lasis la ĉambron sub nubo de malespero. Se li ne kaptis okazon dum tiu intervjuo, li ŝajne neniam faros. Nun li lasis kun Mangan la impreson, ke li nur hezitas inter tuja sinpropono kaj posta alvoko kun eble pli mallonga militservo, kaj ke li influiĝas sole de kalkulo pri eventualaj perdoj aŭ gajnoj financaj.

«Ĉu vi trinkis teon kun Bonzo?» demandis la blonda, freŝvizaĝa viro ĉe apuda tablo, kiam li reiris al la oficejo.

«Preskaŭ», Donald gruntis. «Li panegiris la firmajn aranĝojn por volontuloj.»

«Ha! Mi supozis, ke li panegiris iun aspekton de la firmo, kiam vi forestis tiel longe. Kion vi diris?»

«Malmulton», Donald respondis.

«Kaj prave. Kiam Bonzo parolas pri la firmo estas pli konsilinde kliniĝi al la vento. Mi vetas, ke li blagis.»

«Kompreneble», Donald atestis, sed pense li demandis: «Kaj kiel vi reagos, kiam mi krevpikos la blagon?»

Dum la cetero de la post-tagmezo Donald mense reprezentis la scenon okazintan en la estra oficejo fojon post fojo, ĉiam kun nova modifo al propra rolo. Li konstatis, ke okazis almenaŭ tri lokoj, kie li povis kaj devis klarigi sian sintenon, ne inkluzive de la bolpunkto, kiam lia kolero preskaŭ perfidis lin. Li ne domaĝis, ke li tiam silentis, ĉar li memoris tiun afablan, hundan vizaĝon, kaj povis imagi la konsterniĝon se li estus subite elsputinta sian koleron post tia longa, ŝajne simpatia, konversacio. Vere, li abomenis la sintenon de Mangan; li malestimegas la tipon, sed la homo mem en la kadro de sia fiksiĝinta stulto estas preskaŭ kompatinda. Li ĉiam provas esti tiel patreca al la subuloj, kaj oni simple priridas tion. Oni diras ke la edzino megeras lin, kaj tio estas ebla, sed ĉu ridiga? Lia usoneca adorado pri la firmo estas ja ridinda, kaj tiu ĉi patriota sinteno spegulas saman ekstreman ortodokson, senkritikemon, senspriton.

Sed necesas fronti tiun ĉi problemon, Donald decidis, veturante hejmen. Ĝis nun li evitis ĝin. Farinte sian deklaron al Bob, li ŝirmis sin de la sekvoj, ŝajnigante al si, ke li nur atendas la alvokon por montri per sia rifuzo, ke li fidelas al sia kredo. Sed necesas pli ol tio; necesas, ke li portu la kredon kun si, pensu pri ĝi, konsciu ĝin tiel, ke li ne hezitos, kiam la konversacio tuŝos la militon.

Ĝis nun li pensis vivi, kvazaŭ li neniam faris verdikton kontraŭ la socio, eble subkonscie konvinkante sin, ke li tamen iel daŭre alkroĉos sin al tiu; fine eltrovonte senkulpigon por tia ago. Ĝis nun li prezentis la venontan rompon al si, kiel ja okazonta, sed li dume volis vivi en la malnova komforta medio ĝis la rompo venos, kaj li samtempe mense prokrastis la rompon ĝis iu dato espereble neniam atingota.

Li faris el tiu Konstanca putinon de la konscienco. Dum li serĉadis ŝin, lia animo mensogis normalon. Ju pli li vagadis dumserĉe, des pli bone, ĉar li aktivis, kaj aktivis normale. Kiam li trovos ŝin, kio sekvos? Klarigo, ke li estas pacisto kun apelacio al simpatio? Aŭ mensogoj, ĝis la vero ne plu kaŝeblos? Ne; estis la aktivo kaj la aspirata, nereala celo, kiuj gravis. Kiel je tiu okazo, kiam lia trupo de la knaba brigado perdis la vojon post amasa demonstracio, kaj marŝadis mejlojn tien kaj reen serĉante la temanĝon. Li estis ĝismorte laca antaŭ ol ili trovis ĝin, ĉar estante tiam tre malgranda, li devis streĉi sin por egali la paŝojn de la pli aĝaj kamaradoj. Fine ili ricevis la sopiritan manĝon, kiu konsistis el malmultekosta pastaĵo, kaj poste nenio restis por fari krom hejmeniri. Nu, li povis fari tion antaŭe, kaj ricevi multe pli bonan manĝon tie sen la laciga peno, sed li eĉ ne pensis pri tio: estante kun la aliaj, estis multe pli komforte restadi kun ili; drivi kun la grego.

Simile ĉe lia serĉado pri Konstanca. Liaj movoj sekvis desegnon akceptitan en la socio. Li estis ero en la maŝino; sed se li iam forrompos sin, necesos intelekta peno, pretigado, konstruo de propra etiko kaj plena konstato, ke li ne apartenas al la komunumo – frua konstato. Tiel li gvidos sin de la socia maŝino; ne hazarde elfalos.

Rezonante tiel, li hejmalvenis. Dum la temanĝo li elfosis el la memoro motivojn kaj asertojn uzitajn dum la pasintaj kelkaj monatoj por pravigi sian sintenon, kaj provis ilin en la lumo de racio kaj honesto. Entute li trovis, ke li estis teninta sian decidon aŭtomate, ne ekzamenante ĝiajn sekvojn kaj alternativojn, ĉar li timis tiujn. Eĉ lia konstato, ke se lia decido estas hontinda, li ne povos elteni ĝiajn sekvojn estis trompa, ĉar ĝi implicis konvinkiĝon, ke la decido ne hontindas pro lia persista rifuzo lasi la ideon. Sed la persisto estis fakte obstino: li ne fortigis ĝin per argumentoj pri la justo de sia sinteno, sed fakte tenadis ĝin blinde, subpremante ĉiun penson rilatantan al la kaŭzoj kaj la sekvoj de sia eventuala rezisto.

Eventuala?! Jes, ankoraŭ ne nepra! Se li rezignos pri idealoj, la vojo estos glata: en la oficejo, kun Bob, por la patrino. Se li ne rezignos, liaj rilatoj kun ĉiuj en la oficejo estos teruraj; li eble perdos la amikecon de Bob, kaj ĉu li povos rigardi rekte en la okulon de ties patro, precipe kiam Bob estos en la armeo? Estas ankaŭ dube ĉu oni lasos la patrinon trankvila – Bob ja sugestis tion. Ĉiam estonte oni rememoros lian kontribuon al la milito, kaj kiam la konversacio turnos sin al la spertoj kaj heroaĵoj de la ekssoldatoj, ekestos embarasiĝo, ĉar li estas en la rondo. Do la sekvoj daŭros eĉ post la milito.

Post la milito. Kiam ĉio estos en ordo en brava nova mondo, de kiu timo kaj teroro jam forpasis? Jen la tubero! Ne; ne estas eble sankcii la fiblagon. La kanajloj! Milionojn ili murdis, kaj poste pi-serioze agnoskis – ne, atentigis, kvazaŭ oni jam ne scius – ke malmulta bono rezultis, ke milito estas granda malŝparo, kaj tiel revolucie plu! Kaj nun ili estas pretaj rekomenci la masakron – tiuj samaj lacaj maljunuloj kun malhelaj vestoj kaj samaj lacaj frazoj. La junuloj fariĝas maljunuloj, kaj ĉiam trovas ion pravigeblan en la nova milito, kiu ne sankciis la lastan. Ili eble opinias siajn dirojn ankaŭ novaj: iliaj pensoj tiom kutimiĝis al sama relparo, ke iniciato jam ne eblas al ili. Ne; la animo resaltas konsternite de la ideo, ke homoj ankoraŭ povas esti tiel bestaj, ke ili volonte deprenas la vivon unu de alia; kaj sekve, por venki tiun lian konvinkiĝon kiu detenas lin de partopreno en la fia farso necesus treege forta motivo; sed la furzantoj prezentas eĉ ne eron de motivo. Ili portas sian stultegon al altaj pozicioj, kaj fuŝas kaj misarangas, kiel mal-bonaj kart-ludantoj, poste alvokante al la amasoj oferi sin en la rezulta katastrofo, ebriigite de propraj elspiraĉoj. Por mondo de kiu forpasos politikistoj kaj grund-snufantaj komercistoj li eble batalus, sed nun batalu tiuj, kiuj povas kredi la blagon. Se ili gajnos, tio signifos, ke ili sukcesis detrui la remparon kontraŭ la bolŝevismo, kiun iliaj elektitaj reprezentantoj tiel zorge konstruis. Poste, ili povos batali kontraŭ la bolŝevismo ne konstatante iun malkonsekvencon.

Li jesis al la patrina demando, «Ĉu pli da teo?» kaj rigardis ŝin dum ŝi plenigis la tason. Kian vivon ŝi ĝuis? Ĝis lastatempe laboron en la butiko dum tuta tago kaj poste konstanta servado en la hejmo, krom la kutimaj dommastrinaj taskoj. Kaj por kio? Por ke li ricevu decan edukadon, kaj ke ne manku al li la nenecesaj necesaĵoj de la aliaj infanoj. Ŝi eĉ volis, ke li iru al la Universitato. Do dank' al, ke li ne: ŝi ja sufiĉe oferis, kaj nun, ĝuste kiam ŝi rajtas atendi iom da ripozo, li portos al ŝi novajn zorgojn. Li povus kompreneble, kun iom da bonŝanco kaj influo, trovi postenon en armuzino, tiel savonte ŝin de riproĉoj kaj insida malico. Tiel li ankaŭ evitus la neceson mortigi. Tamen li ne faros tion; li ne povus eĉ oblikve sankcii la krimon de la ŝtato. Kial li ne povas kvietigi la konsciencon, krom per drama oficiala registro de sia malaprobo? Ĉu Bob pravas? Ĉu estas nur la egoismo de la idealisto?

Li notis la sulkojn sur ŝia frunto, kuntiritajn inter la okuloj: la skarifoj de ŝiaj dumjaraj luktoj por vivteni ilin. Kial? Kial ŝi devis oferi sin? Kial ŝi ne lasis lin barakti? Nun li oferos ŝin al siaj principoj. Kial ŝi devis malfaciligi la aferon starigante ŝuldon, kiun li ne povos repagi? Ĉar li ja oferos ŝin; li ne povos agi alie. Tion li nun konstatis. Se lia morto solvus la dilemon, estus pli-malpli facile; sed ĝi ne.

«Mangan parolis al mi hodiaŭ pri la firmaj aranĝoj por volontuloj. Li evidente provis instigi min al malkaŝo de miaj intencoj», li menciis.

«Ho, ĉu? Kaj kion vi diris, Donald?»

«Nenion. Mi blagis lin. Estis erare; mi devis diri al li rekte.»

«Eble li divenis.»

«Ne, li ne kapablas. Ekzistas por li nur du ebloj: esti volontulo aŭ esti alvokito. Lin trafos paralizo, kiam li ekscios ke la firmo dungas perfidulon.»

«Ho, ĉu li estos tre kolera?»

«Korvundita pli ol kolera.»

Post kelkminuta silentado Donald aldonis: «Mi pensis hodiaŭ pri la eblo dungiĝi en armuzino. Mi povus aranĝi tion sen granda malfacilo miaopinie, kaj tiel evitus la neceson mortigi kaj la neceson enkarceriĝi. Kion vi opinias?»

«Do, se vi opinias, ke tio kontentigus vin, Donald; sed nur vi povas scii.»

«Ho, tre helpe!»

«Sed estas vere. Ĉu tio kontentigos vin?»

«Ne,» Donald konfesis, «mi devas diri, ke ĝi ne.»

«Do, jen via respondo.»

La rezulto de tiu ĉi mensa lukto kaj konfirmita decido estis perturba kaj samtempe trankviliga por Donald. Ĝi estis perturba, ĉar ĝi aktualigis lian situacion, alportis la krizon de la futuro en la nunon, jam ne permesante al li vati sin en komfortigaj revoj, kaj altrudante senton de nestabilo, kiu forprenis ĉiun motivon de ekzemple liaj vesperaj studoj; nome, ĝi forprenis paseon kaj estonton lasante nunon nerve nerealan. Ĝi estis trankviliga, ĉar ĝi puŝis en plenan lumon la antaŭe subkaŝitajn sed ne likvideblajn antaŭtimojn pri lia estonteco. Ĝis nun tiuj pezis nedifineble en li plej grandan parton de la tempo, leviĝante de tempo al tempo por duŝi malvarmige; sed nun ilia influo estis konstatebla kaj konstanta, bridante iujn emojn al senrespondeca ekzaltiĝo, kaj sekve iujn deprimiĝojn je subitaj ekmemoroj.

El praktika vidpunkto la ŝanĝita sinteno ne multe efikis, ĉar la oficejo daŭris trankvila, kun eventualaj alvokotoj nun simple atendantaj sian vicon, kaj fakte etoso de senrespondeca gajo ĉirkaŭis la pli junajn virojn je la konstato, ke ili baldaŭ lasos la preman monotonon kaj striktan decon de la karieroj pro cirkonstancoj, kiujn ili ne povas ŝanĝi. Ankaŭ la flutara trupo estis trankvila: unu-du junuloj jam foriris, kaj aliaj certe baldaŭ iros, sed dume oni simple atendadis kaj kondutis normale, ĉar la ekscitiĝo, kiun kaŭzis la militdeklaro jam forvaporiĝis, kaj malmulto okazis sur la kontinento post kiam Pollando venk-iĝis, por reveki intereson. Sukceso de brita eskadreto kontraŭ germana ŝipo donis provizoran impeton, sed ankaŭ tio fariĝis plata longe antaŭ ol la ĵurnaloj ĉesis raporti ĉiun detalon, eblon, supozon, laŭdon kaj analizon pri ĝi, kaj ĉiuj konsentis, ke la ĵurnaloj havas malmulton raporti, kaj pensis pri aliaj aferoj.

La rilatoj inter Bob kaj Donald fariĝis pli nature bonaj, ĉar aliaj incidentoj kaj konversacioj grade vualis memorojn pri ilia arda disputo post Cowal, kaj la cirkonstancoj ne postulis renovigon de ĝi. Dume, Donald estis certa, ke Bob ne menciis tion al iuj el la aliaj knaboj, kaj li denove konjektis, ĉu Bob mem kredas lin serioza pri lia pretendata starpunkto.

Iun vesperon la trupestro venis al ili, kaj demandis, ĉu ili estos liberaj la semajnfinon de la printempa ferio.

«Jes, se mi ankoraŭ estos ĉi tie», respondis Bob duonŝerce. «Ĉu vi, Donald?»

«Supozeble.»

«Bone. Sir James Robertson aranĝas koncerton kaj balon por subteni Ruĝan Krucon, kaj invitas nin ludi.»

«Tiu kanajlo! Ĉu?» diris Donald.

«Jes. Cetere, ĉu vi ludos ankaŭ por la riloj, Donald?»

TAKTIKOJ

Ĝon estis tre kontenta pri sia rapida realveno al Glasgovo, ĉar la situacio tie postulis agadon, kaj li tuj vidis kiom li devos labori. Estis tute klare ke ne temas nur pri rekta kampanjo kontraŭ la kapitalistoj: la laboristaj partioj estis en konfuzo pro la milito, kaj unuigi ilin estos malfacile, ĉar la influoj efikantaj ilin estis komplikaj: kvankam la diferenco inter tiu motivo kaj alia estis ofte subtilega, ĝi tamen povis rezultigi rekte inversajn reagojn en diversaj homoj rilate la novajn situaciojn kiuj nun frontis ilin ĉiutage.

Estis facile formuli sintenon al la tiel-nomataj socialistoj, kiuj nun subtenas militon pro «patriotaj» sentoj: ili estis ĉiu-rilate atakindaj. Ilia kompromisemo estis facile komprenebla kaj neniel admirinda: multaj el ili neniam manifestis konvinkan solidarecon kiam tio estis plej bezonata, ĉar ili estas maksimume reformuloj, ĉap-en-manaj petantoj, kaj estis rimarkinde kiom el ili fariĝis eminentuloj en la diversaj laboristaj movadoj, tiel ke ilia nuna apostata sinteno povos havi forte damaĝan influon se oni ne akre kaj konvinke refutos ĝin. Malpli facile estis kontraŭbatali la multajn honestulojn kun fierindaj reputacioj pro socialista aktiveco, kiuj sentas en la nuna konjunkturo ke la laboristoj devus aliĝi al la Civitana Armeo, per kiu ili atingus potencon pli facile ol de sub la regado de triumfinta fremda militismo.

La Civitana Armeo, ideo de la Soci-Demokrata Federacio, estis origine sugestita kiel antidoto kontraŭ la deviga militservo, kiun oni proponis post la Sud-Afrika Milito de 1901. Anstataŭ akcepti la oficiran kaston de la regula armeo, ĝiaj soldatoj elektus proprajn oficirojn. Ĝi estus, kiel Ĝon mem diris antaŭ kvin jaroj, «... armeo al kiu vi (la laboristoj) povas aniĝi, restante tamen civitanoj», kaj multaj homoj ankoraŭ subtenas ĝin laŭ la logiko ke, se oni devas tamen elteni militon, estas pli bone elteni organizite en socialista grupego, kiu utilos por batalo kontraŭ pli ol la malamikoj elektitaj de la registaro.

Tiun sintenon Ĝon ne subtenis. Kontraŭi la militon estas absolute necese, kaj nur rekta rifuzo iel partopreni ĝin manifestos tiun kontraŭvolon de la sinceraj socialistoj. Jam li spertis la ŝovinismon, kiu flamigas la plej grandan parton de la popolo, kaj ju pli longe la milito daŭros, des pli tiu ŝovinismo kreskos, ĝis fine seniluziiĝo anstataŭos ĝin. Kun ĝia florado floros la potenco de la armeo, kaj ĉiu parto de la armeo estos plene sub la jugo de la generaloj. Estas absurde imagi ke oni povos persisti pri la rajtoj de libera elekto de oficiroj sub la cirkonstancoj de milito, precipe ĉar la generaloj havos la povon prezenti iujn malkontentulojn al la germanaj kanonoj.

Aliaj kamaradoj akceptis la pretendon ke la milito estis justa rezisto al germana imperiismo kaj agresa reakcio, kaj konvink-iĝis ke estas necese elimini tiujn antaŭ ol turni la atenton al la forigo de la propra fripona, sed pli demokrata, registaro. Kolere Ĝon protestis ke la diferenco inter la du sistemoj estas mikroskope malgranda; ke la milito ne alportos pli bonan sistemon ĉu al Germanujo, ĉu al Britujo, ĉar la venkonto ne toleros starigon de sistemo malplaĉa al si; ke la ŝanceliĝantoj fakte nur penas raciigi tion, ke ili ne povas kontraŭstari la tajdon. Li bone sciis ke malagrablaĵoj okazas al rezistantoj kontraŭ la milito, ne sole pro la ŝovinismo de la konfliktaj opinioj en iliaj familiaj rondoj, precipe kiam frato aŭ filo aŭ patro jam soldatiĝis; sed li estis senkompata kontraŭ iuj, kiuj pro iu ajn kaŭzo volis kompromisi, ĉar ĉiu dizertulo malfortigis la kontraŭmilitan kampanjon, kaj kuraĝigis la ŝovinistojn.

Multaj kamaradoj tamen restis lojalaj, kaj tiuj organizis serion da kunvenoj protestantaj kontraŭ la milito. Jam la naŭan de aŭgusto oni aranĝis grandan manifestacion en la centro de Glasgovo, kiam la diversaj parolantoj emfazis ke la britaj laboristoj havas neniun kaŭzon batali kontraŭ la germanaj laboristoj, ke la milito helpos sole la kapitalistojn, precipe la produktojn de armiloj, kaj ke la laboristoj devos ekpreni kaj regi tiujn armilojn por fari militadon neebla. Aliflanke, pluraj eminentuloj publike subtenis la militon en socialistaj organoj, kaj tio ne povas ne malutili al la pacistoj.

Dume, ordinara aktiveco, kia la starigo de ekonomiaj klasoj devis daŭri, kaj la milito alportis maljustaĵojn rezistindajn, kiuj ne havis rektan rilaton al la baza malmoralo de reciproka murdado: manĝokostoj, lupagoj, ĉiuj prezoj rapide altiĝis pro profitulaj konstatoj pri mankoj efektivaj kaj eventualaj. De tio rezultis kreskanta malkontento pri salajroj, kaj dum la vintro organiziĝis multaj kunvenoj de laboristaj grupoj, kiuj postulis ke la registaro bridu profitavidon kaj altigu salajrojn laŭ kreskantaj kostoj.

De la batalejoj venis raportoj variantaj, dum la unuaj monatoj de la milito, inter nigre katastrofaj kaj venkopromese optimismaj, kaj la esperoj kaj timoj de la publiko variis laŭe, sed ĝia ŝovinismo restis proksimume sama. Dum la unuaj febraj tagoj oni estis certa ke la fina venko venos antaŭ Kristnasko, sed baldaŭ jam ne temis pri venko, sed pri la falo de Parizo. Poste, oni aklamis la reziston kaj kontraŭatakon de la Aliancoj, kaj ekzaltite prognozis ke la nuna avanco ne haltos ĝis ĝi atingos Berlinon. Sekvis la klopodoj de la batalantaj armeoj pretermarŝi la malamikan flankon, dume spitante la malamikajn provojn fari same, ĝis la armelinioj, etendite pli kaj pli okcidenten, atingis la maron. La armeoj fosis tranĉeojn kaj stabiligis sin, kaj oni atendis la freŝan atakon, kiu certe nun pretiĝas. Estis kompreneble ke post la batalo ĉe la Marne novaj taĉmentoj necesos, iomaj ripozo kaj reorganizo necesos; kaj nun, en la novaj pozicioj, konvene malproksimaj de minacita Parizo, estas certe ke oni kontentigas tiujn bezonojn, samtempe planante novan atakon, kiu povos okazi ie ajn en la teritorio okupita de la disetenditaj armeoj. Oni jam ne petolas; la venonta atako sukcesos, kaj la milito ja estos finita antaŭ Kristnasko.

Sed la monatoj pasis, kaj la armeoj ankoraŭ okupadis la samajn liniojn de tranĉeoj. Kristnasko venis, kaj sola atentinda novaĵo de la fronto estas, ke la germanoj ludas futbale kun la britoj. La gloro de mortintolisto, kiu aĉetas nenion, iom ŝimiĝis, kaj vintra apatio minacis estingi antaŭan ardon. Sed entuziasmo pormilita nur dormis, se entute ĝi ja malpli evidentis dum iom da tempo, kaj post la nadiro de la jaro oni baldaŭ ekpensis printempajn pensojn, konvinkite ke pli konvena batalosezono certe ebligos atakegon, kiu alportos la sopiritan venkon. Ĝon daŭre priskribis la militon kiel murdadon.

Malgraŭ la ŝovinismo, kiu nun tiom influis la laboristojn, ili ne permesis ke patriotaj sentoj detenu ilin de postuloj pri grandigo de salajroj, ĉar la novaj kostoj senvalorigis antaŭajn kriteriojn. La inĝenieroj postulis la kromajn du pencojn po-hore, por kiuj ili ekbatalis antaŭ la militkomenco, kaj kiam la dungintoj proponis anstataŭe duonpencon, ili kolere decidis dum amaskunveno ĉesigi ĉiun kromlaboron. La sindikato petis al ili rekomenci ĝis konferenco inter la sindikato kaj la dungintoj faros decidon, kaj eĉ sendis reprezentantojn de Londono por influi la ribelulojn, sed kun malmulta efiko.

Aliloke oni protestis pri tio, ke usonaj laboristoj en glasgova uzino ricevas pli grandan salajron ol siaj lokaj ekvivalentoj, kaj fine 10.000 laboristoj strikis pro la rifuzo de la dungintoj altigi la lokajn salajrojn, kaj malgraŭ la petoj de siaj agititaj sindikato kaj registaro, ili rifuzis reiri al laboro ĝis kombino de minacoj pri deviga arbitrado kaj deviga soldatigo malfortigis ilian solidaron.

Post la eluzita emocio venis apatio; post la peno malstreĉo, kaj dum iom da tempo estis neeble veki la dormantan koleron, sed post kvin monatoj la stimulo venis de supre; nova akto rilata al municio malpermesis ke oni lasu la laboron aŭ rifuzu kromlabori pro iu ajn provoko, kvankam ĝi ne devigis ke oni donu laboron aŭ salajron. La indignaj laboristoj denove ekorganizis sin en efikaj grupoj, kaj la civila milito fariĝis pli kaj pli amara.

En la aŭtuno oni maldungis du ŝiplaboristojn ĉar ili atendadis en la laborejo farante nenion aktivan, kaj donante la dokumentojn, kiuj nun necesis por ke oni forlasu iun postenon, oni registris sur tiuj la kialon por maldungiĝo, tiel revivigante malnovan kutimon longe forlasitan pro la streboj de la aktivaj socialistoj. Pro la rezulta striko oni provis monpuni dek sep el la koncernaj laboristoj, sed tri el ili rifuzis pagi, preferante enkarceriĝi. Tio kaŭzis grandan tumulton, kun postuloj ke oni liberigu la tri homojn, kaj post la kulmina minaco ke ĉirkaŭ cent mil laboristoj strikos se oni ne cedos al tiu postulo, la tri viktimoj estis liberigitaj kun la mistera sciigo ke iu pagis la £30 monpunojn.

La oficiala sinteno de la Brita Socialista Partio al la milito estis jam ne tolerebla al Ĝon. Li fervore spitadis ĝian programon, kiu interalie permesis ke partianoj subtenu la registaran rekrutigan alvokon al ĉiuj taŭgaj viroj; kaj, agnoskante ke nova, sendependa organo necesas por la disvastigo de revoluciaj, porpacaj ideoj, li fine fondis monatan gazeton, «Avangardon», kiel la organon de la glasgova sekcio de la partio. En la unua ekzemplero li klarigis ke estis necese atingi tramondan socialismon, ĉar la nuna milito montras ke bagatela reformismo jam ne sufiĉas, kaj tamen la oficiala organo subtenas ĝin. Kun la helpo de ĉiu socialisto, kiu ne timas morti por siaj principoj la «Avangarda» grupo intencis «marteli en la kapon de ĉiu, eĉ plej stulta kaj indiferenta laboristo, lian brute humiligan situacion ... oni devos mortigi kapitalismon, kaj tion oni povus fari post dek du monatoj se nur la laboristoj estus pretaj». Li sugestis ke necesos neniigi nurajn reformulojn, ĉar «netoleremo kontraŭ tiuj estus nura justeco al la homaro». Defendema sindikata movado jam ne sufiĉas: laboristaj unioj devos proprigi al si ĉiujn fabrikojn kaj agrojn de la mondo: ne sufiĉos ke ĉiu produktejo estu ekskluzive en la manoj de propraj laboristoj; male, ĝi devos aparteni al la homaro kiel tuto. La kooperativa movado devus trovi postenojn por laboristaj viktimoj de la kontraŭkapitalista milito; parton de ĝiaj enspezoj oni devus uzi por helpi la batalon kontraŭ kapitalismo, kaj oni devus fondi mondan kooperativon por kunligi la laboristojn de ĉiuj rasoj.

Li kritikis tiujn, kiuj asertis ke la ŝtato kaj politiko estas senutilaj, atentigante ke la diversaj ŝtatoj utiligis grandiozajn meĥanismojn por la luktado de organizita kapitalismo, kaj emfazis ke la laboristoj povos uzi tiajn ŝtatajn meĥanismojn por sia programo. Sekve, la «Avangarda» grupo konsilis apelacii ĉiun voĉdonanton, demokratigi la ŝtatan meĥanismon kaj certigi la unuigitan uzon de voĉdono de ĉiuj laboristoj por akiri potencon en publikaj instancoj dum la avanco al la fina celo de Monda Kooperativa Industria Demokratio.

Li ankaŭ reasertis sian konvinkiĝon, ke naciaj militoj ne utilas al la laboristoj; nur la klasmilito meritas ilian entuziasmon.

La nacia milito tamen daŭris. La atendita granda avanco ne okazis dum la somero, sed oni ja provis efektivigi ĝin, kaj de la provoj rezultis la plej impona mortintolisto de la mond-historio. Sekve, la pozicio de la armeoj malmulte modifiĝis, sed aliaj ŝanĝoj okazis: ne nur evidentis ke ekestas bezono pri novaj soldatoj, sed la sentoj de la batalantaj nacioj fariĝis pli amaraj, kaj tiu amareco estis same, eĉ pli, evidenta inter civiluloj ol inter la soldatoj. Ĝi efikis ilin laŭ du manieroj: iujn, la plej multajn, ĝi pli amarigis kontraŭ la germanoj, aliajn, la minoritaton, kontraŭ la registaro, depende de tio ĉu la koncernaj malkontentuloj kulpigas la germanojn aŭ la registaron pri la milito. Estis tute ne eksterordinare do, ke la skismo inter Ĝon kaj la oficiala anaro de la partio fariĝis pli profunda.

Alia ŝanĝo nun ekminacis al Ĝon: la registaro, por pli efike defendi liberon kaj demokration, kreis novan akton, nomitan la Defendo de la Regno Akto (Dora), kiu permesis al ĝi enkarcer-igi iujn malkontentulojn, kiuj iel malutilas la batalon kontraŭ germanaj militismo kaj tiraneco, kaj Ĝon eksuspektis ke oni, subtenite de la Akto, nur atendas taŭgan okazon por aresti lin. Se la edukaŭtoritato antaŭe maldungos lin, ne ekestos iu skandalo pri instruisto arestita, kaj samtempe la aresto pravigos la maldungon. Ĝon bone sciis ke pluraj membroj de la komitato delonge sopiris lian maldungon, kaj nun la deziritaj okazo kaj senkulpigo prezentos sin.

Dume li ekspluatis la situacion: kiam li rimarkis ke policanoj stenografie notadas lian paroladon dum publika kunveno, li atentigis la aŭskultantaron pri la fenomeno, tiel akirante simpation. Li ankaŭ faris aranĝojn pere de la kamaradoj pri agita aktivo kiam se li enkarceriĝos, kaj presigis la notojn por siaj ekonomilekcioj, atendante ke la venonta famo vendigos tiujn, donante iun furoran valoron al ili.

Ĝon neniel provis eviti la venontan areston. Li bone sciis kiaj diroj estas nun danĝeraj pro la nova Akto, sed kiam li sentis neceson uzi tiajn, li simple uzis, indiferente pri la sekvoj. Li insiste parolis publike pri la milito kiel «tiu ĉi murdado» kaj, responde al demando de kritikemulo, kial li ne soldatiĝas, li asertis ke li estis soldato en la armeo de la socialismo dum dek kvin jaroj, kaj aldonis la rekomendon: «Dio damnu ĉiujn aliajn armeojn.»

Kun tiaj armiloj ceditaj al ili, la malamikoj ne devis plu prokrasti, kaj la sekvintan monaton, oktobron, oni arestis lin laŭ aŭtoritato de la nova Akto, akuzante ke li faris dirojn, kiuj celas malhelpi rekrutigon, kontraŭe al la nuna leĝo.

Du semajnojn poste, la 10-an de novembro, la proceso okazis; sed la ĝojo de tiuj, kiuj antaŭvidis kun plezuro la sopiritan spektaklon, iom griziĝis pro la neatenditaj manifestacioj favoraj al la akuzito. Laboristoj alvenis amase kaj ensvarmis la juĝejon ĝis plenego, kun rezultato ke oni devis prokrasti la komencon de la proceso ĝis ioma ordemo regos. La trankvilo ne longe daŭris: de tempo al tempo dum la proceso la ĉeestantoj subtenis la akuziton kun kuraĝigaj krioj kaj aplaŭdado, spite ridante pri la minacoj de la oficistoj forigi ilin, kaj ĉe la fino ili brue bisaklamis Ĝon.

La unua aproba ekbruo okazis kiam Ĝon interrompis la akuzadvokaton por demandi: «Ĉu vi volas ke mi ripetu miajn dirojn ĉe la kunveno? ‹Mi soldatadis dum dek kvin jaroj en la socialista armeo, kiu estas la sola armeo, kiu meritas subtenon. Dio damnu ĉiujn aliajn armeojn!› Mi jam diris ĝin, ĉu ne? Ĉu vi ne aŭdis min?» Oni aŭdis liajn dirojn sufiĉe ofte dum la sekvonta demandado al la policanoj, kiuj ĉeestis la kunvenojn de Ĝon, ĉar tiuj nur povis ripeti variaĵojn de «Dio damnu ĉiujn armeojn» laŭ siaj memoro kaj imagopovo. Komprenenble la aludo al «damno» kaj «armeo» estis por ili la plej interesa parto de la paroladoj de Ĝon, ĉar ĝi estis la plej kulpiga, precipe se oni povus aŭdi ĝin kiel «Dio damnu la armeon», ĉar tio povus aludi sole al la brita armeo, kaj sekve estus diro rekte kontraŭanta la militprogramon de la registaro.

Ĝon mem rajtis atesti, kaj enirinte la budon, li tuj ripetis klare la ĝustajn vortojn, «Mi soldatadis dum dek kvin jaroj en la socialista armeo, kiu estas la sola armeo, kiu meritas subtenon. Dio damnu ĉiujn aliajn armeojn», poste aldonante: «Interpretu tion laŭvole.»

Li neis ke li asertis dum unu el siaj kunvenoj ke soldatoj estas murdistoj: «Ne la soldatoj, sed tiuj, kiuj sendis, kaj sendas ilin estas la murdistoj. La soldatoj estas plejparte laboristoj, kaj la laboristoj neniam profitos pro tiu ĉi milito.»

Poste la defendadvokato demandis, kial la policanoj raportintaj pri la krimo ne avertis la akuziton anstataŭ permesi ke li kulpu. Oni respondis ke tio estus kaŭzinta tumulton inter la aŭskultantaro. Kiam la juĝisto volis scii, kiom granda estis la aŭskultantaro ĉe la koncerna kunveno, oni respondis ke ĉirkaŭ tricent. Ŝokite, la juĝisto demandis ĉu vere tricent glasgovanoj aŭdis iun diri «Dio damnu la reĝan armeon» kaj tamen ne protestis. «Neniu parolis», konfirmis la atestanto.

La verdikto ne povis ne esti «kulpa», kvankam la juĝisto konfesis ke la koncerna leĝo estas preskaŭ kontraŭleĝa kaj Ĝon faris la ofendan diron sub provoko, kaj ne evoluigis la temon kvazaŭ pripensitan. La puno estis kvin funtoj sterlingaj aŭ kvin tagoj en karcero. Ĝon elektis karceron, dum liaj kamaradoj sur la publikaj benkoj laŭte bisaklamis kaj kantis «La ruĝan standardon».

Ses tagojn post la proceso la edukaŭtoritato maldungis Ĝon, kiel li ja atendis pli frue, sed denove laboristamasoj difektis la okazon por tiuj, kiuj esperis ĝui ĝin, ĉar centoj ensvarmis la komitatejon kiam oni malfermis la pordon, dum ĉirkaŭ mil kantadis revoluciajn himnojn ekstere kaj aklamadis Ĝon.

Timigite, la komitato decidis kunveni private, sed kiam ili anoncis tion, la amaso en la komitatejo ekbasis kaj mokfajfis, kaj komence rifuzis lasi la salonon laŭpete, anstataŭe kantante «La ruĝan standardon», sed fine cedis al la petoj de unu el la du membroj, kiuj jam voĉdonis por publika kunveno. Dume, la laboristoj kunvenis ekstere kaj kelkaj el ili prelegis pri la kariero de Ĝon. Kiam oni fine anoncis la rezultaton de la privata kunveno la amaso basis antaŭ ol formarŝi kantante la «Internacian» kaj «La ruĝan standardon».

Alia manifestacio pri solidaro okazis kiam Ĝon liberiĝis. Kvankam la karceraj aŭtoritatoj ellasis lin frue por eviti iujn amaskunvenojn, la amasoj tamen marŝis: kvardek ministoj, deputitoj de la graflando Lanark, marŝis al la hejmo de Ĝon kun la lampoj brulantaj sur iliaj kaskoj, kaj poste remarŝis al granda amaskunveno en la urbo, kie oni konsentis pri rezolucioj kondamnantaj la maldungon de Ĝon, la munician Akton kaj devigan militservon.

Dume, la proceso kontraŭ Ĝon jam rezultigis la kreon de Komitato por la Defendo de Libera Parolo, kiun subtenis multaj sindikatoj kaj laboristaj grupoj kaj partioj, kaj tiu ĉi komitato konsilis al gepatroj en la distrikto kie Ĝon laboris, ke ili rifuzu sendi la infanojn al lernejo, dum alia kunveno proponis, ke membroj de la diversaj laboristaj movadoj pagu unu aŭ du pencojn semajne por doni al Ĝon salajron ekvivalentan al tiu, kiun li perdis, dunginte lin kiel sendependan organizanton ĝis kiam oni redonos al li instruistan postenon.

La tagon post sia maldungo Ĝon lasis por ĉiam la lernejon – sur la ŝultroj de strikantaj laboristoj. Tiuj marŝis al la Ŝulda Kortumo por protesti kontraŭ la alvoko tien de dek ok laboristoj, kiuj rifuzis pagi pligrandigitajn luprezojn truditajn al ili de la domposedantoj. La malkontento pri grandigitaj luprezoj jam kaŭzis tumultojn kaj agitadon, kiuj fariĝis tiel seriozaj ke la magistrato aranĝis starigi Enketan Komitaton. Tion aŭdinte, la domposedantoj tuj denove altigis la luprezojn, kaj estis tiuj novaj prezoj, kiujn rifuzis pagi la dek ok laboristoj nun en la kortumo.

Alveninte al la ĉirkaŭaĵo de la juĝejo, la marŝantoj trovis ke granda amaso, eble dek mil homoj, jam ĉeestis. Ili levis tabularon sur la ŝultrojn por ke uzante ĝin kiel tribunon Ĝon alparolu la amasigitajn laboristojn, kiuj aklamegis lin kaj rezolucie kondamninte la Edukaŭtoritaton pro lia maldungo, postulis lian redungon. Ili ankaŭ rezoluciis ke, se la registaro ne devigos restarigon de antaŭmilitaj luprezoj, ĝenerala striko okazos en la tuta valo de la rivero Clyde – tereno, kiu inkluzivus ne sole Glasgovon, sed ankaŭ la grandajn ŝipkonstruejojn sur ambaŭ bordoj de la rivero je ĉirkaŭ dek kvin mejloj.

Kiam oni malfermis la pordojn de la Juĝejo granda sekcio de la amaso ensvarmis kaj post longa prokrasto reprezentanto de ili postulis ke la juĝisto aperu. La rezultaj bisoj fine venigis la juĝiston, kiu provis esti konvene severa, memorigante ke la publiko ĉeestas nur pro lia sankcio kaj avertante ke li forigos ĉiujn krom se ili kondutos dece.

Defendanto nun sciigis ke ĉeestas deputitaro reprezentanta diversajn laborejojn, kaj sugestis ke la juĝisto intervjuu tiun. La juĝisto atentigis ke li havas juran oficon, ne politikan; tamen pro tio ke estas nenormala epoko li akceptos la deputitojn. Unu post alia tiuj sciigis lin ke ili reprezentas tiom kaj tiom da laboristoj, kiuj volis hodiaŭ striki por ĉeesti la proceson, sed kiuj fine konsentis ke reprezentu ilin la ĉeestanto. Se tamen la hodiaŭa verdikto ne estos favora al la dek ok viroj, kiuj rifuzis cedi al la troigitaj postuloj de la domposedantoj, la nuna deputito ne povos malhelpi ke la reprezentataj laboristoj striku, ĉar la hodiaŭa verdikto nepre influos la decidon de la Enketa Komitato. Estas domaĝe se la aludo al eventuala striko ŝajnas minaca, ĉar oni ja ne minacas: ne temos pri alvoko al striko se la verdikto ne estos plaĉa, sed pri la nepovo de ĉiu deputito malpersvadi homojn jam decidintajn pri striko.

La juĝisto respondis ke ĉiu klaso havas siajn plendojn. Sendube iuj senrespondecaj domposedantoj tro altigis siajn luprezojn, sed li esperas ke tiuj konsistigis minoritaton, kaj certe iu grandigo estas natura kaj komprenebla sub la nunaj cirkonstancoj; sed ĉio ĉi estas politika, kaj li ne havas rajton decidigi politikajn demandojn. Li ne opiniis ke iu prokrasto por diskutado inter la deputitoj kaj la domposedantoj utilus, kaj li ankaŭ ne povis vidi kiel la nuna intervjuo atingas ion utilan por la bono de la publiko. Kun tiu konkludo li fermis la kunsidon.

Post konvena prokrasto la juĝisto reaperis en la juĝaŭlo, kaj anoncis je granda aplaŭdo ke la proceso estas nuligita.

Tiu ĉi venko en la klasbatalo estis baldaŭ oficialigita, kiam la registaro enkondukis la Lu-limigan Akton, kaj Ĝon kaptis la okazon por persvadi pri la utilo kaj eblo de pure politika striko, la vera kaj konsekvenca kulmino de spontana amasaktivo, kiu kondukos al la socialismo. Ĝis nun oni strikis pri laborkondiĉoj, precipe pri salajroj, kaj atingis sukcesojn kaj duon-sukcesojn en tiu sfero, sed Ĝon sciis ke tiu aktivo povus daŭri eterne en la kadro de kapitalisma socio; ĝi fakte estas natura faceto de kapitalismo: maksimuma postulado, minimumaj cedoj. Nun la cirkonstancoj ŝanĝiĝas: monavido tentis, kaj ekspluat-antoj cedis al la tento ĝis tia grado, ke la amaso ne plu povas trankvile akcepti la maljuston. La epoko estas ja nenormala, kaj la cirkonstancoj kaŭzitaj de la milito povus ja akceli la neeviteblan, rekte provoki la revolucion. La karaktero de la ĵusa striko – aŭ, pli precize, strikminaco – jam demonstras antaŭ-paŝon, la konstaton de la amasego pri propra potenco, kaj povo influi ŝtatdecidojn. Se nur la ŝovinismo ne tiel regus la ĝeneralan amason, oni povus kalkuli je nerezistebla forto; sed iu malhelpo de municia laboro kolerigas multajn tiel-nomatajn patriotojn, kaj tio embarasas iujn provojn forĝi grandan, solidaran, popularan armeon. Aliflanke, tiu pormilita fervoro ŝajne paliĝos dum malkontento pri la milito kreskos, kaj pli kaj pli da homoj rangos sin senkompromise kun la socialista rezisto.

Necesos nur certigi ke la nuna kaj estonta revolucia forto ne disipos sin, subtenante reformistajn projektojn kaj bagatelajn deviojn, kiuj kondukos nenien. La Brita Socialista Partio jam ne pretendas iun revolucian rolon, sed subtenas la militon, kuraĝigas rekrutigon, kaj eĉ publike denuncis Ĝon post lia enkarceriĝo. Tio estas la grava malforto de partioj kaj aliaj grupiĝoj de sampensantoj: iam ili staras antaŭ konjunkturo pri kiu ili ne sampensas, kaj tiam iuj el ili devas agi laŭ la pensoj de aliaj, simple pro lojalo al la partio, kiu jam anstataŭas lojalon al la origina principo, kaj ĉar la estraro estas ĝenerale pli konservative hezitema ol la plejmulto, oni finfine oferas la konsciencon ne al solidaro, sed al la timemo de kelkaj oficistoj, kies ofico superas ilian talenton. Grupoj povas helpi, sed devas ne fariĝi la gvidantoj: la individua laboristo devas edukiĝi, kaj edukite aliĝi al la granda nerezistebla amaso de edukitaj laboristoj, kiuj sole povos detrui la kapitalismon kaj konstrui anstataŭe novan, vere civilizitan, socion.

En la decembra ekzemplero de sia nova organo Ĝon eksponis tiun ĉi principon, avertante ke oni rilatu al la sendependa Laborista Komitato same suspekteme kiel tiu al la oficialaj sindikataj komitatoj: tio estas, oni subtenu ĝiajn provojn agi kiel gvidforto por socialista aktivo, sed ne cedu al ĝi ĉiun respondecon pri propra pensado. Antaŭ ĉio, oni ne permesu al ĝi disipi la fortojn per kabinetaj diskutoj, sed postulu ĉiam pozitivan agadon: la sola taktiko en la klasbatalo estas ataki ĉiam, kiam okazo prezentas sin, kaj se okazo mankas, krei ĝin.

Okazo nun prezentis sin, kiun la Laborista Komitato ja kaptis: la malkontento de la laboristoj pri la devigoj kaj bridoj, kiujn la registaro enkondukis por garantii facilan kaj efikan produktadon, jam iritadis dum kelka tempo, kaj nun la Komitato eldonis 150.000 ekzemplerojn de pamfleto atakanta la sistemon, kaj organizis grandan mitingon, kiu estis tiel sukcesa ke la registaro sendis la munici-ministron, Lloyd George, al Glasgovo, kaj malpermesis pluan aperon de laboristaj ĵurnaloj. Unu el tiuj estis «Avangardo».

Jen do estis venko kaj perdo: estis gratulinde ke la registaro tiom panikis, sed la atingo ja kostis; kaj nun nova fazo de la batalo alportis simile duaspektan rezultaton. Unue la registaro enkondukis ŝanĝon en la ofendan munic ian Akton, laŭ kiu jam ne estos eble enkarcerigi homojn, kiuj pekos kontraŭ ĝi. Estis la enkarcerigo de tri laboristoj kiu provokis la manifestacion kontraŭ la Akto, kaj tiu ĉi kompromiso de la registaro do nepre pravigis la lastatempan agadon, kaj ĝis certa grado kompensis la perdon de la laboristaj organoj «Antaŭen» kaj «Avangardo». Sed la venko estis nur ŝajna: nuligis ĝin lerta manovro de la malamiko, Lord George, kiu enkondukis novan leĝilon, nomitan Konsilej-ordonon, laŭ kiu nun estos krimo kontraŭ la Defendo de la Regno Akto se oni iele malhelpos, prokrastos aŭ malpliigos la produktadon, riparadon aŭ transporton de materialoj aŭ laboro necesaj por la plenumado de la milito. Ofendon kontraŭ la Akto sub tiu ĉi Ordono oni punos per enkarcerigo plus punlaboro, kaj laŭ speciala klaŭzo de la Ordono, la munici-ministro havos procesorajtojn koincidontajn kun la kompetenta armea aŭtoritato. Kulpintojn oni rajtos juĝi per armea tribunalo, kaj private.

Per tiu ruzaĵo la registaro gajnis pli ol ĝi jam perdis: ĝi povos enkarcerigi malkontentulojn same kiel sub la Municia Akto; la gamo de eblaj ofendoj estos pli granda; la procesoj estos pli facilaj, kaj la punoj pli drastaj. Entute ĝi ne devis domaĝi sian cedon rilate al la Municia Akto.

Indiferente pri la nova Ordono, Ĝon persiste plenumis sian revolucian laboron, kaj publike kondamnadis la militon dum kunvenoj ekster la diversaj laborejoj dumtage, kaj ĝeneralaj mitingoj dumvespere, ellasante eĉ ne unu silabon de siaj pli akraj kritikoj. Rezulte de tio, li havis la honoron fariĝi la unua viktimo de la Ordono, ĉar la unuan de februaro 1916, la monaton post la enkonduko de la Ordono, oni arestis lin kaj enkarcerigis lin kun la garnizono en Edinburga Kastelo, evidente kun la celo elprofiti la klaŭzon pri armeaj tribunaloj. Tiun ĉi intencon ili tamen devis rezigni pro la rezulta populara agitado; do post du semajnoj Ĝon aperis antaŭ civila juĝisto, kiu kontraŭ kaŭcio de £100 liberigis lin ĝis aprilo, kiam okazos lia proceso.

Antaŭ tiu dato aliaj kamaradoj estis en sama situacio. En marto sep laboristaj reprezentantoj, kvin el unu fabriko kaj du el alia, arestiĝis la saman matenon pro ofendoj kontraŭ la Ordono. Tio ĉi rezultis de tio ke la registaro sendis komitaton por akiri interkonsentojn kun la diversaj fabrikoj pri laborkondiĉoj, kaj kvankam la Laborista Komitato provis aranĝi ke la diversaj fabrikoj sendu la proponitajn kondiĉojn al ĝi antaŭ interkonsento, la komitato sukcesis intertrakti tute kun la individuaj fabrikoj. Sekvis miskompreno pri unu el tiuj sendependaj interkonsentoj en la koncerna fabriko, pro kiu oni malhelpis ke la laborista reprezentanto iru de unu sekcio al alia dum plenumado de la ofico. La laboristoj sekve strikis, kaj ok tagojn poste oni arestis la reprezentantojn. La du aliaj akuzitoj arestiĝis ĉar ili protestis kontraŭ rompo de la sendependa intertrakto rilatanta al sia fabriko, kiu estis tiu de Weir en la suda parto de Glasgovo.

Tiun ĉi ofensivon la laboristoj provis rezisti per sia plej efika armilo – la striko, sed pro manko de solidaro en la vicoj, ili perdis la okazon: ĉe unu kunveno plejmulto voĉdonis por striko protestanta kontraŭ la arestoj, sed pro tio ke ĝi estis malgranda, oni aranĝis novan kunvenon kun la espero atingi pli konvinkan manifestacion de subteno. Neniu klara decido rezultis, kaj oni sekve daŭrigis la diskuton, kaj denove daŭrigis ĝin, tagon post tago, ĝis fine, kvar tagojn post la unua mitingo, kvar novaj arestoj de reprezentantoj en la fabriko de Weir anonciĝis.

La taktiko de la kapitalistoj – forrodi malgrandajn partojn de la malamika truparo unu post alia – estis do efika: se oni estus provinta enkarcerigi tian gravan sekcion de la laborista movado per unufoja atako, estas sendube ke la rezulta indigna rezistado estus tro forta por ili, kaj ili estus fine perdintaj pli ol ili komence esperis gajni; sed la apartaj, sendependaj kontraktoj rezultigis apartajn sendependajn batalojn, kaj sur ĉiu aparta kampo la atakanto estis pli forta ol la defendanto, povante envoki helpon de la tuta potenco de la leĝaro en ĉiu okazo. Alia malforto de la laboristaro estis lerte ekspluatata: koncernite pri propra bataleto, ĉiu grupo ne povis klare percepti la bezonojn de kamaradoj luktantaj sur aliaj batalejoj, kaj ne povis prezenti al si klaran perspektivon de la tuta agado. Kiam novaĵo pri malvenko en aliaj lokoj venis, estis jam tro malfrue, precipe se ili dume plene okupiĝis mem.

Kontraŭ malamiko, kiu jam perdis plurajn gravajn generalojn, la ofensivo nun povis impeti, kaj ĝiaj organizintoj ne malŝparis tian favoran situacion: unu, du, tri, kvar, malfortigajn batojn ili donis al rompiĝanta malamiko, t.e. tri homojn, inkluzive la prezidanton de la Laborista Komitato, ili arestis, kaj unu ĵurnalon, «La Laboriston», organo de la Komitato, ili nuligis. La okazo por tia venko prezentis sin kiam la ĵurnalo presigis artikolon «Ĉu la laboristoj sin armu? – Kriza situacio». La arestitoj estis, krom William Gallacher, la prezidanto de la Komitato, ankaŭ la redaktoro de la ĵurnalo, John Muir, kaj la direktanto de la Socialista Gazetaro, Walter Bell.

La unuaj arestoj estis efikaj ne nur pro la rezulta malfortigo de la laborista estraro, sed ankaŭ ĉar ili devigis ĝuste la plej gravajn kaj aktivajn de la restantaj eminentuloj al riskema reago. La tagon post la unuaj arestoj oni organizis grandan protestan manifestacion en la urbego, kie diversaj parolantoj atakis la registaron pro ĝiaj multaj misfaroj, tiel donante okazon al la registaro aresti tri el ili, kiuj kritikis devigan militservon kaj proponis ĝeneralan strikon. Du el ili estis konataj socialistoj, J. MacDougall kaj James Maxton, kaj la tria estis anarĥisto, Jack Smith. La reto do estis senpartie larĝa, ampleksante ĉiujn, kiuj montris seriozan persistemon pri kontraŭ-registara sinteno.

La krimoj de Ĝon, Muir, Gallacher, Bell, Maxton, Mac-Dougall kaj Smith estis tro gravaj por loka juĝejo, kaj la procesoj sekve okazos unu post alia antaŭ la ĉefa kortumo en Edinburgo en aprilo.

Kriza situacio en la luktado inter kapitalo kaj socialismo do nun prezentas sin, sed nur la partoprenantoj ŝajne taksis ĝin grava, ĉar la publiko okupiĝis pri alia novaĵo. La granda ofensivo, kiu trarompos la malamikan trançelinion dum la pasinta somero forsiblis en serion da avancoj, kiujn la aŭtoritatoj taksis gravegaj siatempe, sed kiuj ja ne trafe ŝanĝis la aspektojn de la militmapoj, kaj nun famo ekflustris pri vere grandioza atakego, kiu okazos dum la nuna jaro elprofitante la novan armeon de devigaj alvokitoj, kiujn Britujo konstruadis dum la pasinta jaro. Estis ankaŭ famo pri kriza situacio en Germanujo, pri malsatego kaj malkontento pri la milito; kaj, kiam granda germana ofensivo komenciĝis en la finaj tagoj de februaro, la britaj spertuloj pri tiuj aferoj interkonsentis ke la germana imperiestro bezonegas venkon por kontentigi siajn regatojn. La ĵurnaloj konscience raportis tiujn konkludojn, kaj entute oni rajtas kovi esperon ke se la nunan desperan atakon la francoj rezistos sukcese, tiam la tuta germana ŝtatstrukturo disfalos.

La atako celis venkon de franca urbo sur la rivero Meuse apud la germana-franca landlimo. Ĝi nomiĝis Verdun, kaj en pasintaj epokoj estis grava fortreso, kiu jam rezistis germanajn provojn venki ĝin, ne nur en la pli frua parto de la nuna milito, sed ankaŭ en la dekoka jarcento, kaj ĝi sekve havas grandan prestiĝan valoron, kaj eĉ ioman strategian. Ĝi tamen ne estas fortreso laŭ la antaŭa signifo, ĉar oni forprenis la defendarmilojn de la urbaj konstruaĵoj kaj redismetis ilin en modernaj subteraj redutoj.

La batalo komenciĝis la dudekunuan de februaro, kaj baldaŭ fariĝis evidente ke la malamikoj intencas avanci laŭ la franca maldekstra flanko, ĉar kontraŭ la maldekstra flanko ili iniciatis sian plej intensan atakon, kaj la unuan tagon tute detruis la defendajn tranĉeojn kaj redutojn ĉe Haumont Arbaro, Caurières kaj Herbebois. Tamen, la ĵurnaloj certigis, ili multe surpriziĝis, ĉar ili ne nur devis halti en iuj lokoj, ne povante avanci, sed eĉ tie, kic la francoj ja devis retreti, ili retretas nur paŝon post paŝo.

La duan tagon la atakantoj ĵetiĝis antaŭen en amasegoj, pistante per artilerio la francajn poziciojn, kaj sukcesis kapti Consenvoye Arbaro, Bois de Ville kaj grandan parton de Wavrille. Sed estis tute certe ke ili terure seniluziiĝis, ne venkinte pli da tereno post tia eksterordinara penego, kaj cetere ili nur kaptis tiom pro la uzo de flamĵetiloj, armilo barbara kaj kontraŭa al decaj militaj moroj, pri kiu la aliancaj esplor-sciencistoj ne pensis.

Laŭ la oficialaj komunikoj, la batalo ĉe la vilaĝo Haumont estis tipa. Oni bombardis ĝin per koncentrigita artilerio ekde la komenco de la kampanjo, enĵetante tiom da obusoj ke respondo neeblis. La duan matenon tiu ĉi bombardo fariĝis eĉ pli intensega, kaj post du-tri horoj denove pli intensiĝis ĝis kresĉendo, kirlante la restaĵon de la vilaĝo en flamantan ĥaoson, kaj malhelpante al la defendantoj iri al la defend-pozicioj preparitaj ekster la vilaĝo mem. Oni fine atakis dum la vespero kiam jam la solaj vivantoj estis en la ŝirmejoj sub la tero, kaj kvankam unu el la tri atakantaj kolonoj detruiĝis antaŭ la defendaj mitraloj, tamen la aliaj du sukcesis atingi la vilaĝocentron kaj bruligis la solan restantan konstruaĵon, en kiu ŝirmis sin la kolonelo kaj lia stabo.

La batalo daŭris ankoraŭ du tagonoktojn post la venkiĝo de du aliaj provizoraj redutoj, Brabant kaj Herbebois, sed kun la ĉefa celo ankoraŭ ne atingita. Provoj ŝanĝi tiun situacion tuj komenciĝis: la postan tagon, la 25-an de februaro, oni ekatakis en du partoj de la Verdun fronto kontraŭ la reduto Douaumont, kiu staris antaŭ la ĉefa celo de la ofensivo. Estis froste malvarmege, kaj preskaŭ koincide kun la komenco de la batalo, granda neĝo-ŝtormo komenciĝis, sed spite tion la unua atako sukcesis atingi Louvemont, kaj la dua, atinginte Hardaumont laŭplane dum la posttagmezo, avancis ĝis Douaumont, kaptis la fuorton tie kaj sieĝis la vilaĝon mem. Dum dek tagoj oni batalis por akiro de la vilaĝo, kaptante, perdante kaj rekaptante ĝin, ĉar la francoj jam kontraŭatakas, helpite, laŭ oficialaj instancoj raportitaj de la ĵurnaloj, de la fakto ke la germana atingo de Douaumont, kvan-kam grava en si mem, tamen montris la direkton, kiun intencas sekvi la malamikoj dum antaŭe la francoj estas malhelpataj pri ilia nescio tiurilata. Nun ambaŭ armeoj sendadis freŝajn rotojn en la batalon, kaj estis evidente, laŭ la britaj ĵurnaloj, ke la francoj jam haltigis la germanan avancon, kaj per nuna utiligo de la brile retenitaj rezervaj korpusoj venke deturnos ĝin. La 4-an de marto la germanoj fine kaptis la vilaĝon.

En tiuj operacioj la fama franca Fera Divizio ludis gravan rolon, kaj ĝiaj travivaĵoj dum nur unu tago de la batalo estis publikigitaj por ilustri la severon de la luktado. Ĝi atingis poziciojn sur la deklivo inter Douaumont kaj Fleury ĉirkaŭ la sesa matene kaj preskaŭ tuj trovis sin sub intensa bombardo, kiu daŭris seninterrompe dum la tuta tago. Nur la plej grandajn kanonojn oni uzis, kaj germanaj aeroplanoj krozadis super la bombarditaj pozicioj la tutan tempon certigante ke neniuj obusoj estas malŝparitaj.

Ĉirkaŭ la 4-a posttagmeze oni ordonis ke du rotoj avancu laŭ la Douaumont-Bras vojo kaj defendu ĝin ĝis morto; sed amika bataliono ĵus forpeliĝis de fuorto apud Douaumont, kaj por defendi la vojon estos nun necese rekapti la fuorton. Sekve la du rotoj atakis, unue per pafado, due per bajoneto, kaj fine sukcesis rekapti la fuorton, kiu siavice permesis ke ili defendu la vojon.

Tia, laŭ la raportoj, estas la vivo de infanteriano.

Dume entuziasmo en Germanujo estis ŝajne ankoraŭ granda rilate la baldaŭan venkon de la ŝlosilo al Francujo, Verdun, kaj la armeoj ĉe la Meuse daŭrigis siajn preparajn operaciojn, plifortigante la kaptitajn poziciojn ĉe Samogneux kaj Champneuville, kaj bombardante la francajn redutojn sur la kontraŭa flanko de la rivero, responde al la senĉesaj kaj detruaj bombardoj de tiuj. Ili ankaŭ celis transiri la riveron por kapti la koncernajn redutojn, kaj venkis plurajn dezirindajn poziciojn: monteto apud Morthomme cedis la 7-an de marto, kaj Corbeaux Arbaro, post kelkaj tagoj de kapto, perdo, kapto, ankaŭ venkiĝis de la atakantoj. Plua avanco al Bethincourt, Morthomme, kaj Cumières tamen ne sukcesis, malgraŭ bombardado de la 14-a ĝis la 20-a de marto, kiu estis tiel intensega, ke dum unu periodo la obusoj falis po cent kaj dudek dum ĉiu minuto. Ankaŭ la atakoj kontraŭ Vaux, kiujn oni iniciatis en kaptita Douaumont, fine ne sukcesis, malgraŭ intensa bombardo kaj persistaj infanteriaj sturmoj, kiuj daŭris ĝis la 18-a.

En alia parto de la fronto, tamen, Malancourt cedis la 31-an de marto post kvin semajnoj de pli-malpli konstanta batalado, pro kiu ĝi jam ne estas fakte vilaĝo, sed nur pistita rubo.

Estis paŭzo ĝis la 9-a de aprilo, kiam la germanoj atakis Morthomme, nun defendatan de la Chausser regimento. Ties komandanto mortis preskaŭ tuj post la komenco de la batalo dum kontraŭatako, kaj de tiam komandis ilin kavaleria oficiro, kiu propravole transiris al trançea servo. La saman tagon komenciĝis terura bombardo sekvita de infanteriana atako, kiu rezultigis furiozan kvarhoran luktadon en kiu viro batalis rekte kontraŭ viro kun bajonetoj, kolboj kaj fosiloj. Fine la atakantoj retretis, sed revenis plurfoje antaŭ noktiĝo, kaj eĉ dum la nokto elsendadis senĉesajn patrolojn serĉante breĉojn en la defenda sistemo. La sekvan tagon ili denove atakis furioze, sed sensukcese, kaj kiam nokto venis, la francoj mem atakis, preskaŭ atinginte la malamikajn poziciojn antaŭ ol ili devis retreti, portante kun si la novan komandanton grave vunditan.

Dum la sekvinta monato la du armeoj atakis, retretis kaj kontraŭatakis senĉese, kaj fine la fronto restis pli-malpli sama kiel antaŭe, tiel ke la aliancaj ĵurnaloj povis raporti grandan «defendan venkon» por la francoj.

Nun serioze komenciĝis la batalo por Monteto 304, kiu staris inter Avocourt kaj Cumières. Je la 4-a de majo la germanoj ekbombardis ĝin, kaj atakinte per infanterio tuj poste, sukcesis atingi kaj teni poziciojn en la pli malaltaj deklivoj. De tie ili provis lanĉi sin antaŭen kaj pli alten, sed malgraŭ konstantaj sturmoj dum du tagoj ne povis plu avanci en tiu regiono. Ili do ekatakis de la kontraŭa flanko de la monteto, kaj denove persiste sturmadis dum du tagoj, sed denove sen iu efektiva avanco.

Sekvis nova artileria bombardo pli intensa ol la antaŭa, kaj denove la atakantoj sturmis la defendajn poziciojn sur la monteto, samtempe minacante la francan fronton en la Hardaumont-Douaumont regiono por disipi la defendantajn fortojn kaj protekti proprajn flankojn kontraŭ eventuala atako; sed la rezultato entute estis nula, kaj la aliancanoj konjektis ke la batalo por Verdun estas nun finita. Pluraj instancoj komentis pri la vanto kaj vano de la tuta operacio: oni sendadis dekmilojn da viroj al morto, verŝante oceanon da sango, kaj tamen la francoj estas ankoraŭ forte rezistantaj en sia dua defend-linio. Tio ŝajnis al la britaj, kiel al la francaj, instancoj pruvo pri preskaŭ nekredeble stultaj senkompetento kaj obstino, kaj ĉar nun estis ĉie konate ke oni preparas grandan aliancan ofensivon por la somero, multaj homoj eksentis optimismon.

Por pli kuraĝigi tiujn la ĵurnaloj raportis pri malkontento en Germanujo mem, kie la seniluziiĝo pri la Verdun'aj atakoj agacis ĉagreniĝon pri la malgrandaj manĝoporcioj, kaj aperis citoj el leteroj de suferantaj soldataj edzinoj, en kiuj ili plendis, ke ili ne scias kiom longe ili povos toleri tiun ĉi mizeran vivon. Tiajn leterojn, la ĵurnaloj triumfe certigis, oni trovis abunde ĉe la kadavroj kuŝantaj antaŭ Verdun.

Sed la batalo ne finiĝis: bombardoj, sturmoj, kontraŭatakoj daŭradis tra majo, kaj la unuan de junio komenciĝis granda nova atako kontraŭ la reduto Vaux, aŭ – pli precize – kontraŭ ĝiaj restaĵoj, ĉar oni jam dum monatoj bombardis ĝin, kaj laŭ la fina atakplano la artilerio izolis la sudan parton per kurteno de falantaj obusoj dum la atakonta infanterio koncentriĝis en pozicioj norde de la reduto.

En la fuorto mem nur unu malĉefa pordego estis uzebla pro la violento de la kanonado, kaj nun la avanco de la atakanta infanterio faris tiun senutila al la defendantoj, kiuj sekve trovis sin tute izolitaj. Ili sukcesis iele iome komuniki kun la cetero de la armeo uzante sistemon de vidaj signaloj, kaj ankaŭ foje individuajn volontulojn, kiuj trairis je grandega risko la sieĝantojn, sed nenio povis kuraci la plej severan aflikton: mankon de akvo, ĉar eĉ provi enporton eblis nur je la noktoj, kiuj estis mallongaj pro la sezono, kaj senĉese lumigitaj de raketoj kaj flosantaj fajraĵoj, kaj cetere unuopulo povis porti nur mizeran kvanton.

La atakantoj atingis la konstruaĵon mem, sed la defendantoj improvizis barikadojn interne, kaj uzis ĉiun rubamason, ĉiun restantan fenestron kiel defendejon, pafante senĉese en la sturmantojn, kiuj nevole levis novajn malhelpajn amasojn el kadavroj. Fine ili provis novan atakteknikon, pendigante korbojn plenajn de grenadoj antaŭ la defendaj fenestroj kaj svingante ilin tra la fenestroj post enfaligo de fina eksplodonta grenado kiel prajmo. Je tiaj rimedoj, kaj kun kontraŭantoj en tia proksimeco, la batalo furiozis dum preskaŭ semajno. Fine oni oficiale anoncis ke la reduto estas en la manoj de la germanoj, sed pri la defend-intoj scio estis nur nebula: ŝajnis ke pluraj kaptiĝis nevundite.

La ĉefa premo de la atako estis nun en la regiono de Thiaumont, kaj la 12-an de junio oni sukcese sturmis monteton apud tiu reduto, tiel atingante pozicion nur kvar mejlojn de Verdun, kaj dum dek tagoj la artilerio mueladis kaj la infanterio ĵetiĝis antaŭen kontraŭ la urbo. Fine, la 23-an de julio la urbo cedis; sed, la aliancaj ĵurnaloj atentigis, la malamikoj atingis tion nur pro ilia senskrupula oferado de la propraj soldatoj, kiujn ili fordisponis kiel ŝakludanto oferas peonojn senhezite se nur tio embarasas lian kontraŭulon. La diferenco estas, ke prudenta gambito havas logikan motivon. Se oni ja taksu tion ĉi kiel venkon, estas sendube kosta venko.

Dume la germanoj avancis al Fleury kaj la francoj kontraŭatakis al Thiaumont. Post ses tagoj ili rekaptis ĝin, sed dume la germanoj kaptis Fleury, kaj la situacion oni priskribis kiel kontentigan, sed krizan. La franca generalo komandanta la armeojn ĉirkaŭ Verdun, generalo Nivelle, decidis ke li revivigos siajn trupojn per kuraĝiga tagordono, kiun oni publikigis la 23-an de junio. Ĝia teksto estis:

«La horo estas decida. La germanoj persekutataj sur ĉiuj flankoj iniciatas frenezajn kaj furiozajn atakojn kontraŭ nia fronto, esperante atingi la pordegojn de Verdun antaŭ ol ili mem atakiĝos de la unuigitaj armeoj de la aliancanoj. Vi ne permesos al ili pasi, miaj kamaradoj. La patrio postulas tiun ĉi pluan maksimuman penegon. La armeo de Verdun ne permesos al si senti timon pro bombardo, nek pro la germana infanterio, kiun dum monatoj ĝi sukcese rezistadis. La armeo de Verdun retenos sian renomon senmakula.»

Kaj dume estis evidente ke la granda somera ofensivo de la aliancanoj baldaŭ komenciĝos. Kuraĝigaj raportoj aperadis pri la amikemaj interkonsiliĝoj de la franca kaj brita ĉefgeneraloj Joffre kaj Haig, kaj oni ne povis ne eksenti ke ĉifoje ili intencas fini la militon. La preparegoj en la regionoj de Albert estis grandiozaj: ĉiuj sciis pri ili, kaj ne estas kredeble ke io povos rezisti la potencojn sin akumulantajn tie.

Esperoj do anstataŭante krizosenton akumuliĝis dum la monatoj februaro ĝis junio pro la rezistado de la francoj antaŭ Verdun kaj la kreskanta certo ke granda ofensivo prepariĝas kiu ne nur malŝarĝos la teruran premadon sur Verdun, sed portos la aliancanojn al venko. En junio, simultane kun la tagordono de generalo Nivelle, tiuj esperoj kulminis kun konvinkiĝo ke la rezistado de la francoj nun fariĝos venka atakado, kaj ke la ofensivo en la okcidento, de kie nun venis novaĵo pri bombardego, fine dispremos la malamikajn armeojn. Kaj fakte post du monatoj de senĉesa batalado Fleury kaj Thiaumont estos denove en la manoj de la francoj, kaj la granda ofensivo estos komenciĝinta.

La kulmino de esperoj venis en junio, kaj estis do dum la periodo de ilia kreskado ke la proceso kontraŭ Ĝon kaj liaj kamaradoj okazis. Tiu ĉi krizo de socialismo kontraŭ kapitalismo ne povis do serioze rivali je intereso la pli grandskalan krizon de kapitalismo kontraŭ kapitalismo; sed, dum la efektiva proceso, ĝi kaŭzis iom da intereso ĉe la ĝenerala publiko, kaj ankaŭ iom da ĝojo en pluraj lokoj.

Ĉar oni disĵetis la reton sufiĉe vaste, la relative granda nombro de la kaptitoj postulis specialajn aranĝojn. Sekve ses el la akuzitoj aperis en du apartaj procesoj, tio estas, oni juĝis ilin en trioj, sed por Ĝon la aŭtoritatoj aranĝis apartan proceson, kaj ĝi estis la unua el ĉiuj, komencita la dekunuan de aprilo, 1916, antaŭ ĉefjuĝisto Lordo Strathclyde.

La sesopa akuzo kontraŭ Ĝon pretendis ke dum diversaj publikaj kunvenoj en januaro li asertis ke:

> (1) Deviga militservo estas nenecesa, ĉar la registaro jam havas sufiĉe da soldatoj kaj municioj; post la milito oni uzos ĝin por akiri laboron sen pago de taŭgaj salajroj; la laboristoj devus striki kontraŭ la Militserva kaj Municia Aktoj; se la britaj soldatoj rifuzos batali, tiam la germanaj faros same, ĉar ĉiuj enuas pri la milito;

(2) la laboristoj devus striki por ĉeesti mitingojn;

(3) la laboristoj devus striki, kaj rezisti devigan militservon;

(4) se deviga militservo fariĝos laŭleĝa, la laboristoj fariĝos
devigitoj de industrio – la vera celo de la registaro;

(5) la laboristoj devus striki, kaj kiuj
havas pafilojn, tiuj uzu ilin;

(6) la laboristoj devus vendi aŭ kasprunti la vekhorloĝojn
kaj dormadi anstataŭ iri al la laboro.

Ĝon pledis nekulpa, kaj celis defendi sin precipe kontraŭ la akuzoj rilatantaj alvokojn striki kaj rezisti devigan militservon, kaj ĉiuj defendaj atestantoj neis ĝuste tiujn akuzojn. La akuzaj atestantoj estis ĉiuj policanoj.

Ĝon atestis mem. Li klarigis ke li estas membro de la Brita Socialista Partio, sed ne oficisto. Li ankaŭ estas senpaga sekretario de la Asocio por Domkonstruado, kiu celas akiri pli bonajn domojn por la laboristoj.

Li estis absolute kontraŭ deviga militservo, sed li nenion diris en la menciitaj kunvenoj pri laborrifuzo aŭ striko. Dum unu el tiuj kunvenoj iu demandis, ĉu la forĵeto de armiloj parte de iu el la batalantaj armeoj finus la militon, kaj li respondis ke jes, kvankam li opiniis la ideon utopia. Estas absurde akuzi ke li konsilis al la laboristoj uzi armilojn, ĉar la laboristoj ne posedas armilojn.

Tiujn asertojn li faris responde al la demandoj de la defendadvokato, kaj nun la prokuroro daŭrigas la demandadon.

Responde al tiuj, Ĝon volonte sciigis ke li aparte dediĉis sin al la fondo de Laborlernejo, ke li iniciatis klason por konsciencaj protestantoj kontraŭ militservo, ke li estas socialisto, ne sindikatisto, ke dum dek kvin jaroj li estis socialisto, kaj lastatempe parolis preskaŭ ĉiutage pri la Laboristlernejo.

La prokuroro sugestis ke Maclean celis provoki strikon por devigi la registaron nuligi la Devigan Militservan Akton. Ĝon respondis ke tute ne: li parolis pri deviga militservo, sed nur por montri ĝiajn danĝerojn, kaj li aprobis manifestaciojn kiel rimedon rezisti ĝin.

Li konsentis ke li ankaŭ aprobas strikojn, sed ne por municiaj laboristoj, kvankam ili estas tute laŭleĝaj por aliaj laboristoj laŭ lia opinio. La prokuroro demandis ĉu li neniam konsilis al municiaj laboristoj ke ili striku, kaj li respondis ke li ja faris tion: dum la tumultoj pri la altiĝantaj lupagoj de domoj iu mitingo rezoluciis ke oni donu al la registaro ultimaton kun tempa limigo de unu semajno, kaj tiuokaze Ĝon urĝis la laboristojn al subteno de la rezoluciintoj.

Li protestis ke la policanoj akuzis lin pri tio, kion li ne diris, simple ĉar estis jam decidite, ke oni devos pruvi lin kulpa. Demandite, li konsentis ke li neniam faris paroladon subtenantan rekrutigon, sed li ankaŭ neniam faris paroladon oponantan. Oni elektu mem, laŭ lia opinio.

Fine la juĝisto sumigis. Estis sendube konflikto de atestoj, li atentigis, sed ja ekzistas pruvatestoj subtenaj al la Ŝtato. Aliflanke, se oni verdiktus kontraŭ la Ŝtato, tio signifus akuzi la policon pri konspirado. Li menciis la grandan gravecon en la nuna konjunkturo de la krimoj alakuzitaj, kaj sciigis ke la puno por tiaj krimoj povus esti dumviva enkarcerigo.

La areopago, taŭge imponite de tiuj vortoj, revenis post

hora diskutado, obeeme juĝinte Ĝon kulpa pri la unuaj kvar akuzoj, senkulpa pri la sesa, kaj la kvinan akuzon nepruvita.

Aŭdinte tiun verdikton la juĝisto severe predikis al Ĝon: «Post pacienca kaj longa esplorado kaj enketado oni pruvis vin kulpa, ne la unuan fojon, pri rompo de la reguloj en la Defendo de la Regno Akto.

Je antaŭa okazo tia oni punetis vin nur per tre mallonga enkarcerigo, sendube esperante ke ĝi estos averto kaj admono. Ĝi ŝajne malsukcesis. Estus tempomalŝparo se mi daŭre parolus pri la graveco de la krimo pruvita kontraŭ vi al homo tiel inteligenta kaj bone edukita kiel vi ŝajne estas. Tio estas tute bone konata al vi, kiel al la tuta publiko. Tiu ĉi kortumo kondamnas vin al punlaboro por periodo de tri jaroj.»

Ĝon turnis sin senvorte por lasi la aŭlon, sed el la publikaj benkoj eksonis krioj kiel «Kuraĝon, Ĝon!», kaj li responde svingis la ĉapon. Je tio liaj kamaradoj en la galerio ekkantis «la ruĝan standardon», kaj oni ordonis ke la kortumo malpleniĝu, sed la ofendintoj daŭre kantadis dum ili eliradis. La postan tagon oni monpunis kvar el ili, kiuj arestiĝis pro tiu ĉi manifestacio pri solidareco. Ŝajnis ke nenio povos rezisti la venkon de justeco: nun finfine la laboristoj ekkonstatis sian potencon.

La 13-an de aprilo la proceso kontraŭ Muir, Gallacher kaj Bell komenciĝis en la sama kortumo kaj antaŭ la sama juĝisto. Ankaŭ ĝi estis sukceso por la Ŝtato, kaj oni kondamnis Muir kaj Gallacher al jaro en karcero, kaj Bell al tri monatoj.

La 11-an de majo la kampanjo finiĝis kiam la sama kortumo kondamnis MacDougall kaj Maxton al unu jaro en karcero kaj anarĥiston Smith al kromaj ses monatoj pro posedo de nepermesata literaturo.

PROGRESO

«Jen ĝi!» diris Ina, kaj Dunkan eklevis sian pakaĵon de la trotuaro prepare al eniro en la aŭtobuson, kiu turninte la strat-angulon nun alproksimiĝas.

Li ŝtopis kiom eble plej da sia ekipaĵo en la niĉon sub la ŝtuparo kaj portante la ceteron sekvis Inan al la supra etaĝo.

«Ĉu vi volas sidi sube por gardi viajn pakaĵojn?»

«Ne. Kiu ŝtelus? Cetere, mi povus bone vidi de tie ĉi se iu lasus la aŭtobuson kun ili.»

Ili sidiĝis kune, gefratoj, sed iliaj pensoj fluis sendepende: malgraŭ la fizika apudo, ilia komuna kordoloro je la baldaŭa disiro, kaj la volonto esprimi tion je reciproka konsoliĝo, ili tamen ne povis komuniki tra la nevidebla divida muro. Personaj distroj konstante detiris ilin de komunaĵo, kaj iliaj mensoj nervoze saltetis de unu penseto al alia, eĉ dum ili konsciis kun glaciiga apatio la rapidan pasadon de la tempo kaj la malkreskantan eblon ke ili diros ion kontentigan pri la temo kiu premadas ambaŭ.

La aŭtobuso ekiris, kaj la antaŭe senmova aero nun kvazaŭ ventetis preter iliaj vangoj. Dunkan tremis pro la minac-anta pluvo en ĝi, kiu faras ĝin tombe malvarmeta. De kie ĝi bloviĝas? Li faris kelksekundan provon kalkuli direkton antaŭ ol li rekonstatis ke temas pri ilia propra moviĝo, ne tiu de la aero. Stulte! Ŝajne pluvos – pli ĝuste, pluvetos – kun tiu subtila drezelo kiu tiom oftis dum la pasintaj kvin tagoj, ke pensi pri ĝi jam vekas en li nostalgion.

«Ŝajne pluvos», li diris al Ina. Liaj makzeloj ŝajnis rigidaj; estis peno disigi la dentojn, kaj peno elpensi pluan dirindaĵon post ŝia responda «Jes». Lia tuta korpo – membroj, ŝultroj, abdomenaj muskoloj – estis rigida. Estas la malseko en la aero, la minaco pri pluvo. Tian pluvon li iom ŝatis en la urbego: ĝi emfazis la bonvenigajn varmon kaj lumon malantaŭ la ŝirm-kurtenoj, kaj neniam havis okazon vere malsekigi lin; sed nun – li tremis – ĝi reatentigas ke ĉi tiun vesperon li ne reiros al sia komforta ĉambro en la domego de ges-roj Gascoigne.

Li provadis diri ion al Ina. Li volis konversacii, ĉar li havos sufiĉe da tempo dum la vojaĝo al Francujo repensadi siajn feliĉajn tagojn en Londono, sed li sentis sin stultigita. De kia regiono tiu pluvo venis? Kien ĝi iros?

«Ĉu vi memoris paki la kukon?» demandis Ina.

«Jes, jes.» Mencio pri la kuko stimulis en lia nervaro varmajn spasmetojn, ĉar ĝi memorigis pri la bakado, kiu siavice revokis la ŝercajn veaŭgurojn de Elsa. Li tiam jam sciis ke li ne baldaŭ forgesos ŝiajn vivecajn nigrajn okulojn kaj subitajn ridetojn, kaj nun ŝi estas centoble pli alloga; nun, kiam li revidos ŝin nur unu fojon – se ŝi venos al la stacidomo laŭpromese.

Se ne? Jen la alternativo netolerebla, kies eblo nun turmentas lin. Ŝi havas forpermeson, kaj devas ĉeesti iun post-mortan kunvenon de parencoj, sed promesis ke ĉar ŝi ne povos reiri al la domo sufiĉe frue por adiaŭi lin, ŝi devios returnante por vidi lin ĉe la stacidomo. Ĉu ŝi venos? Ĉu povos? Provos?

Kiel li eltenos la vojaĝon se ŝi ne? Aŭ ĉu la disiĝo estos pli amara ol scivolado pri kialoj? Ne; la tuta forlico surprenos sur

sin en la memoro alian, pli helan, aspekton se li scios ke ŝi fid-
indas kaj ke li iom gravas al ŝi. Sed nun konversacio necesas;
pensi li povos en la trajno – nu, ankaŭ en la ŝipo, kompreneble,
kaj denove en trajno dum diablo scias, kiom longe. Certe ĝis li
ne domaĝos lasi ĝin, kaj tio ja signifos enuegon, ĉar poste ...

★ ★ ★

«March», rimarkis Jano dum lia vagono senhalte glitis preter la
perono. «Kia stranga nomo!»

Ĝi estis nova al li, kaj li ekkonjektis kiajn ŝercojn farus la
knaboj pri ĝi. Tio relevis en lian konscion la amaran konstaton
ke li disiĝas de ili, iras sola al sia nova kazerno. Kia damna
hazardo: la tuta taĉmento, kiu lernis, marŝis, ludis, ektrinkis
kune, nun iras kune por komenci sian novan kurson aliloke –
tio estas, ĉiuj krom li! Li veturas sola al tute alia loko, kie li
komencos sian novan kurson kun por li fremduloj; homoj, kiuj
jam kamaradiĝis dum la trimonata unua kurso, same kiel liaj
antaŭaj kamaradoj, sed kiujn li tute ne konas. Laŭ kiu kanajla
kaprico la aerarmeo elektis ĝuste lin por tiu ĉi stranga transiro?
Stultaj bastardoj!

Ĉiam estas same: oni povas kiel eble plej prudente plani,
aranĝi, antaŭvidi, sed iu idioto, aŭ iu fikita hazardo, kanajlumas
ĉion! Se oni estus aranĝinta la aferon kun ordinara prudento, li
nun estus veturanta en gaja kompanio anstataŭ sola: protektite
de kolektiva denso kontraŭ strango kaj novo, anstataŭ
mordante al si la ungojn pro nervoza scivolemo. Li bildigis al
si la sopirindan situacion, kaj ekfuriozis pro la reala kontrasto.
Kial, je Kristo? Kial?

Li konstatis ke li kliniĝas antaŭen kvazaŭ por rigardadi

la stacidomon, kiu jam forglitis malantaŭen, kaj rektiĝinte eksidis pli komforte, kvankam la nura apogo de la seĝodorso ne sufiĉis por vera lukso. Jen alia afero: se tiu bovulo kiu lasis angulan seĝon ne estus eluzinta tiom da tempo por demeti la valizojn, Jano estus preninta la vakan seĝon; sed kompreneble la impertinentulo kiu nun okupas ĝin vidis de la perono la zorgajn preparojn por eklaso, kaj havis tempon por ensalti kaj laŭiri la koridoron al la kupeo dum la alia kreteno ankoraŭ skrapadas inter siaj havoj sur la seĝo kiel kokino serĉanta vermojn – se vermojn kokinkanajlo ja serĉas. Kompreneble la novalveninto ne hezitis peti pri la vakota seĝo, dum Jano sidis subbrulante. «Ĉeŭ tiu seĝaŭ estaŭs vaka?» Dikhaŭta angla porkulo!

Li elrigardadis la fenestron sopirante belon, esperante pri almenaŭ iom da koloro; sed strietoj de malnova neĝo en la kampaj plugsulkoj prezentis la solan kontraston kun la ĉiea grizbruno. Kia mondo!

Estas kvazaŭ ĉio komplice spitante lin malheligas al li la mondon. Ĉu estas nenio gajiga sur la horizonto? Ĉu pli bone se la knabino estus veninta al la stacidomo laŭpromese? Aŭ ĉu lia humoro estas tro nigra por kontentiĝi pri tio? Cetere kial kontentiĝi? Kion ili estus farintaj krom adiaŭi? Tamen, ŝi estis pika? Kia ŝi aspektis?

Li provis rekapti la vizaĝon, kiun li perceptis tra la haladzoj de hieraŭ vespere ĉe la balo. Jes, kvar botelojn da biero li trinkis, kaj li jam sentis sin iom pli gaja pensante pri tio. Estas konsole pensi ke ekzistas tia kapturna leviĝo de la sentoj, kaj cetere li jam imagis sin klarigante al la knaboj kiam li reiros hejmen, kiom ebria li estis: ne nur ridema kaj stumblalanga, sed vere aŭdace, kaj kiam ili aŭdos pri lia konversacio kun Neville en la taverno kaj pri tio, kion li diris al la kelnero ...

Flosante sur la kulmina ondo de tiu ebrio li renkontis la knabinon, kaj ŝi ja aspektis rava tiam, kun blonda hararo, sed nigraj brovoj super la grizaj okuloj. Pri la koloroj li estas certa, kvankam li ne povas bildigi al si precize la trajtojn, la esprimon kiu karakterizis ŝin. Ŝi estas studentino ĉe tiu seminario – eble tial ŝi ne povis veni al la stacidomo por adiaŭi, precipe ĉar ŝi ne reiris al la dormejo hieraŭ vespere ĝis post la laŭregula horo.

Ankaŭ tiun aventuron li mencios al la knaboj. Li fosis en la poŝo: ne, li ja havis iam dum la vespero ŝian poŝtukon, sed stulte redonis ĝin, kvazaŭ ne temus pri la lasta, la fina, fojo. Malkontente li demandis al si kial li devis renkonti ŝin ĝuste kiam li foriros: estus multe pli kontentige revidi ŝin ol porti trofeojn.

Kaj nun li ne estas eĉ kun la kamaradoj! Alie li povus paroli pri la afero, ĉar pluraj vidis lin kun ŝi ĉe la balo, kaj elteni iliajn ŝercojn kaj aludojn pri tio estus same plezurige kiel regustumi la duonfizikan, duonmemoran restaĵon de ŝia parfumo. Estas damninde! La tuta aranĝo estas kanajla!

Li rigardis al la poŝhorloĝo, kaj rigidiĝis pro nervozo konstatante ke restas malpli ol horo antaŭ ol la trajno atingos lian haltejon. Li volis kaj nevolis ke la vojaĝo finiĝu, ĉar li ne ĝuas ĝin, sed timas la finiĝon – kio aparte kaŭzas ke li ne ĝuas ĝin! Kio okazos? Li devos telefoni por transporto al la aerkampejo, kiu komprenebLe ne estas apud la fervojo. Tion li rajtas fari, ĉar ne estas lia kulpo ke la kretenoj sendas lin solan al la nova kurso. Kial li pardonpetu pri tio? Li estas fike enua pri la tuta aranĝo; ili sendu transporton al la stacidomo por li se ili volas vidi lin. Alie li simple restados tie en la stacidomo: ne estas lia kulpo se li ne povos raporti al la komandanto ke li venas, sanas kaj pretas laŭdeve deĵori. Ne estos lia kulpo: li liveros sin al la stacidomo, atentigos ke li estas tie, kaj poste estos ilia devo transporti lin.

Sed ne! La taĉmento veninta de la alia prepara kurso veturas laŭ la sama trajno: li transportiĝos kun ili. Ondo de dankemo superverŝis lin. Kompreneble, li simple devos kontaktiĝi kun ili!

Iom pli gaje li prezentis al si la baldaŭan futuron. Lia sopiremo jam ne etendis sin al post la alveno ĉe la kazerno, sed nur al la ekveturo de la stacidomo. Tiam li denove estos en la socio de kamaradoj – novaj ja, sed almenaŭ komforte nombraj, protektaj kontraŭ la neceso fari decidojn.

Dum kelka tempo li permesis al si ioman leviĝon de la spirito pensante pri tio, sed iom post iom la strangeco de liaj novaj kamaradoj impresis sin sur lian imagon, kaj liaj nervoj ekstreĉiĝis. Li ne povis bildigi ilin kiel simpatiajn, sed male imagis ilin kiel esence fremdajn kaj superecajn. «Kial ili ne estu kiel Neville kaj la aliaj knaboj, kiujn li ĵus lasis?» lia racio argumentis; sed lia imago kontraŭis ke ne estas sama afero: Neville kaj la aliaj estis sufiĉe taŭgaj por komenca kurso, sed nun temos pri tute alia afero: fluga kurso. Estas vere, ke liaj novaj kamaradoj ĵus venis de unua kurso, kiel li, sed ili estos pretaj por la dua kurso, dum li ne. Li kaj liaj amikoj pro iu eraro, senintenca trompo, trafuŝis la kurson: li estis unike bonŝanca ke li trovis sin kun tiaj simpatie nekompetentaj specimenoj, sed nun ne plu estos eble falsi atingojn. Liaj iamaj kamaradoj fuŝos kune, en bona humoro, sed li, pro iu fika stulta eraro de arkivulo, estos sola, izolita en korpuso de la elituloj, kiuj superece rigardos liajn baraktojn kun milda surprizo, scivolante de kie li leviĝis en iliajn vicojn. Lia racio argumentis ke ĉio ĉi estas sensencaĵo, sed lia memoro demandis ĉu la homoj, kiujn antaŭnelonge li vidis sur la perono prelude al entrajniĝo vere similas al la amikemaj fuŝuloj al kiuj li apartenas? Ĉu ili ne pli ĝuste similas al veraj aviadistoj?

Li provis varmigi sian kuraĝon pensante pri la knabino, teksante revon sur tiun ĉi veran kaj aktualan bazon, sed lia kuraĝo restis frostigita. Ĉiam estas same: tiu romantika sensencaĵo neniam daŭras en la tagolumo. Estas facile imagi heroaĵojn kiam oni senzorge dormemas en fotelo aŭ kuŝas sur somera herbejo, sed sidante sur ponardopintoj estas malpli facile vati la animon kontraŭ la realo. Cetere, ŝi ne venis por adiaŭi lin. Kial sintrompe kredi ke tio estis nur pro malpermeso parte de ŝia seminario. Se estis eblo pri tio, ŝi estus menciinta ĝin hieraŭ vespere. Ne; temis pri tio ke ŝi ne sufiĉe interesiĝis por fari la necesan peneton. Kaj kial ŝi ja? Ŝi sciis ke ŝi neniam plu vidos lin; do kial veni por fari korŝiran adiaŭon post unuvespera konatiĝo? Virinoj estas pli logikaj ol viroj pri tiaj aferoj.

Certe li estos dankema kiam li estos akceptita en la novan reĝimon, kiam la persista marteleto sub liaj ripoj ĉesos, kaj la doloro kaj streĉiĝo lasos lian abdomenon. Kiel li progresos? Kiel li rilatos kun la novaj kamaradoj? Li scivolis pri la demandoj jam pli flegme racie, pesante siajn jamajn atingojn kontraŭ konjektitaj bezonoj.

La trajno ekbremsiĝis, kaj malvarma tajdo flusis en li. Li ekstaris, fleksante rigidajn muskolojn, kaj ekdemetis siajn pakaĵojn de la breto provante forekzerci siajn timojn per la aktivo. Nun for!

★ ★ ★

Lasinte la fiakron Ina promenis per decidaj paŝoj tra la enirejo, studis la tabularon en la vestiblo, hezitis momente antaŭ la ŝtuparo, kaj poste repaŝis al la liftokavo kaj premis la signal-butonon. La kontraŭ-pezaĵo glitis supren, kaj momenton poste la lifto aperis kaj la kradopordoj klake malfermiĝis.

«Trian, mi petas», diris Ina enirante.

Ŝi konsciis pri la rigardado de la gvidisto dum la lifto glitis supren, kaj subpremante instinktan deziron eviti ĝin, re-rigardis senpalpebrume rekte en liajn okulojn.

Tio ne embarasis la viron, sed ŝajne decidigis lin paroli.

«Estas nekutime ke fraŭlinoj uzu la lifton», li diris.

«Ĉu? Viroj portiĝas, sed virinoj devas grimpi?»

«Nur la estroj kaj iliaj vizitantoj – kiuj ĉiam estas viroj – neniuj dungitoj.»

«Do, se mi iam fariĝos dungito, mi zorge evitos.»

La viro mordis unu ekstremon de siaj flave blankaj lipharoj.

«La fraŭlinoj fariĝas tre aplombaj», li gruntis malfermante la pordojn. «Estas tiu ĉi damnita milito. Tria.»

Ina elpaŝis la lifton sufokante deziron demandi, ĉu li kutime blasfemas antaŭ fraŭlinoj, ĉar ŝi sentis ke ŝi jam sufiĉe incitis lin. En la nuna nestabila konjunkturo amikojn ŝi bezonas, ne malamikojn.

Ŝi trairis pordon kun «Mulgrew & Cassim» nigre skribita sur la blanka vitro de la supra parto, kaj haltinte antaŭ la kontoro kiu frontis ŝin elprenis koverton el la mansaketo. Ĉe kontraŭa flanko de la kontoro virino en blanka bluzo kaj bruna jupo, kiu sidis antaŭ tablo kun skribmaŝino nun leviĝis kaj alproksimiĝis kun demanda mieno. Ina proponis al ŝi la koverton.

«Oni petis al mi veni je la dua», ŝi klarigis.

La virino turnis la fermitan koverton en la manoj por pli

bone rigardi, kaj ŝajne rekonante la manskribon sur la antaŭo, kapjesis ridetante.

«Mi informos s-ron Guest ke vi alvenis», ŝi diris, kaj malaperis malantaŭ la vando, kiu dekstre flankis la kontoron. Ina aŭdis la tiktakon de ŝiaj paŝetoj malgraŭ la skrapoj kaj murmuroj, kiuj sonis en la ĝenerala oficejo malantaŭ la vando, kaj poste pordo malfermiĝis kaj refermiĝis.

Ina provis anime prepari sin, surmeti la aplombon, kiun la lifta gvidisto supozis tiel natura en ŝi. Ŝi decidis jam pri la sinteno prezentinda, kaj nun estos la okazo – pli ĝuste ekde nun estos la okazo, ĉar hodiaŭ se tiu ĉi s-ro Guest konfirmos la akcepton, kiun ŝi jam gajnis en intervjuo kun lia superulo, ŝi renkontos siajn novajn kolegojn. Dum la milito multaj tradicioj mortas, kaj ĉiu tago naskas precedencon, sed la ĝenerala sinteno al domservistinoj estas ankoraŭ tre rigida, kaj ke oficistoj bonvenigu trudinton de tiu klaso kiel kolegon estas ja aŭdaca espero.

La virino en la bruna jupo revenis.

«S-ro Guest atendas vin», ŝi sciigis kun denova rideto kaj, malferminte la pordeton ĉe la flanko de la kontoro, signis ke Ina eniru, aldonante kvazaŭ bonvenige kiam tiu obeis: «Mi estas f-ino Joyce.»

Irlanda nomo? Varma afablo. Bone! Ina sekvis sian kondukantinon tra la ĝenerala oficejo, konsciante la scivolemajn rigardojn de la viroj tie, malgraŭ iliaj ĝentilaj klopodoj ŝajni okupitaj kiam ili sentis ke ili estas en la sfero de ŝia vidopovo.

F-ino Joyce malfermis pordon, denove kun nigraj literoj sur laktokolora vitro, kaj tenis ĝin invite malferma. Ina eniris, igante siajn rigidajn lipojn rideti kun natura facileco al la viro kiu sidis malantaŭ granda mahagona tablo apud la fenestro.

Tiu leviĝis kaj etendis bonvenigan manon, kiun Ina prenis kvazaŭ ŝi kutimis al dungontoj, kiuj salutas manpreme.

«F-ino Maclean? Bonvole sidiĝu», la viro invitis, kaj Ina klinigis sin en la indikita seĝo, dum f-ino Joyce postenis diskrete en la fono. Ina jam scivolis kiel tiuj avangardaj firmoj aranĝas pri tiaj situacioj.

«Nu, f-ino Maclean, la laboro ĉi tie estos al vi tute nova ...»

«Jes ...»

«Vi havas neniun sperton pri io iel simila?»

«Ne.»

«Sed aliflanke la rekomendo de s-ro Gascoigne estas tre entuziasma, kaj mi ne povas imagi kial vi ne sukcese plenumos viajn taskojn ĉi tie; nur necesos konscienca kaj prudenta sinteno.»

«Mi provos laŭeble plenumi ĉiujn taskojn absolute kontentige.»

«Certe. Estas precize konscienco kaj prudento – kaj honesto – kiujn s-ro Gascoigne laŭdis en vi, kaj tiuj kvalitoj sufiĉos por viaj deĵoroj ĉi tie – kun eble ioma kapablo kalkuli, por helpi al f-ino Joyce de tempo al tempo. Ĉu vi kalkulas, f-ino Maclean? Jen, ĉu vi bonvolos kalkuli tiujn kolonojn?» kaj li proponis al ŝi paperon kuŝintan prete apud lia mano sur la tablo.

Ina rigardis la kolonojn de ciferoj, kaj varma memfido je la ekvido degelis la momentan frostiĝon de ŝia pensaparato. Ciferoj ĉiam donis al ŝi tiun senton; eĉ en la lernejo ŝi ĉiam entreprenis kun vera plezuro iujn problemojn solveblajn per manipulado de tiuj fidindaj simboloj kun iliaj konstantaj valoroj.

Post momenta hezito ŝi tuj atakis la funtan kolonon anstataŭ pli zorgeme unue trovi la valoron de la ŝilingoj kaj pencoj. «La unua», ŝi diris, dume farante rapidan kalkulon pri la funtoj aldonendaj de la ŝilinga sumo, «estas tri mil sepcent kaj – kvindek sep funtoj, dek kvar ŝilingoj, kaj – naŭ pencoj. La dua – du mil tricent kaj okdek du funtoj, tri ŝilingoj precize.»

«Ĝuste, ĝuste. Dankon, f-ino Maclean», s-ro Guest interrompis pluajn provojn. «Nu, vi povos esti granda helpo al f-ino Joyce. Eble ni povos pli ampleksigi – ni vidu – kompreneble vi ne stenografias, nek tajpas? Ne, domaĝe. Tamen ...» Dum tiuj diroj li fosis en la paperoj sur sia tablo, kaj ne trovinte tie tion, kion li serĉas, poste provis la tirkestojn. Fine kun kontenta «Ha, ĉi tio sufiĉos» li eltiris paperon.

«F-ino Maclean,» li diris, kontrole legante ĝin, «jen estas senorda notaro pri specimenoj bezonataj, kaj la motivoj por tiuj. Ĉu vi povos kun tiuj faktoj antaŭ vi skribi leteron al la Ministerio pravigante mendon de ili? Ĉu vi volas paperon kaj krajonon por prepari ĝin?» li proponis ambaŭ al la kapjesanta Ina kune kun la notaro. «Ne necesas tro rapidi», li aldonis. «Mi povos – jen tiuj paperoj», kaj li ekordigis iujn paperojn sur sia tablo prepare al lego.

Ankaŭ tiu ĉi tasko neniel perturbis Inan. Krom sia tute adekvata formala edukado, ŝi devis kopii multajn el la predikoj de sia avo, kiu ankaŭ kuraĝigis ĉiujn siajn nepojn, kiel antaŭe siajn gefilojn, praktikadi sisteman kaj elegantan prozan stilon, stimulante ilian entuziasmon per laŭnecesa aplikado de sia bastono. Dum s-ro Guest susurigis paperojn kaj mordadis mediteme la polekson, Ina aranĝis la bezonojn kaj pravigojn en konvena ordo, aldonis enkondukan kaj konkludan paragrafojn kaj redonis la paperojn al li.

«Mi ellasis la salutajn kaj fermajn formulaĵojn», ŝi atentigis, ne menciante ke ŝi ne certis pri tiuj en komerca letero.

«Kompreneble», aprobis s-ro Guest kun forbalaa man-
svingo. «Mi ne interesiĝas nun pri tiuj aŭtomataj aldonaĵoj.»

Ina studis la klinitan kapon dum li legis. La nigraj haroj,
kombitaj rekte malantaŭen, ne estis tiel dikaj sur la verto, kiel
oni supozus. Male, Ina scivolis ĉu li aranĝas siajn harojn tiel por
kaŝi la sendube aperintan kalvecon. La cedo de la harlinio ĉe la
tempioj aliflanke estas alloga en li, kiel en la plej multaj viroj –
digne distinga. La frunto estas ruĝa, la nazo iomete sponga, la
brovoj kaj lipharoj dense nigraj kun arĝentaj strietoj.

«Hm, jes», diris s-ro Guest fine, rerigardante ŝin. «Eble ni
povos trovi pli ampleksan gamon de deĵoroj – domaĝe ke vi ne
tajpas – tamen, ni vidu. F-ino Joyce, enmetu novan reklamon
por ĝenerala helpantino – kaj prezentu f-inon Maclean al la
ceteraj. Kiam vi povos komenci la deĵoradon, f-ino Maclean? Ĉu
lundon?»

«Jes, certe,» respondis Ina ekzaltiĝinte, «kaj – dankon.»

«Tute ne. Mi estas certa ke vi estos granda helpo al ni. Ĝis
lundo, adiaŭon do.»

La viroj en la ĝenerala oficejo estis ĝentilaj, kaj iom necertaj
dum la prezentoj, esperante kun evidenta sincero ke ŝi estos
feliĉa dum ŝi laboros ĉi tie. Ili estis ĉiuj mezaĝaj, krom knabo
kiu helpas ĝenerale, laŭbezone, ĝis oni alvokos lin al militservo.
Ina jam sciis ke ŝi estos sufiĉe kontenta ĉi tie. Tre verŝajne la
ĝentilulo tie en la ĉefa oficejo ne menciis de kia laboro ŝi venas
al ili. Ina forte suspektis ke li kaj lia kolego nur akceptis ŝin
pro respekto al s-ro Gascoigne komence; sed ŝi skuis lin hodiaŭ.
Kaj kial ne? Estus tragike se ŝi malŝparus la vivon farante
humiligajn taskojn por homoj, kiuj ne komprenus ke ŝi, kiel ili,
povas havi ne nur menson, sed ankaŭ ne malbonan edukadon.

Tamen estis des pli afable parte de s-ro Gascoigne ke

li donis al ŝi la rekomendon, kiam ŝi diris ke ŝi serĉos novan specon de laboro. Ŝi ne volis lasi lin kaj lian elegantan edzinon, precipe post ilia afablo al Dunkan, sciante ke estos malfacile por ili trovi taŭgan anstataŭonton dum la milito. Tial ŝi sciigis pri sia decido antaŭ la forpermeso de Dunkan por doni al ili okazon ne inviti lin, sed komprenelbe ili estas ĝentilhomoj, kaj s-ro Gascoigne nur petis ŝin atendi ĝis li parolos al siaj avan-gardaj amikoj en la komerca sfero, kaj tiu ĉi intervjuo estis aranĝita antaŭ ol Dunkan eĉ hejmenvenis. Kaj jen nun, unu tagon post lia reiro al Francujo, ĝi jam okazis.

Sed tio ĉi estas pli bona ol ŝi atendis: estas evidente ke la manko de viroj kreis vakuon ne facile pleneblan ankaŭ en la komerca mondo: pro tiu feliĉa hazardo ŝi ne nur povos fari la savan paŝon el la domservuteco, kiu alie tute neeblus, pro malhelpa tradicio, sed ŝi ankaŭ estos sufiĉe komforta inter siaj novaj kolegoj: la viroj estos mezaĝe ĝentilaj ĉe la relative maloftaj intertraktoj kun ili; de f-ino Joyce ŝi jam sentis la simpatiajn radiojn; kaj, por la laboro ŝajne destinita, ŝi jam montris sin pli ol kapabla, kio signifas ke ŝi anstataŭe devos fari ion pli konvenan al sia talento.

Jes, ŝi rajtis esti kontenta pri sia nova sfero.

★ ★ ★

La ŝarĝveturilo portis Dunkan de la trajna haltejo ĝis ruinigita vilaĝo nur tri mejlojn for de la sekcio tenata de lia kompanio, kaj marŝinte li atingis la stabejon de la subtena pozicio antaŭ krepusko.

Lia kompanio nur tiun tagon eniris la antaŭtranĉeon por tritaga deĵorado, kaj oni baldaŭ trovis manĝoroton, kiu gvidos

lin al ĝi. Ili venis al la supro de malgranda deklivo de kiu ili povis
vidi la fronton, kun la britaj tranĉeoj laŭkutime en la fundo de
la valeto, kaj jam Dunkan povis flari la strangan acidan odoron,
kiu ŝajnas tiel konata, kvankam li certe jam ne rimarkis ĝin en
la semajnoj antaŭ sia hejmeniro. Malgraŭ la krepusko, la blankaj
strioj de kalko en la tranĉeaj sulkoj videblis, prezentante la
solan kontraston kun la cetere ĉiea grizbruno. Sur la kontraŭa
supro li imagis videblaj la remparojn de la malamika fronto, kaj
ie malantaŭ tiu, kanona baterio aktivis, sendante plorzumajn
obusojn al iu celo ne tro malproksime al la dekstro de la eta
grupo. Maŝinpafilo taktakis ie en la sensencaj tranĉelinioj.

Estis malseka, preskaŭfrosta vespero en kies aero estis
malfacile decidi ĉu subtila pluveto falas, aŭ ĉu insidaj haladzoj
leviĝas. Certe vestoj ŝajnis superfluaj kontraŭ ĝia penetra mal-
varmo. La peza nubtavolo ne tute povis kaŝi signojn de la sub-
irinta suno, kiu tinkturis ĝian bazon en la okcidento kun mal-
hela ruĝo.

Liaj gvidantoj trovis la komunikan tranĉeon, kaj laŭirinte
tiun kun multaj sakroj pro foja enmaŝiĝo en radiodrato,
kiu elfalis la tenilojn sur la tranĉea muro, ili fine venis al la
antaŭtranĉeo, kaj bonvenigaj kamaradoj. La entuziasmo estis
plejparte por la manĝo, sed inter la multaj duonkonataj, kaj eĉ
tute fremdaj, vizaĝoj Dunkan rimarkis kelkajn konatojn, kiuj ĝoje
salutis lin, farante demandojn ne nur pri lia sano, sed ankaŭ pri
novaĵo dehejma, kaj akceptante kun plezuro la cigaredojn, kiujn
li reportis kun si por disdono. La kontakto kun siaj kamaradoj
iom varmigis lian malvarmiĝintan koron, kaj subite li sopiris
la socion de Georgo kaj Mat. Duontimeme li demandis pri ili,
sed antaŭ ol iu povis respondi, oficiro kolere admonis ilin pri la
sekvoj de tiu kunpremiĝo en la mallarĝa tranĉeo, kaj ordonis ilin

al siaj postenoj. Li agnoskis la revenon de Dunkan, kaj indikis subfosaĵon apudan, kie li povos ripozi. Dunkan obee klinis la kapon kaj eniris la kandele lumigitan kavaĵon, kie pluraj soldatoj dormis kaj kartludis. Unu el la ŝajnaj dormantoj forŝovis la ŝirman ĉapon de la okuloj por rigardi la eniranton.

«Dunkan!» li ekkriis.

«Mat!» Dunkan ĵetis sin surgenuen, kaj la kamaradoj kubut-en-mane ĝojskuis sin reciproke. «Mat, kiel vi fartas?»

«Kiel ĉiam – sanegas.»

«Kaj Georgo?»

«Georgo kuglon kaptis.»

«Eh?»

«Jes. Ni faris lokan atakon por trovi, kiu regimento frontas, kaj Fairlie perdiĝis dum la reveno, sed ni povis aŭdi lin veantan en kratero ie. Georgo eliris kun tri-kvar aliaj por trovi lin antaŭ ol tagiĝos, sed oni maŝinpafis laŭhazarde kaj kuglo frakasis la kranion al Georgo. Ili pafas malalte, ĉar ili scias ke ni krablas.»

«Ĉu li estas morta?»

«Ne kiam oni forportis lin, sed la kranio frakasiĝis sur unu flanko, kaj oni ne multe esperis. Ni aŭdis nenion plu ĝis nun. Mi skribis al lia hejmo.»

Dunkan memoris la novajn vizaĝojn, kiujn li vidis inter la konataj ekstere. Malgraŭ ili, estas kvazaŭ li neniam foriris: la ŝanĝiĝo estas trompa: ĉio kondukas al sama, jam preparita, situacio. La fronto ŝanĝiĝis dum lia mallonga foresto. Li ne revenas, sed venas al io nova. Kaj tamen, ne: estas kvazaŭ li neniam foriris; tiuj ŝanĝoj estas esenco de la vivo ĉi tie, kaj sento pri vera ŝanĝiĝo estas trompa. Estis tiele eĉ antaŭ ol ĝi okazis: li devis veni al tio; ĉio kondukis al tiu ĉi sama, preparita situacio; preparita, preta akcepti lin.

Li donis la restantajn cigaredojn kaj blokon da tabako al Mat, fosis en la tornistro por la kuko kaj eltranĉis grandajn porciojn. Mat akceptis sian rikanante je plezuro, jam ne pensante pri Georgo – almenaŭ ne dum la nuna momento – kaj la momento mem fariĝis des pli emocia por Dunkan, kiu ĉiam prezentis al si la plezuron, kiun donus la kuko al ambaŭ kamaradoj. Tio parte kontraŭpezis por li dum la longa vojaĝo la kordoloron, kiun vekis ĝiaj ligoj kun la pasinteco, kun la knab-ino kiu ne venis adiaŭi lin. Nun ĝojo anticipita, kiel ĝojo perdita, jam ekfuĝas lin: ili estas unu, samaj.

INSPIRO

Post iom malpli ol dumhora veturado la aŭtobuso luita de la trupo alvenis ĉe la domo de Sir James Robertson, kiu mem akceptis ilin kun la konscia degno de burĝo aspiranta la senkonscian dignon de ĝentilhomo.

La cetero de la artista ensemblo kunvokita por la evento konsistis el loka basbaritonulo konata pro talento rilate skotajn kaj irlandajn popolkantojn; renoma glasgova komikisto; spertulino pri gaelaj folkloraj kantoj, kaj la aŭstra sopranulino, kiun Bob jam menciis al Donald, kiel eventuale la solan vere ekscitan eron en la programo, kiun oni sendis al ili.

La koncerto estis okazonta en salonego kun scenejo improvizita sur podio ĉe unu fino, kaj vicoj da porteblaj seĝoj por la aŭskultantaro. Post akceptaj ĝentilaĵoj la trupo, kiu ludos kiel antaŭlasta ero, lasis la instrumentojn en oportuna loko, kaj staris apud la salonega pordo por aŭskulti la aliajn artistojn. Ĉiuj tiuj estis gastoj de Sir James, minimume por la semajnfino.

Je anticipa aplaŭdo oni anoncis Peter Murray, la popularan kantiston, kaj vestite en pudre blua tuniko kaj kilto el moderne hela tartano, tiu eniris kun iom zorge dignaj paŝoj, kaj riverencinte al la aŭskultantaro kaj al sia pianista akompanontino, skuetis la manikajn puntojn kun liberiga gesteto, fingrumis la ĵaboton, kaj turnante la okulojn supren, lanĉis sin en emocian prezenton de preferata kanto pri la avinhejmeto en la montaro.

«Li bone oleis la laringon», Bob flustris.

Donald kapjesis ridetante. Estis evidente, ke la kantanto jam elprofitis la viskistokon de sia gastiganto, kaj la nature plaĉaj tembroj de lia voĉo tiriĝis en ploreman moduladon emfaze pri lia nostalgio.

Tamen li plenumis sian kontribuon je la evidenta kontentiĝo de la aŭskultantoj, kiuj aplaŭdis inter ĉiuj kantoj, kaj konvene pli longe ĉe la fino.

Sekvis la gaela kantistino, kiu akompanis sin per la malgranda kelta harpo. La kantoritmoj estis pli subtilaj ol la popularaj, kaj mankis iuj dramecaj efektoj ĉe la harpeto; sed oni venis kun intenco ĝui sin kaj subteni indan entreprenon, kaj cetere s-ino kiel-ŝi-nomiĝas estas agnoskata, kiel spertulino. Sekve, oni kunfrapis la polmojn je la fino kun la obstine emfaza ritmo, per kia kummanĝintoj kuraĝigas renoman sed ne tre lertan parolinton, kvazaŭ ili singarde porciumas la kunfrapojn por tradaŭri la tempon difinitan de deco, kaj kompensas per pezo la intermitecon.

La pleba elemento de la aŭskultantaro tamen perfidis sin per la senkaŝa entuziasmego, kiu bonvenigis la trian eron de la programo: la prezenton de la komikisto. Kelkcent personoj ĉeestis, kaj nur manpleno el tiuj faris sian kontribuon al la Ruĝa Kruco kun iu espero pri monduma promocio. La nuna aplaŭdego kaj eĉ fajfadoj – en Britujo signo de alta, sed vulgara, aprobo – malkaŝis, kio stimulis la aliajn, la plejmulton, al biletaĉeto.

La ludontoj aŭdis nur la komencajn ŝercojn, ĉar ili devis foriri por pretigi sin por propra prezento. La flutaristoj harmoniigis siajn instrumentojn, kaj poste ĉiuj kuniĝis en la apudpodia ĉambro por aŭdi la finon de la komikista prezento tra la malfermita pordo, kiu funkciis, kiel ala enirejo al la podio.

Fininte sian prezenton, la komikisto agnoskis la ripetitajn bisaklamojn per kelkaj reiroj kaj riverencoj, sed fine li cedis, kaj la trupo enmarŝis kaj traludis sian aranĝitan repertuaron kun la glata seninterrompo inter melodioj, kiun postulas la sakflutaro, fine marŝante laŭ ŝtupareto antaŭ la podio tra la aŭlo mem, kaj el la granda pordo en ĝia malantaŭo. Nur tiam ili ĉesis ludi, kaj lasinte la instrumentojn, iuj iris serĉi trinkojn, dum aliaj, inkluzive Bob kaj Donald, rapidis al sia antaŭa pozicio por aŭdi la lastan eron dum la aplaŭdado por ili ankoraŭ daŭris.

La klakado de kunfrapataj polmoj perdis sian ritmon, flagris, kaj ĉesis. Ĝin anstataŭis tusoj kaj murmuroj, kaj skrapadoj de seĝoj kaj ŝuoj, dum oni scivoleme atendis la sopranulinon. Bob rigardis sian programon, sed ĝi ne menciis, kion ŝi kantos.

«Tamen, mi vetas, ke ŝi bonege kantos», li asertis. «Ŝi estas aŭstrino ja.»

«Sed sopranas,» Donald atentigis skeptikeme, «kaj ekzistas nur du specoj de soprano: ĉielaj kaj nenielaj, kaj la unuaj estas maloftegaj.»

«Ta, oni diras, ke ŝi kantis en operoj en Vieno kaj Italujo. Do ne estu tiel snoba.»

«Kaj oni diras, ke ŝi estas amikino de juna Robertson», Donald replikis. «Mi ne povas imagi, ke ŝi ne kuspos al mi la timpanon – sendube per ‹Papilio›», li aldonis por abortigi la evidente venontan proteston de Bob, kaj sammomente la diskutito surpaŝis la podion, eligante el la rigardantaro longan suspiron, kiu en kelkaj lokoj akriĝis en ion tre similan al admirofajfoj. Bob estis unu el la kulpantoj, kaj ekscitite kubutumis Donaldon pruve pri senhonto tiurilate.

La kantonto estis pompa blondulino, kaj ŝia robo ne malhelpis, ke oni konstatu la korpan belon egala al la vizaĝa. Iu rozkolora ŝtofo, kovrita de korsaĵo ĝis juporando per aĵura nigro, tiel strikte konvenis al ŝia busto, ke la limo de la dekolto ne tuj percepteblis. Ankaŭ la jupo estis iom strikta, sed ĉirkaŭ la genuoj ĝi ja elstaris je faldaroj, donante aspekton de orfiŝo, kiel Donald acide pensis. Li senpacience forskuis sin de la trudaj atentigoj de Bob, kaj ŝajnigante kapti ion antaŭ ties vizaĝo, proponis la pugnitan manon, kun seka «Jen».

«Kio?» Bob demandis.

«Viaj okuloj! Remetu ilin.»

La replikon de Bob interrompis anonco de la plej aĝa filo de Sir James. Tiu havis la grandan honoron, k.t.p., k.t.p. ... prezenti f-inon Donner, kiu nun kantos arion el «Turandot».

«Jen», Bob kvazaŭ akuzis.

«Jen kio?»

«Vi diris ke ŝi kantos ...»

«Pa! Mi ne pretendas pravon pri ĉiu detaleto. Ĝi estis tute prudenta prognozo – pri atendindaĵoj.»

«Do ni atendu.»

«Jes.»

Ili ne devis atendi longe antaŭ ol la pompulino plene malkonfirmis la supozojn de Donald. Ŝi sendube posedis unuarangan sopranon, kaj senmankan teknikon. Kun ŝajna senpeno ŝi ellasis la ĉielide purajn tonojn; sen streĉo de vizaĝo, sen ŝvelo de gorĝo ŝi akomodis sin al ĉiu nuanco de la korekzalta melodio. La manoj sen iuj nervozaj tordoj tenis loze fermitan ventumilon, kaj sur la vizaĝo estis facila duonrideto, kiu ĉe ĉiuj paŭzoj plilarĝiĝis kun samtempa mallevo de la palpebroj, kvazaŭ ŝi katinkontente baniĝas en la sensona admiro de siaj aŭskultantoj. Je la fino Donald entuziasmege aplaŭdis, kaj aŭskultis kun bonhumoro la ŝercajn pikojn de sia amiko.

«Mi eraris», li konfesis senĉikane. «Ŝi ne estas malbona.»

La koncerto estis finita, kaj la balo komenciĝonta. Ioman bontonon oni garantiis per alteco de la biletoprezoj por ĉi tiu, kaj malpli ol duono de la koncertaj ĉeestantoj restis post la forporto de la seĝoj.

Donald, kaj unu el liaj kolegoj, kiuj de tempo al tempo ludis ĉe diversaj baloj en Glasgovo, nun devos deĵori laŭvice por la riloj, dum dancorkestro plenumos la plej grandan parton de la programo. Kiam ili ne ludis, ili teorie rajtis danci; sed, kiel la cetero de la knaboj, ili emis rezigni la rajton, ĉar iuj petoj al la tieaj fraŭlinoj estis duoble malbonvenaj: ne nur estis konflikto de klasoj fakta aŭ imagita, sed la alta kosto certigis, ke malmultaj fraŭlinoj venis individue. Entute, Donald estis kontenta kiam li finludis la lastan rilon tuj antaŭ la intervalo, kaj provizore formetante la instrumenton, li kalkulis al si la horojn ĝis la foriro, domaĝante la dormon perdotan por tia enuiga afero. Nu, sufiĉe! Iom da viskio sendube gajigos la koron.

Li trovis sin sola, kaj ĉirkaŭrigardis. Iuj el la dancintoj staris en grupoj babilantaj; aliaj, ĝenerale brak-en-brakaj duopoj, ekiris al la teraso tra la duoblaj vicoj da nigraj kurtenoj antaŭ la grandaj fenestroj. Apud li staris aparte granda grupo konsistanta el febre spritantaj viroj ĉirkaŭantaj la ridetantan sopranulinon. Koincide kun la alrigardo de Donald ŝi turnis la okulojn al li kaj pli streĉe ridetis, ĉu pro ĵusa spritaĵo aŭ ĉu ...

Oni promesis, ke estos multe da viskio. Kie ĝi estas do? Kaj kie estas la knaboj? Eble sur la teraso, aŭ ĉu en la kuirejo? Jes, «sub la salo» kompreneble. Bone! Pli bone tie ol inter tiuj ĉi henantaj azenoj. Li iros serĉi ilin.

Unue tamen li lasis la rigardon vagi al la grupo de galantuloj. Denove la fokuso de atento rimarkis lin, kaj daŭre gvatadis ridetante, dum preskaŭ neperceptebla mallarĝigo de la okuloj ŝajnis intensigi ilian fajrerantan brilon.

Donald daŭrigis sian ĉirkaŭrigardon, kvazaŭ li ne aparte rimarkis ŝin. Kion ŝi faras? Ĉu ŝi volas, ke li aliĝu al ŝia papiliaro? Tinearo? Tiu histriona okulumado! Ne, li ne imagis ĝin, kvankam ĝi estas preskaŭ nekredebla. Li ne volis ofendi ŝin per kruda ignoro, sed damne embarase! Li nepre foriru, sed ne tro abrupte: nur tute ĉirkaŭrigardinte la salonon, forpromenu serĉante.

Ha, sed jen trinkoj! Li signalis al la kelnero, kaj prenis glason kun danksopiro. Hm, iom malgranda! – strange, kiel tiuj burĝoj devas sklave imiti la anglojn, eĉ je la mizeraj trinkkutimoj. Li glutis la likvoron, kaj faris grimaceton je la benzineca maldenso. Ho, la fripono! Ĉu tian li tenas en la kelo por fremduloj? Por siaj gastoj? Amikoj?

Dezirante trovi lokon konvenan por lasi la glason antaŭ ol foriri, li ĉirkaŭrigardis, kaj rimarkis, ke fraŭlino Donner, ankoraŭ ridete turnante la okulojn de tempo al tempo, nun parolas al la filo de ilia gastiganto, dum la aliaj allogitoj iom malamike rigardas liadirekten. La alparolito eklasis la grupon, kaj estis evidente, ke li direktas sin al Donald.

Do ŝi ne toleras, ke iu viro ne ligiĝu al ŝi? Eble ŝi opinias, ke ŝi indulgas lian propran aspiron, tiel venkante baran modeston. Damnon al ŝi!

Donald ekforpaŝis rapide por eviti la senditon, sed tiu tuj postvokis lin:

«Ha, tie ... vi! ... sinjoro ... ha ...»

Donald turnis la kapon, kaj ekhaltis, kun sinteno tamen de tuja plueniro.

«Jes?» li demandis malvarme, kiel moŝto ĉifonulon.

La alia iom konfuziĝis pro la implicita rolinverso.

«Ha ... jes», li balbutis rapidante apuden. «Sinjoro ... ha ... sinjoro Maclean, ĉu? Pardonon mi petas. Fakte, estas ĉi tiel: fraŭlino Donner – vi scias?» li gestis malantaŭ si – «fraŭlino Donner tre deziras prezentiĝi al vi. Ĉu?»

Donald hezitis pri senkulpiga neo, ne volante esti rekte malĝentila, ne povante elpensi alternativon; sed li tiumomente rimarkis ke la fraŭlino jam ellasis siajn ĝenatajn admirantojn, kaj alproksimiĝas.

«Ha, jen ŝi mem», diris la sendito sen granda entuziasmo. «Fraŭlino Donner, permesu prezenti sinjoron – ha – Maclean.»

La belulino ridetante proponis la manon tenatan alte kun la polmo turnita malsupren. «Ĉu ŝi deziras, ke mi diable kisu ĝin?» Donald pensis, ne povante ne iom antaŭen klini sin je ekpreno.

«Ha, sinjoro Maclean, mi tre timas, ke vi volas eviti min», ŝi akuzis. La prononco estis tre preciza, kun klara, langpinta sonigo de ĉiu «r», plaĉa al skotaj oreloj. Kvankam ŝi elparolis la plej multajn silabojn zorge, kiel individuajn erojn, tamen ŝi elpafis ilin en rapidaj serioj, kiujn ŝi dividis per foja tenado de unuopaj silaboj, indiferente pri signifa emfazo, kvazaŭ por doni risorton al nova torento. La rezultanta efiko estis surpriza duro en tiu kantistina voĉo.

«Tute ne. Fakte mi serĉas miajn amikojn», Donald respondis.

«Ha, la orkestron! Ne», ŝi korektis kun eta oblikva kapolevo kaj nova rideto. «Ne orkestron. Flutarojn kaj tamburojn, ĉu ne?»

«Nu, jes. Bone! Kiel vi sciis tion?»

«Muziko estas mia metio. Mi devas scii.»

«Do vi enkalkulas la ‹Grandan Tubon› inter la muzikiloj?»

«Certe. Kial ne?»

«Nu, iuj ne.»

«Ha jes, la angloj. Mi scias pri ili.»

«Ne sole la angloj. Cetere, mi aludis la fakton, ke vi kutimiĝas – fakte, okupiĝas pri – la klasikaĵoj.»

«Do?»

«Nu-u, estas iom malsimile.»

«Ha, sinjoro Maclean, mi suspektas, ke vi estas snobo», kaj nova rideto briligis la okulojn.

«Fraŭlino Donner, mi opinias, ke ni devos reiri al la grupo», interrompis Robertson. «Oni baldaŭ manĝos.»

«Mi ne malsatas, Taĉjo. Cetere, mi deziras fari iujn demandojn al s-ro Maclean – sed mi detenas vin de viaj amikoj», ŝi finis, turnante la okulojn reen al Donald.

«Jes, sed ne gravas. Ili ne atendas min», respondis Donald kun moka rigardo al Robertson.

«Vere? Vi estas tro afabla. Vi devas klarigi al mi pri la ludado, kaj la kilto, kaj tiel plu. Mi estas en Skotlando jam sufiĉe longe, kaj ŝajnas ke oni portas la kilton nur ĉe baloj. Domaĝe! Tiel brave vi kaj viaj kolegoj aspektas.»

«Dankon; ankaŭ por miaj kolegoj!»

«Vi ĉiam portas la kilton, kiam vi ludas, ĉu?»

«Kiam ni ludas publike; sed ĝi ne konvenas por ĉio, nek al ĉiu», kaj Donald ĵetis kvazaŭ hazardan rigardon al la neimpona figuro de Robertson. La okuloj de fraŭlino Donner mallarĝiĝis, kaj ŝi montris la dentopintojn en rideto.

«Ne? Kial?» ŝi instigis.

Donald cedis al sento de infaneca malico kontraŭ Robertson, kaj rigardante malsupren al tiu, respondis kun preskaŭ sadisma kontentiĝo.

«Nu, ekzemple, nenio estas pli ridinda ol paro da paseraj kruroj sub kilto.» Fraŭlino Donner ridis. «Cetere,» li daŭrigis, «vi jam rimarkis, ke iuj viroj nur ĉe balo portas ĝin.»

«Vere.» La vorto venis dure tra la dentoj kaj la fiksita rideto.

«Kaj maskobaloj. Nu, tiuj okazoj nur pruvas, ke malofte devus esti neniam. Ĉe la maskobaloj», li aldonis ruze, «la maskoj almenaŭ kovras la honton, se ne la kaŭzon de tio.»

La etoso estis streĉa, sed Donald eltenis ĝin kun plezuro, kvankam li jam ne aŭdacis rigardi al Robertson. La blondulino ankaŭ ĝuis la situacion; ŝiaj vangosulkoj pliprofundiĝis, kaj ŝi rigardadis Donaldon senembarase kaj senofende.

«Tre juste en Skotlando, ke ankaŭ la viroj devas honti pri netaŭgaj kruroj», ŝi diris.

«Ho, ne nur la kruroj profanas la kilton», Donald certigis. «Ĉu vi scias, ke tiun muaran aspekton ĉe iuj kiltantaŭoj kaŭzas la portado de – kredu aŭ ne – ŝelkoj?»

La rigardo de la belulino flugis al la ruĝiĝinta Robertson kaj reen, dum la rideto neniel modifiĝis.

«Ne?» ŝi tradentis.

«Ja. Ili igas la tajloron modifi laŭe.»

«Tio estas ŝoka?»

«Hereza.»

«Vi devos instrui al mi la etiketon de ...»

«Militza, oni certe atendas nin», Robertson urĝis.

«Poste, Taĉjo.»

«Nu, mi ne povas esti malĝentila – tio estas, mi devas esti gastama. Ĉu vi ne venos, Militza?»

«Ankoraŭ ne.»

«Do, vi devas pardoni mian foriron.»

«Kompreneble.»

«La aliaj estos desapontitaj», li petis.

«Baldaŭ, Taĉjo.»

Robertson hezitis, ek-malfermis la buŝon, ĵetis rigardon al Donald, kaj forpaŝis rapide.

Do, lasita kun burĝa koketulino! Bonege tamen spiti tiujn eŭnukojn. Ŝi nur kaprice petolas; sed, se tio ĝenas ilin, bone. Ankoraŭ kuspis lin tamen ŝia truda persistemo kaj malakorda konduto. Se ŝi nur komprenus kiom ŝi fendas britajn burĝajn morojn! Spiti ilin estas bone, sed tiun ĉi senscion Robertson atribuos al ili ambaŭ, anstataŭ al ŝi sole. La venko super li perdas iom da gusto ĉar li ne taksos ĝuste la konscian ekspluatadon de ŝia nescio flanke de Donald, anstataŭe opiniante ĝin ties laborista nescio. Tio ĝenas, Donald konfesis al si.

«Mi sentas min tiel varma», lia kunulino anoncis.

Ho ne! Tamen – «Ĉu vi volas iri al la teraso?» li demandis.

«Bone. Vi estas tre talenta ludanto, s-ro Maclean.»

«Dankon.»

«Ne moku min. Mi apogas min sur sperta opinio.»

«Ĉu?»

«Jes, tiu de majoro Maclean.»

«Ĉu vere? Jes, li estas efektive spertulo – kaj kun kia bona nomo! Kion li diris?» Ili trairis la duoblan vicon de nigraj kurtenoj en la mildan nokton.

«Nu, surprizis lin, ke vi ne ludas soliste ĉe la konkursoj. Li ŝajne opinias, ke vi malŝparas vian talenton kun grupo. Ĉu tio estas vera?»

«Dependas de mia talento. Li aludas tion, ke grupoj emas simpligi la fingrumadon ellasante multajn kromnotojn por eviti malakordon, kaj kompreneble neniam ludas ‹pibroĥojn›!»

«Jes, li menciis tion. Kio estas tio? Analoga instrumento?»

«Ne, speco de lamento kun multaj moduloj. Tre komplika.»

«Kial vi ne ludis tian ĉi vespere, kiam vi ludis sola?»

Donald ridis. «Tio ne estus tre konvena ĉe balo. Cetere, nur spertuloj scias ŝati ilin, kaj spertulojn mi ne kontentigus.»

«Vi estas tro modesta. Vi devos poste ludi – por mi.»

«Mi ja ne povas. Mi neniam ludas ilin.»

«Ĉu vi iam provis?»

«Iam; sed mi ne havas okazon praktiki nun: la trupekzercoj rabas sufiĉe mian tempon.»

«Sed kial vi lasas vian talenton ŝimiĝi? Ĉu vi ne ambicias konkuri sola? Kial resti ĉe la trupo?»

«Ĉar mi ŝatas la societon. Mi ludas nur por distro, kaj fakte intencas ĉesi, ĉar ekzercoj kaj konkursoj estas tro temporabaj. La trupestro jam persvadadis min dum du jaroj, ke mi restu, sed mi opinias ke li baldaŭ akceptos mian eksiĝon pli volonte.»

Ili jam venis al la alo de la teraso inter arbustoj en bareloj, kaj nun fraŭlino Donner kubutapogis sin kontraŭ la ŝtona balustrado.

«Do», ŝi diris, «vi rezignas ambicion pro lojalo. Tiel bele!»

«Tute ne! Ne, ne, ne! Pli prave diri pro inerto, kaj ĉar mi domaĝas mian tempon. Cetere, vi misprezentas la aferon. Ambicio? Kiun ambicion? Oni ne skuas la mondon fariĝinte ĉampiono ĉe flutarkonkurso, kiel faras granda opera ...» Donald ĉesis, kaj metis manon al la frunto.

«Nu, kio estas?»

«Mi hontas. Ho, mi hontegas! Kia situacio! Jen mi lasas min babiladi, kvazaŭ mi estus la artisto anstataŭ – mi ja intencis gratuli vin tuj en la komenco pri via kantado, kiu estis vere, vere rava. Iel la okazo preterglitis, kaj nun ŝajnas supraĵe – sed vere ĝi sorĉegis min.»

La dentopintoj briletis en la mallumo: «Mia voĉo plaĉis al vi?»

«Via voĉo plene venkis min; via tekniko estis senmanka, plene regata; la koloraturo povas esti tiel – sed nun vi primokas mian novican ĝegnon.»

«Tute ne. Daŭrigu.»

«Nu, kial daŭrigi? Mi nur povus aldoni miajn laŭdojn al multaj aliaj.»

«Mia profesoro estis tre severa.»

«Mi ne aludis vian profesoron.»

«Do, kiun?»

«Nu, ĉiu, kiu aŭdas vin, mi supozas.»

«Mi ankoraŭ ne estas *prima donna*.»

«Konsentite, sed fervoraj admirantoj jam ne mankas.»

«Kiel vi povas certi?»

«Ĉu mi ne rimarkis en la salono ...?» Donald ĉesis ĉagrenite.

«Jes?» La siblanta «s» ŝajnis daŭri en la sekvinta silento, kaj la rideto de la parolintino ankaŭ daŭris, kiel evidentis malgraŭ la ĵusa malapero de la luno malantaŭ rapidantajn nubojn. Donald mense riproĉis la devion de siaj unuaj intencoj: unue, la konsenton al prezento; due, la enlason de entuziasmo anstataŭ nura formala ĝentilo; kaj nun tiun ĉi implicitan konfeson pri intereso. Li malbenis sin, sian langon, kaj la fraŭlinon egale.

Ĉi lasta fine reparolis: «La kantado interesas vin?»

«Jes, kial ne?»

«Nenial ne. Mi ...»

«Muziko interesas min, do kial ne kantado. Tio estas muziko.»

«Nu, jes, espereble; sed via ŝato pri mia kantado ŝajnis tiel sincera ...»

«Ĝi estis ja sincera», konfirmis Donald ekkonstatinte la maljuston koleri ŝin pro propra diskretomanko. «Vi studis en Italujo, ĉu?»

«Jes; mi aspiris esti *prima donna*.»

«Ne ridu. Kun tiu voĉo vi facile fariĝos *prima donna* tie ĉi, kaj ankaŭ en Italujo post la milito. Ĉu vi estis longe en tiu ĉi lando?»

«Mi venis al Anglujo kiam la milito minacis, por esti kun mia patrino. Ŝi edzigis anglon antaŭ tri jaroj – judon.»

«Do tiel? Kaj ĉu vi nun loĝas kun via duonpatro en Anglujo?»

«Jes kaj ne. Mi provizore vizitas amikojn en Skotlando, kiujn mi renkontis en Italujo. Poste mi esperas aliĝi al opera grupo. Je la momento mi loĝas ĉi tie ĉar oni invitis min kanti.»

«Jes, tio interesas min. Kiel Sir James Robertson sciis pri vi? Li certe ne aŭdis vin en Italujo?»

«Ne, mi renkontis lian filon pere de miaj amikoj. Kiel vi sciis ke li ne renkontis min en Italujo?»

«Negrave. Ĉu vi jam kontaktis iun operan grupon?»

«Ankoraŭ ne. Eble mi havos malfacilon pro mia naskolando.»

«Kial? Ĝi havas imponan muzikotradicion.»

«Nu, mi estas malamika naskito.»

«Sed vi jam kontentigis la aŭtoritatojn, ĉu ne?»

«Jes, sed eble oni ne volos aŭstrinon pro patriotismaj ...»

«Pa, sensencaĵo! Tiu bigota patriotismo ne interesas artistojn. Male, vi influos ilian snobismon ĝuste pro via naskolando. Bedaŭrinde, ke vi ne estas italino.»

«Mi cetere deziras unue perfektigi mian anglan.»

«Ĝi estas jam perfekta. Vi parolas ĝin pli klare ol anglo. Fakte, via prononco estas unika; ĝi ne ŝajnas tipe aŭstra, nek germana, kaj aliflanke ĝi pli klaras ol tiu de anglo – aŭ skoto. Mi ne komprenas.»

«Se vi ne komprenas, ĝi ne povas esti tre klara.»

«Mi ne komprenas, kiel ĝi fariĝis tiel preciza.»

«Ĉar mi konstante praktikadas antaŭ spegulo. Estas dezirinde, ke kantisto prononcu klare, senĝene, ne difektante la melodion per trudaj streboj.»

Donald rigardis penseme la nebulan blankon de la vizaĝo antaŭ li. «Mi ekreviziis mian opinion pri – nu, pri – pri la kantado.»

«Jes? Kiel?»

«Nu, interalie mi antaŭe ne aprobis la angligon de ekzemple italaj operoj, sed nun mi ŝivolas.»

«Ĉu vi bone komprenas la italan do?»

«Mi komprenas ĝin neniel, sed mi preferas ne kompreni, nur diveni, ol aŭskulti senkompetentajn banalaĵojn, kiuj eĉ ne konvenas al la ritmo. Ekzemple ĉi tiel: ‹li ek-fariĝas kolera›»›, Donald subvoĉe kantis, streĉante la notojn nenature por ampleksi ĉiun vorton.

«Ha, ha. Sed ne vere, ĉu?»

«Ja vere. Kaj kiam kapo aperas de malantaŭ kartonarbusto por tiel suflori la aŭskultantojn pri la jam evidenta anim-stato de la koncerna karaktero, estas malfacile ne vidi la tutan prezenton kiel burleskegon.»

«Komprenenble. Nu, mi esperas ke mi ne lernis la anglan vane.»

«Ne.»

«Sed mi ne povos ŝanĝi la vortojn.»

«Ne-e-e; sed mi havas la opinion, ke vi iel venkos la malfacilojn.»

«Vi devos lerni la italan, kaj traduki pli artisme.»

«Mi ne estas artisto.»

«Vi spitas ĉiujn miajn sugestojn.»

«Kontraŭvole; sed mi ja ne estas artisto.»

«Ne estante libera de tiu ‹bigota patriotismo› ĉu?»

«Ja libera.»

«Eble tial vi spitas min – ĉar vi malaprobas aŭstrinojn.»

«Sensencaĵo! Kompreneble mi aprobas aŭstrinojn.»

«Do, vi konas multajn?»

«Nur unu.»

Ili ambaŭ ridis, kaj post mallonga silento la belulino demandis:

«Ĉu via laboro havas iun konekson kun la muziko?»

«Ho, tute ne. Mi estas komizeto en asekura oficejo.»

«Ho ve, tio ne estas laboro konvena por vi.»

«Ĉu mi ne scias? Estas pro tio, ke mi tiom avaras miajn liberajn horojn: la laboro estas malvivo ĉe mi.»

«Ni devas elpensi ion alian. Ĉu vi ne povus profesie ludi?»

«Jes, se mi scipovus alian instrumenton.»

«Nu, la klarneto estus facila por vi.»

«Male, la flutara tekniko estas draste malsimila. Mi devus mallerni antaŭ ol lerni.»

«Ĉu la penon ne kompensus la rezulto?»

«Jes, sed ĝi estus granda peno sen granda stimulo. Se mi trovus ion je kio mi plene kredus, mi volonte dediĉus min al ĝi tage kaj nokte por eskapi tiun ĉi inkubon; sed profesian ludadon mi iel ne ambicias.»

«Bone; sed vi devos ambicii ion. Kompreneble la mobilizo trudos malfacilojn.»

«Ja.»

«Ĉu vi baldaŭ devos iri?»

«Iri?»

«Al la milito.»

«Ne.»

«Bone. Dume ne lasu al la laboro subpremi vin. Ĉu vi ne havas liberajn semajnfinojn?»

«Tagon kaj duonon. Ĉisemajne du tagojn kaj duonon, pro la lunda ferio.»

«Perfekte! Vi povos veni ĉi tien.»

«Kio?»

«Certe; mi petos Taĉjon inviti vin.»

Donald ridis. «Ho bele! Vi ja ne konas la britajn morojn.»

«Kiel do? Mi ne komprenas.»

«S-ro Robertson estas jam sufiĉe konsternita, ĉar vi, lia gastino malaperis kun unu el la grego.»

«Ha, la snobismo, denove!»

«Jes, sed ne mia. Vi devas kompreni la britan kastsistemon.»

«Ta, tio estas universala, sed mi ne estas aristokrato.»

«Nek Sir James Robertson», atentigis Donald malice.

«Do?»

«Sed li estas burĝego, kaj estus des pli ŝokita de via hereza sugesto.»

«Tiel vi babilas! Ni ambaŭ estis invititaj por la sama celo. Cetere, vi ne komprenas lin.»

«Kun permeso, pli bone ol vi. Mi komprenas ekzemple, ke por li vi estas gasto, mi dungito, kvankam nepagita. Lia filo jam faris ekstreman ĝentilaĵon memorante mian nomon.»

«Sed ...»

«Mi petas vin, ne embarasu vian amikon; ĉar tion vi certe farus.»

«Bone, se vi insistas, sed ...»

«Mi devas. Vidu: por kio oni ĝenerale dungas nian trupon? Por oranĝulaj procesioj kaj ...»

«Oranĝuloj?»

«Fanatikaj kontraŭkatolikoj, kiuj marŝadas ĉiujare por soleni malnovan batalon. Plejparte laboristoj, kiuj preferas demonstri la bigotecon, ol konstrui civilizitan socion.»

«Ho ve, mi tre timas, ke vi estas socialisto.»

«Socialisto, anarĥiisto, trockiisto – kion ajn vi volas.»

«Anarĥiisto? Ĉu estas anarĥiistoj ĉi tie?»

«Certe – tio estas, en Glasgovo; pri Lennox kaj distrikto mi forte dubas. Ho jes, fenomeno de la glasgova vivo estas la stratangulaj polemikoj de la diversaj revoluciuloj, kiuj povas disputi inter si sur alta nivelo, ne devante atenti la banal-aĵojn, per kiuj la neiniciatitoj kutime obstrukcas penetron en la profundojn de la marksismo, kaj tiel plu.»

«Tiel ekscite! Mi neniam vidis anarĥiiston. Ĉu ili estas sovaĝaj?»

«Jes, kun grandaj barboj.»

«Kaj nigraj ĉapeloj kun larĝaj randoj, mi supozas.»

«Sub kiuj ili portas la bombojn», konfirmis Donald.

«Mi povas imagi! Tamen, mi ŝatus vidi ilin.»

«Bone; sed ne atendu tro draman – Ha, jen la orkestro: la dancado rekomenciĝas. Ĉu vi volas reiri?»

«Ĉu vi volas liberiĝi de mi?»

«Ne, sed la aliaj reeniras, kaj via amiko Robertson certe serĉas vin. Tre ekscitema vireto!» Donald kubutapogis sin por rigardi la enirantajn duopojn, sed li intue perceptis ŝian vizaĝ-esprimon: tiun tigran rideton.

Kiam la lasta duopo reeniris, lia kunulino parolis:

«Jen, ni estas solaj. Tre atenta», ŝi aldonis malkonsekvence.

«Jes, sendube. Mi vetas, ke li nun serĉas vin ĉie, plukante el si la harojn.»

«Tute ne. Iu certe certigis al li, ke mi estas ankoraŭ kun vi.»

«Ho bone! Tio trankviligos lin.»

«Jes. Kial ne? Lia gastamo estos tiel kontentigita.»

«Hm!»

«Kion tio signifas?»

Donald mense armis sin kontraŭ ŝia konversacia manovrado:

«Mi simple dubas, ĉu la – la zorgemo de s-ro Robertson estas kvietigita.»

«Vi tre ĝenas vin pri s-ro Robertson», ŝi komentis kun nova duro en la voĉo, sed eĉ dum Donald gratulis sin pro la celita rompeto en ŝia fasado, li konstatis duŝeton de ĉagreniĝo pro sia sukceso.

«Ne tre», li respondis indiferente.

«Do, kial vi paroladas pri li? Ĉu mi estas tiel teda?»

«Ĉu vi volas do, ke mi parolu ekskluzive pri vi?»

«Ne tion mi intencis ...»

«Ĉar mi estas tute preta fari tion. Finfine, ni ja sufiĉe parolis pri mi.»

La dentopintoj de f-ino Donner denove ekbrilis, kaj li bildigis al si la malrapidan fortiron de la lipoj, eĉ dum ŝi respondis:

«Tiel ĉarme, sed mi unue volas scii, kial mia gastiganto tiel interesas vin.»

«Li ne.»

«Sed vi tiel perturbas vin ...»

«Mi ne.»

«Cetere, nenecese. Ĉu gastiganto povas varti ĉiujn siajn
gastojn la tutan tempon?»

«Ne.»

«Jen do. Nun li sendube kaptas la okazon montri gastamon
al iu alia.»

Kia kruda persisto! Ĉu rezistadi? Kial? Preni la iniciativon
– malpli embarase. Cetere, kion perdi? Volupta, gratula varmo
flusis tra liaj membroj je la ekcedo.

«Kial vi silentas?»

«Mi prezentas al mia imago s-ron Robertson sub inspiro de
universala gastamo.»

«Vi mokas min.»

«Jes, kaj vi rekonas tion, ĉar vi konstatas la maltrafon de
via propra bildo», Donald respondis.

«Kiel maltrafa? Mi trovis lin gastama.»

«Jes, jes, li sendube gastamas vin.»

«Do, kial ne same la aliajn?»

«Ne same la aliajn, ĉar ne ĉiuj la aliaj estas inaj; el la inaj ne
ĉiuj estas belaj; el la belaj ne tiel.» Banale, sed ...

La lipoj de f-ino Donner streĉiĝis, kaj la okuloj fajreris je
malkaŝa plezuro.

«Vi trovas min bela?»

«Jes. Tio surprizas vin, ĉu ne?»

«Eble. Vi estas tiel stranga – ĉarma, sed stranga.» Kiel
kutime, ŝi parolis tra la rideto, sed fininte pli streĉis la lipojn,
kiel Donald povis klare vidi pro ŝia nun levita vizaĝo. Samtempe
li konstatis por la unua fojo ŝian korpan varmon, kaj la subtile
sekan tiklon de la ekzota parfumo, kiu emanis kun ĝi. Pro ŝia
ekmovo la brako tuŝis tiun de Donald apogitan sur la balustrado.

«Jes nun», li pensis, metante tiun brakon ĉirkaŭ ŝian

talion, kaj la alian, flue facile, harmonie kun ŝia proksimiĝa movo, ĉirkaŭ la ŝultron, por altire premi la polmon ĝuste sub ŝia buklaro. Ŝiaj lipoj ekmalstreĉiĝis, la okuloj ekkaŝis siajn brilojn antaŭ ol ili malaperis de lia vido, kaj li sentis la varman humidon de ŝiaj lipoj sur sia buŝangulo – eta mistrafo – antaŭ ol orientiĝo, kaj kiso.

La petole spita aŭdacemo de Donald dizertis. Tra la preskaŭ fermitaj palpebroj li povis vidi vangon, orelon, kaj brilan ondadon de hararo; li sentis la pudritan dorsoveluron sub la polmo, la mamoŝvelon kontraŭ sia brusto, femuron kontraŭ femuro. Li konsciis la provokan belon de ŝia vizaĝo, de la lipoj nun kontuzitaj kontraŭ liaj, kaj levante la manon al ŝia kapo, sovaĝe premis, samtempe sentante la respondan stringon de ŝiaj brakoj. Liaj peziĝintaj palpebroj fermiĝis tute, lasante nur blankan konfuzon antaŭ la okuloj; la oreloj zume surdadis, kaj li sentis, ke li enfalas eternon …

Io penetris la obtuzan kirliĝon de la sentoj: la sono de klinko. Ili haste disiĝis, kaj aŭskultis.

«Militza?!»

«Estas Taĉjo.» Ŝi ekridetis al Donald de sub la brovoj. «Tre fripone», ŝi skoldetis kun admona ekfrapo de la fermita ventumilo, kaj turnklininte la kapon al la voĉo, vokis:

«Jen, Taĉjo!»

Taĉjo! Plumboj pistadu lin plata!

«Kie vi estas, Militza?»

Kjie vi eŝtaŝ, Miliĉa?! Truda stultuleto! Bele piedi lin super la balustradon!

«Jen.» Ŝi jam promenis renkonte al la ankoraŭ blindigita Robertson, kaj Donald apatie sekvis, sentante tremetojn pro refluo de la drenita sango. Li ankaŭ suferis de ioma lastatempa aeromanko, ĉar ŝia vango tiel kusenpremis lian nazon, ke li ne povis sufiĉe enspiri sen kisorompo aŭ eble ronko. Li heroe rezistis ambaŭ, kaj vane, ĉar jen tiu ĉi ĝena idioto ...

«Militza! S-ro Maclean! Kion vi – kie vi estis? Oni serĉas vin. Kie vi estis?»

«Trankviliĝu, Taĉjo. Jen ni.»

«Oni serĉas vin, s-ro Maclean. Ni decidis anonci rilon. Mi perturbiĝis pri vi, Militza. Mi scivolis, kie vi estas. Mi estis perturbita.»

«Kial? Vi sciis, ke mi estas kun s-ro Maclean.»

«Jes, sed mi lasis vin en la halo. Vi foriris», li riproĉis.

«Kun bona protektanto, kaj nur al la balkono.»

«Jes, ŝi estis en bonaj manoj», Donald kuraĝigis. «Cetere, mi ne sciis pri rilo nun.»

«Ni decidis havi rilon», sciigis Robertson kondukante f-inon Donner tra la kurtenoj.

Donald sekvis ilin en la salonon palpebrumante en la lumo. Li rimarkis ke ĉiuj apud la fenestro, inkluzive kelkajn el liaj kolegoj, rigardas scivoleme. Li sentis sin iel nevestita sub la blanka lumo, sed rerigardis al la knaboj kun saluta rideto.

Ili mir-admire agnoskis ĝin, kaj li subite komprenis la kaŭzon de ilia intereso. Li momente embarasiĝis, sed poste flegme prenis la mantukon kaj viŝis la lipojn, kontente konscia pri Robertson brulanta apud li.

RETERIĜO

La nuboj akumuliĝis en ĉiam pli altajn amasojn, kaj la fona lazuro ŝajnis intensiĝi pro la kontrasta blankego de iliaj sapŝaŭmecaj turoj.

La impreso de pura belo ekzaltis la koron de Jano, kaj rigardante la lanan klifegon je sia dekstro, li senvole tendencis en tiun direkton, ĝis akra instruista voĉo revokis lin al prudento:

«Kion vi faraĉas? Rektiĝu!»

Obee li movis la stangon al la maldekstro, kaj la flugiloj de la malgranda aeroplano reorientiĝis koincide kun la horizonto. Rapida kontrolo ĉe la kompaso montris dugradan devion de la ĝusta kurso; do plua eta manovro sekvis por rektigi tion.

Li scivolis kiom longe li povos tenadi tiun kurson, ĉar ankaŭ rekte antaŭ li la nubamasoj kolektiĝis en kvazaŭ solidan montaron tiel, ke li dubis ĉu la eta Harvard'a flugmaŝino povos grimpi super ilin. La voĉo de lia instruisto konfirmis liajn dubojn.

«Mi ne tre fidas tiujn kumulusojn», leŭtenanto Ames anoncis. «Ni eble devos rezigni pri la ekzerco; sed dume pli-altiĝu – vi disponas multe da.»

Estis vere. Ili nun flugis je 6.000 futoj super la kanada arbaro, laŭ antaŭflugaj instrukcioj; sed ili rajtos ŝanĝi tion se ŝanĝo ebligos al ili atingi la celon de la ekzerco – lageton ĉirkaŭ 150 mejlojn for de la hejma aerhaveno – kaj reveni ne tro eluzinte sian rezervan benzinon.

La aviadilo do – kun modifita motora zumo – ekascendis, ankoraŭ tenante sin al la antaŭa kurso; sed baldaŭ evidentis ke la kumulusaj pintoj pli altas ol ĝia plejeblo, kaj nun ili amasiĝas ankaŭ ĉe la maldekstra flanko, tiel ke la maŝino kvazaŭ flugas en valo kun fermita elirejo. La duŝita freŝo de la supra lazuro nun ekhavis febran, minacan brilecon, kaj la lanklifego ĉe la dekstro pli kaj pli apudis, ĝis unue la dekstra flugilo, kaj poste la tuta aeroplano, traflugis faskojn de grize blanka nebulo.

Jano ĝuis la impreson pri rapido, kiun donis la preterflugantaj nubofaskoj, sed surprizis lin ke Ames permesas al li daŭre flugi en ĝi, ĉar povus esti danĝero pro frosto kaj la detruaj vertikalaj fluegoj en la grandaj amasnuboj. Li rimarkis tamen ke estas malmulta tremado, kaj la nubo ĉirkaŭe restas relative maldensa. Li supozis ke Ames jam kalkulis la direkton de la nubojmovo, kaj eble ilian formon. Estis ankaŭ memorinde ke la aviadilo ankoraŭ ascendas.

La nubo eĉ pli maldensiĝis, kaj subite ĝi kvazaŭ forfalis malantaŭen, lasante la flugantojn en sunluma klaro, kun la bluega volbo supre, kaj ĉirkaŭe la nubomontoj denove solidaspektaj. Nun la malpli altaj turoj estis subaj, sed Jano vane serĉis rompon en la blanka oceano. La valo laŭ kiu ili antaŭe flugis aŭ jam fermiĝis, aŭ drivis tiel malproksime dekstren ke ĝi kaŝiĝas malantaŭ la pli altaj pintoj intervenaj; ĉar, Jano rimarkis, tiuj nun levas sin je ĉiu flanko, ne nur antaŭe.

Jam flokeca kolonego leviĝis rekte antaŭ la helico, sed Jano senhezite enflugis, sciante ke ĝi ne povas longe etendiĝi. Post kelkaj sekundoj ili tute traflugis; sed ĉe la kontraŭa flanko frontis ilin seninterrompa amaso, kiel giganta enaera bankizo, kaj, super ties rondaj ĉapoj, serpentumaj faskoj formis delikatan, sed signifoplenan, kreston.

«Ni ne povas riski tion», Ames anoncis. «Reiru, kaj evitu la nubojn kiom eble plej.»

Jano turnis la aeroplanon, serĉante spacojn inter la nuboj, sed tiuj baris la horizonton en ĉiu direkto, kaj eĉ ŝajnis pli kaj pli leviĝi de sube. La ĉiela volbo fariĝis tute malgranda; la suno malaperis kaj, kvankam ĝiaj radioj ankoraŭ orumis la nubokrestojn, tamen la aeroplano flugis en ŝtalkolora ombro ĉirkaŭite de senrebrilaj flankoj. Baldaŭ jam ne eblis eviti la kreskantajn amasojn, kaj denove la nebulecaj vaporoj glitis preter la ŝirma vitro de la kajuto. Rezigninte pri evito de la nuboj, Jano nun atente rigardis siajn kompason, altometron kaj «pseŭdan horizonton» por certigi ke li flugadas ekvilibre laŭ kurso, dume tenante la gvidostangon pli firme kontraŭ la tremigaj puŝoj kiuj nun perturbis la gvidajn surfacojn ekstere.

Subite fariĝis nigre mallume. Fulmegis.

«Nimbuso! Mi prenos», sonis la voĉo de Ames.

Jano lasis la stangon kaj forprenis la piedojn de la rudra gvidilo. La maŝino falegis eĉ dum Ames turnis ĝin en kontraŭan kurson por eskapi la nimbuson kiom eble plej rapide, kaj glacio formiĝis kvazaŭ magie sur la vitro kun tia rapidego, ke post nur kelkaj sekundoj Jano ne povis travidi la coldikan tavolon. Li sciis ke ĝi estas tre danĝera: ĝi povus rigidigi la moveblajn surfacojn, tiel malebligante gvidadon, aŭ simple detrui la leviĝ-eblon de la flugiloj pro aliigo de la efika formo, sed li neniel timis, superfideme lasante al Ames eltiri ilin.

Tiu ŝajne plonĝfaligas la aeroplanon, ĉar post skue abrupta halto de ilia unua falo, ili daŭre descendis rapide, sed laŭ konvena glisangulo. Jano konjektis, ke ne povante grimpi super la ŝtormo, Ames intencas flugi sub la nubojn: ili jam perdis milojn da futoj dum la unua falo kaŭzita de malsupreniranta fluego en la nimbusa interno, kaj kvankam momente haltigis ilin alia fluego kun kontraŭa direkto, ili jam lasis la plej intensan turbulenton kaj flugas malpli skuite en iom pli hela lumo.

Denove fulmis, sed malpli blindige, kaj la glacio degelis, forfalante de la vitro. Nun eblis vidi la pluvegon kiu draŝas ilin, sed malgranda temperatura ŝanĝo povus kaŭzi reglaciiĝon de tio sur la flugilaj surfacoj, kaj turbulento, kvankam ne tiel ekstreme potenca kiel antaŭ kelkaj sekundoj, tamen ankoraŭ pugnadis la malgrandan aviadilon kun frakasema forto.

Jano rigardis siajn altometron kaj kompason. La unua montris nur 1.500 futojn, kvankam ili ankoraŭ ne lasis la nubojn; baldaŭ estos danĝere flugi pli malalten, precipe se ili ne certos pri la tereno suba. La kompaso montris ke ili flugas rekte kontraŭ la kurso hejmen, fakte preskaŭ koincide kun sia direkto antaŭ ol la nubegoj devigis reiron. Li eltiris mapon el la bota supro kaj ekstudis ĝin, ĉar la nimbuso dume baras vojon al la flughaveno, kaj li opiniis utile kontroli ĉu iuj altaĵoj levas sin sube, kaj ĉu estas iuj alternativaj flughavenoj.

Li provis kalkuli kiom ili deviis de la krajona linio de sia originala kurso; sed estis malfacile, ĉar li malmulte klopodis registri al si en la kapo siajn iamajn nubevitajn direktoŝanĝojn, tiutempe esperante lasi la nubojn kaj trovi la vojon laŭ konataj pejzaĝaj trajtoj proksime al la flughaveno.

Ili elflugis la nubobazon; arbojsuproj alsturmis ilin – sed nur momente, ĉar Ames retiris la aeroplanon en zomon kun tia subito ke ambaŭ flugantoj premiĝis dolore peze en la sidlokojn. Estis momenta impreso pri kaskadanta verdo antaŭ ol la nubo denove frontis, kaj reakceptis, ilin.

«Fu!» Ames elspiris. «Kie ni estas?»

«Mi ja ne scias», Jano konfesis, ankoraŭ serĉante sur la mapo. «Mi provis kalkuli nian pozicion proksimume, sed eĉ tiele neniuj altaĵoj devus apudi.»

«Hm. La nubobazo estas ŝajne ĉirkaŭ 800 futoj, kaj la arboj estis eble 250 futojn sub ni. Tio signifus alton kelkcentfutan.»

«Mi ne povas trovi. Eble la altometro malfunkcias.»

«Ne. Ĉu vi volas nubobazon nur 200 futojn laŭ alto? Provu ŝanĝojn de ventodirekto. Ĉu vi enkalkulis niajn proprajn direktoŝanĝojn? Ne forgesu rapidoŝanĝojn dum ascendo kaj pro eble kontraŭa vento.»

«Jes, jes, mi scias.» Jano luktis kontraŭ ekscitiĝo kaj sento de nekompetento. Li konstatis pro la kapomovoj antaŭ si ke Ames ŝajne kontrolas mapon sur la genuo. Estas necesege, Jano sentis, ke la flugisto ne devu ankaŭ navigi en tiu ĉi kriza konjunkturo. Li puŝis fingron kun nervoza sensistemo de punkto al punkto sur la mapo, serĉante konturgrupon kiu povus reprezenti la ĵus viditan altaĵon.

Dume Ames redescendis tre zorge, kaj nun provis flugadi ĝuste sub la nubobazo, sed ne estis tute kontentige: ili konstante enflugis nubbazajn ĉifonojn, kaj eĉ kiam ili estis vere sub la nuboj, la turbulento tamen ankoraŭ senteblis. La danĝero de eĉ kelksekunda blinda flugado super tiu ĉi nekonata tereno monteca estis evidenta, kaj la neatenditaj faloj duobligas ĝin, sed la voĉo de Ames estis tute serena kiam li demandis:

«Ĉu io ankoraŭ?»

«Ankoraŭ ne.»

«Mi flugos reciprokan kurson dume. Tiel ni almenaŭ scios certe ke ĝi ne tuj altiĝos.»

Jano sentis sin premiĝi en la seĝon rezulte de la turniĝo,

sed ne elrigardis, ĉar li ankoraŭ serĉadis la mapon, esperante trovi iun gvidopunkton antaŭ ol Ames devos turniĝi denove, kaj subite li vidis.

«Mi trovis alton je sescent futoj,» li diris en la komunikilon, «sed mi ne povas imagi kiel ni tiom deviis.» Li fakte ne kredis ke ĝi estas la vere reprezenta konturaro, sed li volis atentigi ke li ja faras ion, kaj preferis diskuti siajn dubojn kun Ames, anstataŭ lasi al tiu orienti ilin, eĉ ne menciinte ke li mem trafis ion kaj cerbumadas pri ĝi.

«Ne tro miru pri la devio», Ames konsilis. «Kie ĝi estas?»

Jano laŭtlegis la poziciajn indikilojn de la mapo, tute ne fidante pri iu rilato inter la koncerna monteto kaj ilia nuna pozicio; dum Ames serĉis la indikitan punkton sur propra mapo, li mem jam pluserĉis pro pli konvinka loko. La aventuro nun perdis sian spican guston: ili jam ne batalas heroe kontraŭ gigantaj naturfortoj, sed simple perdiĝis. Tiu ĉi peliĝo de punkto al punkto jam ne estas kolorplene ekscita, sed grize teda; la danĝero de la burko, kiu ankoraŭ minacas, jam ne ekzalte stimula, sed minace malvarmiga. Li volis varmon, vivon, kamenon; ilia celo evidente estis neatingebla; ĉu ili rezignis ĝin tro malfrue por reiri al prudento?

«Tio ja ŝajnas neebla,» Ames anoncis, «krom se la ŝtormo portiĝas en uragano.»

«Jen alia», proponis Jano. «Kvardek mejlojn pli norde.»

«Nu-u-u, jes, prave. Jes, tio ŝajnas pli ebla. Domaĝe ke mankas pruvoj.»

Estis vere. Nenio videblis ekstere krom pluvego, nubo kaj arbaro ĝis tre mallarĝa horizonto. Ankaŭ la mapo montris sen-interrompan arbaron ĉirkaŭ la rimarkita monteto; do nenio indikis ke ĝi ne estas la ĝusta loko, sed eblis konjekti nur negative.

«Se tio ja estas nia pozicio, mi nur devos flugi laŭ 355 gradoj dum dek minutoj por trafi tiujn tri lagetojn,» Ames rezonadis, «kaj de tie estos facile hejmenflugi. Serĉu ilin, Gill, kaj notu la tempon.»

La tri lagetoj estis nuraj akvoplenaj truoj laŭ la mapo, sed ĉirkaŭ ili estis granda spaco en la arbaro, kiu helpos al trovo. Ili estas proksimume 25 mejlojn de la supozita nuna pozicio; do kontrolo pri la tempo necesa atingi ilin donos utilan informon pri eventualaj ventoj, kaj kun tia informo Ames povos atingi la hejman flughavenon, ĉar eĉ se li ne rekte trafos ĝin sufiĉos ke li trovu sin en konata tereno por «legi» la vojon hejmen.

Ili nun ŝajne estas tre malproksime sudaj de tiu tereno, sed la nura noveco de la regiono suba ne estus granda malhelpo al Ames kun lia mapo se ĝi ne estus tiel seninterrompe kaj sen-karakterize arbara kun cetere tia limigita horizonto.

Ankoraŭ pluvegis kaj fulmis. La altometro montradis 800 futojn dum ili nun penetris, nun subflugis la nubobazon, kaj la malhela tapiŝo de kunkreskintaj foliaroj disvolvis sin sube en la malgranda cirklo de videblo lasita de la vaporanta atmosfero. Anstataŭ forfali, ĝi ŝajnis ascendi renkonte al la aeroplano, kaj neniu rompo aperis en ĝia monotono kiel la mapo promesis. Dek minutoj pasis, dek du, dek kvin, kaj fine Ames voĉigis la pensojn de ambaŭ:

«Ni ne vidos ilin nun, kaj vidu – la monto kreskas.»

Estis ja klare ke ili aŭ preterflugis la celitajn lagetojn ne vidante ilin, aŭ neniam ekiris de la punkto je kiu ili imagis sin antaŭ dek kvin minutoj. La dua ŝajnis la pli kredinda alternativo, ĉar la plialtiĝo de la tero estis nenie indikita en la regiono de la monteto sur la mapo.

Ames nun turnis la maŝinon tra 90 gradoj, evidente kun

espero ke li trovos vojon ĉirkaŭ la altaĵo frontanta ilin. Ĉu tio multe efikos estas neklare, ĉar ili ŝajne restos perditaj, sed reflugi al la antaŭa pozicio estus tute negative, kaj dume ambaŭ serĉis la mapojn.

Jano nun scivolis la unuan fojon pri la fina rezultato de ilia perdiĝo: ĉu ili faros frakasetan alteriĝon kiam la benzino estos uzita, aŭ ĉu ili paraŝutos. Li preskaŭ frivole pensis pri malseka falo en tiujn saturitajn foliarojn, sed tuj poste li memoris pri la eventualoj ĉe tiom da branĉoj.

Ames denove turnis la maŝinon, ĉar la tero ankoraŭ plialtiĝis antaŭ ili. Dume la aero fariĝis pli malhela, kaj la fulmo pli ofta kaj brila. Jano scivolis ĉu iliaj migroj fine reportis ilin sub la saman ŝtormon, kiun ili elflugis antaŭ duonhoro. Ili estas pli ofte en la nubo mem nun, kvankam estis malfacile distingi ĝin de la malhela, pluvstriata aero sub ĝi. La turbulento estis denove tre percepebla, sed flugi pli malalte Ames ne povis pro la apudo de la tero kaj pro malbona videbleco.

«Ĉu vi trovis ion?» li demandis al Jano.

«Ne. Simple ne ekzistas alia eblo. Vidu: la tero eĉ pli altiĝas. Estis jam sufiĉe malfacile trovi 500-futan altaĵon.»

«Mi scias ja. Ŝajne temas ne pri nura altaĵo, sed montaro.»

«Nu, Dio scias kie ni estas.»

«Sendube. Do se mi povos flugi desub tiu ĉi damnita burko, mi ascendos kaj vokos ‹Perditan›.»

«Nu, do. Mi serĉados dume.»

«Jes. Devas esti solvo.»

Jano metis montrofingron sur la mapon kaj skizante per ĝi malgrandajn kvadratojn li kribris de ĝi ĉiujn informojn sur la sekcio sub liaj okuloj; poste li refaldis la mapon por montri novan regionon kaj faris saman sur tiu. Tiel li esperis certigi ke li ne hazarde mistrafos iun signifan indikon sur tiu parto de la mapo kiu povus inkluzivi ilian pozicion. Sed antaŭnelonge li tute elstudis la unuajn, pli esperplenajn, sekciojn kaj, jam kun dubema animo, sisteme ekzamenis novajn.

Rimarkinte ioman heliĝon, li elrigardis la kajuton. La tero jam estis je sia antaŭa alto, kaj la nubobazo, kvankam ankoraŭ plumpe peze, perdis sian minacan blunigran malhelon. La benzina indikilo montris ke ili povos flugadi por pli ol tri kvaronoj de horo. Se nur estas oportunaj flughavenoj! Estas neeble kontroli kun certeco dum ili ne povas lokalizi sin sur la mapo.

«Ĉu io nova?» demandis Ames.

«Ne. La plej apuda montaro estas norde de la haveno.»

«Tio ne multe helpas. Do mi provu ‹Perditan›.»

La motora tono ŝanĝiĝis, kaj ili ascende eniris la nubon, skuite de la turbulentaj fluegoj en ĝi. Kiam ili atingis du mil futojn de alto Ames komencis la vokadon:

«Hola, Perdita; hola, Perdita; hola, Perdita! Jen Jako Po Petro, Jako Po Petro, Jako Po Petro. Ĉu vi aŭdas?»

Li paŭzis aŭskultante antaŭ ol ripeti la vokon kiam neniu respondo eksonis. Dume la aeroplano ascendis, kaj la skuoj de la kirliĝanta nubega interno batis ĝin pli kaj pli forte. La voĉo de Ames fariĝis plate rutina, kaj Jano denove scivolis kio estos la rezultato de la aventuro. Li ne povis kredi ke Ames permesos ke ili mortu; tio estas ja logike ebla, sed iel ne agordebla kun la realo: Ames, kies spertego kaj respondeco ŝajnas ĉirkaŭvolvi lian fizikan eston kiel vestaro, simple ne kapablas forbalaiĝi en ŝtormon dum ekzerca flugo, precipe kun instruito sub la egido. Estas vere ke akcidentoj forportis la plej grandiozajn flugistojn; la skrupulega meĥanikisto McCudden ironie mortis pro motora paneo; Boelcke koliziis kun amiko; Immelmann forpafis propran helicon; Ball kaj Guynemer simple malaperis en nubojn, dum Mannock kaj Richthofen ŝajne pafiĝis de nure hazardaj infanteriaj kugloj. Sed ĉio ĉi havis racion kaj tragikan definitivon: tiuj homoj estis tro grandiozaj por venkiĝi, kaj tamen iliaj danĝerplenaj vivoj ne povis daŭradi; estis konvene do ke Fato mem finis ilin. Ĉe Ames estas alie: ankaŭ li travivis danĝerojn, kaj nun en relativa trankvilo provizore surprenas anstataŭe la respondecon gvidi senspertulojn al kompetento, kaj lia personaĵo estas gvidanto, spertego, solido, ĉionscio. Li mastros la nunan situacion. Sola demando estas: kiel?

La kajuta vitro fariĝis diafana; poste lakteca.

«Glacio!» Jano vokis, sed Ames jam turnis la maŝinon en descendon for de la minacanta regiono de la nubego. Post kelkaj sekundoj la glacio degele forfalis, sed ili daŭre glisis ĝis ili atingis la nubobazon.

La vualo lasis iliajn okulojn – kaj arbojsuproj envolvos. Jano premiĝis peze en la seĝon pro la violento de la enzomo. Dum eterna momento ilia sorto staris sur pinto: la arboj tiel apudis ke la gutantaj branĉetoj klare distingiĝis, kaj eĉ kiam ili jam svingiĝis sub la nivelon de la antaŭvitro, de la nazo mem, ŝajnis neeble ke la suprenkurbo de la maŝino sekvos sufiĉe rapide por eviti ilin. Ilian apudon klare montris la rapidego de la preter-fluganta maŝino, kaj Jano rigidiĝinte atendis la frakasegon. Eĉ kiam kun miro li vidis la nubobazon antaŭ ili denove dum ascendo, li estis certa ke ili certe rompis iujn suprajn branĉetojn.

La nubego akceptis ilin, kaj Ames blasfemis por meti la timigon en ĝustan kategorion: iritan incidenton; damnindan ĝenaĵon.

«La diablo scias kie ni estas,» li daŭrigis, «sed evidente estas super montaro. Alie la nuboj frenezaĉe alteriĝas.»

«Mi supozas ke ankaŭ tio eblas», Jano diris, kolera mem pro timo kaj konfuziĝo. «Ili evidente intencas persekuti nin ĉien ajn. Do kial ne ĝis tero?»

Ames anoncis sian intencon nun altiĝi kiom eble plej, kaj Jano rimarkis ke li ne provis turni la maŝinon en la antaŭan kurson, supozeble ĉar li volis eviti rerenkonton kun la nimbuso, kiu kaŭzis al ili la glaciiĝon. Indiferente kiun direkton ili iru nun; gajni alton estas la neceso, ne nur por larĝigi la ricevoregionon por siaj signaloj, sed ankaŭ por eviti eventualajn montojn.

Ĉu vere montaro ial eblas? Ne. Sed kie ili estas? Inter iuj altaĵoj certe. Jano febre ekserĉis la mapon, sekcion post sekcio, por iu indiko pri tia loko, indiferente nun pri navigaj antaŭdecidoj, aŭdante ĉiam en la fono de sia konscio la ripetitajn vokojn de Ames: «Hola, Perdita; hola, Perdita; hola, Perdita.» Liaj aŭskultiloj dume krakadis furioze, supozeble pro la atmosfera elektro, sed neniu respondo de la tero travenis ilin. La altometro montris daŭran ascendon, kaj ili flugadis konstante laŭ sama kurso. Fine Ames ĉesis ascendi, ŝpare pri benzino, ĉar estus ja senprofite provi superascendi tiujn nubegojn. La aviadilo do flugadis horizonte tra la grizo kun lula monotono.

Post iom da tempo Jano rimarkis kun konsterno ke denove mallumiĝas, kaj la aeroplano eksaltas pro eksteraj batoj. Tre rapide la griza duonlumo fariĝis preskaŭ nigra, kaj glacio rapide kovris la kajutan vitron. Ames ekturnis la maŝinon, sed ĝi subite falegis kun stomakkreva rapido tra kelkcent futoj. La falo haltis kun frakasema abrupto, kaj la maŝino turniĝinte sur sia flanko releviĝis. Estis evidente kio okazis: ili transiris en novan nubofluon, ĉifoje suprenirantan, sed la malnova batis unu flugilon malsupren je eklaso. Tiuj fluoj kontraŭirantaj povas laŭ onidiro tute disŝiri aeroplanon kiu trafiĝas inter du el ili. Sed nun estas alia, ne teoria, danĝero: la maŝino ekfalas denove, sed girante, kaj estas evidente ke la glacio tenas la gvidilojn rigidaj.

«Pretiĝu naĝi», Ames vokis, kaj Jano obee retiris la kajutan tegon, poste metante manon sur la pinglon de siaj retenaj rimenoj por tuj ĵeti tiujn se necesos paraŝuti. La aeroplano daŭre turnfalis, spitante la jam malpli fortajn suprenfluojn per la inklino de siaj flugiloj kaj terencelanta nazo, kaj kvankam Ames evidente ankoraŭ luktas, estas certe ke se li ne povos baldaŭ mastri la gvidilojn, tiam eĉ elsalto estos danĝera por la flugantoj, pro la apudo de la tero.

Subite la malagrablo de la movosento ĉesis, eĉ kvankam la nazo de la aviadilo momente pli falis, ĉar ili nun flugas korekte laŭ la direkto de la akso. La glacio cedis almenaŭ tiom, kiom necesas por liberigi la gvidsurfacojn.

«Restu do.» Je la vortoj Jano denove forfermis kun dankemo la malsekon de la nubo kaj reprenis sian mapon. Ames levis la nazon de la aviadilo en pli normalan glison, sed glison li ja daŭrigis, kaj lasinte la mallumon de la nimbuso, li klarigis al Jano:

«Mi intencas riski subflugi la nubojn por serĉi iun platon por iele alteriĝi. Restas ĝino por ankoraŭ dek kvin minutoj. Se ni trovos nenion en tiu tempo, mi regrimpos, kaj ni devos fidi la ombrelojn.»

Pri la kompetento de Ames trovi lokon Jano ne dubis: devas esti iu malgranda spaco inter la arboj, kiun malalta flugado dum dek kvin minutoj malkaŝos, kaj nur relative malgranda spaco necesos por flugisto kia Ames, eĉ se li damaĝos la maŝinon savante la portitojn. Kio vere timigas, tio estas la eblo ke ili ne postlasis la altaĵojn, ke tiuj eĉ pligrandiĝis, kaj ke la aviadilo trafos la teron antaŭ ol lasi la nubon.

Jano nun plenkore sopiris restariĝi sur tero, esti en homa socio, eskapi tiun ĉi inkuban raketadon – kaj eskapo fariĝis multe malpli verŝajna eĉ dum la longegaj pasintaj dek kvin minutoj – sed li tamen sentis sin rigidiĝi dum la descendo: dum la griza vaporo fluis preter la kajuto li imagis denove kaj denove ombregon aperintan antaŭ ili. La altometro registris la daŭran grandigon de la danĝero: jam malpli ol mil futoj; naŭcent; okcent; sepcent; Ames ne – ĉu? – daŭrigos la descendon memorante pri lasta ...

La nubo faskiĝis kaj malaperis malantaŭ ili; kelkcent futojn sube etendis sin pejzaĝo konsistanta el arbaretoj, tri-kvar malgrandaj lagetoj kaj, preter tiuj, plata kampego kun kabanoj, hangaroj, ventomaniko.

Antaŭ ol Jano povis konvinki sin pri la efektivo, Ames svinginte la aviadilon al la flughaveno jam rekomencis sian vokon:

«Hola, Perdita! Hola, Perdita! Hola, Perdita! Jen Jako Po Petro, Jako Po Petro, Jako Po Petro. Ĉu vi aŭdas min?»

El la etero venis en la aŭdilojn varma, dorlota virinvoĉo, nekredeble, tamen kun profesia flegmo, kiu preskaŭ supozigis ke ĝia posedantino jam atendis ilin:

«Hola, Jako Po Petro. Jen Lakamen Pinoj. Ĉu mi povas helpi?»

«Ĉu vi povas ...??» Ames ronronaĉis. Poste, reŝaltinte la alteran radion:

«Hola, Lakamen Pinoj. Mi volas alteriĝi.»

Aŭtoritata vira voĉo respondis: «Hola, Jako Po Petro. Ĉu vi havas difektojn?»

«Ne, mi ne havas difektojn – ankaŭ ne multan benzinon», Ames respondis.

«Bone. Vento cent naŭdek gradoj. Ĉirkaŭiro estas vaka.»

Ames ĉirkaŭflugis la kampegon sendante de tempo al tempo la rutinajn sciigojn pri pozicio, fine descendinte kontraŭ la raportita vento antaŭ ol gvidi la aviadilon kun nur plej eta reskuo sur la malsekegan herbon.

Ili saltetis trans la kampego al la konstruaĵoj, kaj haltis proksime al la direktejo, dum du veturiloj rapidis renkonte. Jano ridetis rimarkinte la ruĝan krucon sur unu el tiuj, sed samtempe li sentis piketon de fiero ĉar oni taksas ilin serioze, kiel eventualajn vunditojn.

La helico ĉesis turniĝi, kaj la sono de la pluvo tamburanta sur la kajuta vitro aŭdeblis. Retirinte sian vitrovolbon Jano elgrimpis kaj kuretis kun Ames al la renkonta veturilo, konscia pri siaj senelastaj muskoloj, la pezo de la svingiĝanta paraŝuto ĉe sia postaĵo, kaj la rezista firmeco de la tero sub la plandoj.

Oficiro ŝovis la kapon el la veturilo por saluti ilin ŝerce-bonvenige, kaj post mallonga veturado gvidis ilin en la direktejon. Dum Ames raportis detalojn pri ilia deveno kaj flugo, Jano ĉirkaŭrigardis, serĉante la fonton de tiu anĝela voĉo. Jen ŝi certe, ĉe la mikrofono.

Li sentis ian deliron starante tie en la haŭtpika varmo de la ĉambrego, kun oreloj zumantaj en la surpriza kvieto, laca kaj tamen ekscitita, dum la pluvo ankoraŭ batadis kaj siblis ekster la fenestregoj; sed ne estis deliro kiu sciigis ke ŝi estas bela kiel la voĉo supozigis: malhelaj haroj kombitaj rekte flanken de divido ĉe la dekstro, senbuklaj, senondaj: simpla kadro por perfekta vizaĝo. Ŝi turnis la okulojn for de Ames kaj lia grupo por rigardi Janon momente per fumkoloraj irisoj, kaj kun surprizo li konstatis ke ĝuste tia li supozis ŝin. Ŝi ne povus esti alia.

La serena rigardo, sorbinte kiom ĝi volis, returnis sin al la grupo ĉe la ĉefa tablo, de kiu Ames nun foriras. Revenante al Jano li paŭzis kaj deviis al la belulino por ŝercgalante danki pro ŝia respondo al la helpovoko, kaj scivoli kiel li povos repage regali ŝin en tiu ĉi forlasita kabanaro. Ŝi ridetante rebatis per konvenaj miskomprenoj kaj naiva scivolo pri kiu fakte regalos kiun, kaj estis evidente ke se necesos resti ĉi tie kelkajn tagojn, Ames verŝajne akompanos ŝin al la kazerna kino. Nur unu trueto povus malhelpi lian glatan progreson: ŝi ne estas oficirino; sed la kanadanoj malmulte sin ĝenas pri tiaj detaloj, kaj kio ne eblus en brita establejo, tio eĉ ne rimarkindus tie ĉi. Eble ŝi havas fianĉon, sed kiel li povus embarasi Ames, krom se li estas ĉi tie – kaj ankaŭ estas oficiro.

Fininte sian skermadon, Ames revenis al Jano: «Ni estas preskaŭ sepdek mejlojn pli sude ol nia kalkulita plejeblo», li sciigis. «Ŝajne la ŝtormo mem moviĝis tre rapide, sed mi ankaŭ suspektas glacion en la altometraj tuboj, kiu komence trompis nin pri altaĵoj kie tiuj ne ekzistis.»

«Mi ja sugestis la altometron.»

«Prave. Do eble ni ja havis 200-futan nubobazon. Mi ne scias. Poste la altaĵoj estis efektivaj.»

«Kiel longe ni restos?»

«Almenaŭ ĉinokte. Oni sendos iun por gvidi vin al la litujo. Estu ĉi tie je la naŭa matene preta por eventuala flugo. Vi faris bone, Gill. Ne panikis. Nu, ĝis!»

Li foriris, kaj Jano staris atendante. La belulino sidis ĉe sia tablo parolante al kolegino, ĉar malmultajn signalojn ŝi ricevis de flugantoj dum tia ŝtormo. Iuj el la restantaj homoj en la ĉambrego staris en grupo diskutante ŝanĝojn en la rotordo por la venonta tago, dum aliaj sidis krajonumante.

Kion Ames diris? «Bone farite!» Kiel bone farite? Kiel oni povus esprimi panikon en tiu situacio eĉ sentante ĝin? Nura ĝentilaĵo, certe. Tamen estis ŝatinde ke li volis tiel kuraĝigi.

Senrangulo envenis kaj alparolis lin: «Vi tranoktos en nia kabano», li informis. «Necesos akiri litotukojn de la provizejo. Mi montros.»

Ili kuris tra la ankoraŭ densa pluvo al proksima konstruaĵo, kie Jano ricevis brakoplenon da litotukoj, kiujn li penis ŝirmi per duonkaŭro dumire al la kabano. Tie li faligis ilin sur la liton indikitan, kaj ne malŝparinte tempon por ordigi ilin, li sekvis sian gvidanton al la senrangula manĝejo, ĉar estis neniuj kadetaj flugantoj ĉi tie.

Li petis manĝon. Li sciis ke estas jam post la manĝohoro, sed li ĵus alteriĝis. Kiel ĝi povas esti kontraŭ ĉiuj reguloj se ĝi estas postfluga manĝo? Li rajtas tion; la reguloj konfirmas ĝin. Kiel li respondecas pri tio ke ĉi tiu ne estas fluganta manĝejo? Kion li diable faru? Manĝu kun la oficiroj? La suboficiroj? Do ĉesu la ĉikanadon. Ho ĉu. Bone, li tuj telefonos sian oficiron, kaj tiu sendube informos la komandanton. Bone, bone, bone. Ne, ne, ne.

«Bone.»

La manĝo ne estis tradicia fluginta manĝo, sed li decidis kompromisi, kaj fininte la duonvarman restaĵon, kiun oni proponis, li reiris al la kabano, kie li trovis sesopon da neflugantaj aerflotanoj, kiuj sidis sur litoj kaj parolis al la gvidinto.

Tiu kapkline salutis lin kaj daŭrigis sian respondadon al la lakonaj demandoj de siaj kamaradoj pri iu venonta distraĵo, kiun li ŝajne organizas. La aliaj montris neniun interesiĝon pri la alveno de Jano, eble jam aŭdinte la detalojn. Dum li ordigis sian liton la demandoj ŝanĝiĝis en petojn rapidi, kaj ĉiuj ekstaris por lasi la kabanon.

«Ĉu estas kantino – tio estas, kie?» demandis Jano rapide.

«Ĝi estas sub la kino. Venu kun ni», lia mentoro respondis. «Ni iros al la kino.»

Sekvinte ilin en la ankoraŭ malsekan mallumon Jano promenis ĉe la rando de la konversacio laŭ bitumaj irejoj, ĝis la grupo atingis pli ol ordinare grandan konstruaĵon. En la vestiblo liaj kunuloj indikis la pordon de la kantino antaŭ ol ili supreniris ŝtuparon al la supra etaĝo.

La kantino estis preskaŭ malplena, supozeble pro la kontraŭlogo de la filmo montrota super ĝi, kaj Jano sidis meze de pluraj malplenaj tabloj kun siaj kafo kaj kuko, gratulinte sin moroze ke li havas iom da mono en la poŝo, kaj scivolante ĉu li povos retrovi la kabanon en la mallumo.

Estis kompreneble neniuj aliaj flugantoj en la kantino. Supozeble Ames nun drinkas kaj babilas gaje kun siaj egaluloj en la oficira salonaro. Kioma horo estas? Nur tiom? Domaĝe ke li ne alportis iun legaĵon; sed kiu povis antaŭvidi ke ili ne revenos al la hejma flughaveno? Jano trinkis duan tason da kafo, kaj fumis cigaredon. Poste li reiris al la kabano, trovante ĝin sen malfacilo, kaj enlitiĝinte celis sonĝi pri fumkoloraj okuloj.

RENKONTO

Tirinte la kurtenon duonferme por protekti la meblaron kontraŭ la maja suno, Ina staris elrigardante la fenestron.

La kvieto de dimanĉa posttagmezo regis en la strato: estis neniu trafiko, kaj la solaj promenantoj estis paro kun du infanetoj, ŝajne familio vizitonta. Returninte sin en la ĉambron, Ina finaranĝis la tasojn kaj telerojn sur la malgranda tablo kaj formetis la pladon per kiu ŝi alportis ilin.

Estas jam la kvara; Elsa baldaŭ venos laŭ la kutimo iniciita jam antaŭ preskaŭ du monatoj por ŝiaj liberaj dimanĉoj, foje vizitante nur por kelkaj minutoj antaŭ ol pluiri por renkonti unu el siaj amikoj aŭ sian amikinon, Noran; sed hodiaŭ ŝi venos por la temanĝo kaj restos dum la vespero ĝis la horo kiam ŝi devos reiri al la domo de s-ro Gascoigne, ĉar ŝi ankoraŭ deĵoras tie sub la rigora reĝimo de s-ino Betts. Vidinte la relativan komforton de Ina en ŝia loĝejo, kaj aŭdinte pri la laborkondiĉoj en la oficejo kie tiu nun deĵoras, ŝi tamen jam anoncis sian intencon lasi la domservon; sed estis neniu signo ĝis nun ke ŝi faras ion definitivan.

Ina estis ja kontenta. Ŝi jam estis akceptita en la oficejo; kaj, kvankam la loĝejo ne estas perfekta, tamen kion oni rajtas atendi en domo plena de virinoj? – ĉar ja sole al virinoj la decega s-ino Wainwright luas siajn ĉambrojn. Tamen, malgraŭ la malavantaĝoj, kiaj la ne tre bona manĝo, kaj la ŝaperona trudemo de s-ino Wainwright en la aferojn de siaj «gastinoj», precipe se ili envenas tro malfrue en la vespero por plaĉi al ŝia decosento, la domo ankaŭ havas siajn avantaĝojn. Ĉefa inter ili estas la fakto ke oni havas ja privatan ĉambron, kaj en okazo kia la nuna, povas inviti gaston kaj manĝi sola kun tiu, kondiĉe ke oni mem portas la kuiraĵojn de sube, ĉar kuirado en la ĉambroj estas forte malpermesata.

Aranĝinte ĉion kontentige, Ina denove iris al la fenestro, ĉar jam estis tempo ke Elsa alvenu. Ŝi ĵus elrigardis, kiam la sonorilo tintis de sube. La alveninto ŝirmiĝis de ŝia vido pro la solida trudo de la antaŭpordo, sed ŝi supozis ke estas Elsa, kaj eliris la ĉambron por bonvenigi ŝin. Anstataŭe ŝi renkontis s-inon Wainwright suprenirantan la ŝtuparon.

«Ha, f-ino Maclean, estas gasto por vi», ŝi diris iom malvarme.

«Gasto?» demandis Ina. «Gastinon mi atendas.»

«Nu, estas gasto. Fakte, soldato.»

«Mi ne konas iujn soldatojn, krom mia frato, kaj li estas nun ĉe la fronto.»

«Nu, estas soldato, kaj li ja demandis ĉu li povas paroli al vi.»

Ina sekvis s-inon Wainwright malsupren, scivolante pri sia vizitanto. La dommastrino kondukis ŝin al la pordo de la ĝenerala salono kvazaŭ ŝi ne jam konus la vojon, kaj tie lasis ŝin post indika gesto, kiu klare esprimis: «Do jen la pruvo.»

Enirinte Ina trovis altan viron starantan apud la fenestro parolantan al du el ŝiaj kungastinoj. Ne estis Dunkan; li estis pli larĝa, kaj portis riĉan kaŝtankoloran liphararon, sed la uniformo estas ja tiu de la Skota Gvardio. Li turnis sin je ŝia alveno, kaj paŝis renkonte.

«Fraŭlino Maclean?» li demandis.

«Jes», konfirmis Ina.

«Mi estas Georgo Gill. Eble vi aŭdis pri mi de via frato.»

«Nu, jes; mi opinias, ke jes», Ina respondis necerte.

«Do, eble li sciigis vin, ke mi vizitos vin.»

«Nu, ne-e. Mi ja ne aŭdis de li tre lastatempe. Ĉu vi forlicas?»

«Jes, mi havas postvundan forlicon, kaj Dunkan skribis al mi, ke mi vizitu vin kiam mi estos en Londono. Mi supozis ke li sciigis vin pri tio.»

«Ne-e. Ŝajne li forgesis, aŭ mi ne ricevis ĉiujn liajn lererojn. Sed mi tre ĝojas renkonti vin. Ĉu vi konis Dunkan dumlonge? Via nomo ja ŝajnas konata, sed ...»

«Jes. Ni iris Francujon kune ĉe la komenco de la milito.»

«Ho? Kaj vi vundiĝis?»

«Jes, dum la forlico de Dunkan. Mi vundiĝis en la kapo, sed ĝi ne estis tiel grava kiel oni unue supozis. Mi venis al Londono por tribunalo, kaj mi supozas ke ili resendos min al la fronto tre baldaŭ, sed dum mi estas en Londono, mi kaptas la okazon viziti vin, kiel mi promesis al Dunkan.»

«Jes, mi tre ĝojas ke vi ja. Estas iom malfacile ĉi tie, ĉar ni ne rajtas inviti virgastojn al niaj ĉambroj.»

«Ho, tute ne gravas. Mi ne restos nun. Mi nur venis por certigi ke mi vidos vin. Se mia hejmo estus pli apuda, vi povus viziti nin, sed mi supozas ke vi ne disponas tempon veni tiel malproksimen.»

«Vi estas skoto ...»

«Jes, sed miaj gepatroj loĝas nuntempe en Luton. Tamen, eĉ tio estus supozeble tro maloportuna por vi.»

«Nu, vere. Mi devas labori ...»

«Kompreneble; sed eble mi povos renkonti vin en

Londono? Ni povus iri al – teatro, kaj manĝi ie. Mi ne deziras reiri Francujon kaj konfesi al Dunkan ke mi ne renkontis lian fratinon – almenaŭ ne sufiĉe longe por povi raporti pri kio ni konversaciis.»

«Nu, estas tre afable, sed mi ne scias ...»

«Eble vi dubas ĉu mi estas vere amiko de Dunkan, ĉar vi ne aŭdis de li.»

«Nu, ne. Li ja menciis vin plurfoje, kvankam li ne menciis ke vi venos.» Ina tre konsciis la daŭran interesiĝon de la aliaj du ĉeestantoj. Malbenitaj garoloj! Kial ili ne iras? Sed kompren-eble, se ili farus tion, s-ino Wainwright trovus pretekston por enveni la ĉambron. Ŝi certe ne lasus unu el siaj gastinoj sola kun soldato. Tiu ĉi bigoteco estas absurda, precipe en milittempo. Ina faris decidon.

«Ne, ne temas pri tio», ŝi diris al Georgo. «Mi nur scivolis, ĉu ni ambaŭ estos liberaj je la sama vespero antaŭ ol vi iros, se vi ja reiros baldaŭ.»

«Nu, kiujn vesperojn vi ne estas libera?» demandis Georgo. «Ĉar mi estas libera preskaŭ la tutan tempon.»

«Fakte,» Ina ridetis, «ankaŭ mi – krom merkredon, kiam mi ĝenerale gastigas amikinon.»

«Do, ĉu estas iu teatraĵo aŭ revuo, kiu aparte plaĉos al vi?» demandis Georgo. «Mi povos fari aranĝojn, kaj poste sciigi vin.»

Antaŭ ol Ina povis respondi la sonorilo denove eksonis. Tio nepre estas Elsa!

«Ĉu ne estus pli prudente decidi unue pri iu vespero definitiva?» ŝi demandis rapide. «Kaj poste vi povos akiri biletojn por iu ajn teatro, kondiĉe ke ili validos por tiu vespero? Des mal-pli gravos, pri elekto de teatro nun, ĉar multaj ja ne disponas biletojn por iu vespero dum la venontaj du-tri semajnoj.»

«Do, se vi volas. Ĉu ni diru morgaŭ? Mardon?»

«Jes mardo estos ŝajne pli oportuna.» Ŝi aŭdis s-inon Wainwright malfermi la stratpordon, kaj momenton poste la salona pordo malfermiĝis, kaj Elsa envenis kun scivolema esprimo sur la vizaĝo. Ina prezentis ŝin al Georgo, klarigante ke ŝi estas gastino, kiun ŝi atendis.

«Ho, mi tre pardonpetas, se mi venis je maloportuna momento», Georgo diris, samtempe salutante manpreme Elsan. «Mi devas tuj iri. Kiam mi povos sciigi vin definitive pri aranĝoj? Ĉu estos en ordo se mi iros al via oficejo?»

«Ho, ne», Ina respondis. «Ĉi tie, aŭ – nu ...» Ŝi turnis sin al Elsa:

«Ĉu vi povos resti ĉi tie dum kelkaj minutoj, kara?» ŝi demandis. «Dum mi iros al la pordo kun s-ro Gill?»

«Jes, certe», respondis Elsa, kaj Ina kondukis Georgon en la mallongan koridoron al la pordo.

«Mi ĵus konstatis ke la sola okazo kiam vi povus renkonti min antaŭ mardo estus morgaŭ vespere ĉi tie, sed ĉar ni jam decidis ke ni nepre renkontiĝos marde, ne estus tempo ŝanĝi iujn aranĝojn. Do, estus pli prudente se ni decidus jam nun, ke mi akceptos iujn aranĝojn, kiujn vi faros, ĉu ne?» ŝi demandis, jam ĉe la pordo.

«Nu», Georgo konsentis. «Nu, bone. Mi esperas, ke mi ne kaŭzis al vi iun malagrablaĵon veninte ĉi tien; sed mi pensis ke se mi volos certe trovi vin, necesos veni dimanĉon, pro via laboro.»

«Certe. Vi tute ne kaŭzis malagrablaĵon. Male, mi tre ĝojas ke vi venis, kaj mi dankas pro via invito.»

«Do bone. Ĉu ni diru ke ni renkontiĝu do je – la sepa? Ĉu tio estos tro frua?»

«Ne. Tio estos tute oportuna por mi», respondis Ina.

«Aŭ ĉu ni povus renkontiĝi pli frue, se vi ne vespermanĝos antaŭe?»

«Nu, jes, se vi volas; sed mi devos reveni ĉi tien unue, kompreneble. Mi dubas ĉu mi povas esti preta antaŭ la sesa kaj duono.»

«Ni konsentu do pri tiu horo, ĉu?»

«Bone, kaj – koran dankon.»

«Do – ĝis tiam!»

«Jes. Ĝis!»

La alta figuro atingis la pordegon de la absurda ĝardeneto per tri paŝoj. Kline turnante sin por fermi ĝin, li rerigardis kun rideto, kiun Ina spegulis antaŭ ol fermi la pordon kaj reiri la salonon.

«Elsa, ĉu ni iru?» Ŝi retiris sin preskaŭ antaŭ ol Elsa povis respondi «Jes», kaj supreniris la ŝtuparon antaŭ ŝi tiel rapide, ke Elsa ne povis fari iujn demandojn antaŭ ol ili atingis la privatecon de la propra ĉambro. Tie la kluzo de ŝia scivolemo malplenigis sin sub nerezistebla premo:

«Ho, fi, ruzulino! Kiu li estas do? Kie vi kaŝis lin? Vere, mi venis ĝustatempe: se mi estus mistrafinta lin denove, mi ŝajne neniam estus sciinta pri li, ĉar vi neniam sciigus. Kiom longe vi konis lin do?»

«Li estas amiko de Dunkan», Ina respondis mallonge.

«Jes, jes, tion vi diris kiam vi prezentis lin; sed vi kondutis antaŭ li kvazaŭ vi jam menciis lin al mi.»

«Kiel?»

«Nur aludante nomon, kvazaŭ mi scius la ceteron. Detalojn mi volas: ekzemple, kie kaj kiam vi unue renkontis lin?»

«Hodiaŭ.»

«Ho jes, tion mi povas kredi.»

«Ne estu absurda. Li estas amiko de Dunkan. Kiam mi havus okazon renkonti lin antaŭe, se li ja estadis ĉe la fronto? Li nur hejmas nun ĉar li estis vundita.»

«Ĉu?»

«Jes.»

«Kaj kiom longe li restos ĉi tie?»

«Mi ne scias, nek li mem. Li devos iri antaŭ tribunalon post du-tri tagoj.»

«Nu eble oni tiam longigos la forpermeson. Vi tiam havos okazon ...»

«Mi ripetas: ne estu absurda. Mi ĵus renkontis lin.»

«Jes, kaj jam havas rendevuon.»

«Unu, jes; ĉar mi ne povas gastigi lin ĉi tie, kaj mi suspektas ke li faris la viziton speciale, por komplezi al Dunkan.»

«Do bone, sed vi tamen havos okazojn por aliaj. Vere, vi estas bonŝanca: vi pretendas ke vin ne interesas viroj, kaj tamen vi havas ĉiujn oportunaĵojn; ĉiam ŝajnas ke vi renkontas belajn soldatojn, kaj vidu ...»

«Kiujn belajn soldatojn? La vero estas ke via konscio plene ekvivas nur kiam viroj ĉeestas. La sola alia estis Dunkan, kiun vi rajtis ĉasadi laŭ mi; sed kompreneble unu sama ĉasaĵo baldaŭ enuigas vin.»

«Tio ne estas justa. Vi aludas la fakton ke mi ne renkontis lin ĉe la stacidomo antaŭ ol li foriris. Mi jam diris ke mi bedaŭras ke mi ne povis atingi ĝin sufiĉe frue.»

«Ho, bone. Vi ne devas pardonpeti al mi.»

«Mi jam skribis al li.»

«Do, do.»

«Do kion vi atendas? Li estas nun en Francujo, kaj kiu scias kiam li revenos? Do, kion mi faru?»

«Faru laŭvole. Ne estas mia afero.»

«Ne, sed vi kondutas kvazaŭ mi ofendis kontraŭ devo kaj deco.»

«Nu, se jes, mi pardonpetas.»

«Kaj mi pardonas. Sed tiu Georgo estas vere impona. Ĉu efektive vi renkontis lin nur hodiaŭ?»

«Mi jam diris. Li alvenis nur kelkajn minutojn antaŭ vi. Mi tute ne atendis lin.»

«Mi kredas vin. Estu afabla al li do.»

«Kaj kion tio signifas?»

«Nu, ke vi estu afabla. Kiel progresas la laboro?»

«Ho, tre kontentige. Demetu la mantelon, kaj mi sciigos vin pri ĝi.»

Dum kelka tempo ili diskutis la novan laboron de Ina: Ina klarigis, kaj Elsa interrompis de tempo al tempo por esprimi sian envion.

«Ĉu vi opinias ke mi povus trovi ion similan?»

«Nu, kial ne? Neniam estos pli oportune. Kvankam ne ĉiuj firmoj estas tiel progresemaj kiel nia, tamen ili devos pli kaj pli akcepti virinojn, ĉar ili simple ne disponos la virojn.»

«Ĉu vi ne povus rekomendi min al via estro?»

«Estas ne tre konvene ke mi rekomendu, ne estante administranto, eĉ ne tre grava adjunkto mem. Kompreneble, se ili demandus min pri iu taŭga, tiam mi certe rekomendus vin; sed dume, kial ne peti s-ron Gascoigne, kiel mi faris?»

«Nu, ne. Mi dubas ĉu li estus tiel entuziasma pri mi, kiel pri vi. Cetere, via peto estis unikaĵo; sed se li ekopinios ke oni atendas ke li propravole senigu sin de domservistinoj, li forte rezistos. Nu, ni vidu. Se vi aŭdos pri io, vi sciigos min, ĉu ne?»

«Kompreneble. Tamen, mi opinias ke via natura sfero estus en iu modista salono.»

La komplimento plaĉis al Elsa: «Mi ne scias ĉu vi blagas, aŭ ne,» ŝi diris, «sed kompreneble oni ne multe okupas sin en la nuna tempo pri modistaj aferoj.»

«Dunkan opinias male. Li diris ke estas ŝoke vidi kiel oni okupiĝas pri bagatelaĵoj dum la milito. Multaj el la soldatoj ŝajne trovis tion. Ili diras ke ni ne konscias kio okazas tie en Francujo.»

«Eble li pravas, sed ni devas ja vivi.»

«Jen la punkto: li diras ke ni vivas tro bone, kaj ne sufiĉe serioze tenas nin al la vera situacio.»

«Nu, kion ni povas fari, krom gajigi la soldatojn kiam ili revenas, kaj kuraĝigi la ceterajn virojn soldatiĝi. Ĉu mi sciigis al vi pri Nora?»

«Ne.»

«Ŝia plej lastatempa distro estas stari ĉe la stacidomo kaj aliaj lokoj kie oni amasas, kaj disdoni blankajn plumojn al ĉiuj viroj, kiuj ne estas en uniformo.»

«Disdoni blankajn plumojn?»

«Jes; signojn de malkuraĝo, ĉu ne?»

«Mi scias, sed kial ŝi faras tion?»

«Nu, ŝi opinias, ke ĉiuj viroj devus esti en uniformo dum la milito, kaj se ili insistos restadi, almenaŭ ŝi embarasos ilin.»

«Espereble ŝi ne trovos unu el ili havantan la kuraĝon frapi al ŝi la vangon.»

«Mi dubas. Ĝis nun tio certe ne okazis.»

La sonorilo aŭdiĝis de sube, sed Ina ne multe atentis ĝin, ĉar ŝi ne atendis alian gaston; tamen postnelonge s-ino Wain-wright frapinte la pordon enmetis la kapon:

«Estas vizitantino por vi, f-ino Maclean.»

«Ĉu? Kiu?»

S-ino Wainwright pli malfermis la pordon, kaj envenis Katrina.

«Kanja! Mi tute ne atendis vin; mi supozis ke neeblas por vi ...»

«Jes, mi scias,» diris Katrina, «sed mi estas en nova posteno nun, en Baron Korto, kiu estas sufiĉe oportuna, kaj ĉar mi estas libera hodiaŭ ...»

«Jes, kompreneble. Mi tre ĝojas ke vi povis. Plialtiĝo?»

«Jes, mi estas dua tie – kvankam la servantaro entuta ne estas tiel granda.»

«Do, ni ĉiuj fariĝis tre ambiciaj. Mi ne suspektis ke vi fariĝas malkontenta.»

«Mi ne,» respondis Katrina, «sed mi aŭdis pri tiu ĉi posteno, kaj decidis provi, ĉar mi jam estis preskaŭ tri jarojn kun ges-roj Glenn-Smith.»

«Jes, jes. Vi estas tute prava. Kia estas via nova dunginto?»

«Bona. Estas s-ro Raeburn, advokato. Li estas fraŭlo.»

«Ha,» diris Elsa, «mi perceptas ke vi havas la ĝustan sintenon.»

Katrina ruĝiĝis, kaj Ina protekteme ŝanĝis la tendencon de la konversacio:

«Raeburn, ĉu? Estas ĉiam avantaĝe labori por fraŭlo, ĉar tiel oni ne devas elteni dommastrinon; ili ĉiam estas pli ĝenaj.»

«Jes. Ĝuste tial mi menciis ke li estas fraŭlo.»

«Kompreneble, kara. Ne atentu tiun ĉi Elsan; ŝia menso ĉiam iradas laŭ unusama relo.»

«Hej! Mi nur diris ...»

«Mi scias kion vi diris, kaj kion vi pensas; kaj via penso

estis absurda, kaj vi sciis ke ĝi estas absurda, sed vi ĉiam devas diri ...»

«Nu, kial ne? Cetere, mi nur ŝercas.»

«Jes, jes. Do, demetu la mantelon, Kanja, kaj sidiĝu. Estas sufiĉe da teo ankoraŭ.»

«Estas domaĝe, ke vi ne venis antaŭ duonhoro, Katrina», Elsa diris. «Vi estus vidinta tre ekscitan vizitanton de Ina, gvardianon fakte.»

«Amiko de Dunkan, Kanja», Ina klarigis. «Li estas en Anglujo post vundo, kaj devas veni Londonon por tribunala kontrolo ĉu li estas preta reiri la fronton.»

«Nu? Ĉu Dunkan ne menciis lin?»

«Jes, kvankam li ne menciis ke li estas en Anglujo nuntempe. Eble iuj liaj leteroj perdiĝis. Certe, mi scivolas, ĉu li ricevas ĉiujn miajn, ĉar li ofte plendas ke li ne ricevas leterojn kvankam mi skribas konstante. Estas des pli malfacile pro tio ke li ofte devas respondi miajn duope kaj triope; do ne ĉiam mencias ilin individue.»

«Li respondis mian», Elsa enmetis.

«Jes, vian unusolan. Ĉu vi skribis al li, Kanja?»

«Nu, efektive ne. Mi scivolis ĉu mi devus fari tion, sed supozis ke eble estus nura ĝeno al li, ĉar li sentus devigon respondi. Cetere, mi ne havis lian adreson.»

«Ha, mi povas doni al vi.»

«Jes, sed ĉar li ne donis, kaj ne sugestis ke mi skribu, eble li ne deziras ke ...»

«Sensencaĵo. Li ne povis memori diri tion al ĉiuj; sed efektive li multe sopiras leterojn dehejme, kaj vi kaj li havas ion komunan: vi povas skribi pri Alek, kaj ĉiuj hejmaj aferoj. Mi donos al vi lian adreson. Promesu ke vi skribos.»

«Ho, certe, se vi opinias ke estos bonvene.»

«Mi ja. Eble li malpli plendos estonte.» Ina jam fosis en tirkesto por krajono kaj papero.

La horoj pasis rapidege kun vigla babilado, sed fine la du amikinoj devis foriri por atingi siajn dungejojn antaŭ la forpermesa limhoro, kaj Ina lasite sola ekpensis nun pli pace pri sia vizitanto de la posttagmezo, ekprezentante al sia imago la rendevuon de post du vesperoj kaj konjektante pri la eventualoj.

Ŝi vekiĝis frue la postan matenon laŭ kutimo rezultinta de la rigora reĝimo de ŝia infanaĝo kaj pluraj jaroj en la domservo, kaj la vekiĝinta menso tuj okupis sin pri la sama antaŭdorma temo. En la difuza lumo de frutaga maja suno ŝi provis prezenti al si la hieraŭan intervjuon kundetale, scivolante ĉu ŝiaj konduto kaj diroj estis akcepteblaj al Georgo, aŭ ĉu male ili estis iel ridindaj, kaj samtempe penis rekapti la trajtojn de Georgo mem. Ŝia bildo en la spegulo rerigardanta al ŝi aspektis kiel ŝi mem aspektos al Georgo post du tagoj. La lumo estis afabla, kaj ŝi sentis leviĝon de la spirito: ŝi ne volis ke la fratino de Dunkan estu malinda, ke la vespero estu por lia amiko speco de sinofero. Tiel ŝi rezonadis, kaj ankoraŭ same rezonadis kiam ŝi iris al la manĝoĉambro post duonhoro.

Ĉiuj la gastinoj de s-ino Wainwright devis manĝi je la sama horo indiferente pri la tempo de sia eliro al deĵoro, kaj la kutima babilado zumis ĉirkaŭ ŝia kapo dum ŝi enstomakigis la sengustan anglan version de avenkaĉo kaj la tro kuiritan ovon.

Dum la aŭtobusa vojaĝo al la oficejo la temo estis sama, sed ŝi perceptis subtilan ŝanĝiĝon en la tendenco de sia mensa monologo, kiu nun akomodas sin al la formo de klarigo, klarigo por Elizabeta Joyce, kun kiu ŝi fariĝis tiel amikema ke ili kutimas viziti unu la alian po unu fojo semajne, kaj ŝi konstatis kun iritiĝo ke ŝi pene ellaboras ĝin en kvazaŭ hazardan mencion.

Alveninte la oficejan konstruon ŝi donis sekan «Matenon» al la maljunulo, Hayes, en la lifto, kaj ne atendante la gruntan respondon, laŭiris la ŝtuparon al la ĉambraro de Mulgrew kaj Cassim. Nur du el ŝiaj kolegoj alvenis antaŭ ŝi, kaj dum ŝi demetis la mantelon ŝi interŝanĝis kun tiuj salutojn kaj ĝentilajn esperojn pri la daŭro de la bela vetero antaŭ ol ekaranĝi la poŝton – tasko kiu okupis por ŝi la venontajn kvin minutojn, dum la du viroj parolis kun ŝajna sperteco pri la kultivo de rozoj, kaj Ina scivolis ĉu tio estas la daŭrigo de konversacio komencita antaŭ ol ŝi alvenis, aŭ ĉu ĵus starigita kiel konvena por ŝiaj oreloj.

Baldaŭ la alvenoj fariĝis pli kaj pli oftaj, kaj fine, ĝuste du minutojn antaŭ la komenca horo, Elizabeta aperis, kaj post ĝeneralaj salutoj, venis al la tablo de Ina por elpreni iujn kovertojn kiuj aspektas sufiĉe gravaj por la persona trarigardo de la estro.

«'Matenon, Ina. Kio nova dum la semajnfino?»

«Fakte io», Ina respondis. «Jes, surprizo.»

«Ho?»

«Jes. Vizitis min hieraŭ amiko de mia frato. Li vundiĝis kaj estante en Londono, nu – vizitis min.»

«Amiko de via frato, ĉu? Armea amiko?»

«Jes.»

«Kaj ĉu li havis iun novaĵon pri via frato?»

«Nu, ne, ĉar li jam estis en Anglujo dum kelkaj semajnoj, kaj fakte iros antaŭ tribunalo baldaŭ por kontroli ĉu li estas preta iri al Francujo.»

«Ha, mi ne pensis. Kompreneble. Ĉu li grave vundiĝis?»

«Nu, li diris ke ne, sed ŝajne oni antaŭe kredis ke estas sufiĉe grave. Li vundiĝis en la kapo.»

«Tamen, estis ja io, ke li konas vian fraton. Estas kvazaŭ kontakto, ĉu ne?»

«Jes, vere. Mi nur domaĝas ke mi ne povis pli taŭge bonvenigi lin, pro tiu drakino, la dommastrino. Li restis nur kelkajn minutojn fakte.»

«Ŝi ne forpelis lin, ĉu?»

«Ne, sed vi scias – ni devis resti en la ĝenerala salono, kaj neeblis ne senti ioman embarasiĝon – kvazaŭ li ne estus bonvena.»

«Mi komprenas. Estas domaĝe ke ne estas pluaj ĉambroj en nia domo; alie, vi povus veni loĝi ĉe ni. Fakte se vi estus sciinta ke li venos, vi povus renkontiĝi en nia domo; estus almenaŭ pli hejme.»

«Jes. Dankon. Sed almenaŭ mi vidos lin denove, kaj tial havos okazon pardonpeti al li.»

«Ho, ĉu vi havas rendevuon, do?»

«Jes, morgaŭ vespere. Ni iros al teatro aŭ simile.»

«Hm.»

«Li ne volis reiri Francujon post tia mallonga interparolo. Li ja ne havus ion raportindan por Dunkan – mia frato.»

«Ne-e, sed mi dubas ĉu via frato estas sola motivo.»

«Ho, ne ekskrapu vi tiun kordon.»

«Ne ofendiĝu, kara, mi ne celis ion misan, sed mi certe vetus ke li ne domaĝas pasigi vesperon en la kunesto de bela fraŭlino. Ĉu tio estas ŝoka?»

«Nu-u ne, sed ...»

«Cetere, kio pri mi kaj ‹tiu kordo›? Ĉu iu jam havis la saman – similan – ideon?»

«Jes, mia amikino, Elsa, venis hieraŭ antaŭ ol li foriris, kaj se vi konus ŝin, vi komprenus ke ŝi vidas ĉiun situacion tra samkolora lenso.»

«Ha, jes. Vi jam menciis ŝin. Ŝi estas la ŝikulino, ĉu ne?»

«Ĝuste, kaj por ŝi ne ekzistas viro kiu ne estas kaptinda, nek virino kiu ne estas avide kaptema. Tial mi tiom pikiĝemis. Mi pardonpetas.»

«Ne, ne, mi komprenas – kaj mi esperas ke vi tre ĝuos vian vesperon. Al kiu teatro vi iros?»

«Mi ne scias, ĉar ni decidis renkontiĝi morgaŭ definitive, esperante ke dume Georgo – tio estas lia nomo – sukcesos aranĝi ion.»

«Ha jes. Do negrave pri tio: mi estas certa ke vi ĝuos la vesperon.»

Ŝi foriris kun la leteroj por atendi la alvenon de la ĉefo, kaj Ina ekkontrolis la konversacion laŭmemore, konstatante, ne por la unua fojo post konversacio kun Elizabeta, senteton de malkomforto.

Ĉu estas kaŭzo ke ŝi hontu ion diritan? La reago de Elizabeta certe ne sugestis tion; ŝia bondeziro ŝajne estis sincera. Ĉu supereca? La aludoj al Elsa kaj ŝiaj viramaj tendencoj – ĉu ne vulgaraj? Ina antaŭe sentis, kiam ŝi enkondukis ilin en la konversacion por amuzo, ke ili ja amuzas Elizabetan, sed ne ĝuste tiel, kiel Ina dezirus. Kaj malgraŭ ĉiuj ŝiaj antaŭzorgoj, ŝiaj aludoj al Georgo gustetis de la trudaj sciigoj per kiuj ŝin ofte tedis tiuj kupid-pikitaj naivulinoj, kiujn ŝi tiom mal-estimas. «Georgo – tio estas lia nomo ...»! – kian krude mal-lertan koketecon tiu frazaĉo sugestias!

Kial ŝi entute tiom menciis Elsan? Nu, por enkonduki ioman amuzon en la konversacion, certe. Sed ankaŭ ĉar ŝi tiom fieras pri ŝi kiel amikino. Fieras, kaj tamen hontas! Jes, prihontas la impreson, kiun ŝi mem lasas kun Elizabeta. Tiu nur vidu Elsan! Ina neniam povis decidi ĉu ŝi timas, aŭ esperas, ke Elsa iam venos dum unu el la merkredaj vizitoj de Elizabeta. Nun ŝi sentas ke estus bonvene; Elsa estas nepre pli ol la viravida vulgarulino, kiun ŝi ŝajne prezentis al Elizabeta per siaj aludoj. Elizabeta estas tre bontona je siaj vestoj, kiel konvenas al sekretariino, kaj tial des pli klare konstatos kiom ŝi malsuperas al Elsa tiurilate. Elsa kompreneble havas la avantaĝon ke multaj el ŝiaj vestoj apartenis al unu el la sinjorinoj kiujn ŝi servadas, sed estas io pli: temas pri iu nedifinebla talento kun kiu ŝi portas la vestojn; se oni donus al ŝi sakon per kiu vesti ŝin, ŝi iel tirus ĝin en eleganton, kaj cetere prezentus sin kun tia memfido, kun tia elano, ke ne estus eble ne admiri ŝin. Elizabeta vidu tion, kaj ŝatante ĝin, respektu la amikinon de Ina.

Ina plurfoje scivolis ĉu doni definitivan inviton al Elsa, se tiu povus liberiĝi dum merkreda vespero, kaj nun ŝi preskaŭ decidis ke ĝuste tion ŝi baldaŭ faros. Se ŝi nur povus certi pri la konversacio de Elsa! Kompreneble ŝi povus antaŭe averti Elsan, sed ĉu tio ne ofendus? Kaj, se ne, ĉu Elsa memorus? Kaj, se jes, ĉu tio garantius sukcesan vesperon? Ina provis prezenti al sia imago vesperon kia la projektita, provante aŭdi fadenon de konversacio al kiu ĉiuj tri kontribuas egale kaj harmonie ...

Akvo kaj oleo! Al supraĵa rigardo ili estas preskaŭ samaj, kaj tamen – la eksterduba neeblo!

Du mondoj.

Dum pli ol horo Ina okupiĝis pri rutinaĵoj, sed je la deka la ĉefo envenis kaj baldaŭ poste liaj ordonoj al Elizabeta portis ankaŭ al Ina freŝajn taskojn, kies postuloj forpelis distrajn pensojn el ŝia kapo, kaj kiam ŝia cerbumado denove rajtis vagi laŭplaĉe, ĝi emis al nova direkto, jam ne esplorante pasintecon, nek futuron hipotezan, sed male futuron tre definitivan; nome, Ina mense travivis la morgaŭan rendevuon kun Georgo,

pensprovante konversaciajn eblojn, kaj scivolante kiujn vestojn
ŝi portos.

Naskite en ŝia kapo, la vestoproblemo kukolide ekmonopolis
ĝin, senpartie elpuŝante ĉiujn aliajn pensojn, ĉu distrajn, ĉu
devajn, kaj postulante ŝian tutan atenton je la malprofito de ŝiaj
laboro kaj animtrankvilo.

La nigra jupo estus perfekta se estus pli vintre, kaj eĉ dum
tiu ĉi varma vetero ŝi tamen estas kontenta pri ĝi; sed ĉu ŝi
aĉetu novan bluzon aŭ novan ĉapelon? Kaj, se ĉapelon, ĉu nun la
okazo por la nova somera mantelo, kiun ŝi promesis al si kiam ŝi
sukcesis dungiĝi en la oficejo? Ne restas multe da tempo por la
aĉeto de tiu, sed estus absurde aĉeti la ĉapelon nun, ne sciante
kia estos la mantelo. Aliflanke, se restos tiel varme kiel nun, estus
eble porti la mantelon sur la brako, kaj tiuokaze estus bele havi
novan bluzon; sed nova bluzo signifus ke ŝi ne povos aĉeti novan
ĉapelon – tio estas, se ŝi intencas aĉeti someran kompleton.
Pluvo, aŭ eĉ iom da malvarmo, solvus ĉion: tiam ŝi povus porti
la nunan mantelon, la nunan bluzon, kaj la nunan ĉapelon –
aŭ eĉ novan ĉapelon. Tiun ŝi ja povus ombrele protekti, kaj ĝi
donus iom da brilo al la eksteraĵoj, kiel la jupo al la submantelaj
vestoj; sed ĝi devos konveni al la mantelo, kaj tio signifas ke la
aĉetota somera mantelo devos simili al la nuna. Ne, se pluvos,
estos pli sagace simple lasi ĉion, ĉar finfine ĉio aspektas egale
senbrila sub la pluvo – ne, ŝi aĉetos bluzon; la mantelo kaj la
ĉapelo taŭgos por la pluvo, sed kiam ŝi demetos la mantelon, jen
bela, nova bluzo konvena al la jupo. Kompreneble, tia aĉeto ankaŭ
prokrastigus aĉeton de la somera kompleto. Cetere, ne pluvos.
Plej prudente estus aĉeti la novan ĉapelon kaj la novan mantelon
nun; kontentigi la dezirojn por tutsomera eleganto kaj por venka
rendevuo. Se nur estus tempo – jen la tubero!

Fininte la laboron Ina faris etan devion laŭire al la bushaltejo por rigardi la montrofenestron de modisto kies proponaĵoj ofte logis ŝian okulon. Efektive tie sur stango klinsidis eta, blua plataĵo el vakse brila pajlreto, ornamita de pudre blua skarpeto. Ĝi estus perfekta, se ŝi nur povus certi ke ŝi trovos mantelon akordan. Ĉu riski la ĉapelon nun?

Ŝi lasis la vitron ankoraŭ cerbumante, kaj dum la sekvaj dudek kvar horoj ŝi decidis post multaj ŝanceliĝoj ke prudento gvidu ŝin: la rendevuo daŭros unu vesperon; ŝi devas pensi pri tuta somero. Ŝi tial aĉetu ĉapelon kaj mantelon kune, kiam ŝi disponos tempon por senurĝe elekti tiujn. Dume, ŝiaj vestoj estas freŝe gladitaj kaj neniel hontindaj. Tamen, kiam ŝi lasis la oficejon je mardo vespere en la sama bela vetero ŝia decidemo fordegelis antaŭ la insista logado de alternativo: bluzo aŭ ĉapelo?

Ŝiaj paŝoj denove portis ŝin al la modistejo, kie ŝi staris antaŭ la vitro rigardante la bluan pajlaĵeton kaj scivolante pri bluzo. Dume ŝi tre konsciis la rapidan forpason de la valoraj minutoj antaŭ la rendevuo, kaj penis skui sin en decidon; sed nenio okazis; male, ju pli ŝi sentis la urĝan neceson moviĝi, des pli ŝi prokrasteme retenis sin, kvazaŭ hipnotite en apation de la propraj pensokirloj.

Starante tie, rigardante senvide la ĉapelon antaŭ si, ŝi sentis kvazaŭ ŝi ŝvebas ĉe la rando de fatala vortico; sed kiel eviti ĝin? Ĉu enpaŝi la butikon tuj, kaj aĉeti la ĉapelon? Ĉu tuj iri hejmen sen ĝi? Jen la eblaj solvoj; sed la unua paŝo en iun el tiuj povus esti la paŝo kiu kondukos ŝin en la altiron; la ŝajna vojo el la fatalo povus esti la fatalo mem.

Sed tiu ĉi starado estas absurda. La pensoj rondiras sencele, kaj ne volo, sed nervoza impeto, regas ilin. Ŝi estas kvazaŭ paralizita: ju pli longe ŝi staras, des pli inerta fariĝas la volo. La piedoj radikiĝos, la momentoj flugas, la vivo preterpasas ŝin. Ekpensu; agu; moviĝu!

Kien? Hejmen? En la modistejon? Ho, ne denove! – nur eliri la dilemon. Sed se ŝi hejmeniros nun, tiu ĉi hezitostaro estos plena perdo de tempo, kiun ŝi nepre domaĝos.

Ŝi eniris la modistejon, kaj direktinte sin al dungistino antaŭ ol la decidemo povos ŝanceliĝi, anoncis la deziron provi iujn ĉapelojn.

«Certe, sinjorino. Ĉu iujn apartajn?»

«Jes, tiun en la montra fenestro.» Ŝi indikis ĝin. «Sed mi volas provi plurajn.»

«Kompreneble, sinjorino.»

Ina jam intencis aĉeti la etan bluan plataĵon, sed aĉetonte, ŝi permesis al si unue la tradician plezuron provi ĉiujn ĉapelojn proponitajn.

Ŝi plenumis la ritan rutinon kun neordinara rapido, surmetante, kapskuante kaj formetante – ĝis je unu surmeto ŝi kontraŭvole eĥis la formalan admirkomenton de sia helpantino. Rerigardis al ŝi el la spegulo vere pompa portreto; virinvizaĝo, kiun modlis en perfekton la ombro de larĝaranda ĉapelo el nigra felpo. Dum kelkaj sekundoj ŝi rigardadis senvorte. Poste:

«Kiom?» ŝi demandis senspire.

La modistino menciis paligan sumon, rapide aldonante ke nur pro la sezono la prezo tiom malaltiĝis.

Ina skuis sin en prudenton. Formetante la luksaĵon, ŝi denove surmetis la unuan elekton. Ĝi estis tute netaŭga. Ĝi donis al ŝi iun birdan vivecon, sed la koloro havis malĝustan nuancon por konveni al ŝiaj okuloj. Cetere, kiu deziras aspekti kiel birdeto?

Ŝi formetis ĝin, kaj reprenis la nigran. Kia diferenco! Sub ĝi la konturoj aspektis vere patriciaj, la haŭto senmanka kaj la okuloj lumis kvazaŭ de profundaj difuzitaj fajroj.

«Mi aĉetos», ŝi diris, provante trankviligi la pulson en sia gorĝo.

Kvin minutojn poste ŝi sidis en la aŭtobuso rigardante la skatolon sur la genuoj. Eĉ dum ŝia ekzaltita spirito impetis en lazuron ŝi konstatis la nigran truon sube. Ŝi ne baldaŭ stabiliĝos post tia malprudento. Kion ŝi faris? Ŝi elvokis optimismon por kontraŭstari la timigan tajdon da sinriproĉoj. La ĉapelo ne nur estos triumfo por la rendevuo kun Georgo, sed morgaŭ vespere ĝi venkos Elizabetan kaj dimanĉe Elsan. Ina jam frandis kun anticipa ĝuo tiujn okazojn. Sed poste? Kiel ŝi nun povos aĉeti sian someran kompleton? Estos ja neeble. Ŝi provos rekontentigi sin je la penso, ke la ĵusa aĉeto kune kun la nigra jupo dumlonge estos eminente eleganta duopo en ŝia vestaro, sed ŝi alvenis al la loĝejo en ankoraŭ tre perturbita stato.

Ŝi senprokraste lavis sin kaj surmetinte la jam gladitajn vestojn kuŝantajn oportune pretajn, senpacience ekmalfermis la ĉapelan skatolon, ĉar ŝi ja deziris iom da tempo antaŭ la spegulo por studi la efekton de la ĉapelo kune kun la jupo kaj la freŝaspekta blanka bluzo.

Dubeto pikis eĉ dum ŝi fingrumis la dikan ŝtofon prelude al surmeto. Ĉu ne krude malkonvena al tiu ĉi sunbrila sezono? Ŝi aspektos kiel naiva kamparulino vestita en la onklina kostumo. Ŝia koro frostiĝis je la penso ke ŝi oferis sian tutan someran feliĉon por halucinaĵo.

Sed ne! La modisteja spegulo ne mensogis. Ŝi rigardadis ravite sian ombron. Ĉu pro la ombro kiun ĝi kreis, ĉu pro la unika kurbo de la rando mem, ŝia vizaĝo alprenis al si tute novan aspekton: la konturoj ŝajnis tiel perfekte skulptitaj, kaj tamen fandiĝis nedifineble en la difuza delikato de la haŭto, kaj la okuloj havis tiun ombran lumon.

Ŝi movetis la ĉapelon al nova pozicio kun karesemaj fingroj; la efekto estis sama. Kia trezoro!

Georgo diris ke li venos je la sesa kaj duono – «renkontos» – ĉu li ja diris ke li venos? Renkontos? Kie? Ĉu li menciis lokon? Ĉu li forgesis, kaj ne scios kion fari nun? Kion li diris? Kaj kion ŝi diris? «Estos pli bone se vi renkontos min ĉi tie», ĉu ne? Ne, tio estis pri eventuala sciigo pri la aranĝoj. Sed kion ili fine decidis? Ŝi ekpanikis. Estas preskaŭ la sesa kaj duono nun. Eble li jam staras ie atendante. Ne, ne. Trankviliĝu! Momenton! Se li estus menciinta iun lokon definitivan, ŝi certe memorus tiun. Se li intencis, kaj forgesis, li venos ĉi tien; ŝi nur devas atendi.

Ŝi demetis la ĉapelon, kaj iris al la pelvo por denove lavi la manojn, kiuj fariĝis tre varmaj. Ŝi ĵus enverŝis akvon kiam la sonorilo tintis, kaj ŝi preskaŭ frakasis la kruĉon remetante ĝin.

Estas Georgo. Ŝi kuris al la ĉapelo por surmeti ĝin prepare. Ne. Lasu ĝin. Ne estu tro …

Tamen iru al la pordo por bonvenigi lin anstataŭ lasi al s-ino Wainwright. Jes, tio estas en ordo.

Ŝi provis malfermi la pordon per puŝo, kaj nur la piedo savis ŝian frunton kiam ŝi memoris tiri, ĉar ja estis nur la piedo, kiun la pordo batis. Tenante la jupon por ke ĝi ne stumbligu ŝin, ŝi malsuprenkuris la ŝtuparon vokante al s-ino Wainwright, kiu jam aperis en la halo:

«Ŝajne estas mia, s-ino Wainwright. Mi iros. Mi iros.»

S-ino Wainwright brovoleve paŭzis, sed ne reiris al sia ĉambraro, kaj ankoraŭ atendadis dum Ina iris tra la halo kaj laŭ la koridoro al la strata pordo, glatigante la harojn kaj esperante ke la vangoj ne tro ruĝas.

Ŝi malriglis; malfermis. Staris antaŭ ŝi alta figuro en gvardia uniformo. Estas li!

Ina provis konduti digne bonvenige, sed ŝi sentis ke la rideto krevigas la vangojn.

«Do», ŝi diris, starante flanken kun enveniga gesto. «Jen, vi venis.»

Georgo enpaŝante demetis la ĉapon kaj ŝovis ĝin sub la brakon.

«Kompreneble», li responde ridetis. «Ĉu vi ne atendis min?»

«Jes, certe. Mi nur ...»

«Eble mi iom fruas, ĉu?»

«Jes, efektive. Iomete.»

«Nu, mi pardonpetas.»

«Ho ne, ne. Nur atendu du minutojn, ĉu?» Ŝi malfermis la pordon de la ĝenerala salono kaj enrigardis por kontroli ĉu estas iu tie. Estis neniu. Bone! Ili ĉiuj estis en la manĝejo aŭ en la propraj ĉambroj pretigante sin.

«Nu, sidiĝu ĉi tie. Estu komforta.»

Ŝia memfido kreskis. Ŝi prenis dankeme la iniciativon, kiun donis al ŝi la efektiveco de la kvazaŭ hejma tereno. La alta, fortika liniaro de Georgo ja aspektis mallerte malkongrua al tiu ĉi salono kun ĝia virina etoso.

Kun murmurita danko li eksidis malkomforte en fotelo kaj ekprenis gazeton kiu kuŝis sur la tablo antaŭ li, sed haste remetis ĝin, kaj Ina ridetis al si rimarkante la titolon, «Modoj».

Ŝi lasis la salonon kaj reiris al la ĉambro. Nun lavi la manojn. Kial ne? Ne tro rapidu. Necesas atendi ĝis la impreso de tiu naivulina bonvenigo malreliefiĝos, antaŭ ol entrepreni krei novan. Ŝi sekigis la manojn, sidiĝis antaŭ la spegulo, eklevis la ĉapelon kaj ĝin surmetis. Kun ĝi ŝi surmetis ankaŭ la aplombon kiun ŝi tiom sopiris antaŭe. Nun ŝi vidis ĝin sur si; ŝi perceptis sin deekstere; prezentis al si objektive la bubinon enirantan la ĉambron kaj la monduman elegantulinon elirontan.

Ŝi stariĝis, eklevis la mansaketon kaj la mantelon, kaj port-ante tiun lastan sur la brako, lasis la ĉambron, laŭiris la ŝtuparon kaj paŝis tra la halo al la pordo de la ĝenerala salono.

Ŝi hezitis momente, enspirante fieremon antaŭ ol turni la anson kaj ŝovi la pordon malferma. Ŝi faris nur du paŝojn en la ĉambron, kaj starante tie kun la gantumita mano sur la porda rando, ankoraŭ momente ridetis senvorte al la fotelo el kiu la iom konfuzita Georgo jam levas sin, antaŭ ol demandi:

«Jen, ĉu ne akurate? Do, se vi pretas ...»

«Ho, fraŭlino Maclean, nova ĉapelo?! Kiel bela!»

La voĉo venis de la fotelo frontanta tiun de Georgo, kaj Ina nun rimarkis la unuan fojon, ke en ĝi sidas f-ino Bright, unu el du fratinoj, kiuj posedas malgrandan florvendejon kelkajn stratojn for de la loĝejo.

Eĉ nun ŝi devis klini sin antaŭen, duonturnite, por prezenti la birdan vizaĝon al la vido de Ina, kiu alie ne vidus ŝin pro la ŝirmo de la fotela dorso.

Fulmo ŝin fendu! Kial ŝi ne iras kun siaj impertinentaj demandoj al la diablo?

Ŝia apero estis tiel subita, ke dum kelkaj sekundoj Ina ne povis paroli; ŝi ŝvebis inter tranĉa respondo kiu kontentigus ŝian koleron kaj iu formalaĵo kiu ne embarasus Georgon, samtempe donante al li malbonan impreson pri ŝia temperamento. Tiu mumio preskaŭ neniam parolas al ŝi; kial ŝi devis esti ĉi tie ĝuste nun? Certe ne necesas blagi ŝin nur por glatigi estontajn rilatojn. Fine Ina parolis:

«Ho, f-ino Bright,» ŝi diris kun glacia ĝentilo, «mi ne rimarkis vin.» Kaj al Georgo: «Ĉu ni iru?»

Elirante la pordon sen rerigardo ŝi aŭdis Georgon murmuri ian ĝison al la trudintino. Kia malfeliĉo ke tiu aperis. Ĉu ŝi difektis la vesperon? Ina ankoraŭ tremetis pro konsterniĝo kaj kolero. Ĉu fakte ŝi nun ne povos ĝui la vesperon pro tiu klukulino? Estas facile konsili al si forgesi la ĝenaĵon kaj antaŭvidi kun plezuro la venontaĵojn; tion ŝi volonte farus, sed ĉu la iritita menso permesos?

Ŝi atendis ĝis ili estis jam en la strato antaŭ ol diri ion. Poste: «Ĉu la maljunulino ĝenadis vin?» ŝi demandis.

«Ho ne, ne», Georgo respondis. «Ŝi envenis nur kelkajn minutojn antaŭ ol vi mem – simple salutis min; demandis ĉu mi havas forpermeson de la fronto; kiun regimenton mi enestas, kaj ŝajne intencis demandi ion pri la milito kiam vi interrompis.»

«Ĉu? Do bone! Ŝi estas iom babilema – vi komprenas?»

«Jes, mi konas tiajn homojn. Eble ŝi estas soleca.»

Ina sentis la eble neofendan diron kiel riproĉon, kaj celis respondante forigi iun nemerititan simpation al la Bright virino kaj tamen ne prezenti sin mem kiel senkompatan monstron.

«Ŝi? Ne, tute ne. Ŝi havas fratinon, kaj ili klukadas unu al alia la tutan tagon kiam ili ne surdigas la aliajn loĝantinojn. Mi povas toleri ilin ĉar la aliaj ne – sed vere! Ĉu vi imagus ke la patrino ankoraŭ vivas?»

«Ĉu vere? Certe ne. Ŝi ŝajne estas tre aĝa.»

«Jes, ŝajne. Mi neniam vidis ŝin, sed – ho – ili multe parolas pri ‹panjo›. Sed jam sufiĉe pri ili», Ina daŭrigis sentante ke ŝi jam sukcese evitigis iun miskomprenon pri malvarmo. «Kien ni iros?»

«Ha, nu! Unue ni manĝos, ĉu ne?» respondis Georgo kun petole komplica mieno.

«Jes, bone. Kaj poste?»

«Poste,» li diris, «ni iros al teatro.»

«Nu, jes, tion vi ja projektis. Kiun?»

«Ha, jes kiun? Nu jen la afero: ni iros al la ‹Hippodrome›.»

«‹La Hippodrome›? Sed kiel? Kiel vi sukcesis akiri biletojn por tiu?»

Georgo ridetis, evidente kontenta pri la efiko de siaj vortoj.

«Simple temas pri tio, ke mi estis bonŝanca», li diris. «Mi iris por demandi ĉu estas iuj redonitaj biletoj, nur por kontentigi min ke ne estas espero, antaŭ ol provi iun alian lokon, sed jen – ili ja havis du ĵus redonitajn.»

«Nu, tre bonŝance efektive.»

Ili promenis en la milda vespera suno ĝis haltejo kie ili povos trafi aŭtobuson oportunan por la restoracio elektita de Georgo. Tiu estis relative modesta, kvankam ĝi povus streĉi la rimedojn de soldato ne havanta la retrospektivajn pagojn de Georgo, kaj la manĝo estis pli bona ol tiu de s-ino Wainwright.

«Mi supozas ke vi kutimiĝis al bonaj frandaĵoj», diris Georgo.

«Kutimiĝis al bonaj frandaĵoj? – ho jes – nu, kiam mi estis kun bonaj dungantoj en la domservo, sed mi nun kutimiĝis al io alia.»

Georgo kapjesis kun amuzita kompreno: «Jes, tiuj gastejoj estas ŝajne ĉiam samaj», li diris. «Ĉu ĉi tiu manĝo plaĉas al vi?»

«Jes; ĉu mi ne jam diris?»

«Nu, jes, sed – ĉu vere?»

«Vere.»

«Mi ne sciis kien iri, ne estante ofte en Londono, sed mi decidis ke mi devos elekti …»

«Ĝuste. Pli bone erari ol lasi ...»

«Al la virino elekti?»

«Jes.»

«Tiel mi rezonadis. Espereble la elekto de teatro ankaŭ havos unuaniman aprobon.»

«Nu, pri tio – la teatro elektis sin mem. Nur temas pri gratulindo ke vi sukcesis akiri la biletojn.»

La restoracio estis elektita interalie pro oportuneco, kaj lasinte ĝin ili ekpromenis al la teatro kun senurĝaj paŝoj babilante kun plezuro pri bagatelaĵoj dum ili laŭiris la homplenajn, varmajn stratojn, Ina konstatis grandan senton de paco, kaj domaĝis ke la revuo baldaŭ dividos ilin, postulante ilian atenton por si. Ŝi preferus gvate admiri la altecon de sia kunulo kaj aŭskulti la sonoran, basan voĉon. Ŝi scivolis kion li pensas pri ŝi eĉ dum ŝi faris fragmentan konversacion, kaj dum silentopaŭzo konstatis ke li rigardadas ŝin, evidente volante diri ion, kaj postlonge li tusetis kaj malkaŝis sian penson:

«Tamen, tiu maljunulino pravis.»

«Jes? Kiel?»

«Tio estas vere ĉarma ĉapelo. Tre eleganta.»

«Ha, la ĉapelo! Dankon!»

«Kompreneble ankaŭ tio, kio estas sub ĝi.»

«Dankon denove, sed vi ja bone faris laŭdante la ĉapelon unue, ĉar ĝin mi elektis; la aliaĵon mi devis akcepti vole-nevole.»

«Do, iu elektis tre bonguste.»

«Ĉu tio ne estas blasfemeto?»

«Ne, mi laŭdas.»

«Jes, sed tiuj ŝercaj laŭdoj ...»

«Mi ne ŝercis.»

«Nu, do, sed eĉ laŭdoj tiaj ŝajnas al mi nepermeseblaj.»

«Mi riskos mian saviĝon por diri la direndan.»

«Do ne rediru ĝin.»

«Bone, mi lasos la metafizikon ...»

«Kion?»

«Metafizikon.»

«Ho.»

«Kaj revenos al la pura fiziko, kiun mi laŭdos pli detale.»

Bedaŭrinde ĝuste ĉe tiu ĉi interesa konjunkturo ili alvenis la teatron, kaj la konversacia fadeno flirtis rompite dum Georgo serĉis la biletojn, transdonis tiujn, trovis la sidlokojn, aĉetis programojn, demandis ĉu ŝi volas ĉokoladon kaj, malgraŭ ŝia neo, iris por aĉeti, kulpigante sin pro tio ke li ne memoris alporti al la rendevuo.

La revuon mem Ina ĝuis, ĉar ĝi donis al ŝi okazon repensi la ĵusan konversacion kaj ŝati la nunan kuneston kun Georgo. Ŝi do rigardis kun toleremaj, kvankam nur duone vidantaj okuloj, la klopodojn de la ensemblo pravigi kaj eternigi la altan reputacion kiun ili ĝis tiam akiris al si, kaj repagi la multajn soldatojn en la spektantaro pro ties oferoj; fakte multo en la revuo ŝajne celis ilin, konsistante el patriotaj ŝercoj kaj komikaj kanzonoj kiuj taksis la germanan imperiestran familion kaj fakte germanajn eminentulojn kun slanga impertinento. Ankaŭ abundis vualitaj aludoj al la seksaj organoj kaj koito, kiuj ŝajne eĉ pli amuzis la kunulinojn de la soldatoj ol la soldatojn mem, se la aklama rido estis fidinda indiko; sed Inan ili embarasis, kaj ŝi volis la inciciantojn for.

La ĉefa stelulino montris sian virtuozecon rolante unue en komedia sceno, en kiu ŝi sakris kiel milda soldato, faris mal-ĉastajn aludojn kaj rakontis anekdotojn taŭgajn por grandparte soldata aŭskultantaro. Poste ŝi aperis en patriota sceno, kantante stimulajn vortojn en marŝa takto, dume marŝante tra la scenejo kun la ŝultroj retiritaj kaj la elŝovitaj mamoj streĉantaj la bruston de la ruĝa tuniko. Ŝi finis la prezenton starmarŝante ĉe la antaŭa rando de la scenejo, levante la genuojn entuziasme laŭ la takto de la fina, kresĉenda refreno kiun ŝi kantas, kaj la manon al la frunto en pli-malpli ortodoksa armea saluto, dum la aŭskult-antaro, en kiu estas multaj ebriuloj, tondre aplaŭdis kun emocio kiu kreskis paralele kun la kresĉendo de la kanto.

La finalo havis eĉ pli militan tendencon: kvazaŭ pardonpet-ante pro iuj antaŭaj devioj en senrespondecon aŭ frivolon, ĝi re-vokis kaj intensigis la patriotajn nuancojn per ensemblo vestita tute en britaj ceremoniaj uniformoj – viroj kaj virinoj – fonaj flag-egoj, kaj militmuziko ludata nun laŭ eĉ pli solena takto. Kiam oni fine stariĝis por ludo de la nacia himno, tiu ŝajnis kiel la postblovo de uragano eĥante en modifita, pli milda formo, la fortojn de la ĉefaĵo.

Elirante la teatron Ina kaj Georgo trovis la nokton kareseme varma kaj ankoraŭ ne tute malluma, kaj Ina volonte konsentis al rimedo plilongigi la vesperon, akceptante la sugeston de Georgo ke ili promenu parton de la vojo al ŝia loĝejo.

«Ŝi ne altrudas oficialan limhoron,» ŝi diris, responde al demando, «kvankam ŝi efektivigas ion similan ne donante ŝlos-ilojn kaj riglante la pordon je la deka kaj duono. Tial ŝi povas kontroli niajn malfruajn enirojn, kaj efektive mi ĝenerale evitas la malagrablon ellitigi ŝin – se ŝi ja estas en la lito. Supozeble tion ŝi ja celas – ke ni timu ĝeni ŝin, sed unufoje el dudek – kial mi hontu?»

«Kial ja? Se nur tiujn rimedojn oni uzus kontraŭ mi, mi mal-ofte fruus.»

«Jen! Vi ne estas sufiĉe sensitiva; do oni devas uzi pli drastajn rimedojn kontraŭ vi.»

«Ho, ĉu tial?»

«Nu, jes. Kial alie?»

«Ni ĉiam supozis ke ĉar plaĉas al ili; sed vi certe montris interesan alternativon. Mi devas diskuti ĝin kun miaj nesensitivaj kamaradoj kiam mi reiros; ‹Vidu, kamaradoj, ni ne estas sufiĉe sensitivaj. Ni devas ŝanĝi tion!›»

«Mi ne povas garantii ke tio alportos tuj pli mildan kaj subtilan disciplinon.»

«Ho ne, ni ne atendus tion, ĉar ankaŭ niaj superuloj estas iom krudaj.»

«Ĝuste. Vi devus eduki ilin per bonaj ekzemploj.»

«Kiaj?»

«Kiaj blankaj tukoj ĉe la manĝo, ĝentila konversacio, delikataj moroj, kaj neniuj fumado, drinkado, blasfemado.»

«Ha, jes. Mi aranĝos. Kaj kion vi rekomendas por ribeluloj kontraŭ la reĝimo?»

«Ili frontadu angulon en la tenda muro.»

«Niaj tendoj ne havas angulojn.»

«Des pli bone; vi ne limiĝos al kvar lokoj por kulpuloj, sed disponos senliman spacon. Ili staru do frontante la muron.»

«Kiu kliniĝas al la centro.»

«Denove des pli bone; ili devos lerni stari klinite mal-antaŭen – aldono al la puno.»

«Vere, vi estas genia. Nur unu punkto!»

«Jes?»

«Mi estas danka ke via sistemo restas nur teorio; ĝi estas pli sadisma ol la nun efektiva.»

«Do jen: nun vi konstatas ke vi estas bonŝanca.»

«Mi venkiĝas. Kaj nun, ĉar ni kontentige solvis la disciplinan problemon, kiel plaĉis al vi la revuo?»

«Ho, mi tre ĝuis, dankon.»

«Ĉu certe?»

«Jes, vere. Ĉu vi?»

«Jes, entute; iuj partoj malpli plaĉis.»

«Jes, mi scias, sed ili ŝajne opinias ke tio estas necesa en distraĵo por, nu, soldataj spektantoj.»

«Hm, supozeble, kaj eble ili eĉ pravas ...»

«Eble.»

«... sed mi ne povas ne scivoli ĉu ili eble trompas sin.»

«Povus esti, sed se ili juĝas laŭ la reago de la spektantoj ...»

«Prave. Kial kulpigi ilin se tiuj idiotoj aplaŭdegas? Kompreneble, ili estis ebriigitaj ...»

«Jes, sed la virinoj estis same entuziasmaj.»

«Nu, la virinojn mi ne tiom kulpigas, sed estas ja nepardoneble ke soldatoj aklamadu tiun travestion. Kompreneble, kiel mi diris, ili estis ebriigitaj ankaŭ de pseŭda patriotismo, dank' al la muziko kaj la bravaĉa prezentado; sed tiu virino estis – nu, preskaŭ obscena.»

«Jes, pli ol preskaŭ!»

«Marŝante kvazaŭvire, prezentante la militon kvazaŭ ĝi estus ludo, allogante junulojn en uniformon, mem portante uniformon same nerealan, kiel ŝia tuta interpreto.»

«Ho tio? Jes, tio nepre devas ŝajni ridinda al vera soldato. Tamen, ĝi estis nur revuo.»

«Nur revuo? Do nura distraĵo! Sed ĉu tio ja estis nura distraĵo? Ĉu ĝi ne male havis tre fortan tendencon? Tendencon ĝene evidentegan?»

«Nu, ja. Tamen en milittempo oni ŝajne devas vendi patriotismon. Vi mem rimarkis – ĉu ne? – ke oni aplaŭdis.»

«Senhontan ŝovinisman propagandon, fakte.»

«La prezento ja estis kruda, sed finfine revuoj celas popularecon, kaj populareco ĝenerale postulas krudon; tamen la baza ideo ne estis tiel malsimpatia. Ĉu?» Ina petis. «Ni jam estas en milito, kaj ĉiuj devas esti entuziasmaj se ni volas venki.»

«Ĉiuj devas esti entuziasmaj», eĥis Georgo. «Jes, mi opinias ke vi trafis la nabon: ‹Ĉiuj devas esti entuziasmaj se ni volas – daŭri›. Efektive. Sed tiu sensencaĵo ŝtopiĝas al mi en la gorĝo.»

«Kompreneble, sed se la motivo estis pura, ni ne tro draŝu ilin pro malkonvena prezento. La prezento ne estas tiel grava, la eksteraĵo.»

«Ĝuste pri tio mi ne estas certa», Georgo respondis. «Interalie, ŝajnas al mi ke en pura revuo la prezento estas ĉio.»

«Ĉar ni iras nur por ĝui distriĝon. Jes.»

«Jen la punkto! Kaj ili difektis por mi la distriĝon», Georgo diris jam en pli gaja tono.

Ili promenis silente dum kelkaj minutoj dum Ina provis agordi sin kun tiu ĉi nova koncepto. Georgo nepre ne estas malpatrioto; li ne povas esti; finfine li estas soldato, gvardiano, kaj lian malŝaton certe kaŭzis nur la vulgara kaj tro frivola prezento de soldata vivo. Kompreneble kondiĉoj ĉe la fronto estas teruraj, kaj estas nature ke soldato reagu forte kontraŭ tiu burleska interpreto. Kaj estas ankaŭ vere, kiel oni atentigis antaŭnelonge en unu el la ĵurnaloj, ke la ĉefrontaj soldatoj povas vidi la militon nur el tranĉeo; ili ne povas koncepti la militon kiel tutaĵon. Tio estas komprenebla kaj neniel kulpinda, kaj se ili troigas unu aspekton de la milito, la homoj ĉehejmaj emas troigi la alian, la romantike heroecan. Dunkan, kiu estas cent procente patriota, jam donis al ŝi perspektivon por ŝi tute novan. Ŝi gvidiĝu de ĝi en siaj rilatoj kun Georgo, kiun ŝi ja profunde admiras.

Ŝi moviĝis al li protekton serĉante pro la apudo de kaleŝo kiu turnis sin tro abrupte ĉe la stratangulo. Iliaj brakoj instinkte plektiĝis, kaj li kaptis ŝian manon por firmigi la unuiĝon, dume forturnante la kapon por krii «idioton» post la kulpinta veturilo.

Tiel ili transiris la straton, kaj tiel, atinginte la kontraŭan trotuaron, ili daŭrigis sian vojon, brulante.

«Kie ni trafos buson?» demandis Georgo postiome.

«Ie ajn nun», Ina respondis. «Ĉe la unua haltejo se vi volas.»

«Kial vi ne diris?»

«Nu, indiferente; estas bela vetero.»

«Ĉu vi ricevos iun manĝon?»

«Jes, ĉar mi havas en propra ĉambro sufiĉon por satigi min.»

Tiu ĉi interparoleto estis granda senŝarĝo al ambaŭ, kaŭzante sur la rigida, blanka ekrano inter ili movojn kiuj konfuzas la konturojn de la veraj ombroj minacantaj impresi sin tie. Ambaŭ konsciis la blageton de la vortoj, sed tamen bonvenigis tiujn, kaj konstatis ke la alia faras same: ili kunlaboras por la reciproka mistifiko, dezirante ke la veraj pensoj, ĉu propraj, ĉu fremdaj, kaŝiĝu dume sub la esprimitaj, reciproke aprobitaj.

Tamen, kiam Ina parolis denove, vortoj kaj koro koincidis:

«Se oni decidos ke vi estas preta reiri, ĉu tio signifas ke oni forsendos vin tuj?» ŝi demandis.

«Jes», Georgo respondis. «Eble unu, du, tagojn ili donos, sed ne temos pri definitiva tempo ...»

«Definitiva aldono al la forlico kiel, nu, semajno?» Ina finis.

«Precize.» Kaj, post kelkaj sekundoj: «Kial?»

«Nu, mi scivolis. Estas domaĝe ke vi devos reiri post tiom da ...»

«Estas domaĝe ja», diris Georgo. «Estas domaĝe ke mi ne venis al vi pli frue.»

«Ĉu vi venis nur pro devosento?»

«Ne *nur* pro devosento, sed parte ja. Mi ankaŭ estis scivolema.»

«Do vi kontentigis vian scivolemon.»

«Jes, nur tion, kaj dumfare mi trovis novan malsaton. La scivolemon mi kontentigis dum la unuaj du minutoj post nia renkonto, sed mi volonte longigus tiun ĉi vesperon, certe nian konatecon. Ina!»

«Jes?»

«Mi devas vidi vin denove antaŭ ol mi reiros.»

«Jes.»

«Kiam?»

«Kiam ajn. Morgaŭ ne, ne morgaŭ – jes, kial ne?»

«Ĉu vi havis alian aranĝon?»

«Jes, sed mi prokrastos; ĝi ne estas tre grava – nur koleg-ino.»

«Mi renkontos vin kiam vi lasos la oficejon.»

«Ne, ne faru tion. Mi devos refreŝiĝi; sed mi ne atendos la manĝon.»

«Ĉu mi venu duonhoron pli frue?»

«Jes, sed mi renkontos vin. Venu laŭ la vojo, kiun ni promenis kiam ni lasis la domon, kaj mi renkontos vin survoje. Kaj, se ne, mi atendos vin ĉe la unua haltejo.»

«Ĉu la dommastrino ĝenos vin?»

«Ne, sed mi ne volas kontentigi ŝian scivolemon, nek tiun de la aliaj.»

«Do, laŭ via volo.» Lia mano premis ŝian, ĉu instinkte, ĉu intence, ŝi ne povis diveni. «Jen haltejo; ĉu ni nun atendu la aŭtobuson?»

«Jes. Ni atendu nun.»

POST JUDEKO

«Kvar pundojn», diris Donald.

«En?»

«El.»

Lia kolego levis la brovojn, sed diris nenion dum li skribis la sumon sur karto. Poste:

«Bone. Subskribu ĝin.»

Donald komplezis kaj redonis la slipon. Estis signife ke Arturo, kasisto de la oficeja feria ŝparorganizo, faris neniun komenton pri tiu drasta elpreno el la konto. Antaŭ kelkaj monatoj li nepre estus ŝercinta pri ĝi, lasante al Donald klarigi pri ĝi aŭ ne laŭplaĉe, sed sendube la lastatempa humoro de Donald nun timigas lin. Li supozeble suspektas ke la bezonataj kvar pundoj havas konekson kun la sekreta honto kiu kaŭzas tiun humoron.

Nu, li pravis ĝis certa grado, sed se li vidus la kaŭzon, li scivolus pri la honto, ĉar certe nek li nek la aliaj viroj en la oficejo hontus se oni vidus ilin kun la kapturne bela Militza Donner. Ankaŭ Donald ne hontas, sed perturbita li ja estas, kaj la nuna malprudentaĵo parte kulpas, aldonante maltrankvilon al la malnova ŝarĝo kiu konstante premadis lin dum la pasintaj monatoj.

Malprudente ja! Kion li faras? Kien tiu ĉi afero kondukas?

Estis pardoneble petoli kun ŝi por agaci Robertson, sed kial ŝanĝi interludon en – nu, preludon? Kion ŝi volas de li? Ili havas nenion komunan, krom eble ŝaton pri muziko – kaj lia estas diletanta kompare kun ŝia; se ŝi volas diskuti muzikon, ŝi povas trovi multajn spertulojn sen malfacilo. Amon? Ankaŭ por tio ŝi trovus multajn volontulojn pli taŭgajn ol li – aŭ ĉu ŝi ankoraŭ ne konstatas la abismon inter ili? Nu, ŝi eble seniluziiĝos kiam ŝi vidos lin en ordinara vestaĵo; sendube la ekzota por ŝi uniformo tiklis scivolemon kaj intereson, kaj kovris la diferencon inter ili. Kompreneble ŝi ankaŭ havas la motivon turmenti Robertson; povus esti ke tio estas eĉ la ĉefa celo.

Certe estas tre verŝajne ke ŝi ne estus pli pensinta pri li se ili ne estus renkontiĝintaj post la amskermeto sur la teraso; sed, kiam Donald iris al la podio por ludi rilon laŭ la iom kaprica danc-programo, oni subite anoncis ke f-ino Donner cedis al persvadado kanti, kaj Donald devis stari en la ala pordo dum ŝi plenumis sian promeson. Poste, eble rimarkinte Donaldon preta por elpaŝi nun, Robertson faris novan ŝanĝon, anoncante modernan dancon kaj, dum la orkestro kompleze ludis, Militza kaptis la okazon, forirante de la podio, alparoli Donaldon, ĉu nur por petolspiti al Robertson, ĉu por forkaresi la koleron kaj embarasiĝon de Donald, aŭ ĉu por iu alia celo, li ne sciis, sed ekparolinte ŝi ne emis rapidi reen al siaj amikoj, kaj interalie memorigis ke ŝi volas vidi ion el la tipa glasgova vivo. Donald, ankoraŭ kolera kontraŭ Robertson, promesis ke li montros al ŝi aspektojn de la glasgova vivo, kiujn ŝiaj amikoj ĉi tie eĉ ne konas, kaj estis aranĝite ke li renkontos ŝin kiam ŝi venos al Glasgovo prelude al reiro Anglujon, ĉar ŝi restos en la urbego kelkajn tagojn vizitante amikojn de sia duonpatro, intervjuante impresarion kiu celas krei tutbritajn grupojn de artistoj, aĉetante robojn, ĉapelojn, donacojn kaj simile.

Tiu programo ŝajne garantias ke ŝi forskuos la Robertson-abelaron; Donald kore esperis ke jes. Tio estas fakte unu aldona zorgo kaj ĝeno: ke ŝi aperos ridetante kun Robertson ĉe la kubuto. Tia situacio nepre plaĉus al ŝia humursento.

Sed la ĉefa ĝeno je la momento estis la sento ke li ridindigas sin, ke li delire forĵetas tion, kion li zorge ŝparadis, por dorloti frivolan blondulinon, kiel korperdinta adoleskulo. Kontraŭ tio li almetis la argumenton ke *li* decidos kion ili faros, ke ŝi tial ĝuos nur tute proletan distradon, kaj se tio ne plaĉos al ŝi ... nu, li fajfos. Cetere, por esti justa al ŝi, estas tre verŝajne ke ŝi ja ĝuos – ŝi ŝajne havas tiun kapablon. Kaj plue: kion li malŝparos? Estas tre dube ĉu li havos la okazon elspezi tiun monon por ferio. Estas, male, tre verŝajne ke, kiam la normala feritempo venos, li estos en karcero.

★ ★ ★

Ĝon sciis ke la enkarcerigo de la laboristaj eminentuloj estis provizora venko por la malamikoj, sed ĝi ankaŭ montris la malforton de ilia pozicio: ili ne povis rezisti la tajdon per la rimedoj kiujn permesas al ili la tiel nomata demokratio; ili devis malkaŝi al la mondo la ŝtalan ungon – se nur la mondo perceptos ĝin kaj konstatos ke ili eĉ ne estas tiaj, kiaj ili reprezentas sin. Dume li atakadis ilin, atakis la limigitan sekcion de ili kun kiu li kontaktiĝas. Li postulis ĉiun rajton, kiun la leĝo permesas al li, kaj preparis sin por la tedo de enkarceriĝo, studante ĝuste kion rajtas la politika malliberulo, ĉar li estis certa ke ili donos al li nenion volonte. Li ankaŭ provis kalkuli la efikon de sia defenda parolo en la proceso kiel ataka dokumento kontraŭ la registaro kaj ties rimedoj por la silentigo de ĉiu voĉo kiu malkonsentas kun ĝi.

253

Almenaŭ tio havis iun publikon. Li ne atendis ke la tagaj ĵurnaloj raportos ĝin ĝuste kaj juste, sed la knaboj certigos ke ĝi tamen havos disvastigon. La demando estas: kian sukceson ĝi havos eĉ ĉe tiu publiko kies orelojn ĝi atingos? Kiel la publiko ekster la plej lojalaj laboristaj rondoj reagos al ĝi?

Pri tiu reago li ja ne estis tre esperoplena. Iam la vero devos penetri iliajn kapojn, sed – ĉu nun? Ĉu ili eĉ konstatos ke la burĝa liberalo kiun ili tiom alte taksas ekmalaperas pro la timo de la registaro? Se ĉiu ĵurnalo en la lando gurdadus la temon, jes; sed nun, ne. Estas tro da emocio por ke ili vidu klare, kaj la ĵurnaloj stimuladas tiun emocion. Emocio regas ilin tute; patriotismo. Kiam ili enuos pri buĉado kiu alportas neniun profiton al ili, tiam la emocio eble forte reagos favore al la revoluciuloj, turnante ilian koleron for de senkulpaj germanoj kontraŭ propra kulpa registaro. Certe tiu ĉi milito ne estas sama kiel la Sudafrika; ne sole profesiaj soldatoj batalas kaj perdiĝas en ĝi, sed ankaŭ la nemilitemaj amasoj; ĝi vidvinigas, orfigas, senfiligas ne nur relative malgrandan kaj specialan sekcion de la popolo, sed la popolon entutan, kaj iam tiu popolo eksentos ke la mankojn en la hejmo nenio kompense plenigas.

Tamen estus malprudente atendi tiun senton nun de la publiko. Estas facile tromp-kredigi al si, vivante kaj klopodante ĉiam en laboristaj rondoj, ke la publiko estas kontraŭ la milito. Plialtiĝintaj kostoj kaj stagnaj salajroj kaŭzis multe da malkontento, demonstracioj kaj eĉ strikoj. Ĉio ĉi subfosas entuziasmon por la milito, kaj la deviga enarmeigo de patroj kaj edzoj kun neadekvataj kompensoj por la salajroj kiujn tiuj antaŭe enportis en la hejmojn, tiom indignigis multajn homojn ke ili esprimas rekte kontraŭmilitajn sentojn, sed la nombro de la vere konsciencaj kaj senkompromisaj kontraŭmilitaj aktivuloj estas relative malgranda, kaj la plej talentaj el ili nun estas en karcero. Oni supozus ke la jam ekzistanta malkontento kaj la ŝokaj mortolistoj unuflanke, kaj la senkaŝa persekutado de ĉiuj protestemaj homoj aliflanke, kondamnigus la militon por ĉiu ordinara homo, sed la praktiko pruvis alie. Estas eksterordinare kiom burĝaj kredoj penetris la animojn de la laboristaro. La milito por la plej multaj el ili estas ankoraŭ pura krucmilito kontraŭ barbarismo, kontraŭ perfortanto de malfortuloj. Kaj nun printempo venis, kaj novaj promesoj pri avancego kiu tute detruos la malamikojn kaj finos la militon. Anstataŭ memori tion, kion alportis similaj promesoj dum la pasinta somero, la publiko restimuliĝis de optimismo. Kompreneble, estos alie tiun ĉi fojon; oni lernis multon pro la eraroj de la fuŝaj someraj kaj seniluziigaj aŭtunaj bataloj en la pasinta jaro – tiel ili rezonadas, tio estas la manpleno kiu konstatis ke estis eraroj ĉe Loos kaj ke ĝi ne estis centprocente grandioza venko.

Kion la venonta atako alportos li ne sciis, krom ke ĝi aldonos multon al la mortintojlisto, sed provi moderigi la entuziasmon de la publiko kun tia atentigo estus neniel profite. Oni nur povas atakadi la militon kaj la registaron mem konsekvence ĝis prudento konfirmos por ĉiuj la pravecon de la sinteno.

Dume la plej aktivaj revoluciistoj estas en karcero, kaj la ĉefa espero estas ke ilia ekzemplo kuraĝigos la kamaradojn ekstere, kaj ne timigos ilin. La malliberuloj siaflanke devas kuraĝe elteni, nenion cedante, nenion domaĝante. La vojo estas rekta: nur necesas sekvi ĝin.

★ ★ ★

Blanketaj insuloj de seko aperis sur la pavimo kaj rapide kreskis pro la varmo de la suno, kiu brilis kun sparka viveco. Donald kontrolis la horon, kaj reŝovis la manon en la ankoraŭ ne flekseblan poŝaperturon de la nova palto.

«Ŝi diris la dekduan, kaj estas jam tri minutojn post, kaj ankaŭ ‹apud la militmonumento› (kia loko! sed ŝajne la sola kiun ŝi memoris).»

Li lasis la trotuaran flankon de la monumento kaj promenis al la kontraŭa, de kie li povis vidi pli oportune ĉiujn partojn de la placo. Kompreneble estos miraklo se ŝi venos, kaj li ne intencis longe stari ĉi tie. Li jam sentis embarasiĝon, kaj ŝajnigis studadi la ŝtonajn leonojn kiuj kvazaŭ garde kuŝis antaŭ la ĉefa parto de la monumento.

Kial li volas kaŝi la veran motivon por sia ĉeesto? Kiun li volas trompi? La homojn preterpasantajn tra la placo? Ili ne interesiĝas pri li. Ŝin? Ŝi certe ne venos nur por priridi lin atendantan. Se ŝi ne venos sincere renkonti, temos pri tio ke ŝi simple ne memoris, ne pensis denove pri la rendevuo, kiun ŝi efektive sugestis. Ne, estas li mem; li hontas pri sia naiveco kaj ne volas vidi sin starantan tie kiel idioto.

Nu, li jam agis sufiĉe fole antaŭ ol veni ĉi tien: du altkostajn teatrajn biletojn; tablon rezervitan por vespermanĝo en unu el la pli kostaj restoracioj en la urbego. Jes, jen la flanko de Glasgovo, kiun ŝiaj amikoj ne konas! Kaj ĉu estas pli senkulpe ke li aĉetis, kaj mendis, tiujn nur kiel anstataŭaĵojn se la originala projekto pri proleta vivo ne furore sukcesos? Cetere, estas tre verŝajne ke, se ili uzos la tablon, ili ne uzos la biletojn. Kaj tiu ĉi palto! Kaj li iam kalkulis ke kvar pundoj estos tro!

La horo? Kvin post. Do, do, li ne plu atendos; estos des pli bone. Tamen ne tro impete: povus esti legitima kaŭzo. Li promenos inter la du leonojn dek fojojn. Jen estas blondulino rapidanta zigzage tra la amasoj sur la trotuaro ĉe la rando de la placo. Ĉu povus esti ŝi? Ŝi mistrafos. Ĉu li lasu la monumenton?

Io enmovis la vidosferon ĉe la okulangulo, kaj li turnis sin al la ridetanta Militza, kiu venis renkonte tra forflirtantaj kolomboj.

«Jen vi!» ŝi salutis.

«F-ino Donner! Mi imagis ke mi rigardas vin tie sur la trotuaro transa.»

«Ha, vi fripone okulumas fremdajn fraŭlinojn anstataŭ atendi min? Tre peke! Cetere, estas jam pli konvene ke kisinte min vi nomu min Militza.»

«Do se vi preferas», diris Donald, sentante sian ekvilibron iom ŝanceliĝi pro la kruda aludo al tiu kiso.

«Diru ĝin.»

«Milisa.»

«Militza.»

«Militza.»

«Bone. Kaj mi nomos vin – kio estas via baptonomo?»

«Donald.»

«Do mi nomos vin Donĉjo, aŭ ĉu Doĉjo? Ne, Donĉjo.»

«Laŭvole.»

«Doĉjo, Donĉjo. Jes, Donĉjo mi opinias. Nu, kien ni iros? Tre bele», ŝi aldonis rigardante la monumenton kun eklevo de la duonturnita mentono.

Bela ja! Se tiu prezento de vanga kaj kola kurboj estas artifika, ŝi meritas des pli da laŭdo, ĉar neniam artego pli sukcese kaŝis artifikon; neniam belaĵo ŝajnis pli hazarde natura – aŭ hazarde supernatura?

Donald lasis al la fola ekzaltiĝo traflui lin. Kial ne? Li ĝuos tiun ĉi tagon, plene ĝuos ĝin. Kia senŝarĝiĝo: iri libere, sen la konstanta turmentado de tiranaj kontraŭtiroj!

«Nu,» li diris responde al ŝia lasta demando, «ni lunĉos. Mi supozas ke vi ne jam faris?»

«Ne.»

«Estis fakte stranga rendevuo kiun vi sugestis», li diris, forkondukante ŝin de la griza ŝtonamaso. «Ĝi estas tro malfrua por doni al ni matenon, kaj tamen tro frua por komenci la post-tagmezon.»

«Sed ni lunĉos nun.»

«Jes.»

«Do, mi volis ke vi aĉetu por mi lunĉon. Ĉu ni iros al tre speciala kelo kiun vi konas, kie oni manĝas de la nudaj tabuloj?»

«Ne, ni iros al tre oportuna restoracio, kie oni havas dece malvarman bieron.»

Eĉ la kontakto de ŝia brako kun lia ekfluigas la kurenton tra lia korpo. Iuj virinoj havas tiun – kion? Aliaj, eĉ belaj, tute ne. Kaj ŝia belo mem havas iun pluson, iun elektran reklamadon, kiu nun ekzemple altiras la atenton ne nur de la virinoj.

Kiam ili eniris la restoracion estis same: kapoj turniĝis, forkoj paŭzis kaj makzeloj provizore interrompis sian ritman maĉadon. Ŝi sidis kvazaŭ reĝino en sia simpla pluvetmantelo inter siaj pompe vestitaj subulinoj. Donald varmiĝis en la unua, intensa, sfero de ŝia radiado, kaj la lasta skrupula dubeto pri kiel finiĝos la afero fandiĝe malaperis el lia ekscitita animo.

«Kion ni vidos hodiaŭ, Donĉjo? Ĉu anarĥistojn tumult-antajn? Ion ekscitan, mi petas.»

«Ĉu vi ŝercas?»

«Nu, ĉu? Mi ne konstatis ŝercon.»

«Estas sabato.»

«Do, ĉu sankta tago por ili?»

«Futbalo», Donald klarigis.

«Ha jes. Kompreneble. Sed ĉu mi ne aŭdis ie ke la sezono estas finita?»

«Vera, sed ili nun, dum la milito, havas someran programon – por pokalo.»

«Kaj estas ludo hodiaŭ?»

«Jes, tre grava.»

«Ĉu ni ne povus iri?»

«Ni iros se vi volas», respondis Donald, kiu fakte estis tre kontenta pri la sugesto, ĉar lia projektita programo estis iom nebula pri la posttagmezo. Li ja ne atendis ŝin, kaj Glasgovo ne havas multajn vidindaĵojn, krom se li restus fidela al sia promeso montri al ŝi la ombran flankon de la urbego: li ja povus konduki ŝin tra la plej ŝimaj kvartaloj, kaj tiel konsterni ŝin. Tio tamen profanus lian nunan humoron. Se la maĉo amuzos ŝin, bone. Ŝi sendube demandos ĉu la kompatindulo en la flava trikoto estas en alia teamo, kaj la ĉirkaŭantaj rigardos lin kun kompato kaj malestimo, sed ilian kompaton li ne bezonas hodiaŭ, kaj li povos sori super ilia malestimo.

Reelirinte en la sunbrilan straton, li rimarkis ke estas ankoraŭ ne la unua horo, kaj menciis la fakton al Militza.

«Ho? Kiom da tempo ni disponas? Kiam la ludo komenciĝos?»

«Je la tria,» li respondis, «kaj ni bezonos duonhoron por atingi la stadiumon.»

«Do ni havas horon kaj duonon. Ho, ĉu ni rigardu la magazenajn fenestrojn?»

«Ĉu vi ne jam vidis sufiĉe la fenestrojn dum via restado en Glasgovo?» Donald demandis ridetante. «Mi vetas ke vi eluzis ĉiun minuton ne dediĉitan al intervjuoj kaj vizitoj por studado de fenestroj.»

«Tute ne. Mi bezonas mian okhoran dormon ponokte. Ĉu ĉiuj viaj amikinoj tiras vin al la fenestroj do?»

«Ne. Mi ne permesas.»

«Sed vi faros escepton por mi.»

«Por eta vagulino en fremda urbego.»

«Tiel afable! Dankon. Ĉu vi estos t-r-r-e tedita?»

«Tre», konfirmis Donald, tamen cedante kun plezuro al ŝia volo.

Ili drivis de magazeno al magazeno babilante kun gaja senrespondeco pri frivolaĵoj dum ŝi rigardis de tempo al tempo la vitrinojn kaj li ŝian oran kapon. Li enflaris la printempan aeron kaj la fuĝeman incenson de ŝia parfumo. Horon kaj duonon tiel pasigitan li antaŭvidas kun plezuro. Poste, suden trans la rivero – lia unua vizito ekde la sensukcesa serĉo por Konstanca (ĉu li ankoraŭ domaĝas tiun nesukceson?) – la ludo kaj, post tiu, intima vespermanĝo, teatro – belaj perspektivoj!

★ ★ ★

Eltirite el la infero de la seniluziiga aŭtuna batalado, al kiu Ĝon Maclean enkarcerigita rerigardos, la divizio fine komencis sian oficialan ripozon dek mejlojn malantaŭ la fronto. La roto de Dunkan akiris por si bienon, kun domoj por la oficiroj kaj kromkonstruoj kaj tendoj por la ceteraj.

Dunkan estis bonŝanca; li trovis sin en grenprovizejo, nun kompreneble ne havanta iun grenon, tiel ke ĝiaj provizoraj enloĝantoj povis fumi laŭplaĉe sen iu danĝero pri incendio. Aldone al la hejmeca etoso, kandelaj flamoj, fleksante kaj subite etendante sin kiel oraj langetoj, lumigis la ŝtonan plankon amikeme en diversaj lokoj sufiĉe malproksimaj de la restanta ligno de la konstruaĵo.

Etendite komforte sur la pajla matraco, Dunkan aŭskultis kaj foje partoprenis la diskuton kiu fervorigis la grupon ĉirkaŭ li. Tiu konsistis el li mem kaj kvin aliaj viroj: Georgo, tute resaniĝinta post la vundo, kaj Mat havis matracojn ĉe ambaŭ flankoj de li, kaj preter Georgo kuŝis tiu de Mark Fawn, Edinburgano kiu venis al la regimento antaŭ sep-ok monatoj. Tiu nun sidis sur la matraco de Georgo por esti pli intime en la rondo. Apud li side kuŝis Hugo Kafre, gimnazia instruisto, kiu lasis propran kuŝlokon por partopreni la diskuton, kaj la kvina homo estis ankaŭ «vizitanto», kvankam li ne estis, laŭ Dunkan, tre bonvena. Peter Boyle havis la plej laŭtan voĉon en la regimento, krom la ĉefserĝento, kaj li ĝenerale uzis ĝin nur por sakroj kaj la formulaĵoj necesaj por kartludo. Li supozeble venas nun en tiun ĉi rondon nur tial ke li estas bankrota, aŭ eble celas perdispute senŝarĝi sian galon.

Kaj tamen, ĉu tio estas justa? Ĉu ne temas pri tio ke li, kiel la aliaj, simple volas ĝui la kuniĝon, la konstaton ke ili ankoraŭ vivas, la plezuron interŝanĝi ideojn post la surdiga ĥaoso de la pasintaj semajnoj? Baniĝi en vortoj propraj kaj kamaradaj dum la Fronto grumbladas senefike sub la horizonto; jen balzamo por la animo kaj la spiritoj, sufiĉa por allogi iun ajn.

Dunkan ridetis pro nuraj pacosento kaj nerva malstreĉiĝo, preskaŭ ne kredante pri sia bonŝanco, dum li aŭskultis la skermojn inter la du ĉefaj disputantoj: Mark Fawn kaj Hugo Kafre. Kompatinda Fawn tordiĝis kiel fiŝo sur hoko; ekde lia veno al la regimento li provadis impresi sian superecon sur siajn kamaradojn, fanfaronante pri sia rugbea talento, pri la kariero kiu atendas lian revenon, kaj pri sia edukejo, kiu estis alte estimata inter Edinburganoj. Li ankaŭ garnis sian parolon per citoj el la plej konataj verkoj de Milton, Gray kaj Pope, kaj per francaj motoj, kies rilatoj al la kuranta konversacio estis ofte tre subtilaj. Komence la roto kore malamis lin; ili aŭ ignoris aŭ insultis lin, sed nenio efikis, kaj tio eĉ pli incitis ilin, ĝis instigite al programo de ŝerca pikado kontraŭ li, ili ekŝatis lian esencan bonhumoron. Lia unua nomo estis Georgo, sed li preferis ke oni nomu lin Mark, evidente pro ties bontonaj nuancoj. Tamen, por inciti lin, kaj kiel eble plej piki lian pufecon, oni eknomis lin «Ĝorde», la skota vulgara karesvariaĵo de Georgo. Li ne povis kaŝi sian ĉagreniĝon, kaj tiel konfirmis al si la kromnomon. Poste, sarkasme pri liaj franclingvaj pretendoj, iu spritulo sugestis metanalizon de «Ĝorde» por doni «Ĝor de», tiel ke lia plena titolo fariĝis «Ĝor de Mark Fawn», kaj lia praktika krom-nomo «Ĝor» aŭ, kiel variaĵo, «Monsieur de M. Fawn». Ambaŭ li akceptis rezignacie, ĉar kromnomon oni devas foje atendi, sed tiu vulgara «Ĝorde» estis tro.

Oni do fine akceptis lian instrueman konversacion kun toler-emo, sed liajn pretendojn ŝancelis la alveno de la vera instruisto, Hugo Kafre. Kafre estis maldikulo kun seka, flavbruna haŭto, kaj hararo kiu konservas sian originan nigron nur en partoj, ĉar super la oreloj ĝi estis jam tute griza, kaj la aliaj partoj estis miksaĵo de nigro kaj grizo. Iuj supozis ke li baldaŭ fariĝos oficiro, sed aliaj sugestis ke eĉ ne la dummilita oficiraro povas akcepti homon kun tiaj neortodoksaj ideoj.

«Kun iuj ajn ideoj», Mat korektis. «Li havas cerbon,» li klar-igis, «kaj tion ili ne povas pardoni, ĉar ĝi embarasas ilin.»

Kafre venis al la regimento antaŭ malpli ol du monatoj, sed li jam ŝajnis natura akcesoraĵo, kaj la serioze aspirema Ĝor lia natura komplemento.

«Vi diras ke la milito estas nura ludo por komercistaj friponoj,» kontrolis tiu nun kun jurista penetremo, «sed, se vi kredas tion, kial vi soldatiĝis?»

«Unue,» respondis Kafre, «ĉar mi ne havos la kuraĝon rifuzi kiam soldatiĝo fariĝos deviga; tial mi faris volonte tion kion mi devus fari devige, kun la espero havi iom da elekto rilate mian regimenton. Due, mi jam ne povas elteni la patriotojn ĉehejme, kaj supozis ke soldatoj estos almenaŭ pli realismaj.»

«Cinikaj.»

«Ne, realismaj. Mi preferas suferi kun la trompitoj ol aŭskulti idiotojn kiuj provas pravigi la trompon ĉar ili ne suferas pro ĝi.»

«Vi diris, ke por elekti regimenton,» atentigis Ĝor vigle, «sed kial, havante *vian* sintenon al la milito, elekti frontan regimenton kia la Skota Gvardio?»

«Kiu diris ke mi elektis tiun ĉi gregaĉon?»

«Hej!» Mat protestis.

«Mi *esperis* elekti. Tio estas alia afero.»

«Ha, vi sofismas, Kafre, vi sofismas», ridetis Ĝor skuante la kapon skolde-malaprobe. «Vi povas aserti tiajn motivojn, sed mi ne kredas ilin.»

«Kaj kiun motivon vi volas atribui al mi?»

«Mi ne scias, sed mi suspektas ke vi havis tiun saman, kiun ni ĉiuj, kaj tio estas ...»

«Jes?»

«Nu, via patrujo estis en milito, kaj vi sciis ke vi devos defendi ĝin, kiel plensana, plenkreska viro.»

«Sed tio ne estas ĉies motivo», Georgo protestis.

«Ne», subtenis Mat.

«Mi scias. Vi du estas profesiaj soldatoj, sed vi devas

memori ke vi jam ne estas plejmulto, kaj mi parolas ĝenerale.»

«Generale?» Mat miseĥis kun ŝajnigita surprizo.

«Ĝenerale.»

«Sed kiel vi scias kio estas ĝenerala?» Kafre demandis. «Vi jam vidis ke via proponita ĝenerala motivo ne estas ĝenerala ĉi tie.»

«Ne, ĉar ni hazarde havas tri profesiajn soldatojn ĉi tie, sed mi aludis tiujn virojn, kiuj soldatiĝis nur pro la milito; kaj eĉ la profesiaj soldatoj ne kunsentas viajn ideojn pri la kaŭzoj: la kulp-eco de Britujo kaj tiel plu.»

«Ne», Boyle konsentis grunte. «Tio estas fika sensencaĵo. Ni devas pistaĉi tiujn kubkapajn bastardojn.»

«Jen, vi konsentas kun mi, Petro,» diris Fawn, «kaj», li aldonis al Kafre, «li estas pli tipa dummilita soldato ol vi.»

«Mi ne pretendis ke mi estas tipa,» atentigis Kafre, «kaj mi certe ne supozis ke profesiaj soldatoj estas ankaŭ dummilitaj soldatoj. Cetere, vi ankoraŭ ne sciigis min pri mia vera motivo.»

«Mi jam diris ke mi ne certe scias ĝin,» memorigis Fawn, «sed mi ja opinias ke estas pli da kaŭzoj por la milito ol via ‹komercista ludo›.»

«Ho, sendube estas pli ol tio, kaj pli ol la defendo de etaj ŝtatoj kontraŭ grandaj.»

«Kaj kion vi farus se vi havus plenan potencon, Hugo?» demandis Dunkan.

«Jes», trudeĥis Fawn. «Kion?»

«Mi ĉesigus la militon, aŭ liverus pli bonajn kaŭzojn por ĝia daŭrigo. Ĝi jam daŭris tro longe, kaj eĉ se ni konsentus kun la originalaj motivoj por entrepreni ĝin, tamen tio jam ne eblas por pensanta homo, ĉar la motivoj por ĝia daŭrigo malsimilas al tiuj por ĝia komenco: ili jam ne estas idealismaj, sed ricevas sian stimulon de malamo kaj nescio. Jen Petro Boyle kun sia ‹kubkapa› aludo pri la germanoj.»

«Tiaj ili fike estas», asertis Boyle senpacience.

«Ĉu? Ĉu vi scias, mia amiko, kio estas kubo? Ĝi havas tute platajn surfacojn, akrajn eĝojn kaj pintajn angulojn. Tia kapo ne ekzistas, ne povas ekzisti, en la naturo.»

«Do ekster la naturo», blovridis Boyle.

«Nu, en aŭ ekster. Ĉu vi iam vidis germanon?»

«Jes.»

«Kaj ĉu vi ĵure asertas ke ĝuste tia estas lia kapo?»

«Kompreneble ne. Ne estu stulta. Tio estas nur esprimo, kiel vi bone scias, lertaĉulo.»

«Esprimo do kiu signifas nenion. Se vi konsentas ke ili ne havas kubajn kapojn, vi eble ankaŭ konsentos ke ili ne estas cent-procente bastardoj. Poste, same analizu ĉiujn atribuojn, kiujn ni asignas al ili.»

«Pa, vi fendas harojn», protestis Fawn.

«La du haroj kiujn mi fendis estis la solaj kaŭzoj ĝis nun cititaj por pravigi la daŭrigon de tiu ĉi milito.»

«Mi ne bezonas pravigon. Mi abomenas la murdajn kanajlojn», Boyle sciigis.

«Ĝuste. Estas nun do reciproka mortigado pro la malamo kiun la mortigado generas. La milito jam ne bezonas alian motivon, kaj ŝajne ne havas alian celon.»

«Ol?» demandis Dunkan.

«Ol la mortigado *per se* – kondukanta nenien.»

«Kriste, li pravas pri tio», Mat fervoris. «Kion ni ja atingis dum ĉiu aktivego dum la pasinta somero krom mortigi kaj mortiĝi; se ni estus elpafintaj eĉ ne unu kuglon, ni estus pli-malpli en la sama pozicio kiel nun, kaj kelkmil mortintoj ankoraŭ vivus.»

«Ha jes,» ridetis Fawn tolereme, «sed nun vi kritikas la gvidadon de la milito, ne ĝian motivon.»

«Kaj kial ne?» demandis Georgo. «Estas konekso inter la du.»

«Ho ne.»

«Ho jes. Ekzemple, ĉu oni havas iun garantion ke ili ne reludos la farson de la pasinta somero? Se ne, ili devus elpensi pli konvinkajn kialojn por la milito ol la ĝisnunaj, antaŭ ol postuli ke ni suferu ĝin denove. Kaj aliflanke, ĉu la motivoj kiuj bataligis nin antaŭvidis tian buĉadon? Devas esti rilato inter la celo kaj la peno necesa por atingi ĝin; oni levus dronantan katidon el lageto, sed ne ensaltus torenton por savi ĝin, kvankam por infaneto jes.»

«Jes,» aplaŭdis Mat, «kaj se ni devos daŭrigi la militon, ni rajtas kompetentajn generalojn.»

«Kiel vi scias ke niaj generaloj ne estas kompetentaj?» demandis Fawn. «Ili ne kulpas ĉar strategio ...»

La cetero de la frazo ne aŭdeblis pro la mokĝemo de liaj aŭskultantoj.

«Ne, sed vere», li protestis. «Artilerio kaj maŝinpafiloj ŝanĝegis militon; neeblis antaŭvidi ĉiun rezultaton antaŭ la milito.»

«Kial ne?» demandis Mat. «Tio estis ilia profesio.»

«Jes, do ili preparis sin por la uzado de novaj militiloj, sed ne povis precize prognozi ĉiun sekvon de tiu uzado, estante nur homoj.»

«Estante idiotoj.»

«Vi insistas ke ili estas idiotoj, Mat, ĉar ili ne anticipis ĉion, sed devus sekvi de tio ke la francaj, rusaj kaj germanaj generaloj estas ankaŭ idiotoj.»

«Do?»

«Do iom streĉa koincido, ĉu ne?»

«Tute ne. Ili estas ĉiuj generaloj. Ŝajnas do ke idioteco estas profesia atributo.»

«Pa, ĉu vi volas kredigi ke ĉiu generalo en la mondo estas idioto? Vi parolas ...»

«Generale», Mat sugestis.

«Vi estas ĉiuj treege sagacaj,» diris Ĝor post la sekvinta rido, «sed nur demandu al vi sincere, ĉu vi povus anticipi la novaĵojn, kiujn la nunaj militrimedoj alportas: venengaso, flugmaŝinoj, kaj tiel plu.»

«Kial ni eĉ pensu pri tio», Georgo demandis.

«Do, se vi estus generaloj.»

«Kial ne? Kial vi tiom insiste provadas pruvi la inteligenton de generaloj, Ĝor», Georgo ridetis. «Estas ja konate ke la idiota filo de la nobelaj familioj devas eniri la armeon – aŭ la floton. Sekve, vi provas pruvi la nepruveblan.»

«Kaj vi anticipus ĉiujn menciitajn sekvojn de la novaj armiloj – se vi estus generalo?»

«Kiel mi diris, kial ne? – se mi estus generalo. Estus mia devo provi anticipi tiajn rezultojn, kaj mi ne povas kredi ke mi estus plenuminta tiun devon tiel senkompetente kiel niaj nunaj ĉefoj.»

«La ardo de flamo ŝajnas tre evidenta postkiam oni bruligis la fingron.»

«Jes, sed ĉu vi scias, Fawn, ke oni ankoraŭ celas enmanovri la kavalerion?» Kafre diris.

«Ni ne scias tion certe», Fawn kontraŭis. «Cetere, kial vi plendas? Vi volas alispecan militadon; do jen solvo: kun kavalerio ne estus okazo por tranĉelinioj; la batalado estus flua. Tial oni celas ekuzi ĝin.»

«Ne estu idiota», petis Kafre. «Ili provas enkonduki ĝin ĉar la plejmultaj el ili estas kavaleriaj oficiroj. Haig verkis libron por pruvi ke moderna milito estas kavaleria afero.»

«Do eble li pravas. Oni ankoraŭ ne uzis ĝin.»

«Oni uzis ĝin en la fruaj tagoj, kaj mi ripetas ke ili konstante provadas reenkonduki ĝin. Homo kia Haig oferus la tutan armeon se li povus per tio organizi unu gloran galopatakon.»

«Estas tre facile moki, sed supozeble tiuj homoj scias pli ol vi pri militado.»

«Ho ĉu? Kiu komandis ĉe Loos?»

«Kiom ĉio ĉi gravas?» Dunkan intermetis. «Ni ĉiuj – krom Ĝor – konsentas ke neniu estis preparita por tia ĉi milito, sed al kio tio kondukos? Jen la demando. Ĉu ili konstatos tion antaŭ ol ili detruos ĉiujn armeojn? Mi demandas, ĉar en Londono ĉiuj kredadas ke niaj kampanjoj iras glate, kaj sekve la publiko ne devigos la estrojn modifi siajn metodojn.»

«Kaj la ĉefoj ne havas la inteligenton decidi mem fari iujn modifojn, ĉu?» Kafre konkludis. «Mi komprenas vian maltrankvilon. Ili kapablas mortigi nin ĉiujn, kaj ĉiujn sekvontajn, atinginte nenion.»

«Se ili mortigos nin ĉiujn, ne gravos al mi ĉu aŭ ne ili atingos ion,» Mat diris, «ĉar mi estos morta, kaj ankaŭ ĉiuj miaj amikoj, kaj ni scios nenion. Sed estas vere, damne. Kiam ili ĉesos batadi la fruntojn kontraŭ granito? Ĉu ili kapablas lerni?»

«Ne», Kafre voĉdonis.

«Supozeble jes,» Dunkan kontraŭis, «sed kiam? Ili studadas mapojn kaj certigas al la politikistoj ke ni sukcesas, kaj la politikistoj sciigas tion al la publiko rezulte ke, se iu eĉ kritiketas la gvidadon de la milito tie hejme, oni rigardas lin kiel ŝtatperfidulon.»

«Ĝuste; mi jam diris ke mi ne povis plu toleri la sen-
sencaĵon», atentigis Kafre.

«Sed iuj el la kritikantoj estas ja ŝtatperfiduloj», Fawn
protestis. «Mi ne aludas vin, Hugo, nek vin, Dunkan, kvankam
mi ne tute konsentas kun viaj vidpunktoj, sed homoj kiuj atak-
adis la registaron ekde la komenco de la milito, kaj volas saboti
la klopodojn ...»

«Jes, jes,» Dunkan interrompis, «sed la publiko ne kapablas
distingi inter socialista perfido kaj honesta kritiko, ili ankaŭ ne
kapablas, kaj eble neniam kapablos, rekoni klaran misgvidadon
de la milito.»

«Kompreneble mi konsentas pri tio. Mi nur menciis ...»

«Bone. La faktoj devos iam trafi ilin», Georgo intermetis.
«Ili estas sufiĉe evidentaj. Kaj, kiam tio okazos, la reago povus
esti des pli forta pro la prokrasto.»

«Jes, tiel mi pensas, Georgo», Dunkan aprobis. «La forto de
la reago kompensos ĝian malfruon. Entute, bono venos el mal-
bono, ĉar post ĉio ĉi oni pensos pli intense, ne nur dum, kaj pri,
la milito, sed post ĝi.»

«Estas vero en tio», diris Fawn. «Oni povus rigardi la
militon kiel la naskotrombon de nova, pli bona mondo.»

«Adoleska naivo», ridetis Kafre.

«Ne», kontraŭis Dunkan. «Li pravas; estas ĉiam kompensoj:
post katastrofo kia la nuna, bono venos ekvilibre.»

«Ne tute», diris Kafre. «Sociaj konvulsioj eble alportas
ŝanĝojn, sed tiuj ne estas blanke bonaj.»

«Ta, vi estas skeptika pri ĉio», plendis Fawn. «Ne temas
nur pri socia konvulsio; temas pri suferego, punado de homaro,
skurĝado kiu purigos. Post ĝi la homa vivo ne povos esti sama
kiel antaŭe, kaj la ŝanĝoj devos esti plibonigaj.»

«Eble estos pli bonaj vivkondiĉoj por la plejmulto, sed ne temos pri bono precize ekvivalenta al la malbono kiu nun ekzistas, kiel vi du ŝajne opinias. La homara historio ne disvolviĝas tiel.»

«Ne se oni rigardas ĝin kun obstine pesimista okulo,» Fawn modifis, «ĉiam elserĉante la makulojn, sed fakte, malgraŭ ĉiuj flankaj devioj kaj stagnetoj, la ĉefa fluo de la historio progresas konstante kiel serio da ondoj, kiuj frakasas sin kontraŭ la klifoj de reago ...»

«Ta ra, ta ra», Mat mokfanfaris tra l' duonpugnita mano, kaj kelkaj el la aliaj ridis pri tiu klimakso al parolo, kiu ekfariĝis ja patosa oracio, sed Dunkan ne volante ke la stabiliga filozofio, kiu prezentiĝas, forbloviĝu, diris:

«Tamen, bone esprimite, Ĝor, kaj mi tute konsentas kun vi.»

«Jes,» diris Fawn ekscitite, «kaj se mi rajtas daŭrigi la tropon, ilia rodado tamen subfosas eĉ la plej grandan klifon ĝis ĝi falegas.»

«Ĝuste», aprobis Dunkan.

«Male,» kontraŭis Kafre, «progresemaj ideoj venas ja kiel ondoj, sed ili frakasiĝas kaj intermiksiĝas sur la dura deklivo de reago sen iu subita faligo de tiu. Tiel, neniu movado, instigita eĉ de plej grandioza forto, iam atingas sian finan celon pure kaj en izolo.»

«Do ni ne havos utopion post la milito,» diris Georgo, «sed almenaŭ estos iuj plibonigoj.»

«Sociaj?»

«Sociaj jes. La soldatoj ne toleros senlaborecon, mizerajn salajrojn kaj tiel plu.»

«Kaj ili certe ne toleros enfalon en novan militon», Dunkan aldonis.

«Nu,» Kafre diris, «socie ni eble ja progresetos, ĉar tio ja estis la tendenco dum la pasintaj cent jaroj, sed granda saltego antaŭen necesus por eĉ duone kontentiga civilizo, kaj eĉ se oni – tio estas, niaj regantoj – volos bonajn vivkondiĉojn por ĉiuj ideale, tamen estas dube ĉu ili povos efektivigi tiujn, pro la materiaj rezultoj de la milito.»

«Kion vi scias?» demandis Boyle. «Kion vi ĉiuj scias? Vi parolas kiel fikaj politikistoj. Ili uzas grandajn vortojn por kaŝi truojn en la scio. Cetere, kiel vi scias ke ni gajnos la militon?»

«Ĉu iu diris ke ni gajnos la militon?» demandis Fawn.

«Ne, sed vi parolaĉas kvazaŭ ĝi estus jam gajnita. Vi parolas pri post la milito. Kiel vi scias ke iuj el vi travivos la militon?»

«Ni ne», Georgo diris.

«Do jen! Kial babiladi pri tio kio ne povas nun koncerni nin? Ni ĝuu la vivon dum la ripozo. Poste – reen al la Fronto, kaj ... kiu scias? Tie oni ...»

«Ho lasu la Fronton», Dunkan interĵetis, perdante nun plezuron pri la konversacio. La gusto fariĝis malfreŝa. La nura penso, «reen al la Fronto», blokas la feliĉon. Kiel oni povas esperi pensante pri la Fronto? Tiu Fronto en kiun ili ĵetis sin, kaj kiu neniam moviĝas, kvazaŭ la Tempo mem haltas ŝokite. La aliaj babilis plu, sed li kuŝis silente, provante rekapti la antaŭan leviĝon de la spirito, la dankemon ĉar ili estas ĉi tie, nun, en azilo. La spirito jam soris for de la turmentoj de la paseo, kaj li strebas tenadi ĝin sur la pinto de feliĉo, sed jam ĝi pasis la apogeon kaj la futuro videblas. Tenadi, eternigi la momenton – vane; ĝi forpasas, estas jam for! Ĉar kiel granda, kiel longa, estas momento? Ĝi ne havas grandon, longon; ĝi estas nedividebla, iluzio. Kie nun estas la momento kiun li ĝuis? En la paseo, sen ekzisto, kaj se ĝi iam havis ekziston, kial li ne povis teni ĝin? Kial li ne povas reiri por ĝi kaj preni ĝin el la paseo? Ĉar ĝi estas morta? La momento dum kiu li ĵus pensis tion estas same morta; la nuna momento mortas; tio estas la tempo; mortado de momentoj; neniu momento efektive vivas, ekzistas: ĝi nur ekokazas por morti. Kiom vane provi ĝui oazon de paco; li jam portiĝas en la futuron; fakte estus nun tie se la imago ne konstante ŝovadus la nunon antaŭen, provante konkretigi la abstraktojn de nuno kaj futuro kaj fari dividon inter la du apartaj bildoj kiujn ĝi mem kreis. Trompo, trompo, trompo – la nuno estas paseo kaj futuro, sed neniam aperas mem; ĝi promesas, kaj subite ...

★ ★ ★

«Neniu gajno; ĉio elspezita», pensis Donald, moroze elrigardante la fenestron de la «ruĝa tramo» dum ĝi salte startis de la Centra Stacidoma haltejo. Ŝia trajno jam glitas suden kaj ŝiaj aliaj adiaŭintaj amikoj reiris al siaj aŭtomobiloj. Tiu adiaŭo ja sigelis la finon de ilia interkonateco per plej definitiva impreso: li devis ne veni. La malbela anasido efektive! Se ŝi ankoraŭ ne perceptis tion, la aliaj cignoj ne povis ne, kvankam ili estis tro ĝentilaj por montri tion, parolante al li kun ŝajna intereso pri liaj aspiroj kaj vidpunktoj dum la longaj minutoj antaŭ la foriro de la trajno. Kaj kvankam Militza ĝisfine montris neniun konstaton pri la abismo inter ili, li mem jam ne povas eviti ĝin. Por esti tia, kia ŝi persiste imagas lin, li devus havi la povon laŭkaprice trafi trajnon por Londono kiam ajn konvenos ankaŭ al ŝi.

Ŝi simple ne povas asimili la faktojn. Ne praktike gravas kompreneble ĉar, kvankam ŝi petis lian adreson por ke ŝi sciigu lin tuj kiam ŝi ekkonos sian Londonan adreson, ŝi preskaŭ certe forgesos skribi kiam ŝi estos en nova, ekscita vivo.

Necesas nun fronti la veron: ili vivas en malsimilaj sferoj kiuj ne havas komunan tuŝpunkton. Militza kaj li parolas, pensas kaj sentas paralele, sed, kiel la poeto skribis, paraleloj neniam fine renkontiĝas. Tion li ĉiam sciis, sed li provizore rifuĝis de la scio; nun, post la febra plezuro de antaŭ kelkaj tagoj, necesas, kiel ĉiam, reveni al la realo kaj al problemoj ne solvitaj sed, male, pli preme grandaj ol antaŭe pro la intertempa iluzio, kaj anstataŭ plezuro venonta por iom heligi liajn zorgojn, li havas nur ĝojon pasintan brulantan en la memoro por reliefigi la ombrojn.

Antaŭ kelkaj semajnoj li luktis kun la tento agi konforme kun la socio, konstatante la perdojn kiujn li suferos pro sia rezisto; nun li suferos unu perdon pli, kaj li ne estas certa ke li povos elteni la aldonan ŝarĝon. Li vidas antaŭ si nur nigregon. Ĉu li povos antaŭeniri en ĝin?

Li organizis sian forton, siajn konvinkojn, por la avanco, sed insida lumero distradis lin: tiu alta grizharulo ja proponis al li postenon, ne krude devigante lin al rekta jes aŭ ne, sed indikante ke estus granda plezuro por li se tia inteligenta junulo konsentus esti unu el liaj reprezentantoj en la muzika mondo. Sendube Militza instigis lin, sed kial skrupuli pro tio, aŭ pro la fakto ke li mem scias nenion utilan pri la muziko? Ĉar kiom el la nunaj reprezentantoj de ŝia amiko ne ricevis siajn postenojn pro influo, kaj ĉu ili ĉiuj estas spertuloj pri la muziko? Ĉu tio eĉ tre gravas?

Necesas nur telefoni lin kaj, akirinte la postenon, eniri novan mondon; poste eniri la armeon kiel spertulo pri muziko kaj aliĝi aŭtomate al grupo kiu specialiĝas pri revuoj kaj aliaj distroj por la soldatoj. Tiel li restus en mondo akceptata de la socio, la sama mondo kiun loĝas Militza, kaj samtempe ne profanus la konsciencon, ĉar li neniam devus mortigi, kaj se oni sendus lin en danĝerajn lokojn, des pli bone, ĉar ne mortiĝon, sed mortigon, li volas eviti.

Kia senŝarĝiĝo, kia malstreĉo de la nervoj! Li sentis gajiĝon eĉ pro la penso, kaj permesis al la imago prezenti lin en la projektita nova situacio. Li imagis sin en uniformo promenantan tra Londono survoje al rendevuo kun Militza, liberigitan de ĉiuj zorgoj kaj inhibicioj. Li estos akceptebla en ĉiuj societoj; li ne devos honti, ĉu antaŭ siaj novaj amikoj, ĉu antaŭ la malnovaj. Bob kaj lia patrino estas la solaj personoj kiuj scias pri lia kontraŭmilita sinteno, kaj ambaŭ bonvenigos lian decidon; certe neniu el ili kulpigos lin, kaj akceptus tutkore la klarigon ke lia konscienco estas kontentigita ĉar li ne mortigos.

Li havus futuron. Kiam la milito finiĝos, li povus reveni al posteno certe ne tro deprima, kaj eĉ se li iel elfalus tian bonŝancon, li povus reiri al la malnova posteno almenaŭ kun honoro, se ne kun entuziasmo.

Fakte, tio ne necesus, ĉar oni tiam havos skemon por revenintaj soldatoj; oni jam projektas tian. Jen do solvo de ĉiuj liaj problemoj: li povus iri al universitato. Kiom li jam plenumis en neidealaj cirkonstancoj! La cetero estus facila, kaj kian perspektivon la plenumo malfermus: la realigo de ĉiuj aspiroj kiujn li nebule prirevis eĉ antaŭ ol la lasta inkubo ekpremadis lin. Estus liberigo, kaj li meritas tion.

Incitite li skurĝis la entuziasmon kaj demandadis al si: «Kial ne? Kial ne? Kial ne?» Estas preskaŭ nekredeble ke tia komplekso da problemoj povus tiel facile solviĝi. Li estas freneza ne kapti la okazon. Freneza. Kaj kial? Kolerege li konstatis kial.

Tiun facilridetan junulon trapromenantan la militon kun glata senpeno, ignorantan la vekriojn de la homaro, li ne kapablas elteni. Ĉiun agon kaj penson de tiu junulo li povas pravigi, sed la imago rifuzas prezenti lin tiel, kiel Donald volas vidi lin; la animo rifuzas forgesi ke, kiam tiu lertulo reveninta post la milito glitos facile tra siaj studoj en komfortan profesion, li venos anstataŭ la mortintoj. Vane Donald argumentis ke ankaŭ li povus morti; vane li memorigis al si ke tiuj mortintoj estis dupoj; mortigintoj de samspecaj, bonintencaj dupoj; foje eĉ senkuraĝuloj kiuj protektis sin per uniformoj kontraŭ la mokoj de siaj amikoj. Vane, ĉar la epoko alportis krizon al la homaro kaj ĉiuj, krom la profitadorantoj, devas fronti ĝin laŭ sia kapablo. La kapablo de Donald estis tro granda por permesi al li soldatiĝi, kaj la fakto ke aliaj povas tiel kontentigi sin estas, devas esti, por li indiferenta: li devas agi laŭ propra kapablo. Li povas esti nek soldato, nek moksoldato; li eble rajtas, sed li ne povas, ungi profiton el la putraĵo en la kaldronego.

Kia idioto! Kial li permesis al si tiun postdeliran delireton? Liaj devo kaj bezono nun estas klaraj: li devos hardi la menson kaj iri rekte antaŭen, kaj eble, plenuminte la devon, li ne tute perdos tiun eksterordinaran Militzan ... Ho silentu, espero kaj koro; trankviliĝu. Ne, ne. Jam for!

★ ★ ★

«Iu ajn novaĵo estas bona», pensis Ina eklevante la poŝtkarton. «Se li skribas, li vivas.» Pli bonan novaĵon ŝi ne povas atendi nun, ĉar ja ne estas tempo por lia forpermeso, kaj cetere li ne povus skribi pri tio sur unu el la frontaj poŝtkartoj.

Ŝi ekvidis la krajonumitan subskribon: ĝi estis de Dunkan, ne de Georgo! Sed Georgo ankaŭ estas sana; la streketo per kiu la sendinto eliminis «Mi estas vundita» havas kurbon, kvazaŭ senzorgan leviĝon ĉe la fino. Tiun kodon Georgo aranĝis kun ŝi, antaŭ ol li foriris, kiel metodon doni al ŝi kroman informon pri Dunkan, sed tuj Dunkan ekuzis saman sistemon pri Georgo, kaŝaludinte la intencon en unu el siaj leteroj.

Ŝi rigardis la presitajn partojn neforstrekitajn. Ilia suma sciigo estis: «Mi estas vivanta kaj sana. Dunkan.» Al tia lakona konfirmo de la plej altaj esperoj de la ricevinto ŝi jam kutimiĝis. «Por ‹mi› legu ‹ni›», ŝi pensis ĝojante ke por momento ŝi rajtas perdi la sapeajn dubojn kaj timojn kiuj nun normale drenadas la sukon de la vivo.

Ŝi informis Elizabetan dum paŭzeto en la oficejo: «Georgo estas sana.»

«Ho, ĉu vi ricevis leteron? Ĉu ankaŭ via frato estas sana?»

«Fakte jes; estis poŝtkarto de Dunkan kiun mi ricevis. Li signis sur ĝi ke Georgo sanas.»

«Ha, ĉu? Do ambaŭ. Tio estas granda senŝarĝiĝo por vi, ĉu ne?»

«Ho jes, efektive; mi sentas min tute malpeza; mi supozas ke ebrio estas io tia. Sole premetas min la dubo: ĉu io trafis ilin ekde la sendo de la poŝtkarto?»

«Ne pensu tiel. La vintro jam venis; la fronto estos kvieta.»

«Mi scias, sed en tiu ĉi milito estas tiel – ili neniam estas tute sekuraj.»

«Prave, sed vi devas pensi ke se ili eĉ estus vojaĝantaj en paca tempo, vi tamen havus iujn zorgojn, ĉar danĝeroj ne-atenditaj povas leviĝi. Nun la danĝeroj estas ja atenditaj, kaj estus senprudente ignori ilin; tamen nur prezentu al vi ke hieraŭ vi ne sciis ion pri ili dum semajnoj, kaj ke dum la somera kampanjo miloj pli mortis dum tago ol nun dum semajno.»

«Jes, tio estas la sola prudenta sinteno. Mi vidos vin ĉi-vespere, ĉu?»

«Kompreneble.»

Kiel bonguste serena estas tiu Elizabeta. Naŭdek naŭ virinoj el cent kuraĝige dirus ke *kompreneble* la knaboj estas sanaj, kaj baldaŭ revenos, kaj tiel plu. Elizabeta aliflanke estas vere komforta: ŝi eltiras la aŭtentikajn konsolaĵojn el la situacio kaj lasas la blagojn al aliaj. Oni fidas ŝin; oni sentas ke por ŝi la bonfarto de la knaboj gravas, ĉu pro tio ke ŝi sincere volas vidi sian amikinon feliĉa, ĉu pro kortuŝo pri la knaboj mem. Ŝi estas matura, ŝi estus mirinda patrino – kompreneble ŝi devus esti edzino unue. Strange ke ŝi neniam edziniĝis.

Dunkan kaj ŝi? Pli bone ol tiu Elsa!

Ĉiu aludo, ĉiu sciigo, ĉiu rememoro pri Georgo ankoraŭ akcelas ŝian pulson, sed nun la doloro kiu komence akompanis tion perdis sian akron, eĉ ŝanĝis sin en korstringan sopiron. La vivo estas plata sen li, sed plato estas nur monotona, ne funde mizerega, kiel estis la unuaj semajnoj post lia reiro al la fronto.

Hejmenire ŝi aĉetis iujn verdfoliaĵojn por ornami la ĉambron. Baldaŭ estos la nova jaro, kaj ŝi estas denove kondamnita pasigi la feston en Londono, sed negrave: post ĝi la noktoj malpli longos.

★ ★ ★

«Ĉu vi ne restos, Donald?»

«Ne, mi nur venis akompane kun Bob.»

«Nu, la ekzerco estos fiasko: kvar tamburojn kaj unu flutaron.»

«Mi tre bedaŭras, sed ...»

«Ne, ne, vi pravas. Mi tute komprenas. Ni vidos vin venontan?»

«Jes, supozeble.»

«Do ĝis, kaj ĝis al vi, Bob – ĝis, kaj plej bonan fortunon!»

«Dankon», Bob respondis. «Mi revidos vin iam.»

«Jes, jes. Do ĝis, knaboj, ĝis, ĝis.» La ĉefo akompanis ilin al la hala pordo, kaj svingis la manon je fina saluto al Bob antaŭ ol returni sin al la seninspira ekzercado.

Bob kaj Donald promenis en la polva flavo de la vespera suno, kiu ankoraŭ ŝvebis kelkajn gradojn super la horizonto kvankam estis ĉirkaŭ la oka, kaj ŝutis siajn lacajn radiojn laŭlonge de la strato sur kiu la amikoj promenis.

«Do, tio finis tion», diris Bob.

«Jes, ja, Bob.»

«Vi ne devis veni kun mi, Donald. Kompatinda Aliĉjo ja bezonegis flutariston.»

«Ĉu unu flutaristo do farus tian grandan diferencon?»

«Nu, ŝajne ne, sed vere la grupo forvelkas.»

«Jes, sed tiu ĉi vespero estis ja escepta. Se pluvos venontan, estos rimarkinda pliboniĝo.»

«Eble, sed ĝi ja diseriĝas pro la milito.»

«Ĉu mi ne scias? Mi jam provis tute lasi ĝin, kiel mi fakte intencis dumlonge, sed Aliĉjo tiom petadis ke mi restu pro tio ke li perdis tiel grandan nombron, ke mi ne sciis kiel eltiri min.»

«Ne. Nu, eble mi mem ne estus longe restonta en ĝi se mi povus sekvi mian inklinon; sed nun kompreneble mi ne devas serĉi senkulpigon por laso.»

«Ja ne. Tio ĉi estas iel tre subita, Bob, kvankam ni sciis pri ĝi.»

«Jes, foje ŝajnas tiel al mi; alian fojon tute male: la lastaj tagoj ĉe la laboro ekzemple tedege treniĝis plu, ĉar mi sciis ke mi iros, kaj tamen ĉiuj aliaj laboris laŭkutime, kaj mi sentis ke mi devas almenaŭ iom peni por kaŝi indiferenton.»

«Vi ne bedaŭras lasi la laboron, ĉu?» Donald ridetis.

«Ĝuste. Jen unu avantaĝo de soldatiĝo, efektive. Mi ne scias kiel mi povos reveni al ĝi.» Li pensis dum kelkaj momentoj, kaj poste aldonis: «Kompreneble, mi blagas min; eble mi opinios ĝin paradizo post kelkaj jaroj en la armeo. Mi ekscivolas ĉu mi vivis dorlotitan vivon ĝis nun, kaj ĉu skuos min la armeo.»

«Povus esti, sed aliflanke eĉ se vi abomenos la armeon, la ordinara laboro, post tia vivo, ne povos ne ŝajni plate monotona.»

«Nu, eble mi ne revenos al ĝi; eble mi revenos al iu alia posteno. Cetere, kial ni parolas pri tio? La milito daŭros dum jaroj – tio ŝajnas evidenta nun – kaj multo povos okazi. Kion vi faros? Ĉu vi ankoraŭ intencas iri antaŭ tribunalo?»

«Nu, vi scias.»

«Mi scias ke vi registris vin kiel konscienca rifuzanto, sed vi povus ŝanĝi tion.»

«Sed mi ne.»

«Ne, mi nur scivolis, ĉar mi sentis ke la efektivigo de tia intenco eble ŝancelus vin, precipe nun, post nia forlaso de la kontinento.»

«Ĉu vi volas diri, ĉar nun temas pri pure defenda milito?»

«Nu, parte; sed eĉ pli mi aludis la entuziasmon, kiun oni nun montras. Mi ne atendis ke tio efikos vin, sed ...»

«Sed ke ĝia efiko efikos min?»

«Ĝuste. Vi povus sufiĉe facile, mi supozas, rezisti la tenton kunsenti la entuziasmon, kaj la tenton cedi al ĝi en aliaj, sed la du kunagante povus persvadi vin ke ja temas pri pure defenda milito nun kaj, nu, la nova konvinko ŝanceli principon.»

«Ŝancelis ja, sed ne ŝanĝis.»

«Mi komprenas. Kredu, Donald, mi tre admiras vian kuraĝon.»

Donald agnoskis la komplimenton per danka balanceto de la kapo, kaj ili promenis senvorte dum kelka tempo. Bob jam montris pli tolereman sintenon al la pacismo de Donald kiam ili venis registri siajn nomojn laŭ la mobiliza leĝaro. Ne multon ili diris tiam: frazetojn kiaj, «Ĉu vi ankoraŭ pensas same?» «Jes, mi devas, Bob», sed eble ĉar la cikatro de la temo estis ankoraŭ delikata, eble ĉar Donald implice petis simpation, estis neniuj signoj de nova konflikto; male, estis kvazaŭ la situacio fariĝis, dum la intervalo, akceptita. Aliflanke, la ĵusaj vortoj estis la unua signo de rekta aprobo, kaj kvankam ĝi tuŝis nur lian kuraĝon kaj ne lian motivon, tamen Donald taksis ĝin valora kiel ŝajne unikaĵo, des pli ĉar ĝi venis al li spite la nunan fluson de la patriotismo, kiu supozeble efikas Bob kiel la ceteron de la komunumo.

Ekzistas ankoraŭ embuskaj embarasoj, kiel ekzemple liaj estontaj rilatoj kun la gepatroj de Bob, sed li jam fintis tiajn, almenaŭ por la nuna vespero, proponinte ke ili iru al preferata taverno por adiaŭa trinko antaŭ ol Bob hejmeniros relative frue por paki kaj tiel plu. Tio evitigas iun neceson ke Bob invitu lin al la domo, kaj li jam rifuzis la proponon ke Donald petu forpermeson de la laboro por iri al la stacidomo morgaŭ, dirante ke tiaj last-momentaj adiaŭoj ne plaĉas al li. Kompreneble liaj gepatroj iros, kaj ĝuste tial li ne volas la ĉeeston de Donald, kiu ja ne nur komprenas, sed ankaŭ kore kunsentas, lian sintenon. Li ne sciis ĉu Bob jam informis siajn gepatrojn pri lia rifuzo soldatiĝi, sed li supozis ke neeblus eviti la temon, ĉar estas konate ja ke li kaj Bob estas samaĝaj, kaj estas certe ke s-ro Stewart, se li ne scias pri la efektiva situacio, faros iun aludon al la baldaŭa foriro de Donald.

La problemo do estas solvita, almenaŭ por la momento. Estonte estos embarase: li *iam* devos renkonti la gepatrojn de Bob, sed la estonto plenplenas de virtualaj embarasoj; ili venu kiam ili venos; li tiam ne povos eviti ilin, sed devos fronti ilin unuope. Kaj nun? – sufiĉas okupiĝi sole pri la nuna.

Ili atingis la tavernon, kaj Donald senpacience eniris ĝin, sopirante la varman intimecon, kiun la alkoholo alportos. Sed la atendita fluigo de la konversacio ne efektiviĝis: Bob glutetis sian porteron kvazaŭ li nur kun malfacilo povis apartigi la dentojn, kaj Donald mem povis preskaŭ kunsenti la rigidiĝon de la muskoloj, kiu afliktis lian amikon, komplemente al la konstato ke ili malfruigis sin pro la ĝisrevido al Aliĉjo. Tio ja lasis al ili nur relative mallongan tempon antaŭ la ferma horo de la tavernoj. Ili ja disponis pli ol horon, kiu en gaja kompanio sufiĉus por iom varmigi la kapon, sed nun ili staris en la preskaŭ malplena trinkejo konstatante la baldaŭan foriron de Bob, kaj mem la tro streĉa deziro atingi ioman ebrieton antaŭ la ferma horo rezistus la komfortajn kvalitojn de la alkoholo eĉ se la malrapidega trinkado de Bob ne malhelpus ties asimilon.

Post kelkaj provoj dum la sporada konversacio kuraĝigi pli fervoran engluton, Donald rezignis, kaj diris simpatie:

«Vi estas nervoza, ĉu?»

«Nu, vere», Bob konfesis. «Mi ne scias precize pro kio: ŝajne nur la ĝenerala fakto ke mi foriros kaj ke mi komencos novan, malsimilan vivon.»

«Jes, estas la necerto. Ne surprize ke vi tiel sentas vin.»

«Estas tiel malfacile trinki. Mi sentas kvazaŭ mi jam estus plena.»

«Mi scias. Nu, eble estas pli bone ke vi alvenu hejmen sobra ĉe via lasta vespero, ĉu ne?»

«Jes, mi certe sentos min pli bona en la mateno.»

Fine Donald ne tre bedaŭris kiam la ferma sonorilo ektintis. Li sentis ke li malsekigis sian internon, sed jen ĉio. Ili promenis sobre ĝis la stratangulo kiu dividas iliajn vojojn, kaj staris tie kelkajn minutojn dum Donald faris konsolajn, kuraĝigajn, kaj ne ĉiam tute sincerajn, sentencojn, kiujn Bob kapjese akceptis, plejparte senvorte. Estis evidente ke lia menso okupiĝas pri estontaĵoj, kaj Donald trovis la provojn konversacii tre penigaj. Li decidis ne malŝpari tempon.

«Nu, Bob,» li diris, «mi supozas ke vi ne volas tro malfrui; do mi iros, kaj permesos al vi atingi la domon je deca horo, ĉu ne?»

Bob ridetis konfirme. «Jes», li diris. «Do», kaj hezitis kvazaŭ li necertis ĉu proponi la manon, sed tuj poste, ŝajne decidinte ke tiu ago estus tro formala ĉe ili eĉ en la nuna unika konjunkturo, li finis: «Mi vidos vin iam, Donald. Eble mi eĉ skribos, ĉu ne?»

«Jes, faru tion; ne forgesu. Ne tro drinku.»

«Ne, kompreneble.»

«Nu, mi ne retenos vin, Bob. Do ĝis, kaj bonŝancon.»

«Jes, d-o samon al vi, Donald. Ĝis. Mi skribos.» Bob forturnis sin svingante la duonlevitan manon je karakteriza ĝisogesto, kaj rapidis laŭ la strato kondukanta al la hejmo.

Donald ne restis por rigardadi la forirantan figuron, sed daŭrigis sian vojon laŭ la antaŭa strato sentante ke malvarma, dura eĝo tratranĉas lin. Estas strange kiom li dependis de la socio de Bob ŝirmi lin kontraŭ la ĉiam minacantaj rezultoj de lia decido: Bob, la sola homo kun kiu li kverelis pro tiu decido! Sed kompreneble ili neniam menciis tiun kverelon, eĉ ne aludis la kaŭzojn ĝis tre lastatempe; kaj en iliaj vortoskermoj, konsentoj, komunaj interesoj, Donald trovis ne nur gajecon sed ankaŭ normalon, kiun li povis ligi al la benita pacotempo.

Nu, almenaŭ jen la unua vundo; la estonto alportos multajn, sed jen almenaŭ la unua. Suferon li ne povos eviti; estas bone ke ĝi komenciĝis. Tamen li domaĝis la sengustecon de la vespero; li ja atendis ioman plezuron antaŭ la adiaŭo, sed tio fakte mankis. Tiu ĉi vespero estis la sola lumeto sur la horizonto; denun la mallumo denove premados sen interrompo; li travivis sian luman horeton, kaj nun ĝi estas finita.

★ ★ ★

Kaprica ĉielo momente prezentis sunbrilon tra siaj blankaj nubbuloj kaj petola venteto kirletis la polvon kaj paperpecojn ĉe la stratanguloj, sed la londona polvo ne sufiĉe leviĝis por sufoki la printempan freŝon kiu rajdis la rapidantan aeron, kaj Ina, revenante de la paska Diservo, enspiris kun ŝato la subtile tiklan aromon. Printempo estas tiel ĝojiga, kaj tamen tiel trista, por kamparulino loĝanta en Londono; estas tiam, pli ol dum aŭtuno, kiam ŝi sentas nostalgion, supozeble ĉar ĝi emfazas la kontraston inter la kamparo kaj la urbego: sub tiu sama ĉielo koloro kaj vivo nun revenas al la kamparo, sed ĉi tie nur izolaj kaj fulgaspektaj arboj montras verdajn sprosojn harmonie kun la sezono; krom tiuj estas sole la vetero por indiki la revigliĝon de la jaro; ĉie la morta ŝtono montradas obstine senŝanĝajn surfacojn.

Strange ke oni celebras la krucumadon nun, anstataŭ dum la aŭtuno, se estas vere ke oni ne scias precize kiam ĝi fakte okazis; tago kia la nuna ne konvenas por pensoj pri morto, kaj kvankam la pastroj emfazus ke estas la reviviĝo kiu gravas, tamen la festo estas pli malgaja ol gaja; la reviviĝo estas preskaŭ postpenso; oni memoras pli klare la terurajn detalojn

283

de la krucumado: la dornokronon, la najlojn, la mokadon. Ne, Kristnasko estas la ĝojfesto; pasko estas larmiga.

Tamen Elizabeta asertas ke la tuta solenado, inkluzive la detalojn pri suferado, estas por ŝi tute kontentiga. Eble do la romkatolikaj ritoj estas pli konvenaj al tia festo, emfazante la reviviĝon al kiu la morto estis nur la preludo; sed tio ne estas certa: estas ĉe multaj katolikinoj malsana obsedo pri la suferado de la Krucumito. Kio kaŭzas tion?

Kaj jen Kristnasko, la vera ĝojfesto, okazanta en la plej morta sezono de la jaro! Sed komprenleble, tuj post ĝi la radikoj ekaktivas, vivo ja revenas al la mondo, eĉ se oni ne tiam perceptas ĝin. Kaj same nun: ĉiu ĉi burĝonanta vivo kreskis ja el la mortinta jaro; ĝiaj semoj ekĝermis en grundo kiu ankoraŭ prezentis mortan vizaĝon al la mondo. Do ambaŭ festoj estas tamen konvenaj, sed ili ŝajne estus konvenaj iam ajn en la jaro. Kial ne la somero? De plenvivo ni povas marŝi ja nur al morto, kaj el tiu morto tamen venos vivo, kiel la nuna vivo venis de morto. Ta, estas neniuj dividoj; Tempo estas trompulo.

Kaj la homa vivo? – Polvo ĝis polvo; cindro en cindron! Kaj la intertempo antaŭaranĝita ciklo: de nenio ĝis malforto; de tio ĝis forto; ĝis malforto; ĝis nenio. Eĉ se la vivo fine kondukas al postvivo, tamen la tera ciklo ĉiam sekvas tiun strange sencelan rutinon.

Nu, ne ĉiam; ne nun. Kaj la esceptoj apenaŭ estas ankoraŭ esceptoj, ĉar tie en Francujo oni krude ĉesigas la progreson en somero. Jes, somero; somero baldaŭ venos; printempo ja havas signifon nun: la promesita granda ofensivo devas veni, kaj miloj devos morti. Se nur Georgo ricevos sian forpermeson antaŭ ol la operacio komenciĝos, kiam oni komprenleble ĉesigos ĉiujn forpermesojn.

La milito estus tolerebla se ĝi permesus almenaŭ iujn certaĵojn. Vidi lin eĉ nur unufoje en la jaro estus kontentige se ŝi povus esti certa ke ŝi ja vidos lin. Jen la domaĝo: la insida necerto kiu intensigas la timon eĉ dum la espero kreskas. Dum la unuaj semajnoj post la reiro Francujen de Georgo ŝia timo nur obtuze sentiĝis sub la inundo de malespero; ŝi ne timis lian eventualan morton kiel apartan incidenton, ĉar tiu reiro mem estis morto – aŭ mortado – ĉar ne estis verŝajne ke li sukcesos travivi la longajn monatojn ĉe la fronto, devigajn antaŭ ol li revidos ŝin. Dum tiu tempo do ŝi vivis en nigra vakuo, en kiu liaj leteroj estis momentaj lumeroj; sed ĉiaj mizero kaj malgajo estis daŭraj, kaj tiel profundaj ke ŝi preskaŭ ne timis la finan baton, tiel longe atendinte ĝin. Poste ilia longa disiĝo ekŝajnis normala; ŝi akomodis sin al la neceso vivadi ĉiam kun la ombro apud si, tiel ke ŝia ĉiutaga konduto estis gaja, malgaja, bonhumora, kolerema, laŭ la ĉiutagaj cirkonstancoj, kaj letero de Georgo donis al ŝi pozitivan plezuron, sed la timo kiun ŝi sentis kiam tiuj leteroj malfruis fariĝis ĉiam pli akra, ĉar nun ŝi ja timis ĵetiĝi en la puton de mizerego. La monatoj tamen pasadis sen la timata katastrofo, kaj la ŝajne nekredebla fariĝis ebla – ke li revenos al ŝi. Unue ŝi ne volis permesi al si pensi pri tiu eblo, sed fine ŝi ne nur pensis, sed malkaŝe esperis, kaj ili nun jam diskutas ĝin en siaj leteroj.

Kaj nun la terura eventualo segadas ŝian koron; se ĝi okazus nun! Ho ne, ŝi frakasiĝus sub tia batego: la nova impulso, kiun lia ebla reveno donis al la vivo ne povus halti tiel abrupte sen plej teruraj sekvoj.

Ŝi provas ja bremsi tiun impulson, sed ne povas: la pensoj ĉiam serĉas esperon kaj ĝojon, kaj vole-nevole ŝi jam ne serĉas tiun ĝojon en la memoro, en la paseo, sed en la futuro.

Turnante sin en ĉefan straton ŝi renkontis rekte en vizaĝo la ekscitan spiron de la juna jaro, kaj klinis sin antaŭen.

★ ★ ★

La lifto ne estis funkcianta kiam Donald alvenis, sed li iris senhezite al la ŝtuparo, kaj ekgrimpis, metante plandon sur marmoran ŝtupon kaj premante decideme kontraŭ gravito. Atinginte la oficejan etaĝon, li trairis la ĝeneralan pordon, konsciante la mallongan koridoron ĉe sia maldekstro, kiu kondukas al la oficejo de s-ro Mangan kaj, paŭzinte nur por pendigi la palton, direktis sin al sia tablo en la komiza ĉambrego.

Li diris la kutimajn «bonajn matenojn» al siaj kolegoj kaj ŝajnigis okupiĝi pri fasko da paperoj kiun li prenis el unu el la tirkestoj en la tablo, sed li senvide trarigardis la paperon antaŭ si, atendante kun streĉa malpacienco la okazon por iri al la ĉefo, al kiu li ne povos dece trudi sin ĝis tiu estos ricevinta la matenan poŝton.

Lia buŝo estis tre seka, kaj li havis absurdan deziron prokrasti la intervjuon ĝispost la tepaŭzo. Li preskaŭ ridis pro la naiveco de la momenta ideo; certe li ne timis ke li cedos al la tento, ĉar la tempo por tio jam forpasis: li estas preta nun.

La preso sur la papero antaŭ li fokusiĝis kaj li eklegis, konstatante nun la signifon de la vortoj. Li ekprenis plumon kaj dum la sekva horo sukcesis labori, interrompante sin de tempo al tempo nur por respondi al atentigoj kaj demandoj de la kolegoj. Tiel la tempo pasis pli rapide ol li supozis, kaj surprizis lin subite rimarki ke estas post la deka.

Li enspiris, stariĝis, kaj iris al la pordo, tra ĝi, kaj al la ĉambro de s-ro Mangan. Li esperis ke neniu estas kun la estro

286

por prokrastigi tion, kion li intencas.

Al lia frapo venis responda «eniru», kaj obeinte li trovis ke s-ro Mangan estas ja sola en la ĉambro.

«Ha, sinjoro Maclean, bonan matenon», diris tiu, levante la brovojn kaj rektiĝante en la seĝo. Li evidente rimarkis la mankon de paperoj en la mano de Donald, kaj konjektis ke temas pri privata afero. «Ĉu mi povas helpi vin?» li demandis.

«Ne precize temas pri helpo, sinjoro Mangan», Donald respondis. «Temas pri tio ke ekestis interesiĝo en la oficejo pri mia eventuala soldatiĝo.»

«Ho jes. Mi efektive demandis de iuj ĉu ili scias pri tio – kiam vi foriros.»

«Nu, mi supozis ke ili kalkulas laŭ mia grupo.»

«Eble ankaŭ tial.»

«Eble. La fakto restas ke mi aŭdis kelkajn aludojn dum la pasintaj du-tri tagoj, kaj mi opinias ke estas juste ke vi la unua sciu pri la vera situacio.»

«Do? Jes, tre dece.»

«La fakto estas ke mi devis sciigi vin antaŭlonge, sed mi prokrastis, kaj – nu, ne sciigis. Estas ĉi tiel: mi ne soldatiĝos.»

«Nu-u-u. Vi ja kontentigis *niajn* kuracistojn, sed kompreneble ...»

«Ne temas pri kuracistoj; temas pri tio ke mi ne soldatiĝos ĉar mi rifuzos.»

«Rifuzos?»

«Precize. Mi iros antaŭ tribunalo por konsciencaj rifuzantoj post kelkaj semajnoj.»

«Konsciencaj ...?! Kara mia knabo, pensu kion vi faras.»

«Mi ja multe pensis, sinjoro Mangan.»

«Jes, jes, sed ne pri ĉiu eventualo, certe ne. Ĉu vi havis iun por gvidi vin? Iun maturan homon? Sidiĝu, mi petas. Bone. Nun, mi ne scias laŭ kiuj motivoj vi faris tiun ĉi decidon, sed mi estas tute certa ke ili estas idealistaj kaj puraj: vi ne volis forpreni la vivon de kunhomo, aŭ simile. Kaj tion mi aprobas; mi aprobas ĝin, mi diras», li daŭrigis, levante silentigan manon kontraŭ eventualaj protestoj de Donald, «sed vi devas pensi. Mi scias ke vi jam multe pensis, sed vi devas vidi la situacion de ĉiu angulo. Vi estas juna; vi havas la tutan vivon antaŭ vi. Decido kia la nuna povus difekti la tutan restaĵon de tiu vivo, kaj pro kio? Pro la idealismo. Sed kiu dankos vin pro tiu idealismo?

La idealismo inspiras ĉiujn junulojn – preskaŭ ĉiujn – sed poste ili konstatas kia la vivo estas, kia ĝi vere estas, kaj ili akomodas sin al tio, al la vera vivo. Homoj fariĝas maturaj kaj – mi ne diras ke ili fariĝas cinikaj; tio estas, ne ĉiuj – sed la idealoj paliĝas, devas paliĝi, kaj homoj devas kontentiĝi pri la realo de ĉiutagaĵoj, kaj domaĝi la perditajn idealojn, sed samtempe akcepti la homan sorton. Sed vi, se vi persistos pri tiu ĉi sinteno, vi, kiam viaj idealoj paliĝos, havos nenion; tio estas, havos sole domaĝojn, ĉar oni ne nur misinterpretos vian nunan agon, sed ili ne permesos al vi forgesi ĝin kiam vi mem volonte farus tion. Pensu pri la futuro, mi petas vin.»

«Vi estas tre afabla, sinjoro Mangan, sed estas jam tro malfrue. Mi jam registris min konscienca rifuzanto, kaj estas jam aranĝite ke mi iru antaŭ tribunalo, kaj eĉ kiam», Donald emfazis, scivolante kie estas la homo kiu «faris sian parton» tiel fiere en la lasta milito, kaj kiu farus samon nun «se li havus dudek jarojn malpli», sed la sincera bonvolo de la homo impresis lin kaj ŝancelis liajn antaŭjuĝojn pri la disvolviĝo de la intervjuo. Admonojn kaj atentigojn pri lia devo li pretis rebati, sed tiu ĉi evidenta interesiĝo pri li, kiel individuo – ne nur membro de la firmo – estis io neatendita, kaj postulis almenaŭ ĝentilan aŭskultadon.

«Ĉio estas aranĝita?» ripetis Mangan. «Ho se vi nur estus konsultinta min unue. Ĉu iuj el la aliaj scias? Sed ne – vi jam diris ke mi estas la unua, ĉu ne? Nu, bone, ni pensu. Jes, mi estas certa ke ankoraŭ estus eble nuligi vian tribunalon. Kial ne? Vi ne estas krimulo kiun oni prijuĝos, kaj estas certe ke ili volonte ege nuligus ĝin. Vi estas inteligenta, sana, taŭgaspekta: vi estus bonvena akiraĵo por iu ajn regimento.»

«Vi ne komprenas, sinjoro Mangan. Mi jam esploris kaj pesis ĉiun eblon, kaj multfoje tentiĝis cedi, sed fine mi sciis ke mi ne povas mortigi homon, aŭ helpi al la mortigo de homo nur ĉar mi havas ŝtatan aprobon fari tion.»

«Vidu, mia amiko, mi komprenas tion, kaj mi eĉ parte simpatias ĝin ĉar mi scias ke temas pri idealo, sed vi devas memori ke la vivo ne konsistas el juneco; ankaŭ gravas mezaĝo kaj maljunaĝo, kaj ni devas prudente malpermesi al junccaj idealoj difekti la pli grandan parton de la vivo kiam ni eĉ jam ne tenos ilin. Tio okazos al vi; vi opinias ke ne, ke viaj idealoj ĉiam daŭros; sed, kredu min, vi eraras: eĉ se vi ne renversos viajn opiniojn, ili ja ŝanĝiĝos; tio estas io komuna al ĉiuj homoj. Vi ankaŭ devas memori ke idealismo, kiel mi diris, estas ofta trajto de juneco; vi ne estas unika. Miloj da junuloj nun soldatiĝas – ĝuste pro idealismo, ne ĉar ili devas. Eble vi ne konsentas tiujn idealojn; eble vi ne kredas ke ili efektive ekzistas, sed mi povas certigi al vi ke ili ja: por multaj homoj defendo de la patrujo kaj batalado kontraŭ malbono estas la plej honorplenaj taskoj kiujn sana junulo povus entrepreni.»

«Mi kredas pri ilia sincero,» Donald diris, «kaj mi des pli abomenas la homojn kiuj ekspluatas tiun idealismon anstataŭ bremsi misdirektitan impulson. Cetere, tiuj junuloj faras tion, kion ili devas fari laŭ propra opinio, kaj mi postulas la rajton fari same.»

«Vi ne havas la rajton *postuli*,» Mangan respondis kun afabla persvademo, «ĉar membro de komunumo devas almenaŭ scivoli ĉu li pravas kiam li kontraŭas la komunan volon. Sed ke vi faras la samon, mi konsentas; tion mi ja volis ilustri, la oftecon de idealismo ĉe junuloj; sed jen la diferenco: la idealoj de la homoj kiujn mi menciis ricevas ĝeneralan aprobon. Ili revenos de la milito – tiuj, kiuj travivos ĝin – kaj maturiĝos. Tiam iuj el ili ja restados fieraj pri siaj armeaj karieroj dum la tuta vivo, sed aliaj rerigardos al sia entuziasma enarmeiĝo kun miro. La punkto estas tamen: ambaŭ tiuj ekstremoj, kune kun ĉiuj intervenaj gradoj, ne devos domaĝi sian agadon; ili eble ĝojos ke ĝi estas ja farita, kaj ne farota, sed ili ne domaĝos ke ili faris ĝin. Jen estas grava pripensaĵo: kiam iliaj idealoj paliĝos kaj ili kompromisos kun la vivo, ili povos eble bedaŭri la forpason de la ideala inspiro, sed ne necesos domaĝi la sekvojn. Ĉe vi estas tute alie: viaj idealoj same paliĝos kaj ŝanĝiĝos, sed vi ne povos ŝanĝi tion, kion vi jam faris.»

La pordo malfermiĝis, kaj virino envenis kun taso kaj telero sur pladeto. Mangan svingis la manodorson forbalae:

«Ne nun, ne nun, fraŭlino Paxton», li diris, emfazante la nekonvenon per tikoj de sia sulkigita vizaĝo, kaj la embarasita Irida returnis sin. La pordo fermiĝis post ŝi, kaj Donald konjektis pri la rezulto de tiu resendo en la ĝenerala oficejo. Ili ĉiuj scios antaŭ ol li reiros ke io aroma okazas inter li kaj la ĉefo.

«Kion mi diris? Ha jes! Tion, kion vi nun faras, vi ne povos malfari kiam vi bedaŭros ĝin. Via motivo cetere estas laŭdinda, sed ĝi neniel efikos, se ni pripensas la militon entutan. La arto de la vivo estas kompromisi, kaj en la nunaj cirkonstancoj mi opinias ke vi povus fari tion, domaĝante nek viajn idealojn, nek vian vivon, fakte nek vian patrujon. Nome, vi povus akcepti senarman servon; tiel vi mortigos neniun, kaj la suma rezulto al la milito estos sama kiel la rezulto de rekta protesto, ĉar la rezulto de via protesto estus ja nulo. Do la sola argumento por via projektita sinofero estus kontentigita; tio estas, se tia sin-ofero efikus, vi havus motivon malkaŝe protesti, sed fakte per ĝi vi nur damaĝus vin mem, kaj mi petas al vi ne fari tian vanan agon nur pro obstino.»

«Pardonpete, sinjoro Mangan, sed mi devas agi laŭprojekte. Mi jam klopodis persvadi min pri alternativoj, sed mi ĉiam konstatis ke sekvante ilin mi humiligus min, ĉar mi sufokus principojn kiujn mi kredas veraj, cedante al la opinio de la grego pro sopiro fariĝi ano de la grego, ĉar tia estus ia koncedo kiun mi farus; ĉiu ajn alia ‹motivo› estus nur preteksto.»

«Eble tiuj aliaj motivoj montriĝos pravaj se vi sufiĉe esploros ilin.»

«Mi volonte kredus tion, sed fakte mi ĉiam scius kiuj estis la veraj motivoj por iu koncedo miaparta, kaj mi devus honti.»

«Do se vi faros, vi faros, sinjoro Maclean, sed obstino povas esti tiel nedezirinda kiel malestimo, kaj mi kore esperas ke ĝi ja ne influas vin. Tio ankaŭ estus hontinda cedo. Nome far-inte decidon, kiel vi opinias, definitivan, ne opiniu ke pro tio ĝi mirakle fariĝis neŝanĝebla: decido estas la fino de rezonado, sed ĉiu ŝtupo de la rezonado havas mem decideton, kiu provizore povus ŝajni la findecido. Kiam ni ja atingas la findecidon? Kiel ni scias?»

«Supozeble kiam ni rigardas la problemon de ĉiu ebla angulo, kaj ĉiam vidas ĝin sama.»

«Eble. Nur memoru ke kvankam vi atingis vian nunan konkludon post multa pensado, tamen plua pensado povus porti vin ankoraŭ antaŭen – almenaŭ ne malagnosku la eblon.»

«Mi ne malagnoskas la eblon, sed mi tamen devas kredi ke mi jam atingis la finan punkton; ĝi ŝajnas prava laŭ ĉiu vidpunkto akceptebla al mi.»

«Nu, bone. Ĉiu homo fine devas decidi pri propra konduto. Mi nur provis helpi vin ĉar vi estas juna.»

«Mi ne estas precize adoleskulo, sinjoro Mangan; mi ja havas dudek tri jarojn.»

«Mi scias. Vi estas jam tro aĝa por la plej krudaj folaĵoj de juneco, sed aliflanke ĉiu aĝo opinias sin la apogeo de komprenemo. Same ĉe via fina punkto; ĝi ŝajnas la fina ĉar vi povas reveni al ĝi de novaj direktoj kaj ĝi ĉiam aspektas sama.»

«Ĝuste.»

«Sed vi diris, ĉu ne, ke vi povas rigardi ĝin de *ĉiu* direkto?»

«Nu, jes. Vi opinias do ke mi uzas ‹ĉiu› nur ĉar mi ankoraŭ ne povas percepti aliajn?»

«Pli-malpli. Mi volas nur ke vi agnosku la eblon ke ili ekzistas, kaj mi petas al vi fari tion, ĉar mi havas pli da vivsperto ol vi. Tio estas la sola diferenco inter ni; mi ne volas pretendi superan inteligenton, sed superan, ĉar pli longan, sperton mi ja havas, kaj tio instruis al mi kiel ŝanĝema estas nia percepto pri la mondo. Mi estas konvinkita ke ankaŭ vi trovos tion; eble vi atingos opiniojn tute malsimilajn al miaj – pli ekstreme malsimilaj ol ili nun estas – eble pli koincidajn; mi ne scias, ne povas eĉ konjekti pri tio, sed mi ja scias ke vi havos similan sperton al mia: nome, viaj ideoj ja modifiĝos. Tial mi ne volas ke vi agu laŭ miaj, almenaŭ laŭ fremdaj, ideoj, sed nur ke vi ne agu kontraŭe al viaj eventualaj propraj ideoj.»

«Tio ja prezentas novan problemon, sinjoro Mangan, sed ĝi ŝajne ne estas praktike aplikebla: ĝuste ĉar niaj ideoj konstante ŝanĝiĝemas, ni ne povas anticipi iun stabilan fazon; do ne povas prepari nin por futuro, kiu mem nur kondukos al nova futuro.»

«Prave, sed vi nun agos laŭ unu ideo, kiu devos daŭri dum via tuta vivo, ĉar ĝiaj sekvoj efikos vian tutan estontan vivon. Tial, por ke tiuj sekvoj estu elteneblaj, la konvinko devos restadi.»

«Mi esperas ke ĝi ja. Multaj homoj tenadis tiajn idealojn tra tuta vivo. Kompreneble, kiam oni malkonsentas kun ĝi, ĝi devas aspekti efemera.»

«Mi malkonsentas kun vi pri tiu ĉi demando, sed mi estas pli preta kredi ke vi pravas pri ĝi, ol ke ĝi aspektos ĉiam sama al vi. Se vi nur kredus ke mi ne celas konverti vin al miaj principoj, sed nur volas eviti ke vi suferu dum tuta vivo pro idealo, kiun vi eble jam ne aprobos post dek jaroj!»

«Mi ja kredas vin,» diris Donald, ĉar la ĉefo ja ne aludis la heroecon de la regimento aŭ simile dum la tuta intervjuo, «kaj mi sincere dankas vin pri via komprenemo.»

«Tute ne. Estus granda ĝojo al mi se mi povus helpi vin. Nur pensu pri la ŝanĝeblo de ideoj, kiun mi menciis, kaj pri la fakto ke la rajtoj de individuo en komunumo estas limigitaj. Ĉu vi legis Boswell?»

«Partojn.»

«Ĉu pri la frazo en la testamento de la gvardia kolonelo kiu mortis en duelo?»

«Mi ne memoras tion.»

«La nokton antaŭ la duelo li petis ke la Eternulo akceptu lian spiriton, esperante ke Li pardonos ‹la malpian paŝon (kompleze al la nepravigeblaj moroj de tiu ĉi malvirta mondo) kiun mi sentas min devigita fari›.»

«La sugesto estas ke li havis neniun alternativon ol malpian agon pro tio, ke la homaro estas perversa. Mi opinias ke li devis agi konforme kun la konscienco, kiu ja korekte estus gvidinta lin.»

«Sed estas dube ĉu la rezultoj pravigas vin. Li mortis en la duelo; do povis malutili al neniu. Se li rifuzus dueli, li do plu-vivus kiel malkuraĝulo; li konvertus neniun, konvinkus neniun ke principoj superas morojn. Lia ofero estus vana, kaj eĉ ne estus agnoskata kiel ofero.»

«Ĝi kontentigus lian konsciencon.»

«Tiun egoisman kontentigon oni ne rajtas permesi al si. Ni estas socianoj; ni demandu al ni ĉu niaj oferoj utilos al la socio antaŭ ol fari ilin.»

«Ni estas homoj. Ni ne rajtas malutili al la homaro.»

«Prave, sed tio enkondukas grandan temon, kiun ni certe ne povas diskuti nun. Ekzemple, eble la gajno de la nuna milito niaparte profitos al homaro pli ol negativa cedo. Mi ne diras ke ĝi ja, sed estas eble, ĉar la rezulto ja ne povos esti indiferenta al la homaro. Do estas ebloj. Tiel mi menciis nian duelinton; lia decido, eĉ se vi malkonsentas kun ĝi, havis diversajn eblojn. Okazis tiel, ke li mortis; do malutilis al neniu; sed tiu eblo ekzistis ekde la momento kiam li decidis dueli.»

«Vi diras ke li malutilis al neniu, sed vi ne menciis lian familion», Donald atentigis.

«Lia morto ne malutilis al lia familio tiom, kiom estus farinta malhonoro en tiu epoko», respondis Mangan. «Cetere, ĉu la homoj kiuj faras decidojn kontraŭajn al la ĝenerala volo ĉiam evitas malutili al la familio?»

«Ne, ili ne», konsentis Donald sincere.

«Do jen: estas multaj facetoj, ĉu ne?»

«Vere. Mi devas diri ke tiun apartan faceton mi jam atentis, sed mi sentas entute ke vi vere komprenis mian dilemon, sinjoro Mangan. Mi esperas ke vi tial komprenas ke mi ne atingis miajn konkludojn facilanime.»

«Mi scias. Mi nur petas ke vi ne fermu la animon nun tute kontraŭ tio, kion ni diskutis ĉi tie.»

«Mi promesas.»

«Bone.» Li metis la manojn sugestie sur la brakojn de sia seĝo, kaj Donald kompleze leviĝis. «Mi ne scias kio okazos nun,» li daŭrigis, «sed ni vidos. Mi sciigos vin.»

«Jes», diris Donald, sentante ke manpremo estus konvena fino al tiu ĉi intervjuo. Kia ideo! «Kaj dankon.»

Mangan balancis la kapon por agnoski la dankesprimon, kaj Donald turninte sin lasis la ĉambron. La intervjuo estas finita. Jen ankoraŭ unu ŝtupo. Kial li ne faris ĝin antaŭ monatoj? Li ne povis ne senti ke li trompetis Mangan, sciante mem tiel longe, sed ne sciigante al la homo, kaj miksita kun lia kontentiĝo ke la intervjuo plenumiĝis estis iom da ĉagreno ke li neniam ekkonis Mangan ĝis li prezentis tion, kio devos dividi ilin. Li ankoraŭ ne komprenis kiel li povas akomodi en la sama animo la sintenon montritan en lia lasta parolo pri la milito kaj la ĵusa, sed almenaŭ ŝajnis certe ke li ne nur blagis; la homo ja povas vidi pli da facetoj ol oni supozus. Kiel li fariĝis tiel glate funkcianta maŝinero en la komerco? Ĉu tio estis la rezulto de lia kompromiso kun la vivo?

Pri kio temis rilate la dueliston? Ĉar li mortis li ne malutilis al sia antagonisto? Al propra familio ja, sed malpli ol se li estus rifuzinta dueli. Se li ja estus mortiginta la antagoniston tamen? – Jen okazeblo kiun ili ne diskutis. Supozeble ankaŭ li havis familion. Familio kontraŭ familio. Elekti?

Li konstatis la scivolemajn rigardojn de siaj kolegoj dum li reiris al sia tablo. Oni ne inklinis ofendi lin per demandoj, kvankam la sciavido estis granda, ĝis fine Heĉjo Sutton ĉe apuda tablo diris kun ŝajna indiferento:

«Nu, ĉu Bonzo estas en predikema humoro?»

Donald ignoris la superfluan, kaj respondis al la kaŝita, demando:

«Li konsilis min kontraŭ mia decido nesoldatiĝi.»

«Nesoldatiĝi? Decido? Kiel?»

«Per konscienca rifuzo.»

«Vi ŝercas.»

«Mi ne. Mi pafos eĉ ne unu kuglon en tiu ĉi milito, eĉ se oni pendumos min, kaj baldaŭ aperos antaŭ tribunalo por diri ĝuste tion», li aldonis dum ilia konsterniĝo mutigis ilin.

Estis streĉa silento. La viro kiu ĵus alparolis lin nun rigardis lin kun aperta buŝo; alia viro, ĉe la ekstremo de la grupo kiu ĉirkaŭis lin, ekserĉis ion en registra kesto per kurantaj fingroj; la ceteraj staris, evidente volante sin for, sed ne sciante kiel eltiriĝi. Unu el tiuj eĉ havis idiotan rideton, kaj knabino tute percepteble ruĝiĝis.

Sutton rompis la silenton, per krudo kaŝante propran konfuziĝon:

«Do, Donald, ĉu estas tiel? Do mi diros al vi tute sincere ke, se dependus de mi la verdikto, mi pafigus kuglon en vin.»

«Ĉu?»

«Jes», konfirmis Sutton, ignorante la protestetajn «Ho ne»-ojn de kelkaj kolegoj. «Tiel mi sentas pri konsciencaj rifuzantoj.»

«Des pli bone por mi», Donald diris.

«Ĉu? Kial?»

«Estas pli facile persisti je mia decido renkontinte perversajn bigotojn kiaj vi.»

«Nu, sendube vi estas pli simpatia al nazioj», replikis Sutton returnante sin al la laboro. «Dank' al Dio ke estas nur manpleno de via speco.»

Donald ŝultrolevis, kaj ankaŭ sin okupis pri la laboro. La aliaj aŭskultintoj jam kaptis okazon malaperi dum la mallonga disputo, sed dum la cetero de la mateno, en la streĉa etoso de la oficejo Donald konstante sentis kvazaŭ okuloj traboras lin de ĉiu direkto al kiu li mem ne rigardas.

Li scivolis kiom longe de nun li laborados ĉi tie, kaj kiom kaj kiel la sinteno de liaj kolegoj modifiĝos. La reago de la plej multaj el ili estas certe embarasiĝo. Ĉu tio akriĝos en rektan malamik-econ kiam ili havos tempon pripensi lian agon, aŭ ĉu eĉ la nuna malaprobo mildiĝos, aŭ ĉu ilia sinteno restos kia ĝi nun estas?

Sutton? Li ĉiam estas ofende trudema; tro amikeca al homoj nove konataj de li; tro preta ĵeti opiniojn en fremdan konversacion; tro preta helpi kiam lia helpo estas nura ĝenaĵo; tro gaja kiam temas pri festo, kaj multe tro gajigema ĉe samaj okazoj: entute, li estas tro. Tamen, se li persistos je tiu ĉi krude kverelema sinteno, estos malagrable: eterna bojaĉado ne povos ne taŭzi kolegajn nervojn, kaj neeblos tute eviti interparolon kun li dum la laborado. Nu, estos prudente uzi minimumajn vortojn kun li; ignori iujn ofendajn aludojn, kaj respondi kiel eble plej mallonge nur se li krudege atakos.

Cetere, ĉu agrable aŭ malagrable, li nun faris la definitivan paŝon ĉi tie. Ili scias nun: jam ne necesas kaŝi la kapon; estonte li rigardos al ili rekte en la okulojn.

★ ★ ★

La fronto estis relative trankvila sub la milda frusomera nokto-
volbo, sed sub la surfaca dormemo aktivo ja ne mankis. Famo
kaŭzis ekscitiĝon, flustrante pri baldaŭa sendo de la regimento
al Verdun subtene al la francoj; oni aranĝis oftajn porinformajn
atakojn kontraŭ la germana trançearo, kaj ekscitiĝo pri la certe
okazonta Granda Ofensivo konstante kreskis, des pli ĉar nun,
malantaŭ la trançearo, videblis la preparoj: senĉesaj fluoj de
veturiloj, koncentriĝo de kanonoj kaj la akumuliĝantaj munici-
rezervoj, kaj eĉ kie ili ne efektive videblis, oni tamen parolis pri
ili, ĉar famo diskonigis ilin tra la tuta fronto.

Dume, antaŭ la ataktrançeoj, malpli evidentaj, sed same
minacaj, preparoj efektiviĝis, ĉar oni boris sapeojn kies eksplodoj
enĉieligos tutajn sekciojn de la germana trançesistemo la
matenon de la atako, kvankam ili ne limiĝis al la atakareo.

La eniro de unu el tiuj sapeoj malfermis sin tute proksime
al la piedoj de Dunkan, sub la pafŝtupo sur kiu li staris, tiel ke
li povis per ne tre laŭta voĉo paroladi al la kamarado kiu kaŭris
tie, deĵorante ĉe la pumpilo kiu certigis sufiĉan fluon de aero al
la homoj en la tunelo. Ili ne konis unu la alian, sed ili tuŝis kun
intimula aplombo temojn pri kiuj ĉiu soldato apriore atendas
koincidajn opiniojn de ĉiuj aliaj soldatoj: la dezirindon de sekaj
trançeoj kaj bona manĝo, la nekompetento de la politikistoj pri
la milito kaj la idilion kiun eĉ famoj pri forpermeso sugestias,
sed aldone al tiuj estas la temo kun plej aktuala intereso: la ven-
onta ofensivo kaj, malgraŭ sinprotekta emo al skeptikismo, ili
ne povis ne esti iom optimismaj; la grandaj preparoj kiuj okazas
ie sude donas impreson de kreskanta detrua forto kiun nenio
povos rezisti. Ili sukcesis konvinki sin ke ĉi tiu atakego eble
finos la militon; estintaj seniluziiĝoj tiurilataj ne povas ŝanĝi
la fakton ke la milito devos iam finiĝi, kaj kial ne nun? Se ili

sukcesos rompi la malamikan linion – kaj, kun tiuj detruiloj, estas ja eble – la avanco povus esti surprize rapida, kaj de kie rezervaj trupoj venos por haltigi ĝin? De Verdun? De la rusa, aŭ la itala, frontoj? Se jes, la aliancanoj volonte ekspluatos la situaciojn tie.

La konversacio ne detenis Dunkan de sia devo: de tempo al tempo li rigardis super la remparo por certigi ke la malamikoj ne faras surprizatakon. Li ne povis vidi la kontraŭajn tranĉeojn, sed la nokto estis sufiĉe luma por montri iujn detalojn sufiĉe proksimajn: li povis vidi plurajn dratfostojn, kaj imagis ke li ankaŭ perceptas la dratajn implikaĵojn inter ili. Ĉe lia dekstro apude la drataro estis tranĉita por permesi la trapason de ataka roto, kiu baldaŭ eliros. Sed li ne longe rigardadis: kontrolinte ke neniu malamika atako minacas, li rapide retiris la kapon, ĉar intermitaj kugloj pasis ĝuste super la rempara supro de fusiloj fiksitaj dum la taglumo, aŭ tenataj de soldatoj kiuj bone konas la ĝustan angulon pro longa tagluma praktiko en tiu ĉi parto de la fronto. Iu foje tenas brakon, aŭ eĉ kruron, super la remparo esperante ricevi hejmigan vundon de tiuj kugloj, sed estas neniel dezirinde kapti ilin per la kapo.

Li ankaŭ retiris sin kiam flosantaj lumigiloj banis ĉion per fantoma blanko, kaj kovris la okulojn kontraŭ provizora blindiĝo en la revenonta mallumo.

Flustroj kaj skrapoj ĉe lia dekstro anoncis la alvenon de la atakontoj kun siaj nigrigitaj vizaĝoj, grenadosakoj kaj bajonetoj. Ne estos nura esploroperacio; ili devos atake penetri la malamikan tranĉeon almenaŭ sufiĉe longe por repreni kaptitojn de kiuj oni povos espereble ekscii pri la nombro kaj forto de la trupoj kontraŭantaj, kaj certe la nomon de la regimento.

La ombraj figuroj unu post alia trenis sin laŭ la eskarpo kaj malaperis ie en la konfuzo de la drataro. Raketo subite flagris, kaj viro duone preter la remparo ŝtoniĝis kun vizaĝo al tero dum la malica brilo daŭris. Dunkan, kaŝante sian kapon sub la remparo, ne povis vidi la atakontojn, sed li povis imagi ilin kaŭrantajn sur la bruna grundo inter la dratofostoj, kun la senkompata lumo reliefiganta ilin, indikante al la malamikaj pafuloj kien pafi. Sed la lumo forflagris kaj mortis, kaj estis neniu fusilado.

La reveninta mallumo estis pli intensa ol antaŭe kaj, antaŭ ol Dunkan povis akomodi la vidon al ĝi, la restintaj du-tri viroj jam malaperis el la tranĉeo.

Dunkan nun eklevis la kapon pli ofte ol antaŭe por okul-streĉe esplori la mallumon antaŭ si, kaj la konversacio kun lia kamarado ekkonsistis el serio da demandoj de tiu kaj negativaj respondoj de Dunkan, ĉar nenio indikas ke io eksterordinara okazas tie inter la tranĉeoj de la malamikaj armeoj, kaj ambaŭ viroj devis dependi de siaj imagopovoj por informoj pri la figuroj krablantaj inter la krateroj.

La minutoj pasis, kaj Dunkan ekscivolis ĉu la rezulto de la operacio estos konata antaŭ ol lia deĵora periodo estos finita, ĉar li konis kelkajn el la viroj partoprenantaj, kvankam neniuj el ili estas en lia roto.

«Kiu diris ke ‹neniu novaĵo estas bona novaĵo›?» demandis lia kunulo.

«Mi ne scias,» gruntis Dunkan, «sed ĝi ne estas ...»

La nokton frakasis eksplodoj de pafiloj kaj bomboj, kaj li ĵetis sin al la remparo. De tie li povis vidi, preskaŭ rekte kontraŭ propra pozicio, la fajrerojn de pafiloj, la striadojn de brulkugloj kaj la flave ruĝajn ŝirfulmojn de grenadeksplodoj. Raketoj soris kaj brilis – unu, du, tri – kaj montris per sia malvarma helo pupecajn figurojn ŝanceliĝantajn kun groteskaj movoj.

Fusiloj ekkrakis ĉe propra flanko, ŝajne pafitaj en la aeron por konfuzi la malamikojn kaj senŝarĝi la emocion de la pafantoj, ĉar estus danĝere al la kamaradoj pafi rekte en la tranĉeon kontraŭan. La du-tri videblaj figuroj estas ŝajne kaptitaj en la malamika drataro, kaj preskaŭ certe aŭ mortaj, aŭ mortontaj, sed kie estas la aliaj? Ĉu kuŝantaj kunikle sur la tero por eviti la murdan pafadon, aŭ ĉu jam en la malamika tranĉeo? La dua eblo ŝajnis ja neebla pro la seninterrompa pafado de tiu tranĉeo. Kio do okazis?

Kuglo ŝutigis sablon de la sako apud lia kapo, kaj li retiris sin momente. Ĝi ŝajne estis nur hazarda pafo, aŭ pli ĝuste, pafo jam pasinta originan celon, sed li atendis ĝis la raketoj forflagris antaŭ ol ŝovi la kapon denove super la remparon.

La pafado fariĝis intermita, kaj nun krom ĝi aŭdeblis krioj. Raketoj denove krevis, kaj tinkturis la sterilan terenon per kitela blanko; la pafado momente intensiĝis, sed baldaŭ denove fariĝis intermita. Oficiro aperis apud Dunkan:

«Ĉu vi povis vidi kio okazis, gvardiano?» li demandis.

«Mi opinias ke ili atingis la tranĉeon, sinjoro leŭtenanto. Kelkaj kaptiĝis en la drato.»

«Jes, tion mi supozis.» Li malaperis super la eskarpo dekstre de Dunkan, kaj du soldatoj sekvis lin portante ion, ŝajne brankardon. Grupo formiĝis tie, kie ili lasis la tranĉeon, kaj kelkaj unuopuloj el ĝi staris sur la pafŝtupo por superrigardi la remparon. Ankaŭ Dunkan provis vidi kio okazas, sed estis malfacile vidi ion klare inter la krateroj kaj sulkoj, eĉ kiam la raketoj flagris.

Ĉirkaŭ dek minutoj pasis antaŭ ol ombra figuro videblis

krablanta tra la drataro. Voketoj de «Jen, jen» gvidis lin, kaj li sukcese glitkrablis super la eskarpo en la trancêon. Jam dua aperis, kaj tria, sed dume ne estis pli, kaj la vortoj de la unua reveninto klarigis kial:

«Sanga farso», li diris. «Ili atendis ĝis ni atingis la draton, kaj – pudracîs nin.»

«Eble vi tusîs alarmodraton», iu sugestis.

«Ni ne. Mi aŭdis neniun tintadon.»

«Tio ne signifas …»

«Pa, kiom gravas? Ili ja hakis nin.»

«Kiom vi perdis?»

«Mi ne scias precize. Tri certe mortis antaŭ ol ni povis retiri nin – Fulton estis unu el ili, sed mi ne certas pri la aliaj. Fraser havas krurovundon; du el la knaboj helpas lin. Estas certe aliaj. Ŝrapnelo trafis mian manon, sed ĝi ne diable suficôs por hejmenigi min.»

«Gordon eliris.»

«Mi scias. Li returnis kelkajn el la knaboj por helpi lin sercî krateron. Estas pli ol unu en tiu laŭ la krioj, kaj ili jam reportas iun sur la brankardo; do, li ŝajne bezonos alian brankardon, sed pli bone atendi ĝis li revenos por gvidi vin.»

Je tiu momento la anstataŭanto de Dunkan alvenis, kaj li dankeme lasis la pafoŝtupon. Dum kelkaj minutoj li staris en la trancêa fundo aŭskultante la ĵusalveninton, sed kiam neniu nova aperis, li foriris laŭ la trancêo al sia ripozo. Pri la ceteraj li aŭdos dum la venonta deĵora periodo, sed oferante la ripozon nun li neniel helpos ilin. La atako evidente malsukcesis; tio estas domaĝa, sed cî tie neniel katastrofa; laŭlonge de la tuta fronto tiaj lokaj atakoj okazas, kaj plejofte malsukcesas, sed tiuj malsukcesoj estas piketoj kiuj neniel malhelpos la Grandan

Ofensivon, lokaj perturbetoj kiuj ne efikos la ĝeneralan avancon. Tio estas nepre okazonta; ĉio estas jam preta. Ĝi fakte okazas nun, ĉar ĝi jam antaŭsendas siajn palpilojn, palpilojn nulajn kaj nuligajn; tiuj, je la fina konvulsia antaŭeniro, helptiros la ceteron.

★ ★ ★

Ĝon ekprenis la pelvon proponitan al li kaj rigardis la enhavon kun malŝato. Tio estis griaĵo mergita en lakto kies blueta nuanco sugestiis ke iu faras profiton baptinte ĝin – aŭ ĉu estas oficiala rimedo per kiu la registaro serenigas la malmildajn temperamentojn de siaj kaptitoj? Nome, ĉu li estas ekspluatita de iu subulo en la karcera kuirejo, aŭ ĉu la viktimo de registara malico?

Ĝon provis prezenti la problemon al si ŝerce, sed li konstatis perturbiĝon: nur ses semajnojn li jam travivis, sed devos suferi tri jarojn. Kiel tiu ĉi manĝaĉo efikos al li post tia tempo? Li jam malpeziĝis, kaj supozeble malfortiĝis. Ĉu post tri jaroj li ankoraŭ estos sufiĉe forta kaj sana por daŭrigi la batalon? Eble li ne nur estos tro fizike malforta por entrepreni novajn luktojn, sed ankaŭ estos timemulo koruptita de malbonaj manĝo kaj traktado ĝis li kaŭre akceptos la diktojn de aŭtoritato.

Eble la malamikoj do jam venkis, ŝlosinte lin en tiu ĉi truaĉo, el kiu ili certigos ke li neniam venos kiel la antaŭa Ĝon Maclean. La penso estis terura; tia sorto estas neeltenebla, sed kion li povas fari? Li volonte batalus se batalado eblus, sed muregoj ĉirkaŭas lin; li dependas de siaj malamikoj eĉ por la nutrado kiun li nun senentuziasme ricevas. Ili estas ĉiopovaj rilate lin. La leĝo certigis ke li estas ekster la protekto de la

303

leĝo. Ili eĉ ne permesas al li vizitantojn, sciante verŝajne ke li plendos kaj ke la plendoj ricevos publikigon.

Nu, eble ja estas ilia plano sapei liajn fortojn, sed ĝi ne sukcesos, ĉar li ne permesos al ĝi sukcesi: ili povos malfortigi lian korpon, sed lian menson ili ne povos atingi; li tenos ĝin sekura, kaj la racio kaj intelekta pravo subtenos lin.

La aspekto mem de la griaĵo estis naŭza, kaj aldone al ĝia tepida sengusto la sento pri ĝia malpuro tiklaĉis lian gorĝon malinklinige. Lia ĉela kunulo ŝajne rimarkis la hezitemon de lia kulero, kaj diris:

«Aĉa, Ĝon, ĉu ne? Bone; se vi ne deziras ĝin, mi manĝos. ‹Lakto kreas belajn bebojn.›»

«Hm, jes», konsentis Ĝon, kaj kun firma decidemo enŝovis la kuleron.

★ ★ ★

S-ro Mangan ekmordis la lipon embarasite.

«Ĉu vi certe ne ŝanĝos vian decidon do?» li demandis.

«Certe ne», konfirmis Donald.

«Hm. Nu, mi estas en dilemo, kaj – ha – mi timas ke estas nur unu elireblo.»

«Mi komprenas», diris Donald, ĉifoje volante helpi la homon. «Vi devos maldungi min.»

La sulka vizaĝo esprimis ŝokon; poste reformis sin en eĉ pli turmentan esprimon, kaj la homo frotis la frunton per la mano.

«Nu, ne estas ĝuste tiel, ne tiel definitive, sed – vi komprenas – mi ne povas agi laŭ mia arbitro.»

«Kompreneble. La firmo postulis.»

«Ne, ne tute.»

«Nu, oni premas vin de supre.»

«Nu, fakte ne, ne de supre. Fakte, mi ankoraŭ ne oficiale raportis la aferon; mi esperadis ke vi tamen repensos. Ŝajne, se ili scius, ili ja, sed la premo fakte venas de sube.»

«Ha, miaj kolegoj!»

«Jes. Ili eĉ deputis – nu, iun – veni al mi kun sciigo – pli ĝuste, ultimato – ke ili ne povos garantii glatan plenumon de la laboro se ili devos laboradi kun vi. Mi jam sciis pri malkontento pro diversaj aludoj kiujn individuoj faris; tio ĉi nur oficialigas ĝin. Mi povas diri – ili subskribis leteron, kaj mi povas diri ke ne ĉiuj en la oficejo subtenis ĝin.»

«Sed la plejmulto?»

«Jes.»

«Do tiuokaze, sinjoro Mangan, mi ne povas ĉikani se vi postulas mian eksiĝon; ne estas alternativo.»

S-ro Mangan rektiĝis en la seĝo, kaj la linioj de lia vizaĝo firmiĝis. Li ŝajnis dankema ke li povas montri decideman sintenon.

«Ne», li diris akre. «Ili ne diktos al mi, kiu laboros kaj kiu ne laboros ĉi tie. Kaj,» li aldonis kun evidenta kontentiĝo, «mi jam sciigis al ili ke kiu venos al mi por marĉandi pri la kvanto kaj kvalito de la laboro kiun li donos al la firmo, tiun mi maldungos. Ili akceptas siajn salajrojn; ili meritu tiujn. Sed,» li daŭrigis, kun zorgemo denove muldanta la vizaĝokonturojn, «mi scivolas kiel vi povas labori tie inter ili, kaj kompreneble mi nun devos fari raporton – antaŭ ol unu el ili devance plendos al la Centra Oficejo.»

«Jes, mi tute komprenas.»

«Vi jam scias ke mi tute malkonsentas kun via starpunkto, sed mi povas certigi al vi ke, se mi estus la sola arbitranto, ne estus iu ajn dubo: vi certe restus ĉi tie spite al ĉiuj malkontentuloj inter viaj kolegoj; vi bone servas la firmon, havas bonan karakteron kaj tre kontentige laboras. Sed – nu, vi nun konas la situacion.»

«Ĝuste.»

«La decido de la firmo preskaŭ certe estos maldungi. Tio estas komprenebla – el pure komerca vidpunkto.»

«Jes, mia daŭra ĉeesto venenus la etoson de la oficejo. Do entute estus pli bone se mi eksiĝus.»

«Nu-u-u.» S-ro Mangan turnis la polmojn supren sur la tablo. «Mi sincere opinias ke la rezultato estus sama – ke la firmo ja postulos, ĉar ili certe ekscios pri la malkontento – eble iu eĉ jam skribis.»

«Precize. Mi ne vidas alternativon. Kaj cetere,» Donald ridetis, «ni ne permesu al ili kontentiĝon pro mia maldungo. Ĉu la letero iru rekte al la firmo, aŭ ĉu al vi?»

«Al mi sufiĉos», respondis Mangan frotante la frunton.

★ ★ ★

Ĝon finis la griaĵon. Estas pune manĝi tion, sed ĝi ja estas nutro, fortigilo por la batalo kiu nun neniam ĉesos.

★ ★ ★

«Nu,» pensis Donald lasante la oficejon, «estas mirinde kiel la situacio nun definitiviĝis.» Post unua singratula konstato ke li faris firmigan paŝon, memvole eksiĝante de la firmo, li eksentis malvarman vakuon en la ventro pro ekscio ke li lasis sin sen vivrimedoj, kaj ke simpation pri siaj malfaciloj li ne facile

trovos, sed nun li konsolas sin ke estonte lia lukto estos sen-
komplika, senambigua. Kiom li sopiris tion antaŭnelonge!

★ ★ ★

Neniam ĉesos, ĉar al kio li reiros? Certe ne al instruista posteno,
eble al neniu. Tio levas spektron de malsato por li kaj lia familio,
sed lia revolucia laboro ne ĉesos; ĝi estos des pli intensa, ĉar
nenio alia restos por distri lin. Ŝajne la milito estos finita post
tri jaroj; certe la situacio estos ŝanĝita; eble la revolucio jam
plenumiĝos, sed de tio li ne povas dependi. La tasko nun estas
pretigi sin kiel laboranton por la socialismo, ĉu kiel kreanton de
la nova socio, ĉu kiel detruanton de la malnova. Kaj por fari tion
li devos informiĝi pri ĉiu novaĵo de ekstere. Tio estas, novaĵo pri
la milito, kiel pri revolucia agado devas iel atingi lin neoficiale.

★ ★ ★

Jes, certecon li sopiris antaŭ ĉio, kaj tion li nun ja havas, kaj
aldone li havas la pozitivan celon – la tribunalon. Li povos
nun des pli senembarase dediĉi sin al tio, kaj rekontaktiĝante
kun la kamaradoj de la S.L.P. por profiti ilian helporganizon
al konsciencaj rifuzantoj, li jam trovis sin denove en simpatia
rondo. Jes, simpatia malgraŭ principaj diferencoj, devioj de lia
propra konvinkaro; finfine li estas individuo kaj ĉiam estos;
nun li scias tion, kaj kiel individuo li ĉiam staremos ekster ĉiu
ajn grupo, serĉante tamen iun simpation pri komunaĵoj. Tiujn
komunaĵojn li trovas multe pli abundaj en la socialista grupo
al kiu li nun aliĝas ol en la heterogena kaj politike malsimpatia
rondo de siaj aliaj amikoj. Nun li povas dependi de amikoj kiuj

307

ne atendas ke li pentofaru pro sia antaŭa forlaso, nek ke li cent-
procente englutu iliajn teoriojn repage por la helpo kiun ili
donos, sed kiuj male donos tiun helpon volonte kaj entuziasme
al homo kiu batalas por idealo kiun ili kaj li konsideras ĉefa. Jen
la granda stimulo: ili *komprenas* lian vidpunkton pri la milito.

★ ★ ★

La ĉefa novaĵo estis ke la aliancanoj komencis intensan bom-
bardon en la ĉirkaŭoj de la rivero Somme, evidente preludo al
la Granda Ofensivo.

HEROE KAJ HEJME

Malgraŭ la varmo ekstere, estis venteto, kaj la malfermitaj kantinaj fenestroj direktis kaj intensigis tiun en freŝigan trafluon kiu, forblovante la humidajn odorojn de infuzado, enportis atmosferon stimule akran de la bosko apudanta la kazernon.

Tinta muziko de la kantina radioaparato dancis kun fuĝema klaro sur la ventolaj fluoj, sugestiante foiron al la homoj sidantaj ĉe la tabloj, pro la iluzio pri muziko en plena aero. Sed la ŝajno velkis kiam la muzikon anstataŭis horsignalo kaj anonco pri novaĵraporto.

La ĉefa anonco estis simila al ĉiuj novaĵaj brodkastoj de la pasintaj du-tri semajnoj: tiom da malamikaj aviadilaj skadronoj transflugis la orientan marbordon de Anglujo por bombi urbojn kaj flughavenojn; tiom da ili faligis britaj aviadiloj. Nur la ciferoj malsimilis de antaŭaj raportoj.

«Beataj bastardoj», spiris Jano admire, aludante la britajn flugistojn. «Restos nenio por ni.»

«Ja», konsentis liaj du kunuloj dum la trio aŭskultis la laŭdojn de eminentuloj, kiujn la raporto citis.

La anoncisto poste ektaksis aliajn, pli terapudajn, aferojn, sed la tri amikoj, jam ignorante lin, daŭre diskutis la eblon ke la nuna aerobatalado estos tiel detrua ke novaj taktikoj necesos, kredeble kun rezulto ke por ili restos nur iu rutina, senekscita flugado kiam ili fine estos pretaj por batalaeroplanoj. Ili esprimis sian envion pri la nunaj britaj ĉasflugistoj per mallongaj, senkonstruaj frazoj, antaŭsupozante unu de aliaj absolutan kunsenton pri siaj diroj. Dume ili mense bildigis sin en sama situacio kaj forkaresis malpaciencon pri la preparperiodo en la aerarmeo per la konstato ke almenaŭ ili elektis la ĝustan, la unusolan, rimedon batali por sia patrujo.

La oraj revoj ne estis tute senmotivaj. Jano jam sciis, pro aludoj de siaj instruantoj, ke li tre verŝajne ne nur estos sukcesa kandidato por flugista kariero, sed ke li preskaŭ certe flugos en ĉasaeroplanoj. Restas nur du semajnoj de la nuna kurso; post tio estas preskaŭ certe ke li pluiros al konatiga kurso por ĉasaviadistoj; tio estas, al stacio kie oni flugas en, kaj kutimiĝas al, la plej lastatempaj ĉasaeroplanoj.

Nun la impeta deziro fini la kursojn nunajn kaj venontajn kaj pluiri al batalskadrono estas treege forta, celante ja la pinton de la ambicio. Jano jam havis tian ambicion antaŭ ol la milito komenciĝis, sed tiam ĝin stimulis sole la heroagoj de antaŭa generacio; nun imitindaj agoj, enviindaj agoj, estas ĉiutagaĵoj. La publiko aklamas ilin, ne nur manpleno de interesitoj, ĉar temas pri aktualo, ne nur unika fazeto de la historio; personan ambicion nun konfirmas la komuna volo de nacio skuita, kaj kunfandita, de katastrofoj. Ne surprize ke ekscitas Janon la penso ke nur du paŝoj portos lin en la elitan rondon kiu plenumas tiun pozitivan volon, sin fortigante de ĝiaj impulsoj.

Dum la unuaj monatoj de la milito la agoj de la flugistoj estis nerealaj; estis kvazaŭ ili neperfekte rolis la heroojn de antaŭ dudek jaroj: iliaj agoj kiel agoj ne havis signifon; ili nur provis ripeti ion aŭditan, ne tute kompreninte ĝin kaj embarasite de fremdaj iloj. Sed la antaŭvekiĝan sonĝon anstataŭis vigla realo; la roloj kaj la protagonistoj jam ne miskonvenas unu al alia, sed koincidinte kreadas la historion. Ĉio estas pli klara: la celo, la malamikoj, eĉ la nura fakto ke estas milito, kaj Jano perdis sian subkonscian kulposenton, povante rigardi en la futuron anstataŭ senti ke li sakrilegie daŭrigas ion jam pruvitan hontinda, ion, kion li promesis ne partopreni.

«Do,» fine diris la maldika junulo ĉe lia dekstro, «estas jam post la unua. Ĉu ni iros al la urbo? Se jes, ni devos rapidi.»

«Jes, ni iru nun», respondis la tria membro de la grupeto.

«Ne», Jano kontraŭis. «Ni havos la komandantan inspekton morgaŭ, kaj ...»

«Pa, mi jam diris ke ni povos poluri la kabanon antaŭ ol iri al la urbo. Estas unu kontraŭ unu; do vi decidu, Derek.»

«Nu,» Derek ŝultrolevis, «indiferente al mi. Mi volas eluzi la tagon profite, sed plezuro kaj devo konkuras, knaboj. Nome, mi havas multajn leterojn skribendajn.»

«Leterojn! Ni havas unu dimanĉon en tri liberan, kaj vi volas skribi leterojn?»

«Prefere ol perdi eble du vesperojn – kial ne?»

«Li pravas, Martin», Jano diris. «Kio estas dimanĉo en la urbo? Ĝi ne meritas la vojaĝon.»

«Sed, damne, ja temas pri libera tago», Martin protestis. «Kiu volas malŝpari ĝin per leterskribado?»

«Ne necesas ke ni ĉiuj skribu leterojn. Ni povus kartludi aŭ simile, se vi volas.»

«Mi volas lasi tiun ĉi damnan kazernon dum iom da tempo.»

«Ni povos fari tion dum la semajno, kaj tiam ni povos ĝui la vesperon ne pensante pri komandanta inspekto la postan matenon – ĉu aŭ ne ni antaŭe preparos, estos lastmomenta paniko en la mateno, kiel vi bone scias.»

«Ni ĉiam devas urĝe rapidi, irante nur dum vespero. Mi enuas tion. Se vi ne iros, mi iros sola.»

«Diable, se vi insistas, ni ĉiuj tri iros do.»

«Ne necesas, ne necesas. La voĉdono estis ja du kontraŭ unu.»

«Jes, kaj vi ne volas akcepti tiun voĉdonon.»

«Sed fakte,» atentigis Derek, «mi estis neŭtrala. Do la loto decidu por ni.»

Li fingrotorde faligis moneron sur la tablon, kie ĝi rotaciis kun turba rapido dum kelkaj sekundoj kiel nebula sfereto:

«Kapo: ni iru; vosto: ni restu», li diris, kaj la aliaj du kapkline konsentis.

La monero ŝanceliĝis kaj klakete falis.

«Vosto», vokis Derek. «Ni restu.»

«Bone», gruntis Martin. «Ĉu ni dommastrinu tuj, aŭ ĉu ni nun lasu ĝis malfrue?»

★ ★ ★

«Mi neniam estis membro de politika partio.»

«Sed viaj motivoj por rifuzo estas politikaj?»

«Ne. Mi rifuzas mortigi homon.»

«Jes, sed kial? Ekzemple vi povus rifuzi mortigi homon pro religiaj motivoj, kredante ke la dia dekreto ne mortigi estas absoluta.»

«Tion mi ja kredus se mi estus religiema.»

«Bone, sed vi ankaŭ povus rifuzi ĉar, ni diru, vi ne volas mortigi homojn apartenantajn al la laborista klaso, kredante ke tiu klaso ne faris la militon, aŭ ĉar ili estas viaj klasanoj,

312

dum la aŭtoritatoj reprezentas alian klason. Alivorte, la ŝtataj malamikoj ne estas viaj malamikoj. Tiuokaze via protesto estus politike motivita. Ĉu tiun aŭ similan motivon vi havas?»

«Se jes, ĝi ne estas mia ĉefa motivo.»

«Ĝi ne estas via ĉefa motivo, sed ĉu ĝi povus influi vin?»

«Ĝi ŝajne povus, sed eĉ sen ĝi mi protestus kontraŭ la devigo mortigi homon.»

«Ĉar vi estas homarama?»

«Jes.»

«Nu, ni ĉiuj estas homaramaj, sed iuj el ni perceptas – aŭ kredas – ke en certaj cirkonstancoj ni ne nur rajtas, sed devas, mortigi.»

«Mi ne kredas tion.»

«Ne. Do la demando estas, kio estas la diferenco inter viaj kredoj kaj niaj, kaj jen ni trovas unu eblan: nome, vi ne volas mortigi samklasanon. Ĉu prave?»

«Jes, sed mi eĉ ne mortigus kapitaliston.»

«Eble ne, sed vi agnoskas diferencon: vi diris ‹eĉ›.»

«Certe estas diferenco.»

«Vi estas klaskonscia?»

«Jes.»

«Socialisto?»

«Jes.»

«Multaj socialistoj militservas.»

«Mi jam provis klarigi ke miaj motivoj ne estas politikaj – laŭ tiu limigita senco.»

«Prave. Vi eĉ emfazis ke vi neniam estis ano de iu partio.»

«Jes.»

«Sed kvankam vi ne estas partiano, ĉu ne estas vere ke vi havas konekson kun politika partio?»

«Konekson?»

«Jes, konekson.»

«Nu dependas de tio, kion vi volas signifigi per ‹konekso›.»

«Do mi klarigos: ĉu vi akceptis la helpon de iu partio antaŭ ol veni ĉi tien?»

«Je-es.»

«Ekzemple, ĉu iu partio instruis, kaj ekzercis, vin pri tio, kion vi respondu al la diversaj demandoj atendendaj de la tribunalo?»

«Jes.»

«Kiu partio?»

«La Sendependa Laborista Partio.»

«Kaj tiu, ĉu ne, estas ekstreme socialista partio kiu daŭre kampanjis kontraŭ la daŭrigo de la milito ekde ties komenco?»

«Mi ne dirus ‹ekstreme›, sed alie mi konsentas.»

«Kaj ĝia ĉefa motivo por tia sinteno estas ke tiu ĉi estas nejusta, ĉar kapitalista, milito, kaj ke sekve laboristoj ne batalu en ĝi?»

«Ne tute ...»

«Mi diris ‹ĉefa motivo›.»

«Jes, sed ne estas tute prave diri tion. La Sendependa Laborista Partio distingiĝas de aliaj socialistaj partioj ĝuste pro ĝia aparte humaneca karaktero.»

«Ŝajnas ke vi intime konas ĝian doktrinon.»

«Tio estas vaste konata inter la laboristaro.»

«Ĉu vi favoras ĝin?»

«Mi favoras tiun humanecan karakteron.»

«Kompreneble. Viaj opinioj do koincidas kun la humanecaj idealoj de tiu ĉi partio.»

«Jes.»

«Estis do nature ke vi gravitu al ĝi en milittempo. Ĝi ne influis viajn ideojn; tiuj estas viaj propraj.»

«Jes.»

«Nur koincide ke vi havis ion komunan kun ĝi.»

«Jes.»

«Ĉu vi havis antaŭan konekson kun ĝi?»

«Nu, ne rektan.»

«Ne rektan?»

«Mi iam iris al iliaj kunvenoj de tempo al tempo, sed neniam aliĝis al la partio.»

«Sed supozeble vi trovis ĝin simpatia en pli ol unu faceto: ĝiajn teoriojn pri socia ekonomio ekzemple?»

«Mi ja estas socialisto.»

«Kaj en pacotempo – ĉu tio estis en pacotempo?»

«Jes.»

«Do en pacotempo sociekonomiaj teorioj estis pli aktualaj ol pacifistaj.»

«Supozeble.»

«Sekve, en tiuj tagoj via simpatio al la partio estis ja pli al ĝiaj sociekonomiaj teorioj ol al ĝiaj pacifistaj?»

«Mi ne dirus tion.»

«Sed dum la koncerna periodo ili estis pli aktualaj.»

«Jes, sed ili ne esence diferencis de la teorioj de aliaj socialistaj partioj. La humaneca sinteno de la partio al ĉiuj problemoj pli plaĉis al mi ol la militemaj tendencoj de aliaj socialistaj partioj. Cetere, ni ĉiuj sciis ke la militminaco ankaŭ estas aktuala.»

«Sed la komunistoj ankaŭ kontraŭstaras la militon. Kial ne iri al ili?»

«Ĉar ili pretendas distingi justajn de maljustaj militoj. Por mi estas sole maljustaj.»

«Entute do vi trovis la Sendependan Laboristan Partion tre simpatia, ĉu ne?»

«Entute, jes.»

«Ni povus diri do ke via ĉefa motivo por rifuzo estas homarama, kaj la dua estas socialista.»

«Vi povus, sed tio estus erariga.»

«Kial? Vi estas homarama; vi estas socialista. Ambaŭ faktoj donas kaŭzojn por militrifuzo, kaj vi jam konsentis ke la homarama estas la ĉefa.»

«Ĝi estas la sola.»

«Ĉu? Do viaj socialistaj idealoj ne sufiĉus solaj por deteni vin de mortigo de homo?»

«Eble.»

«Eble ili sufiĉus?»

«Jes, eble.»

«Sed neeble – se via homaramo estas sola motivo, via socialismo ne povas esti ankaŭ motivo.»

«Mi diris ‹eble› ĉar estas eble. Mi ne scias ĉu ĝi estus sufiĉe forta por motivi, ĉar mi neniam sentis neceson fari al mi tiun demandon; miaj sentoj kontraŭ laŭleĝa murdo estas sufiĉe fortaj por certigi ke mi neniam devis preterrigardi ilin por serĉi alternativan motivon.»

«Tiu ĉi homaramo via estas do tre forta, kaj tamen ĝin neniel influas Kristanismo?»

«Ne.»

«Ĉu vi estas ateisto?»

«Mi ne kredas pri la dio de la Kristanoj.»

«Pri iu alia do?»

«Ne, mi estas agnostikisto.»

«Do vi ne pretendas scion pri io, krom ke la kristana Dio

ne ekzistas.»

«Proksimume.»

«Jes. Estas strange: tiom da vi homoj kun delikataj konsciencoj estas ateistoj – agnostikistoj. Ĉu vi povas klarigi tion?»

«Kredeble ĉar homoj kun delikataj konsciencoj estas malplimulto. La plimulto pretendas Kristanismon.»

«Jes, sed inter tiu plejmulto oni atendus delikatajn konsciencojn, ĉu ne – ie inter ĝi?»

«Jes.»

«Kaj en malplimulto kun neortodoksaj ideoj ni rajtas supozi iun variecon inter konsciencoj?»

«Kompreneble.»

«Do plimulto kaj malplimulto ne klarigas tion ke ekzistas pozitiva rilato inter ateistoj kaj rifuzantoj mortigi unuflanke, kaj Kristanoj kaj soldatoj aliflanke. Oni atendus malon, ĉu ne?»

«Jes.»

«Jes. Ĉu vi povas sugesti kial por Kristano – sincera, ni supozu – estas eble percepti la neceson mortigi, kaj tamen por vi ne estas eble?»

«Mi ofte scivolis pri tio.»

«Jes, sendube. Sed ni iru al la pastroj kun tia demando, ĉu ne?»

«Certe ili multe kulpas.»

«Mi ne diris ke iu kulpas; mi aludis la fakton ke Kristanoj havas gvidantojn; vi ŝajne ne: vi konfesas neniun ortodoksan politikan idearon, religion vi tute ne bezonas; vi havas nur tiun ĉi personan homaramon. Ĝi certe estas tre forta se ĝi povas influi al vi spiti la komunan volon de via socio. Ĉu ĝi estas parto de iu speciala persona filozofio?»

«Mi ne nomus ĝin filozofio.»

«Nur sento? Unu sola, luma emocio kiu pravigas agon, kiun multaj taksas ŝtatperfido?»

«Ne tute sento; ankaŭ penso, mi esperas.»

«Ha, kompreneble, tamen izola penso, ne parto de sistemo, kaj tiu ĉi sola penso pelas vin en opozicion al la sinteno de miliono, sinteno kiu certe havas pli ol unu penson aŭ senton por subteni ĝin. Iom mirige, ĉu ne, ke vi povas kredi vin tiel absolute prava?»

«Mi ne trovas mirige ke civilizita homo rifuzas refariĝi besto por komplezi al manpleno da politikistoj, kiu fuŝegis ...»

«Sed ne temas pri manpleno da politikistoj; temas pri preskaŭ la tuta nacio.»

«Sama afero – sed bone! Mi ne trovas mirinde ke civilizita homo rifuzas refariĝi besto.»

«Do, kiuj ne dividas vian ideon, tiuj estas bestoj? Ĉu ni estas bestoj?»

«Vi ne aktive kontraŭas la bestigon de aliaj.»

«S-ro Rennie, pardonon mi petas, sed ĉu ni ne jam sufiĉe scias pri la politikaj opinioj de tiu ĉi junulo?»

«Se vi volas, s-ro Hutcheson. Mi nur scivolis ĉu li havas ideojn, kiujn oni povus nomi politikaj. Sed mi petas: daŭrigu vi.»

«Jes, dankon. Nu, mi volas scii kiom forta estas tiu ĉi abomeno kontraŭ mortigo. Ekzemple, ĉu vi mortigus kapitaliston por certigi la sukceson de socialista revolucio?»

«Ne, mi ne.»

«Ĉu vi kredas pri la dezirindo de socialista ŝtato?»

«Jes.»

«Ĉu vi kredas ke ĝi estas atingebla sen la mortigo de kapitalistoj?»

«Mi kredas ke jes.»

«Kaj se ĝi tamen dependus de la mortigo de kapitalistoj, ĉu vi aprobus tiam la mortigon?»

«Ilia morto malmulte perturbus min se temus pri plibonigo por la tuta homaro.»

«Kaj ĉu vi mortigus ilin tiucele?»

«Ne.»

«Kvankam la tuta homaro profitus?»

«Mi dubas ĉu estas eble tiri profiton el la mortigo de homoj.»

«Vi jam diris ke ne ĝenus vin se aliaj farus la agon.»

«Kun permeso, tion mi ne diris. Mi diris ke iliaj mortigoj ne multe perturbus min. Tio estas, se iliaj mortigoj jam estus fakto, kaj estus sendube alportintaj profiton al la homaro, en tiu hipoteza situacio min ne multe perturbus la mortigoj.»

«Nu, mi supozas ke se kapitalistoj mortas en socialista revolucio, tio okazas ĉar oni mortigas ilin. Ĉu ne temas pri tio ke via homaramo ne estas tiel forta kiel vi supozis? Ĉu vi ne estas iom egoisma? Vi ne sangigus viajn manojn, eĉ se estus por la profito de la tuta homaro. La ago ŝajne perturbus vin, naŭzus vin, kaj por eviti tion vi lasus al la homaro suferadi. Ĉu tio ne estas egoismo?»

«Eble jes.»

«*Eble* jes? Ĉu vi povas trovi alian nomon por ĝi?»

«Mi ne aparte volas trovi alian nomon por ĝi: mi ne volas nei ke mi estas egoisma. Mi scias ke mi ne mortigus, ĉu aŭ ne tio estas egoisma; mi estas konvinkita ke mi ne rajtas forpreni la vivon de homo.»

«Tiu konvinko estas tre konvena kiam ...»

«Se mi rajtas fini mian klarigon ...»

«Kompreneble. Daŭrigu, mi petas.»

«Mi diris ke la mortigoj de kapitalistoj ne multe perturbus min. Tio estas vera; vole-nevole mi ne trovas inklinon funebri la forpason de tiaj homoj, sed mortigi ilin estas alie, indiferente ĉu mi aŭ ĉu aliaj estus la murdintoj. Vi opiniis ke mi ĉikanas harfendeme pri la diferenco inter ‹mortigi› kaj ‹mortigo› se temus la sukceson de socialista revolucio ...»

«Ŝajnis iom tiel.»

«... sed fakte la diferenco estas esenca: se en iuj hipotezaj cirkonstancoj la mortigoj de iuj homoj donus profiton al la plejmulto, mi devus akcepti ke la situacio estas entute kontentiga, sed mi opinias ke tiu situacio estas, kaj devas esti, ja hipoteza. Nome, se temus pri realo, mi kontraŭstarus iujn proponojn mortigi cele al venonta bono, ĉar mi ne kredas ke bono povus sekvi: sangoverŝon povas sekvi nur venĝemo – kaj plua sangoverŝo por kontentigi tion.»

«Bone, ni lasu hipotezajn revoluciojn. Kion vi farus se germano provus perforti vian fratinon?»

Ho ne! Tamen, ne spritaĉu, ne impertinentu! «Se mi havus fratinon, mi esperas ke mi perforte detenus iun, kiu celus perforti ŝin.»

«Kaj se necesus mortigi lin?»

«Mi ne povas imagi ke necesus mortigi lin. Se mi mortigus lin en tiaj cirkonstancoj, estus pro tio ke mi agis pli perforte ol mi intencis. Kolero, indignego: mi ne neas ke ni povas momente bestiĝi pro momenta forta emocio, sed ni kompreneble strebu ne cedi al tia bestiĝemo, kaj neniam mortigu intence.»

«Viro kiu defendas sian fratinon kun indigno kontraŭ la perfortanto estas besto do.»

«Se li mortigas. Estas ja momenta bestiĝo. Prudento ne

diktas ke ni mortigu eĉ en tiaj cirkonstancoj.»

«Sed prudento ja povas dikti al ni mortigi. Vi diris ke vi ne povas imagi ke estus praktike necese mortigi la perfortanton, sed bonvole memoru ke mi parolis pri germano, do pri membro de invadinta armeo. Se vi perforte kontraŭstarus lin, li povus mortigi vin aŭ aranĝi ke la aŭtoritato ekzekutu vin. Sekve, vi devus mortigi lin por konservi propran vivon. Tio estus ja prudenta.»

«Mi ne murdus lin tiucele.»

«Ĉu ne? Eble vi havus alian opinion se la situacio efektiviĝus.»

«Jes, sed ĝi ne estas efektiva, kaj ni ne povas diri certe ke ĝi iam povus esti efektiva.»

«Tamen, vi konsentis imagi ĝin efektiva, kaj asertis ke vi oferus vin prefere ol defendi vin mortigante la kontraŭulon.»

«Mi ne oferus min; mi apelacius lian superulon.»

«Ĉu vi ne estas iom naiva? Ĉu vi ne legis raportojn pri la konduto de la germanoj en invaditaj landoj?»

«Jes, sed mi ne estas sufiĉe naiva por kredi tiujn senrezerve. Cetere, la sola kiun mi legis lastatempe pri perforto de virinoj, menciis ke germanan soldaton oni punis per dujara enkarcerigo ĉar li perfortis francinon.»

«Jes, sed ...»

«La ĵurnalo menciis ĝin por pruvi ke la germanoj estis krude indiferentaj pri la suferoj de la francino, sed se oni kredus antaŭajn raportojn de sama ĵurnalo, ne estus eble kredi ke la germanoj punus proprajn soldatojn pro tiaj bagatelaj deliktoj.»

«Jes, sed estas dum la invada periodo ke la plej aĉaj bestaĵoj okazas, kaj vi ne povas malkredi ĉiujn raportojn pri tiuj por pravigi propran neemon rezisti tiajn agojn en via propra lando.»

«Mi nek kredas, nek malkredas. Ili simple signifas nenion. Dum la pasinta milito la perfortagoj de la germanoj estis kredendaj de ĉiuj patriotaj britoj. Post la milito fariĝis evidente ke ili estis grandparte mensogoj.»

«Do la soldatoj kiuj batalis, kaj ofte mortis, kontraŭ ili estis nur stultuloj? Trompitoj?»

«Ne ĉiuj. Estis en la libroj de ekssoldatoj ke mi unue trovis la veron pri tiuj falsaĵoj.»

«Sed ne ĉiu ekssoldato esprimis tiajn opiniojn.»

«Ne, la plejmulto ne kapablis esprimi siajn ideojn, almenaŭ ne perliterature.»

«Sed ne ĉiuj, kiuj povis, faris.»

«Se mi rajtas, s-ro Hutcheson.»

«Certe, kolonelo.»

«Eble vi tro influiĝis de tiuj verkistoj. Vi devas memori ke la nuna milito ne estas simila al la antaŭa. Vi ne estas faŝisto, ĉu?»

«Ne.»

«Vi eĉ malaprobas la faŝismon.»

«Jes.»

«Sed se ĉiu viro agus kiel vi, nenio povus haltigi la faŝismon. Jam ne temas pri invado de fremda nacio, sed la perforta disvastigo de venena ideologio. Vi ne volas ke viaj samlandanoj suferu sub tio, ĉu?»

«Mi ne volas ke iuj homoj suferu sub ĝi.»

«Bone, sed por certigi ke ili ne, ni ne nur devas defendi nian landon, sed devas venki la naziismon.»

«Ni venku ideojn per ideoj.»

«Sed mia kara homo, ni ne estu naivaj! Ni ne povos venki la naziismon per ideoj, ĉar tion la nazioj certe ne permesos. Antaŭ ol venki la ideon, ni devos venki ĝiajn subtenantojn – homojn.»

«Precize, kaj tial mi rifuzas partopreni. Venko generas malamon.»

«La malamo estas jam tie; la fundamento de tiu ideologio estas la malamo.»

«Kaj vi volas venki ĝin per malamo, sed malamo ne venkas malamon.»

«‹Venko generas malamon›; ‹malamo ne venkas malamon›! Ĉu vi citas?»

«Mi ne scias; sed tio estas prava.»

«Teorie jes, sed ni devas fronti la faktojn, la praktikon.»

«La praktiko jam pruvis ĝin: per la lasta milito oni intencis fini ĉiun militadon, sed fakte ili kreis la cirkonstancojn en kiuj povos naskiĝi la hitlerismo.»

«Do vi ja havas politikan motivon por ne soldatiĝi?»

«Kun permeso, kolonelo ...»

«Certe, s-ro Rennie.»

«Vi ne volas soldatiĝi ĉar vi opinias ke la batalado de la Unua Mondmilito atingis nenion?»

«Kiel mi jam diris, mi ne bezonas tian motivon, ne bezonas eĉ pensi pri ĝi kiel ebla motivo, ĉar mortigi homon jam ŝajnas al mi tiel ŝoka, tiel beste krimega, ke mi certe ne faros pro la ordonoj de registaro.»

«Do, do. S-ro Hutcheson, vi volas demandi ion?»

«Dankon. Mi nur volas scii, ĉu vi havas komplekson pri mortigo? Ĉu ekzemple ĝi kaŭzas al vi fizikan naŭzon?»

«Mi ne svenas vidante sangon, aŭ simile – se tion vi aludas.»

«Jes, precize. Dankon. Sed la ideo pri mortigo forte impresas vin. Ĉu ĝin motivas sento de justo? Pri malŝparo? De kompato?»

«Estas malfacile respondi tion tuj, kaj mallonge.»

«Do, pripensu, kaj respondu laŭ bontrovo – punkton post

punkto, se vi volas.»

«Dankon. Mi provos. Justo? Nu, supozeble estas maljuste ke iu homo malhelpu al alia trairi la plenan vivon, sed mi dubas ĉu tio profunde influas min. Malŝparo? Jes, sed ne pli ol ĉe aliaj homoj: mi opinias ke milito formanĝas la floron de la nacio ekzemple, sed aliflanke mi opinias ke estas tro da homoj sur la terglobo. Kompato estas certe tre simila al mia fundamenta motivo – ĉu mi rajtas?»

«Jes.»

«Por iom klarigi la aferon rilate ankaŭ vian antaŭlastan demandon: mia sento estas pli kontraŭ la aganto ol por la viktimo; tio estas, la frakasita korpo, sangaj vundoj kaj tiel plu malpli ofendegas min ol la volemo en la koro de la farinto kaŭzi tion. Estas io manka en li, io brute stulta, beste rabia, nehoma. Mankas en li – nu, kompato, kaj manko de kompato estas manko de homeco – laŭ pli larĝa senco de tiu vorto, ĉar mi ja pensas pri la homaro neperfekta – ni kompatu, ne pro iuj sentimentalaj emocioj, sed ĉar ni devas kompati por resti homoj.»

«Ĉu ĉion, aŭ nur homojn?»

«Ni kompatu ĉion, kio vivas.»

«Ĉu vi citas?»

«Nekonscie.»

«Ĉu vi protestas kontraŭ ĉiu mortigado?»

«Ne. Povas esti bonaj motivoj por tio; nur – tion mi ne atingis. Mortigi homon, tamen ...»

«Jes, jes. Ĉu vi rifuzus soldatiĝi se tio signifus aŭtomatan mortpafon por vi – sincere?»

«Plej sincere – jes.»

★ ★ ★

El sia ĉelo Ĝon povis vidi la sunon, la saman sunon kiu brilis super la Fronto en regiono de la rivero Somme, post nokto de senpluvo, kontrasta al la du antaŭaj. Kiam ĝi cedis al la leviĝinta suno ĝi cedis tute: neniuj nuboj malhelpis la helajn radiojn, nur iom da nebuleto, kaj la polvo kaj fumo de eksplodantaj obusoj.

Je dudek kvin minutoj post la sesa horo la septaga bombardo intensiĝis en sisman furiozegon, kaj dum horo tiu orelrompa, freneziga violento pistadis kaj kirlis kaj stultigis, ĝis ŝajnis al la atakontoj ke nenio povos travivi ĝin, tiel naskante en iliaj koroj esperon ke la atako tamen iros glate, kiel la aŭtoritatoj ja promesis. («Nia artilerio glatigos por vi la vojon.») Je la sepa kaj duono ĝi ĉesis, longe preparitaj minoj eksplodegis ...

En la sekvinta silentego figuroj aperis antaŭ la tranĉeoj. Cent mil britoj kaj francoj trairis spacojn en siaj drataroj kaj, reform-inte sin en linion, ŝultre-al-ŝultre avancis, nur promenantaj pro la pezo de siaj ekipaĵoj, al la germanaj pozicioj. Tie la defendantoj, avertite de la bombardoĉeso, grimpis el siaj subterejoj kaj, en la tranĉe-restaĵoj kaj en novaj krateroj, starigis siajn maŝinpafilojn kaj verŝis kuglohajlon en la avancantajn rangojn. Tie viroj falis dekope, centope, milope, sed iuj daŭrigis la avancon, kaj en la tranĉeo malantaŭ ili oni jam organizis la rezervojn.

Tie kaj tie grupetoj atingis la germanan antaŭan tranĉeon, kaj ekbatalegis furioze por teni tiujn novajn poziciojn. Malantaŭ ili miloj kuŝis aŭ mortaj, aŭ veantaj sub la senkompata suno, kaj la kurieroj, kiujn ili resendis por peti pli da grenadoj, ofte aldonis siajn kadavrojn al la ĝenerala buĉaĵo. Iuj reatingis propran tranĉelinion, sed ne povis ekspedigi la grenadojn. Foje viroj ja rekuris kun la grenadoj en sakoj kaj sub la tunikoj, sed malaperis en sangaj eksplodoj kiam kugloj trafis ilin. En iuj lokoj la grenadoj atingis la homojn kiuj tiom bezonegis ilin, kaj tie restadis insuletoj de rezistado kiam ĉirkaŭ ili la atako degelis sub la furiozo de la kontraŭatakoj.

Dum la bela somera tago la luktado daŭris kun senkompata intenso, kaj sur la tereno inter la tranĉeoj miloj kuŝis inter la jam silentaj, kriante por akvo, kiun oni ne povis porti al ili. Kiam la suno fine subiris la atakinta armeo estis grandparte ree en propra tranĉearo, krom la sesdek mil, kiujn ĝi lasis sur la interfronto.

La brita komandanto, kiu celis frakasi la germanan fronton por ebligi al li trasendi sian kavalerion al la plata tereno mal-antaŭe, lunĉis je kutima horo kaj peraŭtomobile veturis al Quer-rieux por viziti unu el siaj korpus-komandantoj. Entute ŝajnis al li ke ĉio iras glate, malgraŭ la nevolonto de iuj divizioj lasi siajn tranĉeojn, sed kompreneble la celo ankoraŭ ne estas atingita. Al miloj sur la batalejo la ĵus okazinta sanga katastrofo pruvis la nekonsilindon de la tuta entrepreno, sed la generalo ordonis ke la atako rekomenciĝu la venontan matenon je la deka horo.

Dum la nokto la kontraŭantaj armeoj klopodegis fari ordon el la karna ĥaoso, kiun la batalo postlasis, reportante la vunditojn, enterigante la ceterajn, kaj malantaŭ la britaj tranĉeoj la kavalerio atendadis.

La informo kiun Ĝon ricevis konsistis nur el tio ke la Granda Ofensivo ja komenciĝis laŭlonge de pli ol dudekmejla fronto, kaj ke la aliancanoj sukcesis atingi la germanajn tranĉeojn.

★ ★ ★

Donald kaj Wili Scouler, lia S.L.P. konsilanto, iris al eta kafejo por trinki triumfan tason post la tribunalo.

«Do, Donald,» diris Wili la kvinan fojon, «vi venkis. Bone farite! Vi diris ĝuste sufiĉon; ne pli.»

«Estis unu momento de danĝero», ridetis Donald. «Kiam li menciis la klasikan perforton de la fratino, ĝi estis kvazaŭ martelobato; mi preskaŭ eksplodis – ĉu je rido, ĉu kolero mi ja ne scias, sed mi devis digi mian spritemon.»

«Bonŝance, tamen. Vi faris bone.»

«Bonŝance ke vi avertis min ke tio estas ankoraŭ ebla. Alie mi ne estus kredinta, ne estus preta – nu, eble duone preta.»

«Jes, restas apenaŭ kredeble, ĉu ne? Penige ja tenadi la prudenton post tio! Tamen vi sukcesis, kaj nun estas finite.»

«Jes, finite. Nun la sekvoj!»

«Ne lasu al ili ĝeni vin, Donald. Vi elektis la solan vojon: vi kvietigis la konsciencon.»

«Do ne prediku al mi. Mi sentas kvazaŭ mi grimpis altan monton, kaj saltis de la supro en grizan stepon. Kio restas?»

«Nur ĉiutagaĵoj, sed por vi tiuj estos bataloj. Restu firma.»

«Mi provos.»

«Vi devos. Ĉu forĵeti tion, kion vi gajnis? Kaj mi petas al vi, Donald, rezistu la eksigon de via posteno.»

«Jam tro malfrue. Mi eksiĝis antaŭ tri semajnoj.»

«Granda eraro! Ne permesu al ili glatigi por si la vojon. Proklamu vian fidon, kaj ne permesu ke oni mutigu vin, eĉ se tio kaŭzos al vi mem embarason: se vi estus restinta en tiu oficejo, via nura ĉeesto daŭre memorigus ĉiujn en ĝi ke opozicio ekzistadas – kaj nesubpremeble.»

«Mi ne estas propagandisto por iu partio.»

«Ne, sed ĉu ne por viaj propraj ideoj?»

«Eble, sed dume mi devas trovi novan postenon.»

★ ★ ★

De sude la sono de la granda bombardo aŭdiĝis ankaŭ en la Ypres Meandro, kaj novaĵoj pri la batalego kiu sekvas pretigis la soldatojn tie por transmovo al la ĉefa batalareo.

Por Dunkan kaj liaj kamaradoj tiu movo ne tuj sekvis, ĉar la batalionon oni sendis anstataŭe al Hooge por subteni la kanadanojn dum dek tagoj kontraŭ fortaj malamikaj atakoj, kaj de la terure muelitaj tranĉeoj tie plusendis ĝin, minus ĝiaj falintoj, al Kanalbordo norde de Ypres, kie ĝi restis ankoraŭ tri semajnojn antaŭ ol ĝi iris al tendaro. Nur post dek tagoj tie ĝi ekmarŝis suden al Poperinghe en la tereno de unu el la armeoj, la Kvina, implikita en la batalego.

En la mezo de aŭgusto ĝi haltis en arbaro por ripozo dum marŝo al nova pozicio, kiam subita bombardo trafis ĝin. Dunkan ruliĝis en truan malebenaĵon kaj kuŝis tie kroĉante sin al la pasiva grundo. Li aŭdis kriojn, malgraŭ la eksplodado de la obusoj, kaj subite konstatis ke tiuj ne estas sole senpensaj bestokrioj de vunditoj, sed ke troviĝas en ili artikigitaj sonoj, vortoj: «'aso! Gaso!»

Estis speciala akra odoro inter la akraj odoroj de la pulvo-haladzoj, kaj ĉu videblas verda nuanco inter la nuboj de fumo kaj polvo? Febre li surmetis la maskon kaj kuŝis atendante.

La bombardo ne estis longdaŭra, kaj tuj kiam ĝi ĉesis, Dunkan stariĝis kaj grimpis al la plej alta pozicio videbla en la ĉirkaŭaĵo, kie li singarde demetis la maskon, ne tutkore fidante la atmosferon, kvankam li povis vidi aliajn homojn, jam sen maskoj, okupantaj sin pri la vunditoj.

Dunkan kontrolis: jen estas Kafre kaj – komprenele! – Boyle. «Mat? Ĉu sana? Bone! Georgo? Kie li estas? Jen li – ĉu – jes. Hej, brankardo! Damne!»

La kloro atingis Georgon. Lia vizaĝo estis plumbkolora;

li elstreĉis sian langon je penego enspiri malvarmon, kaj baraktis sur la tero, batante ĝin per la kalkanoj kaj puŝante la kapodorson en ĝin. Dunkan, preskaŭ kun dankemo, rimarkis makulitan trueton sur la tunika brusto, ĉar li povis fari nenion pri la efikoj de la kloro, kaj la vundo almenaŭ donis okazon helpi, kaj malatenti la terurajn, sekajn gargarojn de la viktimo. Li ŝiris la tunikon, helpate de la blasfemanta Mat, sed antaŭ ol ili povis fari ion pri la sanga flueto, brankardistoj alvenis, kaj kun ekzercita rapido bandaĝis la vundon.

«Ĉu li havas ŝancon?» demandis Mat.

«Ne scias, Ĝok. Estas malbone pri la gaso.»

★ ★ ★

Kiam la semajnoj de frua somero forpasis sen io definitiva en la leteroj de Georgo pri forpermeso, Ina, sciante kiel ĉiu alia pri la venonta Granda Ofensivo, ektimis ke post sia longa, pacienca atendado, ŝi devos prokrasti la plezuron revidi lin, kaj kiam novaĵo pri la efektiva komenciĝo de la Ofensivo estis publikigita, ŝi tute perdis esperon pri baldaŭa re-renkontiĝo. La pligrandiĝo de la «Honorlisto» en la ĵurnaloj intensigis ŝian angoron, kaj en ŝia koro konstantan esperon anstataŭis konstanta timo.

Ŝi ne sciis kie li estas: ŝi ricevis grandkvante leterojn komplemente al la frontaj kartoj, sed eĉ tiuj portis nur kvazaŭ-adreson: «Ie en Francujo». Tagon post tago ŝi serĉis kun for-flirtemaj okuloj la listojn de mortintoj, kiuj aperis en la ĵurnaloj, sciante ke se la fina katastrofo okazis, ŝi informiĝos pri ĝi tie, eble pli frue ol de alia fonto.

La kartoj de Dunkan kaj Georgo daŭre havis la signifajn

streketojn kun la vostoj kurbigitaj supren, sed iun tagon en aŭgusto venis letero en la ortodokse regula manskribo de Dunkan, kaj malferminte la koverton, ŝi legis:

Ie en Francujo 28/8 -16

Mia kara fratino,

Skribante tion ĉi mi bone fartas, sed mi devas sciigi vin ke hieraŭ kelkaj salvoj trafis nin, kaj rezulte de tio Georgo estis vundita kaj ankaŭ gasvenenita. Li nun estas en la baza ĥirurgejo, sed neeblis viziti lin, ĉar ni marŝas en kontraŭan direkton.

Mi sentas grandan mankon sen li. Estis tiel ĝojige kiam li revenis al la bataliono post sia antaŭa vundo ĉar, kiel vi certe memoras, ni estis kunaj ekde la komenco.

Pri lia stato do mi estas necerta. Se mi scius pri la damaĝo de la gaso, mi opinius ke li baldaŭ povus resaniĝi, ĉar la vundo en lia brusto ne estas granda, kaj se la ŝrapnelo estus trafinta ion vitalan tie, li estus mortinta antaŭ ol li lasis nin. Se mi aŭdos ion pli, mi sciigos vin, sed estas tre verŝajne ke vi aŭdos unue, se li vivos.

Dankon pro la pakaĵo kun la kuko kaj konfitaĵo. Sed ne sentu devon sendadi tiaĵojn, kiujn vi eble bezonas pli ol mi, ĉar mi ja bezonas malmulton nuntempe – nur ŝtrumpetojn, tiuj ĉiam estas bonvenaj, kiel mi klarigis al vi.

Ĉu vi ankoraŭ vidadas Katrinan? Mi ricevis plurajn leterojn de ŝi.

Mi esperas ke ni havos sekan aŭtunon.

Via ama frato,
Dunkan

Ponardo trafis sub la koro de Ina, kaj segis supren. Gasvenenita! Vundita en la brusto! Ĉu li estas jam morta? Estas neeble scii ion definitivan de la seka tono de la letero. La gefratoj ĉiam havis neordinaran respekton unu por alia, eĉ kiam ili estis infanoj, kaj ilia perforta disigo pro vivbezonoj aldonis fremdecan ĝentilon eĉ antaŭ ol Dunkan soldatiĝis. Ina sekve ne kutimis senti fratinan senpaciencon pri Dunkan, sed nun ŝi malbenis lin: kiel li povas esti tiel sensenta? Lakone sciigi ke li marŝas en kontraŭan direkton! Li devas obei ordonojn, sed ĉu vere estis neeble uzi iom da iniciativo por trovi iun informon? Kaj tiu klaĉado pri Katrina kaj la vetero, kvazaŭ nenio estis okazinta! K{}ompreneble la milito brutigas ilin, sed ĉu tio estas necesa? Ne sendi pakaĵojn? Vere, li estos bonŝanca se li iam estonte ricevos ĉu pakaĵon, ĉu leteron, de ŝi.

Vundita! En la brusto! Kaj gaso – li estas mortonta, kaj kiel ŝi povos ricevi detalojn? Se ili nur estus jam geedzoj! Ŝi havas neniujn rajtojn. Sed kion Dunkan skribis? «Li baldaŭ povus resaniĝi». Ĉu tio estas nur blago por konsoli ŝin? Ĉu estas eble vivadi kun vundo en la brusto? Se nur estus tia! Li estus hejme dum longa tempo – eble por ĉiam, pro la gaso. Jes, eble ĉio ĉi estas fakte bonŝancega: la milito povus esti por li finita. Kia penso! Sed kia fieblo kuŝas en ĝi! Ŝi devos paroli kun Elizabeta, peti ŝian konsilon.

Elizabeta rigardis la situacion praktike, kvankam ŝi ne pretendis esti tre helpa:

«Vi povus skribi al lia adjutanto, sed – nu, domaĝe ke vi ne estas edzino, aŭ almenaŭ oficiala fianĉino.»

«Tamen, kiel mi povus esti pli oficiale fianĉina?» demandis Ina. «Nur la ringon mi ne havas, kaj nur ĉar Georgo intencis aĉeti ĝin je la venonta hejmenveno.»

«Ĉu li diris tion?»

«Li skribis ĝin.»

«Do, se li estis tiel serioza, li ŝajne sciigis la gepatrojn pri vi.»

«Nu, mi ne scias.»

«Certe jes. Skribu al ili do.»

«Mi ne havas ilian adreson. Cetere mi ne volas skribi se – ili ne scias pri mi.»

«Komprenoble ili scias pri vi.»

«Nu, mi ne konas ilian adreson.»

«Sed negrave, ĉar ili skribos al vi tuj kiam ili ekscios. Georgo postulos ke ili faru – se li estas sufiĉe sana.»

«Dume mi povas nur atendi.»

«Jes, sed mi skribus al la adjutanto, eĉ se li ne respondos. Cetere mi ĵus ekpensis – estas dube ĉu la adjutanto scios ion. Ĉu li ankoraŭ havos kontakton kun vunditoj post kiam ili iras al ĥirurgejoj?»

«Ŝajne ne.»

«Ne. Tamen vi povus skribi. Eble li donus iun informon kiu helpus al vi kontakti Georgon, kaj – nu, skribi estus aktivi.»

«Ĝuste. Se mi nur povas fari ion.»

«Vi devas ankaŭ memori ke, se Georgo sufiĉe sanas por respondi al eventualaj leteroj, li ankaŭ sufiĉe sanas por skribi proprainiciative, kaj li informos vin kie li estas. Aliflanke, se la plejeble malbona okazis, vi vidos lian nomon en la ĵurnalo.»

«Mi scias, sed – la atendado! Kiom longe necesos por la nomoj atingi la Honor-nomaron?»

«Mi ne scias precize. Ne tre longe.»

«Se mi aŭdos nenion, ĉu de li, ĉu de la ĵurnaloj, mi frenez-iĝos.»

«Nu, se tiel estos, vi scios ke li estas vivanta, sed ankoraŭ ne sufiĉe sana por skribi.»

«Mi freneziĝos, mi diras.»

«Mi opinias ke vi ne havos okazon fari tion. Novaĵo venos, kaj de li mem. Estu kuraĝa. Vi vidos.»

Kuraĝa, jes, sed Ina ankaŭ trovis la neceson de agado, kaj skribis al la adjutanto de la regimento, respektplene petante informon. Ŝi neniam ricevis respondon al tiu, sed nur du tagojn post ĝia sendo ŝi ricevis karton de Georgo mem: «Alvenis en Anglujo. Vundita. Skribos kiam mi scios definitivan adreson. Ame, Georgo.»

La ĝoja reago ŝancelis Inan en senekvilibron. Lasinte la randon de nigra malespero ŝi alvenis per sama salto ĉe la pinto de feliĉo. La transformiĝo de ŝia tuta universo estis preskaŭ tro subita: Georgo ne nur ne estas morta, kiel ŝi ektimis, sed li estas hejme – eble por ĉiam.

Ŝi ne povis fini la matenmanĝon pro ekscitiĝo, sed trovis okazon esti aparte afabla al la fraŭlinoj Bright, kiujn ŝi renkontis sur la ŝtuparo. Ŝi rimarkis ke ilia reakcio ne estas eksterordinare entuziasma, sed ĉu pro tio ke ili ne kutimis multe paroli al ŝi, ĉu pro tio ke ŝi jam forturnis la nazon de unu el ili, ŝi ne sciis, kaj ne emis scivoli.

Ŝi estis ĉe la oficejo eĉ pli frue ol kutime, kaj senpacience atendis la alvenon de Elizabeta, dume anoncante la novaĵon al f-ino Berry, junulino kiu venis por okupiĝi pri la rutinaĵoj kiam oni donis al Ina pli kompleksajn taskojn. Ŝi estis en la oficejo nur tri semajnojn, kaj Ina ankoraŭ ne konis ŝin sufiĉe bone por diskuti kun ŝi intimaĵojn, sed ŝi estis je la momento la sola alia virino en la oficejo, kaj necesis paroli al iu dum ŝi atendas la alvenon de Elizabeta.

Tiu fine venis ĝuste antaŭ la naŭa, kaj aŭskultis kun intereso kaj evidenta plezuro la novaĵon, kuraĝigante la esperojn de Ina kaj aldonante aliajn lumaĵojn, interalie memorigante la fakton ke Ina ankoraŭ rajtas ferisemajnon, kiun ŝi povos eluzi vizitante Georgon, eĉ se li estos en malproksima malsanulejo. Ina kore esperis ke li ne, ĉar ŝi volis viziti lin konstante, ne nur dum unu febra semajno, sed ŝi rifuzis permesi lian eventualan malproksimon difekti la ĝojon, kiun alportis scio pri lia sendanĝero. Eĉ se ŝi ne vidos lin dum monatoj, la fakto ke ŝi scias ke li estas saniĝanta kaj for de la Fronto estas cirkonstanco pli ĝojiga ol ŝi aŭdacis esperi antaŭ unu semajno.

Cetere, estis bone memorite pri ŝia ferisemajno. Ŝi intencis iri hejmen, sed nun ŝi certe ne. Se ŝi nur sukcesos vidi Georgon dum tiu semajno, ŝi ensorbos sufiĉe da forto kaj pacienco por traporti ŝin tra jaro. Ŝi informiĝos precize kiom li malsanas, refreŝigos sian memoron pri lia vizaĝo, ili povos aranĝi ...

«Se li ja estos malproksima, mi demandos de s-ro Guest, ĉu mi rajtas havi mian ferion post du semajnoj,» ŝi diris, «ĉar mi devos vidi lin baldaŭ.»

Sed ŝi ne devis atendi tiel longe, ĉar la sekvintan tagon letero alvenis de Georgo informante ŝin ke li estas en unu el la grandaj Londonaj hospitaloj provizore ŝanĝitaj en vunditejojn, aldonante informon pri la permesataj vizithoroj. La skribo, kiel tiu sur la karto, estis malklara kaj iom senorda, sed ŝi sciis ke li devis skribi ĝin en neoportuna pozicio, kaj ke li certe estas iom malforta post la vundiĝo. Cetere, la vizitohorojn ŝi povis facile deĉifri, kaj ŝi volonte pardonis al li iun malfacileton kiun la tuto prezentas.

Ŝi ne volis peti duontagon de la oficejo, precipe ĉar ŝi esperis ke Georgo estos en Londono dum longa tempo, kaj la unua vespera vizithoro estos du tagojn poste. Ŝi tial kaptis la okazon kiun la intervaleto prezentis, por skribi kuraĝigan leteron kaj aĉeti novan bluzon.

Ŝia ekscitiĝo kreskis dum la atendado. Ŝi prezentis al si en cent manieroj la renkontiĝon; foje ĝi estis tumulte seninhibicia, kun umontaj brakoj etenditaj kaj laŭtaj ĝojkrioj; foje Georgo kuŝis pale laca, kaj nur povis rideti al ŝi kaj prezenti bonvenan manon kun la polmo turnita malsupren, sed ĝi donis firman premon kiam ŝi ekkaptis ĝin, kaj tiu premo sufiĉis por ŝi. La komprenemo inter ŝi kaj Georgo estas tia ke apenaŭ necesas paroli. Ŝi nur vidu lin!

Ŝi scivolis kiel longe li restos en la malsanulejo kaj kiam li povos ricevi postenon – aŭ ĉu (terura penso) oni resendos lin? Ŝi fermis la menson kontraŭ tiu eventualo.

Povus esti ke ili geedziĝos antaŭ la fino de la jaro. Tamen iom fantazie pensi tiel: eĉ se li estos en posteno sufiĉe baldaŭ li volos ŝpari iom da mono kaj tiel plu antaŭ ol edziĝi; viroj havas tiun fieron. Domaĝe, ĉar ŝi volonte vivtenus lin, kaj en la cirkonstancoj li rajtus senhonte akcepti tion. Tamen ŝi sciis ke se li ja farus, ŝi ne povus ĝuste tiom respekti lin; li ne estus Georgo. Tiu fiero en li estas necesa por ŝi.

Sed lia patro havas bonan postenon en Luton, kaj iom da influo ankaŭ. Li estis tute kontenta ke Georgo pruvu sin viro antaŭ ol kroĉi sin al rutina relo, kaj sekve li ne povis tro forte protesti kiam Georgo komplezis al tiu deziro lia aliĝante unue al la terenarmeo, kaj poste al la Gvardio. Li ja iom bedaŭris ke lia filo ne povus trovi alian, pli bontonan, rimedon, ĉar estis tiam – en pacotempo – tre vulgare esti soldato. Tamen li ne povis malhelpi, kaj estis interkonsentite inter ili ke Georgo plenumu kvinjaran servon, kaj poste revenu al posteno simila al tiu de la patro. Do, se li estis tiel memfida ke li povos kiamvole aranĝi dungon, li ja ŝajne havas iom da influo, kaj certe nun povos dungigi sian filon des pli facile pro la manko de viroj, kaj eĉ pli volonte ĉar Georgo sendube pruvis sin viro.

Estos domaĝe lasi la postenon. Antaŭ du jaroj ŝi ne estus imaginta sin en tiel bona, en fakte tute nova, mondo, kaj tamen nun jen ŝi: oficistino de unujara sperto, kaj sukcesa – tiom, ke s-ro Guest plenumis sian promeson dungi alian junulinon por fari ŝian antaŭan laboron, doninte al ŝi mem pli gravan kaj komplikan taskaron. Ŝi havas bonajn horojn de laborado fiks-itajn, multe da libera tempo, neniam devas malpuriĝi, estas fakte individuo kun rajto respekti sin – nova mondo efektive!

Kaj antaŭ ol ŝi povis satiĝi de ĝi, jen ŝi devos lasi ĝin; sed negrave: kiel feliĉega ŝi estas, kiel bonŝanca, ke la alternativo ja prezentas sin, ĉar ĉiun horon, ĉiun minuton, kiuj pasis ekde kiam ŝi lastfoje vidis Georgon, povus esti lia lasta; tion ŝi konstatadis ĝis la ebloj ke li travivos ŝajnis preskaŭ nulaj. Tion pripensi kaj repensi estas certa garantio de riĉa kontentiĝo.

Ŝi sentis sin kvazaŭ sur ponardopintoj dum la temanĝo antaŭ la vizito, kaj manĝis preskaŭ nenion. Ŝi timis ke ŝi malfruos: kvankam la malsanulejo estis facile atingebla per unu aŭtobuso kaj mallonga promeno, kaj ŝi ankoraŭ disponis sufiĉe da tempo por fari la vojaĝon dufoje, tamen ŝi neniam efektive laŭiris ĝin, kaj ŝia imagpovo insiste prezentis al ŝi serion da akcidentoj kaj mishelpoj, kiuj detenos ŝin ĝis la fino de la vizita horo.

Ŝi ridetis pro absurdo de propra malpacienco kaj, lasinte la manĝotablon kun tamen dankemo esti for de ĝi, ŝi konstatis ke ŝi estas multe tro frua, kaj eluzis la kroman tempon antaŭ la spegulo. Tio rezultis interalie je eta modifo de la hararanĝo, kiu siavice por reteni kongruon postulis rearanĝon de la tuta buklaro, kaj ŝi finis la operacion kiun ŝi komencis tiel distre, per urĝantaj fingroj.

Ŝi lasis la domon havante nete sufiĉan tempon por atingi la hospitalon akurate, sed atendadis iom longe la aŭtobuson, kaj mense pligrandigis ĉiujn ties paŭzetojn pro trafiko kaj ĉe halt-ejoj en fatalajn prokrastojn, ĝis ŝi alvenis tute nervozigita ĉe sia deira haltejo kun ĉirkaŭ tri minutoj antaŭ la komenciĝo de la vizita horo. Ŝi preskaŭ kuris, timante ke ŝi misiros, sed la vojo estis senkomplika, kaj sekvinte la instrukciojn kiujn ŝi ricevis, ŝi atingis sian celon sen plua perdo de tempo.

Estis nun precize la horo, kaj sekvis iom da serĉado kaj enketado antaŭ ol trovi la ĝustan haleton, kiun ŝi atingis kiam la grupoj de vizitantoj starintaj atende en la koridoroj jam mal-aperis tra la antaŭe baritaj pordoj en la litejojn.

Negrave: nur momentoj perdiĝis, kaj jen ŝi staras plena de amego sur la sojlo de feliĉo, de reunuiĝo. Ŝi paŭzis momente, rigardante la vicojn de litoj, kvazaŭ ŝvebante en anticipo antaŭ ol gliti en plenumon, kun elektro sub la plandoj kaj brilego antaŭ la okuloj. Ŝi demandis al preterpasanta flegistino, kie estas la lito de Georgo, pli por konservadi la momenton ol por ricevi informon, kiu ja estas facile trovebla.

La demanditino montris al la kvara lito en la dekstra vico:

«Tie», ŝi diris, kaj plueniris.

Estis du personoj ĉe la lito: mezaĝa paro. Ili turnis la kapojn je la hezita alproksimiĝo de Ina, kaj la viro ekstaris. Ina ridetis nervoze kaj atendis sopire la intervenon de Georgo. Fine raŭka voĉo venis de la lito:

«I-n-a! T-i-u ĉ-i e-s-t-a-s f-r-a-ŭ-l-i-n-o M-a-c-l-e-a-n.»

La dolore tiritaj tonoj ŝokis ŝin. Ŝi rigardis lian vizaĝon. Ĝi estis grize pala, kaj ŝajnis sulkigita de doloro. La kapo entute ŝajnis malgranda kaj duonmalaperis en la kuseno kiu subtenis ĝian senrisortan pezon. La okuloj estis senlumaj, kaj la brakoj kuŝis sur la kovrilo senmove, kun la polmoj turnitaj supren.

«Ha, fraŭlino Maclean», la viro diris, ŝovante la seĝon antaŭen. «Bonvolu sidiĝi ĉi tie. Georgo skribis pri vi. Vi afable bonvenigis lin kiam li estis en Londono, ĉu ne?»

«Nu, jes, sed ne estis entute tiel – tio estas, estis granda plezuro.» Ŝi eksidis en la proponita seĝo. «Eble mi devus atendi ĝis – ĉu oni ne limigas la nombron da personoj ĉe la litoj?»

«Ne, ne. Ne laŭ mia scio. Permesu prezenti mian edzinon, la patrino de Georgo.»

La aludito klinis sin antaŭen por etendi la manon trans la lito, kun pena rideto modifanta la streĉan esprimon sur ŝia vizaĝo, kaj murmuris ion neaŭdeblan.

«Mi aŭdis pri la vundiĝo de Georgo, kaj scivolis kiel malbona ...» Ŝi turnis sin al Georgo. «Dunkan skribis antaŭ ol mi ricevis vian karton, sed ne povis doni multajn detalojn. Mi ne sciis kiel grave estas.»

Georgo streĉis la lipojn: «Do, mi vivas,» li diris raŭkaflustre, «kaj vivados.»

«Estis granda ŝoko, fraŭlino Maclean, kiel vi povas imagi», diris s-ino Gill. «Sed kompreneble ni virinoj ĉiam devas atendadi ion malbonan en ĉi tiu terura tempo, kaj almenaŭ oni ne povos resendi lin nun. Kiel fartas via frato?»

«Ho, sane, dankon, laŭ lia lasta letero.»

«Mi tre ĝojas aŭdi tion. Li estis granda amiko al Georgo.»

«Jes, li skribis ke li trovas la foreston de Georgo granda manko.»

«Mi esperas ke li baldaŭ revenos ankaŭ – sub pli ĝojigaj cirkonstancoj. Estis tre afable veni, havante la laboron por lacigi vin.»

«Ho, tute ne. Mi ne laboras en milituzino, nur ...» Ina kun konsterniĝo subite rimarkis la frukton sur la apudlita tableto. «Ho, Georgo, mi havis ion por vi – frukton kaj librojn – kaj mi forgesis ilin.»

«Ne gravas», flustris Georgo. «Vi alportis vin mem.»

LIGOJ KAJ DISIGOJ

Dum la longaj someraj tagoj Ĝon vivadis en la vakuo de la karcero, apartigita, kiel muŝo en sukceno, de siaj amikoj kaj de la konfliktanta mondo entute. En la batalkampo kiun li lasis aktivo stagnis: jam ne estis tumultoj, strikoj, manifestacioj, kaj entute ŝajnis ke la malamikoj gajnis tie tre kontentigan venkon. Kontraŭpeze al tio, la alia batalo, kies ekziston mem Ĝon volis kondamni, estis tre aktiva, kaj ankaŭ pri ĝi la kapitalistoj estis ŝajne kontentaj, publikigante tagon post tago raportojn pri venkoj en tiu kaj tiu arbaro kaj vilaĝo, kiuj montriĝis kiel tre venkindaj sur la mapoj de la generaloj, kaj la raportoj ne tro emfazis ke ofte dek miloj da soldatoj mortis por meti tiujn dezirindajn punktojn sur la ĝustan flankon de la fronta linio.

Sur la fronto mem estis ankoraŭ granda konfuzo, kaj ofte, kiam la lokaj komandantoj prudente decidis ke ili povos gajni asignitan celon pli facile kaj sensange per surprizatako dumnokta ol per la nun tradicia senkaŝa sturmo, ili ne povis kontakti la stabon por la necesa konfirmo de ŝanĝita plano aŭ, kontaktinte ĝin, ricevas nur lakonan ordonon ataki laŭinstrukcie. Ĉio ĉi certigis ke kvankam oni neniam reatingis la mortintociferojn de la unua tago, tamen la listoj restis imponaj, kaj dum la dua semajno de la batalo la atakantoj perdadis dek mil virojn potage, atingante nur la unuan linion de la germana defenda sistemo;

sed la sola rezulto de malsukceso ĉe la generaloj estis ke tiuj des pli persiste serĉis sensacian sukceson, kaj disponante amasojn da rezervaj batalionoj, ili certigis almenaŭ sensaciajn ciferojn, daŭrigante la atakojn laŭ samaj metodoj.

La juliaj tagoj forpasis unu post alia kun pulvohaladzoj kaj polvo ŝvebantaj super la buĉado. Poste komencis pluvi, kaj tio aldonis ĥaoson al la ĥaoso, mizeron al la mizero, sed la soldatoj, svenantaj pro lacego, devis trenadi sin pluen tra la marĉa tereno sub kuglohajlo preskaŭ same densa kiel la pluveroj.

Post multa diskutado estis fine decidite ataki la duan defendlinion dumnokte post tre mallonga bombardo kaj per tiu ĉi metodo parto de ĝi estis sukcese atingita tre rapide, sed sekvis atendado dum la kavalerio alvenis. Post ioma prokrasto tiu fine atingis, kaj partoprenis, la batalon, atakante kun lancoj la tiel nomitan Altan Arbaron, je la miro de la ordinaraj soldatoj de ambaŭ armeoj, kaj la kontentiĝo de la germana stabo. Post tiu ĉi mallonga interludo la serioza batalado rekomenciĝis, kaj la Arbaro estis fine atingita du monatojn poste, kvankam ĝi tiam ne multe similis al arbaro. «La birdoj forflugis. Naturon oni anstataŭis. Malaperis la arbaro mem», unu generalo, kiu ja vidis ĝin, komentis ŝokite.

La malnovaj atakmetodoj kaj malnova konfuzo re-komenciĝis. Divizioj atakis fortege defendatajn poziciojn, kaj atinginte ilin kuŝis dum semajnoj sub la intensega bombardo de ĉirkaŭantaj malamikoj, ĝis la propraj kanonoj, pro forgeso aŭ nescio parte de la stabo pri iliaj ekzisto kaj pozicio, ekpistadis la manplenon de travivintoj; belaj arbaretoj fariĝis venenitaj, inkubaj pejzaĝoj plenaj de pulvonuboj, frakasitaj arboj kaj gashaladzoj, kaj la muŝkovritaj kadavroj de la viroj kiuj tiel intense batalegis por posedi ilin; vilaĝoj kiuj efektive jam malaperis de la tersurfaco estis la fokuso de same intensaj konfliktoj, ĉar ili ankoraŭ aperis nedifektite sur la mapoj de la generaloj, kaj multaj el ili fakte retenis iun redutan valoron pro tio ke estis malfacile distingi la kelojn de kiuj oni povis maŝin-pafi tra truetoj, kiuj estis la solaj elrigardejoj al la mondo, kaj sekve la solaj indikoj ke la keloj ekzistis.

Fine eĉ la grandaj rezervoj de soldatoj kaj municioj, kiuj ekzistis ĉe la komenco de la batalo, ekfariĝis elĉerpitaj – precipe la municioj necesaj por la grandaj kanonoj – kaj estis decidite ĉesigi grandajn atakojn dume. La nuna ideo estis akumuli novajn rezervojn por ke estu eble fari novan atakegon en septembro, kaj dume tiri la malamikojn en senĉesan bataladon por ke ili eluziĝu, kaj ke ili retenu vole-nevole multajn diviziojn en tiu ĉi sekcio de la Fronto. La batalego ĉe Verdun jam ĉesis dum la fruaj tagoj de la Granda Ofensivo, kaj estis decidite ne redoni al la germanoj la iniciativon en tiu, nek en alia, sekcio de la Fronto.

La tereno tra kiu la atakantoj avancis estis jam kirlita de la radegoj de kanonaj kaj municiaj ĉaroj en senrezistan marĉon. Sur ĝi kuŝis neeksplodintaj obusoj, pafiloj, kaskoj, vestoj, rubo kaj kadavroj. Estis malfacile fosi trançeon pro konstanta malamika pafado, pro la stato de la grundo, kaj eĉ pro la malhelpoj sub la surfaco kiam la ŝpatoj implikiĝis en hom-restaĵoj amase enterigitaj de unu el la armeoj.

Se la oficialaj raportoj konvinkis la ĉehejmajn patriotojn, kaj eĉ proprajn aŭtorojn, ili malmulte povis efiki la partopren-antojn en la batalego, eĉ kiam tiuj legis ilin. La Granda Ofensivo estis por ili jam Infera Farso.

★ ★ ★

Kruŝ, kruŝ, kruŝ: la botoj de la taĉmento batadis fatalan ritmon sur la ŝoseo, kaj la pensoj zigzagintaj tra la kapo de Dunkan dum la pasintaj kvar-kvin horoj falis en decidon: jes, se li revenos sana kaj vivanta el tio ĉi, li faros ĝin. La okuloj de Elsa ankoraŭ sieĝis lian koron, sed de ŝi li estis tro longe disigita, kaj nun estas la impreso sur lia memoro kiun li revokas pli ol la originalon. Katrina estas reala, kaj ilia longa konateco ne estas malavantaĝo, ĉar ĝi memorigas pri lia infaneco, la ora epoko.

Obusoj eksplodis tro proksime, kaj firmigis la decidon. Dume, estas stultege marŝi laŭ ŝoseo kiun la germanoj bone konas, sed pri stulteco estas vane plendi, kiel Dunkan delonge sciis. Fine oni haltigis la taĉmenton, kaj estis iom da aktivo antaŭe kun ŝirmitaj torĉoj dum oni serĉis la eniron al la komuniktranĉeo. Tion ili trovis post iom da blasfemado kaj unu falo, kaj la taĉmento, rezigninte la paradan formacion, unu post alia plaŭde eniris la ŝirmon de la fosaĵo kaj daŭrigis sian vojon al la fronto damnante la akvon subpiedan kaj la telefonan draton, kiu en iuj lokoj elfaligis siajn tenilojn en la tranĉea muro, kaj implikis la preterpasantojn.

Ili samtempe estis dankemaj pro la ŝirmo por la kapoj, ĉar obusoj nun falis je mallongaj kaj regulaj intervaloj. Dunkan rekonis la figuron antaŭ si:

«Mi decidis, Mat», li diris.

«Kaj? Kion?» Mat demandis.

«Mi edziĝos. La letero de Ina decidigis min. Ŝi kaj Georgo … eble ni povos fari el ĝi duoblan eventon.»

«Vi estas saĝa, Dunkan. Pli bone havi ion – iun por ligi vin al la deca mondo, kaj via venonta forpermeso eble estos via lasta. Cetere nun estos pli bona eblo ke vi ricevos vian forpermeson.»

«Mi scias. Mi pensis pri tio», Dunkan respondis.

★ ★ ★

De sia vizito al Georgo Ina revenis perturbita kaj necerta. Ŝi ankoraŭ ne sciis certe kiel malsana li estas. Ĉu ŝi eĉ faris rektan demandon? Kaj liaj gepatroj – ĉu ili scias pri ŝi? Ĉu ili malaprobas? Ĉu Georgo mem iel ŝanĝiĝis je sinteno? Kaj ĉu li sciigis siajn gepatrojn pri tio?

Ŝia menso grade trankviliĝis, kaj ŝi konsolis sin je tio ke ŝi ankoraŭ povos viziti lin tre oportune, kaj venontan fojon – aŭ certe tre baldaŭ – ŝi vidos lin sola, kaj havos okazon tuŝi tiujn aferojn, kiuj nun prezentas al ŝi tian konfuzon.

Fato spitis ŝin. Oni movis Georgon al nova malsanulejo tute ekster Londono, eĉ eble pli proksima al la hejmurbo, de kiu liaj gepatroj povos relative facile viziti lin. Ina sentis specon de paniko; ŝi decidis peti sian ferian semajnon, kaj dankis al Dio ke ŝi rajtas ĝin, sed samtempe ŝi sentis ke ŝi senutile baraktas en la ungegoj de destino, ke ŝi malforte spitemas la antaŭenruliĝon de la mondo. La destino savis Georgon el la buĉado nur por turmenti ŝin kun vanaj esperoj. Ĉiuj ŝiaj timoj, ŝia malespero, de la pasinta jaro ne povas tiel facile forsolviĝi. Kiam ŝi vidos Georgon sola, estos almenaŭ eble diskuti la aferon, sed ĝuste pro tio eble ŝia venonta vizito estos ankaŭ ŝia lasta.

Pensante tiel, ŝi kondukis sin en profundan deprimon, el kiu ŝin relevis tute subite letero de Georgo:

Abbeywood Hospitalo,

Ware

14.9.16.

Mia plej kara Ina,

Mi esperas ke mia p.k. atingis vin. Kiel vi vidas, mi ankoraŭ estas en la sama loko, kaj mi supozas ke mi restos ĉi tie ĝis oni sendos min hejmen. Estos tamen kelkaj semajnoj antaŭ ol oni permesos tion, kaj dume, se vi kieleble povos, bonvole penu viziti min, ĉar ni havas multon diskutendan kiun ni ne povis taksi kiam mi lastfoje vidis vin. Nun tamen mi jam sentas min pli bona, kaj esperas eĉ pli progresi baldaŭ. Vi scias kion mi sentas pri vi, kaj sekve kion ni devos diskuti. Certe estas tre verŝajne ke mi neniam estos kia mi antaŭe estis, sed se la ideo de vivo kun lama hundo ne forpelas vin, kaj mi kredas ke ĝi ne, vi ne rifuzos almenaŭ diskuti niajn rilatojn.

Pli mi ne diros nun, sed esperante vidi vin baldaŭ,

Mi restas, kiel ĉiam,

Via admire kaj ame,

Georgo.

La koro de Ina ŝvelis de amo kaj dankemo. Ŝi parte senŝarĝis ĝin per letero, sed letero ne povis diri ĉion, precipe letero same mallonga kiel tiu de Georgo. Mallonga ŝi faris ĝin por trafi la unuan poŝton, kaj ankaŭ pro iu kapriceto, kiu ne permesis al ŝi tro malkovri kiom ŝi suferis pro la necerta situacio, en kiun li permesis al ŝi fali. La venonta renkontiĝo klarigos ĉion, kaj ŝi plezure gustumis ĝin anticipe.

Ŝi petis sian ferian semajnon tuj, kaj oni permesis ke ŝi komencu ĝin la venontan lundon, kio signifis ke ŝi estos libera depost sabata vespero. Ŝi ĉiam imagis ke ŝi devos trovi loĝejon apud la hospitalo en tiu ĉi situacio, sed trovinte ke la loko estas nur iom pli ol duonhora vojaĝo de Londono, ŝi decidis veturi ĉiun tagon, aŭ ĉiun tagon kiam vizitantoj estas permesataj. Ĉar Georgo ne menciis vizithorojn, ŝi supozis ke oni povas viziti kiam ajn.

La demando estis, ĉu iri dimanĉon aŭ atendi ĝis lundo, ĉar ŝi ne volis denove alveni kiam estas aliaj ĉeestantoj. Ŝi tiel provis stoike prokrasti sian viziton ĝis lundo, sed fine iris dimanĉe sufiĉe frue, ŝi esperis, por eviti aliajn vizitontojn.

Sekve, trovinte je alveno ke estas evidentaj vizitantoj inter la figuroj sur la razeno antaŭ la pompa konstruaĵo kiun oni modifis en provizoran armehospitalon, ŝi estis samtempe dankema kaj timema: dankema ke ne estas definitivaj horoj kiujn Georgo forgesis mencii, timema pro la ebla ĉeesto de liaj gepatroj.

Ŝi ĵus atingis la ŝtuparon antaŭ la ĉefa pordo kiam iu tuŝis ŝian brakon. Estis flegistino.

«Mi opinias ke via amiko vokas vin», tiu diris signante al longa invalida kuŝseĝo apud grupo da arboj ĉe la razena rando. La viro en ĝi svingis manon. Estis ja Georgo!

Kun murmurita «dankon», Ina iris al li provante ne kuri. Dank' al Dio! Estis neniu kun li!

«Ina», li diris kun voĉo ankoraŭ raŭka, sed jam pli forta ol antaŭe. «Mi ne atendis vin tiel baldaŭ. Vi ne diris kiam vi venos.»

«Mi scias. Mi ne povis diri, ĉar tiam mi ne sciis mem.»

«Kial?»

«La oficejo.»

«Sed estas dimanĉo.»

«Jes, sed mi ne sciis ke mi venos dimanĉon.»

«Ha, kaj ĉu oni donis al vi forpermeson?»

«Jes, ja: mi ferios la venontan semajnon, sed – mi decidis veni hodiaŭ.»

«*Ankaŭ* hodiaŭ, mi esperas.»

«Se vi volas.»

«Kompreneble mi volas.»

«Do.»

«Bonege. Prenu seĝon, mi petas.» Li indikis iujn ĝardenajn seĝetojn sub la arboj. «Pardonpete ke mi ne povas porti por vi.»

«Ne estu absurda», Ina petis, reportante seĝeton.

«Mi bedaŭras ke ni ne povis diskuti multon kiam mi lastfoje vidis vin,» Georgo diris, «sed nun – nu, oni ne resendos min al la Fronto.»

«Ho Georgo, ĉu certe ne?»

«Certe ne: miaj pulmoj estas definitive lezitaj. Ĉu tio ŝanĝos ion inter ni?»

«Ne, ne, kompreneble ne. Kiel vi povas demandi?»

«Mi devas averti vin ke mi tre ŝajne estos parte invalida dum la tuta vivo.»

«Tio ne gravas – nur por vi persone.»

«Ne, por ni. Vi scias pri kio mi pensas, kaj la problemo de vivrimedoj efikus nin ambaŭ.»

«Sed vi ricevos postenon; oni devos doni al vi postenon. Vi donis tiom.»

«Nu, mi esperas ke jes, sed mi estos ofte malsana, mi eble ne povos reteni ĝin.»

«Mi laboros.»

«Ne.»

«Ne estu tiel obstina.»

«Ĉu vi opinias ke mi povas proponi min, kiel ŝarĝon, jam en la komenco?»

«Vi ne proponas vin kiel ŝarĝon en la komenco. Vi laboros. Se io poste okazos por malhelpi ke vi laboru, ĝi tiam estos komuna problemo.»

«Tre verŝajna eventualo, pri kiu cetere ni ambaŭ scias jam en la komenco.»

«Ĉu vi estas certa ke tio estas la sola obstaklo?»

«Kion vi volas signifi per tio?»

«Se estas io alia, diru ĝin rekte.»

«Kara mia, certe ne estas io alia. Mi nur pensas pri vi.»

«Sed kion pri mi?»

«Pri via feliĉo nur, Kanja.»

«Se vi pensas nur pri mia feliĉo, vi scias kion vi devas fari por certigi ĝin.»

«Aĥ, Ina, Ina, mi provis konvinki min ke mi faciligos por vi la liberiĝon, sed mi ne ŝajnigu plu. Plej kara, ĉu vi edzigos min – baldaŭ?»

«Jes», spiris Ina de la pinto de sia ambicio, kaj kliniĝis antaŭen por kisi lin la unuan fojon.

La matena grizo, forsolvinte la lastajn ombrojn de la nokto, ek-
montris sur la pejzaĝo konatajn konturojn, kaj Jano ekscitite
rektiĝis en la seĝo por rigardi el la fenestro. Li baldaŭ estos
hejme; la momento kiun li sopiradis tiom longe baldaŭ alvenos.

Li provis eĉ pli ĝojigi sin, provante rekapti siajn sentojn je
foriro ne nur de la hejmo, sed de la hejmlando mem, kompar-
onte tiujn kun la nunaj, sed li ne povis – tute. Tamen lia ĝojo
restis granda, kaj li prezentis al si la okazontaĵojn kaj plezurojn
de la sekvontaj du semajnoj: la akcepton de la familianoj; la
rakontojn per kiuj li regalos ilin; poste la diversajn amikojn
enviemajn, miremajn; la hejmajn komfortojn; la konatajn
scenojn; la foreston de regulaĉoj. Li preskaŭ brakumis sin je
superkontentiĝo.

Ekstere domoj fariĝis pli oftaj, pli densaj, kaj la du aliaj
viroj restantaj en la kupeo ekdemetis valizojn por esti pretaj,
kaj Jano faris same. Jam estis eble vidi la konatajn glasgovajn
tramojn kaj busojn kun iliaj karakterizaj koloroj, kaj li imagis
ke li povas identigi plurajn stratojn.

Nun li ja povas; ili estas en la ĉirkaŭaĵo de la Centra Staci-
domo. La trajno jam preskaŭ ne moviĝas; ĉion tegas volbo el
fulga vitro; la perono glitas preter la fenestro. Pordoj klakas kaj
malpeze ŝarĝitaj pasaĝeroj jam saltas sur la peronon.

Jano ne estis malpeze ŝarĝita: ĉar li iros al nova kazerno
post la forpermeso, li portas ĉion kun si, kaj tio konsistis el
tornistro sur la dorso, zona sako ĉe unu flanko kaj botelujo ĉe la
alia, kaj en ambaŭ manoj grandaj sakoj, unu por teni ĝeneralajn

havojn, la alia ekskluzive por la flugvestoj. Laŭ la horaro, li havas dudek kvin minutojn por trafi la trajnon al Lennox, kaj kvankam la alia stacidomo ne estas pli ol kvaronhora distanco for, li jam sentas iritiĝon pro obstrukcantaj aliaj pasaĝeroj.

Li baraktis tra la amaso, trenante la du grandajn sakojn, kaj fine eliris la stacidomon, sed kio nun? Ĉu taksion? Li provis ŝpari iom da sia malgranda pago por ke lin ne ĝenos dum la hejmestado zorgoj pri mono, sed li aldonis malmulton al la malgranda stoko, kaj havante nun ne multe pli ol li ricevis ĉe lasta pagigo, li preferis se eble ne elspezi ion tiel frue por tia malgranda distanco, sed – la ekipaĵo!

«Kien vi iras, Mak?» demandis preterpasanta soldato.

«Nu, al la Stacidomo Queen Strato.»

«Bone. Donu pakaĵon.»

«Dankon – se ne estas maloportune por vi.»

«Tute ne. Mi nur vagadas; la matenoj estas fike longegaj dum forpermeso. Cetere, neniu civilula bastardo helpos vin.»

Dum la promeno al la alia stacidomo ili diskutis kun malestimo la civilulojn, tiel forĝante sian naturan rivalecon en kamaradan solidaron kontraŭ komuna malamiko. La helpo de tiu ĉi provizora amiko certigis ke Jano trafis la trajnon sen malfacilo, kaj li lasis lin kun sinceraj dankesprimoj.

Estis malmultaj aliaj pasaĝeroj en loka trajno lasanta la urbegon je tia frua horo, kaj Jano sidigis sin komforte en angula seĝo, de kiu li povis trankvile rigardi al la delonge parkerita pejzaĝo kiu preterpasis la fenestron. Estis stranga sento: li tiom kutimiĝis al novaj vidaĵoj, ke tiu ĉi pejzaĝo konata ekde lia infanaĝo dum sennombraj veturoj al kaj reen de la urbego trafis lin kiel anakronisme fremda. Sed estis bonege: post malpli ol horo li estos en la propra domo, inter la familianoj – ĉiuj familianoj. Li tiris el sia brusta poŝo la leteron kiun li ricevis de la patrino nur du tagojn antaŭ ol li lasis la lastan kazernon, kaj relegis ĝin, atentante precipe unu paragrafon:

«Via paĉjo venis hejmen antaŭ du tagoj. Mi opinias ke ĉifoje la sanatorio vere helpis lin, kaj ni ĉiuj estas esperplenaj pri lia estonta farto. Li volas reiri al sia antaŭa posteno, sed mi esperas ke li serĉos ion pli konvenan al sia sano. Ĉiuokaze, vere ŝajnas ke ĉifoje li restos hejme dumlonge, eble por ĉiam.»

Jano remetis la leteron en la poŝon, kaj apogante sin pli komforte, cediĝis al ĝua revemo ĝis la limoj de lia hejmurbo aperis ekster la fenestroj de lia kupeo. En la taglumo la stacidomo estis nekredeble sama. Li ankaŭ rimarkis memoritajn vizaĝojn inter la pasaĝeroj nun rapidantaj al la barilo, kaj la oficisto deĵorante tie eĉ donis al li kapklineton, kvankam li neniam antaŭe faris tion, ĉar ili ne efektive konatiĝis. La uniformo; la milito!

«Do Jano!»

Estis lia patro! Li preskaŭ karambolis kun la alta, maldika figuro.

«Paĉjo! De kie vi venis? Mi ne vidis vin pro la amaso.»

Li faligis siajn sakojn kaj kaptis la brakojn de sia patro, kiu reciprokis, tenante la brakojn ĉe la kubutoj kun amikema skueto. Kaj jen en la fono staris Laŭra ridetanta. Li kaptis ŝian manon, kaj estus kisinta la vangon se ŝi estus prezentinta ĝin.

«Ni renkontis ankaŭ la lastan trajnon», lia patro diris. «Ni ne estis tute certaj kiam vi alvenos.»

«Nu, kompreneble la delondona trajno malfruis, sed ne necesis veni renkonte.»

«Certe necesis. Laŭra eĉ havigis al si liberan tagon honore al via reveno. Do necesis pravigi tion.»

«Nu, mi faris», Laŭra intermetis. «Mi leviĝis je la oka por renkonti tiun alian trajnon.»

«Iom post, kara.»

«Nu, iometete.»

«Hm. Do Jano, kun tiaj pakaĵoj! Ni devos trovi taksion. Via panjo atendas senpacience.»

«Kun manĝo preta, mi esperas.»

«Nu, preskaŭ.»

«Vi ne multe ŝanĝiĝis», ridetis Laŭra.

«Ne multe. Hej, lasu tion», li diris al sia patro, kiu ekprenis unu el la sakoj.

«Sensencaĵo! Mi estas tute forta. Ankaŭ via patrino ne komprenas ke miaj pulmoj ne efikas miajn muskolojn.»

«Vi ja aspektas tre sana, sed lasu ĝin, mi petas.»

Ili kompromisis. Jano svingis unu el la sakoj sur sian ŝultron, kaj lia patro kaj li trenis la alian el la stacidomo al taksio.

Lia patrino atendis ilin ĉe la antaŭpordo, evidente aŭdinte la alvenon de la taksio, kaj sekvis eĉ pli fervora salutado. Poste por Jano estis luksa mergiĝo en bano, kun la kuraĝiga tintado de teleroj de la kuirejo sonantaj en la oreloj.

La manĝo, kiun ili preludis, estis tumulta afero, kun ŝercoj pri la apetito de Jano, mokprotestoj, kaj subite memoritaj nov-aĵoj ĵetitaj en la konversacion tute malkonsekvence. Tamen Jano rimarkis ke la patrino fariĝis de tempo al tempo pensema, kaj scivolis pri tio, sed supozis ke ŝi eble jam nun pensas pri lia venonta foriro, sciante ke lia kariero fariĝos ju pli danĝera, des pli li progresas. Virinoj estas obstine tragikemaj pri tiaj aferoj.

Tamen baldaŭ la konversacio fariĝis pli normale prudenta, kaj li trovis kiom erara estis lia konjekto pri tiu serioza mieno:

post aludo al iu familia afero ekestis subita silento, kaj lia patrino interrompis ĝin per:

«Ni ĵus ricevis malbonan novaĵon, kara.»

«Ho? Kio?»

«Via onklino Kanja estas morta.»

«Kio? Kiel?»

«Nu, ŝi estis malsana dum sufiĉe longe, kiel mi ja skribis al vi. Mi vizitis ŝin en la malsanulejo lastan semajnon, kaj estis ŝokita pro ŝia aspekto. Mi opinias ke oni sciis tiam ke ŝi ne vivos, kvankam neniu diris tion. Oni parolis pri iu tumoro en la stomako, kaj esprimis esperon ke operacio kuracos ŝin, sed Donald diris ke li estas certa ke estas kancero, kaj ŝajne li pravis.»

«Nu, ni ne povos esti certaj, kara, ĝis ni ekscios kion oni skribis sur la mortodokumento», lia patro atentigis.

«Ĝuste, sed – ŝajnas tiel. La funebro estos morgaŭ, kara», ŝi daŭrigis turnante sin denove al Jano. «Vi devos iri.»

«Jes, kompreneble.» Abismo malfermiĝis antaŭ Jano.

Lia patrino rigardis lin. Li ne tro bone konis Kanjan, ĉar ŝi malmulte vizitis, devante labori, kaj igi Janon mem viziti estis preskaŭ neeble. Ŝi duonatendis proteston de li pri la funebro, sed kompreneble li maturiĝis. Kiel li sentas pri ĝi? Ĉu li iras pozitive volante montri respekton? Aŭ ĉar li scias ke rifuzo ofendus liajn gepatrojn? Junulojn malmulte influas kompato. Tamen, bone ke li tiel akordeme kondutis. Li ja maturiĝas.

Ŝi notis kun ekpremiĝo de la koro la pli akrajn konturojn de la vizaĝo. Ĉu li manĝas sufiĉon? Subpremu la deziron demandi, ĉar tio nur forpelus lian simpation, kaj pli simpatia li ja ŝajnas, ĉu pro lia nuna vivo, ĉu ĉar li jam trapasis la perturbajn jarojn. Virinoj! – ĉu li …? Estas nekredeble ke li ja. Tamen li estas normala. Pli bone ne konjekti pri tio.

Estas bonege havi lin denove en la domo, sed turmente ne povi paroli plenintime; eligi ĉion kio ŝveligas la koron: ĉiu sento kiu plej gravas al ŝi estas ĝuste tiu, kiun ŝi ne povas mencii al li se ŝi ne volas forpeli lin pli en la fremdan por ŝi regionon de virjuneco. Eĉ Georgo nun ŝajnas rilati pli simpatie al li, kvankam li ofte diskutis kun ŝi la malfacilon intimiĝi kun iliaj idoj, kaj cetere Laŭra ĉiam estis lia favorato.

La konversacio estas nun pli sobra, kaj Jano priskribas la maŝinojn en kiuj li flugis, dum Georgo aŭskultas, ŝajne kun granda intereso, nur farante demandojn de tempo al tempo. Ĉu tio vere povas esti tiel interesa eĉ por viroj? Ĉu pli grava ol la pensoj kiuj obsedas ŝin? Ĉu Georgo nur ŝajnigas intereson? Ĉu instinkte reagas simpatie al la entuziasmo de Jano, aŭ ĉu li vere estas scivolema pri tiaj detaloj, kiuj al ŝi ŝajnas tiel bagatelaj en tia longa dialogo? Ŝi volas malkaŝe priparoli siajn timojn pri la futuro; ŝi fakte esperas priparoli ilin kun Georgo poste, kiam ili estos solaj, sed ĉu la viro simpatie permesos al ŝi ventoli ilin, aŭ ĉu emos silentigi ŝin kun kuraĝiga blago? Virinoj estas pli honestaj pri tiaj aferoj, sed kun Laŭra – ŝi estas certa ke ankaŭ Laŭra havas siajn timojn; ŝi eĉ malkaŝe mencias ilin, sed iel mankas en ŝi la mola akceptemo kiun s-ino Gill bezonas.

Tamen estas maldankeme pensadi ĉitiele: ili ambaŭ estas hejme, kaj kiu scias kio okazos venonte? Estas prudente esti kontenta nun.

La babilado tuŝis eĉ pli ĝeneralajn detalojn en la vivo de Jano en Kanado: la vidindaĵojn kiujn li tie vidis; la manĝon en la diversaj kazernoj; amikojn kaj tiel plu, kaj s-ino Gill eniris ĝin, modifante siajn demandojn kaj komentojn laŭ tio kio plej evidente interesas Janon.

Ŝi estas pli prudenta ol li antaŭe supozis, pensis Jano, sed la esprimo sur ŝia vizaĝo, en la okuloj, iritas lin. Kial ŝi diable ne diras kion ŝi ja pensas? Tiam li povus rebati tiujn stultajn argumentojn pri «kiel terure estas», kaj tiel plu. Kial ili ne povas vidi la tutan problemon? Estus pli terure se oni farus nenion pri ĝi!

Dume li respondis al la demandoj de la familio, kaj de amikoj kiuj poste venis, kun amara konstato ke la suko de la anticipita ĝuo forsekiĝis antaŭ ol li povis gustumi ĝin.

Riĉjo estis inter la vizitantoj, kaj en la vespero Jano eliris kun li al la klubo, kie li kaj aliaj junuloj de la urbo distras sin du vesperojn semajne. Jano neniam estis membro, estinte ankoraŭ en la gimnazio preskaŭ ĝis la dato de foriro, sed li rekonis multajn el siaj antaŭaj lernejaj amikoj, kaj ĉiuj bonvenigis lin kun entuziasmo, kaj tre volonte aŭskultis liajn aventurojn, tiel ke dum mallonga tempo Jano povis relevi la spiritojn. Sola tubereto estis ke li eble imponis malpli al Riĉjo ol al la aliaj, ĉar tiu volis ne nur aŭskulti lin, sed ankaŭ sciigi ĉiujn pri la faroj de Erik. Ne povinte mem fariĝi aviadisto pro iu oreldifekto, kiun la kuracistoj trovis, li nun atendis ordinaran mobilizon al la armeo.

Tamen, ĉiuj enviis lin tre flateme, kaj senpacience atendis la tagon kiam ili mem «iros». Kelkaj jam volontulis, sed devas atendi la vicon; ĉiuj estis tro junaj por la oficiala mobilizo.

Estis tre bele lasi la klubon kaj ĝisi siajn amikojn, ironte al propra hejmo anstataŭ al kazerno. Domaĝe ke devas esti difekto. Kiam li lasis Riĉjon kaj promenis sola, la ombro de la morgaŭo denove ekpremis lin, kaj restis kun li ĝis li fine enlitiĝis kun sento ke la sorto malice trompis lin. Ĉio estis perfekta, kaj nun ... li provis subpremi la koleron kontraŭ la mortinto kiu leviĝis en li, kaj bedaŭri la forpason kun deca kortuŝo sed, provante, li trovis ke pensoj kaj intenco disvagas.

La tuta familio devis leviĝi sufiĉe frue la postan tagon por trafi trajnon kiu permesos al ili lunĉi en Glasgovo antaŭ ol iri al la domo de la mortinto, ĉar la funebra ceremonio komenciĝos je la dua posttagmeze, kaj ne estis trajno kiu alvenos en la urbego je nete konvena horo por tio. La matenmanĝo estis do je la oka por permesi al la virinoj ordigi la domon kaj aĉeti viandon por la semajnfino antaŭ ol trafi la trajnon.

Jano kutimis leviĝi multe pli frue, sed tio neniel paliativis lian malkontenton. Li revis pri la unua mateno ĉehejme, pri la lukso de duonveka konstato ke ne necesas leviĝi ĝis li volos, ke poste la tuta tago estos laŭguste disponebla, ke ĝi estas nur la unua el multaj similaj tagoj, kaj tiel plu. Morgaŭ li povos fari tion komprenebla, sed morgaŭ jam ne estos la unua tago.

Li prove surmetis civilulan veston, parte por la nura plezuro, parte ĉar lia patrino jam sciigis lin ke lia kuzo, Donald, estas konscienca rifuzanto, sed lia kompleto jam estis iom malgranda por li, kaj li rezignis kun iom da bedaŭro, ĝuinte la tuŝon de ĝia malpeza molo.

Lia patrino ta-ta-is pri liaj skrupuloj, aldonante ke cetere la vetero estas malvarma, kaj estus riskeme staradi ĉe enterigejo en vestoj ne sufiĉe varmaj. Jano ŝultroleve esprimis indiferenton, sed li mense konstatis ke ŝi pravas pri tio: estus ja iom nekomforte.

Ili alvenis en Glasgovo, kie estis nebuleto, kaj lunĉis laŭprograme antaŭ ol trafi tramon al la distrikto en la norda parto de la urbo kie la mortinta virino kuŝis denove en sia hejmo. Promenante laŭ la strato al la domo kiun li lastfoje vizitis antaŭ kvin jaroj, Jano sentis mildan sed malagrablan tremeton. La venontaj horoj estos malagrablaj: ili trovos Donaldon sub la nubo de aflikto. Estos embarase: kion diri al li? Certe estos necese memori kiel li sentas. «Kiel mi sentus se mi perdus la patrinon?» demandis Jano al si. «Kaj estas pli draste por Donald, ĉar ...» Kaj ĉu estos embaraso ĉar li portas uniformon? Li ne vidis Donaldon ekde ties decido rifuzi militservon, kaj li scivolis ĉu li ofendiĝos pro la apero de uniformo. Aŭ ĉu li rigardos Janon supozante ke Jano malaprobas, eĉ malestimas, lin? Eĉ la eblo de tia penso estas embarasa. Jano ne renkontis Donaldon dum jaroj, krom dum tre mallongaj, kaj tre maloftaj, vizitoj, sed kiam li estis pli juna, la familioj loĝis sufiĉe apude, kaj tiam Jano idolumis la pli aĝan knabon. Fariĝinte pli aĝa mem, li ofte scivolis kiel Donald povis tiel bonhumore toleri lin en tiuj tagoj, ĉar efektive li neniam forpelis Janon, kaj tute ne embarasis lin havi la pli etan knabon ĉe la vosto eĉ kiam li iris por ludi kun siaj propraj samaĝaj kamaradoj, kiuj neniam laŭ la memoro de Jano protestis aŭ eĉ ŝercis pri lia ĉeesto. Se ili private protestis aŭ mokis al Donald, li ŝajne restis serene indiferenta. Dum la koncerna periodo neniam venis al Jano en la kapo ke iu povus ĉikani kun lia heroo, sed en postaj tagoj li demandis al si ĉu Donald martire eltenis, aŭ ĉu lia karaktero estis ja tiel forta, ke oni senpense donis al li specialan licencon. Jano sciis ke li mem tute ne povus aperi inter siaj amikoj kun iu parenca bubeto kroĉanta sin al li.

Li ankaŭ memoris kiel fiere li iris al la parado de la Knaba Brigado por vidi sian idolon en la rolo de ĉefa flutaristo. Donald tiam estis eĉ pli impona pro la uniformo, kaj pro la aŭtoritateco de la rolo.

Kaj nun? Laŭ kiuj procezoj lia animo atingis la konkludon kiu faris el li konsciencan rifuzanton de militservo? Ŝajnis paradokse, sed oni ja diradas ke la homa menso estas kompleksa. Jano sentis sin neadekvata, necerta pri propra pozicio. Li timis ke io mankas en li, kion povas vidi Donald, kvankam li mem ne. Li ne volis ke Donald kredu lin naive entuziasma pri la milito; li ja pensis pri ĝi, atingis proprajn konkludojn, sed kiel Donald povos scii tion? Ili ja ne havos okazon diskuti tiajn aferojn.

Ili atingis la domon, kaj tintigis la sonorilon. Donald mem malfermis la pordon, kaj akceptis ilin kun streĉa esprimo inter bonveniga surprizo kaj konvena bedaŭro. Jano dankeme fandiĝis en la grupo de sia familio murmurinte ion en kio la solaj klaraj vortoj estis «Terure, Donald» kaj tuj poste ŝirmante sin malantaŭ la pli spertaj kondolencoj de siaj gepatroj.

La ĉerko kuŝis sur stabloj en la haleto, kaj ili devis preter-pasi ĝin por eniri en la malgrandan ĉambron, jam plenan de homoj. Tiuj interŝanĝis murmuritajn salutojn kaj rekonajn brovolevojn kun la novalvenintoj, dum Donald, sekvinte ilin en la ĉambron, prezentis la unu-du tie, kiujn ili ne jam konis. Poste li demandis al ili en subpremita voĉo ĉu ili deziras vidi la kadavron.

Jano kunpremis la antaŭdentojn por ne eligi la «Pro kio, je Kristo» kiun la lango eklanĉis. Li esperis ke tiun ĉi riton oni ja forgesis, kaj sciis ke rifuzo ofendos, se ne la plej karajn de sia onklino, certe multajn aliajn parencojn en la ĉambro.

La patro jam kapklinis, kaj la patrino elmurmuris, «Jes, certe», kaj li sekvis ilin kun Laŭra el la ĉambro. La aliaj ŝajne jam plenumis la rigardoriton.

Donald flankenŝovis la ĉerkokovrilon, kaj Jano igis sin rigardi la ŝminkitan mortan vizaĝon de sia onklino. Li sentis svenemon; la aspekton de la kadavro mem li povis elteni, sed la malkongruaj blankaj toloj ĉirkaŭantaj! La kusenoj! Li ne movis la kapon, sed fikse rigardis punkton iom preter la ĉerko, pens-ante pri brulanta pulvo, pri skiado, pri zomanta aeroplano.

La gepatroj klinadis sin al la vizaĝo flustravoĉe babilante banalaĵojn. Kiel longe? Ĉu ili ne estas diable kontentaj? Laŭra jam staris iomflanke. Donald staris kun la mano sur la kovrilo, kiel komercisto montranta la varojn – sed eble ne. Jano movis la okulojn por gvati lin. La duonvidita pozo trompis: Donald mem ne rigardas la kadavron, kvankam lia kapo estas klinita. Li aspektas kvazaŭ li atendas; la vizaĝo neniel estas komerciste komplezema, sed aspektas akre ombra, ĉu pro malgajego, ĉu pro subpremita malpacienco. Inda je simpatio en ambaŭ kazoj!

Lia patro fine rektiĝis, kaj s-ino Gill faris same, kaj sekvis Laŭran en la ĉambron, tenante la vizaĝon de sia kuzino en la memoro. Ĝi ne aspektis kia Kanja, tute ne. Oni ne povas atendi tion post tia malsano. Malgraŭ la penoj kaŝi la flavecon de la haŭto, la maldikon de la vangoj, kaj tiel plu, la tuta vizaĝo ŝajnis pli malgranda, kaj havas severon, kiu tute mankis en la vivanta ino.

La kadavro fakte prezentas, sugestias, personecon tute malsimilan al tiu de la virino. Estas strange ke kadavro povas prezenti iun karakteron. Kaj tamen ne: ĝi ne estas tiel malsimila al statuo; sed nun, havante esprimon kiun la vivanto neniam havis, ĝi prezentas ja vizaĝon nekonatan. Estas la esprimo, ne la konturoj, kiujn ni rekonas; la esprimon, la vivon, ne la nuran karnon. Tio estas la signifo de la biblia «animo kaj polvo». Devas esti vere ke la animo plu vivadas. Devas esti.

Mano kaptis ŝian manikon, kaj ŝi klinis sin al la pega vizaĝo de sia kuzino, Mona.

«Terure, ĉu ne? Terure», flustregis tiu kun la brunaj okuloj brulantaj sur ambaŭ flankoj de la beka nazo.

«Jes, jes, efektive», Ina konsentis.

«Kaj tiel subite, tiel subite.»

«Nu, ni sciis – tio estas, ni kiuj vidis ŝin – ke ŝi ne longe daŭros, ke la malsano estas ja mortiga.»

«Ho, ĉu, ĉu; ĉu vere? Mortiga, ĉu? Jes, jes. Nu, kompreneble ni sciis nenion pri tio. La filino de Morag-la-Rufa – vi memoras ŝin? – ja skribis – vi scias, ŝi estas nun en Glasgovo studanta la domsciencon – nu, ŝi menciis en letero al sia patrino, al Morag, ke Kanja ja malsanas, sed ni ne supozis ke estas tiel gravege. Kaj kiel vi mem? Jes, jes; kaj Georgo? Hejme nun? Bonege. Kaj ĉu tio estas ...?»

«Jes, Jano venis hejmen hieraŭ.»

«Ho tre bone. Vi estas tre feliĉa pri tio? Tre belaspekta junulo.»

«Kaj ĉi tie estas Laŭra.»

«Ho jes, kompreneble, kompreneble. Ankaŭ tre bela, tre bela. Ambaŭ tre belaj», kaj ŝi kapjesadis al Laŭra kvazaŭ ŝi volas marteladi konvinkiĝon en tiun.

«Nu, Ina, sidiĝu. Jen – sur la brako de mia fotelo. Efektive, ne estas aliaj seĝoj. Multaj venis, ĉu ne? Multaj. Kaj tre belaj floroj. Jes, jes. Ŝi tre amis florojn.»

«Jes,» diris Ina, «sed, laŭ mia informo, ni devis ne alporti, aŭ sendi florojn.»

«Vere, vere, sed iuj ne sciis. Strange, ĉu ne?» ŝi flustris raŭke. «Kion vi opinias pri tio?»

«Nu ...»

«Cindrigo. Kia ideo! Mi supozas ke ne multe gravas efektive, sed neniuj el niaj cindriĝis. Ĉio estas moderna nun. Ĉio.»

«Kio?» demandis Ina ŝokite.

«Ĉio estas moderna nun.»

«Jes, jes, sed kion vi diris? Cindrigo?»

«Je-es. Ho jes.» La flustro falglitis al oktavo pli malalta:

«Cindrigo. Ĉu ne strange?»

«Mi ne sciis pri tio. Georgo, ĉu vi aŭdas?»

Georgo klinis la kapon por aŭdi la konversacion. «Do, ĉu gravas?» li demandis.

«Nu, eble ne; sed la ideo! La Naturo ribelas kontraŭ tio.»

«Tute senracia Naturo», intermetis Jano.

«Eble; sed tamen ŝajnas al mi ne tute dece cindrigi homan restaĵon, precipe restaĵon de iu kara», respondis Ina iom akre.

«Pli bone cindriĝi mortinte ol vivante», Jano diris.

«Evidente, sed mi ne vidas kiel tio tuŝas la aferon.»

Pluan disputadon interrompis la pastro eniranta kun Donald. Li donis unu kapoklinon por ampleksi la tutan ĉeestantaron, kaj post kelkaj flustritaj vortoj kun Donald, li komencis la predikon, sekvante ĝin per preĝo. Ambaŭ estis mallongaj, ĉar estos dua diservo ĉe la cindrigejo.

Bruado de stabloj en la haleto sciigas ke la atendintaj viroj nun forportas la ĉerkon, kaj la funebrantoj, aŭdinte ilin trairi la antaŭan pordon, kaj malsupreniri la ŝtuparon, ekiris mem al la aŭtoj kiuj staris ekstere.

Jano kaj lia patro, kiel du el la ĉefaj funebrantoj, estantaj plej parencaj al Donald, akompanis lin en la unua veturilo. Ankaŭ en la unua veturilo estis du fratoj de la mortinta virino, Aleksandro kaj Roberto, kiujn Jano kutimis nomi onkloj – Alek pro duobla ligilo, kvankam neniu el tiuj estis vere laŭsanga.

La nebuleto jam malaperis, kaj posttagmeza suno brilis el malvarme blua ĉielo. La procesio moviĝis kun impona malrapidego laŭ la stratoj de la kvartalo, kiel granda nigra serpento flaranta al si la vojon; sed, veninte en la larĝan, rektan ŝoseon, ĝi glitis ankoraŭ silente antaŭen kun la tuta rapido konvena al modernaj moroj, kaj Jano luliĝis en pace apatian humoron dum ili trapasis distrikton pli-malpli liberan je domoj, ĝuante la aspekton de freŝo kiun la ĉirkaŭaĵo havis, dum li des pli ŝatis la varman atmosferon kiu envolvis lin en la aŭtomobila interno, kaj estis tre kontenta pri tio, ke ne necesas elcerbumi konversacion, ĉar la kvar aliaj homoj sidadis en deca silento preskaŭ la tutan tempon.

La cindrigejo estis en alta parto de la norda urborando apud parko, kaj kiam la aŭtomobilo sin turnis tra la pordego Jano ekscivolis kio okazos nun, ĉar li neniam antaŭe ĉeestis cindrigon.

Ili haltis antaŭ griza konstruaĵo kun plata tegmento, kaj lasinte la aŭtomobilon la kvin viroj staris sur la ŝtuparo atendante la aliajn. Baldaŭ Jano trovis sin meze de grupeto, kiu aŭskultis la klarigojn de unu el la viroj, kiu jam konis la cindrigejon. Li priskribis procedojn kaj geografion.

«Jen», li indikis, «estas la Ĝardeno de Rozoj. Tie oni disĵetas la cindrojn, sed kompreneble nur se vi volas tion; vi rajtas elekti alian lokon, aŭ re-ricevi la cindrojn en urno.»

«Kiel naŭze! Sterko en poŝtaĵo», pensis Jano. «Sed eble oni ne rajtas sendi per poŝto. ‹Pereemaj varoj›. Pereintaj!»

Plej multaj el la virinoj kontraŭkutime ankaŭ venis pro tio ke estos pluaj prediko kaj preĝo en la kapelo super la fornego, kaj kiam ĉiuj alvenis, la tuta funebrantaro eniris.

La ĉerko jam estis tie, sub granda purpura tolaĵo, kiu kovris ĝin kaj la plej grandan parton de la tablo aŭ altaro sur kiu ĝi staras, kaj kiam ĉiuj estis en la kapelo, la pastro tuj eniris la etan katedron kaj komencis sian predikon. Fine venis la vortoj «Polvo al polvo, cindro al cindro»; muziko de nevideblaj aŭd-igiloj plenigis la kapelon, kaj samtempe la purpure kovrita ĉerko eksinkis.

La koro de la ŝokita Jano eksaltis; sale amara malestimo reskarifis la jam ruĝe delikatan animdoloron de Donald; larmoj pike plenigis la okulojn de s-ino Gill, vidantajn la evidentan forpason de ankoraŭ unu amata membro de ŝia generacio.

La neatendita movo de la sanktigita kesto, senhomece-meĥanisme forŝtelita al la malpie perforta bruligo sube! Povra, senrezista patrineto sendita el la mondo kun vulgara ĝentileco! Kompatinda, kvieta Kanja, kiel digniga estas la morto!

La purpura tolego kuŝis nun ebene sur la altaro; la orgena muziko venis tra la aŭdigiloj dum kelkaj minutoj plu, kaj poste ĉesis, kaj la funebrantoj ektusis, kaj movis sin.

Reirante al la veturiloj s-ino Gill distre aŭskultis al la voĉoj de la virinoj ĉirkaŭ ŝi diskutantaj la funebran riton, komparantaj ĝin al la ortodoksa enterigo. Ŝi jesis kaj neis indiferente, provante analizi propran reagon. La lastaj momentoj ja profunde emociigis ŝin, sed ŝi ne estis tute certa pro kio. Ĉu estis la kombino de impona muziko kaj impona spektaklo? Impona spektaklo ja, ĉar la malapero de iu dumvive konata en nenion! Ĉu la kontrasto? Kontrasto inter la memoro de la ĉiam kvieta, retirema Kanja unuflanke, kaj la senurĝa, digna sinkado de ŝia ĉerko aliflanke. Kombino fortigas, sed foje kontrasto pli klare reliefigas.

Certe io impresis, kaj sendube la morto montris sin digniga: Kanja ekhavis aŭtoritaton super la vivantoj, estante jam en stato al kiu ili devos ankaŭ alveni, kaj la ceremonio ilustris tion. Ankaŭ la ŝiro de la apartigo mem estis impresa al s-ino Gill; ŝi ne havis tempon antaŭe plene konstati la signifon de la morto de Kanja; ĝi ne tiom ŝokis ŝin, pro tio ke ŝi jam atendis ĝin, kaj lastatempe ŝi ne vidis Kanjan tiel ofte ke ties malapero el ŝia vivo povis sentigi vakuon, sed la definitivo de la fina, konfirma malapero konstatigis la plenan veron kaj sendas la pensojn retroire. Ŝi memoris ilian knabinecon, la longajn, orajn somerojn en Ejle, kiam Kanja restis ferie eĉ post foriro de la gepatroj kaj kiam ili ludis kune, prenante laŭvice la ŝtele pruntitan kurtenon por roli nuptulinon dum sennombraj ceremonioj ĉe la verda monteto malantaŭ la domo de sia avo, kaj la glatan ŝtonon kiun ili banis kaj vestis kiel pupon, en robetoj faritaj el iuj disponeblaj toloj kaj ĉifonoj. Ne estis multa disputado dum ludoj kun Kanja pri la posedo de la ludiloj, ne sole ĉar ne estis multaj ludiloj, sed precipe pro tio ke Kanja estis ĉiam cedema.

Tiun cedemon ŝi tiam taksis kiel naturan, sian monopolon kiel laŭrajtan. Se nur ŝi estus koninta tiam pli bone la mondon, ŝi estus sciinta kiel dece ŝati tiun malegoisman mildecon, anstataŭ misuzi ĝin. Sed infanoj prenas, prenas, kaj kiam unu maloftulo cedas, ili nur prenas des pli rabeme. Cetere, infanoj ne povas koni la mondon.

Ankaŭ ilian junecon ŝi memoris. Ĝi estis esence sama. Kanja sekvis ŝin al Londono, kuraĝigita de ŝia ekzemplo, kaj tie iliaj rilatoj estis samaj: ŝi jam ne prenis ion materian de Kanja; nur ŝian bonvolemon, komplezemon, humilon ekspluatis. Se ŝi nur estus sentinta tiam kion ŝi sentas nun, ŝi estus povinta feliĉigi la vivon de sia milda amikineto je nenia persona kosto. Se nur junuloj komprenus tion! Se ŝi nur povus instrui ĝin al propraj idoj! Sed ne; prediki estas senutile – pli ol senutile; necesas kompreno interna, kaj tiu kompreno nur venas poste – tro malfrue.

Kion, ekzemple, Laŭra kaj Jano pensas pri la nuna okazaĵo? Ili esprimas bedaŭron; kondutas sufiĉe dece, sed se ŝi provus intime diskuti kun ili siajn nunajn pensojn, ili senpacienciĝus.

Kompatinda Donald! Estas alie por li. Ĉu ili eĉ komprenas
kiel li sentas? Ĉu ili pensas pri li? Ĉu li pensus pri ili en sama
aflikto? Jen li nun, eniranta la unuan aŭtomobilon post ĝiaj aliaj
pasaĝeroj. La pordo klakfermiĝis post li.

«Jen, Donald», diris lia onklo Roberto, kuntirante la palto-
baskon por lasi pli da spaco sur la seĝo.

«Dankon», Donald respondis.

«Nu, tio estas finita; nova sperto por mi,» la onklo daŭrigis,
«sed tute deca; ne tiel kruda kiel oni supozigas.»

«Ne, kompreneble. Sola deca rimedo por la plejmulto estas
plenigi la teron per putranta karno.»

«Ho, nu – kompreneble estas nur la penso: ili kutimiĝis al
la malnovaj moroj, kaj io nova – precipe sub tiaj cirkonstancoj
– emas ŝoki ilin.»

«Ĝuste.»

Jes, ĝuste. Ili donus nek groŝon, nek momenton de sia
tempo, por ŝia farto dum ŝi vivis, sed mortinte ŝi fariĝis por ili
tiel grava – tio estas, ŝia restaĵo. Kompreneble, ili estas krist-
anoj, kaj la karno por tiuj estas efektive tre grava.

Nu, li kompromisis kun ili: li mendis solide bonan ĉerkon
kun ĉiuj frivolaĵoj de ortodoksa enterigo; havis la kadavron en
la domo por ilia regalo. Kompreneble ili nun ĉikanadas kaj klaĉ-
adas en lia malĉeesto. Ili faru laŭvole private; li ne volas scii
pri tio. Ili sendube kredas lin karapace sensenta nur ĉar li ne
indulgas ilian vulgaran sentimentalon. Se ili nur scius kiom li ja
indulgis ilin; se li estus sekvinta la propran inklinon, li neniam
estus rehavanta la kadavron en la domo; oni povus uzi ĝin laŭ-
plaĉe por ekspono aŭ eksperimento aŭ sterko.

Tio ŝokus ilin. Se ili nur scius kiom la pasintaj semajnoj
korodis lian koron dum li rigardadis kaj mense kunsuferis ŝian

doloran forvelkiĝon, kaj agonion! Se ili nur scius kiom feraj ungoj ankoraŭ rastadas la internon de lia brusto! Sed ili ne scias, kaj neniam scios; li ne povus toleri iliajn banalajn, sen-enhavajn kondolencojn.

Kial homoj ne povas akcepti la fakton ke en granda aflikto oni estas sola? Ke formalaj elpensaĵoj estas nur trudaj. Johnson komprenis ke unu persono ne povas senti la perdon de alia, kaj li havis la kuraĝon diri tion. «Mi bedaŭras ekscii ...» – tio sufiĉas. Alternative, la antikvuloj havis, kaj iuj fremduloj ankoraŭ havas, la ĝustan ideon, solenante la funebron per tute eksteraj signoj de aflikto – polvo kaj cindro en la haroj, ŝiritaj vestoj, kaj simile – tiel kontentigante decon sen la neceso esti malsincera.

Kaj pli incite ol la malsincero estas la ĝuado de iuj – precipe la virinoj – pri la funebrado. Ilia malĝojo estas luksaĵo por ili; larmoj kaj singultoj ne tro kare aĉetitaj estas same kontentigaj kiel iu alia stimulo de la emocioj. Vivo de sensacioj efektive! Kaj la eĥo de lia vere intensa kordoloro farus la katarson des pli kontentiga, se ili povus aŭdi ĝin.

Ili ne aŭdos; li jam tro komplezis al ili, tiel farante la tutan aferon por si pli amara. Tiu Holiŭuda orgenmuziko, la ĝentil-aĉa forsendo de la kadavro en la fornon – tio estis vitriolo sur la vundo.

«Ĉu tiuj domoj estas novaj?» demandis Roberto.

«Ne», Alek respondis. «Dudek jarojn aĝaj, Roĉjo. Mi memoras kiam oni konstruis ilin. Kiam mi estis juna, Jano, ĉio ĉi estis kampo. Estis farmbieno tie.» Li mansignis, kaj Jano atent-eme klinis sin por rigardi el la fenestro, kaj kapjese konfirmis interesiĝon kaj komprenon.

Kaj kial kulpigi sole ilin? Donald demandis al si. Ĉu estas pura bedaŭro kiu kuspas lian animon en doloron? Komprenebla ne. Estas grandparte sinriproĉo, kaj ne mirinde: li ja rajtas riproĉi sin. Ŝi oferis ĉion por li, kaj li ne nur ne elprofitis tiun oferon, sed koleris kontraŭ ŝi – pro siaj propraj mankoj. Lin kolerigis ŝia cedemo al la mondo, al homoj malsuperaj al ŝi. Ŝi cedemis al li mem, kaj li reagis kun sadisma perverso. La konscienco konstante pikadis lin, sed li kvietigis ĝin per la konsolo ke ŝi komprenas lin sufiĉe bone por scii ke sub la surfaco estas sentoj kaj varmo, kiujn li ne ĉiam povas montri malkaŝe, al tio aldonante promesojn al si ke li modifos sian sintenon. Nur kiam ŝi kuŝis sub lasta malsano ektrafis lin ŝia silenta miro pri lia atentemo. Estis bone ke ŝi rekonis ĝin dum siaj lastaj tagoj, sed korvunde ke ĝi surprizis ŝin.

Jen, li nun diboĉas en sinriproĉoj, prezentas la haŭton al la skurĝoj de konscienco; do ja ne tiel malsimila al la aliaj, al tiuj, kiujn li kritikas. Kaj agnoskinte tion, ĉu komenci novan riproĉadon, kaj se jes, kie la serio finiĝos?

Aleksandro kaj Roberto nun diskutis kun Georgo iun fabrikon kiun oni konstruis sur grundo kiu, laŭ onidiro, estis tro mola por subteni ĝin, kaj Jano kapjesas atenteme, kaj esprimadas murmuritan intereson. Li forpermesas. Kiam li venis? Kiam foriros? Decos fari iujn demandojn pri tio poste. Kiel li finos la militon? Kiel heroo? Aŭ mortinto? Eble ambaŭ. Nun li sendube nur volas iri hejmen, for de la funebra etoso kaj ĝenaj parencoj. Iri hejmen! Al kio? Estos konsolinde trovi novan loĝejon, sed ne nun: ĉiuj demandas pri tio, konsilas, invitas. Lasu ĝis ili forgesos. Dume estos ja deprime en la domo – la hejmo, de kiu ŝi estis parto, estas ja nur domo nun. Ĝi estos plena de parencoj kaj amikoj, kaj unu post alia tiuj faros ĝentilajn senkulpigojn kaj reiros al propraj kamenoj, kontente reeniros la fluojn de propraj vivoj, ĝis li estos sola en la domo.

Kiom ŝi ĝuus ilian kuneston. Ili malofte venis dum ŝi vivis, certe neniam tiel amase, dank' al Dio!

Nun ili ĉeestos por honori ŝin, kiam ŝi jam ne povas konscii tion. Ŝia konscio fariĝis nigro; la mondo, la universo, jam ne ekzistas por ŝi. Strange, la konscio; kio ĝi estas? Kion signifas ĝia ĉeso? La konscio, ĉi kompleksego de memoro kaj pensoj, estas dependa: dum miliardoj de fizikaj fenomenoj daŭre kaj harmonie funkciados, ĝi koincide daŭros – nur tiom longe.

Aleksandro ŝovis kalvan kapon sub lia nazo por rigardi el la fenestro.

«Kio estas tio, Donald?» li demandis.

«Situo por balono», Donald respondis, kaj donis mallongajn detalojn.

Jano ankaŭ klinis sin por rigardi, kaj faligis la ĉapon de la genuo sur la plankon.

Kion li pensas? Ke ĉe la alia flanko oni preparis samajn rimedojn por malhelpi, kaj eĉ mortigi, lin? Aŭ ĉu li ne povas pensi pri alia flanko, pri la eblecoj de fremda vidpunkto? Li perfingre forbrosis polvon de la levita ĉapo, kaj poste reenŝovis la brunajn harojn kiuj falis sur la frunton. La trajtoj estas la konataj trajtoj de impertinenta kuzeto, sed la uniformo ...? Kiom ili proprigis lin al si, vestante lin en tiu? Kiom uniforme li pensas?

Jano pensis pri Donald. Lia silento dum la plej granda parto de la veturado estis komprenebla, sed nun, ŝajne devigita paroli, li ja povas, kaj pri ĉiutagaĵoj, per ordinara voĉo. Strange, kaj tamen komprenebla, ĉar kion alian li povus fari? Ĉu lamentadi kun histeriaj krioj? Se oni persistos paroli pri ĉiutagaj aferoj, ankaŭ li devos fari same.

Kaj oni ja insistas: kial tiuj du maljunaj pigoj ne povas sidi

kontente kiel lia patro anstataŭ malpace turniĝi, kaj beki, kaj
rigardi, pepadante pri eksteraĵoj, kvankam ili scias ke estas en
la aŭtomobilo kun ili homo kies animo estas profunde ombr-
umita? Alivorte, estus pli dece se ili mem ŝajnigus iom pli da
kordoloro, kaj malpli da scivolemo pri bagateloj.

La veturado al la cindrigejo estis multe pli plaĉa, ĉar tiam
ili estis silentaj. Bone ke Donald nun ekparolas al ili; eble tio
okupos ilin dume.

Tio ĉi devis okazi la unuan tagon de lia forpermeso! Li devis
scii, kiam li gratuladis sin en la trajno hieraŭ, kaj antaŭvidis
kun plezuro la tagojn antaŭ si, ke io okazos por difekti ilin.

Tamen lia ĉagreno estis nun ne tute tiel, kiel ĝi estis antaŭe.
La neatendita malapero de la ĉerko en la kapelo konsternis lin,
kaj la rememoro ankoraŭ malagrable akcelis lian koron. La
zorge konservita kadavro kuŝis tie en lino kaj kusenoj, en polur-
ita ĉerko el multekosta ligno. Ĝi kuŝis tie sub sia purpura drap-
aĵo sur altaro, kvazaŭ sanktaĵo, kaj tio ja estus konvena kulmino
al la honoroj, kiujn ĝi ricevis en la pensoj de ĝiaj funebrantoj.

Sanktaĵo sur altaro! Kaj subite ĝi senreziste kaj silente ek-
malaperis – laŭ la konscia volo de homoj – meĥanisme for-
portate el la mondo, sinkante kun terura glato en la detruan,
senpensan ardegon. Igante sin repensi pri ĝi, Jano ekkonstatis
ke en efektivo ne temos pri liberaj flamoj, sed pri io simila al
superhejtita fermita forno; tamen la ĉerko ekflagrus kaj la en-
havo – brulantaj tolaĵoj, fumanta – eble tordiĝanta – restaĵo;
poste, cindroj: lino, ligno, osto kaj karno neapartigeble miksitaj
– nun, nun, estas tiaj; fariĝadis tiaj preskaŭ sub liaj plandoj. Ĉu
estas eble ke homo – en tia mallonga tempo ...?

Sed ne, ne estis tio, kio ŝokis lin; ne tute tio. Ĉar kial tio
estas pli ŝoka ol enterigo? – kie la ĉerko putre disfalas, la

kadavro en siaj jam ne blankaj volvaĵoj koruptiĝas, kaj fariĝas amaso de fimoviĝantaj vermoj. La procezo estas pli longa tiam, sed ... kio do?

La aŭtomobiloj estas jam en la ĉirkaŭaĵo de la domo. Oni baldaŭ eliros, kaj li ankoraŭ ne atingis la fundon de sia rezonado. Li devos penetri ĝis la kaŭzo de sia reago; alie, li ne povos forsolvi la iritan rememoron el sia menso.

Li penis pensi – intense – sed la pensofluo haltis, barite de la nervoza konstato pri la urĝeco.

Elirinte el la aŭtomobilo, ili staris en grupeto sur la trotuaro dum kelkaj sekundoj kaj, kiam la aliaj aŭtomobiloj ekalvenis, ili laŭiris la ŝtuparon al la apartamento en duoj. Jano trovis sin kun Donald.

«Nu, mi ne vidis vin dumlonge, Jano», tiu diris. «Kiel plaĉas la aerfloto?»

«Ho, ne tro malbone», Jano respondis, ĝojigite pri tio, ke tia konversacio eblas inter ili sen embaraso.

«Ni devos renkontiĝi pli ofte.»

«Jes, certe.»

«Kiel longa estas via forpermeso?»

«Dusemajna. Restas ankoraŭ dek du tagoj – ne enkalkulante vojaĝotempon.»

«Do dum tiuj – se vi disponos la tempon.»

«Volonte.»

«Bone. Ni parolos pri tio.»

Li malŝlosis la pordon kaj tenis ĝin aperta por la aliaj, kiuj nun venadis en preskaŭ seninterrompa fluo, dum Jano plupromenis en la ĉambron, kie du el la virinoj kiuj restis en la domo jam preparis manĝon kun la helpo de najbarino. La trinkoj jam staris sur du pladoj, kaj unu el liaj onklinoj kiu deĵoris, la diketa, viveca bofratino de la mortinta virino, petis ke Jano, la unua reveninto, prenu unu el tiuj.

Jano volonte komplezis. La tasko implicis en li iun gravecon, kaj por tio li sentis soifon: la plej multaj funebrantoj estas aĝaj aŭ mezaĝaj, kaj kune kun la skeptikismo de Donald pri militiro, tio kaŭzis en li senton de nesufiĉo, de bubeco – aspirema bubeco, kvazaŭ li estus veninta ĉi tien, al solena rito rilatanta eternon, vestite en fantazia vestaro kiu proklamas lian intereson pri infaneca bagatelaĵo – bagatelaĵo sufiĉe akceptebla al ĉiuj en ordinara tempo, sed tute malkonvena nun al tiuj kiuj estas sufiĉe maturaj por kompreni la vivon – kaj la morton.

«Viskio aŭ ĥereza?»

«Viskio, dankon. Kaj kion vi trinkas mem, Jano – he?»

«Nenion verdire. Ne trinkas; servas.»

«Ha, bone dirite, sed vi evitas la demandon. Kio estos via elekto kiam la servado finiĝos?»

«Eble tio dependas de tio, kion oni lasos.»

«Trafite! Mi cedas.»

Kaj kun tiaj bonhumoraj interŝanĝoj Jano servis ilin. Poste li metis la pladon kun la restantaj trinkoj sur flanka tablo kaj ekprenis glason da viskio. Li rimarkis ke kelkaj el liaj parencoj rigardas lin, kaj supozis ke ili notas lian preferon. Jen tiu nazegulino Mona Kiel-ŝi-nomiĝas; espereble ŝi estas ŝokita. Pluraj el ili trovos materialon por klaĉado en ĉi tiu simpla ago lia, ĉar ili – precipe la gaeloj – kapablas identigi nur du kategoriojn de viro: drinkemulojn kaj abstinulojn absolutajn. Damnita impertinento juĝi lin laŭ tiuj limigitaj kriterioj! Li estas implikita en la konfliktego aktuala kiu skuas la mondon, sed li devas submeti sin al ekzamenado de tiuj paroĥaj miopuloj. Li provis trovi kontentiĝon je la penso ke li ŝokas ilin, sed trovis nur koleron.

Dank' al Dio ke liaj gepatroj ne estas tiaj! Sed estas strange ke, memorante iujn siajn aventurojn en drinkejoj, li povas stari ĉi tie antaŭ ili malkaŝe tenante glason de tiu likvoro en la mano.

Estas du vojoj al malkaŝa ebrio. La unua: sociemaj trinkoj en la hejmo kiam oni ekmaturiĝas, kies kvantoj pligrandiĝas ĝis maldiskreto; tio estas pardonebla, eĉ amuza. La dua: sekretaj orgioj kun kamaradoj kiuj ankaŭ estas kaŝitaj de gepatraj okuloj; tio ĉi estas hontiga, nemenciinda en la hejmo, kaj neimitebla en la hejmo ĝis plej evidenta maturiĝo.

Lia nuna ago ŝajnas esti alpaŝo al la unua, sed ĝi fakte estas repaŝo al la dua. Lia konscienco pikas lin pri la realo, dum li dependas de la gepatra volonto akcepti la ŝajnon. La fakto restas, ke ili povas fari tion, malsimile al la plejmultaj parencoj, kaj tial li devas nek paŭte kaŝi la inklinon, nek arogante defii ilin.

La funebrintoj manĝis kun bona apetito, kaj manĝinte, la plejmultaj sidis en granda duoncirklo ĉirkaŭ la fajro dum iuj el la virinoj forportis la telerojn por lavo. Donald cirkuligis la restantan viskion, kaj la konversacio fluis, foje ampleksante la tutan societon, kiel kiam oni rimarkis ke ili renkontiĝas nur ĉe funebraj kaj geedzaj festoj, kaj ke estonte ili devos aranĝi aferojn alie, tiel elvokante murmuron de ĝenerala aprobo; foje la ĝenerala temo stimulis plurajn sekciajn diskutojn, kaj mencio pri la bona kvalito de la viskio kiun Donald akiris en tiu ĉi milittempo stimulis diskuton inter kvar virinoj pri la ĝenaĵoj de la porcisistemo, alian inter la plej multaj viroj pri la diferenco inter la maltaj kaj purgrenaj viskioj, kaj trian inter miksita grupo pri la supereco de ĉio en la epoko antaŭ la Granda Milito de 1914-1918.

Unu post alia la gastoj foriris. Tiu devas iri ĉar li promesis la edzinon ke li hejmenvenos antaŭ la kvina. («Vi komprenas,

Donald?») Aliaj devas iri ĉar ili lasis la bebon kun najbarino, kaj estas tempo enlitigi ĝin. («Vi komprenas, Donald?») Tria devas hejmeniri por pretigi la vespermanĝon. Donald komprenis.

Je la komenco Jano pensis sopireme pri la trajno je la kvina kaj dudek, kiun liaj gepatroj menciis en la mateno kiel konvenan eblon. Li baldaŭ konstatis ĉagrenite ke tio neeblos, nek la tujposta, kaj li estis eĉ danka kiam lia patrino menciis konkrete kaj firme ke ili devos certe kaj sendube trafi la sepan kaj duonon. Sed kiam la sopirita horo venis, al li jam ne jukis movi sin. Li sidis sufiĉe komforte en la rondeto restanta, kaj la ideo de la vojaĝo al la stacidomo estis malvarme truda.

Tamen, kiam lia patro menciis ke estas kvarono antaŭ la sepa, kaj ke ili devas iri, li obeeme ekstaris. Donald ĝisis la familion unu post la alia kun formalaj invitoj ne tro longe resti for, kaj emfaza jeso al la reciproka invito de s-ino Gill. Jano duonatendis saman sensignifan formulaĵon, supozante ke Donald forgesis ilian antaŭ interkonsenton renkontiĝi, sed li eraris:

«Do, Jano, kaj por via reveno al Glasgovo ni devos havi daton definitivan, ĉu ne? Ĉar vi baldaŭ reiros. Kiam estos oportune por vi?»

«Ho, iam ajn, pli-malpli. Mi jam aranĝis veni venontan mardon por fari kelkajn vizitojn – devigajn», li aldonis certig- ante ke neniuj el la parencoj koncernaj aŭskultas. «Sed krom tio mi estos libera preskaŭ ĉiun tagon.»

«Do bone. Kiel sabato post-venonta plaĉas? Ni povos lunĉi en la urbo, kaj iri al futbalo en la post-tagmezo – aŭ laŭvole alie.»

«Ne, ne alie. Tio estos perfekta. Fakte, mi devos iri al futbala ludo, ĉar la knaboj demandos, kiam mi reiros.»

En la tramo survoje al la stacidomo Jano pensis pri la nekonsekvenco de la vivo. Jen, li ĵus lasis Donald en la post-funebro de ties patrino, kaj rerenkontos lin post iom pli ol semajno por vidi futbaloludon. Unuavide la aranĝo ŝajnas brute sensenta, sed kompreneble ĝi ne estas tia – nur praktike prudenta, ĉar post semajno Donald estos denove flosanta en la ĉeffluo de la vivo, kaj supozeble estos eĉ gaja kunulo.

Fakte, Jano estis tre kontenta je la penso ke li iros kun sia kuzo, ĉar li ne estus pensinta mem pri futbalo, pri kiu li ja neniam havis grandan intereson, kaj tamen estas vere ke liaj amikoj interesiĝos pri tia detalo, kaj li mem tiel kutim-iĝis aŭskulti iliajn diskutojn pri futbalo, ke ĝi ekŝajnis al li tipe ordinara, pactempa, kaj tial refreŝige kontrasta al la eternaj temoj de la milito, kaj sekve al lia aktuala vivo.

Cetere, Donald ankoraŭ imponas lin, elvokante el li la idol-umajn sentojn de lia infanaĝo. Eĉ lia aspekto – la alta figuro, kaj la trafa efekto de la bluaj okuloj sub la nigregaj brovoj kaj haroj. Estas ironie ke en tiu tempo, kun tiom da nekonvenaj figuroj en uniformo, ke nun ĝuste li estas pacisto, ĉar li estus elstare brava soldato, precipe gvardiano.

«Kion Donald faros nun?» li demandis al Laŭra, kun kiu li sidis.

«Li diris al Panjo ke li intencas resti en la domo dume, se oni permesos.»

«Kiel ‹permesos›?»

«Nu, spite liajn politikajn ideojn.»

«Ili ne tuŝas la aferon.»

«Ili ja, se oni eligos lin pro ili.»

«Sed oni ne rajtas.»

Laŭra ŝultrolevis.

«Eĉ ne povus», Jano persistis.

«Ja povus. Necesas nur rifuzi transdoni la domon al li, kaj privataj luigantoj inklinas fari tion en ĉiu okazo nuntempe.»

«Sed kial fari tion? Eble tiu de Donald eĉ ne scias pri liaj politikaj kredoj?»

«La najbaroj sciigos, kaj li sendube komplezus al ili se li rifuzus reluon, krom persone profiti.»

«Kiel?»

«Postulante monon de eventualaj luontoj por nura enir-rajto. Fakte, oni senhonte aŭkcias la ŝlosilojn de vakaj domoj nuntempe.»

«Kio? Mono por nur eniri?»

«Precize.»

«Krom la lupago?»

«Krom la lupago.»

«Sed tio estas kontraŭleĝa – ĉu ne?»

«Kontraŭleĝa aŭ ne, tiel oni kondutas.»

«Skandale.»

«Jes, sed kion fari? Estas malfacile por la viktimoj pruvi ion kontraŭ ili.»

«Sed estus vera hontaĵo agi tiel kontraŭ Donald nun, sciante pri la cirkonstancoj.»

«Jes, sed aliflanke Donald povus eviti multon el tio ĉi se li ne obstine kontraŭus militservon.»

«Sed diable, ni militas ĝuste por homrajtoj. Tio signifas ankaŭ lian rajton kontraŭi la militon.»

«Tio ŝajnas iom paradoksa: se neniuj militus, neniuj tiam havus rajtojn.»

«Eble ne, sed estas ĝuste tiuj, kiuj pretendas protekti homajn rajtojn, kiuj militas.»

«Iuj devas iri. Kial vi, kaj ne li?»

«Ĉar mi volas, kaj li ne.»

«Do li ne atendu rajtojn. Tamen, mi ĝojas ke vi ne tro tamburas pri via sinofero. Min iom tedas junuloj en uniformo, kiuj tro konscias propran meriton.»

«Ha-a-a.»

«Kial ‹ha-a-a›?»

«Kaj kiu – aŭ kiuj – kulpis tiurilate lastatempe? Aŭ ĉu mi ne rajtas demandi?»

«Vi rajtas demandi.»

«Kiuj uniformoj do? Armeaj? Flotaj?»

«Ne gravas la uniformo; la principo estas sama.»

«Do, ĉiuj?»

«Mi ne diris tion.»

«Sed vi supozigas ĝin.»

«Ne estu idioto», diris Laŭra kun evidenta plezuro. «Vi estas tro scivolema.»

«Konsentite. Tio estas, mi estas ja scivolema. Kontentigu min.»

«Mi faris ĝeneralan kritikon, kaj nun vi sugestas ke ĉiuj kritikitoj estas miaj amantoj.»

«Ta, mi ne diris tion, sed vi ja parolis pri junuloj en uniformo. Sekve, vi ja konas iujn.»

«Ĉiuj devas renkonti ilin dum milittempo.»

«Sed vi estas virino.»

«Ho», Laŭra agnoskis kun afekta komprenemo.

«Edzinaĝa.»

«Dankon.»

«Kaj mi eĉ pretas diri ‹beleta› se vi donos al mi iom da informo.»

«Do, por tio mi volonte komplezetos. Kion vi volas scii –
precize. Estu modera.»

«Nu, nur pri tiuj junuloj, kiujn vi menciis. Nur la plej
interesaj. Mi supozas ke iuj el ili estas interesaj.»

«Jes, sed ŝajne ne tiom, kiom vi supozas. Ili estas plejparte
nur duonkonataj.»

«Sed la aliaj?»

«La aliaj?» Ŝi balancis la kapon, kvazaŭ ŝi pensus iliajn
meritojn. «Ili estas tiaj kaj tiaj. Iuj foriris, kaj mi ne volas paroli
kontraŭ *ili*; aliaj restas, kaj mi ne volas paroli kontraŭ *ili*», ŝi
ridis.

«Kial?»

«Eble ĉar mi ne konas ilin sufiĉe bone, kaj eble ĉar mi
antaŭgardas. Eble mi kovas esperojn, kaj se ili plenumos – aŭ
plenumigos – miajn esperojn – mi bedaŭros ke mi kritikis.»

«Ĉu vi diris ‹kritikis› aŭ ‹komplikis›? Ĉu tio ĉi estas ekzem-
plo de virina mistero? Ĉar ĝi ja estas mistero al mi.»

«Do ne tro turmentu la kapon. Eble mi malkaŝe kritikos
ilin kiam evidentos ke ne estas motivo por silento. Tiam mi
faros nomante nomojn. Tion vi volas, ĉu ne?»

«Sed serioze: ĉu estas iu speciala?»

«Ne tre.»

«Petro?»

«Ho, Petro laŭ mia scio estas en la Mediteranea.»

«En?»

«Bone, sur.»

«Mi opinias ke vi menciis ke li foriros, kiam vi skribis. Ĉu
vi korespondas kun li?»

«Jes, li skribas.»

«Pri ĉiutagaj aferoj, aŭ ĉu ...?»

«Nu, mi devos montri al vi liajn leterojn kiam ni atingos la domon.»

«Ne koleru. Mi ne intencis impertinenton, sed foje tiuj korespondadoj fariĝas nura kutimo, ĉu ne?»

«Jes.»

«Kaj mi scivolis ĉu estos Petro kaj vi ĉe la altaro, aŭ ĉu vi skribas nur pro ĝentilo. Ne estas mia afero ...»

«Vere.»

«Sed mi sentas ke aferoj okazas ĉehejme, kaj mi scias nenion pri ili, tiel ke – nu, estas kvazaŭ ĉio okazas treege rapide, sed ne fakte estas tiel; nur temas pri tio, ke mi estas for. Mi sentas ke mi iel perdas.»

«Bone, mi ne koleras. Mi opinias ke estas tre neverŝajne ke Petro kaj mi – nu, niaj leteroj estas ja tre priaferaj. Sed kio pri vi? Pri vi mem vi volas esti silenta.»

«Kiel?»

«Nu, kiel progresas via amvivo?»

«Ĝi ne», Jano duonridis, sed daŭrigis anstataŭante ŝercemon per nur duone kaŝita seriozo: «Ne temas pri progreso; temas nur pri komencoj.» Li parolis jam pli mallaŭte por ke la gepatroj, sidantaj en la seĝo antaŭa, ne aŭdu. Plaĉegis al li la intimiĝo kun Laŭra pri ĉi tiu temo, sed li sentis ke ĝi ankoraŭ ne devus ampleksi la pli maljunan generacion.

«Kiel?» Laŭra demandis.

«Nu, ŝajnas ke miaj foriroj ĉiam koincidas kun miaj ekamoj.»

«Hm, tio certe ne faciligas progreson. Ĉu vi tamen ne povas skribi?»

«Certe, sed kial?»

«Nu, por reteni ligilojn.»

«Pli ĝuste: ŝpini ligilojn. Mi ne sufiĉe longe konas ilin por
ekhavi ligilojn, eĉ se estus vere ke foresto fortigas la koron.»

«Do vi devos ekami je pli oportunaj tempoj.»

«Se oni povus aranĝi tiajn aferojn!»

«Ĉu vi estas certa ke ne estas la baldaŭa disiĝo kiu dolĉigas
la sentojn?»

«Eble vi pravas. Sed disiĝoj ne estas ĉio.»

«Ho?»

«Ne, ne tute.»

«Nu, do?»

Li hezitis, sed nur momente. Jen estas la avantaĝo de frat-
ino: Laŭra estas la sola persono en la mondo al kiu li povus
konfesi siajn amfuŝojn. Amikoj konsolus, sed sekrete ĝojemus;
amikinoj ĵaluzus, kaj perceptus aŭ imagus en li mankojn antaŭe
ne rimarkitajn; eĉ frato ne tute sincere simpatius, pro esenca
rivalemo; la gepatroj ja estus tute simpatiaj sed al ili li ne povus
konfidenci. Nur al Laŭra li povas paroli tute malkaŝe pri tio ĉi, ne
vekante rivalajn triumfsentojn, nek malestimon, nek ridemon,
ĉar li sciis ke, malgraŭ iliaj kvereloj ĉehejmaj, ŝi estas ekster la
familia rondo blinde, preskaŭ sovaĝe, lojala al li. Ŝi malkaŝus en
la familia rondo tion, kion oni ekstere klaĉas pri li nur por piki
lin, sed antaŭe ŝi estus akuzinta la klaĉanton pri mensogo – tiu
Cooperwhite virino, ekzemple: ŝi uzis la akuzon pri sakrado por
embarasi lin antaŭ la patrino, sed li poste eksciis de amiko kiel
furioze ŝi neis la akuzon kiam ŝi unue aŭdis ĝin.

En la domo dumkverele ŝi eble mokus liajn aminspirojn por
kolerigi lin, kvankam eĉ tiam ŝi pli emus kritiki liajn amatinojn
ol lin. En amika, ne tro serioza konversacio, ŝi simpatios kun
formalaj kuraĝigoj kaj sugestoj, sed en la fundo de la koro kulp-
igos la virinojn kiuj ne scias ŝati ŝian fraton.

«Do?»

«Do ŝajnas – mi simple ne estas bonŝanca.»

«Ne bonŝanca?»

«Nu, nesukcesa. Tio estas, se mi vidas knabinon kiu plaĉas …»

«Tiam vi ne plaĉas al ŝi.»

«Estas ĉiam iu malhelpo; tial mi eĉ ne scias ĉu mi plaĉas aŭ ne.»

«Nu, ‹La vera am’ neniam glate iras›.»

«Vera am’? Ĝi eĉ ne fariĝas tio. Estas diable ĝene; mi ek-havas komplekson pri ĝi, kaj …»

«Malbonŝanco persekutas vin, ĉu? Ne cedu al tio.»

«Ne estas precize tio. Mi ne estas superstiĉa, sed ja ekŝajnas al mi ke ekzistas individua vivordo, speciala desegno, por ĉiuj, ke homo konante la propran, povas antaŭvidi malhelpojn kaj ĝenojn, ĝenojn specialajn kiuj ne okazus al alia, ĉar alia estas pli bonŝanca tiurilate, havante proprajn specialajn malfacilojn. Peston! Mi ne volis uzi la vorton ‹bonŝanca›, sed faris pro nura kutimo.»

«Negrave, jen nia haltejo.»

★ ★ ★

Dunkan alvenis en Glasgovo, kaj iris rekte al la domo de Alek Robb, kie li aranĝis tranokti antaŭ ol daŭrigi la vojaĝon al Ejle.

Li trovis hejmon afliktitan. Najbarino malfermis la pordon, kaj kondukis lin en la kuirejon, murmurante ion pri ‹granda perdo›. Tie li trovis alian najbarinon, kaj Manjon kun ruĝaj okuloj sidantan en fotelo antaŭ la fajro kun taso da teo netuŝita sur tableto apud ŝi. En unu mano ŝi tenis grandan tukon, per kiu ŝi evidente ĵus sekigis la okulojn antaŭ la enveno de Dunkan, kaj konsternite li havis perversan inklinon ridi, vidante ke ĝi estas fakte tuko viŝa aŭ tualeta.

«Manjo!» li ekdiris, strebante stabiligi la emociojn. «Kio okazas?»

«Ho, s-ro Maclean,» klarigis unu el la najbarinoj, «ŝi ĵus ricevis teruran novaĵon.»

«D-D-Dunkan,» Manjo singultis, «mi devis renkonti vin ĉe la stacidomo.»

«Ne, ne, Manjo.»

«Sed mi ...» Ŝi ĉesis, singultis, kaj ŝia vizaĝo malaperis malantaŭ la tuko dum plorĝemoj skuadis la ŝultrojn. Kun la libera mano ŝi ekprenis paperon de la sino, kaj etendis la manon kun ĝi liadirekten.

Dunkan ekprenis ĝin. Ĝi estis telegramo. Li jam divenis ĝian enhavon: «La armedirekcio bedaŭras informi vin ke via edzo ... perdita ŝajne morta dum militservo.»

«Ho, Manjo, kion mi povas diri? Kiam vi ricevis tion ĉi?»

«Nur je la kvina», la virino staranta apud Manjo respondis. «S-ino Robb venis al mi en terura stato. Mi ĵus ekpretigis la temanĝon. Kompreneble, kiam mi aŭdis kio okazis, mi volis ke ŝi restu kun ni dum almenaŭ la unua nokto, sed ŝi insistis reiri al propra domo. Do mi tuj sciigis s-inon Moir, kaj ni aranĝis ke almenaŭ unu el ni estos kun ŝi la tutan tempon. Vi memoras min, s-ro Maclean?»

«Jes, jes, s-ino Hamilton.»

«Tiu ĉi estas s-ino Moir.»

«Jes, mi memoras», Dunkan kapklinis al la aludito, kiu enlasinte lin, nun staras en la fono.

Koleraj sonoj de malantaŭ la tuko tradukiĝis en ordonojn pri manĝopretigo por Dunkan.

«Ne, ne, Manjo», tiu ekprotestis. «Mi ne restos – jes, mi restos se estos oportune, sed ne ĝenu vin pri manĝo. Mi ne estas malsata.»

«Dunkan Maclean,» diris Manjo forprenante la tukon de la vizaĝo, «silenton! Ĉu vi opinias ke mi permesos al vi iri al Ejle restinte en tiu ĉi domo sen manĝo? – kaj veninte de Francujo?»

La implicoj de la lasta frazo preskaŭ reskuis ŝin en ploron, sed ŝi enspiris kaj montris al la pordo: «Formetu viajn pakaĵojn, Dunkan; prenu ilin al la ĉambro. Ne, ne, s-ino Hamilton. Ne tiu tolo!» kaj lasinte la fotelon, ŝi iris al tirkesto kaj elprenis de ĝi alian kovrilon por la tablo.

Dunkan obeeme iris al la litoĉambro kie li dormis dum sia restado en Glasgovo antaŭ la milito. Do Alek estas morta! Kompatinda Manjo! Kion li povos fari por konsoli ŝin? Li sentis malkuraĝan inklinon persvadi ŝin ke la telegramo signifas malmulton: «Estas granda konfuzo ĉe la Fronto nuntempe» – kaj tio estas vera – «kaj oni sendas telegramojn se viro malaperas eĉ dum mallonga tempo. Eble li estas militkaptito; eble nur perdis provizore la regimenton; estas sennombraj ebloj de eraro.» Sed ne, estus maljuste. Pli bone kuraĝigi ŝin fronti la veron ekde la komenco; jam nun, kiam ŝi estas jam en mizerega stato. Tiel ŝi leviĝos el deprimo nur pro naturaj reago kaj kuraciĝemo, akceptinte la mondon kia ĝi nun devos esti, ne subtenite de falsa espero kiu devos krevi refalige al ŝi. Se, hazarde, bona novaĵo tamen venos – nu, ŝi ne domaĝos ĝin.

Li reiris al la kuirejo, kaj responde al invito de Manjo, eklavis sin. Li sentis strangan embarason forprenante la tunikon antaŭ la tri virinoj, kvankam neniel ĝenis lin kiam post la labortagoj li revenis kaj forlavis la karbon de si, nuda ĝis la talio, indiferente pri iu ajn ĉeestantino. Li estis tro longe ĉe la Fronto, nur inter viroj. Nu, necesas memori ke la virinoj ankoraŭ estas normalaj, eĉ se li deviis.

Li finis la lavadon kaj eksidis ĉe la tablo por la jam pret-igita manĝo, kion li ne povis ne ĝui, malgraŭ la melankoliaj cirkonstancoj kaj la ŝajnigo ke li ne estas malsata. Manĝo estas bona; dormo estas bona, kaj li kutimis plenprofiti ambaŭ en mondo preskaŭ ekskluzive mizere malbona.

Kontrolinte ke ĉio iras glate, Manjo fine residis kaj, ĉesinte labori kaj doni instrukciojn, evidente refariĝis tute konscia pri sia aflikto. S-ino Hamilton parolis:

«Mi konsilis al s-ino Robb ne malesperi, s-ro Maclean», ŝi diris. «Oni evidente ne estas certa, ĉu ne? Tiu ‹perdita› nur signifas ke oni ne scias kie li estas, kaj mencias ‹morton› nur kiel eblon. Ĉu ne estas vere?»

Dunkan damnis ŝin, konsciante ke Manjo nun rigardas lin kun avide atendema vizaĝo.

«Estas vere, Manjo», li diris. «Oni supozas lin morta simple ĉar mankas iuj raportoj pozitivaj; sed, mi petas vin, ne tro dependu de erareblo: se estas neniu sciigo, estas tre ver-ŝajne pro tio ke li ne povis doni al ili vivosignon, kaj la plej ŝajna kaŭzo de tio estas – ke li jam ne vivas.»

«Sed estas eblo – ebleto – ĉu, Dunkan?» Manjo petis.

«Ebleto, se vi volas, Manjo.»

«Do mi ne malesperos.»

«Nek tro esperu, Manjo, mi petas. Oni ne sendis telegramon nur por mizerigi vin.»

«Mi komprenas, sed se estas ebleto, tio estas fortiga.»

Dunkan sciis ke lia averto estis pli-malpli senutila. Tiu ebleto fariĝos por ŝi eblego, kiu trompe subtenos ŝin dum ioma tempo. Poste ŝi simple devos reenfali malesperon ĉar espero frakasiĝis, kaj fragmento de tiu espero rekreskos en absurde grandan esperon, kiu denove devos krevi, kaj tiel la ekstremoj daŭre alternos, kun espero nutrante malesperon, ĝis la jaroj-paso enportos tiom da novaj spertoj kaj memoroj en ŝian vivon, ke la malnovaj komparite paliĝos. Tio bezonos longan tempon; multe pli bone travivi la mizeregon nun, unufoje.

Kompatinda Alek! Dunkan vidis lin nur unufoje de post lia soldatiĝo: dum dutaga forpermeso en Amiens. En tiu tempo Alek ankoraŭ ne estis en la trancêoj, kaj dum ili trinkis, li faris al Dunkan kelkajn oblikvajn demandojn, kiuj montris al Dunkan, malgraŭ la ruzemo, ke Alek scivolas kiel li kondutos kiam necesos esti kuraĝa.

Li tiam klarigis sian soldatiĝon al Dunkan kun embarasita kvazaŭamuzo: «Vi scias, Dunkan – ĉu ne? – kiel estas: mi ne kredas pri tiu ĉi patriota blago, sed – estas Manjo: ŝi estas tiel konservative ortodoksa: ŝi mortus pro honto se mi rifuzus militiri. Mi provis klarigi al ŝi ke ankaŭ mi rajtas havi idealojn, same kiel la najbaroj, eĉ se ili ne estas la samaj, sed ŝi nur povis pensi pri ‹kion oni diros›, kaj tiel plu. Do ni devas havi pacon en la kabano, ĉu ne? Mallongan kverelon mi povus toleri, sed tia ĉi daŭrus dum tuta vivo. Do mi diris al ŝi: ‹Mi ne volontulos›, sed kiam oni komencis devigi – jen bela ekzemplo de la libero por kiu ni batalas, Dunkan! – mi lasis min fariĝi devigito. Tiel mi kontentigis mian edzinon kaj kvietigis mian konsciencon samtempe, ĉar mi ne iris, sed oni tiris. Kaj nun jen mi: ano de la Nova Armeo!»

Nu, lia sorto estis la sorto de granda parto de la Nova Armeo, kiun oni nun eliminadas kun malnova efikeco.

S-ino Hamilton insistis ke, se Manjo ne tranoktos kun ŝi, ŝi restos kun Manjo por konsolo. Dunkan suspektis ke Manjo

cedis pli pro lia ĉeesto ol pro la pretendita motivo de sia najbar-
ino, kaj li scivolis kion ŝi estus farinta se la nuna aflikto ne estus
okazinta.

Li dormis malbone pro la nekutima molo de la lito, kaj
ne volis fari por si improvizitan liton sur la planko, pro timo
ke Manjo ekscios kaj ofendiĝos, ne komprenante la motivon.
Sekve, li ne bedaŭris kiam la ellitiĝa horo venis, malgraŭ ties
fruo pro la neceso trafi la riveroŝipon kiu portos lin dum la
unua parto de lia pluvojaĝo al Ejle.

La matena gaslumo ŝajnis senvarme pala, kvankam ĝi ja
estis tiu sama kiu lumigis la kuirejon la antaŭan vesperon, kaj
la vizaĝo de Manjo estis vere kolormanka. Tio ne estis nura
lumefiko, ĉar ŝia najbarino kompare aspektis tute natura; estis
pro tio, Dunkan konjektis, ke ankaŭ ŝi malmulte dormis, kaj
eble la sensimpatia matena malvarmo glaciigis ŝiajn nereal-
ismajn revojn.

Li manĝis silente kaj embarasite, kaj dankeme respondis al
la maloftaj diroj de Manjo, sed tiuj ne donis al li okazon paroli
longe, estante nur demandoj pri liaj vojaĝaranĝoj kaj petoj ke li
enmemorigu ŝin al tiu kaj alia en Ejle. Cetere, ŝi parolis distre,
kaj preskaŭ ne atentis liajn respondojn.

S-ino Hamilton aldonis nenion, ŝajne opiniante ke tiu
ĉi estas tempo por familiaj aferoj. Dunkan preskaŭ bonven-
igis la aserton de Manjo ke ŝi akompanos lin al la kajo, ĉar ĝi
donis al li okazon rompi la silenton iom pli longe ol kutime per
energia protesto. Tio vekis Manjon al ioma viveco, kaj ŝi varme
demandis kial ŝi ne iru. Kion alian ŝi povos fari dum la mateno?
Ĉu ŝi ne kapablas trovi propran vojon en la urbego? Kaj tiel plu.

Dunkan fakte ne estus domaĝinta ke ŝi venu, ĉar la horo
estas ja frua, kaj la mateno estos terure longa por ŝi, sed s-ino

Hamilton devos baldaŭ iri por pretigi la matenmanĝojn de sia propra familio, kaj li ne povus trankvilmense permesi al Manjo reveni sola de la kajo en ŝia nuna stato. Subtenate de s-ino Hamilton, li fine konvinkis ŝin ke, se ŝi venos, li estados perturbita dum la tuta vojaĝo hejmen, kaj eĉ post tio, ĝis li ricevos definitivan novaĵon ke ŝi sanas.

Manjo esprimis sian malestimon pri tia sinteno, sed ŝia febra malŝargo de energio baldaŭ eluzis sin, kaj ŝi cedis al la petoj de siaj vizitantoj.

Dunkan ne aldonis ke eĉ ne plaĉas al li ial lasi ŝin en la cirkonstancoj, sed li provis persvadi ŝin akcepti la inviton de s-ino Hamilton iri al ties domo dum ŝi pretigos la maten-manĝon. Manjo tamen rifuzis, kaj vidante ke kolero releviĝos, Dunkan rezigne ekpretigis sin por foriro kaj, post mallerta adiaŭo, eliris en la grizan matenon, lasinte ŝin palvizaĝan, pensantan pri sia perdita edzeto drivanta ie en la Harmagedo de la Somme.

★ ★ ★

Malgraŭ antaŭaj supozoj, Jano ĉesis domaĝi sian difektitan unuan tagon tuj kiam li revenis hejmen, kaj la postan tagon li pensis ke ĝi nun estas nur la dua tago de lia forpermeso, indiferente pri tio, kiel li pasigis la unuan. La ĝeno kiun kaŭzis la funebro estis baldaŭ forgesita, kaj li ekĝuis sian forpermeson. La sola domaĝo nun estis la rapida forpasado de la tagoj, kaj estis jam la merkredo posta kiam li ricevis leteron de Donald:

Kara Jano,

Pri sabato: mi ĵus ricevis leteron de amikino kiu pasigos kelkajn horojn en Glasgovo survoje al Perth. Mi esperas ke ne ĝenos vin se ŝi lunĉos kun ni. Tio ne malhelpos nian iron al la ludo, ĉar ŝi devos lasi nin antaŭ la dua por renkonti amikojn kun kiuj ŝi pluvojaĝos, sed ja signifas ke ni devos lunĉi iom pli frue ol ni intencis. Ĉu vi povos do veni per la trajno antaŭa? Mi renkontos vin, kaj ni povos havi trinkon aŭ simile ĝis lunĉo.

Ŝi estas opera kantistino kun voĉo vere elstara, sed ŝia progreso profesia estas malrapida, suspekteble pro tio ke ŝia patrino estas aŭstrino.

Kore salutas

Donald

Opera kantistino? Interese. Jano estis komence ĉagrenita pro la ŝanĝo al la jam konsentitaj aranĝoj, sed postnelonge lia scivolemo pri la ekzota virino superregis ĉagrenon. Ĉu ŝi estas juna? Donald ne menciis tion, sed kial li lunĉu kun virino se ŝi ne estas? Kial Donald lunĉu kun ŝi ĉiuokaze? Kiel li ekkonis operan kantistinon? Ĉu pro sia politiko? Eble ili ambaŭ apartenas al iu klubo – Amikoj de Libera Aŭstrujo, aŭ simile. Eble ŝi estas mal-amikema al Britujo, aŭ almenaŭ al britoj en uniformo. Sed ne, tio estas absurda: ŝia patrino estas aŭstra. Tre verŝajne ŝi mem loĝis en Britujo dum tuta vivo, eĉ ne scipovante la germanan lingvon.

Ĉu ŝi vere estas talenta, aŭ ĉu influis Donaldon lia amikeco? Ŝia belo? Kial supozi ke ŝi estas bela? Ĉar ŝi kantas, kaj estas ekzota? Fakte, operaj sopranulinoj estas laŭtradicie dike malbelaj. Konsilinde supozi ŝin tia por eviti seniluziiĝon. Strange kiel ni antaŭbildigas ion laŭ tre definitiva formo, kaj ĝi neniam montriĝas tia, kia la imago prezentis ĝin. Kial ekzemple li nun imagas ŝin blonda? Ĉu ĉar li ligas en la menso aŭstrojn kun germanoj, kaj germanojn oni emas imagi blondaj? Ĉu aŭstroj fakte ne emas esti sude malblondaj? Jes, li imagu ŝin tia, se li ne volas havi en la menso malĝustan impreson. Eble ankaŭ nealloge maldika, kun kaduka vizaĝo kaj nekonvene velka gorĝo. Kaj eĉ tiu bildo estu moderigita: konvenas memori ke elstaraj trajtoj estas maloftaĵoj.

Dum la tagoj restantaj antaŭ la renkontiĝo li permutis ĉiujn imageblajn al li variaĵojn de virinaj trajtoj, kvankam tiu imagkapablo jam ne inkluzivis la elefantan figuron de tradicia mezaĝa sopranulino, ĉar li ne povis imagi tian kiel amikinon de Donald.

En la trajno survoje al Glasgovo timo ektrafis lin. Li memoris ke Donald havis iun konon pri muziko. Eble estos teknika konversacio pri muziko, kiu montros lin mem analfabeta. Kaj kie ili manĝos? En iu ekskluziva restoracio plenplena de altrangaj oficiroj, kiuj rigardos lin kun malaprobo, kaj eble postulos lian elirigon. Li ne povis imagi ke Donald nature iros al tia loko, sed kiom li influiĝos de sia renkontotino?

Li kaptis la unuan okazon por fari demandojn al Donald. Tiu faciligis la aferon, tuj pardonpetante pri la trudo.

«Tio tute ne gravas,» Jano certigis, «sed certe interesas min tiu ĉi kantistino. Kiel vi renkontis ŝin?»

«Ho, dum balo je kiu mi ludis antaŭ kelkaj monatoj. Ŝi iris al Londono esperante aliĝi al opera trupo, sed mi opinias ke ŝi ne havis multan sukceson, kaj nun revenas por kanti kun iu grupo en Perth – kredeble unu el tiuj provizoraj grupoj miks-itaj, kiuj fosadas sian sulkon distrante la soldatojn kaj la milit-lacan publikon, ĉu ne?»

«Jes, mi konas tiajn», respondis Jano seke. «Kie ni lunĉos? Mi esperas ke ne en iu atlase remburita riĉulejo, ĉar oni eble elĵetos min pro mia rangomanko.»

«La rang' nur estas ginestamp'», citis Donald. «Tute ne. Kio mi estas?»

«Mi ne pensis pri via propra gusto,» insistis Jano, celante definitivon, «sed pri la sinjorino.»

«Ta, estu trankvila. Ŝi scias ke mi ne disponas monon por tiaj vantaĵoj», respondis Donald, scivolante kial li ne elprofitis tiun ŝian scion antaŭe. «Ni iros al la Grantarmoj, kie ni cetere – vi kaj mi – unue havos aperitivon. Sed kial atendi? Ĉu jen?» Li indikis la pordon de trinkejo, kiun ili tiam pasis, kaj Jano konsente kapjesis.

Li ankoraŭ estis iom nervoza pri la renkonto kun tiu ĉi imponulino, kaj sentis spacojn en si, kiuj bezonas la plenigajn haladzojn de alkoholo antaŭ ol lia memfido povos ŝveli ĝis adekvato.

Ili eniris, kaj Donald, trovinte spacon inter la homoj ĉe la vendotablo, batetis tion per la manplato.

«Kion por vi, Jano?» li demandis. «Larmon kaj litron?»

«Litron jes, sed mi preferus ĝinon ol viskion, se oni havas.»

«Ho, oni sendube havas. Estas la viskio, kiu estas fuĝema. Ĉu iun viskion?» li demandis al la kelnero.

«Nur irlandan, sinjoro.»

«Ho dio! Unu do, kaj unu ĝinon, mi petas. Kaj unu litron. Mi ne scias kiel vi povas trinki tiun parfumaĉon, Jano», li diris kiam la trinkoj venis.

«Bona ĝino preferindas al malbona viskio», Jano diris simple. «Cetere, mi ne trinkas ĝin pro la gusto.»

«Ne, mi povas kredi. Do, sanon!»

«Sanon!» Jano respondis, kaj glutis la enhavon de la eta glaso kvazaŭ li engorĝigas pilolon, tuj poste forlavante iujn restaĵojn sur la lango per la biero. Poste li diris:

«Tiu ĉi amikino – ĉu vi vidas ŝin ofte?»

«Ne, ŝi loĝas en Londono.»

«Ha, koresponda amikeco nun, ĉu?»

«Jes, se niaj maloftaj leteroj meritas la nomon korespondado.»

«Kia ŝi estas? Tio estas, vi skribas ke ŝia patrino estas aŭstrino.»

«Vere. Sed ne timu: ŝi parolas la anglan tre bone.»

«Mi supozas ke ŝi loĝis en Britujo la plej grandan parton de sia vivo.»

«Ne, ŝi nur venis pro la milito, kun la patrino; ŝia duonpatro estas judo angla.»

«Ho, ĉu? Kaj kiel Britujo plaĉas?»

«Sufiĉe, laŭ mia scio. Certe ŝi preferus esti en Italujo.»

«Ho jes, kompreneble. Kia ŝi as... ĉu ŝi aspektas aŭstrino?»

«Kia aspektas aŭstrino?»

«Nu, mi ne ĝuste scias. Mi nur scivolis ĉu ...»

«Ŝi plaĉos al vi. Estu certa. Venu; estas tempo. Ni povos havi pluan trinkon dum ni atendos tie.»

Jano obee fintrinkis sian bieron, kaj ili pluiris al la rendevuo. Tiu estis establejo dividita en plurajn salonojn, iuj nuraj trinkejoj; aliaj, diversspecaj restoracioj, Donald gvidis Janon al unu el ĉi tiuj, nomita «La Kaserolo», kiun li elektis por la rendevuo, kaj eksidinte ĉe tablo tie, Jano mendis denove ĝinon por si kaj viskion por Donald.

La salono estis jam pli ol duone plena, kvankam estis ankoraŭ frue – nur iom post la dekdua kaj duono.

«Je kiu horo vi atendas ŝin?» Jano demandis.

«Ho, iam antaŭ la unua. Ŝi devos trafi trajnon poste. Ŝi skribis ke ŝi venos ĉirkaŭ kvarono antaŭ.»

«Do, estante virino, venos iam ajn post la unua, ĉu?»

«Mi opinias ke ŝi venos akurate.»

La respondo mistifikis Janon. Kion Donald volas signifi per tio? Ĉu li ofendiĝas pro la pikaj, kvankam ŝercaj, vortoj tial ke li amas la virinon? Aŭ ĉu li certas pri ŝia akurato, sciante ke ŝi amas lin? Aŭ ĉu li nur estas kontraŭdirema? Se jes, kial? Ankoraŭ ne pro la trinkoj. Ĉu pro nervozo? Timo ke ŝi ne venos?

Jano mem estis nervoza, kaj li celis komfortan konfidencemon per tiu diro, komplican konsenton pri la neakurato de virinoj; sed li ŝajne forpelis simpation. Ĉu li ne estas bonvena ĉi tie? Kial li ne reskribis ke li renkontos Donaldon post la lunĉo? Eble tiu atendis ĝuste tion, kaj nun ĉagreniĝas pro lia stulto.

«Mi neniam estis ĉi tie antaŭe», li diris.

«Ĉu ne, Jano? La manĝo estas ankoraŭ sufiĉe bona, spite la militon. Cetere, mi ŝatas la lokon; ĝi estas ekzemple en la nuna cirkonstanco – nu – konvena, ĉu ne?»

«Jes», Jano konsentis envie. Donald elektis ja konvene, kun aplombo. En sama situacio li, Jano, estus fuŝinta, elektinte aŭ iun absurde imponan luksejon kie li ne povus konduti komforte pro timo ke li ne povas pagi la kalkulon kaj elektos malĝustan vinon, aŭ iun popularejon kie tro amikema kelnerino alportus kolbasojn kaj frititajn terpomojn kun konfidencaj sciigoj pri bono aŭ malbono. Tamen, nun li povos registri tiun ĉi lokon en la memoro kontraŭ eventualoj, kaj cetere la respondo de

Donald sugestas ke li ne estas kolera, kio estas bona.

La plej multaj homoj en la salono estis viraj, kaj iliaj konversacioj kaŭzis konstantan murmuradon al kiu la orelo kutimiĝis, tiel ke ĝi baldaŭ fariĝis nerimarkebla. Sekve, kiam ĝi subite ĉesis, la rezulta silento estis dramece trafa, kaj surpriza.

Rimarkinte ke ĉiuj rigardadas la pordon, Jano turnis sin por vidi tion, kio altiras ilian atenton. Ne povas esti – sed jes – devas esti: pompega blondulino, kiu staris tie ĉirkaŭrigardante la salonon, nun direktas sin ridetante al la tablo kie sidis Donald kaj li – pli ĝuste, li, ĉar Donald jam staris bonvenige. Jano reenŝovis sian seĝon, kaj ekstaris kun tremantaj genuoj por prezentiĝo.

La ravulino ekprenis la etenditan manon de Donald kaj prezentis porkise la vangon kun «Ha, jen vi, Donĉjo!»

«Militza», tiu respondis. «Ĝustatempe.» Li turnis sin kaj indikis Janon: «Jen mia kuzo, Jano Gill. Li forpermesas, kaj ni jam aranĝis renkontiĝi antaŭ ol mi ricevis vian leteron.»

Ŝi turnis sin kun nova radianta rideto: «Ha, tre brave! Aviadisto!»

Jano sveneme ŝanceliĝis antaŭen, kaj kun stulte aŭtomata «Ĉarmite» ekprenis ŝian manon, scivolante ĉu celi la vangon perlipe. La tablo obstrukcis lin, tiel ke li subite memoris la glasojn, kaj evite al ili residiĝis abrupte, dum Donald retiris por ŝi la seĝon inter ili.

Reŝovante ĝin li sentis tentiĝon subite fortiri ĝin kiam ŝi eksidos, nur por vidi ŝian reagon al tia nedigna situacio, ankaŭ tiun de la gapantaj idiotoj ĉirkaŭe. Kiel ŝi aspektas kiam ŝi konsterniĝas? Ĉu iam konsterniĝas?

Sed ne; ne nur estus infanece fari tion, sed ankaŭ maljuste: ŝi ne meritas tion. Ŝi vere estas eksterordinara; jen ŝi venis, tute akurate, ĝuste kiel li atendis.

Kaj kompatinda Jano sidas tie en nuboj de deliro. Ho, ŝi taŭzos lin en vaton kiam ŝi ekturnos kontraŭ li la ĉarmilojn. Fakte, ŝi jam ekvenkis per sia nura apero, kaj povus nun sidi pasive, lasante al la aspekto sola detrui lian restantan rezistemon. Natura aspekto ja, pliarmita de akcesoraĵoj helpaj al la eterna kampanjo: la incita parfumo, kaj tiu felaĵo sur la kapo – ĉifoje do ŝi elstarigas la jam elstaran! Ĉio ĉi sufiĉus por enreti la kompatindan, sed ne sufiĉos por ŝi, ĉar li ja estas viro – preskaŭ. Do, do, al la menuo!

Jano rigardadis la belulinon dum ŝi respondis al la demandoj de Donald rilate manĝon. Kia belego ja: perfekta profilo; senmanka, senŝminka haŭto kies nuancoj ŝajnis veni tra diafano el iu rozkolora lumo interna; ŝvela, sed june firma, gorĝo videbla super la pelta kolumo de la mantelo, kaj la kurbo de la makzellinio – eĉ pli subtile perfekta ol tiu de la vango – finiĝas je delikata oreleto, kiu provoke montris sin desub la oraj bukloj. Super tiuj, kiel konvena krono de la belo, sidis ĉapelo el iu blanka, multekosta pelto, kies fajnaj haretoj donis nebulan malprecizon al ĝiaj rektaj konturoj. Jano penis solvi la konsternan efekton per detaligo al si de la fizika fenomeno, sed vane: la belo kvazaŭ emanis el ŝi kune kun la odoro de ŝia subtila, sed sveniga, parfumo, kaj en lian kapon venis la gimnazie parkeritaj versoj pri Venera:

> «... *rosea cervice refulsit*
> *ambrosiaeque comae divinum vertice odorem*
> *spiravere ...*
> *... o dea certe!*»

«Kiom longe vi restos en Skotlando?» Donald demandis.

«Ho, mi tute ne scias. Temas pri koncerto hodiaŭ vespere, sed post tiu – nu, mi vere ne scias; mi venis responde al letero de Alekso – vi memoras lin, ĉu ne?»

«Ne», Donald konfesis.

«Tiel peke! Li volis helpi vin.»

«Ho – ĉu? Ĉu lin vi renkontos antaŭ ol veturi plu al Perth?»

«Ankaŭ lin. Jes. Li organizis tiun ĉi grupon. Li fakte esperas ke post du-tri koncertoj li faros el ĝi – aŭ el ĝia kerno – konstantan profesian trupon. Kaj jen la punkto, mia Donĉjo: kiam mi sciigis lin ke vi ankoraŭ ne estas en la armeo, li tuj interesiĝis kaj proponis lokon por vi.»

«Kio? Kion mi scias pri la teatro? Kaj cetere, kial mi ankoraŭ ne estas soldato? Tion volus scii la spektantoj.»

«Sensencaĵo!»

«Ne sensencaĵo. Mi ja estas militaĝa.»

«Se vi konsentos kunlabori kun ni, estas tre verŝajne ke vi ne devos iri, ĉar vi tiam farus ion helpan al la milito.»

«Ho, ĉu vi aŭdis tion, Jano? Ĉu vi vere opinias» (al Militza) «ke tio plipopularigos min? Tio estas ĝuste mia punkto: nesoldato militaĝa estas ĉial suspektinda, kaj unu suspekto estas ke li evitas la militon pro ĝuste tia preteksto, kian vi menciis.»

«Ne necesas esti populara; vi ne estos aktoro; li bezonas direktanton kaj helpan reĝisoron. Tio signifas ke vi aranĝos pri rezervoj, salajroj, vojaĝplanoj kaj simile, kaj samtempe vi helpos al la reĝisoro; do lernos pri scenaranĝo. Jen la ŝlosilo, Donĉjo, per kiu vi povos liberigi vin. Nur havu kuraĝon. Elpaŝu.»

«Kara mia, mi volonte elpaŝus, sed estas problemoj, kiujn vi ne komprenas.»

«Ekzemple?»

«Ekzemple, la militservo. Vi ne povas tiel facile forbalai tion. Vi ne komprenas mian situacion.»

«Bone, do soldatiĝu; sed, post la milito, vi revenos al sama tedega laboro, kaj tiam ne plu havos iniciativon serĉi liberiĝon.»

«Ne, ne. Ne temas pri tio. Cetere, mi jam lasis la oficejon.»

«Ĉu, Donĉjo? Kaj kion vi faras nun?»

«Provizore mi estas helpanto en la Fajrestinga Servo.»

«Helpanta fajrestingisto? Tio ne estas vivrimeda okupo.»

«Ne, sed mi esperas trovi plenan laboron baldaŭ. Sed, krom tio, estas la fakto ke mi scias absolute nenion pri tiu ĉi proponita okupo.»

«Ta, vi lernos unu duonon, kaj la alian ne necesos lerni.» Ŝi turnis sin al Jano: «Vi devas persvadi lin, Jano – vi ne koleras ke mi nomas vin Jano, ĉu?»

«Ho – tio? Neniel. Ne, ne, ne, ne, ne.»

«Tiel bonkore! Vi devas persvadi lin, kvankam vi estas aviadisto. Eble ĉar vi estas aviadisto, li aŭskultos. Ne ĉiuj povas havi samajn talentojn, ĉu? Kaj kial Donĉjo aldonu unu al la nombro de armeanoj se li povas servi multe pli efike, farante konvenan al si laboron? Kaj ĉu eĉ vi ne esperas post la milito trovi propran rolon?»

«Ho jes, kompreneble.»

«Jen, Donĉjo, du kontraŭ unu. Vi estas venkita.»

«Ŝajne. Do mi pensos pri ĝi.»

«Kaj decidu jese. Mi sciigos al Alekso.»

«Sciigu lin ke mi pensas pri ĝi.»

«Nur pensas? Kaj jen mi venis ĝuste por varbi vin.»

«Ha, mi scivolis kial vi honoris min.»

«Ne obstinetu», admonis Militza, skuetante al li la fingron. «Jen ni ĉiuj pensas pri viaj bonfarto kaj feliĉo – Alekso kaj Jano kaj mi. Vi devas esti dankema.»

«Do mi dankas vin, kaj vi transdonu mian dankon al Alekso. Diru ke mi skribos.»

«Do faru frue. Ĉu vi aŭdas?»

«Mi aŭdas, kaj obeos.»

«Jen: tiu ĉi adreso sufiĉos.» Ŝi prenis notlibron el la man-saketo, kaj skribinte sur ĝin, forŝiris la folion kaj transdonis al Donaldo. «Direktu ĝin ‹plusende›.»

«Dankon.» Li rigardis ĝin kaj metis en la poŝon.

«Kaj kien iros vi du postkiam mi lasos vin?»

«Al futbalo.»

«Ha, ĉu? Vi estas futbal-amanto, Jano?»

«Ne tute, ne. Mi ne amas ĝin la tutan tempon – tio estas, mi ne kutimas iri; mi nur iras nun, ĉar mi malofte havas okazon.»

«Tre komprenebla. Kaj kie vi deĵoras nun – aŭ ĉu tio estas sekreto?»

«Ne, ĝi ne estas sekreto. Mi ne ĝuste scias. Mi ĵus revenis de Kanado, kaj nun iros al kazerno en Anglujo, sed mi scias nenion pri ĝi; mi ankoraŭ ne estis tie.»

«Vi neniam estis en Anglujo?»

«Jes, jes, mi estis en Anglujo, sed tiun ĉi kazernon mi ne konas; mi estas transira.»

«Ha, mi komprenas. Kaj vi estas unu el tiuj bravaj aviad-istoj pri kiuj ni legas?»

«Ne, ne, ankoraŭ ne. Tio estas, mi ankoraŭ lernas.»

«Sed vi jam gajnis vian flugistan insignon.»

«Jes – sed tamen.»

«Vi baldaŭ estos lerninta ĉion, kaj poste vi fariĝos nacia heroo, kaj tiam ne volos paroli kun ordinaruloj, kiaj ni.»

«Ho, mi tre dubas ĉu mi fariĝos tiel eksterordinara.»

«Ne dubu. Kompreneble vi fariĝos eksterordinara. Se ne, Donĉjo kaj mi paŭtos kontraŭ vi, ĉu ne, Donĉjo?»

«Ho, kompreneble», Donaldo diris.

Dum ŝi babilis plu, Jano ensorbadis ŝian belon. Estis kapturne eĉ sidi apud ŝi, kvazaŭ en la sfero de ŝia sorĉo, kaj kiam ŝi alturnas tiujn bluajn okulojn, estas kvazaŭ la ostoj perdas sian rigidecon. Kiam ŝi ridetas, la okuloj fariĝas ardeze malpalaj, kaj tamen la mallarĝiĝo kaŭzita de la rideto ŝajnas intensigi ilian helon elsendante iun internan lumon.

Ŝiaj brovoj, Jano rimarkis, ne estas blondaj kiel la haroj, sed preskaŭnigre malhelaj, eble pro ŝminko, kvankam ŝminko evidentis nenie sur la vizaĝo, krom sur la lipoj. Ŝiaj lipoj fakte estis la sola neperfekta parto de ŝia vizaĝo. Jano notis la fakton kun intereso. Ili estis belforme kurbaj, sed ne sufiĉe dikaj por perfekto. Tio evidentis nur kiam ili ripozis, nek movante sin dum parolo, nek retirante sin dumridete.

Ŝi turnis sin al li kun iu diro, kaj li balbutis ion konfirman, volante aldoni ion al la nuda respondo, sed ne povante elpensi ion konvenan. Li devos skui sin el tiu ĉi kunikla stulto. Li sopiregas diri ion spritan, sed ĝis nun ne sukcesis kontribui eĉ netan kaj informan frazon al la konversacio. Se li povus elpensi ion! Teni ĝin preta kaj manovri la konversacion al ĝi.

Li ne produktis efektivan spritaĵon, sed ŝi insiste entiris lin en la konversacion, kaj liaj diroj pro kutimiĝo fariĝis malpli balbutaj. Cetere, kiam ŝi petolpikis Donaldon, li povis, subtenante ŝin laŭpete, surpreni rolon de amikeca malamiko kontraŭ sia kuzo, kaj tio nature donis al liaj diroj ioman adstringon, kiu preskaŭŝajnis sprito: «Ho jes, li diras tion nun, sed ...»; «Tiu senkulpa mieno eble trompus tiujn, kiuj ne konas lin, sed konatulojn ĝi simple puŝas en suspektemon»; «Li ja devus honti, sed ĉu atendi honton de senhontulo?»; «Kompreneble lia lango ne trompas ĉiujn; ĝi obeas sian mastron», kaj tiel plu.

Fine Militza rigardis sian pojnon: «Ej!» ŝi ekkriis. «Mankas tempo!»

«Jes,» Donald konsentis, «mi estis ĵus avertonta vin, sed restu trankvila; taksio portos vin en ĝusta tempo.»

Ili pretigis sin por iro. Donald pagis la kalkulon, kaj ili lasis la salonon sub la rigardo de multaj okuloj. En la strato Donald signis al taksio, direktis la ŝoforon, fermis la pordon post ŝi, kaj ŝi estis for.

★ ★ ★

La maro ne estis tro malvarma, malgraŭ la malfruo de la sezono, kaj Dunkan ĝue trempis sin en ĝi. Li jam perbane forlavis la koton de la tranĉeoj, sed la varma, sapumita akvo kiun li uzis hieraŭ, kvankam ĝi saturis la haŭton kaj forsorbis la koton, tamen estis manka kompare kun la maro en tiu ĉi golfeto: ĝi estis ŝlima; ĉi tie estas kristala puro.

«Estas la salo», li pensis etendante sin en du futoj da akvo kaj ungumante la manojn en la blanka, malsubtila sablo sub ĝi. «Estas la salo.» Li ne sciis kial aŭ kiel la salo respondecis pri tiu morda pureco, sed ĝi ja konvenis, kiel ankaŭ la arĝenta sablo sube, al la ideo. Ĝi estas la kontraŭo, la absoluta kaj brila malo de la muelita koto kiu makulis lin ĝisinterne.

Li levis manplenon da sablo: eĉ la grundo ĉi tie estas asepse pura, desinfektita de la karbole arda akvo kiu lavadas ĝin. Tie, kontraŭe, la grundo infektas la akvon, kaj ĉie estas putro; li iam pensis pri la grundo kiel vivdonanto, sed jam ne: el ĝiaj svarmantaj mikroboj vegetaĵoj ja levas sin por nutri la bestojn, sed la bestojn ĝi baldaŭ rericevos kune kun la vegetaĵoj kiuj tro maturis. Nutro kaj putro, eterna fermento; kaj tie la procezo estas akceligita; kadavroj kaj ratoj kaj homoj en unu, preskaŭ homogena, fıraguo, kuntenita de tiu eterna, odoranta ŝlimo.

Ĉi tie eĉ la mortintoj ne odoras; ili flosas sur la tajdoj ĝis la vivantoj formanĝas ilin; eĉ kiam ili estas dispecigitaj, la eroj flosas kiel definitivaj pecoj, tuŝeblaj kaj distingeblaj, dum tie la grundo ŝlima miksiĝas kun la ŝlimaj restaĵoj de viroj kaj ĉevaloj kaj ratoj, aŭ eble bakite sub somera suno ĝis brikeca kaj fendita duro, ĝi subite enfalas sub la plando por malkaŝi pulsantan amason da blanko, ĉar eĉ bakite ĝi permesadas putriĝon.

Li rigardis la brakojn por certiĝi ke ili estas puraj, ĉar li sentis la koton tie; kaj viŝis la lipojn por malŝate nuligi la guston kiun li ankoraŭ imagas sur ili. Poste li duonnaĝis, duon-piedpuŝis sin, al pli profunda akvo, etendante la brakojn al ĝi kvazaŭ brakume, sentante ĝin lavi ĉiun parton de la korpo, dorson, bruston, akselojn. Kial li ne aliĝis kiel la duonfratoj al la Floto? Morti en la oceano pure, individue! Enflari ĉiam tiun ĉi purardan odoron anstataŭ la miasmojn de la Fronto, scii ke lin akceptos sfero kiu permesas vivon, sed ne vivon malpuran! Ĉi tie naskiĝis ĉiu vivo laŭ onidiro, kaj eble la vivo eraris lasante ĝin. La homaro reiru al ĝi por fariĝi grandioza.

Se li nur povus resti en ĝi tagon post tago, ĝi fine brullavus for ĉiun restantan senton de la koto, sed li jam ektremetas pro malvarmo, kaj antaŭ ol liaj ĉiutagaj mergiĝoj povos daŭre efiki, estos jam tempo por reiri.

La tago estis mole milda, eĉ humide malkomforta por promenado en pezaj vintraj vestoj, sed ĝiaj malsekaj fluoj traf-antaj lian jam malsekan korpon tikigis al li la haŭton, kaj liaj dentoj klaketis. Sed kio plej diferencis de somero, tio estis la sablo sub liaj plandoj, kiu tiam estus tenanta kaj resendanta en lin la sunan varmon, sed kiu nun, malvarma mem, fordrenas la restantan varmon de li.

Li energie frotis sin. Ĉu malvarmumi nun? La tagon antaŭ sia nupto? Tio estus domaĝa. Sed ĉu tiel domaĝa efektive, ke li ne ĝoju se ĝi malebligos lian reiron al la Fronto? Sed por tio ĝi ja devus esti gravega – minimume pleŭrito.

Kompatinda Katrina! Li ne pensas pri ŝi. Tamen, ĉu ŝia ĉagreniĝo pro prokrastita ceremonio estus tiel forta? Ĉu akurata ceremonio kaj posta vidvineco estas tiel preferinda al malfrua ceremonio kun edzo garantiita por daŭro de ordinara homa vivo? Eĉ se por ŝi jes, kiu kulpigus lin, se por li ne?

Eble la pleŭrito mem mortigus lin. Ĉu ne estus preferinde morti ĉe la Fronto, precipe ĉar li jam suferis tiom tie? Mortinte milfoje, ĉu nun ne preferinde oficiale morti *pro patria* kaj gajni la konvenajn kaj merititajn laŭdojn? Li decidis ke ne. Prefer-inde ĉi tie.

Li jam estis duone vestita, sed li imagis ke la malvarma sablo forsuĉadas lian vivon tra la nudaj piedoj. Poste li ridetis. Kia ideo! Kial li, kiu staradis dum tagoj en la fia akvo de la tranĉeoj, eĉ pensas pri la eblo ke la seka sablo sur kiu li nun staras povas iel efiki lin?

Nu, evidente ĉar la deziro patras la penson. Li estas ĉe-hejme nun, kaj li instinkte volas resti ĉi tie, ĉu morta aŭ viva. Kial li iam foriris?

Surmetinte la botojn li ekpromenis rapide por varmigi sin, memorante alian tagon pezplenan de vivo kaj koloroj.

★ ★ ★

Jano finis sian forlicon en ora nebulo, kaj antaŭvidis foriron al Anglujo kun sentoj konfuzitaj: li domaĝis lasi Skotlandon, sed ne ĉar li bedaŭris lasi la hejmon; male, li volonte forirus se li tiel irus pli proksimen al Militza. La fakto ke li ne, ke anstataŭe li eĉ pligrandigos la distancon inter ili, almenaŭ provizore, faris la foriron malagrabla al li.

Estis vere ke neniu praktika diferenco estos evidenta: en ambaŭ kazoj li eĉ ne vidos Militzan, sed estus konsole scii ke li moviĝas al ŝi. Estas eĉ konsole ke ŝi estas en Britujo, sur sama insulo, sama terpeco, sed se li estus vere proksima, li povus kovadi eĉ pli varme siajn revojn, kaj eble hazardo eĉ permesus ...

Tio ja estas en la sfero de la revoj, kaj eĉ se la renkonto povus esti ankaŭ en la realo, la pozitivaj sekvoj devus ekzisti ekskluzive en la rozkoloraj vaporoj de revado, ĉar kion li povus atendi? Ŝi devenas de mondo tute fremda al li, mondo en kiu ŝi estas nepre ĉirkaŭita de admirantoj kiuj – pesto ekstermu ilin! – estas nepre pli simpatiaj al ŝi ol li povas esti, malgraŭ ŝia interesiĝo kaj ŝajna admiro pri lia metio. Li devas ne permesi al si flatiĝi pro tiu admiro, kaj flatiĝinte ekteksi el fantazio nerealigeblajn projektojn. Tiu admiro estis nur la ĝentilo de matura virino; eble ŝi eĉ ridis al si pri lia mallerta balbutemo. Ne, tion li ne povas kredi, sed aliflanke li devas esti prudenta: ŝi certe jam forgesis pri li; li devas konstati tion.

Kaj tamen, ĉu? Ŝi sufiĉe interesiĝis pri Donald por renkonti lin plurfoje post unua prezentiĝo, kaj eĉ klopodi pri lia kariero – tio estis pruvo pri vera intereso. Eble estas vere ke artistoj ne agnoskas striktajn sferolimojn; eble ŝi aparte interesiĝas pri viroj kiuj ne estas en propra sfero. Aŭ ĉu estas io speciala pri Donald? Povus esti; li estas efektive eksterordinare bela. Tamen, li estas civilulo, eĉ rifuzis militservon, kaj ŝajne ŝi ne scias tion. Do ...

Jano rigardis sin en spegulo. Li ne tre raviĝis de la vizaĝo kiu rerigardis al li. Ĝi estis maldika, pala, kun malgranda buŝo, kun frunto kiu jam estis alta, kvankam la molaj, brunaj haroj falemis sur ĝin, kaj ankoraŭ montris junecan lanugon ĉe la harlimo. Ĉu tia vizaĝo povus impresi tian virinon, eĉ super uniformo? Nu, eble ja. Eble virino trovus ĝin interesa. Kiu scias? Ĝi neniam forpuŝis knabinojn kun kiuj li amikemis. Nur domaĝe ke ili mem ne estis pli alkroĉindaj! Nu, oni diras ke ju pli sperta la virino, des malpli ŝin interesas nura belo en la par- ulo, kaj ke ju pli bela ŝi estas mem, des pli ŝi emas serĉi ion alian en viroj. Jano zorge studadis sian vizaĝon, provante imagi ion en ĝi interesan al virinoj. Li retiris ĝin de la spegulo. Nu, do, kiu scias pri la virinoj? Ili havas proprajn gustojn.

Sed Militza! Li neniam revidos iun tian. Ju pli la magia tago forvelkis en la pasintecon, des pli forte la memoro impresis lin, des pli li konstatis la mirindon de la travivaĵo. La unuan posttagmezon li estis sufiĉe ekscitita pri ŝi, sed tio estis komprenebla post tiel nelonga intertempo, kaj la kun- esto de Donald certigis ŝian pluvivon en la konversacio, ke ŝi ekzistis en la antaŭo de la menso, vidate rekte, ne laŭ- perspektive. Poste, kiam li estis sola, li povis pensadi pri ŝi seninterrompe, kaj kiam ŝi fariĝis pli distanca laŭ tempo, li al- kroĉis sin al memkreitaj memoriloj: «Antaŭ semajno, precize ĉe la nuna horo mi renkontis ŝin; kiel feliĉa mi devis esti tiam»: «Jen la stacidomo, de kiu iras la trajno al Glasgovo – kie mi renkontis ŝin», kaj tiel plu, kaj li serĉis pretekstojn enkonduki ŝin en konversacioj: «Tiu ĉi kantistino kiun mi renkontis diris ke …»; «Kompreneble estas absurde kulpigi homon pro raso. Ekzemple, tiu ĉi kantistino, kiun mi renkontis, estis …»

Dum kelkaj tagoj li ne povis memori precize ŝiajn trajtojn.

Li provis detale priskribi ŝin al si: blondaj haroj, bluaj okuloj, rondeta vizaĝo, lipoj iom pli maldikaj ol oni difinus por perfekto, sed tamen konvene kurbaj, firma sed kurba mentono; sed ĉio ĉi kunmetite donis nur ombran similaĵon. Fine, tute neatendite, li kaptis precize ŝian esprimon: la leveton de la brovo, la flankan rigardon, mallarĝiĝon de la okulo pro vango suprenŝovita de la rideto. Estis la viva, nepriskribebla esprimo de la okulo kiu realigis la tuton. Kia momento! Lia koro saltis, kvazaŭ li estus efektive subite vidinta ŝin antaŭ si, kaj li svenemis pro plezuro. Poste li perdis la bildon, kaj kvankam li provis rekonstrui ĝin, kun ĝusta sinteno de la kapo, rigardo el la okuloj, preciza kurbo de la lipo, kaj ĉiu alia detalo memorita, tamen estis vane. Sed ĝi revenis, kaj aliaj esprimoj ŝiaj revenis, pli kaj pli ofte, kaj post kelkaj semajnoj li povis revoki ŝin en la imagon kiam ajn li volis.

Estis senespere, sed tial pike dolĉe, kaj li ĝojis ke almenaŭ li ne devas restadi ĉehejme farante iun rutinan taskon, senkolore, dece. La aerarmeo regajnis por li iom da sia antaŭ allogo. Ankaŭ ĝi estas rutina, senkolora, postkiam oni kutimiĝas al ĝi, sed ĝi donos al li la okazon fari heroaĵojn. Li povas pensi pri ŝi pli intime pro tio, pli laŭrajte, kaj eĉ kovi nebulan esperon ke lia nomo aperos en la ĵurnaloj. Kial ne? Ne necesas esti genia flugisto por tio. Li povus fari unufojan sensaciaĵon se la okazo prezentus sin, kaj tio sufiĉus. Tiam ŝi eble legus pri li, kaj se ili denove prezentiĝus ...

Jano malbridis la fantazion, kaj kiam tio malfortiĝis, li faris al si la realon eltenebla, memorante ke li promesis skribi al Donald. Tio ne estas kontakto, sed ĝi estas ja rilata, iel konekso.

Donald surpriziĝis ricevante leteron de Jano. Certe ili promesis skribi unu al alia, sed kiel ofte oni faras tion? Tamen plaĉis al li ke la knabo memoris, ĉar la sento de izoleco ekpremas, preskaŭ ektimigas lin, kaj kvankam li neniam serĉis amikecon de siaj parencoj, ilia foriro post la funebro emfazis al li la solecon. Post la funebro li antaŭvidis la aranĝitan renkonton kun Jano kun plezuro: ĝi estis daŭrigo, kaj pro ĝi la postfunebra foriro ne estis tranĉo; des pli bonvene do, ke ankaŭ la daŭrigo daŭros.

REEN AL BATALO

La aŭtuno forpasis same nerimarkite kiel ĝi venis, ĉar en la karcero estis nur monotona grizo, la sama grizo en kiun Ĝon nove alvenis en la somero.

Tiam ĝi prezentis kontraston al la koloroj de la ekstera mondo, sed nun ankaŭ tiu estis senkolora. Ĝon sciis, kvankam li vidis nenion krom la ĉielo – kiu cetere ja ŝajnis spegulo de la imagita mondo suba, ĉar eĉ kiam ĝiaj grizaj nuboj dispeliĝis, ili malkovris ĉielon kies lazuro havas ŝtalecan, senvivan nuancon.

Estis necese sin gardi kontraŭ simila griziĝo de la animo, sed ja estis malfacile ekzerci ĝin je la novaĵo de ekstere, ĉar ŝajnis ke apatio afliktis la laboristaron post la fortranĉo de ĝiaj plej aktivaj membroj: la plej progresemaj, entuziasmaj kamaradoj laboradis senĉese, sed neniu okazo prezentis sin por malkaŝa spito al aŭtoritato, kaj ŝajnis ke la promesplenaj tumultoj de la pli frua parto de la jaro estis preludo, ne al granda socia avanco, sed al la tuta silentigo de la ribelemuloj.

La kapitalistoj estis kontentaj. Iliaj profitoj multobliĝis, kaj iliaj servantoj servadis laŭ la kondiĉoj kiujn iliaj mastroj opiniis justaj kaj sufiĉaj. Patriotismo ne malhelpis ke ili striku kaj sabotu tiujn aranĝojn kiam ili opiniis sin fortaj, sed la puno de iliaj plej aŭdacaj amikoj ŝajne konvinkis ilin pri la konsilindo agi prudente se ili ne kapablas agi patriote. Ili eble grumblas, sed ili laboras.

La Fronto fariĝis same apatia en decembro: la Granda Ofensivo, kiu komenciĝis en la somera sunbrilo, fine forsiblis en la malvarmaj nebuletoj de vintro; la freŝaj arbaroj, por kies verdaj ombroj miloj da viroj pereis sub la brila suno, nun estis frakasitaj stumpaĵoj en venenita pejzaĝo plena de miasmoj kaj stagnaj kratero-lagoj, kaj inter la rubaĵo lasita post la batalado – la ruinoj, rompitaj armiloj kaj miliono da kadavroj – kuŝis tie kaj tie nova fenomeno: rustantaj restaĵoj de modernaj militoĉaroj, feraj, raŭpe-sinmovaj monstroj inventitaj kiel solvo kontraŭ la detruegaj maŝinpafiloj, kaj tro frue uzitaj de la generalo kiu, du tagojn antaŭ Kristnasko, eldonis sian finan taginformon rilate la Batalon ĉe la Somme.

La Batalo estis efektive finita eĉ antaŭ tiu oficiala fermo. La lasta atakego estis en novembro, kaj post ĝi la limoj de la avanco estis difinitaj. Sed la viroj kiuj baraktis plorante tra la koto, foje ĝis la akseloj, jam celis efemeron, ĉar la malamikoj jam de septembro konstruadis grandan redutlinion tridek mejlojn malantaŭ la atakata fronto, kaj intencis retreti tien laŭvole por mallongigi sian trançesistemon, lasinte malantaŭ si terenon detruitan kaj plenan de kaptiloj, tra kiu la avancintoj devos ankoraŭ avancadi antaŭ ol denove fari kontakton kaj pretigi sin por la venonta ofensivo.

Dume, la avanco kiun ili faris dum la pasintaj ses monatoj, kiu en iuj lokoj atingis poziciojn ok mejlojn antaŭ la malnovaj, estis aklamita ĉehejme kiel granda venko. La ĵurnaloj plenis de artikoloj informaj pri ĝia strategia signifo kaj de spritaj anekdotoj el la batalejo, kaj la malmultaj malkontentaj animoj kiuj faris demandojn pri la rilatoj inter la perditoj kaj la gajno estis universale kondamnitaj kiel impertinentaj kaj cedemaj perfiduloj. Estis famo pri pacproponoj de la germanoj, kun sekve tendenco en iuj rondoj sugesti ke la aliancoj proklamu siajn militcelojn se ili intencas daŭrigi la militon, sed patriotaj politikistoj klopodis sufoki tian danĝeran ideon ĉenaske, demandante kun nevenkebla spirito por kio la aliancoj batalas se ne por absolute neniigi la monstran malamikon. La ĝenerala publiko aklamis tion kun varma aprobo kaj la soldatoj tremadis en la tranĉeoj.

Dum la milito por libero stagnis, Ĝon stagnadis en la malliberejo provante bridi sian malpaciencon, kiu estas sufiĉe granda eĉ sen la deprima novaĵo de ekstere.

La nova jaro venis kaj denove la ekstera mondo ekvigliĝis. Dum la unuaj du semajnoj de februaro, kvar el la pasintjare kondamnitaj amikoj de Ĝon, Maxton, MacDougall, Muir kaj Gallacher, estis liberigitaj, kaj en la sama monato la tramvojistoj en Petrogrado forlasis siajn veturilojn. Ilian ekzemplon sekvis laboristoj ĉie en la urbego, kaj fine tra la tuta lando, kaj farinte la unuan paŝon, ekorganizis sin en laboristaj grupoj.

Post kelkaj tagoj la novaĵo atingis Britujon: revolucio en Rusujo. Kio okazos nun? Ĉu la nova rusa registaro faros pac-kontrakton kun Germanujo? Ĉu la revolucio traflagros tra ĉiuj landoj? Ĝon senpacience atendis novaĵon, kaj ekstere la laborista movado ricevis novan impulson, sed la semajnoj pasis, kaj esperoj pri sensacia ĉesigo de la milito kaj tuja inverso de la militamaj registaroj ĉie iom post iom velkis. Fakte, la entuziasmo de la militistoj ankaŭ stimuliĝis kun la proksimiĝo de la printempo, ĉar ili pretigis sin por atakego kiu ĉifoje tute trarompos la malamikan fronton.

Kompreneble iliaj planoj estis sekretaj, sed ili ne malkaŝis la fakton ke ili kovas grandajn esperojn, kaj ĉie oni parolis kaj scivolis kaj diskutis pri la loko kaj eventualaj sukcesoj de la Printempa Ofensivo.

S-ino Gill malŝlosis la pordon kaj, portinte siajn pakaĵojn al la kuirejo, metis ilin sur la tablon.

Ilia pezo lacigis ŝin, kaj ŝi ekprenis la kaldronon por pretigi teon, eĉ antaŭ ol demeti la mantelon, sed je tiu momento bruo de tusado trafis ŝin, kaj ŝi rapidis al la litoĉambro kun batanta koro.

Georgo ĵus ĉesis tusi kiam ŝi eniris, kaj rekuŝis lace sur la kusenoj.

«Ĉu vi volas varman trinkon?» ŝi demandis. «Mi jam boligas akvon por teo.»

Li kapjesis kun laca rideto: «Jes, tre bone, dankon.»

«Do, post momento. Ne malkovru vian bruston.»

Ŝi reiris al la kuirejo, kaj demetinte la mantelon, malplenigis la sakojn kiujn ŝi enportis, por aranĝi la enhavitajn provizaĵojn en iliaj ĝustaj lokoj dum la akvo hejtiĝas.

Ŝi estis nervoza. Ŝi ne povis elteni la tusadon de sia edzo; ĝi afliktis ŝin kun preskaŭ fizika doloro: ŝi imagis, kaj samtempe preskaŭ kunsentis, la damaĝon, kiun ĝi kaŭzis en la jam lezitaj pulmoj, kaj aŭdante ĝin, ŝi trovas ke la neeblo fari ion por ĉesigi ĝin estas al ŝi preskaŭ freneziga. Tial ŝi devis iri al li, kvankam la ĵusa tusado estis neniel eksterordinara, kaj pretigi trinkon, kvankam ĝi ne povas kuraci; necesas al ŝi senti ke ŝi faras ion, ĉar ŝiaj nervoj ne permesas al ŝi sidadi trankvile dum la detruado progresas en la alia ĉambro.

Kaj tio ĉi daŭris jam preskaŭ du semajnojn. Ŝi baldaŭ malsanos mem: la konstanta neeblo ripozi finiĝos je kolapso. Ŝi preskaŭ bonvenigus la definitivon de tio.

Jen denove! Ŝi provis fermi la orelojn. Ĉu li ne povas ĉesi?

Li kolerigas ŝin. Tiu martira rideto kiam ŝi eniris la ĉambron! Tamen ne, tio ne estas justa: ne temas pri pseŭda kuraĝo; li nur provis plaĉi al ŝi per ŝajna plezuro pri ŝia propono rilate la trinkon. Tia li ĉiam estis: li ĉiam montris plezuron pri ŝiaj penoj. Tamen, estus pli prudente plaĉi al ŝi gardante sin kontraŭ risko de malvarmumo, kiel ŝi volis. Ŝi ja sufiĉe emfaze avertis lin kiam li staris ĉe la malfermita pordo adiaŭante al vizitintoj dum la Novjara Festo. Estis sensencaĵo pretendi ke li devas fari tion pro ĝentilo. Se ili estus havintaj iom da ĝentilo, ili ne estus starintaj tie dum preskaŭ duonhoro, sciante ja pri la stato de liaj pulmoj. Sed kompreneble ili estas ebriete parolemaj post la festaĵoj, kaj ne pensis pri tiaĵoj. Des pli facile do kamaradece, sed rapide, adiaŭi ilin kaj fermi la pordon ne ofendinte ilin.

Sed kompreneble la nura fakto ke li gardas la sanon farante tion malpersvadus lin. Li ĉiam ta-ta-as la sugeston ke li estas iom delikata. Kial viroj devas esti tiel infanecaj pri tio? Ĉu ili opinias ke ili faras sin fortaj nur agante kiel fortuloj?

Kiel feliĉa ŝi estis antaŭ nur kelkaj semajnoj kiam Georgo unue revenis de la hospitalo kaj Jano forpermesis! La tuta familio estis kuna. Nun Jano estas for, kaj Georgo malsanas. Estas bone ke oni almenaŭ sendis Laŭran en armuzinon anstataŭ en unu el tiuj virinaj kvazaŭsoldataj organizoj. Almenaŭ ŝi povas loĝi ĉehejme. Tamen ŝia laborloko estas tiel distanca; ŝi devas eliri tiel frue kaj reveni tiel malfrue, ke kiam ŝi eliras al dancado aŭ kino dum la mallonga vespero, ŝi ŝajnas hejmenveni nur por vespermanĝi kaj dormi.

Ŝajnas tiel maljuste. Ŝi havis bonan sekretarian postenon. Kompreneble, estas milito; oni devas oferi. Sed kio okazos post la milito? Ĉu ŝi ricevos la postenon kiel oni promesis, aŭ ĉu iu aplombulino ĵus lasinta la lernejon kaperos ĝin? Eble ja ne tiom gravas por virino la posteno, ĉar edzineco prizorgos la problemon pri vivrimedoj, sed taŭgaj eventualaj edzoj emas elekti ĝuste la virinojn kun plej bonaj postenoj. Kiu ambicia viro volus edzinigi laboristinon el fabriko? Li eble aprobus ŝian patriotismon, sed elektus iun alian kiel edzinon.

Certe Laŭra estus bonvena en la domo nun.

La akvo ekbolis, kaj pleniginte per ĝi glason jam enhavantan mielon, riban konfitaĵon kaj iom da viskio, ŝi utiligis la ceteron por fari al si teon. Dum tiu infuzis, ŝi portis la trinkon al Georgo.

«Kaj kiel vi sentas vin nun?» ŝi demandis, proponante la trinkon kaj mense preĝante por respondo definitive kuraĝiga.

«Ho, ne malbone. Se mi povus ĉesigi tiun ĉi tusadon!» li respondis, levante manon al la brusto.

«Nu, kompreneble. Tio estas la tuta problemo.» Ŝi ne povis tute sufoki la iritiĝon en la voĉo. «Do trinku dum ĝi varmas. Mi revenos por la glaso baldaŭ; mi havas teon sur la forno.»

Ĉu la tusado ĉesos? ŝi demandis al si reirante al la kuirejo, kaj kiam? Kaj kiom ofte ŝi devos suferi tion ĉi? Li ne povas malvarmumi sen ke pleŭrito minacas, kaj ĉar li ne prizorgas sin, kian futuron ŝi havos? Serion da tiuj malsanoj, dum kiuj ŝi vivante mortadas. Aŭ ĉu tiu ĉi estas lia lasta? Se ne, tiu sama demando turmentos ŝin dum ĉiuj liaj venontaj, kaj iam la respondo estos jesa. Georgo estis, kaj estas, bona edzo, sed tiu ĉi ombro malheligis ilian kunvivon ekde la komenco, kaj ŝi ne povis ne denove demandi sin ĉu ŝi elektis saĝe. Eĉ malpli bona edzo kun tamen plena sano – kia diferenco dum tia longa parto de ŝia vivo: kvarono de jarcento efektive.

Ŝi eksidis ĉe la nuda tablo kun sia teo, kaj prenis aspirinon kontraŭ la minacanta kapdoloro. Ŝajnis al ŝi ke la vivo kristaliĝis, tiel ke ŝi povis percepti la tutan facetaron: serion da esperplenaj leviĝoj ĉiam kondukontaj malsupren, sed ankaŭ donontaj impulson al la venonta esperopinto: la futuro ĉiam estos pli bona. Sed nun ŝi povas vidi la paseon kaj futuron kiel kontinuan, kaj la nebula scio ke la futuro devos laŭlogike daŭrigi la desegnon jam difinitan nun konkretiĝis.

Nur pensi ke antaŭ kelkaj semajnoj la tuta familio estis kuna kaj feliĉa! Kia kontrasto kun la nuno! Nu, almenaŭ ŝi rajtas atendi iun leviĝon, sed ju pli aĝa ŝi iĝis, des pli inerta ŝia levemo, kaj nun sciante ke sekvos, samcerte kiel noktoveno, aliaj afliktoj, ĉu ŝi povos daŭri? Ŝi eĉ scias kiaj, ja kiuj, afliktoj venos; do ne povos kamufli al si la nigrajn eblojn, kiel ŝi jam delonge faris, sciante ke io rompos la harmonion provizoran.

Ŝi luktis kontraŭ malespero. Vere, ŝi garantiis por si zorgojn edzigante Georgon. Kompren
eble ŝi amas lin, sed tiu fakto mem pezigas la ŝarĝon. Cetere, ŝi trompus sin kredante ke ŝi denun povos gardi sin kontraŭ afliktoj antaŭkonataj, ĉar la plej grava leciono de la sperto estis ĝuste tio, ke la sortobatoj ĝenerale rezultas de eventualoj neperceptitaj, aŭ ne sufiĉe atentitaj. Ekzemple Jano: plua motivo por maltrankvilo!

Se li nur estus rifuzinto, kiel Donald Maclean! Kompreneble ŝi hontus, sed ŝi ja estas patrino, kaj estus nenature se ŝi ne estus interne pli trankvila sciante ke la filo ne estas en danĝero.

Kaj jen Donald: la patrino ja ne povas ĝoji pri lia sendanĝero, estante morta mem. Stranga inverso de roloj: kompatinda Kanja mortis, kaj Donald funebras. Li evitis la danĝeron de la milito, sed fato afliktis lin de alia direkto. Tragike ke li devas suferi tion estante ankoraŭ juna, sed aliflanke la juneco pli risortas kontraŭ tiuj batoj, kaj cetere estas malĝojige evidente ke filo ne sentas la perdon de patrino tiom, kiom patrino la perdon de filo. Kiom longe Jano funebrus ŝin? Ho jes, li konsterniĝus se ŝi mortus, sed li certe ne funebrus tiel longe, kiel ŝi se tio okazos, kion ŝi efektive timas.

Ŝi fintrinkis la teon, kaj iris por kontroli ĉu Georgo finis sian trinkon, dume planante al si rutinon por la taglaboro. Kiel strange! Anstataŭ voli ĝin finita, antaŭvidi kun plezuro ripoz-periodojn, jen ŝi klopodas certigi ke ŝi estos kiel eble plej okup-ata dum ĉiu minuto, almenaŭ ĝis la reveno de Laŭra.

★ ★ ★

Donald moroze promenis laŭ la Edinburga strato. Li estis konvinkita ke li la lastan fojon vidis Militzan. Kompreneble, li ne povos aliĝi al ŝia trupo, ĉar liaj kontraŭincendiaj devoj ne permesos tion, kaj la cirkonstancoj en kiuj li eniris la servon ne permesas al li peti ke oni liberigu lin por alispeca kontribuo al la ŝtataj bezonoj, precipe kiel reĝisoro de teatra grupo; sed kiel klarigi tion al ŝi? Ŝi estas larĝanima, artiste indiferenta al la sociaj konvencioj, sed ial li ne povis konfesi al ŝi ke li estas militrifuzanto. Iel ŝia neortodokso ne ampleksas tiajn estaĵojn; iel ŝi apartenas al la komunumo kiu entuziasme kontraŭbatalas la nacisocialismon. Li timis ŝian malestimon.

Li intencis skribi al ŝi, kaj al ŝia amiko, Alekso, rifuzante kun danko la postenon, klarigante ke estas malfacile liberiĝi de la nunaj devoj, ke li cetere opinias ke li pli utile okupiĝas nun ol en posteno pri kiu li havas neniun sperton, kaj ke entute li ankoraŭ opinias ke estas malkonsilinde havi viron militaĝan en tia entrepreno. Poste li ekscivolis ĉu ne estus konsilinde klarigi ĉion al ŝi; ilia interrilato devos finiĝi iam; kial do ne nun, per-letere? Definitive, kun neniuj miskomprenoj?

412

Eble fakte sekvus la miraklo: ŝi lasus Robertson kaj Alekson kaj ĉion ligitan al ili por veni al li! Tio ne okazus kompreneble, sed almenaŭ li ne scivoladus eterne plu ĉu li faris eraron ne konfidencante al ŝi, ĉu li perdis ŝin nenecese.

Pesadante alternativojn, li malŝparis kelkajn semajnojn, ĝis fine Militza skribis al li, demandante ĉu li faris decidon, kaj urĝante ke tiu estu jesa.

Rimarkante ke la grupo pluiros al Edinburgo, li decidis iri tien kun sia respondo anstataŭ skribi, tiel certigante ke li almenaŭ revidos ŝin ankoraŭ unu fojon.

Tamen, kiam li alvenis al la eta teatro kie ili prezentas, li trovis ke la trupo ne alvenos ĝis la vespero. Ŝajnis ke ili havas nek prezentojn, nek provojn, dum la posttagmezo. Rezulte de tio, Donald ne renkontos ilin, ĉar li devos trajni reen al Glasgovo antaŭ la kvina por certigi ke li alvenos akurate por sia nokta deĵoro, kiu komenciĝas je la sesa vespere.

Li nun promenas sencele, foreluzante senutilan horon. Li subite konstatis kie li promenas; la kvartalo estis konata al li; li memoris ke, kiam li estis infano, lia patrino montris al li la loĝejon de iu amiko de lia patro, kiu dum iom da tempo korespondadis kun ŝi mem, se Donald bone memoris ŝiajn dirojn. Ĉu vizitis? Li ne memoris.

La loĝejo estis – jes – taverno. Taverno – kiel ĝi nomiĝis? Aŭ ĉu la nomo estas ŝanĝita nun? Nu, jen estas taverno. La nomo? Jes, ĝuste – «La Krono»! La nomo ne estas ŝanĝita; tio ja estas ĝi.

Estis preskaŭ la posttagmeza ferma horo, sed ne tute. Do Donald eniris. Aĉetinte botelon da biero, li ĉirkaŭrigardis. Estis du viroj apud li kunaj, kaj, malantaŭ ili, unu solulo. Li alparolis la kelneron:

«Tiu ĉi taverno antaŭe apartenis al iu viro, Fawn, ĉu ne?»

La alparolito gratis la verton: «Nu, mi ne efektive scias», li respondis. «Sed jen: maljuna Karlo scios. Hej Karlo!»

La pli aĝa el la du viroj starantaj apud Donald levis la kapon.

«Jen, tiu ĉi sinjoro volas scii ion pri la antaŭa posedanto. Ĉu iu – Fawn ĉu vi diris?»

«Jes», konfirmis Donald.

«Fawn», ripetis la kelnero al la viro nomita Karlo.

«Mi aŭdis, mi aŭdis.»

«Do?»

«Jes, ĝuste: Georgo Mark Fawn.»

«Ĉu vi konis lin?» Donald demandis.

«Tre bone – tio estas, ni ne estis precize amikoj, sed mi ne povis ne iom ekkoni lin, ĉar mi estis regula kliento de tiu ĉi taverno dum jaroj.»

«Jes, ni scias», diris la kelnero, kaj la kunulo de Karlo ridetis.

«Pli ol tridek jarojn», Karlo diris, direktante la parolon ekskluzive al Donald, «mi trinkadis en tiu ĉi taverno. Fawn? Mi bone memoras lin.»

«Ĉu? Mia patro konis lin, kaj ĉar mi pasis, mi – nu, mi scivolis kio okazis al li. Ĉu li ankoraŭ vivas?»

«Pri tio mi ne scias. Li lasis ‹La Kronon› antaŭ jaroj. Vi scias, li nur akiris ĝin per edziĝo. Jes, ĝi apartenis al la familio de Ĝina Macrae dum generacioj, sed post la morto de la patro Ĝina heredis ĝin kaj transdonis al Mark – oni ĉiam nomis lin ‹Mark› – sed post ŝia morto li tre malprudente agis, kaj fine devis rezigni pri ĝi.»

«Ho, lia edzino mortis?»

«Ho, jes, ĉu vi ne sciis? Estis tre tragike: ŝi mortigis sin.»

«Ne, mi ne sciis tion. Kial?»

«Nu, estis iu malagordo inter ŝi kaj Mark dum kelkaj jaroj. Famo diris ke li volis lasi ŝin pro alia virino. Mi ne scias pri tio, sed mi dubas. Mi opinias tamen ke la rolo de tavernestro ne tre plaĉis al li, kvankam la likvoro tro; li kutimiĝis al alia rondo, kaj li ne povis kontentiĝi pri la socio en kiu li trovis sin kun Ĝina. Li estis, kiel multaj ekssoldatoj, malkontenta, maltrankvila, volis ĉiam transiri al io nova.

Nu, li ekinteresiĝis pri revolucia politiko. Mi opinias ke Ĝina kuraĝigis lin, ĉar lia natura emo ĉiam ŝajnas al mi en alia direkto – eble tiel ŝi kuraĝigis lin, por rompi la ligilojn kun liaj antaŭaj rondoj. Certe mi memoras ke, kiam ili disputis ĉar li argumente subtenis la starpunkton de iu komunisto je la embarasiĝo de liaj klientoj – tiaj ideoj ne estas tre bonvenaj en tiu ĉi kvartalo – li respondis al ŝia akuzo ke li parolas freneze kaj sendiskrete kun memorigo ke ŝi unue donis al li la librojn. ‹Vi donis al mi la librojn›, li diris. ‹Memoru tion. Eĉ se miaj ideoj estus malpravaj, memoru ke vi malfermis al mi la pordon de la Marksismo.›»

«Kaj ĉu ŝi konfirmis tion?» demandis Donald.

«Jes – ne rekte – sed jes. Ŝi diris: ‹Mi nur volis ke vi legu. Mi opiniis ke vi interesiĝas pri politiko kaj tiel plu. Mi supozis ke vi facile digestos ilin; ne revomos.›»

«Hm. Tio ŝajne ankaŭ konfirmas vian supozon ke ŝi celis forvarbi lin de la antaŭaj rondoj», Donald diris.

«Jes, estis parte pro tio ke mi ekhavis la ideon. Fakte, Mark neniam tute perdis iujn trajtojn de etburĝeco, kiel li poste nomus ĝin. Li malestimis la burĝajn klasojn, sed tre volonte konversaciis kun iuj hazardaj burĝaj klientoj, kaj ofte menciis fierete ke oni kromnomis lin Monsieur de M. Fawn en la armeo, ŝajne ĉar tio sugestas la grandan sinjoron. Certe li ne kutime emis konfidenci pri ŝercoj kontraŭ si. Iom humuromanka fakte. Tamen ne inavida, laŭ mia opinio. Mi neniam kredis la famon pri la alia virino – almenaŭ mi neniam konvinkiĝis pri ĝi, kvankam ĝi estis ebla: li ja ŝajne turnis sin de Ĝina, dum ŝi alkroĉemis. Tamen, li ial ne trafis kiel invenka speco de viro. Nu, kiu scias? Ja estas malfacile juĝi deekstere pri intergeedzaj rilatoj.»

«Vere, sed ĝeneralaj impresoj ofte havas firman bazon.»

«Eble. Certe ne estas duboj pri la sekvoj.»

«Ne?»

«Nu, ne. Ĝina mortigis sin.»

«Ĉu tio estas certa – ke ĝi ja estis sinmortigo?»

«Ho jes, ŝi mortigis sin per gaso; eĉ havis la kapon sur kuseno apud la gaskrano.»

«Kaj s-ro Fawn?»

«Nu, li provis daŭrigi la entreprenon post la morto de Ĝina, sed li ne povis bridi la langon, nek kontentigi la soifon. Liaj ideoj obsedis lin kaj, ĉar mankis ŝia kontraŭinfluo, lia frenezo – ofte ebria – grade forpelis la klientojn, ĝis fine li devis simple vendi la tavernon.»

«Ĉu li faris tion pro absoluta neceso, aŭ nur ĉar li volis liberiĝi de la zorgoj kaj devoj?»

«Nu, mi opinias ke li estis bankrota.»

«Kaj vi neniam vidis lin poste?»

«Ne, li simple malaperis. Ĉu vi diris ke via patro konis lin?»

«Jes, en Flandrujo.»

En Flandrujo la bataliono reiris al la ruinita vilaĝo por kiu ĝi jam batalegis straton post strato, domon post domo, preskaŭ brikon post briko antaŭ duontago. Ordonoj estis fari ĝin defendebla dum la regimento kiu anstataŭis ilin en la atako provos stabiligi fronton kun tenebla trançesistemo du mejlojn antaŭ ili.

Lacege ili stumblis tra la rubo kaj kadavroj kiujn ili devos forigi. Apud Dunkan, Ĝor Fawn ekfalis, kaj provis savi sin uzante la fusilon kiel bastonon, sed la kolbo trafiĝis inter du ŝtonblokoj kaj li devis ĵeti sin flanken por eviti la bajoneton.

«Kriste, Ĝor, vi preskaŭ pinglumis vin», diris kamarado apuda, kaj la serĝento muĝis:

«Kial vi ne forprenis tiun bajoneton? Mi arestigos vin: provo eviti militservon per memfarita vundo!»

Fawn haste restariĝis, kaj malfiksinte la bajoneton de la fusilo, remetis ĝin en la ingon.

«Efektive, Ĝor,» la sama viro diris, «vi povus mortigaĉi vin tiel.»

«Ne,» Fawn ridetis, «mi unue devos plenumi mian destinon.»

Dunkan asimilis la tutan interparolon kun la klaraŭdo de malsanulo, kvankam lia aktiva menso eĉ ne provis interpreti ĝin, ĉar li sentis ke li estas tuj trovonta tion, kio faros la ceteron de la vivo por li nigre sensignifa. Li jam tiris kaj turnis sennombrajn kadavrojn kun indiferento, sed nun li turnis unu kiu kuŝis vizaĝ-al-tere, kun preskaŭ sveniga timo inundanta la animon.

La griza vizaĝo kaj senvidaj okuloj konfirmis tiun timon, kaj li falis sur la genuojn, kvazaŭ sub la bato de martelego, kaptante mortan manon en ambaŭ siaj.

«Mat!» li plorĝemis.

Li ne povos eskapi el tiu ĉi buĉomaŝino, sed dum Mat vivis, almenaŭ li havis kunulon kaj ligon kun la normala vivo. Liaj aliaj kamaradoj estas nur viktimoj, kiuj envenis tragedion jam elvolvantan sin, sed Mat kaj li venis kune el la tagluma mondo en tiun ĉi inkubon. Dum Mat vivis, li povis tuŝi, senti, tiun mondon, sed nun li perdis siajn radikojn; li estas fortranĉ-aĵo drivanta en nigra spaco. Li nun ne povos reiri eĉ per la imagpovo, kaj plueniri? – se li nur povus kredi ke li travivos, atingos la alian bordon! Sed tion li ne povis imagi. Kiel ekzisti do? Kio estas lia futuro?

Donald revenis Glasgovon ĝustatempe por sia deĵoro. La nokto pasis sen alarmoj, kaj li trafis frumatenan tramon hejmenire. Lasinte ĝin li iris al bakaĵbutiko apud la angulo de sia hejma strato. La butiko mem ankoraŭ ne estis malfermita, sed en la bakejo malantaŭ ĝi la laboristoj ĵus lasintaj la nokto-deĵoron povis aĉeti nove bakitajn panbulkojn, kaj ilia ĉeshoro koincidis kun tiu de Donald, kvankam li komencis pli frue.

La bakisto kapkline salutis lin kaj transdonis saketon da panbulkoj ankoraŭ varmaj el la forno.

«Via nomo estas Maclean, ĉu ne?» li demandis.

«Jes.»

«Amiko de Bob Stewart?»

«Jes. Kial?»

«Lia patro demandis ĉu vi envenas. Li menciis ke Bob esperas vidi vin.»

«Sed Bob iris al Afriko nur antaŭ kelkaj semajnoj.»

«Li estas hejme tamen – vundita.»

«Vundita? Ĉu grave?»

«Nu, en ambaŭ kruroj. Oni esperas konservi la krurojn, sed li jam perdis unu piedon.»

«Perdis piedon? Ho, damninde!»

«Estas bato. Tamen en la lasta ni bonvenigis tiajn vundojn:

sufiĉe gravaj por eviti resendon, sed ne tiel gravaj ke oni ne povis antaŭvidi pli-malpli normalan vivon. Vere, tiuj kuracisto-kanajloj resendus homon kun la kruro ŝrumpinta en bastonan maldikon, sed homon sen piedo eĉ ili ne povis imagi taŭga por la Fronto.»

«Ne, sed estas iom draste. Kompatinda Bob! Mi ne povas imagi lin kiel kriplulon. Mi devos viziti lin.»

«Jes, tion li atendos», diris la bakisto. Li rigardis Donaldon kun iom stranga esprimo, sendube scivolante pri lia surprizo, kiel amiko de la vundito, kaj amiko de kiu la familio supozeble atendas viziton.

Ankaŭ Donald, lasinte la bakejon, pensis pri la konduto de maljuna Stewart. Kion li diable celas, sciigante homon tute ne intime konatan, ke lia filo vundiĝis kaj volas vidi la plej bonan amikon, ne informinte tiun saman amikon? Ĉu li intence ofendas Donaldon, aŭ ĉu li tro embarasiĝas por fari rektan inviton?

Certe Donald antaŭvidis la venontan viziton kun konfliktaj emocioj. Li tre volis vidi Bob, sed kiel la gepatroj akceptos lin? Kaj kiel Bob mem reagos al li nun? Nu, laŭ la bakisto, Bob almenaŭ volas vidi lin, sed la gepatroj ...? Li renkontis s-ron Stewart nur unufoje en la strato depost la foriro de Bob, kaj tiam ricevis tiel preskaŭ nepercepteblan kapklineton, ke li ne povis decidi, ĝis la homo jam preterpasis lin, ĉu aŭ ne li ja intencis tion kiel saluton. Certe, li ne havis la kuraĝon kuri post li tiam por fari al li demandojn pri Bob.

Bob mem estis malbonega korespondanto, kaj li donis mal-multan informon pri si en la du-tri leteroj kiujn Donald ricevis.

Estus embarase por li, militrifuzinto, viziti vunditan filon, eĉ se la gepatroj estus simpatiaj al li, sed Stewart ŝajne volas atentigi ke, eĉ se Bob volas vidi lin, la patro ne. Kial alie prezenti la inviton en tia formo? Se ĝi estas ja invito! Kaj kial pere de alia persono? Ĉu ignori lin ĝis li venos persone kun invito? Tio embarasus lin, kiel li evidente celas embarasi Donaldon. Sed se li ne venos – jen la tubero: estas Bob kiu gravas, ne liaj bigotaj gepatroj.

Ĉu skribi al Bob, kaj atendi respondon antaŭ ol iri? Tiel li povus iri almenaŭ kun konkreta invito, kaj eble eksclos kian akcepton li devos atendi. Povus eĉ esti ke la patro volis diri ke malgraŭ la esprimita deziro de Bob, li ne permesos al Donald eniri la domon, kaj ke la bakisto aŭ ne komprenis tion, aŭ ne kuraĝis nude esprimi ĝin al Donald. Bob certe donus iun averton en letero, se nur por gardi sin mem de embaraso.

Atinginte la malplenan hejmon, Donald fosis la ankoraŭ varmajn cindrojn el la fajrujo. Estis froste dum la noktoj, kaj li timis glaciiĝon en la akvotuboj; do li kutimis lasi sufiĉe grandan fajron antaŭ ol foriri el la domo vespere, kvankam tiu ĉi laboro en la matenoj antaŭ ol li povos matenmanĝi tedis lin. Kia damna vivo! Ĉu eĉ edzeco estus pli ĝena?

Li ekzamenadis sian problemon dum li laboris. Ne, damne, la plej simpla rimedo estas la plej bona: Bob estas lia amiko; li rajtas viziti lin, senpardonpete, sen humiliĝo, senembarase; li jam sufiĉe luktadis kun implikaĵoj kiam li provis fari la grandan decidon, sed li jam faris ĝin, kaj li faris ĝuste, kaj ekde tiam li rajtas iri rekte kaj serene antaŭen; ekde nun aliaj embarasiĝu decidante ĉu akcepti, ĉu malakcepti, lin. Ili sciaṡ kio li estas. Li ne forturnas sin de ili ĉar li malestimas iliajn ideojn. Ili cedu al li la saman ĝentilon, kaj se ili ne volas, ili havu la kuraĝon rekte diri tion, riskante embarasiĝon. Alie, ili eĉ ne pretendu respekti propran starpunkton.

Li iros hodiaŭ. Ĉi matenon. Ne necesos enlitiĝi ĉar, pro

la senalarma nokto, li povis dormi dum deĵoro. Tiu ĉi vivo ne estus malbona se li povus sproni sin en studadon: studi dum la tago; dormdeĵori dum la nokto. Li devos provi, malgraŭ la ĝenaj hejmtaskoj kiuj tiom trudas, ĉiam rompante glatan studadon kun tie kaj tie rabitaj horoj kaj minutoj.

Kaj la fajrbatala servo mem ne estas tro malbona kiel provizora rimedo enspezi. Kiam la tribunalo unue sugestis ke li ne povas rifuzi servon kiu estas esence vivkonserva, li preskaŭ tamen rifuzis ĉar ĝi ja helpas daŭrigon de la milito, sed la argumento ne estis konvinka: se ĉiu ano de tiu servo rifuzus unuanime daŭrigi, tio ja ne ĉesigus la militon, kiel simila soldata rifuzo; ĝi simple kaŭzus pli da mizero inter tiuj, kiuj ne kulpas pri la milito. Nu, estas bone ankaŭ el praktika vidpunkto ke li konsentis servi. Unu aŭ du acidajn dirojn individuoj el-lasis rilate lian pozicion, sed entute oni akceptis lin, tiel ke li ja sentis sin ano de grupo, ne intime kaj universale aprobata ano, sed tamen ano kiu apartenas, kaj tio estis sufiĉe konsola al li. Aparteni al la grego estas ja multo.

★ ★ ★

Jano finis la lernoperiodon en la printempo kaj iris al skadrono en orienta Anglujo, jam ne aplomba progresinto inter lernantoj, sed tre nove bakita militaviadisto inter veteranoj.

Post formalaj ĝentilaĵoj pri la kontribuo kiun Jano certe faros al la skadrono, lia nova komandanto ekparolis pli priafere:

«La skadrono, kiel vi ŝajne scias, dividiĝas en tri flugaloj,» li diris, «kaj vi estos en ‹C› Flugalo, sub flugleŭtenanto Medhurst. Li flugas nun, sed vi povos renkonti lin kiam li alteriĝos.»

Jano trovis flugleŭtenanton Medhurst modela anglo – tipa

anglo laŭ angla vidpunkto, sed fakte rara specimeno el la elito de la genro: liaj retiremo kaj kvieta voĉo estis neniel afektaj, sed male la naturaj komplementoj de modesta kaj rafinita karaktero. Li bonvenigis Janon al la Flugalo, kaj klarigis ke la aktuala taktiko de la ĉasskadronoj estas proprigi al si la iniciativon, farante operaciajn flugojn al Francujo por elserĉi malamikajn aeroplanojn, anstataŭ nur patrole defendi la hejman ĉielon. Tio ĉi kompreneble postulas zorgon, ne sole pri eventualaj malamikaj atakoj, sed ankaŭ pri la flugtempo, ĉar kvankam la skadronaj aeroplanoj povas flugadi dum pli ol tri horoj, tamen ankoraŭ estas necese memori la distancon reirotan super la maro al la hejma haveno.

«Dum la unua semajno vi faros nur provflugojn, sola kaj kun mi. Vi jam konas la ‹kajton›, sed kaptu la okazon ekkoni ĝin pli bone. Vi ankaŭ havos pafekzercojn kaj aerskermojn kun mi. Dum ĉiuj tiuj flugoj konatiĝu kun la ĉirkaŭa pejzaĝo kompreneble.»

Jano kapjesis plurfoje por montri sian entuziasmon kaj komprenon.

«Post sep aŭ ok tagoj vi flugos operacie kun la Flugalo. Nur necesos memori ke vi estas ano de grupo kiu kunagadas por pli efikaj atako kaj sindefendo. Ne lasu la formacion senordone, kaj kiam la formacio devos rompiĝi pro batalo, gardu ne nur propran voston, sed ankaŭ voston de kamarado; ĉiuj en ‹C› Flugalo faros samon por vi. Vi komprenas kompreneble.»

«Ho jes.»

«Bone, ne necesos prediki plu. Venu kaj konatiĝu kun la knaboj.»

Jano, plena de antaŭtimoj kaj fiero, sekvis lin al la kabano ĉe la rando de la defluga kampo kie la flugistoj de ‹C› Flugalo sidis kaj kuŝis kartludante, legante kaj eĉ dormante, ĉar la malamikaj atakoj ankoraŭ ne ĉesis, kaj ili devis esti pretaj por eventuala defenda flugo. La kampo estis nur herbokovrita, sen iuj deflugaj ŝoseegoj, ĉar tiuj ne necesis por la malpezaj ĉasaviadiloj, kaj estis tial eble deflugi de iu ajn punkto kiu permesis lanĉon kontraŭventan. La aviadiloj de ĉiu flugalo sekve staris apud siaj respektivaj kabanoj ĉirkaŭ la kamporando, por ke la flugistoj atingu ilin, kaj deflugu, kiel eble plej rapide, kaj samtempe la disa aranĝo de la flugaloj surtere malhelpis ke eventuala bomb-atako detruu la tutan skadronon per eble nur unusola, bon-ŝanca bombograpolo.

La flugistoj de ‹C› Flugalo bonvenigis Janon kun flata entu-ziasmo, kaj du el ili, laŭ la sugesto de Medhurst, kondukis lin al la serĝenta manĝohalo por antaŭlunĉa trinko, ĉar kvankam rilatoj inter ĉiuj flugistoj estis tre kamaradecaj, kun uzo de propraj nomoj kaj tiel plu, tamen ankoraŭ ne estis eble ke oficiroj kaj suboficiroj manĝu kune.

Sidante en la antaŭsalono kun siaj du novaj amikoj, kaj aperitivo en la mano, Jano sentis sin jam pli serena. Ili estas ja nur homoj, ankaŭ heroaj eble, sed ne tiel heroecaj ke ili perdis la trajtojn de aerflotanoj jam bone konatajn de li.

La unua, Enĉjo, estis maldika junulo kun ruzaj okuloj, kies familian nomon Jano provizore forgesis, sed li jam ŝatis la sekan spriton kiu spicis preskaŭ ĉiujn liajn dirojn. La nomo de la alia, Bill Sommers, estis pli facile memorebla, estante ja konvena al la aspekto de ĝia posedanto. Li estis malalta, brunvizaĝa, kun krispaj, nigraj haroj kaj fortikaj ŝultroj. Laŭ ĝisnuna impreso de Jano li estis homo sensubtila, eĉ kruda, kaj li sidis nun kun la dikaj fingroj ĉirkaŭ glasego da biero, kiun li preferis al la seka vinhereza elektita de Enĉjo kaj Jano, rakontante malĉastan anekdoton, kiun li ŝajne opiniis perfekta paliativo kontraŭ iu restanta sento de fremdeco. Li blove ridemis eĉ antaŭ ol li finis, kaj turnis la brunajn okulojn de unu al alia de siaj aŭskultantoj, kvazaŭ serĉante kunridon.

«... sed kiam ŝi demetis la kalsonon por enlitiĝi, butono falis sur la plankon.

‹Damne,› ŝi diris al sia amikino, ‹kaj la kanajlo ĵuris ke ĝi solviĝos post dek sekundoj!› Ho, ho, ho!»

Jano eĥis la ridon, dum Enĉjo murmuris gratulon al la rakontinto pro tio ke liaj ŝercoj ĉiam finiĝas per plej simplaj solvoj.

«Sed ne tiu lasta!» blovridis Bill, kaptante okazon, kiel li kredis, venki Enĉjon en ties propra sfero.

«Ho, ĉu ne?» murmuris Enĉjo, studante la vinon restantan en sia glaso. «Pardonpete do. Mi opiniis – pro via rido – ke ĝi ja finiĝis.»

«Ba, merdon al vi!» rebatis la ŝercinto, rezignante pri subtileco.

La antaŭutimoj de Jano pri alveno al operacia skadrono jam ekdegelis en la varma akceptemo de ĝiaj anoj, kaj li sopiris la tagon kiam li estos vere unu el ili, plenkreskinta batalanto. Dume, li estis tre kontenta novico: ĉiuj toleras lin, kaj la plej-multo strebas impresi al li ke li estas neniel apartulo, eĉ dum lia unua semajno kiam Medhurst ankoraŭ finbakas lin.

Tiu finbaka semajno entute konfirmis lian kreskantan memfidon, sed foje ĝi ankaŭ reskuis lin en imponiĝon. La ekzercoj estis pli-malpli daŭrigo de procedo kiun li jam delonge komencis, sed li ĉielturniras nun kun viro kiu ne nur estas veterano de iamaj aerbataloj, sed kiu aktuale batalas, foje en la sama tago dum kiu li skermas kun Jano. Liajn kritikojn kaj konsilojn Jano englutis kun avido: tiu ĉi mentoro estis ankaŭ lia batalĉefo, ne nura instruisto.

Ankaŭ tre impresis lin kiam oni donis al li propran aviadilon. Tio komprenebie estis tute atendinda, sed li iel forgesis pri ĝi post tiel longa flugigo de maŝinoj, ja samspecaj, sed komunaj, kaj li sentis grandan fieron enrampante la unuan fojon en la kajuton. Kiel la ŝipestro en la romano de Conrad trovis ke ekvido de sia unua ŝipo konkretigis por li la abstraktan ideon de lia estreco, tiel la alproprigo de multekosta aeroplano impresis sur Janon la fakton ke la Ŝtato kaj lia skvadrono serioze taksas lin kiel batalpretan aviadiston. Estis impone al li pensi pri tio, kaj li volis ke Militza povu vidi lin en la kajuto de lia maŝino.

Li entreprenis siajn ekzercojn kun freŝa entuziasmo, penante konvinki Medhurst ke li estos taŭga ano de la skvadrono, kaj timante la tutan tempon ke li faros ion stultan: perdiĝos, aŭ provos alteriĝi sen radoj en ĝusta pozicio. Dum la longaj monatoj kiel fluglernanto la impeto de lia origina fervoro forvaporiĝis: estis malfacile ĉiam vidadi la celon klare dezirinda kiam la jugo de la aerarmea regularo irite premadis: sensencaj paradoj, senutilaj taskoj kaj infanecaj tradicioj malakrigis la pozitivan volon, kaj deziron lerni la regulojn anstataŭis deziro eviti ilin. Entuziasmo fariĝis rigardata kiel trajto de naiveco inter li kaj liaj kamaradoj, kaj kvankam ili retenis sian admiron al la batalskadronoj, ili insiste rigardis tiujn kiel ion apartan de la aerarmeo en kiu ili mem trovis sin, kaj la deziron aliĝi al batalskadrono ili kutime klarigis kiel deziron eskapi el tiu ĉi damnita lernkorpuso.

Jano nun do faris malnovajn ekzercojn kvazaŭ li envenis novan vivon, kaj estis dankema ke lia entuziasmo por la flug-ado postvivis lian entuziasmon por la aerarmeo. Kaj ĉiutage la forflugoj kaj revenoj – foje kun malpliigitaj formacioj – de la du skadronoj uzantaj la flugkampon ekscite memorigis al li ke venontan semajnon li estos unu el ili.

★ ★ ★

Donald sonorigis, kaj atendis. La pordo malfermiĝis, kaj s-ino Stewart rigardis lin:

«Ho, Donald, estas vi.»

«Jes, s-ino Stewart, estas mi. Mi aŭdis, per onidiro, ke Bob estas ĉehejma.»

«Jes, li estas. Envenu, Donald.»

«Kaj ke li volas vidi min», daŭrigis Donald, enpaŝante.

S-ino Stewart staris hezite en la halo: «Vi komprenas, Donald? – li estas vundita, kaj en tre deprimita animstato. Ni provadis konsoli lin, sed liaj diroj estas foje – acidaj.»

«Mi perfekte komprenas. Mi eĉ ne scias certe ke mi rajtas atendi bonvenigon.»

«Ho, sed jes. Estas vere ke li volas vidi vin.»

«Mia informo do fontis en vero. Bone ke mi venis, fidante ĝin kvazaŭ intue.»

S-ino Stewart kapkline forturnis sin frotante la manojn, kaj Donald preskaŭ kompatis ŝin.

«Mia edzo ne venas ĝis post la sesa nun», ŝi diris, kun ŝajna malkonsekvenco, malfermante ĉambropordon.

«Jes. Bedaŭrinde mi ne estas libera tiam.»

La voĉo de s-ino Stewart ŝanĝiĝis al tono de preskaŭ koketa gajo:

«Jen Bob», ŝi diris. «Vizitanto por vi.»

Bob sidis sur du seĝoj, kun la apogitaj kruroj kovritaj de plejdo. Lia vizaĝo estis pala kaj sulkfrunta, sed li kapjesis kun

426

ekrideto al Donald:

«Estas vi, Donald. Kiel?»

«Sufiĉe, dankon. Iom ŝokita aŭdinte pri vi.»

«Je-es. Kiel vi aŭdis?»

«De Gunn, la bakisto.»

«Ĉu vi trinkos tason da teo, Donald?» demandis s-ino Stewart. «Mi estis ĵus infuzonta ĝin kiam vi sonorigis.»

«Dankon. Ĉiam bonvena.»

«Do, sidiĝu, Donald», Bob invitis, montrante al libera seĝo.

Donald eksidis, pensante ke la gastamo fariĝas nerezist-ebla.

«Nu, Bob,» li sidis apogante la kubutojn sur la genuoj, kun la manoj interplektitaj antaŭe, sed nun li malplektas por svingi antaŭbrakon indike al la kruroj de Bob kun polmo turnita supren, «kio okazis?»

«Mi paŝis sur minon – Kristo malbenu ĝin.» Bob atendis ĝis li certis ke la patrino estas sufiĉe fora de la ĵus fermita pordo antaŭ ol aldoni la blasfemon.

«Kaj – ĉu – oni – ankoraŭ kuracadas?»

«Jes, jes, ili tre zorgas pri la stumpaĵo.»

«Kaj la alia kruro?»

«Ha, vi aŭdis pri tio? Ĝi estas plena de ŝrapnelo, sed oni decidis ke preskaŭ certe ĝi funkciados por mi – iom.»

«Ĉu tiel? Mi supozas ke ĝi tamen ankoraŭ doloras», diris Donald, diveninte ke facila optimismo ne estos bonvena.

«Ili ambaŭ damne doloraĉas – kaj dolorados», respondis Bob.

«Eble ne; la medicino konstante progresas.»

«Jes, eble, sed ne rilate postvundajn dolorojn; estas same kiel ĉe la reŭmatismo – ne sufiĉe sensacia.»

«Sed la milito instigos al esplorado; estos multaj vunditoj, kaj la problemo tial fariĝos granda – pro la nombro.»

«La diablo scias. Ĉiuokaze, mi estos kriplulo.»

«Tion vi devos akcepti, Bob. Kompreneble, la ŝarĝo estos granda, sed ĝi povus esti multe pli granda; treti sur minon – ĉu tio ne kutime mortigas?»

«Jes, sed mi ne havis tian bonŝancon.»

«Ne parolu tiel.»

«Kial ne? Reveni ĉi tiel ĝojigas nur parencojn kaj amikojn; por mi estus multe pli bone – mi sentus nenion nun.»

«Eĉ ne pensu tiel. La morto venos ĝustatempe. Dume, vi devos vivadi.»

«Ĉu jes? Kial?»

«Ĉar vi estas homo.»

«Tio ne ŝajnas al mi kialo.»

«Ĝi sufiĉas. Ĉiu homo kiu suferis aflikton kiel vi, komence sentis kiel vi nun, sed poste ili kutimiĝas kaj vivadas sufiĉe feliĉe.»

«Ĉu? Ili vivadas.»

«Jes, kaj ili fine akceptas la aflikton.»

«Brave.»

«Kaj via ja povus esti pli grava …»

«Mi jam diris …»

«Mi ne parolas nun pri morto, sed – se vi estus perdinta ambaŭ krurojn ekzemple.»

«Jes, eksplodoj estas ja kapricaj: mi nur perdis piedon, sed amiko pli malproksima perdis la vivon – plua ŝarĝo por mi: pro mia idioteco mia kamarado mortis.»

«Ne turmentu vin kun tiaj pensoj. Vi ne povis kulpi pri tio, kion vi ja nomis la kaprico de eksplodo.»

«Sed mi kaŭzis la eksplodon.»

«Ĉu kulpigi vin pro tio? Minoj estas ja kaptiloj; oni ne lasus ilin se neniu eksplodigus. Se vi intence serĉos turmentaĵojn, Bob, vi sendube trovos ilin, kaj neniu povos malhelpi.»

«Mi ne devas serĉi», replikis Bob sovaĝe, rigardante la plejdon sur siaj kruroj. «Mi scias: mi kutimiĝos: mi devas vivadi; ĝi povus esti pli grava. Sed ĉu, ĉu kaj ĉu? Ĉu ĉiuj kripluloj ĝuadas la vivon do? Mi opinias ke ne. Mi opinias ke ĉe multaj la animo acidiĝas ĝuste pro la kriplo, kaj la mondo forturnas sin malsimpatie kaj identigas kriplon kun malbonvolemo – ĝi simpatias sole kun la idiotaj gajuloj kiuj paradas sian kriplon, rikanante kvazaŭ ĝi – kaj ili – estus meritplenaj. Vivadi? Kion mi faros? Kiel mi distros min? Ne per sporto, kaj aliflanke ...» Li ĉesis, kvazaŭ por mordi la langon, sed post hezito daŭrigis: «Eble estas tolereble por mezaĝulo, edzo, sed kia virino edzigus min nun?» Sub lia vizaĝa haŭto la sango flusis malhele. «Mi volas edziĝi, diable, kiel ordinara viro.»

«Diable, vi edziĝos, homo. Tio ne malhelpos.»

«Ĝi ja. Vi diras ke ĝi ne estas grava, sed ĝi ja estas.»

«Mi diris ke ĝi povus esti pli grava.»

«Jen la punkto: ĝi ne povus esti.»

«Sed ĝi ja. Virinoj certe edzigas virojn kiuj perdis tutajn krurojn aŭ brakojn; do perdo de piedo ne malhelpos.»

«Fianĉinoj eble, ĉar ili jam enamiĝis antaŭ la aflikto de la viro, aŭ eble ĉar ili hontas retiri sin, sed virino kiu volonte konatiĝus kun viro havanta tion,» li gestis al la stumpigita kruro, «nu, tia virino estas evidente tiel edzavida nur ĉar ŝi estas manka mem.»

«Tio simple ne estas vera. La plej groteskaj inaĉoj estas ofte plej arogantaj, ŝajne por montri defion al la viraro kiam ili estas fraŭlinaj, kaj por puni ĝin – pere de siaj edzoj – kiam ili fine sukcesas enreti membron. Oni supozus ke ili montrus dankemon, sed tute ne; ili kvazaŭ elverŝas ĉiun la venenon kiu akumuliĝis en ili dum la jaroj de ignoro – aŭ eble la kompatindaj tiom fieras ke iu povas ami ilin, ke ili volas demonstri sian potencon al la mondo.»

«Blago!»

«Ne estas blago. Mi povus doni ekzemplojn. Kaj male, ofte la plej belaj virinoj estas la plej bonhumoraj. Kompreneble, estas rilato: ĉar la sorto taksis ilin afable, ili emas esti kontentaj.»

«Hm!»

«Estas vere. Cetere, via kripleco preskaŭ ne rimarkeblos. Vi sentas vin tre invalida nun, sed vi lernos promeni – kaj sen bastono. Kaj tiam? – Nu, eble lameto.»

«Do, kio? Mi renkontas virinon; ŝi rimarkas nenion eksterordinaran; ni enamiĝas, sed antaŭ ol edzinigi ŝin, mi devas fari konfeson: ‹Vidu, kara, mi povas malŝraŭbi la piedon.›»

«Ho, damne, Bob, kion vi volas?» demandis Donald, kolerante kontraŭ Bob ĉar li ne povis atentigi ke tiu aspiris heroecon kaj devus nun esti konsekvenca. «Via vundo ja ne estas bagatela, sed kion vi farus se vi estus perdinta ambaŭ krurojn? Aŭ eĉ unu ĝis la gambo?»

Bob, ŝajne ŝokite, kuntiris la brovojn kaj elpuŝis la lipojn kvazaŭ li eksploros, sed respondis per sia antaŭa tono: «Mi ne ĉikanus pli ol mi nun. Oni tiuokaze devus agnoski min plena kriplulo, sed nun mi devas gaje akcepti mian vundon, kaj daŭrigi la vivon kvazaŭ nenio okazis, kun ĝoja mieno, bonŝanculo ĉar mi revenis vivanta. Tio agacas min: ilia atendaĉo ke mi gaju, kaj donu al ili okazon diri: ‹Kiel li kuraĝas, ĉu ne?›»

«Mi komprenas, Bob, sed …»

«Ne kredu ke mi ne rolis laŭtradicie – en la komenco. La gaja, nesubpremebla brita soldato, vundita sed mansvinganta. ‹Bone ja!› kaj ‹Trinku, knaboj!› Oni eĉ fotis min, ĉirkaŭitan de flegistinoj; sendube la rezulto aperis en iu ĵurnalaĉo: ‹Ridanta Bob Stewart de Glasgovo decidas ke la armea vivo havas siajn kompensojn.› Jes, ĉio ĉi estas bona en la komenco; la spiritoj estas stimulitaj de la ideo ke oni venkas aflikton, kaj ke ĉiuj aplaŭdas. Sed poste prudento revenas, kaj oni ekpensas pri la estonto: ekssoldatoj estas nur ekssoldatoj, kaj vunditaj ekssoldatoj, vunditaj ekssoldatoj; oni ne volas memori ke ili estis iam herooj, kaj se ili provos memorigi, oni simple rigardos ilin teduloj.»

«Sed vi ne estos sola, Bob. Vi havos viajn gepatrojn, viajn fratinojn, viajn amikojn.»

«Mi scias, sed vi ne komprenas, Donald. Vidu, mi estas pli malkontenta en la propra domo ol en la hospitalo. Jen pens-indaĵo! Mi antaŭe sopiris la hejmon, kvazaŭ ĝi estus neating-ebla paradizo, sed nun – ne. Ĝi estas karcero, kiu izolas min de tio, kion mi nun sopiras. Mi preferus esti – en tiu ĉi stato en la armeo kun miaj amikoj, honorinda kvankam jam ne utila membro de la klano.»

«Mi supozas ke tio estas natura,» respondis Donald, kvazaŭ ĝi estus komprenebla al li, «sed mi ripetas, Bob: vi devas pensi pozitive. Vi ne reiros al la armeo, sed aliflanke vi ne restados ĉiam en la domo: vi resaniĝos almenaŭ sufiĉe por permesi al vi reeniri la ordinaran vivon, kaj ju pli pozitive vi pensos, des pli rapide vi faros tion.»

«Mi ne multe volas fari tion.»

Donald ŝultrolevis. Kion la homo volas? Ke li diru al li la veron? Ke li insistis soldatiĝi, sciante ke estos lia devo aflikti senkulpajn homojn, kiel li mem nun estas afliktita? Ke la mortoj kaj suferoj de milionoj ne estus ĝenintaj lin se nur li bone fartadus? Ke fariĝinte laŭvole soldato, li almenaŭ eltenu pacience tion, kion ĉiu soldato devas atendi? Ĉu li fakte iam pensis, kiel plenkreskinta viro, pri eventualaj sekvoj de sia soldatiĝo? Li pravas pri la reago de la publiko al li: faru nur la atenditan, ordinaran devon, kaj vi estas heroo; deviu de ĝi, kaj vi estas poltrona; estas neniu meza vojo. Sed estas neeble kompati la homon; li tiom kompatas sin mem, kaj ne perceptas iun universalan aplikon por tiu veraĵo, nur ĝian aplikon al si.

«Mi scias ke tio ŝajnas infaneca,» Bob diris, rimarkinte la geston, «sed mi enuas pri prudenta konsilo. Kiam vi mencias al mi eniron en la ordinaran vivon, vi proponas celon, ion al kio mi povas peni, antaŭvidi kun ĝuo, sed ĝi ne havas allogon por mi; mi ne povas entuziasmi pri ĝi. Se tio estas kulpo miaparte, nu, mi pardonpetas, sed mi tamen – se vi nur povus kompreni! – ne kapablas entuziasmi, ĉar en la ordinara vivo mi ne estos ordinarulo. Jen do: senespero eĉ en la futuro; ĉu frontante tion oni povas esperi? Nur donu al mi futuron.»

«Mi ne povas doni al vi futuron, Bob. Mi volonte certigus propran. Temas denove – pardonpete! – pri pozitiva pensado: futuro ne ekzistas – aŭ se ja, ĝi konstante fariĝadas nuno, kaj nur vi povas decidi ĝian formon, kie ĝi rilatas al vi.»

«Mi scias, mi scias, sed mi ne decidis tion», kaj li denove rigardis al la plejd-kovritaj kruroj. «Tio jam ne estas la futuro, sed ĝi iam estis, kaj mi ne povis decidi ...» Bob ĉesis kaj rigardis al Donald.

«Vi kompreneble ne decidis vundiĝi, sed vi ja faris decidon kiu kondukis al ĝi, faris ĝin ebla», Donald atentigis.

«Je-es, decidon malĝustan laŭ vi.»

«Pro aliaj kialoj, jes.»

«Nu, jen kiom valoras decidoj! Malĝusta, laŭ du tute kontraŭaj vidpunktoj!»

«Kion tio pruvas? Decidojn vi devas fari.»

«*Mi* devas, *mi* devas, *mi* devas. Ĉiuj predikas al mi pri tio, kion *mi* devas fari. Mi supozas ke vi estas imuna.»

«Ne, Bob, ankaŭ mi devis fari decidon.»

«Sed vi faris la ĝustan?»

«Mi ne domaĝas ĝin.»

«Ne, ĝi havas siajn avantaĝojn.»

«Ankaŭ siajn malavantaĝojn, sed mi akceptas ilin, kiel mi akceptis ilin jam en la komenco – ĉar mi pensis pri la eventualoj.»

«Nu, mi supozas ke iuj malavantaĝoj estas pli facile akcepteblaj ol aliaj.»

«Kaj iuj homoj pli pretaj akcepti.»

La du amikoj rigardis sin reciproke. La intenco de Bob ŝvebis ĉirkaŭ eldiro de tio, kio boladas en li, incitite de la praveco de Donald. Se li eldiros ĝin, li devos fari rapide, ĉar telerojtintoj alproksimiĝas. Donald kore esperis ke li ne, ĉar la reveno de s-ino Stewart ne mutigos lian propran respondon, kaj cetere li ne volis perdi sian ĵus retrovitan amikon, nun kunulon ankaŭ ekzilitan de la ĉeffluo de la vivo. Se li povus komuniki al li tion!

La mano de Bob pugniĝis. «Neniu el vi komprenas», li fine diris.

Donald dankspiris. «Eble ne, sed ni provas, Bob», li respondis rapide, ĉar la pordo malfermiĝis, kaj s-ino Stewart jam envenas kun la teo.

«Jen do», ŝi diris. «Ĉu vi volas biskviton, Donald?»

«Jes, dankon.»

«Vi estas en la fajrestinga servo nun?»

«Jes.»

«Ĉu vi deĵoras nokte?»

«De la sesa vespere ĝis la sesa matene.»

«Maloportunaj horoj.»

«Efektive. Mi iam esperis trovi kroman postenon, sed mi dubas ĉu estus praktike, precipe ĉar mi trovas ĝene jam nun fari miajn domtaskojn.»

«Ho jes, vi ja perdis … mi intencis diri … tio estis granda aflikto; mi ege bedaŭris aŭdi.»

Donald gustumis sian teon.

«Bonvole akceptu miajn kondolencojn.»

«Dankon.»

«Jes. Tiom da malĝojo en la mondo! Vere ni ĉiuj havas niajn afliktojn.»

«Jes, ĉiuj», Donald konsentis.

★ ★ ★

La grupo moviĝis al la vico da aeroplanoj, anserpaŝante pro la paraŝut-pakaĵoj kiuj batetis kontraŭ iliaj postaĵoj dummove. Unu post alia, individuoj lasis la grupon, atinginte proprajn maŝinojn, kaj, post fina «ĝiso» al siaj pli apudaj restantaj kamaradoj, ankaŭ Jano trovis sin sola, alproksimiĝanta al sia maŝino.

Li grimpis sur la flugilon kaj mallevis sin zorge en la kajuton. La pendinta paraŝuto alkonformiĝis, kaj fariĝis kuseno, al la konvene kava sidilo, kaj Jano ĉesis teni la kajutan antaŭon sinapoge.

Li estas nun fizike komforta, sed mense li sentas streĉon pro la farenda antaŭdefluga rutino, kiun li devos plenumi akurate por deflugi kun la aliaj.

Lia timo estis senbaza. Kiam li komencis sian kajutan kontrolon pri benzino, moveblaj partoj kaj simile, longa ekzercado certigis ke li glate finis ĝin, kaj fakte ĉio okazis ŝajne sen iu pozitiva peno lia: la motoro jam tuse ekskuis la komence resvingeman helicon en diafanan diskon, kaj mem varme zumadis, sen ke li memoris iun konscian movon siapartan al la ŝaltilo; la kontrolo trakuris lian kapon de komenco ĝis fino kun la senimpresa aŭtomateco de infanrimo, kaj jen li trovis sin movanta ĝustaloke en la vico de aviadiloj kiuj direktas sin al konvena defluga punkto.

Estis skadrona operacio, kaj ‹C› ariĝis kun ‹B› Flugalo, kies flugalejo estis survoja al la defluga punkto. ‹A› Flugalo venis de kontraŭa direkto. Kvar aviadiloj el ĉiu flugalo partoprenas kaj la maŝinoj deteriĝos duope. Pri tio Jano estis ĝoja, ĉar li fidis al sia parulo, Colin Main, trovi la flugalon enaere pli facile ol li mem povus.

La duo antaŭ ili, Medhurst kaj Bill, jam moviĝis antaŭen kun kreskanta rapido, kaj Jano ekrigardis al Colin, kiu kapklinis. Jano elektis arbon kiel gvidpunkton, kaj ŝovis la regulilon malferma. Dum la defluga kuro li rigardis sian arbon, sed samtempe gvatis al Colin por ke li deflugu ne nur rekte, sed ankaŭ koincide kun la alia maŝino.

La vosto de lia maŝino leviĝis; la saltetoj fariĝis sufiĉe longaj saltoj; estis jam malfacile teni la maŝinon al la tero. Tiu de Colin leviĝis, kaj Jano sekvis, lasante al la direkta stangeto reenveni. Ili zomis kurbe, elprofitante la levopovon akumuliĝintan pro rapido kaj la prokrastita deteriĝo. Jano tenis sian pozicion apud Colin, kaj, tute subite por li, ili trovis sin denove malantaŭ la aliaj du maŝinoj de la Flugalo. La kvar maŝinoj glitis facile en antaŭe aranĝitajn poziciojn: neegalan ‹V›, kun Medhurst ĉe la pinto; Bill ĉe lia maldekstro, iom supre, malantaŭe; Jano en la ekvivalenta dekstra pozicio, kaj oblikve malantaŭ kaj super li, por kompletigi la longan brakon de la ‹V›, estis Colin. Tiel la novico estis ŝirmita de la danĝera ekstrema pozicio, kie atakoj preskaŭ certe unue trafos.

Li fakte estis duoble ŝirmita, ĉar super ili, kaj malantaŭe, postenos ‹A› Flugalo laŭ la strategia formacio de la skadrono, kiu patrolos en tri ta, kun ‹B› Flugalo unua, ‹C› Flugalo sekvanta ilin tri mil futojn pli alte, kaj ‹A› Flugalo kiel ariergardo, tri mil futojn pli alta ol ‹C›. ‹B› kaj ‹C› estos tiel protektitaj kontraŭ atako de supre-malantaŭe, kaj ‹A›, kiu ne havas tian protekton, almenaŭ havos la avantaĝon de granda alto.

Ascendante, la tri flugaloj estas jam en aranĝita ordo unu post alia, kvankam la vertikalaj distancoj ne ekrealiĝos ĝis ili atingos la minimuman alton je kiu ‹B› flugos. Tiom ili faris antaŭ atingo de la marbordo, ĉar ili flugis suden. Je 13.000 futoj ‹B› Flugalo malleve direktis la pruojn al la horizonto, dum la aliaj du flugaloj daŭre ascendis ĝis 16.000 futoj. Tie ‹C› ĉesis ascendi, kaj malantaŭe ‹A› grimpadis plu.

Flugante tiel, oni konsciis la flugalon multe pli ol la skadronon. Estis eble vidi sube kaj antaŭe la maŝinon de Medhurst sufiĉe grandan por percepti preskaŭ ĉiun detalon, kaj maldekstre tiu de Bill, je sama nivelo kaj sama distanco de la flugestro, montris klare la ledkovritan kapon de la aviadisto; sed ‹B› Flugalo aperis nur kiel kvar krucetoj, ombraj pro kamuflo, kontraŭ la plumbe griza, koagliĝinta maro.

La skadrono turnis sin pli orienten, ĉar ĝi pasos super la franca marbordo inter Calais kaj Boulogne, kaj penetros enlanden serĉante malamikajn aviadilojn antaŭ ol reveni laŭ Douai, Lille kaj la marbordo inter Ostende kaj Dunkerque.

Simpla operacio, sen iuj teratakoj – sed Douai kaj Lille! Magiaj nomoj! Sfero de la soleca aglo kiu turnis kaj glisis kaj manovris en tiu jam nebula tempo kiam aviadiloj estis novaĵoj, kiam ĉiu nova venko lia estis triumfo, kaj la kreskanta nombro de la venkoj mirindaĵo, ĉar li pioniris, eĉ donis sian nomon al manovro kiun li la unua aŭdacis fari.

Dum la seninterrompa flugado inter kamaradoj super la maro Jano perdis sian antaŭflugan nervozon, kaj povis revade plengustumi la situacion. Jen estas la vera aerflota vivo pri kiu li revis! Ĉirkaŭ li harditaj veteranoj de aerbataloj en la kugle sveltaj ‹Fajrsputantoj›. Estas preskaŭ nekredeble ke li ne rigardas deekstere, sed estas efektive parto de la formacio. Kaj tie antaŭe, jam malhele videbla tra fragmentaj nuboj, Francujo! Kaj ie en tiu amaso Douai kaj Lille! Li baldaŭ traflugos saman ĉielon kie Immelmann fintis, zomis, pafis, kaj fine plonĝfalis al morto, nevenkite kaj nevenkebla. Nu, apenaŭ sama ĉielo; ĉielo firmefiksa ne ekzistas, sed li ja flugos super sama tereno.

Li premis la butonon sur la direkta stangeto. Nur konekti ĝin, kaj ok pafiloj sputos! Kaj hodiaŭ ja ne estos kiel ekzerco!

La voĉo de Paynter, flugestro de ‹B› Flugalo, kiu hodiaŭ gvidas la tutan skadronon, eksonis en liaj aŭdiloj:

«Malamika bordo. Vigla serĉado nun.»

Jano obee turnadis la kapon, serĉante en ĉiu ebla direkto. Se ili subite aperos? Dudek el ili? Kion li faros? Ĉu panikos? Ĉu stulte kolizios kun amiko? Aŭ ĉu li aŭtomate reagos, kiel la multaj ekzercoj celis garantii? Li devos fari ĉion ĝuste, senerare, eĉ se tio mortigos lin. Jes, li faros tion, ne pensante pri morto. Fiasko estus multe pli terura, kaj la aliaj prizorgos lin, la novicon. Li scias kio necesas, kaj plenumos. Ĉu la tuta vivo ne estis preparo al tiu ĉi kulmino? Li pensis pri Militza; revokis

ŝian belegan vizaĝon en la memoron, kaj sentis la kuraĝon eĉ
pli kreski, varmiĝi.

Tamen, unu dubeto ankoraŭ rodadis lian ventron: post la
tumulto de aerbatalo li tre verŝajne trovos sin sola; ĉu tiuokaze
li trovos la vojon hejmen? Se li nur povos plenumi tiun ĉi unuan
operacion sen hontigo, li poste sentos multe pli da memfido.
Se li fuŝos nun, la aliaj eble scivolos ĉu oni miselekte enlasis
idioton en la skadronon, sed se li pruvos jam en la komenco ke
li kapablas plenumi operacion kompetente, postaj eraroj ŝajnos
nur eraroj de kamarado.

La nebuleca tero estis nun sub ili, kaj subite voĉo eksonis:
«Banditoj! Baborde subaj!»

Ekscitite Jano ekserĉis en la direkto indikita. Maldensaj
nuboj drivadis sube, kaŝante en partoj la teron, kaj komence li
povis vidi nenion, sed subite li rimarkis, pli antaŭe ol li atendis,
du etajn krucformajn objektojn, kiuj moviĝas ŝajne malrapide
laŭ direkto transversa al tiu de la skadrono. Ili estis malsimilaj
laŭ formo, unu pli granda ol la alia, ŝajne transporta aero-
plano kaj eskorto; Jano ne povis certi precize pri la tipoj, pro la
kamufle pentritaj suproj, la malhela fono kaj la konfuza movo
de la nubombroj, sed ili estas evidente facila predaĵo por la
skadrono, eĉ por flugalo. Ĉu oni kaptos la okazon por doni al li la
unuan mortigon? La flugalo povus pafi laŭinkline la viktimojn,
lasante al li la lastan pafon. Sed ne: la voĉo de Paynter eksonis:
«Vulpo kaj Elfo, esploru. Baru la nubojn.»

Du el la kvar krucoj en ‹B› Flugalo ŝanĝiĝis en streketojn,
kaj malgrandiĝis. La formoj reŝanĝiĝis en ion similan al krucoj,
kaj oni povis nun vidi la direkton de ilia flugo, kiu estis al la du
malamikoj, kiuj jam turnis sin al nubamaso pli granda ol la plej
multaj tiam en la ĉielo.

La ĉasantoj, jam avertite de sia ĉefo, provis spiti la intencon per intermeto de propraj maŝinoj inter la fuĝantoj kaj la celita kaŝejo, sed la nuboj mem moviĝis kvazaŭ renkonte al la malamikaj aeroplanoj, tiel kompensante la relativan malrapidon de la pli granda el tiuj, kies kunulo ŝajnis flugi je sama rapido nur ĉar ĝi nun ascendis, dum ĝi alflugis la nubojn, por malhelpi atakojn kontraŭ la mallerta transporta maŝino.

La trompemo de la nuba movo estis eksterordinara. La du ĉasantoj mem preskaŭ enflugis dum ili provis bari la vojon al la ĉasatoj, sed ŝanĝis direkton abrupte kaj faligis sin preskaŭ vertikale je provo ion pafi en la malamikojn antaŭ ol tiuj malaperos. Estis vane. La voĉo de Paynter eksonis:

«Ne eniru la nubojn, Vulpo kaj Elfo. Flugu sub ili. La aliaj daŭre je nunaj niveloj.»

La taktiko de Paynter estis evidenta. La nuboj flosis inter ĉirkaŭ 8.000 kaj 12.000 futoj. Ili estas tiel rompitaj, ke la fuĝantoj devos montri sin de tempo al tempo. La ĉasantoj, super kaj sub ili, flugas mem en klara aero, kaj estas pretaj por subita apero de la ĉasatoj en iuj eblaj lokoj; do havos avantaĝon je ekvido super tiuj, kiuj flugante en nuboj, ne havos tempon orienti sin, kiam ili trafos klaran aeron, antaŭ ol la ĉasantoj atakos.

Kompreneb1e, ne estas eble juĝi ĉu oni flugas laŭ sama direkto kiel la serĉatoj, sed se tiuj volas resti kunaj, estas neverŝajne ke ili turnas sin en la nuboj, nepovante vidi unu la alian, sed pli emos tenadi sin al direkto jam decidita antaŭ ol ili enflugis la nubojn. Estas ankaŭ neverŝajne ke ili turnos sin al la origina celo, ĉar la nuboj pli maldensas en tiu direkto, kaj tion ili certe rimarkis antaŭ ol ili serĉis azilon en la nubamaso. Nun ili jam ne povas juĝi pri la plej taŭgaj nubogrupoj, kaj entute estas tre dube ĉu ili volos riski kolizion dum ili flugas blinde, sciante cetere ke unu dependas de alia por protekto, kaj evidente Paynter tiel teorias.

Jano serĉis ĉiun spacon inter la nuboj, kiu aperis sub li. La plejmultaj estas tre malgrandaj. Ĉu estos efektive eble trafi la malamikajn maŝinojn antaŭ ol ili flugos de unu nubo al alia? Laŭ malgrando de plej multaj spacoj, certe ne. Tamen estos tre utile vidi ilin, ĉar tia vido konfirmos la flugdirekton.

Eĉ se batalo okazos, estos tre dube ĉu ‹C› Flugalo havos okazon ataki, ĉar la du maŝinoj restantaj el ‹B› flugas malpli ol mil futojn super la nuboj, kaj certe atingos la malamikajn maŝinojn antaŭ ol ‹C› aŭ ‹A› kaj, ĉar la batalo devos finiĝi rapide pro la ŝirmemaj nuboj, ‹C› kaj ‹A› preskaŭ certe ne atingos ĝin ĝustatempe.

Ekŝajnis tamen ke batalo ne okazos: ili flugadis plu serĉante, serĉante, sed nenio aperis, kvankam la nuboj fariĝis ĉiam pli malgrandaj kaj disaj unu de alia. Paynter devas nun decidi ĉu fari laŭkvadrate sisteman serĉadon de la regiono, aŭ ĉu forlasi ĝin tute por daŭrigi la projektitan vojon, ĉar la maŝinoj ne kapablos fari ambaŭ. Surprize ke li ne ordonis al la formacio disigi sin por serĉi duope, aŭ eĉ unuope, ĉar tiel ĝia vidado ampleksus areon kelkmejlojn pli larĝan ol nun. Supozeble estus tro riske rompi la formacion ĉi tie, kie malamikoj abundas – eventuale, kaj eble Paynter opinias ke la serĉo ne meritas la pluan penon, des malpli la riskon.

Tiu supozo ŝajnis prava, ĉar nun Paynter revokis la du maŝinojn desub la nuboj. Ili revenis al la formacio sen iu malfacilo, ĉar malmultaj nuboj nun intermetas sin. Kun sia flugalo denove kompleta Paynter ŝanĝis direkton pli norden. Lia voĉo eksonis:

«-e ----esu -ot- i--- -ermarkoj-.» Jano batetis la ŝveliĝojn sur la kasko sub kiuj troviĝis la aŭdiloj. Kio okazis? Ili funkciis bone dum kontrolo, kaj ankaŭ dum la flugo ĝis nun. Eble nur io en la atmosfero. Certe la ordono estis komprenebla: «Ne forgesu noti iujn termarkojn.» La patrolo ne celis sole batal-igi malamikajn aeroplanojn, sed ankaŭ raportos iujn utilajn informojn pri novaj malamikaj flughavenoj, baterioj, uzinoj, ŝajnaj kamuflaĵoj, amasiĝoj de soldatoj, kaj tiel plu.

La tero suba estis nun multe pli klare videbla ol antaŭe, ĉar la nuboj preskaŭ malaperis. Por Jano ĝi havis vere hipnotan allogon; li volis konstatigi al si ke tio estas ja malamika tereno. Li antaŭlonge kutimiĝis al flugo, kaj la tero etendita sub li kiel mapo, sed tiu ĉi tereno estas malsimila al io, kion li ĝis nun vidis. Kaj nun ĝi havis pluan signifon; ili fakte flugas super la suda parto de la batalejo de la Granda Milito.

Urbo aperis antaŭe.

«-o- -ente-», sonis la voĉo. Paynter donis la informon kvazaŭ konversacie, sed la motivo estis ŝajne ke individuoj ne orientitaj orientu sin, aŭ eble precipe por unu individuo. Prave, ĉar Jano permesis al si sekvi la gregon. De nun li atente kontrol-ados laŭ la mapo sur sia genuo, serĉante termarkojn atend-indajn. Saint Quentin: tion Paynter certe diris. Espereble la aŭdiloj tamen pli klaros; tre espereble ili ne tute malfunkcios. Ĉu la aliaj knaboj havas saman malfacilon?

Saint Quentin. Estas kontraŭ-aviadilaj baterioj ie en ĉi tiu ĉirkaŭaĵo. Ĉu ili pafos? La ĉielo estis nun preskaŭ tute nubo-manka; nur disigitaj, blankaj bulaĵoj naĝas tie kaj tie. Ĉu tio ĉi estos fine malavantaĝo al la skadrono, lasante ĝin nuda antaŭ atakontoj? Surteraj observantoj certe notadis ĝin antaŭlonge sen iu helpo de radaro, kaj registras ĝian progreson. Ĉu ili do jam direktis malamikajn ĉasantojn intervene por malebligi repason super la marbordo? Se jes, necesos trabatali eble tre grandajn formaciojn por atingi hejman terenon: ne estos malfacile konjekti la reiran direkton de la trudinta skadrono.

Dume, Jano ĉirkaŭrigardis. Jen, malantaŭ li, kvar krucetoj formis malegalan ‹V›. Bone! Estas komforte scii ke la vosto estas konstante superrigardata de amikoj.

La senŝanĝa relativa pozicio de Medhurst kaj Bill sugestanta senmovecon, kaj la daŭra, obtuza ronrono de la motoro lulis lin. Li turnadis la kapon kaj serĉadis konscience ĉar li volis esti inda ano de la skadrono, sed lia natura emo estis lasi la gardadon al strategie postenigita ‹A› Flugalo, kaj mem sidadi en revoj kaj sensacoj.

Ili turnis sin norden. Ankoraŭ ne estis nuboj, sed nebuleto, kiu eĉ ne estus rimarkebla al tiuj en ĝi, estis sufiĉe evidenta de ekstere kaj supre por vualeti la teron kvazaŭ per pudro. Apud la horizonto, pro la oblikva rigardo, ĝi fakte ŝajnis blanke solida, sed pli apude ĝi nur sufiĉis por tuĉeti per grizo la firman brunon sub ĝi.

Baborde pli malhela bruno makulis la landon. Cambrai? Devas esti. Jano kontrolis per la mapo. Kaj antaŭe? Li provis vidi, sed estis tro frue. Laŭplane, tamen, ili flugados daŭre laŭ tiu ĉi direkto ĝis ili repasos la marbordon, kaj tio signifas preskaŭ rektan pason super Lille. Fakte, ili ŝajne devos iomete devii ĉirkaŭ ĝi por eviti la bateriojn atendindajn tie.

«-andi-oj!»

Li eksaltis je la vorto. «Tri-ord- -up-- --lantaŭ-.»

Jano rigardis, kaj post momenta ekgapo en bluan nenion la okuloj fokusiĝis. Jen! Etaj, nigraj krucoj, misformitaj pro oblikva pozicio kiel duon-fermitaj tondiloj. Kiom? Unu, du, tri – entute dek du. Egala nombro. Ili flugas laŭ direkto preskaŭ

ortangula al tiu de la skadrono, kaj venos en pozicion malantaŭ
ĝi, se ili ne ŝanĝos direkton, je proksimume sama alteco kiel ‹A›
Flugalo. Tiu pozicio certe estos avantaĝa al ili, se la skadrono
permesos al ili atingi ĝin, kaj se jes, ĉu ili atakos, aŭ atendos
aliajn, helpajn formaciojn?

La voĉo de Paynter ordonis:

«‹A› k--- ‹B› -rimp-.»

Jano turnis sian maŝinon kaj tiris la direktilon al si ascend-
ige, samtempe manipulante la regulilon por permesi al Med-
hurst kaj Bill turniĝi ĉirkaŭ li kaj tiel tenadi la formacion.

La tuta skadrono flugis renkonte al la fremda formacio,
kun la flugaloj nun aranĝitaj laŭlarĝe anstataŭ laŭlonge. ‹B› kaj
‹C› grimpadis, sed estis evidente ke ili ne atingos la alton de ‹A›
antaŭ la renkontiĝo, ĉar la alia skadrono, ne ŝanĝinte direkton,
trafiĝos kun ‹A› antaŭ ol la aliaj du flugaloj povos atingi ĝin – tio
estas, se oni ne sendos parton de la alvenanta formacio kontraŭ
ili por ekspluati altoavantaĝon. Ili ŝajne ne, preferante ataki ‹A›
unue kun nombra avantaĝo, kaj poste la aliajn flugalojn laŭvice:
rompi la aron po eroj.

Ŝajne Paynter atendas tion, kaj tial flugas rekte kontraŭ la
malamikojn, supozante ke ‹B› kaj ‹C› povos atingi la necesan
alton antaŭ ol la batalado kun ‹A› finiĝos. Sed kompatinda
‹A›! Ĝi devos batali sola dum kelkaj danĝerplenaj minutoj. Nu,
almenaŭ la suno estas malantaŭ ĝi, kaj tio estos helpa.

La malamika skadrono nun fine ŝanĝis la direkton,
prezentante desubajn siluetojn nur iomete mallongigitajn pro
vidangulo.

«-ragan--!» La duonaŭdita vorto sufiĉis por agordi la
perceptemon de Jano kun rekono de la siluetoj. «Uraganoj»,
komprenenble! Amikoj!

Novaj kraketoj kaj disigitaj silaboj tradukiĝis kiel ordono flugi laŭ antaŭaj direkto kaj pozicioj, kaj la flugaloj obeis, dum la neatenditaj subtenantoj flugis malantaŭ ili, iomete pli alte ol ‹A› Flugalo.

Tiel la kombinitaj skadronoj flugadis dum kelkaj mejloj, kaj Jano esperis ke iuj atakoj okazos nun, kontraŭ la dudek kvar maŝinoj. Sed nenio okazis, kaj la provizora ariergardo turnis sin suden denove, balancante la flugilojn adiaŭe.

Jano rigardis la forirantojn kiel eble plej longe, sed ili jam revenis en la regionon de nuboj, kies intervenoj estis sufiĉe oftaj por malhelpi ke li longe vidadu la rapidajn ĉasmaŝinojn.

La aŭdiloj krakete siblaĉis, sed Jano povis kompreni nenion diritan. Li luktis kontraŭ leviĝanta paniko kaj ĉirkaŭrigardis serĉante atakantojn. Nenio. Sed li rimarkis la maldekstran flugilon de la maŝino antaŭ li leviĝi, kaj tuj konstatis la signifon de tio: Medhurst turniĝas pli norden. Jano haste faris same. La turniĝo estis tra nur kelkaj gradoj, kaj kiam ili denove rekte flugis, li rimarkis tra la nuboj ke ‹A› Flugalo ankaŭ flugas laŭ la nova direkto. La devio kompreneble! Li forgesis pri tio. Ili turniĝis triborden, lasonte la urbon al la sudo.

Jano serĉis la teron malantaŭ si, kaj inter la preterflosantaj nuboj li rimarkis, eble ok mejlojn sude, grandan makulon, kiu ŝajne estas Lille. Li provis ensorbi la imponon de la momento kaj impresi ĝin sur la memoron, sed ĉagrenite konstatis ke ĝi fintas animon perturbitan de la scio ke io mankas. Se grava ordono venos nun, kion li faros? Damne! Cetere, li tro malfrue konstatis ke ili atingis Lille; li devis pensi pri ĝi antaŭe, agordi sin, anticipe gustumi, tiel ke li venu en la magian sferon en konvena humoro. Do kaptu ĝin nun kiel eble plej! Li provis sufoki ĉiun penson kaj senton kiu ne kontribuis al la ŝato pri la momento, sed la provo mem estis distra.

La aŭdiloj kraketis, sed ĉi tiun fojon li estis preta; li rigardis al Medhurst kaj sekvis ties turniĝon kun la regulilo malfermita, ĉar ĉifoje li estas ĉe la ekstera kurbo, kaj bezonis la ekstran rapidon.

Li plenumis la manovron pli glate ol la antaŭan, sed kiam li hazarde ekrigardis al Bill li rimarkis ke tiu studadas lin kun scivolemo. Aŭ ĉu li imagas tion? Ne; ne estas kaŭzo kial Bill rigardadu lin tiel longe. Li levis la manon salute, kaj Bill respondis per pugnita mano kun levita polekso. Sed ĉu tio estas kuraĝigo aŭ demando? Jano ne povis certi.

Li sentis koleran malkomforton; li ne deziris ke oni sciu pri lia malfacilo aŭdi. Li estis pikiĝema pri ĝi, kvankam li ne povis imagi kiel, aŭ kial, li kulpas pri ĝi. Li parolos pri ĝi kiam ili revenos havenen, sed li ne volis ke oni scivoladu pri ĝi nun, kaj li penis eviti la rigardon de Bill dum sia deva serĉado.

Reveno! Kiel bonvena la vorto estas al li nun! Ĝiaj implicoj ŝajnas neatingeble allogaj. Promeni sur la tero firma; sidi inter siaj amikoj kun glaso en la mano, kaj paroli, ŝerci, pri sia unua operacio. Kiel varme dezirinda estas ĉio ĉi. Li estis ĉe la skadrono iomete pli ol semajnon, sed jam ĝi havas la kuriozan allogon de feriloko ĵus rekonita kiel sfero de venontaj feliĉaj revoj: sento gustinde dolĉa, kvazaŭ anticipa nostalgio, kun konstato ke ankoraŭ eblados suĉi la maturiĝontajn dolĉaĵojn. Nur knabino mankas.

Knabino. Jano ekpensis pri Militza, kaj ekteksis revon en kiu ŝi, malamikino, trovas lin heroe vunditan kaŝanta sin en bosko en kiun li devige paraŝutis. La dilemo en kiun lia imago tiel enfermis ŝin proponis diversajn elirojn, kiujn li elektis, kaj trapensis, laŭvice, ĉar ĉiu havis sian apartan plezuran rilaton kun la amata, ĉu masoĥisman, venkan, cedan, fidegan. Li turnadis la kapon serĉade, sed apenaŭ konstatis ke li faras tion, kaj la fizika ago neniel interrompis la pensofluon.

La aŭdiloj kraketis denove. «Damne! Kion ili volas nun?» li demandis al si kun tima kolero, kaj ekserĉis la ĉielon nun pozitive, samtempe gvatante siajn kunflugantojn por eventuala helpa signo, sed estis nenio. La haŭto sub liaj flugvestoj pikiĝis malkomforte. Kio estis tiu sciigo? Ĉu li iam scios? Ĉar li nun timis ke, se li mencios la malfunkciadon de sia radio kiam li reteriĝos, li eble perfidos propran stulton: eble li faris ion mal-ĝustan, kiu kaŭzis tion ĉi. Kaj eĉ se ne, eble li povus, kaj devus fari, ion pri ĝi; eble estas iu simpla riparrimedo konata al ĉiuj – krom li. Aliflanke, li devos diri ion al iu por certigi ke tia afero ne okazos denove; eltiri informon sen evidenta demando.

Subite li rimarkis antaŭe sub la nuboj platan grizon preter la verda bruna tero. La maro. Eble tio estis la sciigo: nur atent-igo pri ilia alproksimiĝo al la maro. Espereble nur estis tio. Certe la maro estas bonvena. Ili baldaŭ estos super ĝi, for de malamika tereno. Fakte baldaŭ estos preter ĝi kaj super amika tereno. Ankoraŭ eblos renkonti malamikajn ĉasantojn, sed jam malpli verŝajne, kaj estas atendinde ke la sekvoj estos malpli drastaj.

Baldaŭ la marbordo glitis malantaŭen sub ili, kaj ili jam povis vidi, malgraŭ la ĉiam pli densiĝantaj nubobuloj, la anglan bordon.

Ili povus atingi ĝin post kvar-kvin minutoj, sed ili flugas ne rekte al ĝi, sed iom norde. Tamen, eĉ tiel, ili postnelonge flugis preskaŭ rekte super la strandoj de tiu elstara parto de la lando kiu inkluzivas la graflandojn Norfolk kaj Suffolk, kaj kiam ĝia bordo rekurbiĝis okcidenten, ili sekvis ĝin dum iom da tempo, kaj fine turnis sin rekte enlanden.

Ili ekdescendis – A kaj C pli rapide ol B – ĝis la tuta skadrono flugis kiel unuo kaj la mozaiko de kolorplenaj anglaj kampoj glitis sub ili kun pli kaj pli granda rapido pro la malalto. La haveno jam alproksimiĝis, kaj la aŭdiloj de Jano siblis: la instrukcioj pri alteriĝo kaj la konfirmoj! Ta, ne multe gravas: ili alteriĝos unuope kaj laŭorde; do li simple sekvos Bill en la preludan ĉirkaŭflugon, kaj ŝaltos la parolilon en konvena loko en la ĉirkaŭflugo. Oni ne aŭdos vortojn, sed tamen konstatos ke li parolas; do ne dormas. Oni ne povos kulpigi lin pri manko en la aparato. Kaj la permeso alteriĝi estas nur formala kiam tuta skadrono alteriĝas unu post alia. Cetere, li aŭdos la kraketon kiu signifos por li permeson.

La flughaveno aperis antaŭe, kaj senprokraste la maŝinoj rearanĝis sin unu post alia: Bill, estante je la maldekstro, sekvis Medhurst, kaj Jano lin, dum Colin sekvis Janon, kaj la aliaj du flugaloj faris simile, tiel ke la dek du maŝinoj ĉirkaŭflugis la havenon unuope, kaj unu post alia alteriĝis.

La aŭdiloj de Jano kraketadis preskaŭ sen interrompoj. Li nun flugis malalte, kaj povis klare vidi la farmbienon kun la ruĝa grenejo, kiu markis la nordan flankon de la havena kamp-ego, la vojoforkon kun manpleno da domoj ĉirkaŭ ĝi, kaj la mal-granda bosko kiu estas tiel utila gvidpunkto kiam oni flugas super ĝi, pro ĝia formo de granda komo, nun ne montris tiun formon, pro la malalte oblikva pozicio de la maŝino, sed estis rekonebla kiel bosko kun individuaj arboj, trunkoj, branĉoj.

Sub li glitis la administraj konstruoj, la ventomaniko, kaj tie dekstre estis dorm-kabanaro. Li povis klare vidi propran kabanon, tiel neatingeble apudan. Elvenis el ĝi, reestos en ĝi, musa rampuleto, nun aglo. La printempa herbo estis vive verda. Fumo drivis supren el kamenoj kaj pensigis pri kuirado, hejmaj komfortoj. Ĉio estis klarega, kiel en infana bildolibro.

Li preterpasis la kampegon kaj faris la antaŭlastan turn-
iĝon. La haveno revenis al lia vido je lia maldekstro, kaj li
rigardis al la plej konvena alteriĝa punkto. Nun elekti la ĝustan
momenton por sinturno al ĝi. Estos iometa triborda devio pro
la vento. Fari unu finan konfirmon pri pozicio tra la ŝajne mal-
funkcianta mikrofono, kaj persvadi la maŝinon al senmanka
alteriĝo.

La aŭdiloj kraketis. Dank' al ke li ne devos suferi tion multe
pli longe! La elektita punkto estis nun preskaŭ ĉe lia maldekstra
ŝultro, kaj li turnis sin al ĝi. Zorge, zorge; kompensi la devion.

La aŭdiloj sibladis. Damne! La kampego oscede alkuris
renkonte, drivante iom baborden, sed tion li enkalkulis, kaj
agorde trafos ĝin. Estis maŝino ĉe ĝia kontraŭa ekstremo. Kie
estas Bill? Tio ne estas li; la interspaco estas tro granda. Tio
estas Medhurst; eble eĉ la lasta ano de ‹B› Flugalo. Dum la lasta
parto de la ĉirkaŭflugo Jano tute ne atentis la maŝinon antaŭen,
ĉar li rigardadis la teron. Ŝajne Bill faras alian ĉirkaŭflugon pro
iu erareto. Nu, ne estas tempo pensi pri tio nun.

La aŭdiloj insiste siblaĉis, kaj Jano bedaŭris ke li ne for-
prenis la kaskon, ĉar la sono nun vere agacas lin.

Zorge, zorge. Li tiris la direktilon al si, kontrolante ke li
havas sufiĉon da flugrapido. Li bone kompensis la devion, sed
li memoradis la tendencon de la maŝino svingiĝi al la dekstro
post alteriĝo, kaj projektis singardemon, ĉar ankaŭ tiel mal-
frua akcidento povus fuŝi al li la unuan operacion, eĉ eventuale
frakasi la maŝinon. Necesos zorgi. Kampoj, heĝoj kaj vojetoj
nun rapidegas sub li; la kampo brakume atendas ...

Subite ruĝa stelo arkis, pafite de la surteraj direktantoj.
Kio? La aŭdiloj? Ne, tio estus verda. Li devis pafi verdan por
averti pri malfunkcio. Ĉu li eraris trablagante? Ĉu ili atentigas

lin ke li devis? Ne, ruĝa stelo: nur unu signifo: li devas ne al-
teriĝi. Bill! La kraketoj! Preskaŭ jam surtera; ĉu spite daŭrigi?
Riske restadi en aero nun; iom da tempo antaŭ ol li akumulos
sufiĉan aerrapidon por stabiligi sin. Tamen la provo pli moligos
lian fiaskon ol malobeo.

Lia mano ŝovis la regulilon por gajni rapidon, kaj je sama
momento li ekvidis maŝinon sub si, fantazie grandan pro ne-
kutima apudo, moviĝantan pli rapide ol li, kun strieto da nigra
fumo fluanta el la motoro.

Jano eksalte tiris la direktilon al si; lia maŝino zome staris
sur la vosto, kaj, eĉ dum li konstatis sian stultan eraron, staŭlis.
Bluon kaj blankon anstataŭis ombra verdo antaŭ li. La direktilo
estas tute senutila; li povas fari nenion eĉ por paliativi la fal-
egon.

La tero alsturmas.

Verdo.

Nigro.

NOVAJ HORIZONTOJ

Jano konstatis la saltetan moviĝon de sia kuŝilo, kaj doloron, doloron ĉie, sed en la vizaĝo krian, ŝiran doloregon, kaj estis tio, ne scivolemo, kiu malfermigis al li la okulojn.

Jes, li estas en veturilo. Malsana lumo kaj du vizaĝoj. Unu el tiuj – ĝi estas konata – ridetas al li. Li aŭdis vortojn: ion pri «okulojn» kaj «morfio», sed tiu ĉi mondo, en kiun li insistis tiri sin, ne komprenas la doloregon. Li devas lukti ĉiun momenton por restadi en ĝi. Sed jam ne. La tiro de la vortico daŭre senteblas, kaj li jam ne rezistos. Li cedis.

Estis nuboj malantaŭ li ie, iam, sed nun li kuŝas surventre sur la sablo sub alta suno. Estas ludila jaĥto en la esparta herbo antaŭ li. Nur la blankaj veloj montriĝas. Kial ĝi estas tie? Ĝi devas esti en la maro. Ĝi estas lia, kaj li volas naĝigi ĝin en la maro, ĉar ĝi estas ŝtormojaĥto, kun speciala kilo, kiu ĉiam rektigos ĝin, sed ĝis nun ĝi velis nur en parkaj lagetoj. Nun jen estas la maro kun taŭgaj ondoj, kaj li volas lanĉi la jaĥton.

Ĝi estas lia. Jes. Li ricevis ĝin kiel naskotagan donacon. Ĉu liaj kruroj estas paralizitaj? Ne. Kio mankas do? Kio estas la malhelpo? Neeblas antaŭen. Do malantaŭen; cedi al la malhelpo, en ĝin por trovi …

Estas somere, sed la ĉambro estas aerplena. Li insistis pri tio ke ĝi estu aerplena, kaj – jes, jen la fenestro estas larĝe malfermita. Antaŭ ĝi staras vazo da floroj, bluaj floroj. Li sidas apud la fajro. Kial estas fajro dum tia tago? Li ne povis estingi ĝin, sed li volas lasi ĝin, elŝovi la kapon el la fenestro en la freŝan aeron.

Tion li povos fari. La floroj ne malhelpos. Ĉu la floroj tuŝos la vizaĝon, kaj venenos la haŭton per siaj petaloj? Ne. Sed li ne ŝovas la vizaĝon preter ili. Ĉu levi la vazon kaj meti ĝin flanken; apogi sin per la manoj sur la sojlo dum li elrigardos? Li devos; li evitos la vespojn.

Ion alian, ion alian. Li povas.

Knabino kuŝas sub li kun sia kapo apud lia mano. Lia sinapoganta brako kaj ŝultro formas ponton super ŝi. Li nur devas fleksi la brakon por surkuŝe tuŝi ŝin, tuŝi la freŝan somerrobon per sia korpo, kaj per sia vizaĝo – li devos forigi la ideon ke ŝiaj haroj lezos ĝin. Kiam li nur faros, li pruvos la ideon malĝusta; li scias kiaj estas knabinaj haroj. Ŝia vizaĝo cetere montriĝos – tiu vizaĝo, kiun li plej volas vidi. Sed li devos kline tuŝi ĝin.

Kaj se ne tio, do ŝia korpo! Li penas stimuli sin. Li ne stimuliĝas. Lia gusto estas plata; estas nenia tikla respondo en propra korpo al lia penso pri virino. Tamen jen ŝi estas, bela. Ŝia freŝodora robo kun sia kruclinia desegno memorigas pri tablokovrilo. Sub ĝi estas la mola karno; ĝi devas stimuli. Forŝiri la robon: jen la solvo.

Li kaptas, kaj ŝiras, kaj ruliĝas en ĝi; ruliĝas kaj ruliĝas por ke ne unu coleto reziste restu sur ŝi. Li ruliĝas kaj tordiĝas, sed la kovriloj ŝajne estas senfinaj, kaj li envolvas sin pli kaj pli sen evidenta atingo de io ajn: kiun povon, kiun celon havas tuko en lavomaŝino, kirliĝante senreziste en lesivo? Supren, suben, tien, reen, preter la eta fenestro, luko, kiujn subakvaj ŝipoj ne havas, tre, tre bedaŭrinde ne havas, sed kiu enlasas lumon en lavomaŝinon, en la okulojn.

Li luktas el tiu ĉi fatamorgana, fantasmagoria mondo, ŝaŭmas al la surfaco. Li lasos ĝin, sed kial? Bone eskapi ĝin, aŭ ĉu reeskapi en ĝin? Kio okazos se ne? Li vomos? Ne, ne estas tio.

Li ekkonstatas la liton sub si. La kovrilojn. Li provas resinki en fantaziojn ne perfekte forgesigajn; provas levi sin el ilia neperfekto en puran realon. Li ŝvebas inter la sferoj, retiriĝante de la dornoj en ambaŭ. Li volas resti tie dum iom da tempo, sed realo jam gajnas: mano insiste skuas lian ŝultron.

Li malfermis la okulojn. La lumo lacigis lin, sed kiam li provis refermi la okulojn, la mano denove skuetis.

«Venu, venu, vigliĝu.»

Li remalfermis la okulojn kaj rigardis al la parolinto por montri ke li ja viglas.

«Venu, venu», la flegistino ripetis ridetante. «Jam vigle!»

Ŝi ridetis, sed ŝi ne ŝercis. Estis intenco malantaŭ la rideto, kaj ŝiaj okuloj kuretis tien kaj reen rigardante en liajn, kvazaŭ ŝi kontrolas tiujn individue, turnante la rigardon de unu al alia rapidege por ke li ne fermu unu dum ŝi rigardas la alian.

Por eviti daŭran vigligan atakon, li diris:

«Bone, mi estas vigla.» Lia voĉo surprizis lin pro sia raŭko, sed ŝi aŭdis lin.

«Do restu vigla nun. Ĉu vi volas ion?»

«Trinkon», Jano respondis, ĉar li ĵus konstatis la eksterordinaran sekecon de sia gorĝo. Iom je lia surprizo, ŝi tuj kompleze proponis al li blankan kruĉeton kun krana verŝilo.

«Ta, malrapide!» ŝi admonis forprenante ĝin post unu gluto de lia avida buŝo. Dum la faro li konstatis tiklon apud la lipo pro leviĝeto kaj refalo de materialo: ŝi trinkigas al li tra bandaĝo. Do tio ĉi ne estas – kompreneble ne; li jam ne estas infano; kaj la tuja propono de la trinko. Sed kie, kio? Li provis orienti sin. Li ja ne estas infano, kaj jam ne suferas de internaj lezoj; alie la flegistino ne estus permesanta al li tiom trinki (ĉar ŝi efektive nun redonis al li la trinkujon, nur zorgante ke li ne glutegas).

Tiu ĉi soifo estas nepre rezulto de anestezilo; ankaŭ la emo rekuŝi kaj drivi en dormon, sed kial bandaĝo sur la vizaĝo? Kaj – li rigardis malsupren – jen kovrila framo! Kaj kia framo! Ne nur modesta protektilo por la kruroj aŭ la trunko, sed longa, kvadrata ĉerko levanta la kovrilojn de la tuta korpo. Evidente kiam li imagis ke li ruliĝas en kovriloj, la subkonscio sugestis volon, ne komunikis efektivaĵon, ĉar li certe ne tiradis la lito-kovrilojn.

Li ĉirkaŭrigardis. Ekranego ŝirmis lian liton de unu parto de la litejo, sed ĉe la alia flanko estis sufiĉe da spaco por ke li vidu kelkajn aliajn litojn. En ili viroj kuŝis legante, parolante kaj ŝajne dormante. Tiuj anonimaj figuroj ial skuis lian memoron. Jes, kompreneble, li estas aerarmeano; tion li memoras. Ĉu tiu ĉi malsanulejo estas en Londono, kie li estis kiel rekruto? Li memoris tiun fazon klare, sed ankaŭ ke io sekvis ĝin. Li memoris trajnoveturon. Kien li tiam iris? Jes, nun klare: li iris al sia unua fluglernejo. Kio sekvis do? Li tute ne povis memori. Estis kvazaŭ tio okazis hieraŭ.

Li rigardis al la flegistino, kiu rerigardis kun io singarda en la vizaĝo. Ŝi ne sciigos multon se oni decidis – kaj estus tute laŭ ilia kutimo – ke li restu nescia. Ŝi havis ruĝajn harojn kaj amason da lentugoj sur la vizaĝo, precipe ĉirkaŭ la nazo, kie ili fakte intermiksiĝis en grandaj plureraj makuloj: ne tre alloga aspekto laŭ la gusto de juna viro, sed la blugrizaj okuloj rigardis kun tiu aplomba sereno kiun li memoris de longe antaŭe, kaj ruzaĵo por la akiro de informo sugestis sin al li.

«Mi volas flegestrinon Marr», li diris subite.

«Kiun?»

«Flegestrinon Marr.»

«Ne estas iu flegestrino Marr ĉi tie.»

«Kompreneble estas, kaj ŝi ĉiam venas al mi. Mi volas ŝin.»

«Mi ripetas, vi eraras», ŝi diris, kaj aldonis postpense: «Kie vi estas?»

«En litejo sep.»

«Ne. Vi pensas pri iu alia tempo, kaj vi devas ne postuli alvenon de iu flegistino nun. Ĉu vi estas infano?»

«Infano?»

«Jes. Kial vi estas en malsanulejo?»

«Ĉar mi estas malsana.»

«Bone! Kiel malsana?»

«Mi havas bandaĝon sur la vizaĝo, sed ĝi devus esti sur la abdomeno.»

«Ne, ne, la vizaĝo bezonas ĝin. Vi konfuziĝas.»

«Do kio okazis?»

«Vi havis akcidenton.»

«En aŭtomobilo?»

«Ne, en aeroplano, sed ne tro ĝenu vin pri tio. Ripozu trankvile.»

«Kia aeroplano?»

«Nu, kion mi scias pri aeroplanoj? Estu trankvila; viaj amikoj vizitos vin en la posttagmezo. Ili jam estis ĉi tie. Do vi devos esti freŝa kaj vigla por ili. Vi baldaŭ memoros ĉion», ŝi kuraĝigis, kaj foriris.

Aeroplano. Almenaŭ li eksciis tiom, kaj ĝi jam akcelis lian memoron. Kompreneble, li lernis flugi. Finis la lernadon. Iom post iom la detaloj revenis al lia menso.

La flegistino pli fermis la ekranegon kiam ŝi foriris, kaj nun, en la verdaj muroj kiuj limigas lian vidon, li kuŝis trankvile, pensante. Li memoris ke li eĉ atingis skadronon, ke estis novaj amikoj tie: Bill, Enĉjo. Kompreneble. La memoro portis lin pli kaj pli antaŭen. Li memoris la provbatalojn kun Medhurst, kaj – jes! – la unuan operacion.

Jes, tio fakte okazis. Kio poste? Li estis super Francujo kaj – malamikoj. Ĉu oni terenpafis lin? Kial do angla flegistino? Ne, ne estis tio. La malamikoj eskapis, kaj la aliaj – ili ne estis malamikoj. Ne, kaj kiam ili forire daŭrigis propran vojon, la skadrono pluenflugis sen incidento ĝis la maro. Tie ili rajtis atendi sendanĝeron, sed estis io: iu dubeto tiam piketis lin. Kio ĝi estis? Ĉu tio estas signifa? Li pensis pli intense, sed ne, ŝajne ne: ili ja atingis Anglujon; li memoris la anglajn strandojn sub la maŝinoj. Povus esti ke oni atakis eĉ super angla tereno, sed li sentis ke ne.

Kial do li tiam antaŭsentis eblan danĝeron? Kial tiu dubeto rodis lin? Li sentis ke ĝi estis iel privata, ke tial li ne povas nun memori ĝin, ĉar inhibicio malhelpas ke ĝi venu al la surfaco de la menso, pro lia deziro ne komuniki ĝin.

Komuniki! Jen la! Liaj aŭdiloj ne funkciis. Kompreneble. Nu, tio estis la kaŭzo de lia dubeto. Ĉu ĝi ankaŭ estas do la kaŭzo de lia «akcidento»? Li pensu. Kiajn malfacilaĵojn li antaŭvidis pro ĝi? Estis la ĉirkaŭfluga rutino, sed li ja kontentigis sin pri tio, ke li povos trablagi tion. Kaj la ĉirkaŭflugon li ja atingis. Li memoris tion nun; li memoris la klare videblan teron sube, kun ĝiaj pupmondaj detaloj. Kaj kiam liaj aŭdiloj kraketis, li blage respondis. Fakte li atingis la alteran enflugon; devas esti ke li alteriĝis. Ĉu li do frakasiĝis je alteriĝo? Ĉu la radoj rompiĝis?

Ne elvenis? La bremsoj malfunkciis? Aŭ ĉu la maŝino svingiĝe miskuris?

Ha! Li ja timis tion! Nun li memoras, kaj el la fundo de lia memoro saltis al surfaco bildo de aeroplano kolizionta. Zomo. Falo. Lia agitita animo rifuzis prezenti detale firman bildon, sed tio estis la kaŭzo de lia akcidento. Staŭlo. Jes, li memoris la korpuŝe timigan paŭzon antaŭ la ekfalo; paŭzo dum kiu li pendis senpove, konstatante la sekvojn, neeviteble frakasiĝonte. La horizonto kuris supren, preter lia kapo, forpuŝante la ĉielon de lia vido kaj tirante, kiel inversa rulkurteno, la malhelan teron post ĝi. Kaj fine estis sole tero. Tion li memoris, kaj ĝi sufiĉis. Sendube liaj pensoj dum la falo estis interesaj; eble ili eĉ prezentis al li la tutan antaŭan vivon, kiel al drononto, sed ili estas nenecesaj por komprenigi tion, kio okazis. Estas klare nun. Li scias.

Kaj sciante la kialon, li konstatis ke li estas bonŝanca je tio ke li ankoraŭ vivas. Aŭ ĉu? Kial li kuŝas en tiu ĉi tendo? Kion ĝi kaŝas. Timo ŝvitigis lin; li provis fleksi la piedfingrojn. Doloro en la kruroj! Sed ĉu ĝi ja estas en la kruroj? Jen la punkto. Oni sentas doloron kaj malvarmon en piedoj kiuj jam ne ekzistas.

«He, Mak!» li alvokis la viron en la lito ankoraŭ videbla ĉe la dekstro.

Tiu mallevis gazeton kaj rigardis lin.

«Ĉu vi scias kion oni faris al mi? Ĉu ili – detranĉis ion?»

La alparolito kvazaŭ penseme levis la okulojn al plafono. Poste, rigardante al Jano, li respondis:

«Ili – ne – konfidis – al – mi, amiko.»

«Tre sprite. Ĉu vi tamen aŭdis ion?»

Kaposkuo.

«Dankon», Jano diris seke, kaj deturnis la kapon.

«Ĉu vi plaŭdis?» demandis la neklaĉema najbaro, jam pli simpatie.

«Jes.»

«Nu, mi scias nenion, amiko. Oni enportis vin dum la nokto, kaj vi kuŝis tie senkonscia ekde tiam. Supozeble vi venis rekte de la operaciejo. Mi ne rimarkis ĉu vi havas krurojn aŭ ne, ĉar oni stivis vin nur malantaŭ la ekranego. Sed», li aldonis kuraĝige, «via kaĝo estas sufiĉe longa. Ĝi estus superflua se oni estus vin tajlintaj.»

«Tio estas prava.» Jano konsentis, kaj ŝovis la kapon malsupren en la kusenon. La brakoj do? Jes, ili estas tie. Li povis senti la bandaĝon sur la dekstra mano kiam li fleksis la fingrojn, kaj per ambaŭ manoj li provis sentigi al si premon sur la gamboj. Almenaŭ gambojn li havas!

Li penis movi la krurojn por tuŝi unu piedon per alia, kiel pruvo pri ekzisto. Tio kaŭzis al li grandan doloron, sed li persistis, kaj estis certa ke estis kontakto.

La sama flegistino preterpasis, kaj li postvokis ŝin:

«Mildiga, mi petas.»

Ŝi revenis: «Jes, serĝento.»

«Ne estu tiel formala.»

«Do mi ne estos tiel formala. Nun, rapide, mi petas. Mi estas tre okupita.»

«Mi nur volas senblagan respondon al simpla demando.»

«Do?»

«Ĉu vi promesas?»

«Faru vian demandon. Tiam mi decidos?»

«Miaj kruroj?»

«Ĉu ili doloras?»

«Nu, jes, mi sentas doloron.»

«Mi alportos ion por mildigi tion.»

«Ne, ne temas pri tio, sed – a – mi nur volis scii: kio estas ĉe ili?»

«Ili estas ambaŭ frakasitaj ĉe la genuoj, kaj estas brulaĵoj, precipe ĉe la dekstra.»

«Frakasitaj? Nur tio? Kaj ili funkcios bone?»

«Pli-malpli, se vi kondutos bone. Mi donos al vi ion por la doloro», kaj ŝi estis for.

Jano preskaŭ elkriis pro ĝojo, sed kvankam li nur hazarde menciis la doloron dum li serĉis informon, ĝi nun tiel afliktadis lin ke li ne domaĝis ke paliativo alvenos, kaj li estis vere dank-ema kiam la flegistino revenis kun glaso da blanka fluaĵo.

«Jen», ŝi diris. «Trinku tion. Ĝi mildigos la doloron en la kruroj, sed la bruloj eble plu ĝenados vin.»

«Dankon.» Li prenis la glason kaj trinkis la laktaspektan enhavon ĝis lasta guto. Ĝi estis preskaŭ sengusta, sed flosis en ĝi iuj ne tute solvitaj restaĵoj de kreteca pulvoro, kaj tiuj fariĝis malagrable densaj ĉe la fino, elfiltriĝante el la fluaĵo ĉirkaŭ liaj dentoj, sed Jano konscience obeis la «Finu ĝin» de la flegistino, kiu ŝajne rimarkis lian velkantan entuziasmon, antaŭ ol redoni la malplenan glason.

«Dankon», li ripetis. «Ĉu vi scias kiam miaj vizitantoj venos?»

«Ne precize, sed iam en la posttagmezo. Estas jam preskaŭ la dekunua. Kuŝu trankvile nun. Ĉu vi aŭdas?»

«Aŭdas kaj obeos,» (Ho, tagon de Militza!) «ĉar mi sentas neniun inklinon fari alie.»

«Do vi povos esti sendependa, sed tamen prudenta.» Ŝi glatigis la kovrilon sub lia mentono – preskaŭ la sola parto kie ĝi tuŝis lin – kaj denove foriris.

Malgraŭ la medikamento, la doloroj de Jano fariĝis entute pli turmentaj. Ne tiom la kruroj, krom ĉe la surfaco, sed aliaj partoj, pri kiuj li antaŭe ne sciis, ekanoncis sian suferdonan ekziston, kaj la vizaĝo estis arde dolorega. En la dorso kaj lumbo, cetere, estis pli obtuza dolorado kiu tamen zorgigis lin. Fakte, ĉe la lumbo estis ankaŭ subitaj dolorospasmoj pli akraj kaj intensaj, kvankam li kuŝis senmove, kaj li ekscivolis ĉu io estas rompita ankaŭ tie, aŭ ĉu estas iu interna lezo pri kiu oni ne scias? Aŭ ĉu ili scias kaj ne volas sciigi lin? Kaj estas alia eblo vere timiga; li palpis la ingvenon kaj ĝojis trovi ke mankis bandaĝoj tie kaj ke ne estis iu parto resalteme dolora sub lia tuŝo, sed aliflanke la doloro ĝenerala ŝajnis saturiĝi ĝis tie, kaj entute li ne povis esti certa ke ĉio estas perfekte bona.

Dume, la movo de la brako trans la korpo konstatigis ke la antaŭa parto de lia trunko doloradas sub bandaĝoj. Estis evidente ke la anestezilo grade perdas sian postoperacian narkotefikon; tial li povas palpi nun kun rezulto, ĉar ĉiuj sentumoj estas pli akraj, sed ĉu nur estas lia fantazio kiu sugestas ke ili estas ankoraŭ obtuzaj en la regiono de liaj lumbo kaj ingveno? Li provis imagi ke ne, sed la dubo persistis. Ĉu amvivon li nun ne povos atendi?

Poste la doloro fariĝis tiel intensa ke li devis streĉi ĉiujn fortojn por kontraŭbatali ĝin. Li revokis Militzan en la memoron tiucele, kaj iom moligis la suferadon prezentante ĝin al si en erotika revo, kvankam la erotiko mem estis plezuriga pli en memoro ol en la revo aktuala. Li estis kondukinta sin tra pluraj aventuroj kun dentogrinca heroeco, kiam iu paralelo en lia revo kondukis lin subite reen al realo, al la senglora fino de lia unua operacio.

Li fuŝis. Plaŭdis post unua operacio. Nenecese kaj stulte

plaŭdis. Spite radiovokojn kaj stelsignalon li venis en kolizian proksimon kun kamarado, kamarado kun alteriĝa prerogativo pro damaĝita motoro, eble ankaŭ vundita. Kion la skadrono pensis pri tio? Certe devis ŝajni al ili ke li estas aŭ tro stulta por kompreni simplajn signalojn, aŭ tro senrespondeca por obei ilin.

Kio okazis al la alia maŝino? Li penis memori ĉu li vidis ion dum la falo, sed povis memori nenion krom la leviĝanta tero. Se ĝi frakasiĝis pro lia stulto! En la animo de Jano kirliĝis konjektoj, timoj kaj senkulpigoj. Li senpacience atendis la alvenon de siaj vizitantoj, kaj samtempe preĝis ke oni forsendos lin al iu ne-atingebla malsanulejo kie ili ne povos trovi lin: li volis aŭdi kio okazis al la alia maŝino kaj klarigi pri la malfunkcio de sia radioaparato, sed li timis iliajn riproĉojn, kaj, eĉ pli, eventualajn malsincerajn kondolencojn («Ne tro ĝenu vin pri kompatinda Blanko; estis nur akcidento, kaj ni ĉiuj eraremas»).

Ĝis kiu grado lia klarigo pri la radioaparato senkulpigos lin? Ĝis kiu grado emfazos lian senkompetenton? Kion li devis fari en la koncerna konjunkturo? Li ja antaŭ ekflugo kontrolis aparaton, sed ĉu estas iu rutino kiun li devis provi por ripari ĝin, aŭ ĉu li devis iel sciigi sian ĉefon pri la malfunkcio? Li streĉis la memoron serĉante solvojn al tiuj demandoj, kaj timis trovi.

Li aŭdis paŝojn. La flegistino tiris la ekranegon, lasante spacon nur sufiĉe longe por ke du viroj en bluaj uniformoj tra-pasu. Dio konservu lin! Estas la komandanto kun Medhurst! Estos tribunalo.

Jano palpebrumis al ili, ne sciante ĉu rideti kuraĝe, aŭ prezenti al ili vizaĝon de turmento – kiom la bandaĝo permesas.

«Nu, Gill,» la komandanto komencis, «vi estas en vere pupa stato.»

«Jes, sinjoro.»

«Kiel vi sentas vin?»

«Ne malbone – dankon.»

«Do, bone.»

Jano necerte tordis la lipojn en duonrideton.

«Tamen iom domaĝa fino al via unua operacio.»

«Jes, vere.»

La flegistino jam fermis la ekranegon, kaj la komandanto sidis sur la sola seĝo, dum Medhurst iris al la alia flanko de la lito, kaj tie staris. La komandanto ekrigardis al li, kvazaŭ suflore aŭ donante permeson paroli, kaj Medhurst diris, kun rigardo momente levita al la okuloj de Jano:

«Kio okazis, Gill? Ĉu vi ne aŭdis la ordonon lasi libera la enflugon?»

«Fakte, ne; mia aparato malfunkciis. Mi vidis la stelon, sed estis jam tro malfrue.»

«Jes. Sed via aparato malfunkciis?»

«Jes.»

«De kiam?»

«Super Francujo estis kraketoj, sed mi ankoraŭ povis kompreni. Poste ...»

«Ĝi komencis super Francujo?» la komandanto interrompis.

«Jes, super Francujo.»

«Ĝis tiam vi povis aŭdi perfekte klare? Ni diru, nu, super la maro, ekzemple.»

«Jes – tio estas, ironte.»

«Kompreneble. Ĉu vi provis atentigi iun pri la situacio?» La komandanto ilustre batetis la orelon per la fingro.

«Nu, ne. Kiel mi diris, unue mi povis kompreni.»

«Kaj poste?»

«Jes, do poste ĝi kraketis pli kaj pli, ĝis mi ne povis kompreni.»

«Kaj tiam?»

Jano tuŝis la sekajn lipojn per langopinto. «Nu, ni estis preskaŭ hejme. Mi supozis ke mia mikrofono funkcias, ke la terdirektejo aŭdos min bone», li mensogis senkulpige.

«Kial vi supozis tion?»

«Ŝajnis al mi ke la manko estis nur en la aŭdiloj», respondis Jano ŝvitante.

«Ĉu? Sed vi ne povis esti certa.»

«Ne.»

«Kion vi estus farinta se super la maro – dumrevene – vi estus vidinta malamikan skadronon atakontan, kaj evidentus ke viaj kamaradoj ne rimarkis?»

«Estus akcelinta antaŭ mia flugalestro kaj balancinta la flugilojn», respondis Jano, rimarkante scivoleme ke Medhurst ekridetas je la respondo.

«Aha? Bone», diris la komandanto. «Nu, Gill, estos enketa tribunalo, sed ne ĝenu vin pri tio. Resaniĝu.»

«Jes, dankon. Sed – kio okazis al la alia maŝino?» Jano demandis.

«Ho, Jack? Nenio. Li ignoris vin; li ne povis fari alie, ĉar lia motoro ne permesus. Li estas sana, sed la maŝino estas kaputa.»

«Ni estis malbonŝancaj, Gill», Medhurst klarigis. «Estis alarmo post nia foriro, kaj la knaboj trafis la banditojn. Ni havis neniujn perdojn, krom la maŝino de Jack, sed unu eblan venkon – de Struthers. Ni devis resti hejme.»

Jano esprimis kontentiĝon pri la rezulto, kaj, post iom pli de ĝenerala konversacio, la du oficiroj foriris, promesinte ke li havos aliajn vizitantojn: Enĉjo kaj Bill fakte jam venis, sed li estis tiam senkonscia, estante ankoraŭ anestezita. Jes, estis ankaŭ Bill en la veturilo kun li.

Entute, la intervjuo ne estis tiel malbona, kiel li foje atendis dum sia antaŭa konjektado. Kompreneble estos enketa tribunalo, sed tio ja estis neevitebla, aŭtomata sekvo de iu akcidento tia. Cetere, tio estas en la estonteco, semajnojn, eĉ monatojn, for. La ĉefaĵo estas ke liaj kolegoj ne forbalaas lin, kiel sentaŭgulon. Almenaŭ, tiel ŝajnas. Se ili subtenos lin, la verdikto de la tribunalo, kia ajn ĝi estos, ne multe ĝenos. Dume, necesas sekvi la konsilon de la komandanto resaniĝi, fakto kiu trafis lin des pli forte post la foriro de liaj vizitantoj, ĉar li tiam rekonsciis siajn dolorojn.

Jano tamen trovis resaniĝon procezo ne tute glata. Iuj liaj brulvundoj kuraciĝis tute rapide, kaj kvankam aliaj pli longe rezistis medikamenton kaj zorgan flegadon, ankaŭ tiuj devis finfine cedi, ne estante tiel gravegaj, kiel la doloro supozigus; sed la du plej obstinaj lasis siajn postsignojn. Unu el tiuj estis sur la dekstra kruro, kie la vestaĵoj estis ŝiritaj ĉe la kraŝo, kaj la alia estis sur la vizaĝo. Estis tiu ĉi lasta kiu ĝenis Janon; honorplenan cikatron de skarifo li ne domaĝus, sed la glacea ruĝeto de la brulvundo kiu kovris lian vangon estis sensensacie, sed definitive, forpuŝa, kaj eĉ – je tuŝo – naŭziga, pro sia subtila nenormalo.

Li konstatis ke rilate siajn vundojn li estis bonŝanca. Liaj vizitantoj sciigis lin ke la «sango-veturilo», kiu estis urĝe preta por eventuala frakasiĝo de Jack, ekrapidis al la ŝajna kraŝa punkto tuj kiam evidentis ke lia zomo rezultigos staŭlon, kaj oni tiel sukcesis eltiri lin el la flamoj antaŭ rostiĝo. Ankaŭ estis bonŝance ke li portis okulŝirmilojn en ŝirma pozicio, kio savis lin de preskaŭ certa blindigo kaj de pluaj cikatroj. La kaŭĉuka masko, kiu servis kiel portilo de mikrofono aldone al ĝia ĉefa funkcio de oksigena masko, pendis sole de la maldekstraj rimenoj laŭ la kutimo de la plej multaj aviadistoj kiam ili estas sufiĉe malaltaj por ne bezoni oksigenon. Ĝi sendube protektis lian vizaĝon eĉ tiel, sed se li estus sekvinta la konsilon de terure bruligita instruinto ĉiam tenadi la maskon firme sur vizaĝo, li ŝajne estus plene protektinta la vizaĝon, ĉar liaj savintoj agis tiel rapide ke la kaŭĉuko ne estus havinta la tempon por fand-iĝo. Jano memoris kiom li kompatis tiun oficiron, kiu instruis al li kiam li estis en Kanado, kaj scivolis kiel li mem povus prezenti tiun silkaĉan vizaĝohaŭton al la mondo. Li tiam sekrete gratulis sin ke li ne estas tia, kaj ke li povas profiti de la sperto kaj konsilo de tia homo. Nu, li ne sekvis la konsilon, kaj nun li ne povas plene ĝui sian bonŝancon konsciante la aspekton de sia vango.

Tamen, pli grava ol la brula cikatro, estis la stato de la kruraj ostoj. En unu kruro la patelo estis fendita kaj la artiko malantaŭ ĝi frakasita; en la alia la kruro estis frakasita ĝuste sub la patelo. Rezulte de tio ĉi, estis malfacile por Jano ekpromeni denove, kaj, eĉ kiam li jam promenis, neeble tute rektigi la dekstran kruron; plue, ĉar la alia ankaŭ estis malforta ĉe la genuo, li trovis neeble sekvi la konsilon de siaj kuracantoj rektigi ĝin dum staro kaj promeno, kaj provi tiam konvene streĉi la dekstran. Fakte, eĉ kiam li memoris rektigi la maldekstran dum promeno, la rezulto estis nur lamo, ĉar la dekstran li ne povis rektigi en tia momento de peno, kaj ĝi tial funkciis kiel malpli longa membro. Sekve, li ordinare promenis kun ambaŭ kruroj iom kurbigitaj, trenante la piedojn plando-al-tere, preskaŭ ne uzante kalkanon kaj piedfingrojn.

Kuŝante, aŭ sidante kun la kruro etendita antaŭ si, li povis rektigi ĝin, kvankam kun doloro, sed starante li devis fari konscian penon, kaj ne povis longe teni ĝin rekta, dum promenante li tute ne povis elteni la penon kaj doloron, kaj pli kaj pli malemis eĉ provi, malgraŭ skoldado kaj avertoj ke li devas fari la penon nun.

Oni ne povos reteni lin por ĉiam en la malsanulejo, kaj la demando kiu pli kaj pli pikadis lin estis, kio okazos kiam li estos libera? Ĉu oni reakceptos lin por flugado?

★ ★ ★

La resaniĝo de Georgo estis tiel grada ke s-ino Gill preskaŭ ne konstatis sian elvenadon el la trombo de nervozo en la relativan trankvilon de la ĉiutaga vivo.

La progreso, cetere, ne nur estis malrapida, sed ankaŭ interrompita de multaj regresoj, kiuj preskaŭ pelis ŝin en frenezon de seniluziigita malespero. Tiel zorge ŝi flegis lin, tiel konscience provis antaŭvidi ĉiun regresan influon, kaj tamen, ĝuste kiam ŝian koron eklevetis burĝona optimismo, ĝuste tiam reaperis la plej timigaj simptomoj de lia malsano, aŭgurante denove krizon, eble la lastan. Sekve, kiam la malsano definitive ekcedis, ŝi timis kredi tion, eĉ kiam Georgo fine ellitiĝis kaj sidis dum tutaj tagoj tute komforte, ŝi konstante atendis kolapson, kaj kiam la kuracisto fine permesis al li reiri al la laboro, dum milda printempa vetero, ŝi trairis la unuajn tagojn konsumite de timo kaj vekonjektoj.

Lia laboro tamen ne estis fortoraba, kaj liaj eliroj en la freŝan aeron forprenis de lia vizaĝo la invalidan palecon, tiel ke ŝia agitita menso fine retrovis sian ekvilibron, kaj ŝi decideme ŝovadis en ĝian profundon la restantajn timojn pri la estonteco.

En ĉi tiu konjunkturo venis letero de amiko de Jano, kiu informis ŝin ke ŝia filo havis akcidenton, sed estas nun en kuracejo kaj certe baldaŭ skribos al ŝi kun pli da detaloj. Oni devis informi ŝin pri la afero, sed ne volis sennecese timigi ŝin per telegramo. Nur tial la skribinto, kun la permeso de Jano, surprenis sur sin la respondecon informi ŝin.

Malgraŭ la afabla averto, la koro de s-ino Gill preskaŭ renversiĝis. Ŝokite ŝi rigardadis la leteron. Kio okazis? Kiel grave li vundiĝis? Li eĉ ne povas skribi! Ŝi iros tuj al li – sed oni ne menciis lian nunan adreson. Ĉu skribi al lia amiko petante ĝin? Tio kolerigus lin; li estas tiel stranga pri tiaĵoj. Cetere se, kiel la homo skribis, li povos baldaŭ mem skribi, lia letero ŝajne venos same rapide kiel respondo de lia amiko. Same se ŝi irus al lia kazerno por informo! Pli bone atendi.

Georgo kaj Laŭra konfirmis ŝian decidon, sed dum tri tagoj ŝi baraktis sur ponardopintoj. Tiam venis letero de Jano:

Litejo 4-a,
Wellford Ĝenerala Hospitalo,
Wellford. 2.6.41.

Kara Panjo,

    Kiel vi ŝajne eksciis de Enĉjo mi estas bone sana, kvankam ne aktiva je la momento, ĉar mi iom damaĝis al mi la krurojn. Do, ne perturbu vin. La manĝo estas bona, la flegistinoj belaj, kaj entute mi ĝuas la ripozadon.

    Mi ne estis pafita. Nur temis pri fuŝotuŝo.

    Mi ĝojis rimarki en via lasta ke Paĉjo daŭre sanas, kaj esperas ke ankoraŭ estas same ĉe li.

*Kiel Laŭra? Ĉu ŝi ne povus fabriki por mi fajrilon
en tiu uzino sia? Aŭ ĉu oni kalumnias la laboristojn
de la milituzinoj?*

*Estas iom maloportune skribi en la lito, sed vi
vidos – vi ricevos pluan leteron baldaŭ.*

Amo

Jano.

Ŝi proponis la leteron al Georgo, kiu senvorte prenis kaj eklegis.

«Do?» Laŭra demandis scivoleme.

«Ŝajne ne tro malbone. Li volas fajrilon de vi, sed li malmulton diras efektive.»

«Fajrilon? Kion li ...?»

«Ke vi fabriku ĝin en la uzino.»

Ŝi iris al la forno por eviti pluan konversacion, kaj staris distre turnante ovojn, dum ŝia ignorata filino iris al la patro por kunlegi la leteron. Ho Dio, viroj! Kiom kostus kvietigi ŝiajn timojn per informo? Ĉu ili ne komprenas tiajn timojn? Kaj, eĉ se ne, ili scias ke ili ekzistas. Kial do ne komplezi, eĉ se ili malestimas la timantojn?

Kaj aldone al tiu ĝenerala vira sensento, Jano havas apartan senrespondecon.

Viro! Ĉu ŝi pensis pri li kiel viro? Sed jes, jam en la aerfloto jaron kaj duono; viro, eĉ se ŝia filo. Ŝi devos viziti lin kiel eble plej baldaŭ; Laŭra havas malfacilon pri forpermeso de la laboro, sed – tuj kiam ŝi povos! Tio estas la sola rimedo, se ŝi volas trovi kiel estas ĉe Jano.

Georgo kaj Laŭra urĝis ŝin iri tuj kiam ŝi eksciis la adreson indiferente pri la forpermeso de Laŭra; ili povos prizorgi sin mem, kaj tiel plu. Ho jes, ŝi povas imagi: Georgon elirantan sen plena matenmanĝo, kaj sen ombrelo kiam pluvos – ja estas necese megeradi lin al tio. Se Laŭra restos en la domo, ŝi povos kontroli, kaj iel influi liajn farojn, sed pli ofte ŝi mem devos kuri malfruante al la laboro, kaj reveni nur malfrue. Ne, ne estos eble kuri al unu, turmentate de timoj pri la alia.

Sed kiam la subjekto menciiĝis tiun vesperon, la sekva diskuto ekturnis ŝin al aliaj pensoj pri la temo. La diskuto fakte fariĝis pli disputo en kiu Georgo kaj Laŭra persvadadis al koleriĝanta s-ino Gill lasi ilin por viziti Janon. Ŝia kolero parte devenis de tio ke ŝi sentis mankon de simpatio iliaflanke, kvazaŭ ili volas ke ŝi iru nur por komplezi al ŝiaj cetere senraciaj timoj pri Jano pli ol pro iu propra deziro ekscii la veron pri lia sanstato. Parte tamen ĝi devenis de ilia dependeco: ŝi sentis sufokiĝon konstatante ke eĉ povus esti malfaciloj pri ŝia iro al la vundita filo. Familiajn respondecojn kaj ligilojn ŝi ĉiam filozofie akceptis, sed nun estas konflikto inter tiuj, kaj agacis ŝian malkontenton pri tio la konstato ke ŝiaj ligiloj ekvindis ŝin tro frue: eĉ antaŭ ol la infanoj venis, ŝi ĉiam havis zorgojn kaj timojn pro la malforta sanstato de Georgo.

Estis precipe kontraŭ Georgo ke ŝia kolero direktis sin. Urĝante ŝin iri tuj, li kvazaŭ priridas ŝiajn timojn pri li kiel la fetiĉojn de histeria maljunulino, kaj ŝi povis nur balbuti responde, ĉar ŝi ne povis vortigi tion, kion ŝi vere volis diri. Kio kaŭzis lian lastan malsanon? Ĉu neniam venas en lian kapon ke estas eble iom mirinde ke ŝi ankoraŭ povas ĝeni sin pri li? Kion li redonas kompense al ŝia ama zorgado, krom kaŭzoj por nova zorgado? Se nur trafus lin la maljusto de ilia interrilatado. Se li nur parolus kompreneme pri la zorgoj, kiujn li kaŭzis al ŝi, anstataŭ akcepti, kiel laŭnaturan, situacion en kiu lia nura sano devas esti por ŝi la apogeo de feliĉo. Tio fakte estas lia ununura kontribuo al ilia geedzeco: estadi sana. Kaj li eĉ ne povas fari tion, sed devas, kiel senrespondeca infano, malzorgi sian sanon kaj lasi al ŝi prizorgi.

Nu, estas alia infano nun: ŝia filo. Ŝajne ŝia zorgemo pri li estas ankaŭ nur fetiĉo, kiun ŝia edzo bonhumore toleras. Do, se li ne ĝenos sin pri sia filo, ŝi ja. Ŝi jam fariĝis pli kaj pli kolera provante konvinki lin pri lia manko de respondeco pri propra sano, ĉar ŝi konstatis dum ŝi parolis ke ŝi ne diras tion, kion ŝi intencas diri, kaj ŝi povis aŭdi, preskaŭ kiel sendependa aŭskultanto, la tonojn kaj nuancojn kiuj ja sugestas akravoĉan maljunulinon, kaj kolero generis pli da kolero, kaj tiu ĉi kreskanta kolero emfazis la balbutan senefikecon de ŝiaj diroj. Do nun ŝi turnis sin de tio kaj senŝarĝis al si la galon per ĵeto el alia armilaro:

«Do mi iros; ne ĉar vi konvinkis min, sed ĉar finfine ne gravas: faru laŭvole; ĉefa gravaĵo estas ke mi vidu Janon.»

«Nu, bonvenon, prudento!» diris Georgo, sed ŝi povis vidi ke ŝi penetris lian karapacon, dum Laŭra aspektis tute ŝokita sed diris nenion.

«Mi devos atendi ĝis lundo nun, ĉar Roza venos dimanĉe. Estis aranĝite lastan semajnon.»

«Roza? Vi ne diris. Kaj tiu edzo ŝia supozeble?»

«K021prenese.»

«Nuligu la inviton», konsilis Georgo, kiu kore malamis la invititojn. «Klarigu ke vi devas viziti Janon. Ili komprenos.»

«Mi jam sufiĉe prokrastis», respondis lia edzino seke. «Du, tri tagoj pluaj ne multe gravos, precipe ĉar mi eluzos almenaŭ unu el ili por fari preparojn. Mi iros lunde; do estu kontenta.»

Sed ŝi ne iris lunde, nek la tagon postan, nek la semajnon

postan, ĉar dum la semajnfino malfrua gripomikrobo sternis ŝin, kun cetere infektado de la stomako, kiu tiel eluzis ŝin ke ŝi ne estis preta por veturado ĝis post pli ol du semajnoj. Ŝi ne estis certa kiam la malsano komenciĝis, ĉar ŝi sentis sin perturbita dum pluraj tagoj antaŭ ol ĝi enlitigis ŝin, sed opiniis tion rezulto de konfliktoj kaj nervozo. Tamen, kiam ĝi senambigue ekafliktis, ŝi ne povis eĉ formale insisti ke ŝi ankoraŭ iros. Anstataŭe ŝi provis persvadi Laŭran ke ŝi iru, sed oni ĵus promociis Laŭran al la inspekta fako, kaj estis sekve nun eĉ pli maloportune ol antaŭe por ŝi malesti en la uzino.

«Se estus vere grave, Panjo,» ŝi pledis, «tiam mi irus spite al ĉio kaj ĉiuj, sed ni ja scias ke ne estas krize kaj ne estos krize. Vi komprenas, ĉu ne?»

Jes, jes, ŝi komprenis bone. Ĉiu pensadas pri si mem. Se Laŭra ne estas sufiĉe scivolema pri la vera sanstato de sia frato, ĉu ŝi tamen ne povus iri por komplezi al sia patrino? Sed kompreneble la komplezoj devas veni de patrino, neniam inverse. Estis cetere rimarkinda dum la tagoj post la decido ke ŝi iru, nova, eĉ pli intima, simpatio inter Georgo kaj Laŭra. Laŭra ŝajne estis ŝokita de la sugesto ke la sano de la patro jam ne gravas, kaj provas kompensi iun kordoloron kiun ĝi kaŭzis al li: Georgo kompreneble banas sin en la afablo kaj atentemo de sia filino, kiun cetere li ĉiam preferis al kompatinda Jano.

S-ino Gill provis rezignacie akcepti la neceson de atendado, sed malpacienco taŭzis ŝin, precipe kiam la plej febra fazo de la gripo forpasis. Dua letero de Jano ne multe paliativis ŝian senton de senefikeco, ĉar ĝi estis same lakona kiel la unua, kaj ŝi sentis ke, se estus iu pliboniĝo, li certe anoncus tion, pro lia emo prifajfi ŝiajn zorgojn. Ŝi skribis petegante pli precizajn informojn pri liaj kruroj, sed sciis ke ŝi vokas en vaton: li reskribos pri aliaĵoj aŭ, se li ja aludos ŝiajn demandojn, faros nur iujn oblikvajn ŝercojn. Kaj kion ŝi povas fari kontraŭ tiu sen-respondeco?

Kia vivo! Esti ĉiam je la dispono de viroj kaj viraj misfaroj! Tiu ĉi akcidento reliefigis por ŝi tion, kion ŝi ĝis nun penis tenadi kovrita en la mensofono: la eblon, eĉ verŝajnon, ke ŝi perdos la filon en tiu ĉi damnita, sensenca milito. Ĉu, post dudek jaroj, reen al tiu nervojnmurda atendado? Ŝi iam ĵuris ke se nova milito venos, neniu filo ŝia partoprenos, sed kion ŝi fine povis fari por evitigi tion? Ŝi eĉ ne povis malaprobi la decidon de la knabo, ĉar ŝi ne volis ke li estu poltrono. Se li nur estus atendinta ĝis la milito komenciĝis, li almenaŭ prokrastus la periodon de danĝero, sed kiel ŝi povas esperi ke li travivos jarojn da militado. Estis same ĉe Georgo kaj Dunkan: kial ili devis esti en la armeo eĉ antaŭ ol la milito komenciĝis?

Post dudek jaroj! Antaŭ dudek jaroj! Kion signifas tio? Ke la vera nuno estis antaŭ dudek jaroj, kaj tio ĉi nur post-epoko? Ke hodiaŭ estas la vera nuno, kaj la paseo nur impresoj sur memoro? Nuno kaj paseo: ambaŭ estas malsimilaj por ĉiu individuo, ĉar ambaŭ estas nur ĉifonoj en individua menso de tuto ne perceptebla al iu sola persono. Ŝia paseo kaj la paseo de aliulo estas pli malsimilaj inter si ol ŝia paseo kaj ŝia nuno, ĉar la lastajn du sama menso interpretas, kaj cetere estas, se ne fato, sortodesegno kiu regas la individuan vivon – ĉu tio estas propra ideo, aŭ ĉu sugestis ĝin la avo? Patro? – kaj parto de ŝia desegno estas timado pri ŝiaj viroj: edzo, frato, filo. Kio estas tempo? La sorto estas sama.

Ŝi pensis kun amaro pri la antaŭa milito kaj siaj konstantaj antaŭtimoj pri Georgo kaj Dunkan. Kaj nun denove! Kaj inter la du periodoj de intensa timado estis paco nur relativa, pro la konstanta malsanemo de Georgo. Ho, bele esti viro: ĉiuj iliaj luktoj estas eksteraj.

Rezigni pri ĉiuj el ili: tio estus prudento, sed ŝi estu praktika: neeblas por ŝi indiferenti pri Jano, eĉ se ŝi sentas ke alie estas vane, ke novaj zorgoj neeviteble sekvos eĉ se li travivos. Nepo en nova milito? Eble, sed tiam ŝi eble estos tro maljuna por timoj, aŭ eĉ morta. Cetere, nepo ne estas filo, kaj estas ŝia filo kiu nun okupas ŝian menson. Dum li vivados, ŝi esperos, kaj dum ŝi esperos, ŝi timos. Li estas ŝia futuro; kun li ĝi havadoŝ iun vivmotivon por ŝi, sed sen li – kio, krom amaraj bedaŭroj?

Cetere, ŝi estas tro pesimisma pri liaj ŝancoj. Eble tiu ĉi akcidento savos lin, kiel la vundo kaj gasolezoj iam savis Georgon. En la antaŭa milito oni resendis virojn nur duone kuracitajn, sed flugistoj devas kontentigi plej rigorajn kriteriojn de saneco – ĉiutage oni legas pri tio. Estas tute kredeble ke Jano ne plu flugos, ke lia akcidento donos al li futuron sekuran. Se ŝi nur povus vidi lin!

★ ★ ★

Deekstere la sono de bombardo aŭdeblis, kaj de tempo al tempo siblantaj grajnoj falis deplafone laŭ brunaj strioj, postlasante spurojn el polvo, kiuj malrapide diluiĝis en la ĝenerala nebulo kiu tinkturis la saltetantan atmosferon de la subfosaĵo. Sed la viroj tie indiferente kartludis, legis kaj fumis, ĉar la tertremigaj eksplodoj tamen okazadis en malamika tereno, kaj malgraŭ ilia tondrado, oni povis aŭdi la pezan tirploradon de la obusoj pasantaj supre.

Dunkan ruliĝe turnis sin al la muro de la tranĉeokelo levante sian libron por ke la tremanta lumo de apuda kandelo trafu pli rekte la paĝon, kaj kun kontenta elspiro streĉis la krurojn, tamen zorge, por ne piedumi iujn el la homfiguroj kiuj kuŝe-side apogis sin kontraŭ la muro.

Li ĵus akiris dehejme sian ekzempleron de «Mansfield Park» responde al la peto, kiun li faris antaŭ kelkaj semajnoj, post lego de «Emma», kiun Kafre pruntis al li. Li estis ravita de la nun preskaŭ nekredebla mondo tie prezentita: la varma, bongusta sekuro de la luksa vilaa vivo, la serena disvolviĝo de la temo, en kiu la karakteroj moviĝas laŭ la rutinaj manovroj de senurĝa menueto, kun ĉefa motivo la demando kiu fine pariĝos kun kiu? – varma, mola, deca, virina mondo perturbita sole de etaj problemoj baldaŭ solvotaj, kiuj nur ekzistas por doni iom da pipro al alie tute dolĉa frandaĵo.

Li jam tralegis la unuan ĉapitron mense notante kiel fremde sensimpatiaj ŝajnas la nove prezentitaj karakteroj, kvankam ni scias ke baldaŭ ni konatiĝos kun ili, identigos nin kun ili, suferos kaj ĝojos kun ili, taksante iliajn emociojn kiel niajn, kunsentante ilian kordoloron kaj ilian ĝojon, provizore indiferentaj pri niaj propraj cirkonstancoj. Post plena tralego ni rerigardos al la enkondukaj ĉapitroj kun nova intereso; kaj ankaŭ poste gustumos tiun ĉi ĉapitron kun tute alia sinteno al la karakteroj – eĉ por la praavoj de la antaŭhistorio tie priskrib- itaj ekestos scivolemo. Tia estis la subpensado de Dunkan dum li legis la unuan ĉapitron, kiu ne tre plaĉis al li.

Sed ĉe la dua la vera rakonto ŝajnis komenciĝi: tiu ĉi knabineto estos la heroino. Nun dekjara. Nu, restas sufiĉe da tempo por la disvolviĝo de ŝia historio. Bonege! Kiom da paĝoj? Preskaŭ 500. Trafoliumante ilin li hazarde rimarkis ĉerpon, kiu precize akordis kun liaj sentoj, kaj li legadis:

«Ĉe Mansfield neniuj sonoj de disputoj, neniuj
abruptaj movoj, neniu perfortema paŝo iam aŭdiĝis;
ĉio iradis laŭ regula vojo de bonkora ordemo; ĉiu
havis sian individuan gravecon; ĉies pensojn oni
konsideradis. Se amemo iam ŝajnis manka, tiam
prudento kaj bongusto anstataŭis ĝin; kaj, rilate la
perturbetojn, kiujn onklino Norris foje enkondukis,
tiuj estis nedaŭraj: ili estis bagatelaj, ili estis
gutetoj en la oceano, kompare kun la senĉesa
bruado de ŝia nuna loĝejo.»

Jes, jen! Kaj pri tiu Mansfield li nun legos kun detala sen-
urĝeco, banante sin en la luksa etoso, gustumante la plezurojn
de ĝiaj enloĝantoj, kunsentante iliajn malĝojojn kun volonta
koro.

Rekomencinte la duan ĉapitron, li baldaŭ atingis: «Dume
la eta alveninto estis kiel eble plej malfeliĉa. Timante ĉiujn,
hontante pri si, kaj sopirante pri la hejmo kiun ŝi ĵus lasis, ŝi
ne sciis kiel levi la rigardon, kaj apenaŭ povis paroli aŭdeble
kaj sen ploro.» Jen renverso – aŭ pli ĝuste la apudfina ĉerpo,
kiun li ĵus legis, estas la renverso de la nuna, rilate sintenon al
la domego. Denove varma kontento trafluis lin je konstato pri
la kunliga legaĵo ankoraŭ frandota. Sed ne estas sole la rakonto,
kiu plaĉos, estas ankaŭ la sinteno de la aŭtorino, la delikato kaj
kompatemo de la virino, kun ŝia zorgado pri detaloj – rubandoj,
etiketo, la timemo de knabineto en fremda domego.

«Hej, Maclean, kion vi legas?» raŭka voĉo demandis. Boyle,
kiu provizore elfalis la kartludan rondon, rigardas lin.

«‹Mansfield Park›», respondis Dunkan mallonge.

«Kiu verkis?»

«Jane Aŭsten.»

«Jane Aŭsten! Ho, ho, ho, ho! Jane Aŭsten denove! Atendu ĝis mi ordigos la fikan ĝarteron. Mi devos memori pudrujon por vi, kiam mi estos venontfoje en Parizo. Jane Aŭsten, je Kristo! Ĉu iu nomanta sin viro propravole legas tian idiotan, porknabinan kaĉon?»

Blankarda murdemo traspasmis la koron de Dunkan sed li nenion respondis. Estis facile tiel senkuraĝigi pluajn dirojn de Boyle, ĉar la peno aŭdigi sin super la tondrado ekstera jam postulis multe da energio. La mokanto do devis kontenti, apelaciante siajn pli apudajn kamaradojn en la kartluda rondo, raŭkridante je propraj spritaĵoj.

Dunkan rigardis kun malŝato la virojn okupantajn la kelon. Ili sidis aŭ kuŝis plejparte sen tunikoj, kun la ŝelkoj formantaj kvazaŭblankajn V-signojn sur la makulita kakio de la ĉemizoj. Ili estis malpuraj kaj fetorantaj, kun grizaj haŭtoj kaj hirtaj kapoj, kaj dum ili bruis kaj blasfemis, aŭ dormis, li rigardis la vizaĝojn serĉante iujn trajtojn de nobleco. Vane. Kia brutaro!

La ofenda krudo de Boyle ŝokis lin. Li ankoraŭ ne pafis en la dorson de kamarado dum atako, sed nun li ekpensis pri Boyle. Kiu perdus? Aliflanke, kial li rompu principon por tia hundo? Ĉu estas principo tio, pri kio li simple ne pensis ĝis nun? Estus lojale al la regimento – desinfekti ĝin. Pa, okazu kio okazos! Eble morgaŭ iu kompleza germano bajonetos la kanajlon.

Li legis plu, kaj baldaŭ la kolerospasmoj lasis lin, jam ne difektis lian ĝuon. La facilflua prozo, la serena mondo en kiun lia ŝarĝita animo sinsolveme fuĝas, la kvietaj tonoj, la deca konduto de la civilizitaj homoj prezentitaj, ĉio ĉi karesis lin en trankvilan humoron. Li sentis sin purigita, la putrajn abscesojn lavitaj for; liberiĝinte de la trudaj animoj ĉirkaŭ li, de ilia voĉigo, de ilia aŭskultado, li pli memfide kaj senrezerve donis sin al la aŭtorino-flegistino, al ŝia ŝirmo.

La gaskurteno ĉe la enirejo moviĝis kaj ilia rotserĝento eniris. Li kriegis ion, kaj la viroj proksimaj al li ripetis ĝin al iliaj najbaroj, ĝis la ordono iris de buŝo al buŝo tra la subterejo:

«Eksteren post dek minutoj kun ataka ekipaĵo!»

Konfuza aktivo komenciĝis. Dunkan vekis la dormanton plej proksiman al si, kaj rapide kunrulis siajn neprenotajn havaĵojn en bulon, metante post momenta hezito la nove akiritan libron en la mezon. Poste li surmetis sian tunikon kaj ekipaĵon, kaj ekpreninte la fusilon, puŝis sin al la enirejo tra la pli tardantaj kamaradoj. Preter la ŝirma kurteno deko da teraj ŝtupoj kondukis supren al la tranĉeo, kie la serĝento klopodis ke la fruelirintoj de sia roto ne miksiĝu kun fremda kompanio, kiu rapidas preteren al atakaj postenoj. Kiam tiu jam forpasis, li senpacience reeniris la tranĉekelon, por rapidigi la malfruantojn, kaj kiam ĉiu fine estis preta, li ekkondukis ilin al kuniga tranĉeo, ordoninte ke ĉiu tenadu la fusilon de la viro antaŭ si, por ke neniu havu pretekston por perdiĝo.

La nigro de la ĉielo super la tranĉeaj randoj flagris pro la flavruĝaj rebriloj de la obuseksplodoj, kaj foje eĉ tiuj paliĝis antaŭ la fantoma inkandesko de flosanta lumigilo. Subpiede la tranĉeaj tabularoj kovriĝis de malfrua frosto sur kiu la botoj emis forgliti por krake trarompi la maldikan glacisurfacon de la koto.

Ili atingis sian asignitan pozicion en la antaŭa tranĉeo, kaj postenis apud la ŝtuparetoj apogitaj kontraŭ la remparo. Oficiro aperis kaj, kontrolinte kun la serĝento la nombron de la roto, remalaperis en la mallumon.

Ili atendis. La kanonoj daŭre salvadis, kaj iu ekplendis ke okazos fiasko: ili devos ataki antaŭ ol la artilerio ricevos ordonon ĉesi.

Minutoj pasis; eble horo; eble horoj. Dum la aero afliktiĝis pro la tondrado de la kanonoj kaj la peza ĝemado de la obusoj pasantaj plej apude, Dunkan staris kun ŝtipa sensento zorge flegata. Estis malfacile paroli, eĉ pensi, sed pensoj ja zigzagis tra lia menso obtuzigita kontraŭ eksteraĵoj. Li sopiris la subterejon. Reen al Jane. Allogas, allogas la hejma, hejma, paca medio. Anglujo, grandaj ĝentilhomaj domegoj, estas tamen hejmo, sufiĉe hejmaj. Eĉ en Scott la aventura agado fariĝis por li nur fadeno kunliganta la verajn gravaĵojn: la varmajn, vivajn, amemajn plene kreskintajn karakterojn, kaj la hejmajn scenojn – scenojn de Skotlando kun iliaj freŝo, kolorriĉo kaj molaj konturoj. Kaj Jane estas eĉ pli hejmeca, malgraŭ ŝia angla fono, ĉar pli trankvila kaj civilizita. Kompreneble ie ajn estus hejma kompare kun la inkuba sterilo de tiu ĉi senkolora dezerto – nek Skotujo, nek Anglujo, nek Francujo, nek Belgujo, sed iu neniejo loĝata de stumpaj neniuloj. Kontraste, kia fekundo en Jane – eĉ pli ol en Scott. Kafre ja diris ke ŝi estas pli artisma, multe parolante pri la ironio en «Emma». Kiu ironio, tamen? Iuj eraroj de la heroino? Tiu Emma! Ne, oni trompas sin emfazante ironion. Gravas ne la ironio. Jane, Jane, Jane, Jane, Jane, Jane, Jane.

La bombardo ĉesis. La orelojn tiklis la subita silento, kvazaŭ la timpanoj, akomodite al la konstanta vibrado, nun malakorde protestas. La viroj en la tranĉeo spirtene rigidiĝis kaj rigardis unu la alian, ĉar la ĉeso de la sporada iluminado de la eksplodoj evidentigis ke la nokto jam iom paliĝis, kaj jam estis eble vidi ion pli ol la najbaron.

«... Kion vi opinias, Veterano?» la viro ĉe la dekstro de Dunkan diris, kaj li konstatis, ke tio estas la fina parto de iu demando farita al li.

«He?» li petis.

«Mi diris ke la fajfilo sonos tuj. Ĉu ne?»

«Eble.»

«Ĉu vi dormas?»

«Iom.» Dunkan rekonsciige skuis la kapon. «Estas la bombardo.»

«Jes, ĝi fike stultigas. Rigardu Sorsby.»

Dunkan obee turnis la kapon. Sorsby, alta, osteca, junulo el la angla distrikto Shropshire staris kvazaŭ ŝtonigita, kun la kapo klinita malantaŭen kaj pendanta makzelo, fikse rigard-ante la trančean supron, tute ne aŭdinte la mencion de propra nomo kaj preskaŭ certe eĉ ne vidante tion, kion li rigardadas.

«Sorsby!» Dunkan vokis, sed senefike. «Sorsby!» li ripetis, skuante lian ŝultron. «Ken! Vekiĝu!»

Sorsby turnis la kapon, sed liaj elstaraj brunaj okuloj ŝajnis trarigardi Dunkan, kiu denove skuis lin kaj frapetis lian vangon.

«Estas jam matene, amiko», li ridetis. «Ellitiĝu!»

Post palpebrumo Sorsby ekfokusigis la okulojn, kaj demandis raŭke:

«Ĉu ni iros ‹super la digo›?»

«Nu, jes. Ni ne venis por kalkuli la stelojn.» Dunkan faris la malfortan ŝercon por abortigi la pli krudajn mokojn alie ven-ontajn de la pluraj aŭskultantoj, kiuj nun rigardas ilin.

Sorsby lekis la lipojn. «Ĉu vi opinias ke la bombardo efikis? Ĉu ili estos – pretaj?»

«Pretaj eble; sed kiel vi sentus vin sidinte sub tio – entu-ziasma?» Li preskaŭ aldonis: «Ne pensu pri ĝi», sed li konstatis ke la junulo ja pensados pri ĝi. Estos lia unua atako. Anstataŭe Dunkan proponis al li sian bajonetingon: «Jen, amiko; kiam ni ekkuros, tenu tion. Tiel vi ne perdiĝos.»

«Jes, buĉjo, nur alkroĉu vin al la Veterano. Li prizorgos vin», konsilis kun kuraĝiga rideto la viro, kiu unue parolis al Dunkan.

«Kial ni ne iras?» demandis iu kun nervoza senpacienco.

«Jen Baxter nun», alia respondis, kaj nun ili povis vidi tute klare la trançeangulon laŭ kiu la rota serĝento ĵus aperis.

«Atendu la fajfilon», tiu admonis kaj denove malaperis, dum la ordono ripetiĝis laŭlonge de la trançea sekcio.

Dunkan lasis la ŝtupareton kaj surgrimpis la pafŝtupon, nur por fari ion, çar la postbombarda silentado nervozigas lin: la prokrasto estas neklarigebla, kaj sperto jam instruis al li ke io neklarigebla ofte koincidas kun superulaj misfaroj.

Fajfilo eksonis, kaj dua, kaj tria. Viraj kriegoj respondis, kaj daŭra pafado de la malamikaj trançeoj anstataŭis la sporadajn taktakojn de individuaj maŝinpafiloj, kiuj ĝis tiam estis la solaj rompoj de la postbombarda silento.

Kaptinte la ŝirmintan remparon Dunkan saltete puŝtrenis sian tutan pezon supren. Kvazaŭ kun ataka entuziasmo li ungigis la manojn, kaj la polmoj trapremis la fride malsekan enhavon de krevinta sablosako. Li svingis kruron super la remparo por fleksi sin «super la digo» en la siblantan aeron de la mateno, kaj preninte la fusilon, kiun li jam ĵetis antaŭ si, li trairis spacon jam prepare trançitan en la hok-drataro.

Antaŭ li etendis sin la morna batalejo, lepre blanka sub la lumo de sinkanta raketo. La kurantaj figuroj de liaj kamaradoj ŝajnis tre malmultaj kaj malproksimaj, kaj li subite memoris Sorsby, kiu devis esti tenanta lian bajonetujon. Li evitis krateron, kaj ekpelis sin antaŭen kun la stumblema kuro de atakanto atendante vundon aŭ mortpafon. Kaj ne kontraŭlogike: la pafado de la malamika trançearo estis intensa, eble pro la prokrasto inter la fino de la bombardo kaj komenco de la atako, kiu donis bonan averton kaj tempon por konvenaj preparoj.

Kuranto falis maldekstre. La raketo estingiĝis, sed estis jam grize lume kaj neniu nova sekvis. La ĉielo antaŭ li estis tute hela, montrante siluete la dratofostojn sur la malamika taluso.

Liaj botoj glitis perfideme sur la malebena kaj parte glacia koto, kaj malgraŭ la krakado de la fusiloj, li povis aŭdi la zum-fajfon de pasanta kuglo. Hajlis kugloj. Li falemis. Io devos trafi lin, kaj liaj genuoj anticipe, akorde, fleksiĝis. Se li stumblos sur malebenaĵo li kuŝados. Li stumblis, sed kuradis plu, supren laŭ la natura glaciso, kiun la tero tie donis al la defendanto. Li jam preskaŭ atingis la drataron, kaj serĉis spacon pistitan de la artilerio, sed ne povis trovi. Du kamaradoj jam provis ĵeti tabulan ponteton sur la nebreĉitajn dratamasojn, sed ambaŭ falis pafite, kaj aliaj ekprenis la tabularon. Dunkan kuris al ili. La pafado estis intensega, koncentrigita al la grupeto ĉe la dratponto. Vunditoj falis, karambolante kun kamaradoj, kaj iuj sakrante implikiĝis en la dratoj flanke de la spaco, kiun oni nun ekfaras per la tabularo.

Dunkan provis trapasi tiun, sed la dratomaŝoj ankoraŭ baris la vojon preter ĝia fino, kaj neniu nova ponteto aperis. Oni nun klopodis levi la jam uzitan por ĵeti ĝin pluen, sed korpoj kuŝis sur ĝi, kaj la ankoraŭ nevunditaj blasfemante kunpuŝiĝis kiam ili provis levi ĝin liberige kaj samtempe eviti la draton.

Dunkan miris ke li ankoraŭ vivas. Nur kelkajn metrojn for la pafiloj sputis fajron, kaj ŝajnis mirakle ke neniu kuglo trafis lin, sed kompreneble tiom amasas celpunktoj: sur ambaŭ flankoj similaj grupoj baraktas, kaj al lia propra pli kaj pli da kamaradoj alkuras, prezentante solidan fonon malantaŭ li kaj amasigante kadavrojn antaŭ la drato.

La hokoj alkroĉis lin kiam li moviĝis flanken por permesi levon de la ponteto, kaj li ekpanike resaltis, tiel puŝante la duon-levitan tabularon kontraŭ sakranta kamarado sur la alia flanko. Li helpeme kaptis la ponteton, kiu fine puŝiĝis vertikalen kaj falis renversite antaŭen. Viroj sturme trapasis, kaj Dunkan luktis kontraŭ ilia impetemo por ne enfali la draton malantaŭ li. Denove la konfuzaj baraktoj relevi ĝin komenciĝis, sed nun la krio «Reen!» aŭdiĝis, kaj la brunaj koncentriĝoj en la drataro redefluis en kurantajn unuopulojn.

Iu antaŭ Dunkan provis tiri kamaradon el la drataro, sed mem enfalis ĝin, kaj konvulsie turnis sian vizaĝon al la ĉielo, montrante teruran ruĝan kavon, kiu anstataŭis la forpafitan mentonon.

Paniko leviĝis en la brusto de Dunkan. Izolita pro la diseriĝo de la atakgrupoj, li sentis sin nuda antaŭ la pafantoj. Neniu rapideco povus kontentigi la kurvolon, precipe ĉe la komenco kiam la falintoj nevole implikis la piedojn. Oni nun kuris laŭ, anstataŭ kontraŭ, la deklivo, kaj tio akcelis la fuĝan impetemon kiel la malo antaŭe bremsis la nevolan atakkuron; sed la tranĉeaj ŝirmoj ŝajnis tre malproksimaj, kaj Dunkan, timante la eventualan prokraston de glitfalo, kuregis al la provizora ŝirmo de kratero, rimarkante la laŭvicajn falojn de kamaradoj dekstre, evidente antaŭ maŝinpafilo. Li ĵetis sin en la truegon, kaj kugloj siblis super li. Tri aliaj gvardianoj devancis lin, kaj jam grimpis al la kontraŭa rando, pretaj por pluenkuro antaŭ ol la ceteraj kurantoj estos ree en la tranĉeoj, lasante ilin izolaj. Dum momento Dunkan konfuze scivolis kial ili ignoras la homon en la kraterofundo, ĉar lia perfortita menso ne tuj perceptis la signifon de la groteske disĵetitaj membroj kaj la vizaĝo mergita en la kota akvo ĉe la kratera fundo.

Li glitbaraktis laŭ la lavangetanta koto kaj sekvis la trion super la randon por zigzagi kurbigite, serĉante vojon tra la propra drato, kiu nun apudas.

Fine, kun dankegemo li saltis super la taluso kun nervoj streĉitaj kontraŭ lastmomenta pafiĝo, kaj preskaŭ rompis al si la kruron, ĉar la tranĉeoj tie estis profundaj.

Li grimpis sur la pafŝtupon, pli por vidi, kaj eviti, ensaltontajn kamaradojn ol por defendi la tranĉeon. Sed defendo ja necesas. En la konfuzo malantaŭ li ordonoj eksonis, kaj ĉie la vorto «kontraŭatako» aŭdeblis. La finaj fuĝintoj jam ensaltis la tranĉeon, lasinte la mortintojn kaj vunditojn malantaŭ si, sed tra la fumanta atmosfero videblis novaj trupoj: kaŭrantaj figuroj en verdegrizaj uniformoj.

La viroj sur la pafŝtupo ŝargis kaj pafis aŭtomate, sed malgraŭ falo post falo, la atakantoj obstine avancis. La breĉo en la drataro antaŭ Dunkan altiris ilin, kaj li rapidpafis en la densiĝantajn vicojn, sed estis evidente ke ili atingos la tranĉeon.

La unuan Dunkan akceptis per la bajoneto jam fiksita por la propra atako. La brungriza masko sub la kasko subite havis trajtojn: etajn brunajn okulojn kun rektaj supraj randoj kaj enfalditaj palpebroj, pulĉinelan nazon kun sulkoj etendantaj sin de ĝiaj aloj al la buŝanguloj. La tuta vizaĝo estis konata; karakteriza de iu. Kiu? La buŝo malfermiĝis proteste, kaj, kvazaŭ puŝite de malantaŭe, li saltis preskaŭ super la kapo de Dunkan svingante la brakojn kaj la pafilon stabilige, tiel lasante la korpon sendefenda. La bajoneto penetris lian ventron, kaj lia pezo portis Dunkan en la fundon de la tranĉeo. Bonŝance la pikito falis iom flanken, sed kun tuta pezo sur la bajoneto, kiu neeltireble penetriĝis; kaj jam novaj malamikoj ensaltas la trancêon. Dunkan ekstaris kaj pafis por helpi liberigon de la fusilo kaj bajoneto el la ventro de sia krieganta viktimo, sed iu luktante karambolis kun li, kaj ŝpata klingo batis lian ŝultron kun naŭziga forto, faligante lin kun provizore paralizita brako kaj mano ree sur la vunditan germanon.

Pezaj botoj trafintaj lian dorson senspirigis lin, kaj momenton poste homa korpo falis sur lin. Dum kelkaj sekundoj li kuŝis sub la tumulto ĝis la sentokapablo revenis al lia brako kun elektraj spasmoj, kaj li tire liberigis siajn fusilon kaj bajoneton antaŭ ol stariĝi. La trancêo estis plena de luktantaj figuroj, plejparte germanoj, kies dorsoj estis turnitaj al Dunkan, kaj konstatante ke ili pelas liajn kamaradojn al kunliga trancêo, li supozis sin izolite perdita; sed tacêmento de gvardianoj aperis de la alia flanko de la trancêo sub gvido de oficiro, kiu pafis per revolvero en la dorsojn de la malamika amaso, kriante dum-pase: «Al la subtenaj trancêoj!»

La atakitoj nun turnis kaj ekdefendis sin furioze per bajonetoj kaj kolboj kontraŭ la nova danĝero, sed iliaj malnovaj kontraŭantoj ankoraŭ rezistadis, kaj eĉ batalis kun freŝa vervo por helpi trapason de la nova tacêmento. Aliflanke, dum Dunkan pikis kaj hakis kaj klabis, li konstatis ke lia ariergardo pafe kaj bajonete luktas kontraŭ novaj amasoj, kiuj ensaltas la trancêon trapasinte la brecôn en la drataro, sed tiu brecô estis jam malantaŭ la batalantoj, kiuj progresas laŭlonge de la trancêo, kaj la novalvenintoj ne povis ataki de rekte super la kapo.

Progreso estis malfacila, ĉar la izoligitaj germanoj, mal-esperante pri paca cedo al viroj kiuj mem luktas por saviĝo, kaj ne povante eĉ retreti por permesi trapason de la malamikoj en la eskapan fosaĵon, batalegis furioze por la vivoj, kaj en tiu mallarĝa batalejo, la falintoj aldonis implikojn; sed fine la taĉmento atingis siajn amikojn, kaj la tuta grupo rapidis laŭ la kunliga trinĉeo, ĉar preter ĝi germanoj jam svarmis en la ĉeftranĉeon, kaj eĉ transsaltis cele al la subtena tranĉearo. Atinginte tiun, oni fakte trovis ke jam temas pri ebla plua retreto, ĉar la malamikoj jam atingis la novan fronton en pluraj lokoj per rekta atako, kaj ankaŭ avancas laŭ la ligaj tranĉeoj. Tamen, subtenaj regimentoj jam pretis por kontraŭatako, kaj Dunkan kaj liaj kamaradoj premis sin kontraŭ la tranĉeaj muroj por permesi trapason de bombistoj, kiuj nun portante surŝultre siajn sakojn da bomboj, iras en la tranĉeon, kiun la gvardianoj ĵus lasis.

Laŭirante la subtenan tranĉeon al novaj postenoj oni povis aŭdi de malantaŭe la eksplodojn de la ĵetbomboj. Laŭ la nombro de tiuj, ŝajnis ke la germanoj ankaŭ bombas, kaj vera bataleto okazas por iu angulo en la mallarĝa fosaĵo.

Dume la nova defendlinio estis tenata. La retretintoj kaj subtenaj regimentoj jam venkis la malamikojn, kie tiuj sukcesis penetri, kaj kun fusiloj kaj maŝinpafiloj afliktas la atakantojn per mortiga hajlo. Homoj falis amase, kaj evidentis ke ne sufiĉaj restas por sturmi la novajn defendajn poziciojn. La intensa pafado persekutadis la forkurantajn figurojn ĝis la ŝirmo de la malnova brita fronto; poste ĝi rompiĝis en intermitajn respondojn al malamikaj pafoj.

Ekestis nun klopodoj krei ordon en la ĥaoso de la operacio. La gvardianoj travivintaj la atakon retiris sin laŭordone al la nova subtena tranĉearo, antaŭe la tria linio, kiun ili komencis fosi pli profunda, ĉar ĝi estis nura sulkaro, tro malprofunda en iuj lokoj por plenŝirmi starantan viron, kaj tute ne havanta tranĉekavojn.

«Fika fiasko», grumblis Ian Craig, laboranta apud Dunkan, kiu kapjese konsentis, dirante nenion, ĉar li ankoraŭ ne perdis la trememon en siaj gamboj, kaj miradis ke li ankoraŭ vivas. La relativa kvieto de iliaj nunaj pozicio kaj okupo ŝajnis nereala, preskaŭ absurda, post la infera muelado de antaŭnelonge, kaj li kontentis fosi ritme aŭtomate, spite la dolorojn en la dorso kaj ŝultro, ripozigante la trememan menson dum oni kontrolis la nomojn de la travivintoj kaj aranĝis laŭ ĝustaj kompanioj.

Teo alvenis. Ĝi estis grasa kaj ne tro varma, sed li kutimiĝis al la neceso atribui plej distingajn kaj agrablajn karakterizojn al ĉiuj komfortoj de la Fronto, kaj cetere tiu ĉi pruvo ke la manĝo-ĉaroj kontaktis ilin estas pli ĝojiga ol la trinko mem.

La tetrinka paŭzeto malstreĉis liajn nervojn, kaj li subite konstatis kiom lacegas liaj tutaj korpo kaj animo. Li dormis nur du-tri horojn dum la pasintaj kvardek ok, sed dum la atako, kaj eĉ antaŭ ĝi, kiam li kuŝis en la kelo atendante la ordonon ataki, li ne konstatis lacon: lia animo estis kvazaŭ tenata en rigido pro la glacia proksimiĝo de la morto, sed reveninte al la varma, hejmeca vivo, ĝi degelis antaŭ la refluso de ordinaraj sango kaj sentoj. Volonte li dormus nun, sed mankis okazo, kaj li estis relative kontenta fosadi sub la subtila, malvarma pluvnebulo, kiu anstataŭis la noktan froston, kaj malkuraĝigas artilerian aktivemon.

La remoligitaj sensoj reagis pli akute al la doloroj en liaj ŝultro kaj dorso. Kombinite kun la efikoj de dormomanko kaj semajnlonga portado de samaj malsekaj vestoj, ili donis senton de gripo, kaj li volonte raportus sin malsana. Pensinte pri tio li preskaŭ laŭtridis je la malkongruo inter li kaj la aliaj pacientoj kiuj nun plenigas la ambulancajn tendojn. Pli rekta trafo de la botoj de tiu ensaltanta germano estus rompinta al li la ripojn, kaj tiuokaze – sed tia bonŝanco ja maloftas.

Kiam la tranĉeo estis jam kontentige profunda, li kun duono de la kompanio ricevis permeson ripozi, kaj kuŝiginte sin surdorse en la tranĉea fundo, ekdormegis, eĉ ne forpreninte la kaskon, kiu ŝoviĝis malantaŭen kiel kapkuseno.

Oni vekis lin ĉirkaŭ la taga mezo. Li sentis sin multe refreŝigita, malgraŭ la mallonga dormo, kaj grimpinte sur la nun finitan pafŝtupon por plialtigi la taluson antaŭ la tranĉeo, li parolis al la roto fosanta sub li. La konversacio tamen ne estis kuraĝiga: Condell, Trainer, MacAlpine, Shearer, Manning, Menzies kaj George Bruce ĉiuj perdiĝis antaŭ la malamika drataro aŭ batalante en la tranĉeo. Wills kaj Candlish terure vundiĝis, kaj certe ne vivos, laŭ informo, kvankam oni transportis ilin al la baza ĥirurgejo. Juna Walters aliflanke ricevis belegan pafon tra la gambo, kiu hejmenigos lin dum sufiĉe longa tempo, ĉar la osto estis frakasita. Pri li Dunkan ĝojis, ĉar li estas naiva, milda junulo kun la iom melankolia belo kiu tiel ofte ŝajnas aŭguri lokon en La Honora Listo por la posedanto. Lin Dunkan notis, je lia alveno al la regimento, kiel frua mortonto, kaj estis tre kontentige pruviĝi malprava, ĉar tiaj prognozoj realiĝas kun preme konstanta certeco. Boyle ŝajne ankoraŭ vivas, ĉar oni vidis lin en la nova tranĉeo post la atako – tre konsternitan ŝajne, kaj Dunkan malbenis ke li ne povis rigardadi tion. Li jam ne volis lin mortigita – ĝis li pensis detale pri liaj diroj rilate Jane.

Nun freŝaj taĉmentoj atingis, kaj trapasis, la defendlinion survoje al pozicioj en la unua tranĉeo, kaj estis evidente ke la daŭra amasigado devos kulmini en atako. En la frua posttagmezo tio ja komenciĝis sen iu ajn artileria averto: la regimento en la nova unua linio svarmis al la malnova, kie la malamiko nun rezistis per intensa pafado de fusiloj kaj maŝinpafiloj.

Individuoj inter la atakantoj falis kiel pupoj, sed la restantaj kuradis pluen kaj, jam ne embarasate de la hokdrato, kiu ankoraŭ restis sur la malnova eskarpo nun malantaŭ la defendantoj, ili atingis kaj ensaltis la tranĉeon.

Dunkan rigardis la konflikton de la eskarpo de sia tranĉeo, eĉ ne plu uzante periskopon. Mense li urĝis la atakantojn al eĉ pli fervoraj klopodoj, al nerezistebla impeto, al venko. Li volis reiri al tiu tranĉeo, serĉi tiun subfosaĵon, kiun li lasis antaŭ la tagiĝo kaj tie trovi – ĉu ankoraŭ eble? – sian volumon de «Mansfield Park»; droni en ĝi; droni en molo, deco, puro.

Reiri al Jane! Ĉu vere ankoraŭ eblas? Ĉu povas okazi tia feliĉo? Praktike, ĉu eblas ke post atako kaj reatako la volumo kuŝados nedifektita. Liaj manoj pugniĝis. Ne. Komprenuble ne eblas. Kiel li povus esti tiel stulta? Kaj tamen eble neniu disponis tempon esplori la subterejon. Post tiom da tempo? Absurde! Li provis mensbildigi agititajn homajn figurojn preter-rapidantajn la kelon, sed lia imagopovo ne povis tenadi ilin ekster ĝi tre longe. Komprenuble ili je la unua oportuno esplorus la subterejojn serĉante rabaĵon. Sed manĝon ili serĉus, ne legaĵon, kaj – lia koro ĝojis – kiom da germanoj volus legi «Mansfield Park»?

La britaj atakantoj!? Kial oni ne ordonas subteni ilian atakon? Atingi la kelon dum ili ankoraŭ okupiĝas kun la retretantaj germanoj!

«Maclean, ĉu vi volas pafiĝi?» Mano trenis lin malsupren per la tuniko. «Ĉu vi estas freneza?» demandis la serĝento.

«Mi nur rigardis la atakon», Dunkan senkulpigis konfuzite.

«Kun duono de la korpo ekstere? Vi pretermaturas, homo: pretas por falo.» La sovaĝaj brovoj kuntiriĝis kvazaŭ por intensigi la ne malsimpatian rigardon. «Vi tro longe ŝimis tie ĉi; vi ja scias pri ruzpafistoj.»

«Nu, sed ili ja okupiĝas pri la atakantoj, serĝento.»

«Ili okupiĝas pri ĉiuj idiotoj, kiel vi bone scias.»

«Ni devus subteni la atakon, tenadi la linion. Oni jam atingis ĝin», Dunkan urĝis ekscitite.

«Ni ja, ni ja.» La parolanto rigardis lin scivoleme. «Sed oficiale, kaj prudente. Aŭskultu, ĉiuj el vi: ni avancos laŭ la tranĉeo post la unua roto. Prenu la armilojn. Iru dekstren.»

La fosintoj obeeme anstataŭis siajn ilojn per fusiloj; ĉiuj fiksis bajonetojn, kaj moviĝis al la kunliga tranĉeo, kie ili enviciĝis laŭ la ordono ricevita, kaj avancis al la batalo.

La batalo fakte estis jam finita kiam ili alvenis: kadavroj kaj vunditoj kuŝis abunde en la tranĉeo, britaj kaj germanaj, sed el la aktivaj vivantoj nur britoj restis, kaj tiuj tumultis tien kaj reen, portante kugloskatolojn, maŝinpafilojn kaj aliajn akcesoraĵojn de atako, kaj grimpis sur la pafŝtupo por subteni kamaradojn jam kuŝantajn en la krateroj ekstere, ĉar oni ankoraŭ persekutadis la fuĝintojn, almenaŭ pafe, kiom eble plej, kvankam rekta sturmo de iliaj redutoj montriĝas nepraktika.

Dunkan kaj liaj kamaradoj rapidis pluen al la sekcio, kiun ili jam tenadis kaj, pretekstante firmigon de la pozicio, ekserĉis la subfosaĵojn kie ili lasis siajn ekipaĵojn antaŭ ol ataki. La oficiroj kaj suboficiroj ne malhelpis ilin, kaj ili impete ensaltis siajn respektivajn kelojn, pretaj por eventuala konflikto kun restantaj malamikoj.

En la mucida kelo de Dunkan tamen neniu malamiko restis; ankaŭ, kiel li rimarkis kun ekpaniko, neniu pakaĵo sendifekta: nur malplenaj tornistroj kaj iamaj kovriloj konfuzite kuŝis sur la planko, sed ĉiuj valoraj havaĵoj estis forrabitaj. Li febre taŭzis la senofendajn restaĵojn per la fusila kolbo duonkolera, duonserĉe, ĵurante venĝon kontraŭ la rabintoj kaj luktante kontraŭ la neeltenebla malespero kiu pelos lin al tuja sola sturmo kontraŭ iliaj redutoj.

Subite, tra la sakrantaj, piedumantaj figuroj kiuj plenigis la subterejon li rimarkis ion blanketan en angulo – malfermitan libron. Iu kliniĝis por ekpreni ĝin, kaj Dunkan blindigite de ĵaluzo ĵetis sin kontraŭ tiu; sed la homo turnis sin kun la libro proponita en la mano, kaj rimarkante la surprizitan vizaĝon, Dunkan detenis sin de violento.

«Jen, Dunkan,» Sheddon diris, «via libro.»

Svenema pro la reflusanta sango, Dunkan prenis ĝin kun dankesprimo. Strebante reorienti sin en aktualon, li aŭdis difuze la sarkasmajn sugestojn de siaj kamaradoj rilate eventualajn pretendojn oficialajn pri operacio, kiu fine kondukis ilin al sama pozicio kun perdo de kelkmil vivoj. La voĉoj fariĝis pli klaraj: atako, retreto, atako, informo pri malamika forto, aludo al la nevenkebla spirito de niaj soldatoj iel konsistigos kontentige optimisman raporton.

«‹Malgraŭ forta malamika rezistado, nia operacio atingis sian ĉefan celon›», iu korekte prognozis, kaj Dunkan histerie partoprenis la ĝeneralan ridon.

★ ★ ★

Ĝon translokiĝis de karcero al karcero, de Perth al Peterhead, de Peterhead al Glasgovo. En la lasta li ekaŭdis famojn pri renaskiĝinta ribelemo parte de la laboristaro, kies nova revolucia agado inkluzivis postulojn pri lia liberigo.

Li provis ne tro dependi de tiu eventualo, ĉar li sentis ke nula rezulto de liaj esperoj kaŭzus reagon en li tro fortan kaj depriman: liberon li ja sopiregis, ne nur pro la ĝenerala mizero de karcera vivo kaj devigita senaktivo, sed ankaŭ ĉar li estis certa ke oni intence sapeas lian sanon per la uzo de drogoj en lia nutraĵo, kaj li ne estis certa kiel longe li povos elteni la fluktuadon de la korpa temperaturo kaj la supozindan lezadon de la organoj, nek kiel tiu ĉi traktado efikos lian kapablon daŭrigi la revolucian laboron. Libero do estis urĝe bezonata, kaj, ĝuste pro tio, estis danĝere tro dependi de frua liberigo. Li tiel disciplinis sin atendi daŭran restadon en karcero. Li ja suferis nur trionon de la verdikta punperiodo kiam tiuj famoj komenciĝis, kaj li bone sciis kiom la burĝaro malamis lin kaj volis lin mutigita.

Estis vere ke Maxton, MacDougall, Muir kaj Gallacher jam estas liberaj, sed tio estas atendinda, kaj sensignifa por li, ĉar iliaj punperiodoj estis multe pli mallongaj. Tamen, li supozis ke ili ja influas la reviviĝon de la laborista movado, pri kies manifestacioj kaj marŝoj li aŭdas ĉiutage pere de la neoficiala sed fidinda, karcera komuniksistemo. Li nur restu prudenta pri la eblo de la propra liberigo. Sendube la kamaradoj jam postulas ĝin, sed estas neverŝajne ke oni cedos al tiuj postuloj.

Tiel Ĝon rezonadis, persvadante sin en prudenton, sed lia konkludo estis malprava. Iun tagon, kiam li estis en karcero nur iom pli ol jaron, unu el la demonstracioj atingis la karceron en kiu li restis. La partoprenantoj kantis «La Ruĝan Standardon» ĉe la pordego, kaj unu el ili eĉ grimpis sur la eksteran muron, kaj tie fiksis la ruĝan standardon kiun ili portis kun si, je tumultaj bisaklamoj de la aliaj. La postan tagon oni informis Ĝon ke li estas libera.

Enspirinte la plenan aeron, manpreminte la triumfantajn gratulantojn, brakuminte la edzinon kaj etulojn, kaj demandinte pri aktualaj novaĵoj de la politika fronto, Ĝon tuj lanĉis sin en novajn revoluciistajn laborojn.

Eĉ jaro en karcero povas malorienti homon, kaj aldone al tio, la traktado kiun Ĝon ricevis celis bridi lian entuziasmon, sed li intencis montri sin preta kaj kapabla por aktualaj taskoj, kaj fakte tiu sama evento kiu kaŭzis multajn el la nunaj problemoj – la rusa revolucio – estas ankaŭ fonto de inspiro por Ĝon, kiel ankaŭ por liaj kamaradoj.

La ĉefa problemo estas ke multaj el la rifuĝintoj de la carismo, kiujn oni antaŭe toleris, nun estas suspektindaj al la registaro, kiu arestigis kaj ekzilis ilin. Ĝon pruvis sian energion per la entuziasma laboro kiun li entreprenis por la liberigo de la homoj ankoraŭ atendantaj forsendon, kaj por la subteno de iliaj dependantoj, kaj la laborista movado montris sian aprobon elektante lin prezidanto de la Komitato por Rusaj Politikaj Rifuĝintoj.

Li volonte entreprenis la taskojn de la nova posteno. Li neniam bezonis motivigon por revolucia agado, sed tamen tiu ĉi laboro estis aparte kontentiga, daŭre prezentante eblon de praktikaj rezultoj, kaj cetere, anstataŭ nur bataladi kontraŭ aŭtoritato, oni povis senti nun ke aŭtoritato estas subtena: la aŭtoritato de la nova, revolucia ŝtato en Rusujo.

Kvazaŭ konfirme pri la aprobo kaj subteno venantaj de tiu direkto, li ricevis sciigon ke la Unua Tutrusa Kongreso de Laboristaj kaj Soldataj Konsilantaroj en Petrogrado elektis lin honora membro de la prezidantaro de la Kongreso. Tio ĉi ŝajne portos pli da persekutado ol gloro, sed por Ĝon ĝi estis honoro pli granda ol lia propra registaro, aŭ iu simila instanco, kapablus proponi al li, eĉ se oni tute renversus antaŭan sintenon al li kaj proklamus lin Heroo de la Ŝtato, Ĉefministro, Reĝo, ĉar tio ĉi ne estis vanta honoraĵo donita de sukcesaj friponoj, sed agnosko de neniam viditaj kamaradoj en malproksima lando, ke li agas bone, ke ili komprenas kaj simpatias liajn problemojn, ke li indas esti unu el ili, unu el tiuj homoj kiuj nun skuas la mondon, pionirante la mondan revolucion al kiu la historio ne-eviteble fluas, gvidante kaj akcelante la eventon, fortigite de la neŝancelebla volo akiri juston por la homaro.

Estis eĉ pli stimule ke oni proponis saman honoron al Karl Liebknecht, ĉar per tio ili tute trarompis la barilojn levitajn de la kapitalistoj; ili demonstris ke socialisto trovas siajn kamaradojn en iu ajn lando, ke li estas fidela al sia klaso, ne al iu artefarita ŝovinista divido. Ĝi ankaŭ malfermis la perspek-tivojn de la tuta agada kampo: kunligado de ĉiuj laboristoj tra mondo kaj renverso de reakciaj registaroj ĉie.

★ ★ ★

«Do ĝis; mi esperas ke ni baldaŭ revidos vin», diris Wili Scouler, lasante Donald'on ĉe lia hejma stratangulo.

«Jes, certe, Wili, mi ja provos. Ĝis revido», respondis Donald, iom danka ke iliaj vojoj nun disiĝas. Wili hazarde renkontis lin dum hejmeniro kaj akompanis lin ĉi tien. Li kaptis la okazon fari demandon kiu iom embarasis la demanditon: nome, kial Donald ne ĉeestis la grupajn kunvenojn dum la pas-intaj semajnoj.

Bonŝance Donald havis bonan, kaj aŭtentikan, senkulpigon preta: lia konstanta nokta deĵorado lastatempe ne permesis al li eliri dum la vesperoj, sed la demando tamen embarasis lin, ĉar li konstatis ke li ne domaĝis sian forestadon. Nun, estante libera dum la vesperoj pro ŝanĝo al taga deĵorado, li ne konsekvence entuziasmas ĉar li povos denove viziti la grupon.

Tion li mem ne tute komprenis. Kio estas ĉe li? li scivolis, turnante la ŝlosilon en la hejma pordo. Jen li eniras malplenan domon, izoligite de la socio, kaj la solajn homojn kiuj tutkore akceptas lin li ne tre deziras renkonti; li eĉ atentigis Wili ke kvankam la laboro jam ne malhelpas lin, tamen li devas vizitadi al Bob, kaj tion farante li sciis tute bone ke li fakte anticipe senkulpigas sin pro iuj venontaj malĉeestoj, ĉar al Bob li ja povas iri iam ajn.

Li estas naŭzita de politiko. Tio povus esti la kaŭzo de lia malemo renkontiĝi kun la tre politikemaj kamaradoj, kiuj fervoregas pri siaj idealoj kaj kovadas allogajn iluziojn pri bela futuro neniam efektiviĝonta. Li jam ne povas stimuliĝi de socialismaj idealoj kiam la plej multaj adeptoj de tiuj idealoj entuziasme subtenas militon, kiam la movado estas dividita en partietoj kiuj pli fervoras pri la skismoj inter si ol pri iu pozitiva idealismo, kiam eĉ unuopaj partioj – ekzemple la komunistoj – estas divicitaj, kun la pensantoj, kia Pollitt, atingintaj malĝustan konkludon, kaj la ŝafoj hazarde agantaj ĝuste, pri tio ke ili senpense sekvas «partian linion» kiu mem estas ĝusta nur por akordi kun oportunisma kontrakto. Kia gregaro! La eklezio mem ne povus pli entuziasme ĉasi bagatelojn dum gravaĵoj enfoniĝas. Wili kaj liaj kamaradoj certe estas sinceraj pacistoj, sed tamen – politikemaj. Sed ĉe Bob estas alie: kun Bob li neniam diskutas politikon nun; estas ĉe ili ĝentila evito de tiu delikata temo pro nealudata reciproka konsento. Foje li sentas devon kuraĝigi al Bob pri ties reeniro en la ordinaran vivon, sed tio estas la sola serioza temo kiun ili traktas; ĝenerale ili ŝerceme babilas, kun la simpatio de malnovaj amikoj kaj, antaŭ ĉio, ili ŝakludas, ĉar Bob nur lastatempe estis inicita al tio, kaj ludas kaj studas kun la entuziasmo de novico, dum Donald volonte direktas siajn alie ne tre helajn pensojn al la komplikaj movoj de la sensanga milito.

Li suspektis ke la relativa gajo de Bob nelonge daŭras kiam li estas sola, kaj lia propra estas nur provizora, sed tiuj interrompoj en la griza monotono estas ja bonvenaj, kaj tamen, kvankam li sincere ĝuas la vizitojn dum ilia daŭro, li ne bonvenigas la neceson iri. Ĉu li lasas al si fariĝi ermito?

La vero estas ke li domaĝas perdi la mondon de Militza. Memorante ĝin, li estas senpacienca pri la kamaradoj kovantaj ĥimerojn en ilia mucida ĉambro, kaj pri sia rolo kiel gajiganto de invalido. Tio estas egoisma, sed – diable! – ekzistadi sen kredo aŭ koloro estas mortvivi. Li propravole lasis la facilan vojon, sed nun, anstataŭ plueniri la malfacilan, subtenate de iu interne arda idealismo, li trovas sin en vakuo, vakuo sen eliro, ĉar li iras nenien, kaj ne povas sin banadi en la gloro de sia ofero, ĉar eĉ la simpatiuloj ne estas vere simpatiaj al li.

Se li povus trovi simpatian koron! Plene simpatian! La kamaradoj komprenas lian sintenon, lian nunan pozicion en la socio, sed konfidi al ili siajn plej sincerajn aspirojn estus neeble. Ili ne estas dogmistaj, sed ili misinterpretus liajn motivojn, kredante ke li volas forlasi sian klason, kaj burĝiĝi. Burĝiĝi? Dio gardu! Kaj jen la netransireblo de la abismo inter ili: li plene komprenas la malestimon, kiun ili sentas pri tiuj fringoj kiuj kredas sin altiĝintaj ĉar ili pepas per fremda voĉo. Li ne estas tia, sed kiel li povus vortigi la diferencon, krom diri ke li volas ne nur intelektan vivon, sed intelektan vivon kun koloro? Tio ŝajnus nura blago al ili.

Li multe ŝuldas al la kamaradoj pro ilia subteno en la tribunalo, kaj pro ilia posta kaj daŭra amikeco, sed tiu amikeco povas esti por li nur flankaĵo, kaj je la momento ĝi ne povas esti eĉ tio, ĝuste ĉar mankas ĉefaĵo. Li ne komprenis tion, sed ĝi estis vera: kiel aldono al aliaj travivaĵoj, lia socialista vivo estus, ĝis certa grado, stimula, sed nun ĝi trudas sin, emas kontraŭ lia volo plenigi la vakuon, dum li aspiras – kion?

Bob estas neniel pli helpa, malgraŭ liaj kontrastaj vidpunktoj. Fakte, lia ortodokso ampleksas ĉion ortodoksan: ordinaran, ne tro penigan, postenon, en oficejo aŭ simile; flirtadon, edziĝon, familion. Kaj nun, kompreneble, vidante tiujn kiel nur malfacile atingeblajn, li des malpli emos simpatii kun iuj fantaziaj aspiroj de sia amiko.

Preparinte la vespermanĝon, Donald sidiĝis kaj ŝmiris buteron sur panpecon. Li devas fronti la veron kaj lasi fantazion. Li ja skribis al Militza antaŭ kelkaj semajnoj, klariganta ĉion kaj menciante ke pro la aluditaj cirkonstancoj, estus evidente sencele ke ili pensu pri lia aliĝo al ŝia trupo. Farante tion li persvadis sin ke li oficiale finfermas la dosieron, por ke la definitivo sufoku iujn leviĝantajn esperojn, sed li bone komprenas nun, se li ne fakte sciis tiam, ke li mensogis al si. Li skribis ke ŝi ne respondu, ĉar tio estas nenecesa, sed ĉiun tagon sentas spasmon trovante ke letero ne venis.

Jes, tio estas la kaŭzo de lia malkontento kun la kamaradoj, kun Bob, kun lia ĉirkaŭaĵo; sume, kun la grizaĵoj de lia ĉiutaga vivo: Militza. Disiĝo devis veni, kaj li devas kutimiĝi al ĝia daŭreco antaŭ ol li kontentiĝos. Eĉ se ili ankoraŭ kontaktiĝus, la disiĝo iam devus veni estonte, ĉar iam unu el ili enfalos geedziĝon, kaj ne unu kun alia. Li ĉiam sciis tion; do kion li atendis? Ne estas nur Militza; estas ankaŭ la mondo, kiun ŝi proponis, kiu kaŭzas lian nunan bedaŭron. Tiun li ja eble estus povinta eniri sub aliaj cirkonstancoj, kaj ion tian li ja serĉadis, eĉ se blinde palpe, antaŭ ol tiu ĉi damninda milito komenciĝis. Tial li studis – kial nun ĉesis? Li ja disponas tempon. Sed kiel ŝi stimulis! Ĉu li iam povus elteni alian virinon?

Li finis la manĝon, lavis la telerojn, kaj trafoliumis la vesperan ĵurnalon. Malmulto pri aeratako. Bone. Jam venas la somero, kun la mallongaj noktoj. Glasgovo certe estis bonŝanca. Jen Clydebank, kaj, nur lastan monaton, Greenock, kaj tamen la Urbego eskapis. Eble kiam vintro venos … kaj, trainte tion, ĉu esperi pri Paco? Ĉu ia fino estos antaŭvidebla?

Li surmetis la palton, kaj hezitis antaŭ ol malfermi la pordon, ĝis malsuprenantaj paŝoj preterpasis. Kial li faras tion? Ne *li* devas honti, sed la najbaroj, kiuj peticiis eligi lin kiel ŝtat-perfidulon kiu ne rajtas okupi domon en tempo de nacia krizo, kiam multaj patriotoj (iliaj amikoj) serĉas vane. Facile fari tion kun dorsobatoj kaj reciprokaj gratuloj, sed ĉu fronti lin? Rigardi lin rekte en okuloj? Nu, li ne donas al ili la okazon!

La paŝoj pasis, kaj li eliris. Iam devos veni la nadiro de la milito kaj, post ĝi, la vojo kondukanta al paco. Kion tio signifos por li? Ĉu li rajtos ĝojkrii kun la aliaj? Oni neniam forgesos kion li faris. Kiel longe li devos suferadi pro tio? Eble jarojn post la milito, kiam li kutimiĝos senti sin ree en la vivofluo, iu mencios la militon kaj propran partoprenon, kaj tiam la konversacio haltos. Embaraso regos. Kaj estos pro li, kaj la albatroso kiun li ne povas perdi.

Aliflanke, eble estos fervora reago kontraŭ milito kiam, en pli prudenta kaj serena periodo, oni kalkulos la koston, kaj tiam li fariĝos heroo. Estas tro frue por konjekti pri la pacotempo, sed certe ĝi estos entute pli bona tempo por li, kaj tial io, kion li rajtas antaŭvidi kun plezuro, kaj, indiferente pri kiam la milito atingos sian nadiron, li pasis sian personan Judekon, kaj povas iri sole supren.

Sole ja, kaj sola! Unika. Kaj unikulo ne rajtas plendi ke neniu akompanas lin, ĉar li elektis libere (ribele!). Nur ke la vojo estu la ĝusta! Antaŭen do, sola kiel unikorno se tiel devas esti. Kaj jam sufiĉe je senutilaj bedaŭroj; li rompis la ligilojn kun tiu dezirinda mondo de Militza. Do ili restu rompitaj; rompinte li ne povas malrompi pli ol li povas malfari la sinizolon. La ligiloj ekzistas nur en la fantazio; do neniigu ilin tute. Oferinte tiom por kvietigi la menson, li ne permesu al malpli inda parto de la menso turmenti lin. Sed ni ja vivas en pensoj, kaj se ili turmentas, la vivo estas turmento. Nu, regu ilin – se li nur povus inspiri sin per io malpli negativa!

Tiuj pensoj okupis lin dum lia promenado al la hejmo de lia amiko. Responde al lia sonorigo, la pordon malfermis Jesika, fratino de Bob. La subita apero de ŝia longa vizaĝo kun la larĝa buŝo kaj maldikaj lipoj memorigis lin ke li iam, kiam ili ĉiuj ludis kune, provis imagi ĝin bela, simple ĉar estus plaĉinta al li ke la fratino de Bob estu tia, sed la imagopovo ne kapablis sufiĉe streĉi sin por naski tian impreson aŭ, se jes, la penado estis troa kaj la impreso efemera.

Ŝi nun diris:

«Ho, Donald, estas vi», kun tute bonveniga tono. Li nun estas akceptinda vizitanto; mirinde kiel la rutino de lia utila venado emas supertuĉi la malbonan impreson de lia konflikto kun la socio, ĝis tiu ĉi fariĝas malĉefaĵo. S-ro Stewart, malsimile al Jesika kaj ŝia patrino, estas ankoraŭ malvarme ĝentila kiam ili renkontiĝas; la diferenco inter li kaj la virinoj ŝajne estas, ke la virinoj bonvenigas la helpon kiun Donald donas rilate la distradon de la invalido, dum Stewart mem ankoraŭ pensas pri la kontrasto inter sia patriota filo kaj la tro sana malkuraĝulo. Sole komuna al ĉiuj estas la esenca motivo: egoismo.

Li eniris kaj demetis la palton.

«Estas la litĉambro por vi, Donald», indikis Jesika kun

vangofenda rideto; «mi havas kelkajn amikinojn en la salono, kaj mi supozis ke vi du ne volus trovi vin inter kokinaro.»

«Ho? Nu, dankon pro la antaŭzorgo», agnoskis Donald per same ŝercema tono, kaj direktis sin al la litĉambro de Bob.

«A-a-a parenteze, mi supozas ke vi ne estos libera vendredon.»

«Nu, jes», Donald respondis, tute preta viziti sian amikon se la familio eliros.

«Do ni – tio estas, grupo el la oficejo – havos Plaza-nokton tiam. Mi scivolis, ĉu vi eble emos iri.»

Donald mordis la langon, kolera ĉar li metis la kapon tiel senpense en la maŝon.

«Ne temas pri blinda parigo», Jesika urĝis. «Ni simple estos en grupo – krom Tom kaj Irena, ĉar ili estas gefianĉoj – sed nur por aldoni al la nombro, kaj estos ŝajne pli da virinoj ol viroj.»

«Ho, manko de viroj?» La implicita riproĉo en la kvazaŭ spontana demando iom senŝarĝis lian emocion.

«Ne, ne, ne estas tio – precize», protestis Jesika embarasite. «Ni simple estos en grupo, mi nur menciis tion por certigi al vi ke ne estos manko de parulinoj por la dancado.»

«Ja estos, se ĉiuj estos kiaj vi», Donald pensis amare, sed ne vidis kiel li povos dece eliri, kaj respondis:

«Do, dankon, se vi estas certa ke mi estos bonvena ...»

«Ho jes, certe. Kaj vi trovos ...»

«Kie ni renkontiĝos?»

«Nu, la grupo rendevuos en la ‹Stelo› je la sepa kaj duono», Jesika komencis, menciante trinkejon apud la danchalo.

«Bone, mi estos tie ĝustatempe.»

«Jes – do tre bone. Do mi vidos vin tie – nu, mi vidos vin antaŭ tiam kompreneble ...»

Donald ĉesigis la fluon per abrupta kapoklino kaj eklevo de la lipanguloj, kaj turnis sin al la pordo de la litĉambro.

Damna impertinento! Ili ja fosas la rubejon se ili akceptos la malheroan ŝtatperfidulon – aŭ ĉu ŝi ne sciigis ilin? Kaj tiu «la *grupo* rendevuos»! Alivorte, «Vi kaj mi povos iri kune, venante ja de la sama parto de la urbego». Poste, alies aludoj pri «ŝia amiko», kaj neaj protestoj de ŝi dum ŝi ridetos kun hirtiga koketeco.

Li glatigis la frunton, ĉar li jam estis en la ĉambro, kaj Bob rigardas lin. Li sidis apud fajro, kvankam jam ne estis tre malvarme, kaj la ŝaktabulo, kun la pecoj starantaj, pretaj por ekludo, estis sur oportuna tableto. La kompatinda ja sopiras liajn vizitojn. Tion konfirmis lia vizaĝo, kaj la bonhumora senpacienco en liaj unuaj vortoj:

«Hej, vi efektive! Mi scivolis ĉu povas esti; vi tiel longe babilaĉis en la halo. Kion temis?»

«Jesika invitis min al dancado, kun grupo el ŝia oficejo.»

«Ho tio? Ŝi ja menciis ĝin. Do ĉu vi estas preta? Mi sternos vin ĉi fojon.»

«Ha, vi studis novajn gambitojn.» Donald rimarkis la malfermitan libron kuŝantan bindosupre sur la tapiŝo, flanke de la seĝo sur kiu Bob sidis.

«Mi ĉiam studas gambitojn, sed ĉifoje mi estos sukcesa. Mi blindigos vin per brila serio; mi estos aŭdaca, sed flegma; aplomba, sed ruza, pelante vin en konfuzon kun malvarma certeco.»

«Mi jam rezignas.»

«Jen, elektu.»

«Atendu ĝis mi sidiĝos», protestis Donald, tamen tuŝante etenditan pugnon.

«Blanko! Sed tio ne savos vin. Mia kampanjo estas detale planita kontraŭ ĉiu eventualo.»

«Tio estas kuraĝiga.»

«Ha, ĉu vi celas subfosi mian memfidon? Vi ne puŝos min en erarojn tiel facile. Ĉu mi ne sciigis vin ke mi ankaŭ estas psikologie agordita?»

«Vi jam faris vian unuan eraron.»

«Mi scias, mi scias: neniam ludu laŭ rigida plano.»

«Ja fleksebleco estas la regulo.»

«Ne perturbu vin; mi havas alternativojn.»

«Ĉu? Do jen; defendu vin.»

«Ha, peono al reĝo kvar. Majstre, Donald. Vere senmanke. Sed jen, vi trovas min preta: peono al reĝo kvar.»

La gaja babilado de Bob daŭris dum la tuta ludo, kaj Donald denove scivolis, ĉu liaj spiritoj estas nenature pufigitaj dum tiuj vizitoj, reagante kontraŭ la deprimo de la cetere nun monotona vivo, ĉar preskaŭ ĉiuj liaj aliaj amikoj estis for.

Bob perdis sian damon frue al truda ĉevalo, provante obstine protekti la reĝon kontraŭ peon-glutonta kuriero anstataŭ movi el minacata ŝako, sed post momenta sakro, daŭrigis bonhumore, kaj bridante sian kutiman troan ambicion, ludis defende kun sufiĉa lerto por streĉi la kapablon kaj rimedojn de Donald pli ol iam antaŭe.

Meze tra la ludo, Jesika envenis kun teo – la unuan fojon ke s-ino Stewart ne plenumis la oficon.

«Ha, ĉu vi du neniam enuas la ŝakludon?» ŝi diris konversacie.

Donald murmuris ion, esperante malkuraĝigi al ŝi resti, sed antaŭtimante kelkajn ĝenajn momentojn, ĝis Bob kun frata sincero krude ordonis ŝin for.

«Nu, nu, mi iras», ŝi certigis, persiste retenante gajecon de tono, kaj Donald povis senti ke ŝi rigardas lin. Li bridis naturan emon moligi ŝian foriron per iuj pli ĝentilaj vortoj, kaj sidadis silente, kvazaŭ studante la tabulon.

Ĉe la pordo ŝi turnis sin: «Do, Donald, mi vidos vin vendredon?»

«Eh? Ho jes. Jes, kompreneble.» Li ekrigardis al ŝi kun duonrideto, sentante ke estas sendanĝere fari tion nun, kaj fakte ne povante tenadi plu la surdepretekstan pozon.

La pordo fermiĝis post ŝi, kaj Bob eligis senpaciencan «Pa», aldonante, iom nejuste en la cirkonstancoj: «Damnaj virinoj! Ĉiam babilantaj!»

Kiam la ludo finiĝis, Bob volis komenci novan, kvankam estis jam preskaŭ la deka, sed Donald rifuzis, sciante ke estus malfacile foriri antaŭ ol ili finus la duan, ĉar Bob estas surda kontraŭ klarigoj ke laborantaj homoj devas leviĝi frue en la mateno. Ili tial, anstataŭ ludi, babilis, kaj Bob menciis ke li baldaŭ ricevos la artefaritan piedon.

Malgraŭ la antaŭa amaro, li evidente antaŭvidis tion ĉi kun plezuro, sendube ĉar li sopiris eliri, kaj ĝis nun rifuzis fari tion kun la lambastonoj, asertante ke li ne povus toleri la kondolencojn de stultaj maljunulinoj. Kun la piedo li iom lamos, li klarigis, sed ne estas sama afero: ne estos krude evidenta ke la piedo estas for, ke jen estas juna Stewart kun unu piedo mankanta, sed male, temos pri kvazaŭ jam enregistrita kriplulo, kaj tio malakrigos ilian perversan intereson.

Donald opiniis ke lia amiko iom naive traktas la eventualajn reagojn al sia aflikto, ĉar la homa scivolemo, kaj deziro kontentiĝi, pri tiaĵoj estas ja senfina. Tamen, la optimismo plaĉis al li; ĝi pruvis la volon serĉi la plejeble bonan anstataŭ, kiel antaŭe, la malan.

Estis post la dekunua kiam Donald fine ekiris hejmen. Dum la dekminuta promeno li scivoladis kiel Bob fakte adaptos sin al la nova vivo, kiun li baldaŭ eniros. Laŭ unu vidpunkto estis bonŝance ke li vundiĝis tiel frue en la milito, se vundiĝi li devis, ĉar li facile trovos postenon pro manko de viroj, kaj se li elektos saĝe, li povos eble enfosi sin en postenon tiel sekure ke oni ne facile eligos lin post la milito. Cetere, li ricevos helpon de la eksarmeanaj organizoj. Sed kiel li kondutos en la ĉiutaga vivo? Ĝis certa grado li kutimiĝos al sia kriplo, sed aliflanke, incidentoj okazos kiuj certe sentigos al li tre akre la mankon. Kaj konstanta dolorado de la stumpo povus acid-igi al li la humoron: kvankam estas vere ke multaj homoj kun fizikaj malhelpaĵoj, precipe blinduloj kaj surdmutuloj, estas eĉ eksterordinare feliĉaspektaj, tamen estas ankaŭ vere ke aliaj, inkluzive kriplulojn, tre ofte akiras morozan temperamenton, kaj tion ŝajne kaŭzas la fizika doloro pli ol iu amareco pro la kriplo.

Kio pri Bob? Li havas nature bonhumoran karakteron, kiu ŝajne levos lin el tro longa deprimo – tio estas, se li ankoraŭ havos ĝin. Ĝis kia grado la esenca karaktero de homo povas ŝanĝiĝi?

Eble kiam la aliaj knaboj revenos, kaj li povos daŭrigi antaŭajn interesojn kaj ligojn – sed la knaboj edziĝos! Domaĝe ke ne eblis ke Bob edziĝu en la fruaj tagoj de sia kriplo, kiam li estis ankoraŭ la vundita heroo. Virinoj estas tiel emociaj, kaj cetere ili amas gloron. Estos malpli facile kiam li estos nur junulo inter aliaj junuloj, malsimila al ili nur je tio, ke mankas al li piedo. Tiam la kaŭzo de la perdo estos nur teda historio («Ĉio tio estas finita; ni devas forgesi ĝin; necesas rigardi en la futuron», k.s.).

Revenante al propra domo, li konstatis denove la mal-
plenon eĉ de la ĝenerala enirejo; la paŝoj ŝajnis eĥi en senhoma
kavaro kaj, suprenirante la ŝtupojn, li sentis ke li grimpas al
la malvarmo de la altoj, anstataŭ proksimiĝi al la varmo de la
hejmo.

La kompatinda patrino! Ĉu ŝi iam sciis ke ŝi povus signifi
tion por li? Varmon? Se jes, ne estis pro lia sciigo.

Li malŝlosis la pordon kaj ŝaltis la lumon. Kiel forta la
impreso, kaj tiel malgranda kaj malforta la virino! Kun neniu
dinamiko por kompensi la malgrandon. Li foje sentis koleron
ĉar oni ne sufiĉe atentis al ŝi, pro ŝia retiremo, sed tio estis ĉar
ŝi estis lia patrino, ĉar kion li mem faris? Li preskaŭ ignoris ŝin.
Kaj nun ...?

Sed sufiĉe pri tio ĉi! Ne estas loko por la sentimentalo.
Li ekplugis la sulkon sola, kaj sola devos fini ĝin, kvankam ĝi
etendas sin ĝis horizonto.

Sed ĉu li devis direkti sin en kaptilon?! Tiu ĉi damna
oficista orgio! Klukantaj fraŭlinetoj, ebriigitaj de la atentemo
de provizore mondumaj virseksuloj, pli ol de la diluita ĝino en
limonado kiun ili pekeme aŭdace trinkos, sed ne porpagos – aŭ
eble estos komuna kaso! Ili kontribuus al tio se oni tordetus la
brakojn; la fakto ke la viroj faros la pagadon kontentigos ilin; ili
povos imagi al si ke oni disŝutas propran monon por akiri, kaj
reteni, ilian ravan kunestadon. Nu, ili ĝuu siajn revojn. Kial ne?
Sed estas damninde ke li devos ĉeesti tion.

Ĉu li iru frue vendrede, kaj ebriiĝu antaŭ ol ili alvenos? Aŭ
ĉu malsaniĝi? Nepre la lasta!

Kiam vendredo venis, li tamen iris, kaj alvenis ja ĉirkaŭ la
sepa kaj duono, ĉar li konstatis ke li ne konos iun ĝis Jesika
alvenos, kaj estus iom absurde sidadi eble apud ili trinkante,

kaj ne sciante ke li estas unu el la kompanio. Trafis lin ankaŭ
ke li eble iom tro malĝentile taksis Jesikan: kuniri kun ŝi estus
ja multe pli praktike ol la nuna aranĝo, kaj la fakto ke li ne
sugestis tion eble tro emfazis lian decidon neniel ŝajni, laŭ iu
ajn senco, parulo de ŝi.

Li scivolis ĉu kaŭzis al ŝi embarason klarigi ke ŝi enretis
iun, kaj tamen venos sola. Estus terure se ŝi fakte invitis lin nur
pro bonkora deziro ke li ne ĉiam estadu sola. Kia repago por
kompatemo! Ne, damnu ŝin, se ŝi povus enreti alian viron al si,
ŝi ĝojus ignori lin pro lia malkuraĝo, precipe ĉar ŝi povas fari al
si nimbon el la gloro de vundita frato. Tamen, lia kruda kon-
duto piketis lian konsciencon, kaj li decidis almenaŭ ne kaŭzi al
ŝi iujn antaŭzorgojn, alvenante tro malfrue, nek embarasiĝon
estante ebria antaŭ ol ŝi eĉ venos.

La virino agacis lin, sed veturante al la rendevuo, li esperis
ke ŝi estos tie ĝustatempe por ke li glate eniru la grupon je propra
alveno. Ĉu estos multaj tie antaŭ li, tiel ke li povos prezentiĝi
al la plejmultaj tuj, kaj komenci trankvile la drinkadon? Aŭ ĉu
estos nur unu-du je la komenco, kiuj poste de tempo al tempo
prezentos lin al ĵusalvenintoj? Ambaŭ cirkonstancoj havas siajn
avantaĝojn; supozeble okazos miksaĵo de ili, enhavanta la mal-
avantaĝojn de ambaŭ.

Kiam li alvenis ĉe la trinkejo, li trovis ke unu eventualon li
ne antaŭvidis: Jesika atendis lin ekstere de la taverno.

Vidinte lin, ŝi venis renkonte kun necerta rideto:

«'Vesperon, Donald», ŝi komencis heziteme. «Mi opiniis pli
bone renkonti vin ĉi tie, por ne mistrafi en la amaso.»

«Jes, tute prave», kuraĝigis Donald grandanime, ĉar li
trovis la aranĝon avantaĝa al si.

Enirinte, ili trovis la trinkejon ja plena, kun grupoj starantaj inter la tabloj pro manko de seĝoj, kaj estis kelkaj momentoj de vana serĉado antaŭ ol Jesika turnis la kapon al li kun «Jen ili!» kaj konduke ŝoviĝis tra la interstarantaj homoj al grupo sidanta ĉirkaŭ angula tablo. De malantaŭe ŝi ne aspektis malbone; iuj malbonŝancaj bestetoj oferis siajn peltojn por ŝia mantelo, kaj kvankam Donald malestimis tiun antropofagan moron, cedan al virina akiremo, li devis agnoski al si ke la mantelo donis al ŝi iun festan eleganton, kaj super ĝi la longaj, malhelaj haroj kiuj iam kuraĝigis lian knaban sopiron, nun tute bele impresis, kaŝ- antaj la preskaŭ egale longan vizaĝon.

Ili atingis la grupon, kiu konsistis el du viroj kaj tri knab- inoj. Tri el ili sidis sur taburetoj kaj la aliaj du sur la benko kiu estis malantaŭ la tablo laŭlonge de la muro, kun inter ili kelkaj paltoj kaj skarpoj por indiki al eventualaj demandontoj ke tiuj lokoj estas virtuale okupitaj.

La viroj nun forlevis iujn tiujn avertajn vestaĵojn por enlasi la novalvenintojn, kaj Jesika komencis la prezentadon:

«Donald Maclean; Ĝiljan Cooper, Mojra Jack, Ĝina Maki, Alan Wright kaj Jano Dunbar.»

La nomitoj murmuris ion, Donald al la aliaj, kaj ili al li laŭ- vice.

Eksidante Donald kaŝe asimilis detalojn de la tri knabinoj, esperante ke li povos meti ion en la pesilon por kontraŭpezi la ĉagrenon pri la vespero entuta. La viro nomita Alan Wright interrompis lin antaŭ ol li povis finfari la studon, sed li jam vidis sufiĉon por disreviĝi.

«E-e-e, Donald, vi venas de Springburn direkto, ĉu ne?»

«Jes.» Donald rigardis la demandinton. Li jam sentis kiam ili prezentiĝis ke tiu vizaĝo kun la longa makzelo kaj la humura buŝo estas konata al li. Nun li estas certa.

«Jes, mi ofte pasis vin en la strato. Ĉu vi ne estas parenco de Alek Robb?»

«Li estas mia onklo. Fakte, mi parencas al li laŭ ambaŭ miaj gepatroj.»

«Jes, tion mi opiniis. Li estas amiko de mia patro – Ĝimi Wright.»

«Ho jes», diris Donald ĝentile.

«Vi aŭdis pri li?»

«Mi opinias ke jes», respondis Donald, scivolante ĉu tiu estas la homo pri kiu li aŭdis la onklinon Manjo plendi pro lia drinkemo.

«Kompreneble, ili malofte renkontiĝas nun, ĉar miaj gepatroj translokiĝis antaŭ kelkaj jaroj, sed ili estis bonaj amikoj dum longa tempo. Fakte, ili estis en la armeo kune dum la antaŭa milito – eĉ provizore kaptiĝis kune dum la Somme.»

«Ho jes, tio! Ĉu ili estis en la sama taĉmento, do?»

«Efektive. Kaj poste ankaŭ mia onklo – mi portas lian nomon, Alan – estis kun ili. Li mortis havanta malpli ol dudek jarojn.»

Donald kapjesis enigme. La homo povas akcepti tion kiel simpation, sed efektive! – kial ili ĉiam atendas sentimentalan reagon pro juneco? Ili ne plendas ke oni devigas junulojn milit-iri.

Pluan pensadon interrompis la alveno de nova grupo: diketa viro havanta eble dudek kvin jarojn kun du junulinoj, kaj Donald tuj klasifikis la viron «profesia gajulo» pro la laŭta rido kaj interĵetitaj ŝercoj per kiuj li anoncis sin.

Prezentite al Donald, li indikis siajn du kunulinojn: «Mari Campbell kaj Patrica Mair.»

La unua el tiuj estis iom tro alta knabino kun nigraj haroj kaj vizaĝo klasike formita krom longeta nazo, kiu donis al ŝiaj trajtoj akran aspekton. La alia tuj plaĉis al Donald, kun ŝiaj rondaj konturoj kaj vivecaj okuloj, sed li ne havis tempon studadi ŝin, ĉar jam alvenis paro, kiu ŝajne kompletigas la rondon, kaj la dikulo, kies nomon Donald jam forgesis, anoncis kun truda bonhumoro:

«Ĉiuj do! Bone. Kion ni trinkas?»

«Ni renkontos la ceterajn en la halo», Jesika klarigis al Donald.

«Bone», li respondis sen intereso.

Ĉiuj el la viroj aĉetis trinkojn laŭvice, krom la laste alveninta, kiu ŝajne rimarkis nenion krom la okulojn de sia parulino, kvankam li iel aranĝis ke lia glaso estas prete malplena por ĉiu nova trinko. Devigite aŭskulti la banalan konversacion de Jesika, Donald pasigis al si la tempon kiam li ne faris meĥanikajn respondojn provante vidi kiam la homo englutas, sed ne sukcesis, kaj supozis ke tio okazas kiam li mem palpebrumas aŭ eble kiam li momente rigardas al sia kunparolantino por montri ke li iom atentas ŝiajn dirojn.

Estis bonŝance ke pluraj el la virinoj ne bezonis replenigon ĉiun fojon, kaj ĉiuj eĉ malsukcese proponis aĉeti, kun insistemo kiu fariĝis ju pli laŭta, des pli laŭta la rifuzo de la viroj, kies kontraŭdirojn avangardis la dika ridemulo. Donald pli kaj pli kore malŝatis la homon.

Dume, li rimarkis kun aprobo ke la Patrica knabino rifuzis ĉiun alkoholaĵon, trinkante la tutan tempon nur limonadon. Estis puritana elemento en lia naturo. Li iom admiris la verajn spertulinojn, kiuj povas trinki kun li glason kontraŭ glaso kaj esti sobraj je la fino, sed malgraŭ tiu ĝenerala toleremo al virinoj kiuj ŝatas alkoholon, li ne ŝatis tian ŝaton en virinoj kiujn li vere ŝatis.

Cetere, la aŭtentikaj drinkemulinoj estas maloftaj. Pli ĝenerala estas la tipo kiu, kun naiva plezuro, trinkas ĉion, kion oni proponas al ŝi por ke ŝi poste povu fanfaroneti al siaj amikinoj pri la ekzotaj laŭ ŝi trinkoj, kiujn Petro aĉetis por ŝi. Tiuj estas por Donald agacaj, kaj li ne povis ne rimarki la signojn en la nuna grupo.

Lia puritanismo inkluzivas fumadon: li ne inklinis malpermesi al virinoj fumi; nur preferis ke la virinoj kiujn li preferas, ne fumu. Militza? Ŝi estis escepta; cetere ŝi ne fumis.

La rondo leviĝis, kaj iris al la dancohalo kun multa ridado kaj gajaj krioj. Donald rimarkis kun piko ke la dikulo ankoraŭ eskortas la samajn junulinojn. Tiu piko estis ĵaluzo, kaj li iom ĝojis ke li ankoraŭ povas senti tion. Dume, li promenis en grupo kiu inkluzivis la ĝenan kunecon de Jesika, sed la freŝa aero post la trinkoj vivigis lin. Li respondis mallonge al la diroj de tiuj apud li, kaj dume rigardis la Patrican figuron antaŭ si. Nun la vespero havas celon: li volas brakplenon da tio.

Ĉu la dikulo havas rajton super ŝi? Des pli bone se jes. Ĉagreni lin aldonus al la plezuro.

Alveninte al la halo, Jesika donis al li lian bileton.

«Ho, mi pagos por tio», li diris. «Fakte por ambaŭ. Mi tute forgesis.»

«Ne, ne, tute ne», ŝi kontraŭis. «Cetere, la biletojn ni aĉetis el komuna kaso.»

«Ĉu vere? Ĉu vi estas certa?» Donald demandis. Li estis des pli volonta kredi pri la komuna kaso ĉar, se li ŝuldus al ŝi, tio signifus ankaŭ devojn, kiujn li ne intencis plenumi, kaj se li aĉetus ambaŭ, tio signifus eĉ pli.

«Jes, jes.»

«Nu, bone. Dankon», kaj li eskapis al la sinjorejo.

Wright staris apud li dum ili transmetis la paltojn.

«Laŭ onidiro, Donald, vi rifuzis militservon.»

«Onidiro pravas.»

«Tio postulis kuraĝon.»

«Aŭ malkuraĝo tion postulis.»

«Dio, ne! Mi mem estas en rezervokupo – en la desegnejo ĉu ne? kaj ni faras militilojn.»

«Jes, sed se vi ne estus en rezervokupo, vi irus, responde al la voko.»

«Mi preferas kredi ke ne.»

«Kio?»

«Nu, supozeble vi pravas, sed mi preferas kredi ke mi havus la kuraĝon rezisti al la voko.»

«Ĉu vi do ne aprobas la militon?»

«Por esti sincera, mi ne estas certa. Mi edukiĝis en socialistaj rondoj, ĉu ne? – mia familio kaj tiel plu – sed en la nunaj cirkonstancoj mi ne estas certa. Se estus kapitalismo kontraŭ kapitalismo estus facile: iliaj kapitalistoj kontraŭ niaj – kia diferenco por ni? Sed la faŝismon! Mi ne scias, sed mi ja sentas ke mi ne havus la kuraĝon kontraŭstari. Vi trovas tion malestiminda, ĉu?»

«Ne pli ol kaŝi la motivojn por, aŭ kontraŭ, armeaniĝo.»

«Sed mi estas duoble malkuraĝa: mi kaŭras en mia niĉo sen danĝero de ambaŭ flankoj.»

Kial la homo enkondukis tiun ĉi temon? Sendube por malŝarĝi la konsciencon per sinkulpigo. Sendube ankaŭ kun esperoj pri certigoj ke li ne estas malestiminda. Li pagu psikiatron aŭ pastron; Donald ne intencas doni la servon senpage. Tamen li rigardis lin, la unuan fojon kun vera intereso.

«La konfeso postulis almenaŭ iom da kuraĝo,» li diris

sinperfide, kaj aldonis por iom reglatigi la taŭzitan, ĵus starigitan decidon, «se vi estas sincera.»

«Se ne, kial diri tion?»

«Mi ja ne scias», respondis Donald, ĉar ŝajnis al li sencele esprimi la opinion. «Nu, dankon pro la aprobo – se mi ne eraris supozante ke tion vi implicas.»

«Ho, ne nur implicas. Mi ja diras emfaze, kvankam de mi ĝi ne estas multo.»

«Ĝi estas la unua kiun mi aŭdis, krom de rondoj ne tute objektivaj.»

«Jes, devas esti damne malfacile. Ne diru al la aliaj, ĉu ne? Jen, mi diris ke mi ne estas kuraĝulo.»

«Mi estos muta», certigis Donald. La konversacio gajigis lin. Eĉ se la homo ne estas tute admirinda, li almenaŭ konstatas tion mem. Jen io. Jen nekutima io, kaj – kial mensogi? – plaĉis al li la laŭdoj. Nura blago? Eble, sed eĉ tiuokaze la blaganto flatas lin ĉar li trovas lin inda je blago.

Li trovis sin fine en bona humoro, kaj dum la aliaj viroj babiladis en grupo, oleumante la gorĝojn per duonbotelo da viskio kiun iu alportis, li laŭiris la ŝtuparon al la halo.

En la duonlumo li povis vidi la tablojn kaj seĝojn, plejparte malplenajn, kiuj staris sur la malalta podio kiu okupis tiun finon de la halo. Li rimarkis ke sur unu el la seĝoj sidis sola – kia bonŝanco! – Patrica.

La brakoj estis en ‹V› antaŭ ŝi, kun la manoj tenantaj mansaketon sur la antaŭsino. Je la alveno de Donald ŝi ŝultro-kuntire rektigis la kubutojn, kaj samtempe levis la lipangulojn en bonvenigan rideton. Ĉar la kapo restis klinita iom antaŭen, ŝi devis turni la okulojn supren por rigardi lin, kvazaŭ desub-brove. La suma efekto estis knabinece naiva, kaj Donald trovis ĝin ĉarmega.

«Nu,» li komencis, «vi estas eksterordinara knabino.»

«Kial? Ĉar jam preta?»

«Jes.»

«Estas la viroj kiuj eksterordinare prokrastas. Mi supozas ke ili havas botelon.»

«Vi ne estas prudulino, ĉu?» demandis Donald, eksidante.

«Ne, sed mi ne ŝatas ebriulojn.»

«Mi estas sobra», atentigis Donald.

«Vi estas la amiko de Jesika?»

«De ŝia frato. Ŝi invitis min por iom ŝveligi la vicojn de la viraro. Sed pri vi?»

«Mi kunlaboras kun ŝi.»

«Tion mi supozis, sed kies amikino?»

«Mi petas?»

«Nu, kiel vi demandis al mi. Mi supozis ke ĉi tie temas pri amikoj kaj amikinoj.»

«Ho, mi venis kun la grupo.»

«Kaj mi aliĝis al la grupo. Sed kun kiu vi venis?»

«Kun Mari kaj Hugo. Hugo loĝas sufiĉe apude al ni ambaŭ, kaj li proponis veturigi nin. Li havas aŭtomobilon.»

Komprenelbe Hugo havus aŭtomobilon, kaj benzinon. Komprenelbe disponigus ĝin al kokineto. Tre komplezeme kaj pro nura bonkoreco! Do li ne domaĝos se iu liberigos lin de la devo je hejmeniro. Dume, kiel maksimume elprofiti la nunan bonŝancon antaŭ ol iuj el la aliaj venos? Danci? Tio pli daŭrigos la izolon kun ŝi. Aŭ ĉu sidadi por reteni seĝon apud ŝi? La dua eblo ŝajnis al li tre prudenta, kaj rigardante la glate kurbajn genuojn, li sentis ke inklino ankaŭ diktas ĝin; li ne tro domaĝos poste la brakumadon, kiun dancado ebligus.

Tamen Patrica ŝanĝis al li la intencon. Ĉirkaŭrigardante, ŝi diris: «Mi scivolas kie estas la ceteraj.»

«Nu, ankoraŭ babilantaj. Ili venos baldaŭ.»

«Ne, ne tiujn mi aludis; la aliajn, kiujn nia grupo devis renkonti ĉi tie. Ni havas kvar tablojn ie.»

Donald tute forgesis pri tio. Danci do estas la plano nun, sed estas paŭzo inter la dancoj. Kial oni ne komencas novan? Kalejdoskope fantaziaĵoj trafulmis la menson de Donald; sub-aĉeti la orkestron ekludi, kaj daŭri, daŭri; tiri Patrican eksteren («Mi sentas min malsana; bezonas freŝan aeron») kaj tiel plu. Dume, por daŭrigi la konversacion, li diris: «Do ne ĝeniĝu; ni baldaŭ trovos, kiam la aliaj venos.» Ĉu per okulangulo li perceptas pordon moviĝi? Alproksimiĝanton?

La orkestro ekludis, kaj li diris rapide: «Ĉu ni dancu?»

«Volonte.»

Li gvidis ŝin tra la aliaj tabloj sur la balkono, kaj malsupren laŭ la kelkaj ŝtupoj al la dancareno, tiom rapide ke ili atingis ĝin inter la unuaj dancantoj, malgraŭ la handikapa distanco de ilia tablo, kaj Donald movis sian parulinon tuj en dancadon antaŭ ol iu havos okazon ekparoli al ili.

Nun, kiom atingeblos dum tiu ĉi danco? Li ĉiam trovis preferinde lasi al tiaj aferoj ĝermadi mem dum iom da tempo, kun nur tre diskreta vartado, ĝis ili kvazaŭ spontane burĝonas, sed nun estas tempo por trudo kaj krudo. Agnoskinte tion, li komencis: «Ĉu vi loĝas fore de ĉi tie?»

Al tiu ŝajne konvencia banalaĵo ŝi respondis preskaŭ senpense: «Nu, Muirend.»

Mm, ne tre oportuna, sed ebla. Indas daŭrigo:

«Ĉu via amiko, Kiel-li-nomiĝas ...»

«Hugo.»

«Jes – veturigos vin hejmen?»

«Nu, mi supozas ke jes; li ne rekte diris, sed …»

«Li ne rekte diris?»

«Ne.»

«Sekve, ne dependu de li. Pli bone ke mi eskortu vin hejmen.»

«Kio?»

«Mi hejmenigu vin.»

«Ĉu vi havas aŭtomobilon?»

«Ne estu materialisma.»

Ŝi konfuziĝis. «Ne, ne tion mi intencis …»

«Vidu,» Donald apelaciis la ĉielon, «mi proponas eskorti ŝin hejmen, kaj ŝi tuj volas scii pri miaj materiaj rimedoj …»

«Tute ne …»

«Jes, preskaŭ postulis kontrolon pri mia bankkonto.»

Patrica ekridis. «Ne estu absurda», ŝi petis. «Vi scias tute bone …»

«Ke mia kompanio ne sufiĉe pezas kontraŭ mia malriĉo.»

«Sensencaĵo! Tion mi ne diris.»

«Sed ĝi ne.»

«Ĝi ja.»

«Do vi kon...»

«Sed», Patrica interrompis decideme, «via propono estas iom neregula.»

«Ja regula, kaj tute konsekvenca.»

«Kun kio?»

«Kun tio ke mi havis kun vi la unuan dancon.»

«Nu,» miris Patrica, «jen io nova! Mi ĉiam supozis ke estas …»

«Mi scias – ke estas la lasta kiu gravas. Sed tio estas nur unu regulo, blinde akceptata; jen alia regulo – nova jes, sed tamen regulo. Kompreneble mi ankaŭ havos la lastan kun vi …»

«Ho ĉu?»

«Se vi ne kontraŭos, kompreneble, sed mi volas registri la fakton ke mi bazas mian peton sur tio ke mi havis kun vi la unuan dancon. La lasta nur kvazaŭ sigelos la kontrakton. Ĉu konsentite, do?»

«Kompreneble ne! Mi devos pripensi; estas jam sufiĉe frue.»

«Sed prezentu al vi la avantaĝojn de mia sistemo; aranĝi la aferon jam nun, kaj poste ĝui la vesperon ne scivolante kiu iros kun iu, kaj ĉu vi devos akcepti la proponon de kompatinda Humberto ĉar neniu alia ĝis tiam petis, aŭ ĉu rifuzi, anticipante pli allogan inviton. Tio estas ĝena, ĉu ne? Embarasa.»

«Foje», konfesis Patrica.

«Kompreneble. Do ni ordigu la tutan kirlaĵon jam nun. Diru ke vi akceptas.»

«Ni vidos.»

«Ne estas tempo por vidado. Eble ni ne havos okazon denove interparoli dum la vespero; tiu Jago ...»

«Hugo.»

«Ĝuste – monopolos vin, kaj iuj aliaj konkuros.»

«Vi flatas min.»

«Mi ne.»

«Vi ja, kaj cetere, kial vi ne konkuru ankaŭ?»

«Mi estas tro retirema.»

«Ho ve, aŭskultu al la homo. Ĉu li ne timas inferon?»

«Tute ne.»

«Do ne estos konkuro viraflanke. Ili ja estas minoritato.»

«Jes, jen: kiel mi povos konkuri se mi plenumos miajn devojn al ĉiuj el la virinoj? Mi estas ĝentila homo, kaj devos danci kun ĉiu el ili almenaŭ unufoje.»

«Nur unufoje? Vi devos fari pli bone ol tio, knabo.»

«Ne, mi nur estas ĝentila, ne zelota.»

«Serioze,» Patrica petis per ŝanĝita tono, «kundancu ilin, mi petas. Estas terure tede sidadi dum la tuta vespero, kaj mi scias tute bone ke pluraj, eble ĉiuj, el la viroj malaperos ĉiun kvaran horon por drinki. Promesu.»

«He?»

«Ili estas miaj amikinoj.»

«Do vi dancu kun ili.»

«Ho, ne ŝercu.»

«Kontrakton do: mi dancos kun ili se vi promesos ke mi hejmeniros kun vi.»

«Ta,» la amuziĝo de Patrica nun definitive cedis al ioma iritiĝo, «kial vi tiel persistas, ne donante al mi tempon eĉ pensi? Ho, jen niaj tabloj!»

«Ho jes, tre bone! Vi ja havas tempon pensi, sed vi pensas pri aliaĵoj. La danco estas preskaŭ finita, kaj – pardonon!» (al paro kun kiu li kolizietis). «Vidu, mi agitiĝas», li riproĉis, perdinte la antaŭan fadenon. «Estas urĝe ke vi konsentu jam nun.»

«Kial urĝe? Kion vi atendas?»

«Kion mi atendas?»

«Jes, via agitiĝo emas konfirmi la suspektojn, kiujn via persistemo vekis.»

«Ne necesas suspekti; mi diris precize tion, kion mi volas: eskorti vin hejmen.»

«Se nur tio, ne necesas urĝiĝi, agitiĝi, kaj tiel plu.»

«Sed jes, ĉar la tempo flugas, kaj mi eble ne rehavos okazon peti. Ho, Patrica – ĉu mi rajtas nomi vin Patrica? – ne daŭrigu tiun temporaban kontraŭ-staradon. Vidu, mi dancos kun viaj amikinoj por plaĉi al vi, senrezerve, sen kondiĉoj.»

«Bone, tio estas jam pli prudenta parolo.»

«Finfine, mi apenaŭ konas vin.»

«Ĝuste.»

«Kaj jen – ĉu ne mirinde? – mi jam cedas al tiu via kapriceto senproteste.»

«‹Senproteste› li diras!»

«Preta nubigi mian tutan vesperon nur por plaĉi al vi, sen espero pri kompenso – nu, ja kun espereto, sed, denove signife, se tio ne realiĝos, kaj mi ne krude postulos realigon, mi falos en la abismon.»

«Vere, vi estas freneza», diris Patrica, denove en bona humoro.

«Sed ne danĝera», Donald certigis dum ili direktis sin al la tabloj de sia rondo. «Do ĉu?»

«Ho, mi supozas ke jes.»

«Vi forgesis ‹dankon›.»

«Do, ‹dankon›.»

«Ĉarme! Nur por oficialigi ĝin, vi komprenas?»

Dum la vespero Donald plenumis sian devon al la aliaj virinoj, iom pli ol li origine intencis, kaj iom malpli ol Patrica laŭŝajne volis, sed li ne permesis ke la dancado kun ĉiuj kaŝu lian intereson pri unu, kaj la rezultaj pikŝercoj tute plaĉis al li, ĉar ili atentigis al iu, kiu ne jam rimarkis, ke temas pri Patrica kaj li, kaj ke la devizo estu «Manojn for» por la aliaj viroj.

La truda Hugo estis aparte ŝercema, sed liaj hoho-interĵetoj ne sonis tute sinceraj, kaj Donald imagis ke li povas percepti en la okulbrilo kaj en la voĉtono pli da malico ol amuzo. La penso ke li kuspas la homon aldonis varman kontentiĝon al la plezuro kiun li jam sentis forgajninte de la ulo lian amikinon. Lia timo ke iuj el la aliaj viroj provos interveni dum la disvolviĝo de la vespero montriĝis tute senbaza, ĉar ili fariĝis tro ebriaj por havi ŝancon kun Patrica, kaj cetere pluraj el ili estis preskaŭ mezaĝaj, kaj unu dronadis en la okuloj de parulino jam elektita. Plue, se li povis danki al la milito pro rivalomanko, estis propra iniciativo kiu akiris por li seĝon proksiman al tiu de Patrica inter la dancoj, ĉar revenante kune de tiu unua danco, estis tute nature ke ili sidiĝu kune – almenaŭ Donald certigis ke ĝi ŝajnos tute natura, kaj li ankaŭ indikis per siaj agoj kaj maniero ke li ne poste cedos tiun sidlokon.

Ĉe Jesika estis iometete embarase, sed estis neniu streĉeco inter ili, ĉar la ŝercaludojn, kiujn ŝi faris eble iom riproĉe, li akceptis kiel trafatakajn kaj, rolante kiel pikita viktimo, samtempe cedis al ŝi la venkon kaj abortigis iujn pli penetrajn atakojn per la volonto konsenti ŝiajn dirojn. Li estis, cetere, ankoraŭ kolera kontraŭ ŝi pro la trompa invito, kaj plue kolera ĉar ŝi ŝajne arogas al si la rajton senti sin ofendita; tial li persvadadis sin ke li ĝuas ŝiajn vanajn klopodojn penetri lian dikan karapacon, sed la fakto restis ke li ial kompatetis ŝin. Tion li ne tute komprenis, ĉar li longe konis ŝin, kaj antaŭlonge klasifikis ŝin virgulino nepre eterna; domaĝe, sed neeviteble; jen la vivo, kaj endas akcepti ĝin. Cetere, ŝi ne estas tiel anime dolĉa ke oni sentu iun apartan domaĝon.

Tia ĉiam estis la sento de Donald, se entute li multe pensis pri ŝia pozicio. Nun, li ial-iel kunpensas, kunsentas, kun ŝi; komprenas ŝian inviton al li tiel, kiel li ne antaŭe komprenis ĝin, konstatas ke tiu ĉi tuta banala vespero estas por ŝi ne nura tedaĵo, trude devigita, sed, male, okazo de tre malofta plezuro, kaj ke similaj okazoj daŭre estos por ŝi la rozlaŭboj de la vivo, ĝis ŝi fariĝos tro maljuna eĉ por tiaj plezuretoj. Ŝatata kolegino, al kiu oni volas do komplezeti – tio estas maksimume ŝia vivstato, vivstato en kiu ŝi devas esti nepre konscia pri la aludoj eksteraŭdeblaj: la venenitaj, pseŭde kompatemaj, de la virinoj, kaj la pli honeste krudaj de la viroj: «Mi scias, Ĝok, sed Kriste! – tiu vizaĝo!»

Kial tio ĝenu lin? Kio estas la propra vivo? Tamen ĝi ĝenetis, precipe kiam je la forirhoro, la rondo disiĝonta formiĝis en grupetoj kaj paroj por hejmeniro, lasante nur Jesikan sola. Tiam Donald estus volonte akompananta ŝin, sed Patrica ja loĝas en kontraŭa direkto. Kial tiu grasa hundo ne proponas veturigi ŝin? Ankaŭ li loĝas en kontraŭa direkto, sed kun la aŭtomobilo estus malmulta ofero por tia homamulo. Inamulo? Animalo. Trudinte sin ĉiam en la rondomezon dum la tuta vespero, li nun staras fone farante ŝercojn al apuduloj, dum la aliaj disputetis ĝentile kaj bonkore, serĉante akompanaranĝon kiu tamen ne provokos Jesikan en protestojn, ke ŝi kaŭzas sennecesajn ĝenojn. Tamen fine la amparo, vekiĝinte, konstatis ke ili loĝas en preskaŭ la sama direkto, kaj certe akompanos ŝin almenaŭ parton de la vojo. Neniu enviis al ŝi la kompanion, sed la solvo kontentigis la konsciencojn, kaj, kun multaj ĝisoj kaj iuj instigoj al ĉasta konduto, la rondo fine disiĝis.

La domo de Patrica estis ero en longa serio, kies dividojn evidentigis nur la bariloj inter la individuaj ĝardenetoj, kaj eĉ tiuj ne videblis kiam la paro alvenis, ĉar estis nokto senluna. Tamen, Donald jam plurfoje preterpasis la lokon, kaj tenis mensan bildon pri la domoj. Li ankaŭ konsciis, pli ol perceptis, la trajtojn de Patrica kiam ili haltis ĉe la ĝardena enirejo, de kiu oni jam forprenis la feran pordegon por militmaterialo. Li ja povis vidi ke ŝia vizaĝo estas levita al li, kvankam ĝi estas nura pala makulo, ke ĝi estas levita cedeme, kaj tamen singardeme, kaj la maneto kiu iel kaptiĝis inter iliaj brustoj ankaŭ sugestis duoblan funkcion: pure defendan, kaj rekte forpuŝan.

Ili atingis tiun kunan pozon kvazaŭ ĝi estus natura fino de ilia alpromeno, kaj Donald, koincide fininte frivolan rakonton, transiris same nature, antaŭ ol la postrakonta silento povis fariĝi streĉa, al kisado. Li kisis longe kaj senurĝe ŝiajn lipojn, aldonis du rapidajn tuŝ-kisetojn al ŝiaj okuloj, kaj sin disigis kun flustrita: «Do bonan nokton.»

Estis paŭzo antaŭ ol Patrica respondis iom mallaŭte: «Bonan nokton», kaj Donald atendis ĝis ŝi ekturnis sin por eniro, antaŭ ol li aldonis:

«Mi telefonu, ĉu?»

«J-j-jes – kaj dankon.» Li aŭdis la kalkanumojn klakklakantaj sur la pavimita pado, kaj atendis ĝis li aŭdis ŝlosilon en truo, antaŭ ol forturni sin kaj ekpromeni al la tramvojlimo Mount Florida, kie li trafos specialan noktotramon rekte hejmen. Tio estas la sola tubero: tiu ĉi promenado al la tramo, sed ili ne ĉiam estos tiel malfruaj, kaj li povos trafi kunligan tramon preskaŭ ĉe ŝia domo je venontaj okazoj, kaj certe estos venontaj okazoj! Li eksciis ŝian oficejan telefonciferon frue en la vespero, kaj ĵus duonpretigis ŝin pri kontakto – nur duone pretigis, ĉar pli bone tiel. Fakte li jam decidis telefoni ŝin lunde, sed preferis ne mencii tion. Lia kruda, preskaŭ perforta, insistado akompani ŝin hejmen estis necesa, sed nun – iom da malvarma sobro. Ŝi cedis al lia postulado, scivolante ĉu li tamen estas satiruso. Timante? Esperante? Nun ŝi pli scivolos; scivolos interalie ĉu tiu «Mi telefonos vin» estis nur ĝentila formalaĵo por ebligi senembarasan disiĝon sen kompromite definitivaj aranĝoj por estonto.

Bone. La afero iom fermentadu.

★ ★ ★

La tago alproksimiĝis kiam Jano lasos la malsanulejon, sed li antaŭvidis ĝin sen entuziasmo. La enketa tribunalo plej-parte senkulpigis lin pri la kraŝo kaj la konsekvenca perdo de la maŝino. Li devis pafi verdan lumstelon kiam li konstatis ke li ne klare ricevas la elsendojn de la flughaveno, sed aliflanke la surteraj oficistoj devis scii, pro la konfuzaj signaloj, ke lia aparato ne funkcias, kaj tial sendi la ruĝan averton antaŭ ol ili fakte faris. La ĉefa kaŭzo de la akcidento estis ke la ruĝa stelo estis pafita kiam estis jam tro malfrue por la aviadisto eviti konverĝon kun la damaĝita maŝino.

Jano zorgis doni impreson ke la aparato estis nur iomete trans la bordo de bona funkciado, ke ĝi kvazaŭ promesadis refunkcii, kaj li supozis ke la tendenco, almenaŭ en lernejaj medioj, konfirmi iun ajn sonon kiel «laŭtan kaj klaran» por eviti devigan realteriĝon, iom influis la juĝistojn, kvankam ili neniam povus konfesi ke tiu tradicio, mem malprava, povas pravigi ignoron pri konataj reguloj. Certe la verdikto estis granda sen-ŝarĝiĝo por Jano, sed li ankoraŭ ne sciis kion li faros kiam li lasos la malsanulejon, kaj la malvarma necerto timigis lin.

Tie ĉi aliflanke estis varme komforta, hejmece konata medio. Li havas amikojn, fiksitan rutinon kaj la plaĉan ĉeestadon de la flegistinoj. Ĉi tiujn li rigardis, post kelkaj semajnoj en la lito, kun ioma voluptemo, malgraŭ kulposento kaj la daŭraj doloroj, sed la voluptemo malkreskis kiam li ellitiĝis kaj aktivis, eĉ strebis, dum provado promeni. Li tamen ankoraŭ trovis ilin amindaj kaj admirindaj, kun iliaj amelumita puro, aplomba efikeco kaj netaj talioj. Li sopiris ilian komprenemon, kaj timis la solecon en kiun oni ŝovos lin.

Li komunikis tion al Enĉjo, jam en la tagoj kiam li ankoraŭ litkuŝadis, sub formo kiu emfazis la timon ke li ne povos denove flugi, kaj poste liaj amikoj informis lin ke lia flugista sorto estis diskutita de Medhurst kaj la komandanto, kaj kuraĝigis lin kun asertoj ke la skadrono ne forgesos lin.

De tio Jano komprenis ke la kriterioj pri flugkapablo estos malpli rigoraj ol kutime; tio estas, anstataŭ postuli fizikan perfektecon, oni estos kontentaj se pruviĝos ke li kapablos manipuli la maŝinon enaere. Arbitracios la praktiko anstataŭ la teorio, kiel diris Enĉjo.

Tamen, eĉ la influo de la komandanto ne povis ignorigi tion, ke la kruroj de Jano ne perfekte funkcios, kaj ke tio povus esti efektiva malhelpo en kriza situacio. Lia patrino venis vizite kiam li ankoraŭ estis en pliboniĝa stato, kaj li informis ŝin krude ke li certe flugos denove, ĉar ŝia insistemo ke oni ne rajtos postuli pluan riskadon ĉe li iritis lin; ŝi nur volis lin sendanĝera, tute ne komprenante kiom li perdos, perdante siajn kamaradojn en la skadrono. Tiu iritiĝo ne daŭris postkiam ŝi foriris, kaj en leteroj al ŝi li ncniam enlasis kvereleman tonon. Do estis strange ke li perletere ankoraŭ insistadis pri estonta flugado, eĉ kiam ĉiuj signoj pri pliboniĝo en liaj kruroj ĉesis. La fenomeno trafis lin, ĉar ĝi estis preskaŭ kontraŭvola, kaj li konkludis ke li fakte provas konvinki propran subkonscion ke li flugos, sciante interne ke li fakte ne.

Ju pli alproksimiĝis la tago de foriro, des pli li malesperis. Li estis en tre griza animstato kiam iun tagon Enĉjo venis vizite akompanate de Medhurst. Post formulaj enketoj kaj respondoj, Medhurst diris: «Ĉu vi nepre volas flugi – tio estas, ĉu vi estas preta akcepti iun ajn flugan oficon?»

«Jes», tuj respondis Jano.

«Mi supozis ke jes. Do tion oni povos aranĝi. Estas tre domaĝe ke vi ne povos reveni al ĉasantoj, sed pli bone io ol nenio, ĉu ne?»

«Kompreneble. Mi antaŭvidis jarojn en iu oficejo.»

«Jes, do tio ne estos necesa. Vi ne devos rekomenci de Adamo kompreneble, ĉar vi jam konas grandajn partojn de la kursoj. Mi opinias ke vi povus esti navigisto en – a-a-a – ĉirkaŭ ses monatoj.»

«Kiom por pafisto?»

«Pafisto?»

«Jes.»

«Sed kial?»

«Mi ne volas resti en la lernkorpusoj pli longe ol necese.»

«Nu, tion mi povas kompreni, sed mi ne estas certa ke via decido estas saĝa.»

«Tamen tion mi preferus.»

«Laŭvole do. Certe estos nun eĉ malpli da malfacilo ol ni atendis. Preskaŭ ne necesos aranĝi la aferon; oni enbrakos vin tiel rapide – tio estas, se viaj okuloj ne suferis.»

«Tute ne, laŭ mia scio. Kiom longe la kurso daŭros do?»

«Nu, vi iros rekte al la pafilista kurso, kaj tio daŭros nur du monatojn. Tuj poste vi aliĝos al trupo.»

«Al trupo? Tiel baldaŭ?»

«Jes. Kompreneble vi devos ankoraŭ fari kursojn kaj lerno-flugadon kun tiu dum iom da tempo, por kutimiĝi al pli pezaj kaj modernaj maŝinoj.»

«Jes, kompreneble, sed bone: tio taŭgos.»

«Do mi informos la komandanton, kaj – bonŝancon.»

«Dankon.»

ENSPIRO

Malgraŭ intensa laborado Ĝon sentis refortiĝon, ne sole pro la avantaĝoj de liberiĝo, sed ankaŭ pro la pozitiva direkto de siaj nunaj aktivoj.

Baldaŭ evidentis ke la revolucio en Rusujo estas sukcesa, daŭronta, kaj nun ekŝajnis ke lia pri-revita laboristara armeo fariĝas realaĵo, kun veraj centro, stabo kaj organizo. La formo de la nova reĝimo ankaŭ fariĝis klara post la starigo de soldatoj kaj laboristaj konsilantaroj, aŭ sovjetoj, en ĉiuj regionoj, kun unu centra, administra konsilantaro.

Ĝon esperis ke la nova regno ĉesos la militadon kaj, kvankam tio ankoraŭ ne efektiviĝis, li sciis ke la renoma revoluciisto Lenin jam reiris el ekzilo al Rusujo, kaj ke estis kelkaj bolŝevistoj en la centra administrantaro mem, inkluzive la brilan Leon Trocki. Tiuj homoj certe ne cedos al burĝa reformismo; pri tio li estis tute certa. Iliaj celoj estas samaj kiel liaj; iliaj konvinkoj baziĝas sur la sama marksismo. Tio estas la fortiga konstato, kiu donas impeton al lia nuna agado, kaj pravigas lian pasintan sintenon: ĉie socialistaj aktivuloj hezitas kaj kompromisas, kaj implikas la progreson de la laborista movado, sed tiuj palpas blinde, sencele, mistifikite de propra kredaro senintegra, dum aliflanke la veraj marksistoj, kvankam malpli nombraj, ankaŭ aktivas ĉie, direktante sin al celo tre klara, kaj estas tiuj, kiuj venkos, ĉar ili avancas agorde kun la historio. Fine la laboristaro vekiĝos kaj ekvidos tion propraokule, sed estus erare stari nenionfarante, atendante la tagon; necesas jam nun aktivi; nun, kiam estas ekzemplo antaŭ iliaj okuloj, frapi dum la fero ardas, ruĝe ardas.

La laboro kiun li nun faras por la rusaj rifuĝintoj estas ja grava, sed ne sufiĉa. Sekve, Ĝon ankaŭ multe aktivis prelegante, kiam ajn oni povis aranĝi mitingojn, pri la neceso lerni la lecionon kiun instruas la venko de la rusa laboristaro. Li ankaŭ insistis pri la neceso ĉesigi la militon, ideo kiu ne estis tiel vaste malpopulara kiel antaŭe, ĉar la terura buĉado de la Somme antaŭ unu jaro ŝokegis multajn konsciencojn kaj, kvankam ĝi estis aklamita kiel venko, tamen la esperita kapitulaco de la germana armeo ne efektiviĝis. Ankaŭ la printempaj ofensivoj mezuriĝis pli trafe de vivoj perditaj ol de tereno gajnita, kaj nun oni komencas novan atakon ĉe Messines, kaj estas famo pri vere grandioza ofensivo baldaŭ sekvonta, kiu multloke stimulas pli da antaŭtimoj ol entuziasmo.

«Patriotoj» ankoraŭ abundis, sed entute ŝajnis ke multaj homoj nun subtenas la militon nur ĉar ili sentis ke farante ion alian ili kvazaŭ perfidus «la knabojn ĉe la Fronto». Estis kvazaŭ negativa, nevola subteno anstataŭis la pozitivan fervoron de la pli frua parto de la milito, kaj aludoj al la nova ofensivo emis esti skeptikaj, sarkasmaj kaj veaŭguraj. Inter la virinoj estis du klasoj kies antaŭa entuziasmo definitive paliĝis: tiuj kun edzoj kaj filoj ĉe la Fronto, kaj tiuj jam perdintaj siajn virojn. La unuaj estis timemaj pri ĉiu novaĵo rilate atakojn, indiferente pri sukceso aŭ malsukceso; ili volis nur aŭdi pri kvieto, ke estas nenio nova en okcidento, se devis ja temi pri ĝenerala novaĵo, ĉar la vere interesa novaĵo por ili estis tio, kio koncernis nur la amatajn – ke tiuj sanas, forpermesos, k.t.p.. La aliaj emis esti surde indiferentaj pri venkoj kaj malvenkoj, se oni esceptus deziron, ĉe iuj el ili, aflikti la germanojn, murdintojn de siaj karaj. Estis tria kategorio kiu jam perdis, sed kiu ankaŭ nun havas parencojn en la milito, kaj komprenEble estis virinoj en ĉiuj tri kategorioj kiuj reagis diversmaniere, inkluzive tiujn, kiuj restas obstine patriotaj, kredante ke ili heroine faras oferojn, kaj ke ĉiuj aliaj faru same, sed entute la pozitiva certeco, iam ĝenerale karakteriza, nun ne same evidentis.

Meze de tia necerto, por ne diri apatio, Ĝon sentis sin des pli forta, kun kredo neŝancelita. La eventoj kiuj tiel modifis la sintenon de la ĝenerala publiko kompreneble ankaŭ kaŭzis ŝanĝojn inter la socialistoj; pacamo estis nun disvastigita inter ili, kaj ili voĉigis ĝin ne nur individue, sed ankaŭ pere de grupoj, kaj eĉ partioj, sed Ĝon malestimis ilian apelacion al oficialaj instancoj intertrakti por paco; li volis nenian rilatadon kun tiaj instancoj; li volis forigi ilin, kaj ne intencis kompromiti sian kampanjon nebuligante la celon. Atingi pacon ne pere de la instancoj, sed spite al ili, estis lia solvo: la atingo de la paco estu malvenko por ili. Li volas pacon, li insistis, sed ĝi devas esti paco kun revolucio en ĝi.

★ ★ ★

Donald vizitis Alek Robb. Post unu sukcesa vespero kun Patrica, kaj aranĝo pri venonta, li sentis sin denove en la fluo de la socio, almenaŭ parte, kaj sciis ke li ricevos simpatian akcepton de siaj geonkloj. Fakte, ŝajnis mirinde al li nun ke li ne antaŭe pensis pri tio kiam li estis en la abismo de soleco. Parencoj estas tedaj, sed ĉe Alek ĉiam estis iom pli spice ol kutime, pro la neortodoksaj ideoj de Alek mem, kiu ja multe influis lin en la knabaj jaroj, je la ioma ŝokiĝo de la patrino, kaj la parenca ligo estos eĉ utila se lia onklino Manjo skandaliĝos pri lia agado.

Jes, li ĉiam estis tre bonvena ĉe ili, kaj ĉiam ĝuis siajn vizitojn. Sole la tempon li domaĝis, kaj tial ne vizitis ilin tiel ofte kiel ili volus. Li ja promesis viziti ilin, kiam li adiaŭis ilin post la funebro, kaj nun li igas al si plenumi la promeson sen granda domaĝo, ĉar li antaŭvidis kun plezuro la okazon iom senŝarĝi sin, ne devante fari sloganojn kaj idealismajn prediketojn la tutan tempon, kiel ĉe la kamaradoj, ĉar Alek estas socialisto de tre individua speco, kaj havas neniun konekson kun iu partio, dum lia edzino kritikemas ĉiujn socialistajn ideojn, kiam oni informas ŝin ke ili estas tiaj.

Li estis iom senpacienca kun Alek ĉe la funebro pro ties eterna scivolemo pri bagatelaĵoj, kiu estis tre nekonvena ĝuste tiam, sed estas certe ke li ne ofendis lin, kaj li ne intencis lasi al si iritiĝi de tiu onkla trajto nun.

La vizito fakte tre kontentigis lin. Li mem intence en-kondukis dum la konversacio sian militrifuzon: «Vi scias kompreneble ke mi rifuzis militservon», li diris, sciante tute bone ke ili ne povis ne scii pri ĝi.

Estis Manjo kiu respondis, tute afable: «Jes, Donald; ĉu vi ne timis enkarcerigon?»

«Jes, sed mi preferis riski tion ol fariĝi murdisto.»

«Mi komprenas viajn sentojn,» diris Manjo, «sed vi estis tre aŭdaca.»

Donald estis certa ke ŝi miskomprenis liajn motivojn, sed nun Alek prenis la parolon: «Ĉu vi jam estis antaŭ la tribunalo, Donald?» li demandis.

«Jes», Donald respondis, kaj donis detalojn. La paro aŭskultis kun tiu respekto, kiun ili kutimis montri dum kelkaj jaroj al la pli edukita nevo. Tio estis komuna al ili, malgraŭ iliaj ofte konfliktaj opinioj. Post lia fina frazo Manjo diris admire:

«Tio estis tre bona; tio certe pensigis ilin, Donald», kaj Alek aldonis:

«Vi estis pli saĝa ol mi, Donald. Malgraŭ miaj konvinkoj, mi fine cedis, kaj cedinte mi ekopiniis ke fakte estos io glora pri la milito, sed mi baldaŭ trovis la malon.»

«Ho jes,» Donald memoris, «mi parolis al filo de unu el viaj kamaradoj», kaj li klarigis pri la renkontiĝo kun Alan Wright, dum Alek kapjesadis konfirme kaj esprimis miron pri la koincido. «Vi estis kaptitaj kune dum la Somme?» Donald daŭrigis.

«Jes, vere. Nur dum kelkaj tagoj; ili eĉ ne havis okazon sendi nin malantaŭ la batalejo, tiel konfuzita estis la situacio, kaj dum ioma tempo, ni ne estis certaj pri tio, kiuj kaptas kiujn?»

«Kiel ili taksis vin?» Donald demandis.

«Tute bone, se ni memoras la cirkonstancojn. Mi rimarkis ke ili fumas cigarojn, Donald, kaj mi scivolis ĉu la ordinara germana soldato pli bone pagiĝas ol ni, aŭ ĉu cigaroj estas malpli kostaj ĉe ili. Mi provis demandi, sed ili ne komprenis, kaj ŝajne opiniis ke mi almozpetas; do mi rezignis.»

«Tio estis terura tempo», Manjo kontribuis, skuante la kapon.

«Tiu tuta milito estis terura tempo,» Alek atentigis, «kaj estas mirinde ke la rabiuloj aŭdacis komenci novan, sed jen – ili faris, kaj ŝajnas ke tiu ĉi ankaŭ fariĝos mondmilito.»

«Kion vi opinias pri la rusoj nun, Donald?» li demandis, aludante al la ankoraŭ freŝa novaĵo pri la germana atako kontraŭ la Sovetunio.

«Mm, jes, la alianco ne longe daŭris», respondis Donald seke.

«Nu, vi ne povas kulpigi Sovetion pri tio», Alek riproĉetis.

«Mi ja povus – ne faru kontrakton kun friponoj – sed mi ne intencas. Pli interesas min la gimnastikaj pensoturnoj de iuj niaj iamaj kolegoj kamaradoj.»

«Ha, jes, la komunistoj. Ĝi estas justa milito nun, Donald.»

«Tion mi rimarkis.»

«Tamen, ni ne estu tro kritikemaj; estas ja malfacila decido por ili.»

«Estus malpli malfacila se ili sekvus la konsciencojn anstataŭ sloganojn.»

«Kaj se la konsciencoj tamen diktas ke ili sekvu la sloganojn?» Alek demandis, kaj la du viroj bonhumore piketis unu la alian dum diskutado pri korektaj sintenoj por socialistoj. Ili ambaŭ sciis ke la alia havas propran ortodokson, sufiĉe flekseblan por permesi etajn deviojn de vidpunktoj ŝajne atribuindajn al li surbaze de opinioj antaŭe esprimitaj. La ludo estas pruvi ke la kontraŭulo ne estas vera socialisto, ke li havas burĝiĝajn tendencojn, ke lin influas la propagando de tiu aŭ alia socialista partieto, aŭ eĉ, en ekstrema okazo, de unu el la grandaj partioj. Neniu el ili fervor-egis pri la detaloj de sia kredaro; sekve neniu el ili ofendiĝis pro la trafoj dum la skermado. Manjo foje enĵetis frazojn domaĝantajn al ambaŭ el ili, kvankam ŝi ĉiam estis ŝerceme ĝentila al Donald, sed ofte akre pika kontraŭ sia edzo.

Donald plene ĝuis la vesperon, kaj foriris tre kontenta pro la penso ke li ankaŭ plenumis devon.

★ ★ ★

Junginte la ĉevalojn Dunkan svingis sin sur la ĉaron, kaj per skueto de la rimenoj kaj langoklako ekmovis la jungitojn.

Li estis bonŝanca; tion li sciis; malplaĉis al la komandanto lia nova rifuzo pri promocio. Ĉe la intervjuo al kiu li vokis Dunkan'on li atentigis ke propra inklino ne estas sufiĉa motivo por rifuzo, ke Dunkan, kiel gvardiano – kaj sperta gvardiano – havas devojn al la regimento, kaj estas pri tio ke li devas pensi: kio estos plej avantaĝa al la regimento? Dunkan akceptis la riproĉon, sed reesprimis sian fiksitan konvinkon ke li ne estus taŭga suboficiro, kaj lia superulo devis, kun iom malbonhumora ŝultrolevo, rezignacii konfesante ke li ne rajtas trudi promocion al nevolemulo, kaj petis nur ke li plu pensu pri la afero.

Elirinte kun li la stabejon, la ĉefserĝento, kiu ĉeestis la intervjuon, emfazis la pravecon de la komandanto. «Vi estas idioto, Maclean», li diris.

«Laŭ via bontrovo, ĉefserĝento», Dunkan respondis, kun la poleksoj koincidaj kun la kunkudraĵoj de la pantalono, kaj la mentono retirita ĝis kolumo.

«Vidu, kiom da veraj gvardianoj restas ĉe ni?» pete demandis lia kritikanto, kiu mem estis nur kaporalo kiam la regimento unue alvenis al Francujo. «Vi estas unu el la tre malmultaj; tute malsimila speco al tiu novarmea skorio.» Li rigardis kun malŝato al roto de imponaj gvardianoj, kiu ĝuste tiam formarŝis al unu el tiuj pli-malpli utilaj deĵoroj, kiuj certigis ke soldatoj neniam estas peke senokupaj eĉ malantaŭ la Fronto. La ĉefserĝento kapotike indikis la rigidajn forirantajn dorsojn, kaj mordis la liphararon kolere.

«Rigardu ilin», li petis. «Hundoj; ĉifonuloj; feĉo! Ĉu vi estas kontenta ke senrisortaj civiluloj el tiu gregaĉo komandu vin? Ĉu vi ne male volas havi aŭtoritaton marteli ilin en ion similan al soldatoj, por ne diri gvardianoj? Mi scias ke al vi gravas la reputacio de la regimento, Maclean. Kial ne servi ĝin?»

«Kun respekto, ĉefserĝento, mi faris mian eblon.»

«Mi scias, kaj bone, sed vi farus multe pli se vi konsentus akcepti promocion.»

«Se mi estus bona suboficiro, ĉefserĝento, sed mi konvinkiĝas ke ne.»

«Mi opinias, ke jes. Sed mi ne povas devigi vin. Do tiel estu! Ĉiuokaze vi meritas ioman ripozon. Kiel plaĉus al vi la provianta sekcio?»

«Perfekte, ĉefserĝento, dankon.»

«Nu, mi vidos kio povos aranĝiĝi.»

Dunkan estis imponita de la eksterordinaraj degno kaj komplezemo de tiu ĉi mallonga konversacio, kaj unu tagon poste li estis efektive transsendita al la provianta sekcio, kie la deĵoro ŝajnis al li pli hejmece kamparana ol soldata. La regimento estis tiam ĉe Wardrecques, praktikanta atakojn, sed eĉ kiam ĝi reeniris la tranĉeojn por anstataŭi kimran regimenton, apud Boesinghe, Dunkan estis malmulte tuŝita de la ŝanĝo. Li devis nur transporti la batalionan provianton de la ĝenerala provizejo al frontaj kuirejoj, kaj kvankam povis esti danĝero de obusoj sur la vojo, precipe apud la Fronto, la vivo tamen estis tre malsimila, kaj tre paca, kompare al tiu, al kiu li kutimiĝis. Estis malfacile eĉ senti sin sin soldato en tia okupo, kaj malfacile ne kredi ke por li la vera milithororo estas finita, ke tiu ĉi estas meza stadio inter la milito vera kaj la vera paco.

Nun li progresas senurĝe laŭ kota vojo, foje respondante al la salutvokoj de preterpasantaj trupoj, foje parolante al siaj ĉevaloj, Kapitano kaj Ned, foje nur meditante. Ĉi tie estis sufiĉe for de la detruita regiono por vidi someron manifestita en la kampoj. Mirinde pensi ke la sezona ciklo ankoraŭ daŭras. Ĉu li iam reeniros la normalan vivon? Ĉu eble eĉ venontan jaron?

La milito devos ja iam ĉesi, kaj oni diras ke la manĝomanko en Germanujo estas jam kriza. Kaj tiu ĉi revolucio en Rusujo. Ĉu povus esti ke la infekto disvastiĝos en Germanujon, aŭ ĉu la eblo almenaŭ tiom timigos la registarojn de la aliaj militantaj landoj ke ili faros pacon por eviti tion? Nu, ŝajnas ke ne, kaj estas alia eblo, pri kiu oni nun parolas: ke Rusujo faros packontrakton kun Germanujo, ebligante transsendon de germanaj trupoj de la orienta ĝis la okcidenta fronto. Tio ja povus fini la militon. Kiom longe la alianca fronto povus rezisti al tia ekstra forto? Aliflanke, la usona militdeklaro signifas ke baldaŭ miloj – laŭ onidiro, milionoj – da freŝaj trupoj alvenos por la aliancaj ŝtatoj. Al kio tio kondukos? Stagno? Do plilongigo de la milito? Kaj, se la milito ja finiĝos antaŭ venonta somero, kio pri li mem?

Se li vivos, li estos patro tiam. Li streĉis la lipojn, pensante pri siaj naivaj antaŭmilitaj revoj. Estos neniuj aŭdacaj entreprenoj nun, neniu serĉado por la perfekta parulino. Li estos jam familiestro strebanta plenumi aktualajn devojn, kaj Katrina, li devas konfesi al si, ne estas lia romantika idealo. Kia estos la vivo kun ŝi? Nu, la nura paco estos paradizo. Li preskaŭ ne povis imagi ĝin.

Kia estos la bebo? Knabo aŭ knabino? Timigis lin pensi ke li respondecas pri ĝi, kaj ankaŭ pri edzino. Li provis revoki en la kapon iujn el la diroj kaj sintenoj de la patroj kiujn li memoras, sed tiuj montris al li nur la supraĵojn de la problemo. Tiuj viroj kondutis tiel aplombe pri – nu, misteroj; ili ŝajnis atendi aprioran komprenon, kaj parolis laŭe, kaj li mem kapjesis kaj gruntis jesojn kune kun la ceteraj, ne ĉar li, kiel ili, ja komprenis, sed simple ĉar la temoj neniel interesis lin, kaj li sciis tiel malmulte pri ili, ke li ja ne povus fari prudentan demandon, eĉ se li volus.

Li movis sin, kvazaŭ malkomforte, sur la sidloko. Tiuj pensoj maltrankviligas lin nun, kiam li havas okazon multe pensi kaj disetendi la pensosferon. Se Ina sendus lian petitan romanon de Jane – vidu, Ina; ne Katrina! Li ne sentas sin edzo; estas kvazaŭ li ne havus komunikeblon kun Katrina. Kompreneble, estas pli facile por Ina, estante en Londono. Tio estas la problemo nun: li ne povas limigi sian pensomondon al la mallarĝa areo de tiuj amataj romanoj, kvankam li ankoraŭ legas kaj ĝuas. Li kutimis reeniri «Mansfield Park» dum siaj veturadoj, sed ĝi fariĝis tiel ĉifita kaj disrompiĝema, ke li timis pri perdo de folioj kaj forfalo de bindo. Kiam la nova libro venos, li povos eskapi en ĝin, kaj provizore forgesi la problemojn de la edzeco, ĉar li ja ankoraŭ sopiris lasi la fere akran mondon de viroj kaj trovi azilon inter tiu alia fremda mola popolo. Li pensis pri ili, ne pri individuo, sed pri ili, ne povante vidi ilin kiel li devus, ne kiel kontraŭsekson, sed kiel fantaziajn superulojn. Kiel li eĉ scias pri ili? Pro instruo, intuo, prainstinkto? Resaltante de kruelega realo, lia menso turnas sin en frenezon ĉar en fantazion. Li ekkaptu faktojn: ili estas tie; li estas tie ĉi. Nur elteni ĝis la fino, kaj ĉio estos en ordo. Vivi en realo estas dolore; ni vivas en pensoj; do ili estu belaj. Tamen, ne: nirvanon oni ne atingas per fuĝo. Lia futuro estas edzeco: li akomodu sin al tiu konstato eĉ se li estos farsa edzo. Kaj li ja!

Tamen, bone ke li sukcesis persvadi al Katrina provizore loĝi kun Manjo Robb. Tio estis edza ago. Estas preferinde ke je tia tempo ŝi estu en loko civilizita, kaj tamen hejma. Manjo estas tiel afabla, kaj la kunesto helpos al ili ambaŭ dum la edzoj estos for – bonege pri Alek!

La ĉevaloj haltis, kaj li skuetis la rimenojn kun ĉirpa kuraĝigo, sed ili staris senmove, kaj Ned rigardadis la vojorandon demande.

«Hej, kio estas ĉe vi, Ned? Iru, stultulo», Dunkan urĝis, sed la ĉevalo nur turnis la kapon iom pli por rigardi lin flegme per unu okulo.

Dunkan desaltis de la veturilo kaj iris esplori. La vojo estis iom sub la normala ternivelo, kaj la borda dekliveto tie estis rompita tiel, ke li ne povis tuj vidi tion, kio ĝenis al Ned. Kiam li ja fine vidis, li trovis ke ĝi estas – biciklo. Ovoforma rado klarigis kial oni ŝajne ĵetis ĝin tien.

Dunkan kaptis la rimenojn ĉe la kapo de Ned kaj kondukis la paron preter la objekto, nomante ilin stultuloj, timemuloj kaj beboj, kaj poste resaltis sur la veturilon ankoraŭ parolante al ili. Tion ili ŝatas. Ili estas strangaj: ili kutimis al ĉiuspecaj municioj, afustoj kaj veturiloj sur la vojorandoj, kaj tamen, vidante ion novan aŭ interesan, ili haltas, ĉu pro timo aŭ pro scivolemo. Dunkan ne scias, ĉar timemaj ili certe estas, kaj scivolemaj ankaŭ. Nur du tagojn antaŭe li miris kiam ili subite haltis en loko tute libera de iu militrubaĵo, kaj estis nur post iom da esplorado ke li trovis sur la vojo, sub iliaj nazoj, alaŭdidon. Kiam li forportis ĝin, ili antaŭenpaŝis seriozmiene. Ĉu ili timis ĝin, kiel elefanto muson, ĉu volis studi ĝin, aŭ ĉu ne volis surtreti ĝin? Ĉiuj solvoj ŝajnis al li kredeblaj, ĉar iliaj temperamentoj estas sufiĉe kompleksaj.

Li neniam vipis aŭ pikis ilin al plueniro dum tiuj haltoj; iliaj etaj kapricoj eĉ amuzis lin, kaj li bonvenigis tiujn interludojn. Post preskaŭ tri jaroj en la tranĉeoj estis bone relerni pri la vivo ekstera, konstati ke tia vivo daŭre ekzistas. Cetere, li ĉiam kutimis taksi ĉevalojn afable, kaj la nunajn du li trovis sufiĉe laboremaj, kaj tute pretaj reagi kontentige al parola persvado.

Nun li parolis al ili, ne por laborigi, sed simple pro amikemo. Plaĉis al li vidi la orelojn turnitaj malantaŭen por kapti la vortojn kiujn ili ne povas kompreni, kaj li sciis ke iliaparte ili dankemas pro la komplezo. Strange kiom la homa voĉo plaĉas al ili! Ĝi ne ĉiam plaĉis al li mem. Boyle!

Dunkan meditis trankvilige pri la individuaj trajtoj de siaj ĉevaloj, ĝis li atingis punkton kie la vojo eniris la detruitan regionon. Tie li desaltis de la veturilo, kaj gvidis la ĉevalojn for de la jam senutila vojo, tra la malglataĵoj de la tiea tereno, ĝis jam ne eblis plueniri kun la veturilo, kaj li atendis la roton jam alproksimiĝantan, kiu portos la provianton la ceteran parton de la vojo.

«Hej, Dunkan», unu el la alvenantoj alvokis salute. «Kiel la franca pejzaĝo hodiaŭ?»

«Vivanta kaj sana», Dunkan respondis. «Kiel la etaj, malsataj buŝoj?»

«Malsataj, kompreneble.»

La alvenintoj grupiĝis ĉirkaŭ la ĉaro, kaj iuj eĉ sidis sur ĝi svingantaj la krurojn por ĝui iom da fumado kaj babilado antaŭ ol komenci la laboron, ĝis iu ekdiris: «Ho, Dio, jen Balgoj!» Liaj konsternitaj kamaradoj ekrigardis al la figuro alproksimiĝanta. Estis serĝento Barnes, kromnomita Balgoj, unu el la plej malpopularaj suboficiroj en la bataliono. Rigardante lin, Dunkan sentis la pravecon de la ĉefserĝento. Barnes ne estis ĝuste novarmeano, sed li estis dummilita volontulo, kio estas preskaŭ la sama afero al homo kun la rigoraj kriterioj de la ĉefserĝento. Tiu ĉi homo, per lakea flatado unuflanke kaj omaĝoj al la idealoj de disciplino kaj – pli poste – disciplinigo aliflanke, akiris sian nunan rangon eksterordinare rapide.

Li ekkriis ordonojn eĉ antaŭ ol li atingis ilin, minacante pri punoj pro ilia mallaboremo. La frua atako tamen ne signifis ke li des pli baldaŭ kontentiĝos; male, la viktimoj senŝarĝantaj la veturilon rezignacie pretigis sin por monologo de insultoj kaj riproĉoj.

Sed ĝi neniam venis. Eksonis akra siblado en la aero, kaj ne necesis ordonoj: ĉiuj instinkte ĵetis sin en truojn, fosaĵojn, iujn ajn kavetojn kaj eĉ nekavetojn de la tero, kiu saltis reage, kvazaŭ malakcepte, kvazaŭ reĵetonte ilin al la plena forto de la eksplodoj.

Estis unu sola salvo. Baldaŭ venos dua, tute verŝajne pli apuda. La malamikoj scias ke la provianto venas proksimume laŭ tiu ĉi punkto; ili ne povas scii definitive ĉar la vojo iom varias post laso de la ŝoseo, kaj ankaŭ la horo de alveno estas nur proksimuma, sed ili ĵetas obusojn de tempo al tempo por malutili, se eble, la alportantojn, same kiel ili ofte bombardas se ili perceptas la fumon de la kuirejoj.

Dunkan levis la kapon singarde super la rando de la kaveto kie li kuŝis. La ĉevaloj baraktas tien kaj reen, farante abortajn baŭmojn implikite en la rimenaro, kaj tirante unu kontraŭ alia. Dunkan eklevis sin por kuri al ili; se li ne povos trovi malpli danĝeran lokon por ili, li almenaŭ eble povus trankviligi ilin antaŭ ol ili kripligos unu la alian dum siaj frenezaj, sencelaj luktoj.

«Malsupren la kapo, Maclean», venis la voĉo de Barnes.

«Mi iras al miaj ĉevaloj, serĝento.»

«Vi ne. Restu. Kuŝu. Ĉu vi aŭdas?»

Ne la ordono, sed instinkto kiu jam ne bezonis la avertan enaeran fajfadon ĵetis Dunkan en lian truon, kaj fakte la obusoj ĉifoje alvenis antaŭ ol fajfado aŭdeblis. La eksplodoj preskaŭ krevigis liajn timpanojn. Koto de la trua mureto falis sur lin, kaj momenton poste terbuloj kaj ŝtonoj pluvis ĉirkaŭ li. Li kuŝis ĝis la falado ĉesis, kaj tuj poste salte ekstaris.

La frakasita veturilo estis duon-renversita; partoj de ĝi kaj rompitaj skatoloj estis ĵetitaj ĉirkaŭe. Ned kuŝis sur la tero kun krevinta ventro, el kiu ŝprucinte pendis la intestoj, dum Kapitano kvazaŭ genuis per la antaŭaj kruroj kaj sving-iĝe tramplis per la postaj. La teruraj tirhenoj ŝiris la animon de Dunkan, kaj li ĵetis sin al ili kvazaŭ en surdiĝon.

Mano kaptis lian ŝultron kaj svingis lin reen. «Ĉu vi aŭdis min, Maclean?» demandis Barnes. «Tien, mi diris. Estas vund-itoj.»

Dunkan ekstumblis pro la tiro, kaj Barnes pasis lin por stari inter li kaj la ĉevaloj kun manoj sur koksoj.

«Miaj ĉevaloj», Dunkan kriis, provante repasi lin. Barnes movis sin obstrukce kaj levis unu manon por montre emfazi sian diron:

«Tien. Mi ordonas.»

La ŝirkrioj de la ĉevaloj sagis en la cerbon de Dunkan; la stulta ruĝa vizaĝo kun la nigra liphararo ŝajnis ŝveli antaŭ li; ruĝaj nebuloj, flamoj, malhelpis lian vidon. Kun kriego li lanĉis sin kontraŭ la serĝento; la maldekstra mano tuŝis ties tunikon sub la gorĝo, ne tiom por puŝi lin, kiom por celigi la pugnitan dekstran, kiu jam ekpafiĝas de malantaŭ la ŝultro.

Korpo koliziis, preskaŭ faligis lin. Brakoj implikis abortige la baton. «Dunkan, je Kristo – ne!» voĉo kriegis. Estis alia ĉe lia kontraŭa flanko kiu stabiligis lin, sed samtempe la posed-anto ekkaptis la maldekstran manon. Dunkan sentis sufokiĝon, ŝtalan rimenon ĉirkaŭ la brusto malhelpantan al li la spiron. La vizaĝo de Barnes estis ankoraŭ tie, nedifektita. Lia cerbo flagris, eksplodis; li luktegis, sentis la forton en si, forton kiu ĵetas la du malhelpantojn tien kaj reen, blasfemantajn. Elektraj punktetoj sentiĝis en lia kapo kaj vizaĝo; brilpunktetoj aperis kaj malaperis antaŭ liaj okuloj. Aliaj brakoj kaj manoj kaptas lin. Li kriegis terurajojn nur duone vortigitajn, maĉante ilin per sovaĝaj dentoj, sentante ke li elsputos la dentojn pro la kria violento.

Brako de malantaŭe kolumis lin, premante la gorĝon, kaj tiris lin malantaŭen ĝis li falis surdorsen, kaj korpoj surpezis lin. La forto dreniĝis el li; li kuŝis pasive.

«Nun,» iu demandis, «ĉu vi estas sobra?»

«Jes. Lasu min.»

Liaj retenintoj ekstaris, kaj du el ili eĉ helpis al Dunkan mem stariĝi, ĉar li estis vere senspira, sed Barnes frontis lin: «Raportu vin arestito al la disciplinejo», li ordonis.

Estis iuj protestaj petoj de anonimaj ĉirkaŭantoj: «Ah, serĝento, nura ekscitiĝo», kaj tiel plu, kontraŭ kiuj Barnes kriegis, «Silenton», sed flegmo revenis al Dunkan. Li sentis sin malvarme kompetenta.

«Pro kio, serĝento?» li demandis senemocie.

«Pro kio? Pro bato al superulo, jen pro kio. Nun, ĉu vi iros raporti, aŭ ĉu mi arestigu vin?»

«Laŭ bontrovo, serĝento, sed mi postulos plenan tribunalon. Mi ne tuŝis vin.»

«Kio? Ne tuŝ... ne tuŝis?»

«Ne.»

«Bone por vi ke viaj kamaradoj detenis vin de pluo, sed ne pensu ke tio savos vin. Vi ja tuŝis min; vi puŝis min. Tio estas armekrimo.»

«Estus, serĝento, sed neniu vidis ion tian.»

«Vi k...» La vizaĝo de Barnes pufiĝis je malhela ruĝo. Pluraj el la ĉirkaŭintoj jam iris por helpi al la vunditoj, sed tri aŭ kvar ankoraŭ staris rigardante. Barnes nun rigardis ilin kun mallarĝigitaj okuloj; la pupiloj glitis de unu al alia; li ne estis certa ĉu minaci, ĉu petegi, eĉ ne certis ĉu li pravas pensante ke ili viciĝos kun Dunkan kontraŭ li, sed ties aplombo ŝancelis lian memfidon, kiel Dunkan ja intencis; ankaŭ li gvatis ilin, ne turnante la kapon; li imagis ke li perceptas ekridetojn, sed ĉiu vizaĝo ŝtoniĝis kiam Barnes rigardis ĝin. Tiu balbutis pro kolero kaj necerto:

«N-n-ne e-estu t-t-tro p-preta nei t-tion kio okazis; eble vi devos at-t-testi. Estu singardaj. N-ne k-kompromitu vin pro mislojala volo protekti tiun ĉi rabiulon. Vi komprenas?» Lia rigardo petsufloris jesojn.

Neniu parolis. Li rigardis ilin unu post alia, sed ili staris ŝtonvizaĝe rigardante rekte antaŭ si. Ŝajne opiniante ke estos pli facile rompi la faskon prenante la vergojn individue, li apelaciis unu: «Purves, vi vidis tiun ĉi homon kiam li batis min, ĉu ne? Respondu.»

«Ne rimarkis ion tian, serĝento.»

«Sensencaĵo. Vi estis rekte malantaŭ li. Kion do vi vidis?»

«Li provis pasi vin, serĝento.»

«Jes, jes.»

«Levis la manon sinprotekte.»

«Sinprotekte? Ĉu vi volas akuzi ke mi intencis bati lin?»

«Certe ne, serĝento, sed eble li opiniis tion. Povus ŝajni tiel.»

«Ĉu vi estas freneza? Kion vi volas fari? Timigi min? Ĉu vi opinias ke iu kredos tion?»

«Tiel ŝajnis al mi, serĝento.»

«Garland, vi estas prudenta homo. Vi vidis, ĉu ne? Do, ĉu ne? Kion vi vidis? Parolu.»

«Tiel ŝajnis ankaŭ al mi, serĝento.»

Barnes faris unu paŝon malantaŭen kaj ĉirkaŭrigardis la

grupon kvazaŭ ili atakos lin. «Do,» li grincis, ŝovante la kapon antaŭen minacosugestie, «estas tiel, ĉu? Ĉu vi konstatas ke grupa defio konsistigas armeribelon? Ĉu vi konas la punon por tio? Nun, ĉu iu deziras paroli? Mi ignoros vian eraran subtenon de tiu ĉi homo, se vi estas nun pretaj agi prudente. Ĉu?» Denove li ĉirkaŭrigardis, sed neniu parolis. «Tiel estu,» li diris, «sed ne estu tro kontenta, Maclean; vi aŭdos pli pri tio ĉi. Nun, ĉiuj el vi, al la taskoj.»

Dunkan eklevis la fusilon kaj promenis al li.

«Kien vi iras, Maclean?» li demandis retropaŝante.

Dunkan rigardis lin rekte en la okulojn. «Al miaj ĉevaloj, serĝento», li diris, kaj preterpasis.

Ned estis jam morta, kaj Dunkan levis la timonon for de Kapitano, esperante ke la ĉevalo povos nun leviĝi, sed anstataŭe, provante liberiĝi de la implikaĵo de rimenoj kaj rompita ligno, ĝi falis pro manko de subteno, kaj Dunkan rimarkis ke ambaŭ antaŭaj kruroj estas rompitaj, kun ostfino en unu eĉ montranta sin tra la felo, kaj nun evidentis ke la brusto kovriĝas de sango pro profunda vundo.

La falinta besto panike baraktis dum kelkaj momentoj, sed baldaŭ kuŝis suspiregante. Dunkan karesis la kapon kaj flustris konsolojn antaŭ ol levi la fusilon. Ĝia okulo ruliĝis al li riproĉe. Tra koleraj larmoj li vidis ĝin. Li pafis, kaj la duonlevita kapo batis la teron kun ronka grunto.

«Ho, Dio,» Dunkan ĝemis, «pardonu nin.»

★ ★ ★

Fininte la manĝon Laŭra lasis la tablon. «Mi malfruos», ŝi senkulpigis.

«Ĉu Martin denove?» demandis Georgo.

«Kompreneble.»

«Ĉu vi ne povus manki al li dum unu vespero?» ŝia patrino plende petis.

«Mi devas manki sufiĉe ofte, kiam li deĵoras», respondis Laŭra.

«Mi scias, sed tiun ĉi vesperon …»

«Ta, Panjo, Jano estos ĉi tie dum dek tagoj.»

«Tamen estus pli bonvenige, pli nature, se la tuta familio estus ĉi tie je lia alveno.»

«Mi dubas ĉu li tiel pensos.»

«Ĉu gravas al vi, kion li pensos?»

«Certe, kaj ankaŭ tio, kion Martin pensas. Ankaŭ tio estas natura.»

«Vi povis inviti lin al la domo do.»

«Ho jes; tion vi ŝatus.»

«Nu, ni ŝajne devos kutimiĝi al li», s-ino Gill replikis vunde, konstatinte la vanon de provoj persvadi la filinon al komplezo.

«Sed ni prokrastigos tion, kiel eble plej longe», rebatis Laŭra, kaj lasis la ĉambron.

«Vere, kara,» Georgo riproĉetis, «mi opinias ke vi nur fortigas ŝian inklinon al li per tia sarkasmo.»

«Jes, vi jam diris», s-ino Gill memorigis akre, kaj aldonis pli milde: «Vi ŝajne pravas, sed mi ne povas ami lin, kaj tiun ĉi vesperon! – estas tro.»

«Nu, ne ĉagreniĝu. La gejunuloj ne tiel serioze taksas tiajn aferojn.»

«Ne; ekŝajnas al mi ke ili nenion taksas serioze», diris s-ino Gill, eklevante telerojn. Kun kiom da plezuro ŝi antaŭvidis la hejmenvenon de Jano, kaj nun – tio ĉi! Estas kvazaŭ la familio disrompiĝas; ĝi certe difektis la plezuron de lia alvenonokto, kaj pri kio? Pro tiu aplombaĉa Martin, kaj lia grasa ĉarmo. Kiel Laŭra povis lasi al si trompiĝi de tia paradulo? Li estas tiel supraĵa, sensubtila. Kiel inteligenta knabino …? Amo estas blinda – jes, sed Laŭra estas tiel akravida. Se ŝi vidus lin per tiuj samaj okuloj kiuj rigardas la ceteran mondon! Se li estus fianĉo de unu el ŝiaj amikinoj!

Nu, jen la rezulto de la tro facila interrilatiĝo de la gejunuloj hodiaŭ. Multeco ŝajne vulgarigas la sensojn: manĝi barelon da pomoj certigas trafi unu malbonan, kaj ne rimarki ĝin pro la tro lacigitaj gustorganoj. Kial ekzemple ŝi ne povis lojali al Petro: deca, loka knabo? Ŝi estis sufiĉe kontenta kun li malgraŭ ŝia mal-respekta sinteno antaŭ ol li foriris.

La propra vivo estis tiel malsimila: estis sole Georgo, se oni ne inkluzivas iujn nurajn amikecojn. Oni klarigas, eĉ senkulpigas, la nunan interseksan konduton, kiel rezulton de la milito, sed ankaŭ ŝi travivis militon dum la junaĝo, militon pli teruran ol la nunan. Ĉu estas la apudeco de danĝero kiu efikas? En la lasta ne estis granda danĝero: nur la zepelinaj atakoj, kaj tiujn ŝi spertis nur ĉar ŝi loĝis en Londono; tra la lando ĝenerale ne estis iu sento de minacanta danĝero. La mortolistoj estis teruraj, sed oni sentis sin persone sekura. La vivo estis eĉ iom frivola: blue tinkturitaj haroj – jen modo! Bone ke Laŭra ne scias pri tio! Kaj la teatroj, la vodevilo, la kantoj – eble tro frivolaj, sed oni devis forgesi la militon.

Tiuj virinoj kiuj kutimis disdoni blankajn plumojn al viroj en civilulaj vestoj. La amikino de Elsa – kiel ŝi nomiĝis? Tamen ŝi ĉesis – iris en la stacidomo al viro ŝajne staranta kun la manoj en la poŝoj de blua pluvpalto, kaj proponis plumon. «Surpinglu ĝin», li petis. «Mankas al mi brakoj.» Ĉu tio estis vera? Laŭ Elsa, la sperto ŝokis la amikinon en malsanon.

Ŝi finlavis la telerojn, kaj Georgo proponis al ŝi la vesperĵurnalon kiun li ĵus legis.

«Kio nova?» ŝi demandis, prenante ĝin.

«Nenio, kion ni ne jam aŭdis ĉe la radio. La rusoj faras bone.»

Ŝi rapide legis la ĉefan rubrikon. Vere ke la novaĵo jam ne estas nova, sed estas kuraĝige legi pri sukceso. La rusoj nun ne nur heroe rezistas, sed repelis la invadintojn de Rostov cent mejlojn okcidenten. Kiu kredus tion antaŭ kelkaj semajnoj, kiam la ĵurnaloj demandis ĉu la ĉifonaj hordoj de Stalino povus, en okazo de ekmilito, rezisti al la disciplinitaj hitleraj legioj? Nun la rusoj estas herooj, kaj Stalino montriĝis strategia geniulo, kiu antaŭvidis ĉion, kio nun okazas, kaj faris preparojn laŭe. Estas malfacile orienti sin: en la komenco de la milito Rusujo estis glutema monstro, kiu perfortas etan Finnlandon, kaptante la okazon ĉar Brituio kaj Germanujo estis tro okupitaj por rezisti tion. Nun tiu perforto montriĝis strategie necesa, kaj la trupoj kiuj plenumis ĝin, kaj faligis ŝtonegojn ĉar mankis al ili bomboj, ŝanĝiĝis en kavalirojn defendantajn la justecon kaj liberon – kaj tre efike.

«Ĉu vi opinias, ke la rusoj faligas ŝtonegojn sur la germanojn?» ŝi demandis al Georgo.

«Kio? Kiel ŝtonegojn?»

«Ĉar oni raportis ke ili faris tion kiam ili militis kontraŭ la finnoj.»

«Ho jes. Nu, tiam ili ne estis ĉe nia flanko.»

«Ĝuste. Do kio estas vera?»

«Kiu scias? Ĉiuokaze, iliaj falaĵoj estas tre efikaj.»

«Jes, nun.»

«Ha, vi ne volas kredi bonon pri la rusoj, ĉu?»

«Mi kredos ion ajn pri ili se ili finos tiun ĉi militon rapide
– antaŭ ol Jano estos en ĝi denove.»

«Mm, tio postulos mensan luktegon: elŝiri la radikegojn de
viaj fiksitaj ideoj.»

«Ili estas bolŝevistoj», s-ino Gill atentigis racie.

«Tio ŝajnas nerefutebla,» alcedis Georgo, «kaj apogas do
vian malŝaton, se bolŝeviĝo estas krimo.»

«Ili kondutis sufiĉe krime, murdinte la gecarojn.»

«Granda perdo por liberuloj ĉie!»

«Kaj milojn da aliaj homoj senkulpaj. Cetere, ili trompis nin
dum la lasta milito, farante packontrakton kun Germanujo.»

«Sed ili neniam deklaris sin malamikoj de Germanujo.»

«Pa, vi ĉiam serĉas senkulpigojn por ili. Mi opinias ke vi
simpatias ilin.»

«Ne mi. Ili estas tro fervoraj por mia gusto. Iom da apatio
estas forte bezonata en la mondo nuntempe.»

«Nun vi volas forŝerci la demandon.»

«Ne tute, kara. Fakte, mi estas pli ol duone serioza: pensu
ekzemple kia la mondo nun estus se Hitler estus apatia.»

«Nu, estas iom da vero en tio, sed iuj devas resti viglaj por
kontraŭstari senpaculojn tiajn.»

«Do la bolŝevistoj.»

«Ho jes, kaj kiuj devos resti viglaj por gardi kontraŭ la
bolŝevistoj? Precipe kiam ili emos fari packontraktojn mal-
permesitajn de la alianco?»

«Ili ŝajne ne havos okazon fari tion en la nuna milito.»

«Ne.» La vorto povus esti konsenta aŭ demanda; s-ino Gill
mem ne sciis. La hipotezo, kun ĝiaj politikaj kialoj, estis tro
abstrakta por interesi ŝin. Interesis ŝin sole la demando ĉu la
milito finiĝos antaŭ ol Jano retiriĝos en ĝin? Se tio ne estos ebla,

ŝi volis almenaŭ ke la periodo de lia aktivo en ĝi estu kiel eble
plej limigita.

Ŝi ofte provis dum la lastaj du jaroj imagi baldaŭan finiĝon,
sed ju pli longe la milito daŭras, des pli malfacile estas konvinke
prezenti al la imago la rapidan serion da venkoj necesan al frua
paciĝo. La nuna venko de la rusoj revekas optimismon. Ĉu ĝi
estas nur provizora, aŭ ĉu ili fakte mistifikis ĉiujn? Kaj ĉu nun,
povinte stabiligi sin post la trompatako de kunpaktuloj, ili ja
komencis kontraŭatakon kiu portos iliajn trupojn en German-
ujon mem?

Tio donus al ili grandan potencon en la nova pactempo,
ĉar Britujo certe ne estus preta dum longa tempo fari similan
ofensivon, sed tio tute ne gravus se Jano estus savita. Damnon al
iliaj militoj, kaj sferoj de influo ankaŭ! – se tio estas la esprimo.

Ŝi trafoliumis la ĵurnalon, serĉante pli distran legaĵon, sed
povis interesiĝi pri nenio, kaj fine preterlasis ĝin kaj ekprenis
duonfinitan ŝtrumpeton, kiun ŝi trikas por Jano.

Ŝi atendis longan vesperon, sed ŝiaj pensoj ŝajne estis tiel
absorbaj, ke ili digestis la pezajn minutojn sen konscia peno, kaj
surprizis ŝin kiam ŝi denove rimarkis la horloĝon.

«Georgo, rimarku la horon. Estas preskaŭ tempo.»

«Jes, mi iros post dek minutoj.»

«Mi devos ekpretigi la manĝon.» Ŝi ekokupis sin kun sento
de nova ekscitiĝo pro la baldaŭa alveno, kaj Georgo foriris al
la stacidomo renkonte. Ŝiaj preparoj kompreneble estis finitaj
antaŭ la alveno, kaj ŝi ekbedaŭris ke ŝi ne akompanis Georgon,
sed nun ne: la trajno estos preskaŭ en la stacidomo, se ĝi estos
akurata, kaj ŝi facile povus mistrafi ilin.

Fakte, la trajno ne estis akurata, kaj ŝi devis atendi dek
minutojn pli ol ŝi antaŭvidis, sed fine ŝi aŭdis la virajn voĉojn;

pordo malfermiĝis, kaj ŝia filo staris antaŭ ŝi ridetante. Li jam pli similis la junulon kiu lasis tiun ĉi domon antaŭ kelkaj monatoj ol la invalido kiun ŝi vizitis antaŭ ne tre longe. Nur kiam la lumo falis rekte sur la vizaĝon, oni povis vidi la brul-cikatron, kaj la haroj super unu tempio ne rekreskis.

Post salutoj, kaj formeto de palto kaj pako, li lavis sin kaj eksidis ĉe la tablo. La gepatroj kunsidis kun li, kvankam ili manĝis multe malpli, kaj la trio interparolis kun tiu nervoza kaj abrupta rapido kiu montras la deziron diri, kaj ekscii, pli ol la perado de vortoj permesas en la daŭro de unu kunsido.

«Kie Laŭra?» Jano demandis, kvazaŭ ŝia malĉeesto ĵus trafis lin.

«Ho, ŝi devis eliri», respondis s-ino Gill.

«Ho? Ĉu volontula servo?»

«Oni povus diri tion», respondis la patrino seke. «Ŝi iris renkonti aerarmeanon.»

«Kiun via patrino ne aprobas», klarigis lia patro.

«Nu, tion mi divenis. Ĉu do serioza afero? Gefianĉiĝo?»

«Ankoraŭ ne, sed mi antaŭtimas.»

«Do-o-o? Kaj kial vi malaprobas?»

Ŝi ŝultrolevis. «La homo simple ne plaĉas al mi; li estas tro aplomba.»

«Aĥ, vi estas tro severa, kara», ŝia edzo protestis.

«Ho, komprenble, vi devas subteni ŝin. Mi esperas ke vi ne domaĝos tion.»

«Kia li estas do, paĉjo?» Jano demandis.

«Nu, li ja estas iom aplomba, parolema,» lia patro konfesis, «sed estas neniu kaŭzo kredi ke li estas iel malbona.»

Tion Jano volonte kredis. La kompatinda ulo provis esti amikema, kaj ĉar li parolis bone, li kuspis la patrinon. Por plaĉi al ŝi li devus esti konfuzita kaj langostumbla; tio montrus decan timemon en li, kaj donus al ŝi la superecon, kiun ŝi kredas laŭrajta cedo de la amikoj de siaj gefiloj. Estis same ĉe liaj propraj amikoj: ŝi ĉiam aprobis tiujn kiuj agacis lin pro siaj stultigitaj langoj, kaj malvarme reagis al tiuj, kiuj parolis sentime kaj sprite, kvankam ĝentile. Ĝentilo ne sufiĉis por ŝi; ŝi volis humiliĝon.

Li scivolis kiel akre oni disputas en la familio pri tio ĉi, kaj sentis simpation al sia fratino, sciante ke elekto propra renkontus saman reziston se ŝi meritus iun admiron liaparte. La patrinaj kriterioj estas tiel arbitraj kaj fiksitaj, ke estas neeble rezonadi kun ŝi. Cetere, Laŭra estis sufiĉe komprenema al li dum lia lasta forpermeso, kaj tio ĉi ŝajne signifas finon por la netolerebla Petro, kiun li ne povus senagace akcepti, eĉ post longa disiĝo, kiel bofraton. Li ŝatos la novan elekton; tion li decidis. Kaj li montros sian ŝaton; la kompatinda certe estos dankema, ĉar Jano ne dubis ke la patrino malkaŝis sian malŝaton.

Familia babilado baldaŭ saltis al novaj temoj, kaj postnelonge tuŝis la kraŝon de Jano, pri kiu lia patro volis detalojn. Tiujn Jano donis kiel eble plej fidele, sed la konversacio agitis lian patrinon.

«Do vi jam faris sufiĉon; oni ne rajtas denove flugigi vin», ŝi interrompis.

«Oni ne rajtas? Mi petis ilin.»

«Tio estis malprudenta. Vi devus pensi pri aliaj. Pri ni. Cetere, vi ne povas esti centprocente kompetenta post via akcidento.»

«Se ne, oni baldaŭ tondos miajn flugilojn; ne perturbu vin pri tio.»

«Ĉu viaj kruroj ankoraŭ doloras, Jano?» Georgo demandis.

«Foje: se mi sidas dumlonge en kino, ekzemple, sen multe da spaco, miaj genuoj ekdoloras, sed kiam mi povas iom etendi la krurojn, ĉio en ordo. Mi fakte timis pri mia vidkapablo, sed oni provis ĝin, kaj trovis ĝin centprocente efika.»

«Jes, la vidkapablo estos same grava por vi nun, ĉu ne?»

«Eĉ pli, se temas pri nokta vidkapablo.»

«Jen, kiel ili ignoras min», s-ino Gill pensis amare al si. Oni estus supozinta ke almenaŭ Georgo subtenus ŝin, sed anstataŭe la du kunbabilas pri sekaj eblaĵoj, kiel du infanoj diskutantaj la radaranĝojn de lokomotivoj. Ili ignoras ŝin.

«Estas skandale,» ŝi protestis, «ke eskapinte unu fojon, apenaŭ resaniĝinte, vi tuj respitas al providenco.»

«Ta, ta, Panjo, ne perturbu vin; ne estas ĝuste tiel. Mi devos lerni novan metion antaŭ ol militflugi denove; fakte devos plenumi kurson antaŭ ol mi eĉ praktike flugos. Do estos sufiĉe longe antaŭ ol vi devos timi. Eble la milito estos finita antaŭ tio.»

«Ĝi ne», diris s-ino Gill, sed ŝi jam esperis. Almenaŭ la prokrasto estas efektiva, kaj eble – kiu scias? – kaj eĉ se ne, ŝi almenaŭ povos prokrastigi la timadon.

Fininte la manĝon, ili sidis ĉirkaŭ la kameno, vera familia rondo. Se nur Laŭra ĉeestus! Sed s-ino Gill firme subpremis la bedaŭron, ĉar ŝi intencis kiom eble plej ĝui la vesperon kiel ĝi nun estas. Ŝajnis ke la aliaj du almenaŭ parte kunsentas kun ŝi, ĉar la konversacio fariĝis malpli febre urĝa, kvazaŭ ĉiuj estus kontentaj pro la ĉeesto de la aliaj, kaj pri sporadaj diroj kiuj ne tiom celis interŝanĝi ideojn, kiom konfirmi aŭdeble la jam sentitan fakton ke iliaj animoj estas en kontakto, kaj kiam Georgo sugestis ŝalti la radion por la novaĵ-dissendo, neniu kontraŭstaris. Ili ŝajne nur duone aŭskultis: la fona parolado permesis al ili lasi al la pensoj vagadi laŭplaĉe, ne devante pruvi sian atenton per konvenaj respondoj.

S-ino Gill rigardis al Jano. Ĉu li estas tamen pli maldika ol antaŭe? Li certe tro fumas, kaj eble estas konekso. Li diris ke la monotona vivo de la malsanulejo pelis lin al preterprudenta fumado, sed li ne fumas malpli nun, kaj povus ja esti ke li neniam liberiĝos de la kutimo.

Li sidis rigardante en la fajron, ŝajne ne atentante la vortojn de la radio. Pri kio li pensas? Pri la akcidento? Pri la estonto? Patrina intuo sugestis ke pri neniu el tiuj, sed pri la knabaj tagoj, kvankam li neniam konfesus tion se, ekzemple, ŝi proponus pencon por la pensoj, kiel ili iam kutimis fari. Estas certe ke li balbutus ion eviteman: «Ili ne valoras», aŭ «Pri nenio konkreta», aŭ «Nur disigitaj ĉifonoj. La novaĵo, ĉu ne?» Tio pruvus ke li pensas pri io alia; ŝi preskaŭ faris la proponon por vidi lian reagon, aldononte ke lia kvazaŭklarigo ne trompas ŝin, ke li do konfesu ke li pensas pri siaj junaĝaj tagoj, sed tio ne estus prudenta: ŝi volis aŭdi lin diri tion per propraj vortoj, ke ili diskutu ĝin simpatie, kaj neeblus igi al li fari tion per anticipa malkaŝo de liaj pensoj; male, tia malkaŝo incitus lin al neo kaj silento. Estas barilo inter ili, kaj ŝi neniam povos trarompi ĝin por tuŝi la akordan temon en li; eĉ ne ricevos agnoskon pri la ekzisto de tiu akordo. Kia stranga situacio: ŝi ne povas paroligi lin pri temo ege kara al ambaŭ, kvankam ŝi scias ke ĝuste pri tio li pensas!

Jano pensis pri Militza. La hejmenveno revokis ŝin pli intense en animon kiun ŝi neniam lasis. Veturi tra Glasgovo, kie li renkontis ŝin, estis dolore dolĉe, kaj la hejmo firmigis kaj aldonis al la impreso, ĉar tie ĉi li ja regustis kaj primiris ŝian belon dum la unua fervoro de sia pasio. Li foriris ne sciante

precize, ĉu li malĝojas aŭ ne, ĉar ne sciante ĉu li alproksim-
iĝas al, aŭ pli distancos de, ŝi, la lumo de sia universo, kaj nun,
reveninte post relative longa periodo, dum kiu ŝi suverenis lian
animon almenaŭ pli trankvile, li rememoras akre-klare sian
tiaman ekstazon; rememoras kaj respertas.

Li kutimiĝis al la ideo ke Militza estas nur fantomo
en la aventuroj de lia fantazio, sed tiu fantomo iam havis
karnan realecon, kaj lia reveno emfazas tion. Nun fariĝas eĉ
pli malfacile konstati ke li neniam revidos ŝin. Sed ĉu? Lia
projektita korespondado kun Donald rezultis je nur du leteroj
de tiu, en kiuj li informiĝis ke Donald jam ne havas kontakton
kun ŝi, sed la sciigo estis lakona, sendetala, kaj de tiam jam
pasis kelkaj semajnoj; do eble li jam rekontaktiĝis kaj, eĉ se ne,
estas alloge pensi pri renkonto kun li, kun homo kiu efektive
konis ŝin, al kiu li povos paroli pri ŝi, eble ekscii ion ankaŭ. Sed
nur paroli estus ja tikle.

Li domaĝis ke li ne skribis al Donald antaŭ la reveno,
aranĝante rendevuon, sed li ne prokrastos plu; li poŝtkartos lin
morgaŭ.

Li faris tion, nur menciante ke li revenis por forpermeso,
kaj scivolante ĉu ili povos renkontiĝi por trinko aŭ simile, por
ne denove perdi kontakton. Se Donald kunsentos, li nur menciu
daton kaj horon, ĉar Jano ja estos libera.

Kiam Donald ricevis tion, li sentis iom da surprizo. Bon-
intencaj ĵuroj ne reperdi kontakton ĵus faritan estas kutimaj
kiam parencoj kaj amikoj renkontiĝas ĉe funebraj kaj geedzaj
festoj, sed li supozis ke Jano, kiel li mem, faras ilin sincere, kaj
poste drivas en apation. Certe li havas multajn amikojn, kaj
forpermesoj estas mallongaj, malgraŭ lia aserto pri multe da
libera tempo. Kial do veni al Glasgovo speciale por renkonti

la kuzon? Ĉu lia societo estas tiel alloga? Ĉu estas iu speciala
simpatio inter ili, kiun li mem ne rimarkis? Aŭ ĉu la homo
estas soleca pro foriro de propraj amikoj al la milito kaj al novaj
postenoj? Aŭ ĉu – jes, ĉu – li esperas rerenkonti Militzan? Estas
sendube ke ŝi konsterne venkis la kompatindan. Nu, se tio estas
lia motivo, li devos baldaŭ elreviĝi.

Ĉiuokaze, li mem ne havas tiom da amikoj, ke li povas
facilanime rifuzi iun proponon de amikeco. Cetere, kial li ne
komplezu al la deziroj de la homo? Li mem spertis solecon, kaj
se li ne lernis ion de tiu sperto, ĝi estis malŝparo. Pli bone li
gajnis ion de ĝi.

Li multe pensis pri tio, precipe post la tribunalo. Liaj
propraj diroj tiam iom surprizis lin, des pli ĉar li kredis ilin.
Kio estis tiu homamo kiu inspiris lin al la defia ago kiu sur-
trenis sur lin tiom da malfeliĉo, kaj eĉ sufero? Kio estas la
homamo kiu volas ŝpari la vivojn de homoj kaj tamen neniel
lumigi ilin? Li eksuspektis ion manka en li, ke estis sento de
maljusto pli ol homamo kiu stimulis lian ribelon. Intelekto sen
koro? Ne tute, ĉar la du kunfandiĝas, kaj vera intelekto en-
havas koron. «Kompatu ĉion vivantan.» Kial li diris tion? Ĝi
certe kirlis al li la pensojn: retroaktiva respondo, valida antaŭ
ol la demando eĉ formuliĝis, ĉar poste la pensoj strebis al la
demando, kaj la demando rivelas lin. Kiom li kompatis? Li ne
komprenas proprajn motivojn; li preskaŭ malestimis sin pro la
vizitoj al Bob, kaj provoj konsoli tiun, akuzante al si ke li soifas
amikecon, ke liaj principoj diktas ke li diru malkaŝe al Bob
ke tiu surprenis propran mizeron, ke li akceptu la sekvojn de
volonta militiro. Sed ĉu gravas ke li kontentigas propran soifon
kontentigante fremdan? Kaj ĉu homece ke li rifuzu konsolon al
iu, ĉar tiu eraris? Ĉu la vero ne estas ke li domaĝis konsolon, ĉar

li mem elektis la ĝustan, kaj malfacilan, vojon, kaj interne ĝojas ke la ŝajne facila montriĝis tamen kruele malfacila? Se ne, kial li domaĝis? Kio estas grava, se ne la suma rezulto? Kaj kiam tiu rezulto tamen alportas bonon, ĉu ne bone?

Nu, li perdas nenion, tiel ekzamenante la valoron de siaj principoj, ĉar vidu en kian neton li kalandras tiun gravegan al si konsciencon. Kial ne? Ĝi estas lia sola fierinda posedaĵo.

Li tuj reskribis al Jano, proponante renkontiĝi ĉe la stacidomo la sekvontan merkredon je la sepa, ĉar li deĵoros tage venontan semajnon.

La renkonto mem nur substrekis por li ĝian sencelecon laŭ la supozita vidpunkto de hejmenveninta flugisto. Li persone ne domaĝis la vesperon, sed Jano venis dudek mejlojn, kaj kion entute ili faris? Ili iris al taverno apud la stacidomo, kaj trinkis tie ĝis la ferma horo, la naŭa kaj duono. Poste nenio restis farinda – nek farebla – krom trinki kafon antaŭ ol Jano trafis sian trajnon. Ili tiam estis iom ebriaj, kaj Donald esperis ke lia kuzo trovis la rezulton inda je la vojaĝo.

Li jam sciis pri la kraŝo de Jano, sed iom skuis lin la videblaj sekvoj: la vizaĝa cikatro ne estis forpuŝe trafa, sed ĝi ja estis tie, kaj ŝajne por ĉiam, kaj ĝi ial ŝanĝis la karakteron de la antaŭe pala vizaĝo. La kruraj vundoj kZompreneble estis tute ne videblaj, sed ili ja ŝanĝis la sintenon de la viktimo, ne nur pro la trenaj paŝoj, sed ankaŭ pro la kurbema aspekto de la staranta homo, kvazaŭ li kurbigas la supran parton por kontraŭpezi kurbon en la malsupra. La efekto estis maljuniga, kvazaŭ li perdis risortecon.

Trafis lin la eblo ke Jano aranĝis la rendevuon ĝuste pro sia kraŝo, por paradi kun la vundoj antaŭ ankoraŭ unu admiranto, sed kiam li faris ĝentilajn demandojn, Jano respondis sufiĉe mallonge, eĉ distre, kaj ŝajnis al Donald ke tio ne estis nur pro la afekta modesto kun kiu herooj devas laŭtradicie mencii siajn heroaĵojn.

Kiam la konversacio fluis, post du-tri trinkoj, Jano fakte direktis ĝin al demandado pri Donald: pri lia sano, lia nuna kariero en la fajrestinga servo, pri la sukceso de liaj provoj resti en la domo spite al maliculoj, eĉ la unuan fojon menciante lian militrifuzon, demandante kiel ĝi influas la vivon kaj la sintenon de aliuloj al li.

Donald respondis ke malmultaj estas malkaŝe ofendaj al li, sed ke li kompreneble konstatas ioman streĉon en siaj rilatoj kun homoj kiuj scias pri lia sinteno. Jano kapjesis kompreneme, kaj diris ke li ne havus la kuraĝon fari similan paŝon. Ĉu fariĝis laŭmode pretendi malkuraĝon? Eble militrifuzo mem fariĝos furora.

Donald kontentigis sin menciante ke Jano evidente havas kuraĝon iuspecan, kaj ke cetere konvinko devas veni antaŭ kuraĝo.

«Supozeble, sed la kuraĝo kiun via konvinko postulas devas esti kun vi la tutan tempon.»

«Tio estas vera», konsentis Donald sinŝate.

«Ekzemple, ne nur temas pri viaj rilatoj kun homoj jam konataj, sed ĉiu nove prezentita povus esti eventuale ...»

«Jes, ĝuste», Donald diris.

«Kaj kompreneble via kariero – nu.»

«Ah, mi neniam ŝatis la asekuron.»

«Eble ne, sed mi pensis ankaŭ pri eventuala kariero.»

Tion Donald sciis, sed li decidis ne tro faciligi la vojon. «Mi ne devas pensi pri tio nun,» li atentigis, «ĉar mi ne havas alternativon.»

«Ne, sed vi eble havus, sub certaj kondiĉoj. Ekzemple, tiun reĝisoran postenon oni povus ja kategorii milithelpa. Ĉu vi aŭdis ion pli pri tio?»

«Ne.»

«Hm. Ĉu ĝi tamen ne allogis vin?»

«Certe ĝi allogis min, fuŝruzulo», Donald pensis, sed respondis nur: «Iom allogis certe, sed ĝi ne estis praktika projekto.»

«Nu, estas dube pri tio.»

«Ne estas dube», Donald abortigis renaskotajn argumentojn de la iama duopa ligo. Se la homo volas enkonduki ŝin en la konversacion, li devos malkaŝe mencii ŝin. Donald nun estis eĉ pli senindulga pri tio; lia petola rezistemo firmiĝis en obstinan intencon gajni la ludon.

«Oni faris heroajn streĉojn al grandanimeco permesante al mi aliĝi al la fajrestinga servo. Ili certe ne sentus necese fari pluan permesante al mi lasi ĝin pro pli alloga posteno.»

Jano cedis. «Ĉu vi iam tamen aŭdis plu pri tiu kiel-ŝi-nomiĝas? Militza?» li demandis.

«Ne. Mi provis kontakti la grupon kiam ĝi estis en Edinburgo, sed mistrafis.»

«Jes, tion vi menciis kiam vi skribis. Mi scivolis ĉu ŝi eble poste skribis, aŭ simile.»

«Ne.»

Veturante hejmen Jano provis percepti iun oazon de koloro en la futuro, sed vane: ĉie grizaj perspektivoj etendis sin plate, senlime. La cetera parto de lia forpermeso estis sencela, sed kio sekvos? Reen en tiun stultan vivon de barakoj kaj ordonoj. Por kio? Kiu celo eltiras el la muela monotono? Li flugos denove; do, kio? Ĉu eventuala gloro ankoraŭ nun kompensos la mortoriskon? Morto kaj vivo. Morta vivo. Gloro, se ĝi venos, diluita; gloro kiu disradios en senreflektan vakuon.

Li renkontis la virtualan fianĉon de Laŭra, kaj ne ŝatis lin; la uniformo kaj la boja angla voĉo memorigis pri la vivo de paradoj, monotonaj deĵoroj, senkomfortaj kazernoj kaj ne tre bona manĝo. Cetere, lia maniero ŝvebis inter impertinento kaj humilaĉo; li nomis Janon «serĉjo» kun nebonvena intimeco kaj egale nebonvena volonto montri respekton, almenaŭ agnoskon, pri la rango. Laŭra estas freneza; kia manko de gusto! Kaj la hejma trankvilo estas rompita pro tiu!

Pri la hejma vivo li senpacienciĝis; li ne povis sciigi al ili kio mankas ĉe ili, kaj tio ĉagrenis lin. Li finis la forpermeson kun malkontento subbolanta en li, kaj lasis hejmon ne plu allogan, ironte al kurso neniel interesa.

★ ★ ★

Kiam Jano revenis post du monatoj por postkursa forpermeso li aspektis pli sana, kaj la bruniga efiko de somera suno iom kaŝis la brulcikatron sur lia vizaĝo, sed ŝajnis al s-ino Gill ke li ankaŭ emis esti malpli bonhumora. Li respondis malpacience al la demandoj kiujn ŝi faris, ke kompreneble li flugos kiam li reiros, sed ke ankoraŭ temos pri ekzercaj flugoj, kaj ke li jam faris tiajn dum la pafilista kurso; la sola diferenco estos ke li flugos kun propraj flugkolegoj en vera bombilo, anstataŭ laŭrote kun aliaj pafilistlernantoj en maŝino speciale asignita al tiu tasko. Cetere, li jam klarigis ĉion ĉi. Kiam ŝi milde sugestis ke tamen estos pli danĝere ĉar liaj kunflugontoj estos malpli spertaj ol tiuj, kiuj flugigis la maŝinojn por lernantaj pafilistoj, li respondis krude ke ankaŭ ili devas lerni.

La respondo dolorigis ŝin, ĉar ŝi ne parolis ĉikaneme, nur volis persvadiĝi ke ne estos danĝere, kaj estis preta kredi ion ajn diritan de li tiurilatan, sed ŝajnis ke li estas indiferenta pri ŝia animstato; li estis kontenta ke ŝi opiniu lian estontan flugadon danĝera, kaj ŝi timis ke eble ne gravas al li persone. Junuloj povas esti tiel mortame riskemaj.

Dum lia restado ŝi provis varbi lin al pli simpatia, pli intima, rilatemo, sed kvankam ŝi provis persvadi sin ke li reagas favore kiam li provizore ŝercemis kaj ridis kun antaŭa bonhumoro, ŝi tamen sentis kiam li foriris ke ŝi perdis lin, almenaŭ perdis la okazon rehavi lin.

La konstato ke ŝi nun turnas la esperojn al korespondado nur konfirmis la timon, ĉar kion la persona kontakto ne povis fari, certe ne povos fari interŝanĝo de leteroj, precipe kiam liaj estos tiel sporadaj. Ŝi tamen atendis lian unuan leteron kun senpacienca avido.

Ĝi venis ses tagojn post lia foriro:

Serĝenta Komunejo,
R.A.F., Ashton Wolds,
Shearingfold.
8. 9. 41.

Karaj gepatroj,
   Mi alvenis sen ajna incidento kaj jam sidas en normalo. Mi komencis mian dusemajnan enkondukan kurson (senflugan) antaŭ tri tagoj, kaj antaŭ ol tiu finiĝos, ni devos interkonsente grupiĝi en kvinoj por flugo. Se ni ne arigos nin, oni aranĝos nin!
   La flugistaroj tiel kreitaj estos daŭraj. Tial oni donas al ni la okazon kuniĝi se eble kun simpatiuloj.

Mi forgesis alporti mian gamelon. Ĉu vi povus bonvole sendi? Ĝin mem mi efektive ne bezonas ĉi tie, sed mi tenas en ĝi iujn bagatelaĵojn utilajn.

Estas sufiĉe bele ĉi tie. La pejzaĝo ne estas tre interesa, sed estas multe da arboj, kiuj kaŝas la mankojn. Ankaŭ, je la momento, estas superabundo da vespoj. De kie ili venas mi ne scias.

Amo,

Jano.

«Jen! Almenaŭ li alvenis», diris la legantino, transdonante la leteron al Georgo, kiu prenis ĝin ridetante.

«Kion li diras pri mi?» demandis Laŭra.

«Nenion.»

«Pa, kia frato!» kaj Laŭra rekomencis legadon de propra letero.

Ne malfacile diveni de kiu. Bonege ke oni alsendis lin al alia kazerno, sed domaĝe ke ili ne faris antaŭlonge, almenaŭ antaŭ la fatala tago – ĉar la farita ne povas esti malfarita, kaj li estas ja fianĉo de Laŭra nun.

Li fakte respondecas mem pri la transiro, sin proponinte por fluga kurso. Estas facile kredi ke li faris tion por reiri al la laŭleĝa edzino, aŭ almenaŭ por liberiĝi de Laŭra antaŭ ol li tro implikiĝos, sed kompreneble estas konsilinde pensi pri alternativoj ne tiel malnoblaj: ekzemple, la salajro estos pli adekvata por edziĝonto. Interese ke li faris sian decidon nur post renkonto kun Jano! Ĉu Laŭra pikis lin al tio, aludante la rolon de Jano? Ŝi ja kapablas, kaj pro pura fiero, ĉar ŝi ja estas tre lojala al la familio, malgraŭ fojaj ŝtormetoj.

Certe estas signife ke tiu Martin neniam antaŭe sentis la

deziron flugi, ĉar li ja estis en la aerarmeo ekde la komenco de la milito. Kiel tipa estas la danda ŝato pri la uniformo! Allogaĵo por liaj viktiminoj malkare akirita, sen risko kundonita! Se li ne emis batali, kial li ne honeste eniris milituzinon, aŭ eĉ pli honeste, rifuzis militi, kiel tiu absurda Donald Maclean?

Estas tiel maljuste ke viroj ĉie povas eviti la danĝerojn de la milito dum la patrujo luktegas por la vivo, kaj ke ĉiam estas la bonaj kiuj suferas. Kial Jano, ekzemple?

Nu, lia letero estas bonvena; malpli intima ol rekta konversacio, sed tio estas normala, kaj ĝi tiel kaŝas la disiĝon inter ili, kiun ŝi suspektis kiam li estis ĉehejme. Tamen, estas tiel evidente ke, skribante ĝin, li ja plenumas devon. Kom, preneble, li forgesis ion, kaj deziro rehavi donis pozitivan motivon, kaj pli da novaĵo oni ne povas atendi kiam li ĵus alvenis, sed iuj partoj estas tiel evidente nur ŝveligoj de la skribaĵo: tio pri la vespoj!

Maljuste? Ĉiuj provas, kaj prave provas, plenigi leterojn per babiloj pri bagateloj. Tio sugestas senpenon, intimecon, kaj ne ĉiam estas facile fari sukcese. Ne, ne pro lia babilemo ŝi ĉikanas, sed lia sinteno: oni povas legi pardonpetemon en ies provoj, sed li, kvankam ĝenite de la tasko, estas tiel aplomba, sendependa; absorbas lin nur la medio en kiu li nun trovas sin; li estas tute sensenta pri la zorgoj de patrino.

Tiel pensadis s-ino Gill.

Jano skribis sian leteron hejmen sidante sur la lito, jam decidinte ke la bruado en la kabano estas malpli distra ol la trinkproponoj kaj aliaj interrompoj en la komunejo. Li estis tre enua pri la komuna vivo entute.

Kvankam ne entuziasma korespondanto, li ĉiam volonte skribis la unuan leteron al la gepatroj post forpermeso, ĉar tio solvis la nostalgion, kiun li ankoraŭ sentis, rezultintan de ĵusa laso de la hejmo. En la nuna kazo li jam prokrastis tri tagojn ĉar oni ne lasis lin trankvila dum momento. Li renkontis multajn amikojn de la pafilista kurso, kaj jam pariĝis kun Arturo Clark, radiisto-pafilisto de la graflando Yorkshire. Farinte tion li mem estis tute kontenta atendi iom, antaŭ ol definitive aliĝi al la flugistaro, sed la pli aktiva Arturo jam senpacience trudis sin en diversajn grupojn de flugistoj en la komunejo, tirante Janon kun li, proklamante la utilegon de pafilisto kiu ankaŭ scias flugigi aviadilon.

Jam pluraj embriaj bombilestroj esprimis sian volemon havi la duopon en sia flugistaro, kaj Arturo estis entuziasma pri kanadano, kiu pro iu kaŭzo havis pli ol du mil flughorojn sen akcidento, kaj kiu jam akiris por sia estonta flugistaro vic-flugiganton kaj duonpromeson de navigatoro.

Tiuj renkontoj kun eventualaj kun-flugontoj, kiel ankaŭ la preskaŭ devigaj sociaj trinkoj kun rerenkontitaj ekskolegoj de la pafilista kurso, kune kun la preparoj por la nova kurso, ne lasis al Jano multe da libera tempo. La prokrasto de la letero ĝenis lin pro du kaŭzoj: unue, li bezonis la razilklingojn kaj aliajn utilaĵojn kiujn li lasis en la gamelo; due, li volis senti kontakton kun la hejmo. Malgraŭ la sento de malkontento kiam li estis tie, kiel ankaŭ ĉe sia lasta forpermeso, li tamen sentis la fortranĉon de ĝi kiel vundan, kaj li volis kvietigi la doloremon, kiel li ĉiam faris, per letero.

Komencinte, li skribis kelkajn liniojn tre flue kaj facile, sed poste perdis la inspiron. Li ne povis sendi leteron plenigantan malpli ol unu paĝo, sed – jen! Kion? Kion? La pejzaĝo! Li skribis ion pri la pejzaĝo, kaj mencio pri arboj facile memorigis lin pri la vespoj, kiuj efektive plagadas la ĉirkaŭaĵon de la kabano. Ili nepre havas neston ie apude, sed kie?

Li ne volis malkaŝi ke li timegas la insidajn pikaĉulojn, sed efektive estas malfacile konstante ŝajnigi indiferenton. Li pikiĝis de vespo nur unufoje, kiam li estis infano, kaj tiam preskaŭ mortis. Ĉu tio estis nur malbonŝanca hazardo, aŭ ĉu li estas efektive ekstreme sensitiva al vespa veneno? Homoj ja mortas post piko. Ĉu tio okazus al li li ne scias, sed li havis obsedan timon pri la insektoj, kiu ne povus ne ŝajni hontinda al aliuloj, ĝuste pro tio ke ili ja povas malutili kaj lia timo sekve povus ŝajni racia, sed infaneca.

Cetere, li nun havas ankaŭ logikan motivon timi pikon kun iu sekva malsaniĝo, ĉar tio malebligus grupiĝon kun Arturo. Li jam ne povas entuziasmi kiel antaŭe pri flugado, sed almenaŭ li volas fini la lernoperiodon, kaj kun simpatia kamarado.

Estis vera malŝarĝo de la animo almenaŭ mencii la vespojn en la letero, kaj li miris ke nur pro ŝajna hazardo li memoris fari tion. Supozeble li subkonscie emis subpremi eĉ aludon al ili pro timo malkaŝi sian sekreton, ĉar kvankam la gepatroj kompreneble sciis pri lia dolorega reago al vespopiko kaj certe komprenus pri lia nuna evitemo, li ne povis apelacii ilian komprenemon. Li volis ke ili ne sciu pri lia timo, ĉu pro eventuala moko, ĉu pro tre profunda honto pri si mem, li ja ne sciis, sed li ĝis nun sukcesis kaŝi la veron.

Post kelkaj tagoj pakaĵo alvenis kun, krom la gamelo kaj ties enhavo, ankaŭ kuko. Li kvitancis ĝin urĝe kaj mallonge, promesante baldaŭ skribi, sed pasis du semajnoj antaŭ ol li plenumis la promeson.

Sama Adreso.

11. 9. 41.

Kara Panjo,

Denove dankon pro la kuko, kiu estis multe ŝatata. Mi intencis skribi pli frue, sed atendis ĝis mi havos iom da novaĵo.

Mi finis la enkondukan kurson kaj jam apartenas al efektiva flugotrupo. La ĉefo estas kanadano de Saskatoon; lia viculo, kiu respondecas pri la motoroj krom gvidi la maŝinon laŭnecese, devenas de Chester, sed insistas ke li estas kimro, pro la gepatroj; la navigatoro estas irlandano de iu vilaĝo apuda al Londonderry, kaj la radiisto, kiun mi jam konis, ĉar mi renkontis lin dum mia pafilista kurso, estas jorkŝirano. Do ni estas vere internacia trupo.

Mi jam komencis flugi, sed nur «kurbe kaj kure», kiel ni diras. Tio estas, ni rondiras la havenon kaj provadas alteriĝojn por kutimiĝi al la aeroplano. La vetero ne multe helpas – multe da pluvo. Kia ĉe vi?

Salutojn al ĉiuj.

Amo,

Jano.

La novaĵo ke li komencis flugi ne surprizis s-inon Gill, ĉar ŝi jam sciis ke tio okazos post la unuaj du semajnoj de la kurso, sed konsolis ŝin ke li flugas nur ĉirkaŭ la aerhaveno, se li ne skribis tion nur por kvietigi ŝiajn timojn. Sed ne, li ne tiel detale mensogus, eĉ se li opinius ke kvietigo dezirindas.

Pri tiu ĉi trupo ŝi volonte scius pli. Supozeble ili estas decaj knaboj. Eble inviti unu el ili dum lia venonta forpermeso? Tre verŝajne la kanadano akceptus, ne povante iri hejmen, kaj Jano jam havas ion komunan kun li, estinte en Kanado – domaĝe ke li ne vizitis siajn parencojn tie! Nu, ŝi sugestos la inviton al li kiam la tempo de la forpermeso alproksimiĝos. Domaĝe ke ŝi ne povus viziti la kazernon! Tiam ŝi multe pli rezignacie akceptus lian estadon tie, sed tiu ĉi hermetika disigo estas kvazaŭ perdi membron pro la enmordado de streĉita dratomaŝo, atendante forfalon, sciante kio okazos kaj ne povante malhelpi tion. Kaj eĉ se oni permesus, kaj se ŝi irus, tiam Jano mortus pro honto. Jen la ironio! Kaj dume Laŭra projektas iri pasigi ferieton kiel eble plej apude al tiu Martin, luonte ĉambron en la urbeto plej proksima al li, kaj tion la mondo akceptas ĉar teorie ĝi estas manifestacio de la vera amo!

Ŝi reskribis al Jano esprimante kontenton pri liaj flugetoj ĉirkaŭ la aerhaveno, kaj supozante ke li trovas ion komunan kun la nova kanada kamarado, kaj ke tiu certe bonvenigos iun parolon pri la hejmlando nun kiam li estas tiel malproksima de ĝi.

Jano ridetis pri la aludoj al liaj flugoj, sciante ke ŝi estas kontenta ĉar ŝi kredas ilin sendanĝeraj, kaj li scivolis kion ŝi opinius se li estus sciiginta ŝin ke ĝuste la alteriĝo estas danĝero, precipe kiam oni neatendite ordonas al lernantoj je lasta momento ŝanĝi la decidon tuŝi la teron kaj daŭrigi la flugadon. Tio kaŭzis fatalan akcidenton jam en la unua semajno de la kurso pro miskompreneto inter novicaj kunflugantoj kiuj ja kutimis flugi solaj kaj fari ĉiujn necesajn agojn mem. La pafilisto postvivis la kraŝon, kaj povis doni detalojn. La aliaj mortis.

Kaj pri la «io komuna» inter li kaj Karlo, la sola loko en Kanado kiun ili ambaŭ vizitis, estis Moncton, kaj ili ambaŭ ja konsentis kun la tradicia aerarmea verdikto pri tio: «la pugotruo de Kanado» ĉar ĉio trafluas ĝin, sed li ne povus dece mencii tiun komunan opinion al la patrino.

Li nun devis sproni sin por mencii ion ajn al la patrino, ĉar la hejma etoso estis jam tro malproksima por elvoki el li leterojn, kaj nun devosento sola devis sufiĉi, plifortigita de patrinaj plendoj, sed eĉ kun tio ankoraŭ tre malforta.

Sama Adreso.

17. 10. 41.

Kara Panjo,

Konsentite ke mi devis skribi pli frue, sed mi ja estis tre okupita. Ni ne flugis multe lastatempe, pro la aĉa vetero, sed ni devas ja tenadi nin pretaj la tutan tempon, krom daŭre ĉeesti klasojn. Estas malfacile trovi trankvilan momenton por skribi leterojn.

Certe ni havas liberan tempon, sed ne estas tiel riproĉinde eluzi ĝin por amuzaĵoj, kiel vi sugestas, ĉar ni devas kapti la okazon laŭoportune, kaj mi devas komplezi al la volo de la trupo, ĉar estas bone ke mi amike konatiĝu eĉ kiam ni ne dejoras. Ekzemple, hieraŭ vespere ni trovis nin liberaj, kaj ĉar estis jam la sepa kiam ni estis pretaj eliri, ni decidis marŝi al la vilaĝo por trinko kaj poste reveni. Tamen, veturilo haltis kaj proponis al ni portadon al la urbo. La plejmulto volis akcepti; do ni iris, kaj ne revenis ĝis post la dua matene, ĉar komprenele ni ne trovis tiel oportunan helpon revenante.

Do Laŭra iris? Vi malpravas pri mia sinteno al
Martin. Fakte, mi emas dividi vian opinion pri li, sed
mi ankaŭ opinias ke eble ni ambaŭ estas maljustaj.
Ĉiuokaze, eĉ se vi rajtas trudi vian nepetitan opinion
al Laŭra, mi ja ne. Cetere, ŝi havas pli ol dudek unu
jarojn, kaj fine faros laŭvole. Do kiucele tamburadi la
malaprobon?

Jes, ni nun faras pli longajn flugojn kiam la
vetero permesas – kvar- aŭ kvin-horajn. Baldaŭ ni
komencos noktoflugadon.

Kial paĉjo plendas? Li neniam skribas mem.
Saluton al li.

Kaj al vi amo,
Jano.

Nu, ĉu pro tio ke la prokrasto pikas al li la konsciencon,
ĉu pro iu alia kaŭzo, li certe streĉis la fortojn por produkti ion
tiel longan, pensis s-ino Gill, leginte ĝin. Ĝi estus rimarkinde
malpli longa se ne enestus tiu prediko pri Laŭra. Tio ne estas
nura plenigo de spaco; tio estas esprimo de la pozitiva opinio.
La nestulo nun flugas, kaj aspiras instrui la instruintojn.

Jes, embarasas lin la rolo de filo. La naturleĝo estas pli forta
ol la konvencio. Nu, ne konvenas amariĝi pro tio; preferinde
kontenti pri tio, ke li interesiĝas pri la familio – kaj kredadi ke
tio motivas lian kritikemon, kaj ne nur la subteno de juno al
ribelema juno.

Li evidente ankaŭ pensas pri la entrepreno de Laŭra laŭ
vidpunkto, kiun li imagas tute neebla al la patrino.

S-ino Gill reskribis tamen direktante sian parolon sole al
la respondeca familiano. Neniu respondo. Ŝi skribis denove,

provante eviti iun tonon de plendemo. Ankoraŭ neniu respondo. Ŝi atendis, kaj skribis trian fojon, milde plendante, kaj atendadis. Fine venis la sopirita letero:

Sama Adreso.

21. 11. 41.

Kara Panjo,

Pardonpete pro mia longa silento. Krom antaŭe faritaj sinkulpigoj, mi esperis havi ion konkretan enmeti en leteron rilate la finon de la kurso kaj forpermeson, sed la aĉa vetero spitadas, kaj kaŭzas eĉ neatenditajn prokrastojn. Unufoje ni lasis la ŝoseon, provante eviti benzin-veturilon, kaj la radegoj de la maŝino en-profundiĝis en la mola grundo. Alian fojon ni devis alteriĝi ĉe fremda haveno pro nubegoj kaj malfunkciintaj instrumentoj, kaj devis restadi tie dum kvin tagoj, ĉar estis iu damaĝo al la aviadilo – ne grava – kaj oni ne tenis tie la ĝustajn partojn por ripari.

Tamen, ni plenumis la pli grandan parton de la fluga programo, kaj kun iom da bonŝanco ni finos la kurson post du-tri semajnoj, kaj poste – forpermeso! Mi invitis Karlon, kaj li akceptis kun danko.

Jes, ni komencis la noktoflugadon. La ĉefa diferenco estas ke ĝi estas pli teda – por mi.

En la socia vivo malmulto. Eĉ kiam ni faras nenion utilan, ni atendadas, tage kaj nokte, flugan veteron. Antaŭ du semajnoj, ni havis dudek kvar horojn liberajn, de tagmezo vendrede ĝis tagmezo sabate. Kurioza aranĝo! Ni iris al Leicester kaj tranoktis tie. Antaŭ du vesperoj ni havis baleton en la serĝenta komunejo. Iom brua.

564

Li diskrete ne menciis ke li ankoraŭ suferas pro la alkoholo konsumita dum tiu baleto. La monotono de la vivo frenezigas lin: ĉiam atendado sur la tero, kaj por li nur atendado ankaŭ en la aero, kaj por kia celo? Li jam mistrafis la celon, kaj la funkciado de Karlo daŭre memorigis lin pri tio. Ne mirinde ke li volis hejti la plezurojn de la vespero, sed lia ensorbo de la varmiga fluaĵo estis tro adekvata, eble ĉar li englutis ĝin ne sole por intensigi la ĝojon, sed ankaŭ – kaj pli grave? – por solvi la zorgojn.

La fundamenta karaktero de la balo ne povis ne impresi denove tiun sensitivan parton de lia konscio kiu restis netuŝita dum la semajnoj de flugado, atendado kaj klasoj. Li fakte preskaŭ forgesis pri siaj kruroj kaj vizaĝo, tiom ke konsternis lin hazarde rimarki la ombron en la vitrinoj kiam ili estis en Leicester.

En la komenco vitrinoj ja konstante ŝokis lin: la subtila ekvido de tiu nekonata figuro, ne groteske senhoma, sed ŝoka ĉar ĝi estis fremda, kvankam lia. La kurbiĝo de la kruroj, kvankam preskaŭ ne rimarkebla en si mem, tamen donis tute alian sintenon, kaj sekve formon, al la korpo entuta. Kiam estis speguloj en la vitrinoj, tiam ankaŭ la vizaĝo faras sian impreson. Distanco ŝajne reliefigas la cikatron; ĝi estas multe pli rimarkebla en tiuj speguloj ol en la spegulo kiam li razas sin.

Ĉe la balo, en la ĉeesto de la knabinoj, li trinkis ankaŭ por obtuzigi la senton, ke ili rigardas lin scivoleme; do enverŝis la ĝinon kun tia febra urĝeco, ke nun li ne povis memori la lastan parton de la vespero. Oni diris ke li fariĝis tre kverelema; certe li estis senkonscia antaŭ la fino, kaj oni devis porti lin reen al la lito. Li estis malsanega la postan tagon, kaj eĉ skribante la leteron du tagojn poste, li ankoraŭ sentis vomemon, kiam la animo perverse revokis la guston de la ĝino. Li ĵuris al si ke neniam plu li tuŝos alkoholon, sed ne scias per kio li anstataŭos ĝin: lia futuro ŝajnis tiel plate senenhava.

KRIZO

Ne povinte voki Dunkan antaŭ milittribunalo, Barnes tamen parte venĝis sin, kiel Dunkan konstatis kiam oni senkomente resendis lin al la bataliono.

Ke li estis bonŝanca pro eĉ tiel mallonga ripozo li ne dubis, sed tamen ne estis bona horo retroviĝi kun la sturmtaĉmentoj. La bataliono ne partoprenis la atakojn ĉirkaŭ Arras, sed estis konate ke nova ofensivo baldaŭ okazos, kaj ke ĝi estos aparte granda. Ĝin la bataliono certe ne evitos; oni jam movis ĝin el la Somme regiono reen en la Ypres Meandron, kie trupoj kaj materialo jam amasiĝas, kaj kiuj volis kredadi ke tiuj preparoj ne implikos la batalionon, tiuj ne povis ignori ĝian ekzercadon pri atakoj. Nur unu monaton post la ekzercoj ĉe Wardrecques oni retiris ĝin de la tranĉeoj por eĉ pli intensaj ekzercoj ĉe Herzeele, kaj tie Dunkan re-aliĝis al ĝi.

La graveco de iliaj preparoj eĉ pli konstatiĝis kiam la reĝo alvenis por vidi unu el iliaj provatakoj, kaj kiam meze de julio oni marŝigis ilin al areo norde de Poperinghe konata kiel *La Arbarejo*, ili eksciis ke tio estos proksimume la regiono de iliaj operacioj.

Estis multaj vizaĝoj novaj al Dunkan en la bataliono, ĉar dum la malmultaj semajnoj de lia deĵorado ĉe la provianta transporto la germanoj multe bombardis, kaj multaj el liaj malnovaj amikoj perdiĝis kvankam ili ne estis en batalo. Inter la relative malmultaj konataj vizaĝoj en lia roto estis juna Sorsby kaj Mik Connelly, blonda giganto konata en la bataliono kiel *Londono*, kaj foje *Bow Bells*. Kvankam estis multaj angloj, inkluzive londonanojn, en la Skota Gvardio, Mik gajnis siajn distingajn kromnomojn pro sia konscienca uzado de londonana rima slango, kaj egale konscienca klarigo pri ĉiu uzo, ĉar malgraŭ lia irlanda nomo, Mik ne nur devenis de la angla ĉef-urbo, sed estis tre fiera pri tio, kaj estis konvinkita ke ĉiuj aliaj same imponiĝas antaŭ ĝi, tiel ke ili volonte aŭskultos ion ajn informan pri la urbego, ĝiaj enloĝantoj, kaj io iel ligita al ambaŭ.

Li estis profesia soldato antaŭ la milito kaj servis kvin jarojn en Hindujo antaŭ ol reeniri la civilan vivon. Kiam la milito eksplodis, oni tuj revokis lin kiel rezervarmeanon kaj sendis lin al Afriko, kie li partoprenis iun skoltecan kampanjon antaŭ ol peti transsendon en alian regimenton. Post pluraj repetoj, oni fine cedis kiam evidentis ke eĉ la milionoj de la Nova Armeo ne povos elteni la perdojn ĉe la Okcidenta Fronto, kaj fariĝinte, laŭ sia peto, Gvardiano en la Skota Brigado, li submetiĝis al la rigora rekreado de rekruta kurso en Anglujo antaŭ ol alveni al la bataliono du monatojn antaŭ ol Dunkan transiĝis al la provianta sekcio.

Dum tiuj du monatoj li turnis sin precipe al Dunkan, ŝajne opiniante ke tiu, estante ja veterano, pli bone scios apreci liajn rakontojn pri la armea vivo en Hindujo antaŭ la milito. Tiuj rakontoj foje fariĝis pli instruemaj ol distraj, ĉar li inklinis klar-igi sian rakontadon, kiel li klarigis sian slangon, kaj Dunkan ofte enuis pri la konstantaj interrompoj en la disvolviĝo de la subjekto, kiaj «Ni avancis laŭ indiana formacio – tio estas, unuope – oni nomas ĝin ‹indiana formacio› ĉar tiel la nordamerikaj indianoj ordinare marŝas – unu post alia», sed li ne volis esti malĝentila al la bonkorulo, precipe ĉar la aliaj estis ofte krude ofendaj, kvankam Mik neniam efektive ofendiĝis. Estis evidente ke la giganto trovas plezuron en la remaĉado de tiuj travivaĵoj liaj, kaj se li povas trovi plezuron en io ajn ĉi tie, kial ne komplezeti al li?

Giganto Mik ja estis; li estis elstara eĉ en la gvardio. La kapo de Dunkan nur atingis lian bruston, kaj laŭlarĝe li sentis sin nura bastono kompare kun sia kamarado. Eble ankaŭ tial li volonte toleris la simplaniman londonanon: tiu titana figuro marŝanta apud li donis al li senton de sekuro, kiel li, pro lia longa sperto, ŝajne donis similan sekursenton al kompatinda Ken Sorsby. Tiu idolumis lin, kaj ne kaŝis la fakton. Li ankaŭ iam kovis esperon ke Mik frakasos Boyle, kiu estis aparte sarkasma kontraŭ li kaj liaj rakontoj, kaj Dunkan atendis kun anticipa ĝuo la okazon kiam tiu sarkasmo fine penetros la karapacan bonhumoron de Mik, kirlante la dormintan koleron en nebrideblan furiozon, kiel ofte okazas, laŭ lia sperto, kiam ordinare senofendaj personoj fine koleriĝas, sed Mik ŝajne estis neŝancelebla, kaj nun Boyle estas en angla malsanulejo pro atako de iu komplezaĉa bacilo, kie li sendube kuŝas bruante pri siaj militspertoj kaj farante fiajn aludojn al la flegistinoj.

Do Mik ne povos nun realigi tiun belan revon, sed Dunkan estas tamen kontenta retroviĝi en lia solida ĉeesto, kaj li volonte sidis sub arbo post la tagaj ekzercoj duonaŭskultante monotonan rakonton pri montara kampanjo, dum Mik rigardis lin serioze per bluaj okuletoj, de tempo al tempo platigante la jam platajn flavajn harojn kun la meza divido, kiuj ĉiam ŝajnis al Dunkan formi tiel neadekvatan kreston al tia impona figuro. Li foje murmuris ion por ŝajnigi intereson, sed lian animon okupis ne malnovaj ataketoj kontraŭ ribelemaj afganaj montaranoj, sed la granda atako por kiu ili ĉiuj nun preparis sin.

Krom la rutinaj ekzercoj, kiaj rapida ŝargado, antaŭzorgoj kontraŭ venengaso, ekflagroj kaj simile, ili ankaŭ multe praktikis transiron de modela kanalo, kiun oni speciale konstruis tiucele, kaj ĉar en tiu ĉi regiono la Yser Kanalo dividis la malamikajn armeojn, ne estis malfacile diveni ke la atakontoj devos komenci la atakon per transiro de tiu kanalo.

Ne estos facile.

Dunkan volis ĝui kiel eble plej tiujn antaŭbatalajn tagojn kun la bataliono, sed estis malhelpoj: oni havis nek barakojn nek tendojn, kaj estis sekve necese bivaki sub la arboj. Post semajno ĉe Poperinghe ili translokiĝis, kaj en la nova restadejo, okcidente de Elverdinghe, oni ja povis loĝigi ilin en farmbienoj, sed la germanoj konstante bombardis la vojojn ĉirkaŭe, kaj okazis mortoj kaj lezoj pro iperito. Cetere, de la nova pozicio ili povis facile vidi plurajn malamikajn aerostatojn, kiuj kompreneble ankaŭ povis observi ilin, kiel pruvis ne sole intensaj bombardoj, sed ankaŭ unu dumnokta aeratako.

La tagon post tiu la bataliono plenumis finan ekzercon kontraŭ modelaj tranĉeoj kaj, la sekvintan tagon, anstataŭis alian gvardian batalionon en la fronta tranĉearo. De tie ili ne revenos, sed avancos trans la kanalo, kiu kuŝas antaŭ ili. De ties kontraŭa flanko ĉiuspecaj obusoj ankoraŭ ŝtormis kaj frakasege pistadis la ŝirmajn fosaĵojn, kiujn oni baldaŭ devos lasi. Unu obusego detruis la stabejan kavaĵon, kaj kvankam ĝi ne mortigis la komandanton, li suferis tian gravan psikan traŭmon, ke oni devis anstataŭi lin.

Sed nenio povos nun haltigi la ofensivon. Ĉio estas preta. Oni nur atendas la startan ordonon, la ordonon kiu movos ilin en estontan nepron.

★ ★ ★

Jano metis la paraŝuton en ĝian ujon, malsuprentiris metalan stangon de la fuzelaĝa muro, metis piedon sur la ŝtupon ĉe ties finaĵo kaj, helpe de tio, ŝovis sin en la tureton. Li hokume fiksis la tabulan seĝeton sub si, kaj ekŝargis la pafilojn, tirante la kugloĉenojn, per drato kun hoko ĉe unu fino, laŭ la spiralaj gvid-reletoj al la pafilaj kulasoj.

Nur du pafiloj en tiu ĉi tureto, sed antaŭ ol li finŝargis ilin, la monstra aviadilo jam moviĝis antaŭen. Ĝi estis Stirling-bombilo, unu el la kvarmotoraj gigantoj kiuj aperis dum la pasinta jaro, kaj kiam estis decidite ke la trupo de Karlo flugigos tian operacie, ili devis plenumi specialan kutimiĝan kurseton, ne nur por ke Karlo kaj lia viculo, Reĝ, eklernu novajn teknikojn, sed ankaŭ por asimili novan membron de la flugistaro, nome duan pafiliston, Len Howard, alian anglon. Ĵetita monero decidis ke li okupos la vostan tureton, kaj Jano la dorsan.

Estis ankoraŭ relative nova sperto sidi tiel alte, kun la longo de la fuzelaĝo etendanta sin malantaŭen en la krepusko, kaj antaŭ li la vitro de la kajuto, kun sube, sur ambaŭ flankoj, la flugilegoj kaj motoroj, kaj ĝi injektis momentan reviviĝon de intereso pri lia fluga kariero, kiun li bezonis, kiel ja intereson pri io. Ĉe Shearingfold la fino de la kurso allogis, sed atingite proponis nenion; ĝi estis dezirinda nur ĉar la kurso mem estis teda; la kamaradeco de liaj kun-flugantoj estis la sola kompenso, kaj eĉ ĝi estis la provizora varmo de kun-drinkantoj.

La sekvinta forpermeso ne estis tre sukcesa. Karlo ne povis senti saman intereson pri Lennox kiel li, kaj ŝajnis devige al li, kiel gastamanto, konstante veturi al Glasgovo por serĉi distrojn al kiuj li mem ne tre emis.

Post la forpermeso ili pluiris al provizora restadejo, kie ili atendis transsendon al skadrono. Dumatende ili faris preskaŭ nenion krom drinki kaj ludi karte, ŝake, kaj bilarde, kaj Jano estis kontenta restadi tie, ĉar ripozo post flugado kiu estis por li teda kaj ne tre komforta estis tute bonvena, kvankam ne ĉiuj el la aliaj konsentis kun li. Arturo nepre volis flugi; li ne provis kaŝi tion, malgraŭ la aerarmea tradicio de pretendata skeptikismo. Kiam foje la matena lumo montris alte la lace zumajn revenantojn de operacio, li kutimis ekdiri sopireme: «Bonŝancaj bastardoj! Kiom longe ni devos ŝimadi tie ĉi?»

Lia naiva entuziasmo surprizis, kaj iritis, Janon. Li devis memorigi al si ke ankaŭ li estis tia, sed surprizadis lin konstati ke Arturo nun povas pensi tiel malsimile al li, ke li ne trapasis samajn maturigajn spertojn. Ili estis fakte preskaŭ samaĝaj, sed Arturo ŝajnis al Jano bube juna.

Ankaŭ Reĝ senpaciencis pri la neflugado, kvankam li provis kaŝi tion sub mantelo de indiferento, nur menciante lakone ke ili ĉiuj volontulis kiel flugontoj, kaj ke tial estos bone kiam ili flugos. Ankaŭ tio agacis Janon, ĉar li tro facile perceptis ĝian malsinceron; la vero estis ke ankaŭ Reĝ havis infanecan deziron heroiĝi, sed malhavis la kuraĝon konfesi tion.

Karlo diris malmulton, sed diveneblis ke li timis pri la komuna spirito de sia trupo, kiun komprenerble korodis la prokrasto.

Nur Brian ŝajnis indiferenta pri la manko de heroaĵoj, kaj estis tute kontenta trinki sian bieron kune kun Jano.

Post la prokrasto estis plua prokrasto, ĉar oni sendis ilin ne al skadrono, sed al speciala kurso por konatiĝi kun kvar-motoraj bombiloj. Tie ili ankaŭ ricevis sian novan membron, Len, pafiliston por la ekstra tureto, kiun ili nun disponas en la pli granda bombilo. Kvankam li estis nova al la trupo, li ne estis novico; male, li estis veterano jam plenuminta kompletan serion da operacioj, kaj ĵus finis ripozan periodon dum kiu li deĵoris instruiste, antaŭ ol li aliĝis al la trupo de Karlo. Lia sperto havigis al li specialan aŭtoritaton super la aliaj, kiu estis des pli sentebla ĉar li neniam trudis ĝin, kaj inter li kaj Jano tuj ekestis aparta simpatio, ne tiom de samfakuloj, kiom de homoj kiuj konstatas ke ili jam ne estas novicoj. Estis multe da reciproka mokado, pri ĉionsciaj teduloj unuflanke, kaj laktobuŝaj buboj aliflanke, sed ĉio estis senmalica, kaj Jano provis nei al si la ĵaluzon kiun li sentis pro la pli granda reputacio de Len, gajnita ja pro batalado, sed nur kiel pafilisto. Li mem ne povis konstante memorigi al ili ke li estis destinita al ĉasantoj, sed li ja volis.

Len tamen havis alian trajton, kiu karigis lin al Jano: li ne nur estis hardita aviadisto, sed ankaŭ hardita drinkulo, kiu volonte akompanis Janon dum apartaj diboĉoj, kaj subtenis lin kiam ili drinkis kun la aliaj knaboj kontraŭ ties plorinda tendenco bagatelumi kun duonglasoj da biero antaŭ dancado, dum li volis atingi nirvanon.

Lia deknaŭjara naskofesto okazis dum la kurseto, kaj la knaboj provis komplezi al lia postulo ke ili festu ĝin dece, sed lia rapidega mendado postlasis iliajn kapablojn, kaj unu post alia ili ĉesis pro vomemo aŭ timprudento, lasante la tablon kovrita de glasoj ankoraŭ plenaj de ĝino kaj viskio, kiujn li kaj Len fine verŝis en bierglasojn, kaj tostante sin reciproke kiel la solaj du homoj kiuj scias drinki, englutis la likvoron kvazaŭ akvon, ĉar iliaj gustosentoj estis jam anestezitaj.

De tiu festo li memoris nur: pluajn mendojn, brilajn glasojn, ŝvebantajn vizaĝojn kaj – nigron. Kiam li rekonsciiĝis en la griza mateno li sentis sin malsanega, sed oni tiris lin el la lito kaj vestigis lin, ĉar estos fluga ekzerco, kiun li ne povos eviti sen drastaj sekvoj. Kove kaj trene, ŝove subtene, la knaboj irigis lin al la antaŭfluga instrukciado, kie li sidadis batalante kontraŭ vokta vomemo. Li iel sukcesis provizore subpremadi ribeleman Naturon, sed nur ĝis ili lasis la ĉambron, kiam li tordiĝante cedis la povrajn restaĵojn de sia stomakenhavo, kaj poste kuŝis en la fundo de la aviadilo apelaciante kompatan morton.

Li tiam ĵuris ke li neniam plu tuŝos alkoholon, sed li grade reviviĝis, kaj reviviĝis lia apetito por ĝino. Estis kavo en li kiu postulis sian plenigon da veneno, kvazaŭ la veneno estus propra antidoto, kaj li volonte komplezis al la postulo, kvankam li komence trinkis pli modere. Post iom da tempo lia festa diboĉo jam ne kuspis liajn memorilojn, sed fariĝis epizodo priridinda, kaj ligis lin eĉ pli intime kun Len, kiu ankaŭ multe suferis.

Alveninte al la skadrono, ili pasigis la unuan semajnon farante ekzercajn flugadojn kaj kutimiĝante al la skadrona rutino. Sekvis septaga forpermeso, kiun Jano pasigis ĉehejme, ĉi tiun fojon sen akompananto.

Li trovis ĉion laŭkutima. La patro sufiĉe gardis la delikatan sanon por daŭre labori; Laŭra, ankoraŭ fianĉino, deĵoradis ĉe la uzino, kaj ne denove vizitis Martin'on, kiu trans-lokiĝis eĉ pli fore.

Li iris al la klubo, kaj kvankam li jam ne konis multajn el la junuloj tie, li trovis unu iaman samklasanon kiu ankaŭ forpermesis ĝuste tiam, de la armeo, kaj kvankam ili ne estis aparte intimaj amikoj ĉe la gimnazio, ili tamen interkonsentis pasigi kelkajn vesperojn kune, ĉar ambaŭ sopiris la kamaradecon kiu ordinare jam ne estus ebla pro la foresto de tiom da konatuloj.

Ili ĉeestis unu baleton ĉe la civita halaro, sed tiun Jano ne tre ĝuis: li neniam estis lerta dancanto, kaj nun, pro liaj kruroj, estis eĉ pli malfacile por li. Cetere, li estis pli kontenta restadi en la domo kaj trafoliumi ŝatatajn librojn kaj eĉ siajn lernejajn kajerojn, legante kun stranga ŝato paĝojn eluzitajn pro rigardado. Li ankoraŭ sentis ioman malkontenton pri la hejma sfero, sed nun kutimiĝis al la fakto, ke la sopirita alternativo estas nerealigebla, kaj lian novan akcepton de la hejmo plifortigis la reveno de tiu altira nostalgio kiu tinkturis ĝiajn konatajn ecojn kiam la unuan fojon li konstatis ke li baldaŭ forlasos ĝin. Li tiam preparis sin por iro al milito laŭ ĝenerala senco, kaj nun li iros al milito efektive, ne nur reiros post forpermeso al iom teda rutino. La timo pri tio, kion li ne volis prezenti al si, akrigis la percepton kaj la sentumojn.

Kiam li reiris al la skadrono, li trovis ke oni aranĝis dancadon en la serĝenta komunejo. Li iris ĉar la knaboj iris, ne volante pasigi la vesperon en soleco, sed li estis ĉagrenita, ĉar li atendis rekunvene ĝojan drinkadon en intima rondo, kaj rezulte de la disreviĝo li englutis ĝinon kun febra nervozo, fariĝante pli kaj pli kolerema, kaj pensante ke estas bonŝance ke li skribis hejmen antaŭ ol veni – kvankam tio estis fakte preteksto por prokrasto – ĉar li antaŭvidis doloran kapon je la morgaŭo.

Li rifuzis danci, kaj perdis siajn kunulojn unu post alia pro ilia pariĝo kun la junulinoj kiuj venis amase al tiaj aferoj laŭ ĝenerala invito perafiŝe proklamita en la najbara urbo, al kiu oni ankaŭ sendis almenaŭ unu aŭtobuson je la anoncita tago por kolekti la gastinojn. Fine nur Arturo restis, kaj lin Jano tiris al la bufedo, kie li regalis lin per kritikado de la gastinoj.

«Kio estas ĉe vi, Jano?» lia kunulo demandis. «Ĉu vi ne ŝatas knabinojn?»

«Ne tiujn.»

«Kial?»

«Ili naŭzas min», Jano elkraĉis. «Ili venas ĉi tien en la ‹bordelbuso›, kaj veninte volas roli la sinjorinojn. Vidu kiel ili kondutas dum oni alportas frandon por ili: ili staras strigokule koketece, tre konsciaj pri sia imagita allogego, estante iel sur pli alta nivelo ol la bonintencaj kretenoj kiuj paŝtas ilin. Je Kristo, homoj kies botojn ili ne meritas leki.»

«Ta, ili estas ja putinetoj, sed vi troigas.»

«Mi ne. Kial viroj devas esti tiel idiotaj pri inoj? Ĉu ili ne konstatas ke tiuj estas jam kacavidaj pro propra jukemo, ke ne necesas ĉantaĝi ilin?»

«Kompreneble, sed ankaŭ ne necesas esti malĝentilaj.»

«Malĝentilaj, je Dio! Ili kelneraĉas, kaj tio estas ĝentilo!»

«Eĉ bestoj havas iujn preludojn al la ago. La knaboj tiklas ilian, nu, imagopovon antaŭ ol kontentigi ĝin. Kion vi volas? Perforton?»

«Kial ne? La samaj komplezemaj knaboj estas sufiĉe cinikaj kiam ili diskutas tiujn hundinojn, sed rigardu ilin nun; ili estas en nubojlando kiam ajn kontakto estas ebla.»

«Sensencaĵo! Frank botbatis unu el ili en Leeds ĉar ŝi diris ion ofendan pri aertrupoj», Arturo diris duon-proteste, duon-kuraĝige, menciante navigatoron konatan pro liaj furiozaj diboĉoj.

«Ĉu? Bonege! Ni tamen progresas. Mi ripetas, ili naŭzas min. Vidu: iuj el ili – la plej honestaj – eĉ konfesas ke ili domaĝos la finon de la milito.»

«Nu, jen, honesto estas io, kaj cetere estas tute nature: ili ne trovos tiel abundajn kaj penetrajn belulojn post ĝi.»

«Do ili estas honestaj, sed prezentu al vi: la knaboj obsediĝas de la demando ĉu ili vivos ĝis venonta semajno, dum tiuj bovinoj ne volas ke la buĉado ĉesu, ĉar ĝi ne ampleksas ilin, kaj ili trovos tro plata la pacon.»

«Nu, ili estas nur knabinoj.»

«Pa, la tuta fika sekso estas sama: tiu amikino de Ron Sayers starante pale ĝuante la situacion post kiam li plaŭdis, rolante la tragedian heroinon, luksante je la kompato kiu banadis ŝin. Kion ŝi scias pri tragedio, stulta pasercerba putino? Kaj jen – tie! – tiu hundino kiu ŝmiras la insignojn ...» Jano tuŝis la blankajn flugilojn sur sia brusto «... per lipŝminko – sendube sango-simbolo. Freneza kompreneble! Prezentante sin al si kiel la fatalan logon de la mortontoj, mense masturbante je la penso.» Arturo ridis, kaj li daŭrigis: «Estas vere. Kiu ŝi estas? Ĉu vi vidas ŝin tie? Stulta, kavkrania idioto, mi rompos al ŝi la nazon.»

«Trankviliĝu, vi fariĝas ebria.»

«Bone, kaj en konvena humoro frakasi tiun hundinon – iujn el ili.»

«Tio estus tre heroa.»

«Ne heroa. Kiu volas esti heroa? Estus kvazaŭ treti blaton.»

«Vi devas porciumi al vi la ĝinon; ĝi ne konvenas al vi.»

«Jes, prave. Tre.»

«He? Kio? Kiel ‹tre›?» demandis Arturo, konfuzita de la kvazaŭ konsenta tono.

«Ĝine.»

«Pu-u-u!»

«Vi mem diris.»

«Do, se miaj diroj gravas, mi ripetas: lasu ĝin. Ĝi ne – ĝino ne – konvenas al vi.»

«Tre konvenas. Ĝi akrigas al mi la pensojn. Kial mi mortigu germanojn sen konscienca riproĉo, kaj lasu iujn kotulinojn vivaj?»

«Ĉar ni militas kontraŭ Germanujo,» diris Arturo lace, «kaj se vi mortigas germanajn civilulojn,» li aldonis anticipe pri nova argumento, «estas ĉar tio estas neevitebla.»

«Civilulojn, pa! Prefere civilulojn ol aviadistojn; ili estas en sama stato kiel ni; niaj kolegoj, samcelanoj, hazarde malamikaj.»

«Dube ĉu ili dividas viajn opiniojn.»

«Nur ĉar ili estas la viktimoj de la konvencio. Oni rajtas mortigi ilin; oni atendas ke ili serĉu la morton, kvazaŭ ili estus denaske dediĉitaj al tio, simple ĉar oni trudis al ili uniformojn. Dediĉitaj? Fike oferitaj! Kiel ni, la bruligitaj oferaĵoj de la moderno. Bruligotaj je Kristo! Vi kaj mi! Ĉu vi sentas vin preta? Ĉu via karno cindriĝos malpli dolore ol tiu de unu el tiuj sensitivaj papilioj?»

«Mi ne scias, kaj mi ne scias kial vi plendas; vi estas volontulo, ĉu ne?»

«Jes, sed mi ne proponis min por la defendo de porkoj. Mi mortus pli feliĉe se mi scius ke ankaŭ ili mortos.»

«Ĉu? Vi estus tamen same morta.»

«Mi scias. Do mi estus mortonte pli feliĉe, se vi volas. Cetere, ne gravas ĉu mi estas volontulo aŭ ne. Ĉu mi ne estas virseksa? Juna? Jes, juna, damnu vin! Do virseksa, juna kaj sana: mi havas ĉiujn atributojn necesajn por frua morto serve al la ŝtato, ĉu aŭ ne mi volontas.»

«Ho, ĉesu; mi viŝas la larmojn. Kiu rolas tragedie nun?»

Jano ĉagrenite rebatis la atakon per kontraŭatako: «Kial ne? Mi iam infanece aspiris esti heroo; tial mi aliĝis al la aer-armeo», li diris, malice tuŝante la ankoraŭ pli-malpli idealistan heroiĝemon de Arturo kiun li antaŭnelonge menciis mokeme kiam ili atendis transsendon al skadrono. «Kaj ĉar mi baldaŭ mortos pro mia folo, mi rajtas nomi min tragedia heroo.»

«Vi ne scias ke vi mortos, kaj eĉ se jes, vi ne estos la sola.»

«Ne, sed mi scias kiuj ne mortos.»

«Ne ĉiuj povas morti.»

«Ĝuste! Sole la homoj, kiujn mi respektas.»

«Kaj, ĉar vi havas unikan teorion, vi atendas ke la mondo renversu la naturan, akceptitan ordon por komplezi al ĝi.»

«Mia teorio ne estas unika. Fakte, ĝi havas oficialan agnoskon. Nur temas pri tio, ke oni volas kaŝi la veran sintenon.»

«Kiu estas?»

«Nu, kion oni konsilas al ni? Ĉu ne, ‹Se vi devas kaptiĝi, nepre kaptiĝu de la germana armeo; alie oni eble linĉos vin›? Kiel tio akordas kun la konvencia kredo kiun la samaj homoj pretendas akcepti? Kio pri la famoj kaj fanfaronoj ke en niaj bombitaj urboj oni bruligis germanajn aviadistojn?»

«Eble nur famoj kaj fanfaronoj tamen.»

«Eble, sed la volo petas nur la okazon. La bastardoj kredas sin piece pravaj ĉar la milito minacis iliajn sanktigitajn vivojn. Ili bestiĝas pro nura degenera timo, kaj atendas ke oni aplaŭdu ilian venĝon. Cetere, ne estis famo pro tiuj civiluloj kiuj malhelpis niajn knabojn kiam ili provis enterigi germanajn aviadistojn sub la gepatra flago.»

«Ta, manpleno da superpatriotoj!»

«Kiujn aplaŭdis milionoj.»

«Mi dubas. Cetere malamo estas natura en milito, kaj paradi tiun flagon nun estis tiel provoke, kiel flirtigi ruĝan tolon antaŭ taŭro.»

«Ĉu ĝi provokis vin?»

«Kompreneble ne.»

«Ne, ĉar vi nature simpatias tiujn viktimojn pli ol la patriotojn. Ne surprize, ĉar vi havas pli komunan kun ili. Jen kio vere motivas tiun venĝemon: tiuj homoj sukcese evitis enarmeiĝon kaj volas eviti la militon, kvankam ili aplaŭdas ĝin. Tial ili indignas, kaj skribas al la ĵurnaloj pri la ‹subakvaj ratoj kiuj torpedas senkulpajn civilulojn›, kvazaŭ la submaristoj devus pliigi la riskegon demandante ĝentile pri la identeco de la pasaĝeroj. Domaĝe ke la kritikantoj ne havas okazon fariĝi ‹subakvaj ratoj›, lepro putrigu ilin!»

«Bone, sed jam sufiĉe.»

«Kien vi iras?»

«Reen al la dancado.»

«Ni iom trinku.»

«Jam tro.»

«A-aĥ. Arturo ...»

«Vidu, ni eble bombos morgaŭ.»

Arturo pravis: batalolisto aperis la sekvan tagon antaŭ tagmezo, kaj sur ĝi estis la trupo de Karlo, kaj nun Jano sidis, kun stomako iom acida, sed alie tute bonfarta, dum la bombilo ruliĝis peze al la deteriĝa ŝoseego, ĝojante ke li tamen ne troege drinkis kaj pensante pri la brunokula knabineto kiun li renkontis la antaŭan nokton. Tio estis bonega: Arturo alparolis ŝin kiam ili reiris de la bufedo al la dancado; ŝi respondis kuraĝige, kaj ili petolbabilis, sed estis Jano al kiu ŝi turnadis la atenton, kaj li, komence spiteme al Arturo, poste flatite, redonis atenton, kaj fine proponis kundancon.

La bombilego haltis, atinginte la finon de la vico kiu atendis turniĝon en la deiran ŝoseegon. Jano, ŝovinte la unuajn kuglojn super la risortaj teniletoj en la pafiloj, retiris la kulasblokojn kaj premis la ĉanojn. La blokoj saltis antaŭen kun tremiga bato, kaj li levis la platojn por kontroli ĉu la pafstangetoj funkcias. Jes, jen iliaj pintoj montras sin preter la blokaj facoj.

Kompreneble la propono danci estis nur preteksto por perdi Arturon. Ŝi rifuzis trinkon, sed ne kontraŭis lian proponon eliri, kaj postnelonge ili trovis sin promenantaj sub frosta ĉielo. Li sciis ke estas hejtodomo ie apude laŭfame uzata en tiaj konjunkturoj, sed jam ne perfekte parkeris la ĉirkaŭ-aĵon, kaj cetere lian varman kapon konfuzis la freŝa aero; tamen ili baldaŭ trovis sin sub heĝo kiu donis almenaŭ teorian ŝirmon, kaj la varmo de ilia pasio forsolvis la malvarmon kaj nekomforton de la pozicio.

Li denove retiris la blokojn, kaj ĉifoje kontrolis ke la unuaj kugloj translokiĝis al la blokaj facoj. Nun premo sur la ĉanojn ne nur sendos la blokojn antaŭen, sed ankaŭ kaŭzos pafon, kies eksplodo resendos ilin, kaj la aŭtomata pafado daŭros je mil ducent kugloj pominute sen iu plua ago lia. Li digis la morto-torenton, ŝaltante la pafilojn al «malpafo».

Estis mirinde kiel facile estis: li ne havis planon, ne definitive projektis venki ŝin, kaj tamen ĉio iris glate, kiel multe ekzercita formala danco. Ŝi estis tute senrezista; eĉ, kiam aferoj ekkulminis, pli treme avida ol li – kiam ŝi ektiregis lin gape malferma, tiam la unuan fojon, li ŝvite ektimis pri ebla fiasko siaparte, sed liaj jam streĉitaj fibroj ne perfidis lin. Kompreneble ŝi ploretis poste kaj diris ke ŝi ne estis knabino tia, kia li eble nun opinias ŝin, kaj li murmuris konsolojn, ne demandante kial ŝi estas tiuokaze ĉe tia festaĉo, ĉar li sentis sin tro senŝarĝita por ĉikano. Vere, ĝuebla estas la vivo.

La bombilego turnis sin en la ŝoseegon, kaj li konstatis preskaŭ kun konsterniĝo ke ili ja komencas la unuan veran operacion. Li ofte scivolis pri siaj reagoj al tio, kaj dum ekzercaj flugadoj imagis ke li celas malamikan ĉefurbon kun plena bomboŝarĝo, por provi siajn reagojn, sed jen: li preskaŭ forgesis ke la tempo jam alvenis, aŭtomate plenumante la ofte plenumitajn antaŭflugajn taskojn, kvazaŭ la sekvonta flugo estos same rutina. Nun li nur povis pensi ke la lumoj jam ekbrilas malantaŭ la kurtenoj de la domoj en la apuda vilaĝo, kaj scivoli kion li faros.

La motoroj kresĉendis, kaj li turnis la kapon por rigardi la vojon irotan, kie perspektivo enturnis la paralelajn ŝoseegajn randojn ĝis ili kuntuŝiĝis je fermita pinto.

La bruo de la motoroj mal-pliiĝis, fariĝis normala. El la vitra kupolo de la direkta veturilo ekbrilis verda lumo; Karlo malbremsis, kaj la giganta aviadilo ekglitis antaŭen.

★ ★ ★

Dunkan atendis la signalon. Post momento la fajfiloj eksonos, kaj ili lanĉos sin el la patrina tero, lanĉos sin vivantan el la patrinutero en mortigan vivon.

Post ses monatoj Ĝon fariĝos la unua soveta konsulo en Britujo kaj malfermos konsulejon en Glasgovo, kiun la brita registaro ne agnoskos.

★ ★ ★

Donald sidis en tramo survoje al rendevuo kun Patrica. Viro oblikve antaŭ li legis ĵurnalon kun novaĵo pri la glora rezistado de la rusoj. Eĉ la eŭfemisma «kun-militantoj» jam ne uziĝis: sekvante la kuraĝan ekzemplon de la ĉefministro oni senhonte nomis ilin aliancanoj. Oni jam kutimis al tiu ideo.

Kia grego! Nun ili propagandas ke ankaŭ la rusoj nur batalas por libero kaj pli bela mondo, kaj tiu propagando necesas por detrui la rapojn de malfido en la mensoj de la publiko, kiujn la propagandantoj mem semis.

Diable, antaŭ dudek jaroj tiu sama ĉefministro, kiu nun aludas al sia «batalanta kamarado», Stalino, projektis uzi germanajn trupojn kontraŭ la nova Sovetunio. Kaj kio okazis kiam Ĝon Maclean provis starigi sovetan konsulejon? La brita registaro eĉ ne agnoskis ĝian ekziston.

Ĝon Maclean. Jen viro! Se ĉio, kion diras pri li Alek Robb kaj la aliaj mezaĝulaj socialistoj estas vera, li ŝajne estis la sola nekoruptebla homo kiu iam faris karieron el la politiko. Kaj la sola agnosko kiun li ricevis ekster propra rondo kredeble estis la komento de la juĝisto kiu diris, «Vi ŝajnas esti inteligenta homo», antaŭ ol kondamni lin.

Tiu ŝajne estas ŝatata komento de juĝistoj: ĉe la fino de lia propra tribunalo oni uzis ĝin. Malkonsentinte kun li pri preskaŭ ĉiu punkto de lia argumento, oni diris: «Vi ŝajnas esti inteligenta junulo.»

★ ★ ★

S-ino Gill proponis leteron al sia edzo: «Ĉu vi volas legi ĝin?» ŝi demandis.

«Jes, sed mankas tempo, kara», respondis Georgo, jam surmetante la palton. «Kiam mi hejmeniros, certe. Kion li diras?»

«Nu, li alvenis; iros al dancado. Jen ĉio. Tamen, ni ne ĉikanu: li skribis preskaŭ tuj post alveno.»

«Jes, li ekhavas konsciencon», komentis Georgo, elirante. «Do ĝis.»

«Ĝis, kara», respondis s-ino Gill distre, jam relegante

la malmultajn liniojn. Ŝi esperis ke tiu ĉi akurato ne estas
veaŭgura. Ĝi certe ne estas natura. Nu, necesas subpremi ne-
motivitajn timojn, ekde nun ĉiu tago eble portos danĝeron al li.
Tion li ne povis kaŝi. Sinregado do estas absolute necesa se ŝi
ne volas malsaniĝi.

Ŝi iris al la litoĉambro kaj prenis el la komodo skatolon,
kiu estis jam preskaŭ plena de leteroj, la plej multaj ankoraŭ
en kovertoj. Ĉe unu flanko ili ne estis ligitaj, kaj ĉiuj montris la
manskribon de Jano, sed ĉe la alia, kaj en la mezo, estis ligitaj
staploj kun aliaj manskriboj sur ili. Ŝi levis unu el la staploj
por faciligi ioman rearanĝon de la leteroj entute kaj penseme
malliginte ĝin, eklegis la leteron el la supra koverto:

Ie en Francujo.

30. 7. 17.

Mia kara fratino,

    La ŝtrumpetoj estas duoble bonvenaj ĉi tie, ĉar la
tereno estas tre malalta kaj emas tenadi malsekon.
Multan dankon! Estas tute malvere ke soldatoj nur
volas trovi manĝon en siaj pakaĵoj kaj forĵetas ĉiujn
trikaĵojn, kaj mi vetas ke ne estis soldatoj kiuj kreis
tiun famon, ĉar por ili la piedoj estas supergravaj. Kiel
mi diris, mi ĉiam provas teni sekajn ŝtrumpetojn sur
la ŝultro, kaj kiam mi devas surmeti tiujn, mi atendas
senpacience okazon por lavi la uzitajn.

    La vetero estas tre malbona ankaŭ ĉi tie.
Oni diras ke la kanonoj kaŭzas la pluvon. Mi ne
komprenas kiel – io pri la vibrado. Ĉu do la milito
kulpas ankaŭ pri la vetero?

*Eble la milito baldaŭ finiĝos tamen. Ĝi ŝajnas
al mi tiel longa, ke mi preskaŭ ne povas memori
pacotempon, sed ĝi devas finiĝi iam. Ni aŭdas famojn
ĉi tie la tutan tempon, sed mi emas kredi la lastan —
ke la rikolto en Germanujo estos treege malbona, ĉar
vere la vetero kredigas tion verŝajna. Do eble la milito
finiĝos pli frue ol ni atendas. Ĉu vi memoras kiel ni
supozis ĝin finota antaŭ la unua Kristnasko?
Via ama frato,
Dunkan.*

★ ★ ★

Akra ekfajfo tranĉis la nervojn de Dunkan, kaj li suprentiris sin al la tranĉea remparo, sed li preskaŭ refalis pro karambolo kun Mik. Tiu rektiĝis el kaŭra sinteno sur la remparo, kaj ŝajnis ŝvebi momente antaŭ ol fali, komence malrapide, kiel trasegita pino, retenante la rektecon; poste kun preskaŭ nedeca rapido, kurbiĝante dumfale, ĝis li trafis la tranĉean fundon apud fajrkorbo en duonsida pozicio, apogite de la kontraŭremparo; la kasko jam forfalis, kaj ruĝa makulo sur la frunto montris ke li estas morta.

Dunkan avancis, tra la drato, antaŭen al la kanalo. Tie speco de rulponto sub la akvo faciligis transiron, sed la malamika artilerio aktiviĝis: estis vera bombarda kurteno trakurenda. Ĝi ne aspektis tiel densa kiel Dunkan foje vidis, sed tio ne trompis lin, ĉar li sciis ke pro la malseko la tero eruptas je buloj de koto, kiuj rapide refalas, nelasante polvonubojn ŝvebantajn en la aero, kiuj en seka vetero kompreneble donas solidan kaj daŭran aspekton al bombardoj multe malpli intensaj ol la nuna.

Li avancis en ĝin. La tero tremis, kaj fontanis ĉe ĉiuj flankoj, kvazaŭ li trairus inkuban boskon kie eruptoj anstataŭas arbojn. Unu avantaĝo de la malseka tero estis ke la obusoj penetris funde, sendante siajn eksplodojn supren anstataŭ dise. Eble, eble; nur antaŭen! Sed la eksplodoj estis pli densaj; la perfortita aero batis lin; li stumblis tien kaj reen sub la forto. Ho, fali en krateron; kompata kuglo en la ŝultro aŭ la kruro! Hejmen! Trankvilon! Reenrampi la ĉelan varmon de neekzisto, kie ĉio nur futuras.

Estis blindiga ekfulmo en la kotplena krepusko, knalo orelkreva, kaj la tero alsaltis por frapi lin kun terura batego. Li kuŝis survizaĝe en la muelita koto, kaj nur tiam konstatis ke frapo en la dorson, kvazaŭ de freneza lokomotivo, levis kaj pelis lin ĉi tien. Koto kaj terbuloj ĉirkaŭpluvis. Lia frakasita konscio klopodis al pozitivaj pensoj.

«Jes,» pensos Donald, lasante la tramon, «tio bele enkondukis konkludan punkton al proceso jam gajnita: ‹Vi ŝajnas esti inteligenta junulo. Mi esperas ke via patro ne influas vin rilate tiun ĉi vian sintenon.›

‹Mia patro mortis ĉe la Fronto en 1917.›»

Formetante la leteron, s-ino Gill rimarkos noton sur la koverto en propra manskribo: «Ricevita du tagojn post lia morto.»

★ ★ ★

Je la unuaj horoj de la Aŭtuna Ofensivo Dunkan Maclean mortegis. Li kuŝis dum iom da tempo meze de la bombardo, sciante preskaŭ nenion; poste la atako preterpasis lin, kaj la bombardo laŭe retiris sin. Li provis movi sin por kuŝi surdorse, sed terura dolorego afliktis lin, kaj li konstatis ke estas truo en lia dorso.

Brankardistoj atingis lin, sed vidante liajn vundojn ili sciis ke li estas mortonta. Tamen, ili levis lin sur la brankardon, malgraŭ liaj ĝemoj, kuŝigante lin surflanke, kaj portis lin reen trans la trancearo, al veturilo, sur kiun ili kuŝigis lin kun aliaj vunditoj.

Li kriis ĉar la arda aero eniris la kavon en lia pulmo, raspante tie la histojn kaŭterizitajn de la ŝrapnelo, kaj oni enŝovis vaton por malhelpi eniron de mikroboj, sed la doloro ne ĉesis.

Li iom re-konsciiĝis. Li konstatis kie li estas, kaj lia menso kapablis kunligi la portadon el la batalejo kun la kaŭzo. Li estas vundita. Ĉu li ricevis belan «hejman»? Sed, ho, estas torture! La ĉaro ruliĝas, saltas kaj faletas pro la malebena vojo, kaj vunditaj korpoj moviĝas laŭe. Li soifegas, vokas: «Trinkon!» Ĉu iu aŭdas? La ambulancanoj kiuj marŝas prizorge okupiĝas de viro kun granda ruĝ-makulita tolaĵo sur gambostumpo, kiu provas ĵeti sin el la veturilo.

Dunkan provis tiri ilian atenton per simila baraktado, sed spasmego de doloro sternis lin tremantan. Ned kaj Kapitano, iru pli zorge. Katrina kaj la etulo! Paniko ekkaptis lin, kaj li luktis kontraŭ la neevitebla. Alek Robb eskapis, kaj ankaŭ li povos. Alek kaj Allan kaj Ĝimi kaj Ĝo en la trinkejo; estis futuro tiam. Kie ĝi ...? Tio estis nuno; kio estas nun? Kio ligas la du? Estas eraro, kiun li devegas korekti. Li luktis, kaj la doloro kaj soifo intensiĝis netolereble. Li streĉis siajn fibrojn, la nuran volon por rezisti, kaj ju pli li streĉis, des pli intensiĝis lia sufero, sed li streĉis, streĉis, pli kaj pli, kunpremante la palpebrojn, kun-tenante la konscion.

La ĉaro ruliĝis, kaj la kunkuŝanto apoginte lin moviĝis for. Dunkan ruliĝis post li je blankarda kulmino de dolorego; liaj fortoj paroksisme rezistis; cedis. La membroj malstreĉiĝis;

obtuzo anestezis liajn doloron kaj soifon, kaj kompata paralizo
lin narkotis kontraŭ la falĉo. Senkonscio ekvolvis lin, kaj cerbo
akceptema ne rezistis ĝin, jam ne volis rezisti.

Li kuŝis surdorse kun la polmoj turnitaj supren, senmova
kaj trankvila inter la suferado, ĝis la ĉaro atingis la ambulancon,
kaj oni eltrenis lian kadavron.

NUR LIGOJ

Kio ligas? Trompa tempo, kies paseo jam forpasis el ekzisto, kies prezenco konstante ĉesas esti, kies futuro ekzistos nur kiam ĝi jam ekzistas, do jam ĉesas esti.

Kiam la heroo mortis, vivos la heroo ses monatojn poste, vivos kaj fariĝos konsulo; dudek kvin jarojn poste fariĝis konsulo.

Ĝon fariĝis Konsulo por Sovetaj Aferoj en Britujo la 1-an de februaro, 1918, kaj tuj aktivis helpe al rusoj arestitaj, aŭ iel retenitaj, de la britaj aŭtoritatoj, sed la registaro ne agnoskis tian oficon, kaj la aŭtoritatoj oponis liajn klopodojn funkcii en oficejo speciale malfermita tiucele, ne permesante ke korespondado liveriĝu al ĝi.

Ĝon sciis de la komenco ke akceptante la oficon, li enpaŝas danĝeron, kaj li ne atendis ke tiu ĉi negativa oponado estos la sola rimedo uzata kontraŭ li. Li pravis: sep semajnojn post lia elekto al la ofico de konsulo, la polico invadis la etan konsulejon kiam li mem estis for, kaj arestis lian helpanton. Tri semajnojn post tio oni denove invadis la konsulejon kaj arestinte Ĝon'on, enkarcerigis lin sub akuzo pri ŝtatperfido.

Reeniri karceron estis nigra perspektivo, sed li ĉiam sciis pri la eblo, kaj ne penis eviti ĝin, eĉ antaŭ ol li akceptis la postenon de konsulo. La sekvoj de tia agado estos kortranĉaj por lia familio, sed li povis marŝi laŭ nur unu direkto – antaŭen. La tempo estis jam matura; la afliktaj leĝoj elpensitaj de la registaro montras timon de la elpensintoj, kaj post unua prema efiko ili kolerigis la laboristojn pli ol timigis, ĉar ili montris klare la veran sintenon de iliaj regantoj al ili. Krome, la milito jam naŭzis ĉiujn pro la eternaj mortintoj-listoj; optimismaj oficialaj priskriboj pri grandaj ofensivoj kiuj neniam havas iun rezulton krom kreskigi la honorlistojn; prezoj kiuj ĉiam altiĝas kaj aĉetas malpli, precipe pro la porciuma sistemo, kiu certe funkcias strikte por la laboristoj, kvankam famo laŭtas pri la facilo je kiu la riĉuloj povas eviti ĝin, kaj tro da tiuj riĉuloj fariĝis riĉaj pro tiu ĉi damninda milito. Ĉio ĉi kondukos al la revolucio, se nur la popolo rifuzos kompromisi, kiel la rusa popolo rifuzis kompromisi, sed anstataŭe elĵetis la reformulojn kaj marŝis rekte antaŭen al seninterrompa revolucio. Tio ĉi montris la malpravon de la socidemokrataj reformemuloj ankaŭ en Brit- ujo, kaj estas necese emfazi la lecionon. Timigu regantojn jam timigitajn, provoku ilin al drastaj kontraŭagoj; rezistu ilin firme, kiel ĉiuj avangardaj kamaradoj faras; staru lojale ŝultro- al-ŝultre kun tiuj kamaradoj; demonstru al la popolo ke nenio povas dividi ilin, kaj ke nedividite ili ne povas venkiĝi.

La proceso kontraŭ Ĝon inkluzivis multajn punktojn, ampleksante periodon de januaro ĝis lia arestiĝo. Tiun ĉi fojon li intencis batali efike kontraŭ ili, ne por eviti kondamnon, ĉar li sciis ke tio ne estos ebla, sed por ekspluati la publikecon kiun oni altrudas al li. Por pli efike plenumi tiun intencon li decidis defendi sin mem.

La proceso komenciĝis la 9-an de majo, 1918, en la Ĉefa Kortumejo de Edinburgo. La juĝisto atentigis al Ĝon ke li rajtas protesti kontraŭ iu ĵuriano, kaj Ĝon, rigardante al la plataj, burĝaj vizaĝoj, respondis ke li protestas kontraŭ ĉiuj el ili.

Li estis denove akuzita sub D.O.R.A.. La celo de la akuzintoj estis pruvi ke en diversaj paroladoj inter januaro kaj aprilo li proponis agadon kiu povus malhelpi kreadon de armiloj kaj alian laboron necesan al sukcesa militado, kaj kiu ankaŭ povus kompromiti rekrutigon al, kaj disciplinon en, la Armeo kaj Floto, kaj ke entute li celis inciti ribelon kaj revolucion defie al la Akto Defendo de la Regno.

Estis dudek ok atestantoj kontraŭ Ĝon, kaj neniuj por li. Tiuj atestantoj citis ĉerpojn el liaj paroloj subtenajn al la akuzo pri incito al ribelo kaj malobeo, kaj estis ankaŭ sugestoj ke germana oro cirkulis en la Clyde Laborista movado.

Ĝon faris demandojn al la policaj atestantoj pri la vereco kaj fidindo de iliaj notoj, devigante al ili konfesi ke tiuj estis skribitaj laŭmemore post la koncernaj paroloj liaj. Unu atest-anto klarigis ke li opiniis neprudente malkaŝe fari notojn, kaj Ĝon sugestis ke tiu ne volis montri al la laboristoj ke li estas spiono ĉar la sorto de spionoj estas mortpafo.

Li refutis la sugeston ke germana oro subtenis la laboristan movadon, sed kontraŭatakis kun la akuzo, ke la brita registaro forprenis £1000 de kamarado Kameneff, kiam li estis sendita al Britujo kiel soveta ambasadoro. Tio, sugestis Ĝon, estis bela ekzemplo de kapitalista moralo.

Oni ne povis kompreni liajn motivojn, sed ili estis konsek-vencaj: li jam atentigis en prelego bazita sur «ne mortigu; ne ŝtelu» ke, rezulte de la ŝtelado kiu okazadas en ĉiuj civilizitaj landoj, armeoj necesos, kaj la armeoj neeviteble kolizios. Sekve, li opinias kapitalismon la plej sanga kaj fia sistemo iam uzita de la homaro. Oni nomis lian lingvaĵon troiga, sed la pasintaj kvar jaroj pravigis ĝin.

Liaj motivoj estas puraj kaj sinceraj. Li celas bonon por la homaro, kaj ne por iu aparta individuo, kaj tiu bono povos veni nur kiam la ekonomio stariĝos sur ekonomie stabila bazo. Li sciis ke la reganta klaso kontraŭos tion, kaj tial li prave kontraŭbatalis tiun klason.

Kiam Edvardo VII mortis, li asertis ke ties kromnomo devus esti ne «Edvardo la Paciga», sed «Edvardo la Militiga», ĉar lia *entente cordiale*, kaj alianco kun Rusujo, celis ĉirkaŭpremi Germanujon, landon kies kapitalismo ekde 1871 necesigis ankaŭ por ĝi imperion en kiun senŝarĝe sendi la superabundajn varojn.

Tia serĉado por imperio devas kaŭzi konfliktojn. Tion li pretendis antaŭ jaroj, kaj li pruviĝis prava. Liaj nunaj diroj sekve nur daŭrigas la antaŭajn.

«Neniu homo sur la terglobo,» deklaris Ĝon, «neniu registaro, forprenos de mi la rajton paroli, la rajton protesti kontraŭ maljusto, la rajton fari ĉion, kio alportos bonon al la homaro. Mi staras do ĉi tie ne kiel la akuzito, sed kiel la akuzanto de la Kapitalismo gutanta sangon de kapo ĝis piedoj.»

Rilate la akuzon ke li urĝis malrapidigon kaj ĉeson de laboro, li atentigis ke li ne inventis tiujn ideojn, kiujn la laboristoj fakte delonge uzis por akiri al si pli bonajn vivkondiĉojn. En epoko kiam profitoj kreskegas, kaj salajroj ne, li certe aprobas uzon de tiaj rimedoj, kaj li ja emfazis ke se oni ĉesos labori, estos senutile poste fari nenion: necesos agi. Fakte, la registaro maldungis milojn da laboristinoj antaŭ la granda ofensivo; do, se la laboristoj kulpas ĉar fabrikado de municioj ĉesas, tiuokaze la registaro same kulpas.

Pri lia postulo ke oni devigu la farmistojn produkti manĝon por la laboristoj sub minaco bruligi iliajn bienojn, la minaco estis emfaza pli ol efektiviĝonta, ĉar socialistoj volas uzi, ne detrui. Lia postulo pri manĝo estis tamen bone motivita, ĉar estas konate ke la registaro retenis manĝon destinitan al Rusujo, esperante ke frosto kaj malsato faligos la bolŝevistojn.

La brita registaro do respondecas pri la murdo de virinoj kaj infanoj, kvankam ĝi protestas ke germanaj bomboj mortigas virinojn kaj infanojn en tiu ĉi lando. Kompreneble, britaj bomboj faligitaj en Germanujo mirakle evitas virinojn kaj infanojn.

Oni multe parolas pri la abomenaĵoj faritaj de la germanoj, sed li mem povus paroli pri britaj abomenaĵoj, ĉar li spertis ilin en la karceroj, kie oni intence klopodis detrui la organojn de militrifuzintoj, kaj li nun volas publike anonci ke li rifuzos manĝi kiam oni resendos lin en karceron. Se oni devige manĝigos lin, tiuokaze sole la brita registaro respondecos por iu malbono kiu trafos lin. Kompreneble registaro kiu volonte lanĉas milionojn da viroj en batalojn ŝajne opinios bagatelo la detruon de unusola homo.

Ĝon refutis kapitalistajn mensogojn pri la bolŝevistoj. Li atentigis ke kiam la rusoj sendis flugfoliojn en la germanajn tranĉeojn, tiam ili celis precize tion, kion Britujo celis: revolucion en Germanujo, sed la rusoj sincere volis ke la germanaj kamaradoj kunlaboru kun ili je la kreo de la socialismo, dum la britoj nur celis malakordon en Germanujo. Revolucio estas bona en Germanujo, sed malbona en Britujo; tio estas la logiko de la registaro; Ĝon estas pli konsekvenca.

Oni akuzis ke li urĝis kontraŭkonstituciajn metodojn, sed kiam milito venis, tiam la registaro enkondukis DORA, kiu signifis la detruon de la tuta leĝaro, kaj se la registaro rajtas forĵeti ĉiun leĝon pro milito, la laboristoj rajtas ĉesigi tiun militon, kun kontentigaj packondiĉoj kaj neniu venko al la laboristoj de ambaŭ flankoj.

Se iu flanko venkos, tiam venĝemo sekvos. Militfino sen venko postulos neordinarajn metodojn kaj agadon, kaj tiajn li ja proponis al la laboristoj, surbaze de la sperto de la rusoj.

Se tia paco ne efektiviĝos, kapitalismo kreskos post la milito, kaj pli efikaj maŝinoj postulos pli kaj pli da teritorio en kiun sendi la superabundajn varojn. Jam oni preparis sin por la milito post la milito: Germanujo kun ĝiaj amikoj kontraŭ Britujo kaj Usono kun iliaj amikoj, dum Japanujo aneksos nordan Ĉinujon. Estos depresio kvin jarojn post la milito, kaj dek kvin jarojn post la milito ni estos pretaj por nova milito; se kapitalismo daŭros, tio estos neevitebla. Post dek kvin jaroj ni eble havos la unuan grandan militon en la Pacifiko – Usono kontraŭ Japanujo, aŭ eĉ Japanujo kun Ĉinujo kontraŭ Usono. Estas eble do ke ni havos novan militon multe pli grandan kaj multe pli seriozan laŭ ĝiaj sekvoj ol la nuna. Tion li ja asertis al siaj aŭskultantoj ĉe la mitingo.

Li nun daŭrigis: «Ĉar la grandŝtataj registaroj rifuzas ĉesigi la Militon ĝis unu flanko detruiĝos, tial estas nia devo, kiel membroj de la laborista klaso, klopodi por ĉesigi tiun ĉi militon nun, ne sole por savi la nuntempajn junulojn, sed ankaŭ por evitigi la sekvontan militon. Tio estis mia sinteno, kaj tio pravigas mian konduton lastatempan. Mi celas ĝisfundan rekonstruon de la socio tra la mondo sur koopera bazo. Kiam ni forigos la neceson de armeoj kaj flotoj, tiam ni forigos la neceson de militoj.

Mi entreprenis kontraŭkonstitucian agadon je la nuna tempo pro la nenormalaj cirkonstancoj, kaj ĉar la brita registaro donis precedencon. Mi estas socialisto, kaj mi batalis, kaj batalos, por tuta rekonstruo de la socio por la bono de ĉiuj. Mi estas fiera pri mia konduto. Mi akordigis mian konduton kun mia intelekto, kaj se ĉiuj estus farintaj tion, tiu ĉi milito ne estus okazinta. Mi agis honeste kaj pure por miaj principoj. Mi havas neniun motivon por apostati. Mi havas neniun motivon por honto. Via klas-sinteno estas kontraŭ mia klas-sinteno. Ekzistas du klasoj de moraleco: estas laborist-klasa moraleco kaj kapitalist-klasa moraleco. Ekzistas tiu ĉi antagonismo, same kiel ekzistas antagonismo inter Germanujo kaj Britujo. Venko por Germanujo estas malvenko por Britujo; venko por Britujo estas malvenko por Germanujo, kaj estas tute same rilate niajn klasojn: kio estas morala por unu klaso, tio estas malmorala por la alia. Indiferente pri viaj akuzoj kontraŭ mi, indiferente pri iuj pensoj rezervitaj en via animofono, mi apelacias la laboristaron. Mi apelacias ekskluzive ĝin tial ke ĝi, kaj sole ĝi, povos realigi epokon de tutmonda frateco bazita sur solida ekonomia fundamento. Tio, kaj sole tio, povos esti rimedo por la reorganizo de la Socio. Tion oni povos akiri nur kiam la popoloj de la mondo posedas la mondon kaj tenados la mondon.»

Post tiu parolado la ĵurio ne sentis bezonon lasi la aŭlon por diskuti la ateston, sed tuj interkonsentis, kaj la ĉefĵuriano ekstaris por anonci la verdikton: kulpa rilate ĉiujn akuzojn.

«Ĉu vi volas diri ion, Ĝon Maclean?» demandis la juĝisto.

«Ne, mi jam diris sufiĉon por unu tago», respondis Ĝon.

La juĝisto faris nur mallongan predikon, finante per: «Vi estas evidente tre edukita kaj inteligenta homo, kiu plene konstatas la gravecon de via krimo.

La decido de tiu ĉi kortumo estas ke vi kondamniĝu al punlaboro dum periodo de kvin jaroj.»

★ ★ ★

Dudek kvin jarojn post la morto de la heroo la heroo repensis al la proceso kiu okazis antaŭ preskaŭ dudek kvin jaroj: «Vi estas tre inteligenta homo; sekve mi kondamnos vin al kvin jaroj en karcero», li mense travestiis al si. Pli bone esti stulta antaŭ juĝisto? «Vi estas tre stulta homo; tial mi pardonas al vi vian krimon.» Ve al la juĝisto kiu havus konscion: kia interna konfliktego se li hazarde konsentus kun la inteligentaj opinioj de iu akuzito!

Tamen maljuste! Oni ja akceptis lian propran pledon.

«Vi estas tre pensema, Donĉjo», Patrica rimarkis.

«Mhm.»

«Pencon por ili.»

«Donu.» Donald etendis la manon.

«Mi ŝuldos.»

«Do mi ŝuldos miajn pensojn.»

«Ta!» Ŝi fosis en la monujo. «Jen.»

«Mi pensis pri juĝistoj.»

«Kion pri ili?»

Donald klarigis.

«Ha, ha. Jes, preskaŭ ŝajnas tiel, ĉu ne? Kio efektive okazus se la juĝisto konsentus la opiniojn de la akuzito?»

«Vi ŝercas, kompreneble.»

«Nu-u, kiel vi mem diris, oni akceptis vian pledon.»

«Ne ĉar ili konsentis kun miaj opinioj. Cetere, tio estis tribunalo; ne temis pri profesiaj juristaj friponoj.»

«Tamen ili estis sufiĉe juĝistemaj por diri, ‹Vi estas inteligenta homo›.»

«Trafite.»

«Cetere, eble ili sekrete konsentis kun vi.»

«Tiuokaze, ili estus preskaŭ unikaj.»

«Kial?»

«Neniu konsentas kun mi, krom manpleno da deklaritaj pacistoj.»

«Tute ne. Tiuj havis la kuraĝon deklari sin pacistoj, sed aliaj homoj kapablas konsenti kun viaj argumentoj – mi, ekzemple; do ankaŭ tiuj en la tribunalo.»

«Sed tiuj ne amas min», Donald pensis. Li diris: «Dankon pro la kuraĝiga ebleto.»

«Se ĉiuj farus same, milito neeblus, kaj neniu volas militon», Patrica entuziasmis.

«Mi ja pensis pri tio», atentigis Donald seke. Ŝi volas konverti la papon al katolikismo.

«Jes, sed estas vere, Donĉjo.»

«Vere, sed neeble. La idealismo en ni mortis.»

«Mi opinias ke mi faros.»

«He?»

«Mi povus fari same», Patrica ripetis.

«Ne estu absurda», Donald pensis, sed diris nur: «Sed mi kredis ke via laboro estas necesa al la milito.»

«Jes, sed mi povus lasi ĝin. Mi tiam devus registriĝi por iu speco de milita servo.»

«Ho! Tamen ne faru.»

«Kial?» demandis la zelotino.

«Nu, kion vi atingus?»

«Mi impresus sur ilin mian konvinkiĝon.»

«Sed vi ne sufiĉe impresus por pravigi tian paŝon.»

«Ĉar mia servo ne estas sufiĉe necesa?»

«Ne nur tio; ili simple komplezus, proponante al vi iun

laboron kiu estas ne rekte mortiga – kaj», li interrompis ŝian farotan interrompon, «vi ne povus rifuzi tion, ĉar vi jam faris laboron utilan al la milito.»

«Mm, jes.»

«Do vi simple anstataŭus laboron kiu estas sufiĉe agrabla per laboro kiu verŝajne estus malpli agrabla, kaj neniel embarasus la aŭtoritatojn.»

«Nu, vi ŝajne pravas, sed plaĉus al mi fari ion.»

«Kompreneble. Do rapidetu, ĉu ne?»

«Ĉu ni estas malfruaj?»

«Ne, kaj ni ne estu.»

Ili baldaŭ atingis la teatron kiun ili celis, kaj ŝoviĝis tra la homoj starantaj antaŭ tiu, parolantaj en grupoj kaj kolostreĉe ĉirkaŭrigardantaj serĉe al amikoj alvenontaj.

«Mi esperas ke ĝi estos bona», menciis Patrica nenecese, kiam ili trovis siajn sidlokojn. «Mi neniam vidis ‹Lear›. Mi supozas ke vi ja.»

«Mi ne. Ne forgesu ke ĝi estas nerolebla – teorie.»

«Do Wolfit faros ĝin praktike.»

«Bone», aplaŭdis Donald.

La dramo komenciĝis trankvile kaj senpatose, kun la maljuna reĝo dividanta la regnon inter la filinoj, kiel avo kukon, ĝis la pedante honesta Kordelia, incitinte lin, ŝaltis la tragikan agadon. De tiam la potenco de la temo sentiĝis, kaj pli kaj pli envolvis Donald'on, ĝis la kresĉenda tria akto, kiam la erarinta heroo, elpelite en la ŝtormon kun la buba sed lojala ŝercisto, kiel sola kunulo, atingis la apogeon de siaj suferoj, kaj la ĉirkaŭantaj seĝoj, la teatro mem, malaperis el la konscio de Donald, dum lia tuta atento fokusiĝis al la figuro staranta sola sur scenejo en kiu ĉiuspeca dekoracio mankis, krom duonkolono kies supra parto, kune kun la kapo de la reĝo, estis lumigita kontraste kun la ĉirkaŭa nigro.

La aktoro ekzaltiĝis sub la intenso de la rolo. Li jam ne generis emocion, sed emocio regis lin, kaj la konflikto interna elverŝiĝis kaj renkontis la violenton eksteran, ne spite, sed akordiĝe; kaj same akordiĝante, la grandioza lingvaĵo ŝajnis ŝanĝi la absurdan teatran tamburoŝtormon en ŝtormegon efektivan kaj terure simpatian:

«Blovu, ventoj, krevigu viajn vangojn. Blovu,
vi torentegoj kaj vi uraganoj, sputu
ĝis lavos vi turpintojn, dronos ventokokojn.
Kaj vi, sulfuraj kaj senkonsciigaj fajroj,
flugkurieroj de la kverkoklivaj frapoj,
ĉendu ĉi blankajn harojn. Ĉionskua tondro,
frapegu plata la antaŭe sferan mondon;
natur-muldilojn fendu, disperdante ĝermojn
de la homar' sendanka.»

Apenaŭ percepteble li ritme ŝanceliĝis, kvazaŭ sub la fortoj internaj kaj eksteraj, daŭrigante siajn kataklismajn malbenojn spite al interrompoj, ĝis tute subite la sorĉo ĉesis, kaj li vide rigardis.

«Prudento min eklasas.
Nu, venu knabo. Kiel fartas vi? Malvarme?
Mi mem malvarmas. Kie la kabano, homo?
Per stranga artifiko niaj mankoj povas
strasaĵojn fari karaj. Venu, la kabanon!
Povrula bubo, unu part' de mia koro
ankoraŭ vin kompatas.»

La tempo pasis. En la post-lasitaj ruinoj briletis lumopunktoj, kaj grade la lumo kreskis, ĝis ĝi suverenis super la ombroj, kaj en la nova paco la heroa vivo forsiblis, kiel mort-anta zefiro posturagana.

Donald kaj Patrica eliris en la stiksan nigron de la milit-tempa nokto, kaj Patrica preninte el sia mansaketo elektran torĉon, ĝin ŝaltis, aldone al la jam multaj lampire dancantaj lum-punktetoj ĉirkaŭe.

«Kion vi opinias, Donĉjo?» ŝi demandis, jam sciante respondon. «Bonega, ĉu ne? Ĉiu kordo de lia korpo kaj animo vibris. Ĉu vi ne opinias?»

«Jes, vera gruzero.»

«Kaj li estis tute elĉerpita kiam li akceptis la aklamon ĉe la fino.»

«Vere, li estas tre bona aktoro,» Donald agnoskis, agord-ante sian animon al normalo, «sed ankaŭ la verkinto meritas laŭdon.»

«Nu, kompreneble. Tamen trafis min iom infanece dividi sian regnon tiel – kvazaŭ en fabelo.»

«Jes, sed ‹maljunaj idiotoj reestas beboj›», citis Donald.

«Kaj kian moralaĵon ĝi instruas? Ke homoj estas nur aĉaj insektoj, kaj oni fidu al neniu?»

«Ŝekspiro estis dramaturgo, ne fablisto», atentigis Donald. «Lin ne influis sektoj iuspecaj, kaj lia verko inkluzivis fidon, malfidon: ambaŭ.»

«Alivorte ne estas instruo en ĝi, nur distro.»

«Estas instruo en ĝi efektive, se oni nepre volas tion.»

«Ekzemple?»

«Ekzemple, ĉu vi rimarkis kiel li strebis kontraŭ la freneziĝo?»

«Jes, vere,» Patrica konsentis, serĉante aprobon, «kaj tamen li fariĝis freneza, ĉu ne?»

«Li ne estis freneza je la fino, kaj tio estis ĉar li rifuzis ĉioncede rifuĝi en la frenezon, kvankam la rezistado dolorigis, same kiel ĉe homo kiu rezistas la tenton cedi al paniko, kvankam lin afliktas morta teruro, kaj ĉe homo kiu rifuzas ripozi en la mola komforto de la ortodokso.»

«Kiel vi?» Patrica pikis, kaj Donald trafite ridis.

«Vi flatas min», li protestis. «Mi ne estas certa ke mi komprenis kion mi faras kiam mi faris ĝin, se vi komprenas.»

«Kaj nun?»

«Nun jes: necesas prezenti duran eĝon kontraŭ la vivo, nek spitante, nek cedante. Jen kion Lear faris.»

«Hm.»

«Ne pensu ke mi do identigas min kun li.»

«Ja ŝajnas tiel.»

«Kredu: antaŭ la uragano de tiu kolosa menso mi sentas min batita en sensignifon, pistita en makuleton. En tiu animego kirliĝis pli da potenco ol en la kaldrono de la makbetaj sorĉistinoj: homaj pensoj kaj sentoj.»

«Sed vi konsentis ke li estis beba.»

«En beboj grandiozo estas imanenta. Sed, por lasi grandiozon, mi estas nun kontenta ke mi faris tion, kion mi faris. Antaŭe ĝi estis nur iu devo.»

«Sed eĉ se vi ne estis tiel memkontenta kiel nun, vi tamen rajtis fieri ke vi faris tian devon, devon al homaro.»

Donald ridis: «Ne koleru, kara, sed tio sonas iom politikiste.»

«Ne, ne ŝercu: vi scias kion mi celas: milito estas idiota ...»

«Ĉu vi pensis tion antaŭ ol vi renkontis min?» Donald volis demandi, sed sufokis la malicon.

«... kaj iam devos ĉesi. Do necesas agi por ĉesigi ĝin.»

«Mi ne ĉesigis ĝin.»

«Ne, sed se sufiĉe da homoj agus tiel – kaj ne primoku la ‹se› ...»

«Bone, mi ne, sed mi ja devas atentigi ke sufiĉe da homoj signifas ĉiujn homojn.»

«Ne, nur sufiĉe por fari impreson. Tiel ĉiuj reformoj efektiviĝis: la malmultaj trudis ilin al la multaj, kiuj post deviga akcepto, grade akceptis plenkore, opiniante la trudaĵon propra ideo.»

«Abolicii militon ne estus reformo; estus miraklo, inverso de la homa naturo, kaj ĝi neniam efektiviĝos se ĝi ne povis efektiviĝi antaŭ ol nun.»

«Kiel vi scias? Devas esti komenco.»

«Komenco? Dum pli ol du mil jaroj la kontribuoj de saĝuloj al la homa penso neniel efikis. La praktikuloj ĉiam sukcesis spiti, ĉiam agnoskante la pravecon de la argumentoj kompreneble, sed farante nenion pli por efektivigi la deziratan ŝanĝon ol infanoj sidantaj en propra ekskremento kiuj interkonsentas ke la odoro estas terura, sed samtempe kuraĝigas unu la alian per la penso ke tio estas natura fenomeno de la homo. Dume, ĉiu private opinias ke propra odoro estas iom pli agrabla ol la aliaj; do certe ne intencas nuligi ĝin ĝispost la ceteraj estos jam nuligitaj. Jen niaj regantoj: volvinte sin en digno, ili sidadas fetorante.»

Patrica estis ŝokita pro la aludo al ekskremento, kaj embarasite ne respondis dum iom da tempo, tiel donante al Donald okazon pensadi plu pri la efekto de la dramo sur lin, ĉar lia kolero kontraŭ la praktikuloj forvaporiĝis, elverŝite kun lia esprimado de ĝi.

Vere, tenadi duran eĝon kontraŭ la vivo, ne spitante, nek cedante. Kial cedo al tio, kion li ne kredas, estu deca? Dum la spirito defias la mondon kaj postmondon li vivadas, kaj indas vivi. Nek persona feliĉo, nek universala aprobo pri liaj agoj donas saman sankcion. Sed estas pli: la maljunulo estis tute egoisma antaŭ ol la katastrofo afliktis lin, sed poste, post la reaga malbenado kontraŭ la homaro, dum momenta mensa klaro, li la unuan fojon vere pensis pri aliulo: «Kiel vi fartas? Unu part' de mia Kor' ankoraŭ vin kompatas.» Jes, kompato: estas tio, kio donas spiriton al intelektaj pravo, sindisciplino kaj idealismo. Kompleta, senkomplika, absoluta idealo estas nur fetiĉo, aroganta fanatikaĵo. Li mem venis el kompleta izoleco, kaj nun – Bob! Donita laŭ malfeliĉe feliĉa hazardo. Li devas ne cedi al la tento neglekti al Bob nun ĉar li mem – kaj jen ĉe lia flanko la kaŭzo!

Ili eniris la duonlumon de la Centra Stacidomo, ĉar li trajnos hejmen kun Patrica. Jes, jen la kaŭzo: li neniam estas soleca nun; la unikulo jam ne marŝas sola, sed kun – unikulino. Unikulino? Tio plaĉus al ŝi se li sciigus ŝin: unikulino, malsimila al ĉiuj la aliaj, kiel gruzero al gruzo. Nu, ŝi enestas lian vivon, kaj eĉ persvadis lin rekomenci la studadon, kun la rezonado ke estus prudente nun prepari sin por posteno postmilita, kaj ke konvena kvalifeco tiam pli impresos ol patriota kariero. La inspira virineto malantaŭ la sukcesa viro! Li volonte konsentis, ĉar ne plaĉis al li ke la tempo flugadu ne lasante iujn markojn sur lian menson, sed li ne povis imagi postenon al kiu liaspecaj studoj helpos. Nu, kiam la futuro – kaj kompreneble ŝi pensas pri «*nia* futuro», ne *lia* – efektiviĝos, tiam ĉesos la instigoj al intelekta ekzercado, kaj komenciĝos la malo. Li parulis kun ŝi tro longe, kaj tamen li ne volis rompi la ligilon; sen ŝi estus tre kave nun. Damne, ĉu la memoro pri antaŭa izoleco nun ĉantaĝas lin al tio, kio nur povos finiĝi je ligiloj? Ĉu la premoj de la vivo platigu lin en konformon? Akcepto estas morto.

Tamen, se li devos fali iam …? Li neniam renkontos alian Militzan. Cetere, kvankam ties vizaĝo ankoraŭ tre facile prezentiĝas antaŭ lia memorvido, estas mirinde kiel facile li akceptas ŝian forpason el sia vivo. Militza estis mito, kaj tio devas iam forvaporiĝi.

«Ĉiuokaze,» li diris, «ni vidis ion stimulan, necesan antidoton kontraŭ dormigaj rutinaĵoj, ĉu ne?»

«Ho jes, Donĉjo», Patrica konsentis plaĉiprete, kaj babiladis plu tiuteme, dum Donald penis dismunti en sia menso mal-novan defendan digon favore al longe subpremita flusemo.

«Ŝi estas tro malalta por mi», li pensis kun sadisme sinvunda perverso, gvatante al la jam ne virga junulino trot-anta kontente je lia flanko.

★ ★ ★

En la sama momento la nova heroo, jam plenuminte kvin aer-atakajn operaciojn, tostis la nuligon de la sesa. Samtempe li mal-benis la bruligan likvoron kaj la jam brulan stomakon kiu tiel domaĝe akceptis ĝin, sed li sciis ke persisto alportos provizoran anestezon, kaj se ĝi ankaŭ certigos pli akran bruladon morgaŭ. Do kio? Morgaŭ estas morgaŭ – estos, efektive.

Dume, li ĝuos sian momenton de kvazaŭfeliĉo, nek sobra, nek ebria: tiu momento kiam li staras sur la sojlo, kiam la sensoj bone kondutas. Domaĝe ke Mina ne estas ĉi tie por dividi lian plezuron! Li pensis pri ŝi.

Li unue revidis ŝin ĉe festeto en la vilaĝo, kaj trovis ŝin ne malbela, kvankam li estis sobra. Certe rimarkiĝis difektoj kiujn la haladzoj de alkoholo antaŭe kaŝis, sed estis ankoraŭ io en ŝia vizaĝo kiu plaĉis: la mola buŝo nervoze ridetanta kaj la brunaj okuloj revokis al lia memoro ion: plezuron. Li alparolis ŝin. Ili dancis, babilis, kaj li aranĝis revidi ŝin. Ili iris kune al kino, kaj ŝi donis al li sian adreson por ke li kontaktu ŝin se li estos neatendite libera. La hodiaŭa nuligo estis tro malfrua – damnu ilin! sed li vidos ŝin denove.

Kaj dume? Kaj estonte? Kio? Operacio post operacio, ĝis la fina. Kaj se li travivos, ĉu brila estonteco? Li ne povis bildigi tion; ĝi estis ja ekster la imagpovo. Entuziasmo, venkemo, mortis en li. Maksimume: acida vizaĝo en mucida posteno. Li estas jam mezaĝa; kia li estos en siaj dudekoj? La preskaŭ senĉesa brulado en la stomako venenas al li la vivon. Kiam la centro de konscio estas venenita, kio restas?

Denove li pensis pri la eblo kuraci ĝin dum kuraco eblos. Helpe de zorga dieto, li ja havus unikan ŝancon pro la senlima kvanto da lakto kiun la aŭtoritatoj permesas al operaciaj flugantoj. Abstineco en la neĝuebla nuno alportus iun plezuron en la pacotempo. Tia estis lia rezonado, sed ĝi estis nuligita de la pli urĝe konvinka konstato ke li ne povas garantii al si travivon en la pacotempon: ĉiu tago povus esti por li la lasta, kaj cetere, li ne povus elteni la grizan monotonon de la vivo nune sen tiuj momentoj de plezureto. Se li iam fariĝos vere mezaĝa, tiam li povos pensi pri abstino kaj modero kaj revi pri la ĝojoj de la juneco. Eble li akceptos la vivon tiam: nun li ne povas akcepti ĝin.

★ ★ ★

Kelkajn horojn antaŭ la morto de la heroo, la heroo skribis leteron, kaj dudek kvin jarojn poste s-ino Gill formetinte koverton en staplon da similaj, pensis ke jam estas sensence reteni tiujn ligilojn kun paseo, kiam ili jam ne estas kunligaj.

La malfacilo estis detrui ilin nun, ĉar ili estis tiel longe parto de ŝia fono. En la komenco ŝi retenis ilin kiel daŭrajn kontaktojn kun la frato, poste kiel memorilojn pri li, kaj fine pro ilia propra valoro: ŝi legis ilin tiel ofte dum la jaroj, ke ili jam ne revokas bildon de la frato, nek ŝian originan reagon al ĉiu el ili, sed nur ŝian lastan, antaŭlastan, aŭ iun nespecifeblan reagon de la intervenaj jaroj, rezulte ke ili fariĝis apartigitaj de sia naskepoko.

Nu, kio estas ilia vera epoko? Ĉu la periodo de ilia skribiĝo, aŭ ĉu nun, la periodo en kiu ili ekzistadas? Ambaŭ, sed ili estis, estas, malsimilaj en ambaŭ, kvankam ili ne ŝanĝiĝis. Aliflanke, la memoro ŝanĝiĝas: ŝi ankoraŭ memoras kiel ŝi preskaŭ metis la manon sur serpenton kiam ŝi havis nur tri jarojn, sed ĉu tiu memoro ne ekzistas pro tio ke ŝi memoris la incidenton kiam ŝi havis kvar, kvin, ses, sep, dek jarojn, kaj poste memoris tiujn memorojn, kvazaŭ enserie, pli ol pro rekta rememoro pri la origina okazaĵo?

Kaj tiuj leteroj. Se ŝi ne estus leginta ilin plurfoje dum la intervenaj jaroj, ĉu relego nun pli klare memorigus pri ŝia unua legado, aŭ ĉu ili simple signifus nenion, pro la interveno de forgesiga tempo? Strange. Ŝi ja scias, eĉ se ŝi ne efektive memoras, ke ŝi estis malsimila, eĉ malsama, persono en tiu, ne tiel malproksima, epoko. Tiam ŝi antaŭvidis al nebula futuro plena de nedifineblaj allogaĵoj kiuj neniam efektiviĝis; nun ŝi pli ofte rerigardas kaj miras ke tiu paseo apartenas al ŝi, kaj alifoje rigardas la nunon, siajn idojn, kaj miras ankaŭ pri ili.

Kompreneble ili devas sekvi propran vojon, sed estas malfacile kompreni kial ĝi tiel diferencas de tiu, kiun ŝi elektus. Jano estas kompreneble knabo, viro, kaj estas nerealisme identigi sin kun li, sed Laŭra estas same fremda al ŝi, kaj samtempe Laŭra havas pli komunan kun Jano ol la patrino. Estas la epoko kiu ligas.

Al la patrino Laŭra simple estas enigmo. Ke ŝi povis konsideri pri tiu Martin kiel eventuala edzo estis sufiĉe mirige, ke ŝi povis tiel facilanime rompi la fianĉan ligon pro iu kaprico – enuo? – estas tamen pli mirige, eĉ ŝoke.

Nu, sed tio estas ŝajne nura mezaĝa reakcio. Kiel vivplena, ribelema Ina Maclean reagus al la situacio? scivolis kun malgaja rideto s-ino Ina Gill.

SOLVE

Rave estas vivi montru nun al vojo vera
Radio de espero kiu la homajn paŝojn ĉiam gvidas
Paŝ' en deliro al infero.

Dunkan mortinte ke ve vivadu, aŭ por fuŝaro, aŭ por prezsenco, aŭ por hundino sendenta kiu ne muziĝas, viroj baraktadis en sensubstanca kaverno de nubo kaj ŝlimo kaj strekanta pluvo, vertikalaj gutoj kaj horizontalaj kugloj, sentante sin komunaj kun la jam mortintaj, komunaj kun la fisputanta marĉo, viktimoj de monstra marĉando, brunaj homoj krablantaj en bruna ŝlimo sub prema, enfalonta griza nubaro, kaj se ili imagis brilon kaj kolorojn super tio, estis ĉar ili posedis animojn kiuj kapablis finti la prezencon kaj senti ke el tiu ĉi nadiro de la homa entreprenado devas veni pli bona mondo kun pli pura kaj pli sagaca homtipo. Iliaj kavernevitaj pensoj sondis la futuron, leviĝante, aspirante.

Ĉie ĉirkaŭe obusoj eksplodis, serĉlumoj svingiĝis, kaj koloraj celindikiloj brilante flosis. Kun unu okulo permane kovrita, Jano rigardis malsupren, kie la bombata urbego bruladis kaj eruptis. La variaj brilaĵoj surteraj kaj enaeraj detruis la noktonigron, sed rivelis nenion; male, ili konfuzis la menson pli ol la mallumo, kiun ili nun perfortas, ĉar tiu prezentis unu senmakulan nigran ebenon en kiu la imago povis prezenti al si almenaŭ dividan horizonton. Nun tio estis jam neebla: la dominaj piroteknikoj sin trudas el ĉielo kaj tero indiferente en unu dancanta svarmo, kiel fajratomoj en nova, pli brila ĥaoso.

Ĉirkaŭe neĝo kirlis sin; treme kaj hezite la flokoj turniĝadis dum necerta falo, kaj rigardante la vizaĝojn kiuj preterpase fluadis sub li, Ĝon kuntiris la kolumon de sia jako, ankoraŭ vivante kvin jarojn post Passchendaele, mortinte dek naŭ jarojn antaŭ operacio Kataklismo.

En kiu almenaŭ la sidtabulo sub li estas solida, Jano pensis, kaj portos hejmen, aŭ subtenados lin dum oni rerulas hejmon al li, kuntuŝonte en la griza matenlumo.

Kial ili ne vekiĝas? Spite liajn petojn ke oni ne subtenu ĉarlatanojn kaj oportunistojn, la amaso daŭre fluis al la halo malantaŭ li por aŭskulti pli prudentajn parolantojn, kiel la konatan lokan socialiston, Patrick Dollan. «Bone, tiel estu. Iru,» li invitis amare, «iru aŭskulti lian urbestran moŝton, Sir Patrick Dollan.»

Iuj ridis kaj sprite mokrespondis, aliaj skuis la kapojn kompateme. La karceraj travivaĵoj detruis eĉ tiun titanan intelekton. Li iam estis profeto. Nun ...

Dum Donald trafoliumis ĵurnalon, la blanka kapo de la urbestro trafis lian vidon. Li eĉ ne legis la rilatan rubrikon; sendube tio priskribas iun eventon organizitan por helpi militrimedojn, kiu instigis al tiu konscienca homo prelegi al la amaso pri la devo al la ŝtato dum tiu ĉi epoko de danĝero.

Pli gusta estas la ŝercartikolo en sama ĵurnalo kiu aludas al la sama persono kiel la konata retiremulo, urbestro S-r P-t-i-k D-l-an.

Donald ridis. Li vivis, sed lia patro jam ne, kaj ties fratino Ina jam ne, sed s-ino Gill kaj ŝia filo.

Jano grimacis sub la oksigena masko. La demando estas ĉu

bonvene hejmen? Kia idioto li estis! Kulpis tiu antaŭtuko kun ĝiaj talimordaj zonrubandoj. Tiel tikle fremda, tiel dommastrine kompetenta ŝi aspektis dum ŝi aranĝis telerojn sur la tablo, ke lia koro ankoraŭ ardis kiam alvenis la horo por dolĉa bedaŭro kaj ties antaŭĝisa amindumado, je kiu punkto la karno ankaŭ ekbrulis kaj tute forfandis prudenton. Kun tia raŭka pasio li priskribis al ŝi rozkoloran futuron! Liaj timpanoj vibris pro embarasiĝo kaj lia koro frostiĝinte kuntiriĝis je la reaŭdo en memoro. Tamen la maŝo ne striktiĝis. Li eskapos. Kiom gravas larmoj kaj lamentoj de iu ino kiun li apenaŭ konas kompare kun la libero? Se ŝi nur estus feliĉe vivanta kun gepatroj simpatiaj, estus facile, sed ŝiaj geonkloj, kvankam ne malafablaj, evidente rigardis ŝin ŝarĝo. Kaj ŝi mem estis tiel infane ĝoja pro lia propono, ke – Ho, Kristo kompata, estas tiel infere maljuste! Li estas tro juna por morti.

«Ĉasantaj indikiloj!» anoncis la voĉo de Len.

Fiku la ĉasantojn! Kial ili entrudu sin?

«Sed vi *devas* enŝovi la nazon», diris s-ino Gill.

«Kiel? Se mi eĉ ne scias en kion mi ŝovas ĝin?»

«Ĝuste tion vi devos eltrovi, kvankam ne estas malfacile imagi – pro tiu ĉi damnita milito.»

«Sed jes – estas ja malfacile imagi», kontraŭis Georgo, leviĝante kun ruĝeta vizaĝo. «Bonvole klarigu.»

«Ta, ne estu tiel naiva. Vi scias tute bone kiaj estas gejunuloj nuntempe – fakte, ankaŭ kiam vi estis juna. Laŭ viaj rakontoj al mi ...»

«Ĉu vi komparas ŝin kun bando de blasfemantaj diboĉ-ulinoj?»

«Inkluzive vin?»

«Jes, inkluzive min.»

«Ne ĝenus vin se ni parolus pri iu ajn, krom via Laŭra.»

«Precize.»

«Ho, vi konfesas tion?»

«Ne konfesas. Asertas. Vi absolute pravas.»

«Pri kio?» demandis Laŭra, enirante la ĉambron. «Panjo, mi promesis ke mi vizitos Marian. Ŝi organizas grupon por ...»

«Jes, bone, kara. Aŭskultu, Laŭra, ni tute bone scias ke io perturbas vin. Ni certe iam devos scii; do ...»

Laŭra ŝultrolevis. «Supozeble.»

«Do?»

«Do, por diri krude: oni maldungis min.»

«Maldungis?»

«Ne estu tiel ŝokita.»

«Mi ne estas ŝokita. Nur – iom surprizita. Kial?»

«Kial mi maldung...»

«Jes.»

«Ĉar tiu Tom Macmillan ...»

«La inspektisto?»

«Jes. Nu, li maljesis mian produkton unu fojon tro. Mi invitis al li fari mem, kaj lasis la stablon. Kiam mi prudentiĝis, kaj reiris, estis tro malfrue: li jam faris raporton. Do oni maldungis min. Jen.»

«Pa, ĉu nur tio?»

«Nur tio? Vere, panjo, mi ne komprenas vin. Mi atendis ke vi estos ŝokita ĉar membro de tiu ĉi familio eĉ povas maldungiĝi.»

«De tiu posteno? Male, mi ĝojas. Nun vi povos serĉi ordinaran, decan oficon. Vi estas edukita knabino; do ili trovu ion konvenan, se ja necesas ĉiu ĉi direktado.»

«Eble ne necesos. Mi intencas volontuli por servo en la virina armesekcio.»

«Kio? Laŭra, ĉu vi estas freneza?»

«Mi opinias ke ne. Mi decidis ke estos pli prudente volontuli antaŭ ol finservi en la uzino. Mi iros por intervjuo morgaŭ. Dume, mi devas rapidi. Ĝis la.»

«Ĝis, kara», vokis ŝia patro ameme dum ŝi fermis la pordon, kaj al sia edzino: «Nu, do?»

S-ino Gill serĉis seĝon. «Do bone, vi pravis,» ŝi konfesis malpacience, «sed la virinarmeo! Vere, la bato ĉiam venas neatendite, el direkto surpriza.»

Streko de brilkugloj fulmis el la mallumo baborde, kaj Jano svingis la tureton de tribordo, kriante eĉ dum obusetoj eksplodis en la fuzelaĝo malantaŭ li: «Spiralu baborden. Nun! Nun! Nun!»

Li flosemis malpeze sur la sidtabulo dum la bombilo finte turnfalis. La brilkugloj ĉesis, sed li jam notis ilian fonton: diskon pli nigran ol la nigro ĉirkaŭa, kun linioj – la flugiloj – ĉe ambaŭ flankoj, oblikvaj pro la ĉaskurbo. Kun seka gorĝo Jano celis punkton super ĝi por kontraŭefiki la manovran movadon de propra aviadilo.

«Ŝanĝas», la voĉo de Karlo venis, kaj la aviadilo ruliĝis, svingante la celringon de Jano for de la ĉasanto. Sed tiu ne perdiĝis; la flugiloj balanciĝis, montre pri direktoŝanĝo konforma kun la manovro de la ĉasata bombilo, kaj Jano recelis.

Flavaj strioj de la vostaj pafiloj konsciigis lin ke ankaŭ li devas pafi, kaj preskaŭ ne kredante propran agon, li premis la ĉanojn, sed antaŭ ol liaj pafiloj reagis, la disko pli nigra ol nigro denove sputis fajron, kaj li instinkte retiris la kapon.

La suno retiris sin je ora indiferento malantaŭ la nuboj, neglektante sekkuraci la pusantan vundon kie heroismo dis-solviĝis en krablantajn milionojn, putron, invalidecon, kaj la absceso daŭre pusadis, forsolvante kuraĝon, ŝokante naturon kaj konsternante la gvidantojn de la homaro, antaŭ ol oni lasis al ĝi krustiĝi kaj, maskante la paseon, ekvarti novan vivon.

Ĉu tiuj burleskuloj vere kredas ke ili impresas? Donald senpacience forĵetis la ĵurnalon. Ili estas nulo, ronda malplena 0, se oni komparas ilin kun homoj veraj: lia patrino, kies vivo estis seninterrompa, tute senegoisma luktado, nura daŭra sinoferado; lia patro, manipulita de la ventreguloj en purgatorion kaj morton.

La membroj de Jano tremis, ŝvito saturis lin; absurdaj noktopensoj lasis lin. La ĉasanto malaperis. Vivo pulsis en li, kaj nenio emigis al li ĝin cedi. Nek edzeco. Nek patreco. Vivantaj pensoj. Ĉu li testamentos al ŝi familion, mortinte mem?

«Kiam ili estas junaj,» s-ino Gill pensis, «ili ĉirkaŭrigardas kiel etaj bestidoj, ne konstatante ke ili estas homoj, kaj portos homajn respondecojn.»

Kaj konstatinte tiun sorton, li akceptis, servadis ĝis la fino. Jes, ankaŭ la patro.

Kaj gajnos senmortecon per karno, sia karno? Estas agace pensi pri tiaj fantaziaj ebloj dum civiluloj povas kun certo konservadi siajn haŭtaĉojn por ebligi insektan futuron.

Sed ĉifoje la filo ankaŭ servos, per rezisto.

Kion fari je tiaj idoj? Ĉu mankas al ili sentoj?

Nu, ĉifoje la milito trafas ankaŭ ilin, kaj ŝajne pli kaj pli trafos la kanajlojn. Tio estas sola lumeto sur la horizonto. (Li turnis la tureton antaŭen kaj rigardadis en la mallumon, sed povis vidi nenion.) Ilia sekureco estos nur intermita, kaj ne sole herooj mortos.

Ili mortis, sen renomo, neniigitaj: konscio, pensoj, ideoj malekzistantaj, krom se transprenas kaj tenadas ilin vivanta menso, ĉar pensoj vivintaj estos vivantaj se ili registriĝas; putro ne povos tuŝi ilin. Pensoj pri ŝiaj idoj, pri si mem, pri vojo irota.

Vole-nevole ni sekvas vin, Centron de la Universo, kvankam vi brilas supre, neatingeble, venkota nur de tempo, kiu ne ekzistas.

Kaj el tiu ĉi bola ĥaoso kie ĝermoj homogenas bono devas veni.

Radio de espero en ni vivadas. Ni estas mortuloj nur ĉar karno nin perfidas. Putrontaj korpoj tenas diamanton.

Diru bena nian spiriton.

Kompatu.

GLOSARO

Antropofago: kanibalo.

Adoleskulo: homo jam ne infana, sed ankoraŭ ne vir(in)-iĝinta.

Avanci: antaŭen-moviĝi.

Asidua: konstante apudestanta; ĉiam servopreta.

Bruska: ofendeme abrupta.

Burko: tondroŝtormo.

Ĉendi: ekbruligi.

Degno: moŝteca bonvolemo al malsuperuloj.

Despero: malesperego.

Delikto: peketo.

Dramaturgo: dramverkisto.

Drezelo: subtila pluvo.

Dura: malmola.

Elano: antaŭensvingiĝo.

Fusilado: fusila salvado.

Folo: malprudento.

Hanti: frekventi kiel fantomo.

Horto: frukt-arbarejo.

Kaputa (f): rompita, finita.

Katarso: sento de kontentiĝo pro fremda aflikto; solviĝo de propraj suferoj je ekvido de fremdaj (pp en tragedio).

Metanalizo: transmeto de konsonantoj.

Minoritato: nacia malplimulto.

Rankoro: koramaro; venĝemo.

Ruro: kamparo.

Rustika: kamparmoda.

Sinui: serpentumi.

Ŝaperono: persono kiu akompanas gejunulojn por certigi ĉastan konduton.

Trampli: terbati per piedo.

Turbulenta: malplaĉe agitema.

Violento: senbrida malmodero.

KLARIGO

Albatroso: En la poemo «La maljuna marvojaĝanto» oni pendigis la albatroson ĉirkaŭ la kolo de la heroo kiu kruele mortpafis ĝin. Li ne povis perdi ĝin ĝis li eksentis amon.

NOTO

John Maclean (Ĝon en la romano) estis fama revoluciisto kaj la unua soveta konsulo en Britujo. Li mortis en 1924. La incidentoj kie li rolas en *La granda kaldrono* baziĝas parte sur la onidiroj de malnovaj socialistoj, sed precipe sur la biografieto *John Maclean: a fighter for freedom* (John Maclean: batalanto por libero) de Tom Bell.

KELKAJ PROPRAJ NOMOJ

Austen, Jane: angla romanistino ŝatata pro artisma ironio.

Ball, Albert: renoma angla militaviadisto. Mortis la 7-an de majo 1917.

Bellahouston: parko en Glasgovo kie okazis ekspozicio en 1938.

Boelcke, Oswald: renoma germana militaviadisto. Mortis la

28-an de oktobro 1916.

Boswell, James: skota verkisto, fama precipe pro sia biografio pri Samuel Johnson (vd. sube).

Bow Bells: famaj sonoriloj en Londono.

Campbell: (= «Tordita buŝo») plej potenca el la gaelaj klanoj.

Entente Cordiale: brita-franca pakto antaŭ la unua mond-milito.

Gable, Clark: film-stelulo aparte fama dum la 1930'oj.

Grey, Edward: brita sekretario pri eksterlandaj aferoj en 1914.

Guynemer, Georges: plej renoma franca militaviadisto. Mortis la 11-an de septembro 1917.

Ĝok: skota formo de Joĉjo; uzata por nomi iun ajn skoton.

Haig, Douglas: brita armeĉefo 1915–1918.

Hampden: futbala stadio kie la amaso tumultis en 1909, detruante kaj bruligante ĉar oni rifuzis ludi kromduonhoron.

Hollywood (Holiŭud): centro de la usona filmindustrio.

Immelmann, Max: unua renoma militaviadisto germana. Mortis la 18-an de junio 1916.

Johnson, Samuel: angla verkisto kaj leksikologo, aparte ŝatata pro siaj prudento kaj honesto.

Judeko (Ĝudekko): fundo de la Dante'a Infero.

Leigh, Vivien: aktorino kiu per unu filmo atingis vastan famon en 1939.

McCudden, James: renoma irlandana militaviadisto. Mortis la 9-an de julio 1918.

MacDonald: nomo de gaela klano aparte malamika al la Campbell'oj.

Mak: mallongigo de diversaj klannomoj; ofte uzata de skotoj por nomi tiujn, kies verajn nomojn ili ne scias.

Malnova Alianco: ligo inter Francujo kaj Skotujo kiu daŭris dum pluraj jarcentoj, ĝis la reformacio en Skotujo.

Mannock, Edward: Irlandano. Plej renoma el la britaj milit-aviadistoj. Mortis la 26-an de julio 1918.

March: angla urbo.

Milton, John: angla poeto; verkinto de la epopea *Paradizo perdita*.

Pope, Alexander: angla poeto, konata precipe pro satiraj verkoj.

Pollitt, Harry: sekretario de la Brita Komunista Partio dum la dua mondmilito. Eksiĝis dum la periodo 1939–41, kiam la komunistoj juĝis la militon nejusta.

Richthofen, Manfred: plej renoma germana militaviadisto. Mortis la 21-an de aprilo 1918.

Scott, Walter: skota romanisto kun tre stabila admirantaro.

Shaw, George Bernard: irlanda dramisto kaj polemikisto. Proklamis siajn kredojn socialistajn, vegetaranajn ktp, ĉiam kun sprito kaj intenca provokemo.

Shearer, Norma: film-stelulino de la 1930'oj.

Sunderland: granda brita maraeroplano de la dua mondmilito.

Taylor, Robert: galantula film-stelulo de la 1930'oj.

Wheeler kaj Woolsey: komika duopo en filmoj de la mezaj kaj malfruaj tridekoj.

Wembley: distrikto en Londono kie okazis ekspozicio en 1911.

Wolfit, Donald: aktoro-reĝisoro kiu veturis dum la 1940'oj al ĉiuj gravaj urboj en Britujo prezentante precipe ŝekspiraĵojn.

NOTOJ PRI LA TEKSTO

La teksto de ĉi tiu eldono devenas de la eldono de Stafeto (1978, ISBN 90-6336-001-0) kaj tajpita korektofolio, farita de la aŭtoro, kiun ni reproduktas ĉe la fino de ĉi tiu eldono. Ankaŭ la kvar antaŭaj sekcioj («Glosaro», «Klarigo», «Noto» kaj «Kelkaj propraj nomoj») aperis en la eldono de 1978 kaj supozeble estas de Francis mem.

Ekzistas alia fonto, kiun mi bedaŭrinde ne havis ŝancon konsulti: en la Aŭstria Nacia Biblioteko (Kolekto por Planlingvoj) troviĝas 100-paĝa kopiaĵo de tajposkripto datita «ĉirkaŭ 1972», kiu enhavas dankon kaj la komencajn ĉapitrojn ĝis iu punkto en la ĉapitro «La ŝtono ruliĝas». Tiu dokumento estas trovebla en la reta katalogo per la nomo de la aŭtoro aŭ per la kodo 371610-C. Detala komparo kun la eldono de 1978 eble pravigus kelkajn kromajn ŝanĝojn, sed verŝajne ne multajn: manke de aliaj argumentoj oni emus konsideri la libron el 1978 kiel pli aŭtoritatan.

La korektofolio celis korekti 115 erarojn, sed, nesurprize, ankaŭ la korektofolio enhavas erarojn. (Mi supozas, ke troviĝas eraroj ankaŭ en ĉi tiuj notoj.) Ĉe jenaj korektoj la intenco ŝajnas klara:

- P132.l&11 (estu: P132.l&12)
- P159.l&10 (estu: P159.l-10)
- P244.l-3 trotuaron (estu: trotuaran)
- P406.l&3 vinhereza (estu: vinĥereza)
- P559.l&14 trikaĵon (estu: trikaĵojn)

Ĉe jenaj korektoj estas malpli klare:

- P288.l&5: La peto aldoni «Spacon» estas iomete surpriza, sed supozeble temas pri divido inter du subĉapitroj, indikita per steleto; vidu la mane desegnitan steleton en la korektofolio ĉe P42.l&0. Tamen, la rakonto ofte saltas tre subite de unu loko aŭ tempo al alia sen tia subĉapitra divido.
- P337.l-7 cediĝis: Certe pli bone ol «sidiĝis», sed eble estu «cedis».
- P557.l-15 vivantan: Eble tamen estu «vivantajn». (Multaj aŭtoroj preferus «vivantaj», sed tia akuzativo estas normala ĉe Francis.)
- P504.l&1: Supozeble ankaŭ tie estu «Wright» anstataŭ «Rejt».
- P505: En la aldonita teksto eble estu «traktis» anstataŭ «taksis».

Mi redaktis tre konservative, do nur ĉe la aferoj indikitaj per *supozeble* mi malobeis la korektofolion.

Kvankam la korektofolio estas tre grava kaj utila, mi taksas, ke ĝi korektas malpli ol duonon de la eraroj en la teksto. Se ignori interpunkcion, mi ŝanĝis la tekston en ĉirkaŭ 130 aliaj lokoj. Kiel menciite, mi redaktis tre konservative, sed oni povas kalkuli: se mi ŝanĝus la tekston nur tiam, kiam mi estas je 99 % certa, ke mi scias la ĝustan korekton, kaj eĉ se mi ne supertaksus mian kapablon tion juĝi, se mi korektas en 130 lokoj, estus probable, ke mi miskorektus en almenaŭ unu loko.

La ĉirkaŭ 130 ŝanĝoj ne-nur-interpunkciaj inkluzivas:

- literumojn de nomoj de veraj homoj kaj lokoj (sed vidu
  sube);
- anstataŭigon de romaj ciferoj per eŭropaj, escepte ĉe
  «Edvardo VII» («Eduardo la 7-a» laŭ Vikipedio);
- multajn evidentajn pres- aŭ tajp-erarojn, kiel
  «palbebrojn» aŭ «registraro» aŭ ripetitaj vortoj aŭ «al»
  anstataŭ «la» aŭ inverse;
- kelkajn, sed malmultajn gramatikaĵojn, ĉefe pluralajn
  kaj akuzativajn finaĵojn kaj refleksivojn.

Listo de ĉiuj ŝanĝoj estus tro longa, sed por doni impreson
jen kelkaj ekzemploj, inkluzive kelkajn pli interesajn kaj malpli
certajn:

- gaj- unuan lokon → gajnis unuan lokon
- la aspekto de la trajno ĝenerala → ... ĝenerale
- konstanta semado en la hejmo → konstanta servado en
  la hejmo
- nur malpleno el tiuj → nur manpleno el tiuj
- Jako Petro → Jako Po Petro
- turbereto → tubereto
- li balbutis ion korfirman → li balbutis ion konfirman
- Li rigardis la brakojn por certigi ke ili estas puraj → ...
  certiĝi ke ili estas puraj
- pli alta ol ’B‘ → pli alta ol ‹C›
- fluktadon → fluktuadon
- li ne provis malkaŝi tion → li ne provis kaŝi tion
- siaj imagitaj allogego → sia imagita allogego
- sia reagoj → siaj reagoj

Sekvante la ekzemplon de la bitlibra eldono (2017), kelkajn franclingvajn loknomojn mi ne korektis, ĉar ne estas certe, ke la aŭtoro efektive celis la koncernajn lokojn kaj ne ŝanĝis la nomojn intence por fikciigi ilin. Jen mallonga listo de ili: Rouverai ver-ŝajne estas Rouveroy; Erquebris verŝajne Erquelinnes; Vauxbaum verŝajne Vauxbuin; Courschamps verŝajne Courchamp; Sommelars verŝajne Sommelans. (La dua bitlibra eldono dankas al Ĵeromo Vaŝe pro tiuj proponoj.)

Ĝis nun temis pri la ŝanĝoj ne-nur-interpunkciaj. La nur-interpunkciaj ŝanĝoj estas tre multaj, sed plejparte faritaj tre regule. Jen la ĉefaj kategorioj:

- Ĉiuj citiloj estas ŝanĝitaj. La eldono de 1978 havas ĉefe „tiajn" citilojn, sed kelkfoje "tiajn" aŭ aliajn variaĵojn kaj kun multaj evidentaj eraroj.
- Mi reguligis la interpunkcion ĉe citiloj, ekzemple dupunkton antaŭ citaĵo anstataŭ punktokomo, kaj komon movitan el citaĵo, se logike ĝi ne apartenas al la citita teksto.
- La eldono de 1978 havis ne nur tripunktojn, sed ankaŭ kvarpunktojn, kvinpunktojn, … ĝis okpunktojn. Ili ne ŝajnas havi malsamajn sencojn; mi supozas, ke la kompostisto plenigis spacon per ili. Do mi ŝanĝis ĉiujn en tripunktojn. Ankaŭ sinsekvajn haltostrekojn mi ŝanĝis en tripunktojn, ĉar ili ŝajnas havi saman funkcion.
- Haltostrekoj kelkfoje ŝajnas funkcii kiel tripunktoj. Por reguligi la aspekton, haltostrekon ĉe la fino de alineo aŭ de citaĵo mi ŝanĝis al tripunkto.
- Mi reguligis kelkajn nombrojn: dek unua → dekunua; dekdu → dek du; 1an → 1-an.

- Mi korektis kelkajn interpunkciilojn evidente mistajp-
  itajn, kiel komon al frazfina punkto.
- Mi ŝanĝis punkton al demandosigno ĉe la fino de kelkaj
  demandoj.
- Mi tamen tre malofte ŝanĝis la interpunkcion en aliaj
  lokoj. Mi aldonis kelkajn komojn, sed nur se la frazo
  ŝajnis malfacile komprenebla sen la komo, se oni kvazaŭ
  devis legi ĝin dufoje por kompreni ĝin.

Ĝenerale la celo estis faciligi la legadon, forigante ĝenojn,
sed laŭeble evitante la riskon deflankiĝi de la aŭtora intenco aŭ
forviŝi iun senchavan distingon.

Jen kelkaj ekzemploj de aferoj, kiujn mi ne ŝanĝis: abstineco;
akceligita; anarĥisto, anarĥiisto; arbojsuproj, jarojpaso,
mortintojlisto, …; ĉiuj la aliaj, ĉiun la venenon; denun; desub;
ĝispost; iniciantojn, iniciita; kiu pluvego; kvalifeco; naŭziga;
mal-pliiĝis, ne-videblajn, pli-fortigis, …; Ostende (Oostende);
postkiam; skarifo, reskarifis (cikatro, recikatrigis); subjekto
(temo); ŝultre-al-ŝultre, ŝultro-al-ŝultre; vakota seĝo; Dunkan
mortinte ke ve vivadu.

Mi dankas al Simon Davies, kiu helpis per provlegado de
malneto de ĉi tiu eldono, kaj mi dankas ankaŭ al la multaj
redaktantoj de la antaŭa bitlibra eldono de Esperanto-Asocio de
Skotlando (2017). Kvankam ĉi tiu eldono baziĝas sur nova trans-
skribo de la eldono de 1978, kaj estas multaj diferencoj inter ĉi
tiu eldono kaj la bitlibro, mi ja komparis kun tiu kaj tiel kaptis
dekojn da eraroj en mia transskribo. Bedaŭrinde, la nombro de
la eraroj trovitaj tiel, kaj ankaŭ ĝenerale malfrue en la procedo,
sugestas, ke mi ne trovis ĉiujn erarojn. Realisme mi povas nur
esperi, ke restas malmultaj gravaj transskriberaroj.

EDMUND GRIMLEY EVANS

Eraroj en La Granda Kaldrono.

(P32.1-6: Paĝo 32: sesa linio de la supro.   P16.1&7: Paĝo 16: sepa linio de la malsupro.)

P16.1&7   ke la
P32.1-6   siaj
P32.1&13   Gavin
P33.1-7   ne dubis/ke li baldaŭ trovos ian laboron/
P42.1&0   ★
P50.1&8   hororige
P50.1&3   ektremo
P54.1&3   "Estas (anst. ĉe 1&2)
P57.1-3   volonte
P57.1&6   " (forigu)
P73.1-5   vi ne trovis
P80.1-4   ke estos neoble
P92.1-6   sia
P95.1&10   servistinon
P103.1&8   pensus kiel vi
P100.1-12 Gangsteroj, ŝtatperfidaj poltronoj kiuj
P101.1&4   surmetinte
P101.1&3   salono.
P115.1&15 pri ridis
P105.1&9   nepraktike
P121.1&7   rekomenci
P125.1&1   Jes.
P130.1&5   duonpencon
P132.1&11 ŝtato
P133.1-16 akton
P133.1&7   notadas
P140.1-7   estis
P143.1&13 siatempe
P144.1-4   provojn
P146.1&11 venkiĝis de la
P153.1-17 estos averto
P120.1&8   forrompos
P159.1&10 estus
P159.1-17 rigardis
P159.1&8   se li ne povos raporti
P160.1-5   la neceso
P161.1-14 pesante siajn jamajn
P162.1-11 lin.
P169.1-11 tiu ĉi sama.
P171.1&1   hela vartano
P198.1&7   el rigardis
P199.1&14 Boelcke
P200.1&3   mapon
P201.1-10 batoj
P205.1-9   diris?
P207.1-8   kvara
P219.1-11 domagas
P220.1&6   kupid-pikitaj
P241.1-14 estos
P244.1-3   trotuaron
P221.1&12 provante
P246.1-17 unua, intensa
P248.1-10 divizio
P249.1&12 Pope
P251.1-17 Generale
P255.1-9   enkonduki ĝin
P274.1&8   "La idealismo

P280.1-5   kiun mi sentas
P288.1&5   (Spacon super ĝi)
P303.1&5   tiu ĉi jumulo
P304.1-11 plibonigo
P311.1&3   Ofensivo
P325.1-7   kaj ankaŭ pri ĝi
P337.1-7   cediĝis
P340.1&15 vidindaĵojn---manĝ
   " 1&14 amikojn
P360.1&3   principo
P369.1-5   pro lia ĉeesto ol pro la pretendita
P370.1&9   lia
P378.1&4   laboron? Kaj ĉu e
P382.1&13 miasrojn de la
P391.1&6   ĝ-ino Gill
P394.1&12 estos
P396.1-14 liberiĝi
P402.1&5   neperceptehlan
P405.1&10 estas
P406.1&3   vinhereza
P407.1-1   ridemis
   " .1&15 estos
P418.1&1   koagliĝinta
P424.1&6   ĝi, se ili ne
P428.1&15 Ili ekdescondis
P442.1&7   "Mi estis
P449.1&1   rimarkinda
P451.1-15 nor ĝi
P452.1-7   pezan
P453.1&6   je konstato
P460.1-4   mem enfalis ĝin
P467.1-8   konfuzite
P472.1&8   pro ilia subteno
P479.1-17 antaŭe, la malan.
P494.1-8   ĝia
P495.1&7   ŝlosilon en truo
P503.1-13 estu malvenko
P509.1-10 sidloke
P514.1&15 serĝento
P516.1-8   povos nun leviĝi
P522.1&12 elekto
P537.1&12 por skribi
P538.1&3   eviti
   " .1&2   plendante
P544.1&4   en io ajn
P546.1&10 , la ordonon kiu m
P557.1-10 kuntuŝiĝis
   " .1-12 kupolo
   " .1-15 vivantan
P559.1&14 trikaĝon
P573.1-12 vera gruzero
P28.1&15   Wright viŝis
P29.1&11   Wright! 'Mi montr
P482.1&4   Alan Wright kaj
P483.1-2   nomita Alan Wright
P483.1-14 Wright
P486.1-2   Wright staris
P505 (bv vidu dorse)

P505 (enmetu inter kiujn?", 1-6, kaj "Tio estis, 1-7:
    "Kiel ili taksis vin?" Donald demandis.
    "Tute bone, se ni memoras la cirkonstancojn. Mi rimarkis ke ili fumas cigarojn, Donald, kaj mi scivolis ĉu la ordinara germana soldato pli bone pagigas ol ni, aŭ ĉu cigaroj estas malpli kostaj ĉe ili. Mi provis demandi, sed ili ne komprenis, kaj ŝajne opiniis ke mi almozpetas; do mi rezignis."

▲ La tajpita folio, per kiu la aŭtoro korektis
115 erarojn en la unua eldono (1978).

www.ingramcontent.com/pod-product-compliance
Lightning Source LLC
Chambersburg PA
CBHW050057120726
47904CB00004B/1127